BASTEI
LÜBBE

*Über die Autorin:*

Amy J. Fetzer lebt in Beaufort, South Carolina. Ihr Mann arbeitet bei der Marine, sodass sie häufig mit ihren beiden Söhnen alleine ist. Vor einigen Jahren entdeckte sie ihre Leidenschaft für historische Liebesromane, und nachdem sie viele Romane gelesen hatte, beschloss sie, selbst zu schreiben. Schon ihr zweiter Roman wurde in den USA ein großer Erfolg. Von Amy J. Fetzer sind bereits *Die irische Prinzessin* (Band 18 273) und *In der Glut der Leidenschaft* (Band 18 280) erhältlich. Weitere Übersetzungen ihrer Romane ins Deutsche sind geplant. Mehr Informationen zu dieser Autorin finden Sie im Internet unter http://www.apayne.com.amyfetzer.

AMY J. FETZER

# Wenn Zärtlichkeit dein Herz berührt

ROMAN

Ins Deutsche übertragen von
Katharina Woicke

BASTEI
LÜBBE

BASTEI LÜBBE TASCHENBUCH
Band 18 288

1. Auflage: Dezember 2001

Vollständige Taschenbuchausgabe

Bastei Lübbe Taschenbücher ist ein Imprint der
Verlagsgruppe Lübbe

Titel der amerikanischen Originalausgabe: Dangerous waters

Dieses Werk wurde vermittelt durch die Literarische Agentur
Thomas Schlück GmbH, 30827 Garbsen
Titelillustration: SPIAS/Agentur Thomas Schlück GmbH
Umschlaggestaltung: Beate Stefer
Satz: Heinrich Fanslau, EDV & Kommunikation, Düsseldorf
Druck und Verarbeitung: AIT Trondheim, Norwegen
Printed in Norway
ISBN 3-404-18288-X

Sie finden uns im Internet unter
http://www.luebbe.de

Der Preis dieses Bandes versteht sich einschließlich
der gesetzlichen Mehrwertsteuer.

*Für meine Eltern, Kay und Al Castellana.*
*Danke, dass ihr mir meine Flügel niemals stark beschnitten habt. Ich liebe euch!*

*Ein ganz besonderer Dank gilt auch Bounty Hunter Bert Leydee, der einer aussterbenden Art angehört.*

# 1

*Gegenwart*

Victoria Mason hatte eine eher ungewöhnliche Art, ihren Lebensunterhalt zu verdienen – sie jagte Killer.

Und dieser hier war einer der allerschlimmsten Sorte – ein Tod bringender Wahnsinniger in einem eleganten Armani-Anzug.

»Hast du ihn im Visier, Samurai?«, flüsterte sie in ihr Kopf-Mikro.

»Ja«, antwortete eine tiefe männliche, verärgerte Stimme. »Himmel, ist das dunkel!«

»Vielleicht, weil es Nacht ist?«

»Scherzbold! Hunderte von Komikern sind arbeitslos, und ausgerechnet du musst Witze reißen!«

Ein flüchtiges Lächeln spielte um ihre Lippen, als sie den Kopf gegen die Mauer lehnte und hinauf zu den Sternen schaute. »Ivy League[1] weiß, dass wir hier sind, Cole.«

»Wieso bist du so sicher?«

»Hat er sich schon mal umgedreht?«

»Nein.«

Der Bastard war ganz schön von sich selbst überzeugt, das musste sie ihm lassen. »Hat er sich schon eine Zigarette angezündet? Und sein goldenes Zigarettenetui als Spiegel verwendet?«

---

1 Anm. des Übersetzers: Mit »Ivy League« bezeichnet man Absolventen der amerikanischen Elite-Universitäten.

»Er ist gerade dabei.«

»Bleib in Deckung!«, sagte sie scharf und drückte das Mikro näher an ihren Mund, in der Hoffnung, dass der Killer weit genug entfernt war.

»Ich bin ein großer Junge, Vic!« Ein Hauch von Vorwurf schwang darin mit. »Woher wusstest du, dass er das tun würde?«

»Keine Ahnung. Ich wusste es einfach.«

»Manchmal bist du mir wirklich unheimlich!«

»Ja, und du machst mich verrückt!«

Sie hörte sein leises Lachen. Er hatte seine Bemerkung als Kompliment gemeint. Cole war Privatdetektiv – blond, muskulös und ihr bester Freund. Sie hatten einmal versucht, Liebende zu werden, doch es war bei dem Versuch geblieben, denn weil sie so viel dabei lachen mussten, kamen sie nie über ein bisschen Petting hinaus. Danach hatten sie sich damit zufrieden gegeben, Freunde zu sein, sehr enge Freunde, aber eben nicht mehr.

»Fahren wir in Urlaub, wenn das vorbei ist?«, fragte sie nach einer Weile. Himmel, sie konnte Ferien gebrauchen!

»Kommt drauf an.«

»Worauf?«

»Ob ich deine langen Beine in einem Rock zu sehen bekomme.«

»Du hast doch schon alles gesehen, was ich zu bieten habe, Cole – was ist denn anders, wenn ich einen Rock trage?«

»Es ist verführerischer«, flüsterte er mit rauer Stimme, und sie schüttelte den Kopf, lächelnd.

Sie war so verführerisch wie ein Wischmopp, und das wussten sie beide.

»Er raucht einfach nur, Vic. Nein, jetzt bewegt er sich wieder. Macht den Kofferraum auf, bückt sich. O mein Gott!«

»Was ist?«, zischte sie, schaute nach links und rechts, bevor sie sich weiter vorwagte. Sie wünschte, sie hätte ihr Nachtfernglas dabei.

»Es ist ein Mädchen. Shit, sie kann nicht älter als zwanzig sein.«

»Blond?«

»Ja. Gefesselt und geknebelt.« Sie hörte einen Fluch, dann eine inbrünstig hervorgestoßene Bitte. Und schließlich: »Es ist die Tochter von Sergeant Allen.«

»Geh nicht noch näher ran, Cole.« Sie bewegte sich weiter in seine Richtung. »Solange sie gefesselt ist, lebt sie auch noch.«

Hoffentlich, dachte sie, und ihr Magen zog sich zusammen. Allen war der Polizist, der diesem wahnsinnigen Mörder als Erster auf die Spur gekommen war. Er war derjenige gewesen, der jene drei Kleinstadt-Morde mit den anderen in Verbindung gebracht hatte. Elf getötete Frauen, elf Mordfälle, bei denen die einzige Übereinstimmung in der Todesart lag – und wie man sie aufgefunden hatte. Er war ein Serienmörder, aber man hatte ihn nur wegen des zwölften Mordes angeklagt. Doch an diesem Vormittag hatte ein aalglatter Anwalt den Richter davon überzeugt, dass keine Fluchtgefahr bestünde – und prompt war der Mistkerl abgehauen. Victoria hatte es vorgezogen, ihrem Instinkt statt irgendeinem Anwalt zu vertrauen, und schließlich hatte sie seine Spur aufgenommen. In höchster Alarmbereitschaft hatte sie ihn verfolgt, bis hierher, kurz vor der County-Grenze. Fat Jack war ein Narr, dass er einen Teil der Kaution aufgebracht hatte, auch wenn es nur 100 000 Dollar der geforderten fünf Millionen waren. Ivy League hätte locker die gesamte Summe hinblättern können, und sie nahm an, dass er sich auf dieses Arrangement eingelassen hatte, um den Richter zufrieden zu stellen. Wie auch immer, sie und Cole waren ihm bis hierher gefolgt, an diesen Ort, der mit den meisten seiner Verbrechen irgendwie in Verbindung stand, wie sie glaubte. Doch wenn sie sich nicht beeilten, würde er seiner Sammlung eine weitere Trophäe hinzufügen.

Victoria hätte ihn am liebsten erledigt, hier und jetzt.

Aber das erlaubte ihr Gewissen nicht. Sie hielt sich nahe an der Mauer des heruntergekommenen Gebäudes, eines ehemaligen Viehhofes am Fuß eines Berges, voller Schatten und übersät von verrottendem Holz.

»Cole?«

Keine Antwort.

»Cole?«

»Ich bin hier.«

»Himmel, erschreck mich nicht so!«

»Hey, Süße, ich wusste ja gar nicht, dass du dir solche Sorgen machst.«

Sie war sicher, dass er grinste.

»Wo ist er, *Schätzchen?*«

»Bereitet alles für seine Zeremonie vor. Ich geh mal näher ran.«

»Nein!« Wieder antwortete er nicht, und sie wurde wütend. »Halt dich zurück, Kumpel. Er gehört mir!« Ihre Stimme klang eisig.

»Ich habe nicht vor, ihn zu provozieren.«

»Allein dass wir hier sind, provoziert ihn.«

»Wir haben Deckung!«

»Nur weil ein paar Marshals in Funkreichweite sind, heißt das noch lange nicht, dass wir sicher sind. Der Kerl ist schnell und gewissenlos – pass auf, dass du nicht sein nächstes Opfer wirst!«

Sie hörte ihn plötzlich aufstöhnen.

»Zu spät ...«

»Cole?«

Sie hörte das Krachen im Kopfhörer und spürte im gleichen Augenblick, wie sein Körper gegen die Mauer prallte.

»Cole!«

Victoria holte blitzschnell ihr Funkgerät aus der Jackentasche und rief die Polizei, dann rannte sie los, so schnell sie in der Dunkelheit konnte, immer im Schutz der halb eingefallenen Mauer, die Waffe dicht an ihren Körper haltend.

»Antworte mir, verdammt noch mal«, flüsterte sie immer wieder, aber sie wusste, es war zu spät. Sie konnte alles mitanhören, dieses entsetzliche Gurgeln, als seine Lungen verzweifelt versuchten, Luft einzusaugen. »Halt durch, Samurai, ich komme!« Sie dachte an den Schmerz, den er fühlte, daran, wie seine Lunge sich mit Blut füllte, wie es über seine Lippen sickerte, Lippen, die sie geküsst hatte, und ihr Herz zersplitterte in tausend kleine Stücke.

Ein Schuss, leise. Cole. Er benutzte stets einen Schalldämpfer, weil der normale Knall die Zivilisten zu sehr erschreckte, wie er immer behauptete. »Ich komme, Kumpel. Halt durch!«

»Hab ihn … verwundet …«

»Ich sorg dafür, dass du einen Orden kriegst.«

Über den leistungsstarken Empfänger hörte sie den ungleichmäßigen Klang sich entfernender Schritte. Vorsichtig betrat sie das Gebäude, musste immer wieder herabgefallenen Balken und kaputten Möbelstücken ausweichen. Den Rücken stets der Mauer zugewandt, hielt sie Ausschau nach dem Killer. Schließlich erreichte sie den Hintereingang. Silberhelles Mondlicht fiel auf die Gestalt, die vor der Tür lag.

Himmel hilf!

Victoria blickte prüfend den Weg entlang, schaute schnell nach hinten, dann ging sie in die Knie. »Ich bin hier, Samurai. Stiehl dich jetzt nicht von der Party davon!« Er schwitzte, ein Blutsfaden sickerte aus seinem Mundwinkel, Blut verschmierte auch sein Hemd, direkt unterhalb seines Herzens, und sie legte ihre zitternde Hand über den hässlichen kleinen Einstich. Noch einmal versuchte er krampfhaft Luft zu holen, dann war er still.

Sie sah ihn fassungslos an. »O verdammt, Banner, tu mir das nicht an! Hilfe ist doch schon unterwegs!« Doch es war zu spät. Sein Blick war starr. Sie schloss die Augen, der Schmerz drohte sie zu überwältigen, Wut zerriss ihr das Herz. Sie klammerte sich an ihren Zorn, um nicht loszuheulen, denn wenn sie begonnen hätte zu weinen, hätte sie nicht mehr aufhören können. Nie mehr. Sie atmete ein, ganz tief, stieß die Luft nur langsam wieder aus. Später, dachte sie. Dann küsste sie seine Lippen, schloss sanft seine Augen und richtete sich wieder auf. Sie nahm die Schutzhülle von ihrer Taschenlampe und richtete den Lichtstrahl auf den Boden, auf der Suche nach Blutspuren.

*Komm schon, Ivy League, tu mir den Gefallen und verlier ordentlich Blut!*

Sie suchte rund um Coles Körper den Boden ab, der übersät war mit Müll, Getränkedosen und zersplittertem Holz, das jemand als Ziel für seine Schussübungen benutzt hatte. Warum muss ausgerechnet ein so guter Mann wie er an so einem verkommenen Ort sterben, dachte sie, dann versuchte sie sich vorzustellen, wie sich der Kampf abgespielt haben mochte, überprüfte den Winkel der Fußabdrücke, bemerkte die Blutspritzer auf Coles Jeans. Das Blut seines Mörders. Aus kürzester Entfernung getroffen, entschied sie, dann richtete sie den Strahl der Taschenlampe wieder auf den Boden, entdeckte die Blutspur. Der Schein war nicht besonders stark, aber er genügte, um zu erkennen, in welche Richtung die Spur führte. Sie folgte ihr und wünschte erneut, sie hätte ihr Nachtglas dabei, damit das Licht ihrer Lampe den Mörder nicht alarmierte. Hätte sie selbst doch nur Coles Posten übernommen! Polizeisirenen klangen in der Ferne auf, zerrissen die Stille. Victoria hoffte, dass Coles Mörder endlich seine Arroganz verlieren und rennen würde.

Und blutete.

*Ja, tu uns allen den Gefallen und stirb, du Hurensohn!*

Eine halbe Stunde später starrte sie auf den dunklen Berg, der vor ihr aufragte, und seufzte resigniert. Und wenn sie noch tausend Mal gegen ihre Taschenlampe klopfte, würden die Batterien nicht mehr funktionieren. Hinter ihr zuckten die roten und blauen Lichter der Streifenwagen durch die Nacht, näherten sich über die kurvenreiche Straße dem Viehhof. Victoria hängte ihre erloschene Taschenlampe an einen Busch. Während sie sich auf den Rückweg machte, markierte sie bestimmte Punkte, um den Weg wiederfinden zu können. Sie merkte nicht, dass ihre Wangen nass von Tränen waren.

Gegen die Wand gelehnt, beobachtete Victoria, wie die Männer ihren besten Freund in einen schwarzen Plastiksack hüllten. Gerade, als er in den Wagen des Gerichtsmediziners gehoben wurde, wurde auch eine Trage in einen Krankenwagen geschoben, die Rettungssanitäter bemühten sich um die bewusstlose junge Frau.

*Wenigstens lebt sie noch.*

Ivy League hatte sein Ziel diesmal nicht erreicht, und das war ein Bruch in seinem Ritual. Victoria nahm an, dass es ihn wütend machen würde und – hoffentlich – nachlässig. Dass er diesmal die junge Frau aus Rache entführt hatte, war ebenfalls etwas Neues. Victoria hüllte sich enger in ihre mit Fleece gefütterte Lederjacke, zog an ihrer Zigarette. Während sie den Rauch wieder ausstieß, lauschte sie auf die Gespräche der Polizisten. Sie wartete darauf, dass ihr ein Freund ein Pferd brachte. Noch ein hastiger Zug an der Zigarette. Sie strich sich das Haar aus der Stirn, rieb sich die müden Augen und betete darum, dass der liebe Gott ihr Geduld schenkte, bevor sie noch jemandem den Hals umdrehte. Warum dauerte das alles so lange? Ihr Herz war wie starr, Ungeduld zerriss sie fast. Sie wollte los, bevor die Spezialeinheit des FBI auftauchte und die Typen ihre Muskeln spielen ließen, bevor das ganze Gelände von Deputys überschwemmt wurde und Polizeibeamte und Freiwillige sämtliche Spuren zertrampelten. Aber sie war gezwungen zu bleiben, auch wenn ihr die kostbare Zeit davonlief. Dieser verdammte Papierkram – wenn sie nicht bald die Erlaubnis bekam loszuziehen, dann würde sie sich eben so auf den Weg machen.

Ein Mann näherte sich ihr. Sein wettergegerbtes Gesicht war ihr vertraut: Mark Daniels, U. S. Marshal.

»Überlass diesen Job anderen, Vic«, sagte er, als er ihr Coles Kopfhörer reichte. »Du hast getan, was du konntest.«

Wenn sie das getan hätte, dann würde Cole jetzt noch leben. »Kommt überhaupt nicht in Frage.« Sie stopfte Kopfhörer und Mikro in ihre Tasche, schnippte ihre Zigarette weg und beobachtete, wie sie einen glühenden Bogen zog, bevor sie auf der Erde landete. »Jack bezahlt mich nicht dafür, dass ich auf meinem Hintern sitze und heule«, antwortete sie. Sie stieß sich von der Wand ab und ging an ihm vorbei zu ihrem Auto. Einen Moment zögerte sie, bevor sie den Kofferraum öffnete, und starrte auf die Schlüssel in ihrer Hand. Cole hatte den Wagen vorhin gefahren, und sie hatte seinen leblosen Körper absuchen müssen, um sie zu finden. Sein Blut klebte immer noch daran.

Heftig schob sie den Schlüssel ins Schloss, öffnete die Klappe und schob etliche Burger-King- und Taco-Bell-Verpackungen beiseite, um ihren Rucksack hervorzuziehen. Ein Ruck am Reißverschluss, dann unterzog sie den Inhalt einer kurzen Inventur. Ungeduldig schüttelte sie ihr langes Haar zurück, während sie ihre Verwandlungsutensilien durchsah. Dann überprüfte sie ihre Waffe, steckte genug Reservemunition ein, ein Messer, den Elektro-Schocker, das Kopfhörer-Set, eine Mini-Kamera, Karten, etliche kleine Flaschen Wasser und eine zusammengerollte Jeans. Aus einem anderen Beutel holte sie, was sie sonst noch brauchen mochte: einen dicken Umschlag mit Kassetten, zwei uni T-Shirts und eine Plastiktüte mit frischen Slips. Ein BH musste reichen, notfalls konnte sie darauf verzichten, nicht aber auf Essvorräte. Also stopfte sie noch in jeden verfügbaren Winkel Energieriegel und Fertiggerichte.

Mark stand die ganze Zeit über neben ihr und versuchte sie zu überzeugen, dass sie aufgeben und sich eine Ruhepause gönnen sollte.

»Du meinst, ich soll auf die FBI-Leute warten?« Das hatte sie ganz bestimmt nicht vor!

Unbehaglich trat er von einem Bein aufs andere. »Schließlich haben sie jetzt die Verantwortung für diesen Fall übernommen.«

Sie warf ihm einen Blick von der Seite her zu. »Verantwortlich sind wir alle, Mark. Aber er ist ein auf Kaution frei gelassener Angeklagter, der abgehauen und auf dem Weg zur Grenze ist – und deshalb gehört er mir.« Sie zog den Reißverschluss ihres Rucksacks zu. »Ich muss los, und zwar *jetzt.*« Wie um ihre Worte zu unterstreichen, knatterten plötzlich Hubschrauber über ihren Köpfen. Sicher haben sie Wärmespürgeräte dabei, dachte sie, und genug Leute, um alle Spuren zu zerstören.

»Soll ich dich als Deputy vereidigen?«

Sie zuckte mit den Schultern, und während er begann, ihr die Eidesformel vorzusprechen, schaute sie noch einmal in den Kofferraum, um sicherzugehen, dass sie nichts vergessen hatte. Er will sich absichern, dachte sie und hob die rechte Hand.

»Okay, okay, spar dir den Atem – ich schwöre!«

Sie schlug den Kofferraumdeckel zu und wandte sich Mark zu. »Ich kann es mir nicht leisten, noch mehr Zeit zu verlieren.« Er fing die Autoschlüssel auf, die sie ihm zuwarf. »Behalt sie.« Mark runzelte die Stirn, und Victoria zuckte mit den Schultern. »Verkauf den Wagen, lass ihn verschrotten – mir ist es egal. Ich habe irgendwie das Gefühl, dass ich nicht wiederkommen werde.«

Bestürzung spiegelte sich auf seinem Gesicht wieder. »Wieso?«

»Das ist mein letzter Fall, Mark. Danach werde ich vielleicht . . .«

Vielleicht was? Blumen züchten? Sie hatte nie Pläne für die Zukunft gemacht. Sie arbeitete für Fat Jack, und mit ihrem Gehalt konnte sie gerade so eben ihre Ausgaben decken. Himmel, sie hatte noch nicht mal eine eigene Wohnung. Sie hatte sich über ein Jahr lang ein Haus mit Cole geteilt, aber sie war ja fast nie da gewesen. Und jetzt war er nicht mehr da...

»Falls du Informationen über mich haben willst – alles, was du brauchst, findest du in Coles Akten – unter dem Stichwort ›Nervensäge‹.«

Mark grinste, doch seine Augen blickten traurig. Sie war eine fähige Jägerin, die beste, mit einem untrüglichen Instinkt, was ihre Beute betraf. Nur deshalb würde er sie nicht aufhalten. Selbst wenn sie das Gebiet so dicht abriegelten, dass nicht mal eine Fliege durchkommen konnte, durfte man eines nicht vergessen: Victoria hatte eine hundertprozentige Erfolgsquote, sie war diejenige gewesen, die vermutet hatte, wie sich der Killer verhalten würde, sie hatte früher als alle anderen geahnt, wohin er sich wenden würde. Sie hatte ihr ganzes Leben darauf konzentriert, entlaufene Straftäter wieder zurückzubringen. Und sie war eine Meisterin darin, sich unkenntlich zu machen. Mark konnte gar nicht mehr zählen, wie oft er direkt neben ihr gestanden und sie nicht erkannt hatte. Dabei kannte er sie schon seit Jahren, war ihr Ausbilder bei der Polizei gewesen. Doch die Frau, die jetzt neben ihm stand, erinnerte in nichts mehr an die junge Frau von damals – sie war schroff, nahm keine Rücksicht auf Gefühle, weder in ihrem Beruf noch in ihrem Privatleben. Verdammt, er konnte sich nicht mal vorstellen, dass sie sich so verhielt wie andere Frauen – sich verabredete, einkaufte, sich mit Freundinnen zum Essen traf, sich vielleicht ein bisschen verwöhnen ließ. Sie lebte einzig und allein für die Jagd.

»Sag kein verdammtes Wort«, warnte sie ihn, denn sie hatte seinen Blick richtig gedeutet. »Es würde sowieso nichts ändern.«

»Nein. Aber trotzdem – irgendwann demnächst werde ich dich doch noch dazu bringen, ein Kleid anzuziehen und dich mit meinem kleinen Bruder zu verabreden.«

Sie zwinkerte ihm zu. »Dem Modefritzen aus L. A.?« Er nickte. »Na toll. Bestimmt wird uns der Gesprächsstoff keine Sekunde ausgehen«, meinte sie und verdrehte die Augen. Dann warf sie sich den Rucksack über die Schulter. Ein Deputy rief ihr etwas zu, und sie ging ihm entgegen und nahm ihm die Zügel ab. »Danke, dass du mir die Stute leihst, Kyle.«

Kyle warf dem Marshal einen kurzen Blick zu und wollte schon etwas sagen, überlegte es sich dann aber anders. Stattdessen meinte er nur: »Falls etwas sein sollte, findet sie ihren Weg schon allein nach Hause.«

»Wie beruhigend«, erwiderte Victoria, dann befestigte sie ihren Rucksack am Sattel, doch bevor sie aufsteigen konnte, packte Mark sie und drückte sie einmal fest an sich.

»Komm am Samstag zum Abendessen zu Janey und den Kindern«, sagte er ihr ins Ohr. Victoria nickte, gestattete sich noch einen Moment, in seiner Umarmung zu bleiben, seine Stärke zu spüren. In ihrem Hals formte sich ein Kloß. Abendessen im Kreis der Familie, lachende Kinder, ein Heim … *Hör auf! Nicht schwach werden, nicht jetzt, denn sonst verspeist Ivy League dich bei lebendigem Leib,* dachte sie. Schnell löste sie sich aus seinen Armen und schwang sich in den Sattel. Sie lenkte die Stute weg von den Polizeifahrzeugen, doch plötzlich stellte sich ihr Fat Jack Palau in den Weg und griff nach den Zügeln. Er war ganz außer Atem – an sich nichts Außergewöhnliches bei seiner Figur, aber das Hubschraubergeräusch in einiger Entfernung ließ sie vermuten, dass er seine von einem Hawaiihemd umhüllte Leibesfülle in ungewohnt eilige Bewegung versetzt hatte, um sie, Victoria, noch zu erwischen.

Jack ließ seinen Blick über sie und ihre Ausrüstung gleiten, registrierte die Entschlossenheit in ihren Augen. »Es würde keinen Unterschied machen, wenn ich dich feuere, oder?«

»Sie haben mich bereits letzte Woche einmal rausgeschmissen.«

Er schnaubte, dann blickte er dem davonfahrenden Leichenwagen nach und hob fragend eine Augenbraue.

»Cole«, sagte sie nur, und er wurde blass. Dann schaute er sich um, ob er Cole nicht doch irgendwo entdecken und sie damit zur Lügnerin stempeln könne.

»Er starb, bevor ich den Kerl erwischen konnte.« Ihre Stimme brach, Schmerz flackerte in ihren Augen auf, als sie Jack berichtete, was passiert war. Cole, das Mädchen, die Blutspuren und der Wagen – das alles war mehr als genug, um den Killer lebenslang hinter Gitter zu bringen – wenn sie ihn gehabt hätten. Sie musste ihn schnappen, tot oder lebendig!

»Wie viel Vorsprung hat dieser Hurensohn?«

Sie war erleichtert, dass er sie nicht aufzuhalten versuchte, denn Fat Jack konnte ein harter Gegner sein, wenn man eine andere Meinung hatte als er. »Etwas mehr als zwei Stunden.« Man sah ihr deutlich an, wen sie dafür verantwortlich machte: die Marshals, den zuständigen Sheriff, den elenden Papierkram, den sie verabscheute. »Und wenn ich richtig schätze, dann schafft er ungefähr fünf Kilometer pro Stunde.«

»Deine Vermutungen sind meistens gottverdammt richtig.« Er ließ die Zügel los. »Finde ihn!«

»In ein paar Stunden wird es hell«, sagte sie und versuchte die nervöse Stute zu beruhigen. »Er blutet, ziemlich stark sogar, denke ich, aber das hängt davon ab, wo Cole ihn getroffen hat. Viele Möglichkeiten wegzukommen wird er nicht haben, da inzwischen wohl die meisten Straßen gesperrt sind.« Falls er überhaupt die Straßen benutzte. Sie schaute zu Mark hin, hinter dem ein halbes Dutzend Cops standen, denen es in den Fingern juckte, sie aus dem Sattel zu zerren. »Du hast mich als Deputy vereidigt, um deinen Hintern zu retten«, sagte sie, als sie seinen Stern abmachte und sich selbst ansteckte. »Und versucht gar nicht erst, mich aufzuhalten!«, fügte sie warnend hinzu. Die Männer, die gerade ihre kugelsicheren Westen überzogen, brummten vor sich hin. Garantiert würden sie die nächste halbe Stunde damit verbringen, sich zu überlegen, wer jetzt Gendarm und wer Räuber war. »Zirca drei Kilometer Richtung Norden fällt das Gelände hier leicht zu einem Wald hin ab, dann kommt ein höllisch steiler Berg, dahinter liegt ein Tal.« Mark nickte, und Victoria zeigte nach Westen. »Ich schlage vor, ihr versucht, dahinter zu kommen, damit ich ihn in eure Richtung treiben kann.« Um alle Einwände zu übertönen, hob sie die Stimme. »Hört zu, Leute. Ich hatte ihn bereits eine Weile verfolgt, bevor ihr hier aufgetaucht seid. Mit euren Nachtgläsern könnt ihr meine Markierungen gut erkennen.« Sie nahm ihr eigenes Nachtglas aus ihrem Rucksack. »Wenn er erst mal dieses Tal erreicht hat, verlieren wir ihn mit Sicherheit. Aber meinetwegen macht, was ihr wollt, und folgt mir.« Sie setzte ihren fleckigen alten Cowboyhut auf. »Aber gebt mir wenigstens ein paar Stunden Vorsprung, bevor mich eure freiwilligen Helfer mit ihren Taschenlampen blenden.«

»Eine Stunde«, schränkte Mark ein. »Und du musst Funkkontakt mit uns halten.« Stimmen drangen aus dem Gerät, das er ihr hinhielt.

»Vergiss es. Was ist, wenn er auch ein Gerät hat, das auf eure Frequenz eingestellt ist?« Sie lenkte die Stute ein paar Schritte vor und zwang die Männer so, zurückzuweichen. »Er hat die cleversten Polizisten bei elf Morden ausgetrickst, und ich will verdammt sein, wenn ich mir meine Kehle durchschneiden lasse, nur weil ihr ständig einen Bericht wollt.« Sie gab ihnen keine Möglichkeit mehr, sie noch länger aufzuhalten, und lenkte die Stute um die Männer herum, die ihre Landkarten studierten. Sie waren ihre Freunde und würden ihr genug Zeit für die Jagd lassen.

Mark, der ihr hinterherblickte, wollte noch etwas einwenden, aber Jack wehrte ab. »Vertrauen Sie meinem Mädchen, Daniels! Sie kann manches erreichen, was Ihre Jungs nicht können, und das wissen Sie auch. Vic wird uns nicht hängen lassen.«

»Aber sie ist doch nur eine Frau, Palau!«

Jack grinste. »Seit wann?«

Victoria ließ nicht zu, dass diese Bemerkung sie verletzte, indem sie sich auf ihr Vorhaben konzentrierte. Doch dann hielt sie noch einmal neben einem schwarz-weißen Streifenwagen an, obwohl die Stute tänzelte, nervös gemacht durch das statische Knistern der Funkgeräte und die flackernden Lichter. Victoria blickte auf den leicht übergewichtigen Officer herab, dessen Augen gerötet und verquollen waren.

Sgt. Allen blinzelte und straffte sich dann. »Du machst dich auf den Weg?«

»Ich hab ihn entwischen lassen, Randy.« Ihre Stimme klang flach.

Er trat einen Schritt näher und griff nach ihrer Hand. »Ich mache dir keinen Vorwurf, Vic.«

»Ich weiß«, erwiderte sie sanft und drückte seine Hand. Sie dachte an Lisa Allen und daran, was alles zerstört werden würde, wenn sie stürbe – dieser Mann hier, sein Schwiegersohn und seine Familie, ihre Freunde. Wenn ich es wäre, brauchte niemand zu leiden. Sie beugte sich herab und gab ihm einen Kuss auf die Wange. »Ich schwöre dir, dass ich ihn dir bringen werde«, versprach sie. »Tot oder lebendig!«

Dann ließ sie die Stute endlich laufen, Richtung Norden, auf der Spur des Mörders. Bald schon war sie mit der Dunkelheit verschmolzen.

# 2

*1872*
*Colorado*

Marshal Christopher Swift packte den zwölfjährigen Jungen beim Kragen, hob ihn unsanft von der Hintertreppe des Saloons herunter und ließ ihn einen panikerfüllten Moment lang ein Stück über dem Boden zappeln, während er die viel zu stark geschminkte, halb nackte Prostituierte anblickte, die auf dem Treppenabsatz stand.

»Hey, das ist nicht Ihre Angelegenheit, Marshal!« Eine Hand in die Hüfte gestützt, stampfte sie ungeduldig mit einem Fuß auf.

Und ob das seine Angelegenheit war! »Ein bisschen mehr Vernunft hätte ich schon von dir erwartet, Dee!«

Sie schnaubte undamenhaft und verschwand hüftschwenkend im Inneren des Hauses, wobei sie halbherzig ihren Morgenmantel über die nackten Schultern schob.

Christopher wandte seine Aufmerksamkeit wieder dem Jungen zu, ließ ihn herunter und schüttelte ihn noch einmal, bevor er ihn losließ. Er stank wie alte Kartoffeln, und sein Haar war unglaublich schmutzig. Hastig stopfte er sein Hemd in die Hose, während seine Blicke zwischen dem Marshal und dem hünenhaften Deputy hin und her schossen, der an einem Pfosten lehnte und sein Messer als Zahnstocher benutzte.

»Sie werden mich doch nicht verpetzen, Marshal, oder?«

»Kommt darauf an.«

Panik zeigte sich in den Augen des Jungen. Chris seufzte

und wünschte, er könnte diesem verwilderten Jungen helfen. »Wenn ich dich noch einmal im Umkreis von zehn Metern von diesem Haus erwische, dann sag ich's deinem Vater.«

Der Junge blinzelte. »Dann kann ich jetzt verschwinden?«

Der Marshal nickte, und der Junge schoss davon wie der Blitz. Chris blickte ihm hinterher.

Noble Beecham saugte an seinen Zähnen, dann sagte er: »Was willst du denn von einem von Vels Mädchen erwarten?«

Chris blickte seinen Deputy an. »Jedenfalls nicht, dass sie ihm anbieten, ihn zum Mann zu machen.«

»Ha!« Noble schaute sehnsüchtig auf die Tür. »Ich wünschte, Dee würde mir auch mal ein Schäferstündchen schenken.«

»Denk lieber an deine Pflicht, Deputy, und geh weiter!«, sagte Chris mit einem Hauch von Schärfe.

Noble warf ihm einen Blick zu, klappte gemächlich das Messer zusammen und steckte es in die Scheide, die an seinem Gürtel hing. Dann nickte er und stieß sich von dem Pfosten ab.

»Du kannst sie nicht alle unter deine Fittiche nehmen, Chris«, hörte er den Deputy leise sagen.

»Der Junge ist in einem Alter, wo er besonders dringend eine Mutter bräuchte.«

»Du hast ein zu weiches Herz«, klang es zu ihm herüber.

Ein zu weiches Herz! Wenn das der Fall wäre, dann hätte er den Jungen mit der Hure gehen lassen! Chris setzte seinen Weg fort, überprüfte, ob die Türen der Geschäfte verschlossen waren, blickte in kleine Seitengassen. Er und Noble machten ihren üblichen Rundgang, zeigten sich persönlich in der Stadt, obwohl er im Ort noch weitere fünfzehn Deputys postiert hatte. Kutschen rollten vorbei, Wagen, auf denen ganze Familien saßen, die nun nach Hause zurückfuhren. Musik erklang von irgendwoher. Der Besitzer eines Ladens hielt höflich zwei Kundinnen die Tür auf, die ihre Einkäufe fest an die Brust drückten, als sie zu ihrem Buggy gingen. Grüßend tippte Chris an die Hutkrempe, doch die beiden antworteten nur mit einem Kichern und einem Nicken. Da sie offensichtlich nicht vorhatten, sich auf ein Gespräch einzulassen, ging er weiter.

»Machen Sie Dee keine Vorwürfe, Marshal. Sie dachte, sie würde dem Jungen einen Gefallen tun!«

Chris blieb stehen und blickte zu der üppigen Rothaarigen hinauf, die sich aus dem Fenster lehnte und ihm tiefe Einsichten gewährte.

»Guten Abend, Vel!«

»Verdammt will ich sein, wenn das ein guter Abend ist! Drei meiner besten Mädchen haben solche Langeweile, dass sie angefangen haben, Karten zu spielen.« Sie bedachte ihn mit einem einladenden Lächeln, während sie seinen schlanken Körper musterte. »Möchten Sie sie nicht ein bisschen beschäftigen?«

»Nicht heute Abend!«

»Und auch sonst nicht, nicht wahr?« Als sie lachte, hüpften ihre fülligen Brüste fast aus dem Spitzenmieder. »Man kann sich leicht einsam fühlen, wenn man immer nur ein Pferd als Gesellschaft hat.«

Chris schaute zur Straßenmitte, wo sein schwarzer Hengst stand und so brav wie ein Hündchen wartete.

»Ich komme schon zurecht.«

»Dann müssen Sie einen steinharten Felsen zwischen Ihren langen Beinen haben!«

Chris grinste. »Sie sind schamlos, Vel!«

»Sind wir Huren das nicht alle?«

Sein Lächeln enthüllte eine Reihe blendend weißer Zähne. Velvet Knight war ehrlich und warmherzig, und sie machte niemals einen Hehl daraus, wer und was sie war. Ganz sicher war sie die glücklichste Hure weit und breit.

»Nacht, Marshal!«

Grüßend hob er die Hand an den Hut, dann ging er weiter.

Er hatte Vels Saloon noch nie als Kunde betreten. Nicht, dass er nicht ab und zu das Bedürfnis gehabt hätte. Aber er war sicher, dass er an Respekt verlieren würde, wenn man ihn mit einer der Huren sah. Deshalb ritt er, wann immer er das Bedürfnis hatte, in die benachbarte Stadt, um sich mit der hübschen Witwe Bingham zu treffen. Angela war in seinem Alter, attraktiv, unabhängig und nach fünfzehn Jahren Ehe mit einem gewalttätigen Ehemann nicht gewillt, erneut einen Mann in ihrem Leben zu dulden. Zwischen ihnen bestand ein Abkommen: keine engen Bande, keine Erwartungen an die Zukunft, nur höfliche Unterhaltung und angenehmer, diskreter Sex. Es war eine sehr zufrieden stellende Lösung – keine Leidenschaft, keine Herz erschütternden Küsse oder sinnliches Necken. Eine Lösung, die lediglich Erleichterung verschaffte.

Doch tief in seinem Herzen wünschte Chris sich mehr, so sehr, dass es manchmal schmerzte.

Das Geräusch splitternden Glases riss ihn aus seinen Gedanken, und er blieb vor dem Pearl Handles Saloon stehen. Es ging ein bisschen heftig her für einen normalen Werktag, und ein Blick durchs Fenster zeigte ihm, dass der Saloon voller Cowboys und Bergleute war, die ihren Whiskey wie Wasser tranken.

Verdammt.

Er hatte schon in der vergangenen Woche genug Mühe gehabt, das überschäumende Temperament der Männer unter Kontrolle zu halten, und er hatte keine Lust, sein Gefängnis mit betrunkenen Kerlen zu füllen. Er würde Noble Bescheid sagen, entschied er. Er hatte keine Lust, sich heute Nacht selbst um diesen Schlamassel zu kümmern.

Die Zügel in einer Hand, beugte Victoria sich hinab, riss das Blatt ab und rieb mit dem Daumen darüber. Es war feucht.

Und als sie es an die Nase hielt, schnupperte sie den metallischen Geruch von Blut.

Erinnerungen stürzten auf sie ein, stachelten ihre Wut an.

Die sie mit vermehrter Heftigkeit weiter trieb.

Sie richtete sich wieder auf und setzte ihr Nachtglas an die Augen. Die Dunkelheit lichtete sich ein wenig, aber sie wusste, dass sie den Killer nicht sehen würde. Noch war sein Vorsprung zu groß, aber in spätestens einer Stunde würde sie ihm im Nacken sitzen.

Er blutete, ziemlich heftig, aber dennoch nicht genug, um ihn aufzuhalten. Sie hatte keine Ahnung, wo ihn Coles Schuss getroffen hatte – hoffentlich am Kopf!

*Ich muss damit aufhören!* Sie durfte nicht zulassen, dass er ihr dermaßen unter die Haut ging, sie so wütend machte, ihr Denken vernebelte. Aber sie konnte Cole einfach nicht vergessen – attraktiv, muskulös, der Traummann eines jeden Mädchens, und jetzt kalt und tot. *Das Messer muss ihn mitten ins Herz getroffen haben, sonst wäre er nicht so schnell gestorben.*

Sie verdrängte sein Bild und konzentrierte sich wieder auf die Spur. Es war nicht einfach, ihr zu folgen, und sie konnte sich nicht nur auf ein paar Blutstropfen verlassen. Irgendwann würde die Wunde aufhören zu bluten. Gott sei Dank war die Erde weich genug, dass sich immer wieder Fußabdrücke abzeichneten, hier war ein Zweig geknickt, dort war er gegen ein paar Steinchen gestoßen. Und hier ist er gestolpert, dachte sie und ließ sich auf ein Knie nieder, um die Stelle genauer zu betrachten. So deutlich, als hätte er ein Zeichen gesetzt. Schon erstaunlich, überlegte sie, wie unverkennbar die Abdrücke von einem Paar teurer Hermes-Schuhe hier in dem fruchtbaren Boden von Colorado sein können!

Victoria richtete sich wieder auf. Ihre Beute befand sich ungefähr drei Kilometer vor ihr, und langsam begann es zu dämmern. Sie musste unbedingt weiter. Er dürfte jetzt ziemlich schwach sein und Wasser brauchen, dachte sie, als sie ihre Jacke auszog und über den Sattel warf.

»Komm, mein Mädchen«, drängte sie die Stute, die ihr gehorsam folgte. Weiter ging es nach Norden, auf den Wald zu, der sich einen Berghang hinaufzog. Kurz blickte sie zurück, hin zu dem Viehhof, der immer noch von Streifenwagen umgeben war. Dort formierte sich jetzt eine Kette von Männern, die sich dunkel gegen den Horizont abzeichnete. Sie brechen auf, dachte sie mit einem kleinen Lächeln.

»Wir müssen ihn als Erste finden, Mädchen«, sagte sie zu der Stute. Über ihr knatterte ein Hubschrauber, sie machte ein Zeichen, zeigte nach Nordwesten. Die Maschine wackelte einmal, dann drehte sie ab. Im Geiste dankte Victoria Mark Daniels für die Chance, ihre Selbstachtung zurückzugewinnen, nachdem sie alles verpatzt hatte. Ein Patzer, der Cole das Leben gekostet hatte. Ihre Augen brannten plötzlich, und sie beschleunigte ihr Tempo, versuchte, ihren Kummer zu verdrängen.

Wasser. Er würde Wasser brauchen.

Victoria ließ die Zügel locker, damit die Stute aus dem kleinen Fluss saufen konnte, an dessen Ufer sie entlangmarschierte. Kiesel knirschten unter ihren Stiefeln. Ivy League hatte vermutlich Schmerzen, die Kugel musste ihn irgendwo im Bein getroffen haben. Wahrscheinlich ein glatter Durchschuss. Und jetzt sammelte sich das Blut in seinen Schuhen. Als Victoria sich ihren Weg zwischen einigen Felsen suchte, stützte sie sich ab, doch die Hand glitt von dem Stein ab. Sie starrte auf ihre Handfläche, die mit dunklem Blut verschmiert war.

»Bingo!«, flüsterte sie, und ein erwartungsvoller Schauer durchlief sie. Sie blieb stehen, um die Abdrücke auf dem feuchten, weichen Boden zu betrachten. Ein schmaler Weg führte am Flussufer entlang. Victoria richtete sich auf und betrachtete stirnrunzelnd den kleinen Wasserfall. Ihr Blick glitt über die Rundung des grauen Felsens, über den sich das Wasser ergoss. Sie konnte sich nicht daran erinnern, ihn auf der Karte gesehen zu haben. Als sie langsam weiterging, entdeckte sie noch mehr Blutspuren, schwarze Streifen, die seine Absätze auf dem Felsen hinterlassen hatten, kleine Steine, die weggerollt waren. Auf einer wackeligen Felsplatte blieb sie stehen und blickte zu der Stelle hinauf, von wo der Fluss sich in einem leichten Bogen nach unten stürzte, funkelnd, als wäre er aus Kristall, und sich dann aufspritzend in das Becken ergoss.

Okay, der Fluss konnte seinen Lauf geändert haben, aber normalerweise waren die Karten des National Park Service immer korrekt. Weshalb war dann dieser Wasserfall nicht auf ihrer Karte eingetragen? Und dieser Berg, ein Hügel eigentlich nur, war nicht steil genug, um einen solchen Wasserfall hervorzubringen. Aber sie wollte verdammt sein, wenn dieser Wasserfall nicht wirklich und wahrhaftig existierte!

Sie hielt ihre Hände unter das kühle Nass, ließ es ihre Finger reinigen, bevor sie das Wasser auffing und trank. Erst jetzt merkte sie, wie durstig sie war. Schließlich trocknete sie ihre Hände an den Jeans ab und kletterte dann wieder hinunter zum Ufer, wo sie den Boden zweimal ganz genau absuchte, um zu sehen, in welche Richtung er weitergegangen war. Sie watete sogar durch den Fluss, hüfttief, vorsichtig einen Fuß vor den anderen setzend, falls es irgendwo eine tiefere Stelle gab, um das gegenüberliegende Ufer zu untersuchen. Nichts, nur ein paar Tierfährten waren hier zu sehen.

Sie versuchte es noch einmal am anderen Ufer, ging wieder zum Wasserfall. Nein, es führte keine Spur von hier weg. Aber er konnte auch nicht den Felsen hinaufgeklettert sein, denn dabei hätte er deutliche Spuren hinterlassen. Aber wohin, zum Teufel, konnte er dann gegangen sein?

Sie dachte nach, versuchte sich in ihn hineinzuversetzen, seinen Schmerz und seine Verzweiflung nachzuempfinden.

Vielleicht versuchte er, sich irgendwo zu verstecken und abzuwarten. Ihr Blick glitt zurück zu seinen Spuren, die *in* den Wasserfall zu führen schienen. Nein, das ist zu einfach, dachte sie, hatte aber schon ihr Messer in der Hand. Festen Grund für ihre Füße ertastend, bewegte sie sich seitwärts, den Rücken zum Felsen, während sie sich Stückchen für Stückchen nach vorn arbeitete. Sie wappnete sich gegen den Kälteschock, hob einen Arm schützend vors Gesicht und tauchte dann durch den flüssigen Vorhang. Mit zusammengekniffenen Augen schaute sie sich um.

»Heiliger Herr im Himmel!«, flüsterte sie, dann betrat sie die Höhle, die hinter dem Wasserfall lag. Die Felswände glitzerten vom Sprühnebel, Pfützen zeigten, wo der Boden uneben war. Nirgendwo waren Fußabdrücke. Das Sonnenlicht, das durch das Wasser fiel, verbreitete einen seltsamen blaugelben Schimmer. Wahrscheinlich enthält der Felsen Quarz, dachte sie flüchtig und wischte sich mit dem Ärmel einen Wassertropfen von der Nase. Victoria bückte sich, studierte sorgfältig den Boden, die Wände, tastete über kleine Felsvorsprünge, drehte dann ihre Finger ins Licht, um zu sehen, ob sich irgendwo Blut befand. Der Sprühnebel färbte ihre Fingerspitzen rosa.

Sie lächelte.

Victoria richtete sich auf, schob ihren feuchten Pferdeschwanz nach hinten. Sie fühlte sich merkwürdig leicht im Kopf, als sie einen Schritt vortrat, das Messer gezückt. Unvermittelt stand sie in hellem Sonnenlicht, als hätte jemand plötzlich einen Schalter angeknipst. Sie erstarrte. Stirnrunzelnd blickte sie zurück zu dem Wasserfall, dann schaute sie hinaus auf das offene Land, das sich vor ihr erstreckte. Das war einfach unmöglich! Vorsichtig kehrte sie zurück. Als sie wieder an der Stelle stand, an der sie durch den Wasserfall getreten war, sah sie ihre Stute, die friedlich graste, und all die Spuren, die Ivy League hinterlassen hatte. Erneut schlüpfte Victoria durch den Wasservorhang, bewegte sich vorsichtig vorwärts – es war alles genauso wie vor ein paar Minuten. Die Höhle war ein Durchgang durch den Berg, aber das war schlicht unmöglich – sie war nicht lang genug.

Und hier vorn fiel der Boden abrupt ab.

Kurz überprüfte sie das Gelände, dann schlitterte sie den Hang hinunter, löste dabei kleine Steinlawinen aus. Der Boden hier war ungewöhnlich staubig und trocken. Sie suchte nach Fußabdrücken oder Blutspuren, konnte aber nichts entdecken. Verdammt. Sie ließ sich auf einen Felsbrocken sinken. Ihre Kleidung dampfte in der Hitze. Mist, dachte sie, während sie sich die Stiefel auszog und das Wasser auskippte. Ihre nasse Jeans schien Tonnen zu wiegen, und genauso schwer erschien ihr ihre Enttäuschung. Sie drückte ihr feuchtes Haar aus und versuchte, ihrer Verwirrung nicht nachzugeben, sondern logisch zu denken. Er war durch den Wasserfall gegangen und verschwunden. Aber wie? Und wann? Und wenn er nur ein paar Stunden Vorsprung hatte, warum gab es dann hier keine Spuren? Der Wind konnte sie nicht innerhalb so kurzer Zeit verweht haben – mal ganz abgesehen davon, dass es nicht mal eine nennenswerte Brise gab.

Wieder schaute sie sich um, und ihr Blick schweifte zum Waldrand. Die Bäume standen weniger dicht, als sie anfangs geglaubt hatte. Das raue Land wirkte völlig unberührt, erstreckte sich nach Süden meilenweit den Berg hinab. Sie blinzelte, denn die Sonne blendete sie. Hier hat es schon eine ganze Weile nicht mehr geregnet, dachte sie, und schirmte die Augen mit der Hand ab. Sie schaute zurück in die Richtung, aus der sie gekommen war. Der graue Berg wirkte, als hätte eine gigantische Faust einen riesigen Felshaufen zertrümmert und überall Gesteinsbrocken und kleinere Felsen hinterlassen. Irgendwie kam ihr die Gegend merkwürdig vertraut vor. Plötzlich blieb ihr Blick an ein paar dunklen Flecken auf den Steinen um sie herum hängen. Sie glitt von dem Felsen, bückte sich und kratzte die trockene Masse vorsichtig mit ihrem Messer ab. Die Substanz zerbröckelte, und sie nahm eine weitere Probe. Das Zeug war staubfein, doch als sie es mit ein bisschen Wasser aus ihren tropfenden Haaren anfeuchtete und zwischen ihren Fingern verrieb, gab es keine Zweifel mehr: Es war Blut.

Und obwohl die Steine durch ihre Strümpfe stachen, suchte sie weiter, hob alles auf, was ihr verdächtig erschien, untersuchte es sorgfältig, bevor sie es wieder fallen ließ. An einem Strauch blieb sie hängen, und als sie versuchte, ihren Ärmel zu befreien, entdeckte sie plötzlich, was sie gesucht hatte: ein paar graue Fäden, die an einem Zweig hingen. Und dann bemerkte sie auch die Fußabdrücke.

Kannst dich wohl nicht von deinen Tausend-Dollar-Schuhen trennen, was, Ivy League? Du kannst ohne sie noch nicht mal ein Verbrechen begehen!

Der durchdringende Duft von Kräutern erfüllte die Abendluft, ein kleines Feuer knisterte und knackte, sandte Funken hinauf zwischen die Bäume. Die Tiere der Nacht stießen ihre Schreie aus, doch von all dem nahm Swift Arrow nichts wahr, denn er hatte sich an Mutter Erde geschmiegt, und sein Geist war in einem vertrauten Traum gefangen. Schweiß glitzerte auf seiner Haut, sein Atem ging schnell, denn zu seltsam waren die Empfindungen seines Traums, der ihm unglaublich real erschien.

Er stand am Rand des Camps seines Vaters, doch er konnte nicht zum Zelt seiner Familie gelangen, denn eine Reihe schweigender Krieger in voller Bemalung versperrte ihm den Weg. Sie hatten die Ohren vor seinen Bitten verschlossen, und schließlich drehte er sich um und ging davon, zurück zu seinem Platz in der Welt der Weißen.

Aber auch hier verwehrte man ihm den Zugang. Er wanderte von einer Straße zur anderen, doch jede war ihm durch Männer und Frauen versperrt. Er suchte sich einen anderen Weg, doch mit ebenso wenig Erfolg wie zuvor. Er konnte in sein Tal hinabblicken, sah sein Heim in der Ferne, schmerzhaft unerreichbar.

Ein Berglöwe, ein Puma, erschien plötzlich vor ihm, umkreiste ihn, zeigte ihm seine Fänge. Das Tier richtete sich auf die Hinterpfoten auf, fuhr mit einer Tatze durch die Luft und riss ihm drei Kratzer in die Haut über seinem Herzen. Blut tropfte auf seine Taille herunter. Der Puma lief ein Stück vor, hielt an und wandte den stolzen Kopf zu ihm um, bevor er sich wieder in Bewegung setzte, und die Menge teilte sich für die große Katze.

Der Menschenjäger führte ihn, brachte ihn zu seinem Heim.

Und dann befand er sich unvermittelt mitten im dichten Wald, eingehüllt in tropfenden, schweren Nebel, sah ein Stück vor sich den Schimmer eines unirdischen Lichts. Er hörte seltsame Geräusche, ein Sirren, das Rauschen von Wasser und die Rufe weit entfernter Stimmen.

Die Blätter raschelten leise, aber Swift Arrow bewegte sich nicht, verharrte, bereit zum Angriff, den Bogen gespannt.

Wieder erschien der Puma, langsam und geschmeidig schritt er durch den Nebel. Sein Fell war nass, jeden Schritt setzte er mit Bedacht. Die nebelverhangene Luft verdichtete sich um das Tier, hüllte es ein, doch seine goldenen, schwarz umrandeten Augen bannten Swift Arrow an seinen Platz. Aber er empfand nicht die geringste Furcht, spürte die Präsenz von etwas Weiblichem, als das Tier immer näher kam. Und dann begann sich der Körper des Berglöwen zu verändern, streckte sich bei jedem Schritt, die Vordertatzen verwandelten sich in schmale Hände, die hinteren in lange Beine, bis der Puma aufrecht ging und zu einer großen, schlanken Frau mit kräftigen Muskeln geworden war.

Nur die Augen waren dieselben geblieben.

Sie blieb vor ihm stehen, in ihren Augen ein Ausdruck unendlicher Trauer und Sehnsucht. Er fürchtete, dass sie jederzeit wieder entschwinden könnte. Sie sagte kein Wort, als sie eine Hand auf die drei Kratzer auf seiner Brust legte.

Swift Arrow spürte die Hitze ihrer Berührung, bevor sie zurück in den Nebel glitt und die Nacht sie verschluckte. Er streckte die Hand nach ihr aus, aber er konnte sich nicht bewegen. Sein Herz schmerzte so heftig, dass er fürchtete, es würde auseinanderbrechen. Er spürte Tränen in seinen Augen brennen. Als er auf seine Brust blickte, waren die Kratzer verheilt.

Swift Arrow schreckte aus dem Schlaf hoch, blinzelte, wandte den Kopf. Er setzte sich auf und suchte mit seinen Blicken das Gelände ab, dann wischte er sich den Schweiß von der Stirn. Er barg den Kopf in seinen Händen. Ein Teil von ihm wünschte sich, das Bild dieses Traums für immer festhalten zu können, ein anderer wünschte sich, es nie mehr sehen zu müssen. Dreimal innerhalb von zwei Tagen hatte er den gleichen Traum gehabt.

Er lebte noch nicht so lange in der Welt der Weißen, als dass er eine solche Vision einfach als Unsinn abgetan hätte, und das Cheyenne-Blut, das in seinen Adern floss, sagte ihm, dass dieser Traum eine Vorankündigung sei. Doch Marshal Christopher Swift hatte keine Lust, sich ausgerechnet jetzt sein Leben durcheinander bringen zu lassen, und schon gar nicht von einem Berglöwen, der sich in eine Frau verwandelte.

»Ich vertraue dir, altes Mädchen, denn Kyle möchte, dass du zu ihm zurückkehrst. Ich hab anderes zu tun, weißt du?« Victoria steckte eine Nachricht in die Satteltasche, lockerte das

Geschirr ein wenig, dann schnallte sie sich den Rucksack um und ging auf den Wasserfall zu, ohne einen einzigen Blick zurückzuwerfen. Sie verschwendete keinen weiteren Gedanken an die Polizisten, die eine Meile hinter ihr waren, oder an die Männer in den Hubschraubern über ihr. Sie konnte an nichts anderes denken als daran, dass Ivy League einen Weg gefunden hatte, um zu entkommen, und dass sie ihm folgen würde. Einen Moment lang blieb sie vor dem wie Kristall schimmernden Wasserfall stehen, dann tauchte sie hindurch, versuchte, auf dem schlüpfrigen Boden das Gleichgewicht zu bewahren, und schüttelte wie ein Hund das Wasser aus ihrem Haar. Sie ignorierte die Benommenheit, die sie heftiger als zuvor empfand, und dass die Luft merkwürdig dicht zu sein schien. Sie machte zwei Schritte und wurde von Licht und Wärme empfangen. Victoria rutschte erneut den Hang hinunter, begierig auf die Jagd. Sie ahnte nicht, dass hinter ihr der Fluss des Wassers immer schwächer wurde.

# 3

Victoria rollte herum, die Waffe in der Hand, und blickte direkt in das Gesicht eines … eines Indianers?

Sie betrachtete ihn genauer.

Er hockte höchstens einen halben Meter von ihr entfernt, und er zuckte mit keiner Wimper.

Er war unglaublich still, nicht mal seine Brust hob und senkte sich beim Atmen. Nur seine dunklen Augen bewegten sich, er musterte sie von Kopf bis Fuß, von ihren Stiefeln bis zu ihrem Haar, bevor er ihr wieder in die Augen sah.

Der 45er Beretta gönnte er keinen zweiten Blick.

Er trug nur einen Lendenschurz und wadenhohe Mokassins aus Hirschleder ohne jede Verzierung. Neben seinem rechten Fuß lagen ein Bogen und ein Bündel Pfeile, deren messerscharfe Spitzen im Sonnenlicht glänzten. Die Ellbogen hatte er auf die Oberschenkel gestützt, um die Handgelenke trug er Silberreifen. Aber es war sein Gesicht, das sie am meisten faszinierte.

Als wäre es aus Bronze gemeißelt.

Aristokratisch, stark. Und schön.

Und dazu der Körper eines Athleten. Wetten, dass er schon einige Herzen gebrochen hatte?

»Was wollen Sie?«

Keine Antwort.

»Hat der Große Geist Ihnen die Zunge gestohlen, Tonto?« Sie fühlte sich nicht im Geringsten bedroht und senkte den Lauf ihrer Beretta. »Hungrig?« Sie zeigte mit dem Lauf auf die Reste des Eichhörnchens, die neben dem erloschenen Lagerfeuer lagen.

Immer noch starrte er sie an. Der Wind spielte mit seinem dunklen Haar, und Victoria fragte sich unwillkürlich, ob es so weich sein mochte, wie es erschien.

»Was macht eine Frau ganz allein hier draußen in der Wildnis?«, fragte er plötzlich. Ihr gefiel der Klang seiner Stimme – tief und rauchig.

»Hm, gibt Ihnen die Tatsache, dass ich mich hier hingelegt habe, einen Hinweis?«

Sie glaubte, hinter seiner stoischen Maske den Hauch eines Lächelns zu erkennen, und entsicherte ihre Waffe, bevor sie sich auf einen Ellbogen stützte. Die Bewegung brachte ihr Gesicht nahe an seines, und das Haar fiel ihr dabei über die Schulter. Sie konnte ihn jetzt atmen hören, beinahe seinen Puls fühlen. Er wirkte stolz, distanziert.

Aber er hatte sanfte Augen.

Augen, in denen sie ertrinken könnte.

Du lieber Himmel! Dafür war jetzt wahrlich nicht der geeignete Zeitpunkt!

Schnell ließ Victoria sich zurückfallen, drehte ihm den Rücken zu und legte den Kopf auf ihren Rucksack. Sie seufzte, schloss die Augen und hoffte, dass er begriffen hatte.

Chris erkannte, dass er »entlassen« war, aber es scherte ihn nicht. Er war beeindruckt. Sie besaß kein Pferd, hatte sich etwas zu essen gefangen, wusste mit dieser merkwürdig ausschauenden Waffe umzugehen und hatte nicht das geringste Anzeichen von Furcht gezeigt. Keine Sekunde lang. Etwas, was er noch nie an einer Frau bemerkt hatte, umgab sie, etwas Wildes. Fast schien es, als fordere sie ihn heraus. Ihre Sinne waren geschärft, in einem Maße, wie er es nie bei einer Frau und schon gar nicht bei einer Weißen erwartet hätte, und er fragte sich, ob sie wusste, dass er sie fast eine halbe Stunde lang beobachtet hatte, bevor er sich ihr genähert hatte.

*Ihre Lippen scheinen fürs Küssen gemacht zu sein,* dachte er.

Aber es waren ihre Augen, die ihn am meisten faszinierten und heiße Vorstellungen und Sehnsucht in ihm weckten.

Erneut musterte er sie, und ihm gefiel, was er sah, ihre schlanke Figur, ihre Farben. Haar wie ihres hatte er noch nie gesehen, dicht und goldbraun mit Strähnen in Rot, Hellblond und einem dunkleren Braun. Und dann diese Augen … golden, mit schwarzen Flecken um die Iris.

Alles an ihr wirkte geheimnisvoll, irgendwie raubtierhaft.

Er zog eine Braue hoch, ein Schauder lief über seinen Körper. Sie? War sie der Berglöwe?

Vorsichtig streckte er die Hand aus, um ihr Haar zu berühren, doch dann hielt er mitten in der Bewegung inne; instinktiv wehrte er sich gegen die Verbindung, die er in seinem Traum erlebt hatte.

Verdammt. Sie würde ihn wahrscheinlich zwischen zweimal Gähnen erschießen. Es war verrückt. Da saß er, mitten im Wald, empfand Sehnsucht nach dieser ihm vollkommen fremden Frau, die offensichtlich nicht die geringste Angst verspürte und noch nicht einmal an einem Gespräch interessiert war.

Aber, verdammt noch mal, sie sah hinreißend aus, mit Beinen, die unglaublich lang und schlank waren.

Er lächelte, als sie ihn auch weiterhin ignorierte. Und obwohl er wusste, dass sie nicht schlief, ließ er sie in Ruhe.

Victoria spürte, dass er verschwunden war, obwohl sie keinen Laut hörte. Fast hätte sie ihn zurückgerufen. Es war lange her, viel zu lange, dass sie sich in Gesellschaft von jemandem befunden hatte, der weder im gleichen Job arbeitete noch ein Verbrecher oder ein Drogensüchtiger war, der sich mit einer Information ein paar Dollars verdienen wollte. Nicht, dass sie selbst mehr zu bieten gehabt hätte …

Außerdem war sie müde, so müde, dass sie die Spur von Ivy League zweimal verloren hatte. Und obwohl sie vor Ungeduld brannte, brauchte sie ein paar Stunden Schlaf. Denn sie wusste aus Erfahrung, dass Erschöpfung zu schlimmen Fehlern führen kann.

Und sie konnte sich keinen Fehler mehr leisten.

Denn sonst würde erneut jemand so enden wie Cole – mit einem rasiermesserscharfen Stilett mitten im Herzen.

Zusammengekauert hockte Victoria hinter ein paar Felsbrocken, über ihr das Blätterdach der Bäume, und betrachtete die Stadt, die vor ihr lag. Eine große Stadt, die nicht auf ihrer Karte eingezeichnet war. Nirgendwo konnte sie Telefon- oder Stromleitungen entdecken, geschweige denn eine einzige Satellitenschüssel. Auch Autos oder Lastwagen waren nirgendwo zu sehen. Die Leute dort gingen ausnahmslos zu Fuß, ritten oder fuhren in Kutschen oder Wagen. Keine Hubschrauber, die knatternd über ihr kreisten, keine Streifenwagen. Es machte sie nervös, denn die Polizisten hätten sie schon vor Stunden einholen sollen. Es war einfach zu still.

Sie ließ sich gegen einen der Felsen zurücksinken, drehte stirnrunzelnd eine Locke um ihren Finger und überlegte, welche Möglichkeiten es gab. Langsam entstand ein Plan. Wenn Ivy League diesen Weg gekommen war – und sie war dessen ziemlich sicher –, dann hatte er hier entweder einen Aufenthalt eingelegt oder die Stadt umgangen und seine Flucht fortgesetzt. Aber er war verwundet. Und da es hier offensichtlich kein Telefon gab, konnte er Hilfe suchen, ohne Angst haben zu müssen, dass die Behörden alarmiert wurden. Irgendwie bezweifelte sie, dass hier draußen ein Handy funktionieren würde.

Das wusste er wohl auch. Ivy League war gerissen, wahrscheinlich hatte er Fieber und war geschwächt von dem Blutverlust. Sie würde als Erstes überprüfen müssen, ob es einen Arzt in der Stadt gab. Aber sie würde bis Sonnenuntergang warten, das war sicherer. Dann waren weniger Menschen unterwegs. Sie musste darauf achten, dass sie so wenig wie möglich auffiel.

Seufzend strich sich Victoria ihr Haar zurück. Sie würde mindestens eine Stunde brauchen, um sich zurechtzumachen, vielleicht sogar länger, wenn es früh dunkel wurde. Sie durfte weder ihre Taschenlampe benutzen noch ein Feuer machen, das war zu gefährlich, denn dann könnte er sich an sie anschleichen, falls er noch in der Nähe war. Sie hatte nicht vor, diesen Kerl noch einmal zu unterschätzen.

*Verdammt, Cole, warum musstest du auch immer den Helden spielen?*

Ihre Kehle zog sich schmerzhaft zusammen. Sie würde ihn höllisch vermissen. Sie schluckte, kämpfte gegen ihren Schmerz und die Tränen an, die hinter ihren Lidern brannten, und suchte dann in ihrem Rucksack nach einer Zigarette. Sie fand eine zerknitterte Packung, schob sich eine Zigarette zwischen die Lippen, zündete sie an und machte einen tiefen Zug.

Cole hatte es gehasst, wenn sie geraucht hatte, obwohl sie immer nur dann zur Zigarette griff, wenn sie aufgewühlt war, und es sich eigentlich abgewöhnen wollte. So viel zu meinen guten Vorsätzen, dachte sie. Aber es waren ohnehin nicht mehr viele Zigaretten in der Packung, und sie war merkwürdig sicher, dass das Letzte, was sie in dieser Stadt finden würde, ein Päckchen Virginia Slims sein würde.

Christopher betrat sein Büro, das angenehm kühl war, und sein Blick glitt zu dem schlecht gelaunten Cowboy hinüber, der auf einer Pritsche hockte und an seinem Ehering spielte. Geschieht ihm recht, dachte er, und schloss die Tür mit Nachdruck. Der junge Rancher sprang auf, so hastig, dass er fast das Gestell umwarf, und klammerte sich an den Gitterstäben fest.

»Haben Sie sie gesehen, Marshal?« Er nahm seinen Hut ab. »Haben Sie mit Millie gesprochen?«

Chris betrachtete ihn einen Moment lang, registrierte den Eifer und das echte Bedauern des jungen Mannes. »Sie macht sich mehr Sorgen um Ihre Sicherheit als um sonst was.«

»Hat sie das gesagt?«

Chris warf Noble die Schlüssel zu. »Lass ihn raus«, befahl er, dann trat er hinter seinen Schreibtisch, nahm einen Revolvergurt aus dem Wandregal und wandte sich wieder dem jungen Rancher zu. »Reden Sie das nächste Mal mit ihr, statt in den nächstbesten Saloon zu stürmen und dort das Mobiliar zu zertrümmern!«

»Ja, Sir.« Boyd fing seinen Revolvergurt auf und schnallte ihn um, dann wartete er darauf, dass der Marshal ihm erlaubte zu gehen. Chris nickte und deutete mit dem Kopf zum Fenster. Boyd blickte nach draußen, und sein Gesicht erhellte sich, als er die junge Frau entdeckte, die wartend auf einem Wagen saß. Doch als er sich den Hut auf den Kopf stülpte, zögerte er.

Langsam ging er zur Tür, zog sie hinter sich zu. Chris beobachtete die beiden, sah, wie ihre Blicke sich trafen. Er sagte etwas, und sie nickte. Boyd kletterte eilig auf den Wagen, nahm die Zügel und sah dann seine Frau mit einer solchen Bewunderung an, wie sie nur ein Mann empfand, der bis über beide Ohren verliebt war. Sie berührte seine Wange, Tränen in den Augen, und Chris war sicher, dass sie ihm versicherte, wie sehr sie ihn liebte. Denn der junge Mann lächelte plötzlich strahlend und zog sie in seine Arme. Sie küssten sich ganz ungeniert und lösten sich erst wieder voneinander, als ein Passant vorbeiging.

Erst als nur noch eine Staubwolke von den beiden zu sehen war, fiel Chris auf, dass er sich nicht von der Stelle gerührt hatte.

»Du hättest ihn ruhig noch heute Nacht schmoren lassen können«, meinte Noble und setzte sich hinter seinen Schreibtisch, der dem des Marshals gegenüberstand. Er machte eine Handbewegung aus dem Gelenk, und schon hingen die Schlüssel am Nagel in der Wand.

»Er ist nun mal verliebt und fühlte sich verletzt, weil sie in ihrem Zorn auf ihn gesagt hat, dass er nicht mehr nach Hause zu kommen braucht, das war alles.«

»Für jemanden, der weder das eine noch das andere hat, weißt du verdammt gut über Ehefrauen und Kinder Bescheid!«

Chris verengte die Augen. »Und was willst du mir damit sagen?«

»Dass ich niemals Willow oder Red Elk oder Little River geheiratet hätte, wenn ich immer in dieser Stadt geblieben wäre.«

»Darf ich dich vielleicht daran erinnern, dass du deine Ehefrauen nur kennen gelernt hast, weil ihre diversen Väter dich gefangen genommen hatten«, erwiderte Chris. »Und dass du sie alle drei überlebt hast.« Was bedeutete, dass der hünenhafte Mann genauso allein wie sein Boss war.

Doch Noble lachte nur. »Wenigstens sind sie mit einem Lächeln auf den Lippen gestorben!«

Chris schüttelte den Kopf, doch sein Mund verzog sich zu einem seltenen Lächeln. Noble war nicht der Typ, bei dem Gefühle lange anhielten – sei es Rache, Liebe oder Kummer. Er lebte einfach weiter. Wahrscheinlich lag es daran, dass Noble ganz allein in den Bergen von Utah gelebt hatte, als er ein Kind gewesen war; in einer solchen Situation brachten Gefühle einen um, wenn man sie zu stark werden ließ. Chris seufzte und wollte sich gerade setzen, als die Tür aufgestoßen wurde und ein vielleicht achtjähriger Junge hereinstürmte.

»Es gibt Ärger, Marshal!«

Leise vor sich hin fluchend verließ Chris sein Büro, schwang sich auf sein Pferd und ritt in die Richtung, in die der Junge deutete. Noch bevor er den Saloon erreicht hatte, sah er die drei Cowboys, die sich gegen einen einzelnen Mann zusammengerottet hatten. Und dann war innerhalb von ein paar

Sekunden alles vorbei. Der Fremde, der unbewaffnet war, soweit er das erkennen konnte, wartete gelassen die erste Attacke ab. Der rothaarige Cowboy schwankte ein wenig, bevor er zum Angriff ansetzte. Der andere wich einfach aus und gab ihm einen Schlag auf den Rücken, der den Rothaarigen zu Boden schickte. Da versuchte schon der zweite, seinem Gegner auf den Rücken zu springen. Der Fremde packte die Hände, die seinen Hals umschlangen, sein Angreifer schrie auf, als der andere sich bückte und ihn über seine Schultern schleuderte, sodass er neben seinem Kumpan landete. Blitzschnell wandte der Fremde sich seinem dritten Gegner zu.

Doch der rührte sich nicht. Er war größer, breiter und weniger betrunken als seine Kumpel und ballte nun die Hände zu Fäusten.

»Hey, das sind meine Freunde.«

»Laufen die Idioten hier immer im Dreierpack herum?«, fragte der Fremde. Seine Stimme klang tief und rau.

Er hatte den Blick keine Sekunde von dem Großen gewandt, dennoch zuckte sein Bein hoch, traf den Dunkelhaarigen, der sich wieder aufgerappelt hatte und ihn erneut von hinten angreifen wollte, ins Gesicht.

Jetzt stürmte der Große wie ein gereizter Bulle los, holte zum Schlag aus, doch der Fremde fing ihn mit dem Arm ab. Seine Rechte landete in der Magengrube des Großen, die Linke auf dessen Kinn, dann wirbelte er herum, streckte das Bein und traf seinen Gegner mitten im Gesicht. Als Chris den Ort des Geschehens erreichte, sackte der Große gerade zusammen und fiel wie ein nasser Sack auf den Boden.

Der Dunkelhaarige richtete sich auf, nicht bereit aufzugeben.

Ein Revolverhahn klickte. »Das reicht, Jungs!« Chris' Stimme klang gefährlich ruhig.

Die beiden, die noch nicht ganz außer Gefecht gesetzt waren, und der Fremde drehten sich zum Marshal um. Die zwei Cowboys fluchten leise und hoben ihre Hüte auf. Der Fremde schien kein bisschen außer Atem zu sein.

Der Rothaarige zeigte auf ihn. »Er hat angefangen«, behauptete er. »Er kam in die Stadt und hat sich verdächtig benommen. Hat sich im Schatten gehalten und schnüffelte hier rum.«

»Und er hat kein Pferd«, ergänzte der Dunkelhaarige. »Was für ein Mann ist schon ohne Pferd unterwegs?«

»Ist euch zufällig in den Sinn gekommen, dass sein Pferd lahmen oder ihm unterm Hintern weggeschossen worden sein könnte?« Die beiden Cowboys wurden rot und machten ein dummes Gesicht, wirkten aber immer noch trotzig. Chris saß ab, hielt die Waffe aber weiter auf sie gerichtet, während er zu dem Großen trat. Er packte ihn am Schopf, um seinen Kopf hochzuziehen. Seine Miene wurde finster, als er sah, dass der Mann blutete und einige Zähne verloren hatte. Als er wieder aufblickte, schaute Victoria in die bezwingenden Augen ihres Indianers.

Nun ja.

»Wer sind Sie?«, wollte der Marshal wissen.

Victoria streifte die altmodische Waffe, die auf sie gerichtet war, mit einem Blick. »Mason«, antwortete sie. Irgendwie passte das alles zusammen: das Schild am Ortseingang »Waffen in der Stadt verboten«, das Fehlen sämtlicher technischer Errungenschaften. Und ergab trotzdem keinen Sinn. Hier war nichts so, wie es sein sollte, nichts war ihr vertraut.

»Würden Sie mir freundlicherweise verraten, was passiert ist? Den Teil, den ich nicht mitbekommen habe, meine ich.«

Victoria zog ihren Cowboyhut tiefer in die Stirn und presste die Lippen zusammen. Sie dachte gar nicht daran, auf diese Frage zu antworten. Am klügsten war, gar nichts zu sagen und stattdessen einfach zuzuhören und zu beobachten. Diese Idioten hatten sie völlig ohne Grund angegriffen, und sie war sauer, dass sie sie gezwungen hatten, sich zu verteidigen, obwohl sie möglichst unbemerkt hatte bleiben wollen. Aber offensichtlich erregte allein ihre Gegenwart in dieser seltsamen Stadt mehr Verdacht, als normal war, und sie fürchtete, dass Ivy League irgendwie damit zu tun hatte. Wenn er sich noch in der Nähe aufhielt, würden die Leute das wissen, falls die Ankunft eines Fremden hier immer so viel Aufsehen erregte. Und sie war ziemlich sicher, dass er nicht irgendwo tot herumlag. Sie hatte, so gut es ging, die Umgebung der Stadt abgesucht.

Es wäre wirklich nicht schlecht, wenn sie ein Pferd hätte, denn sie hatte weder Autos noch Tankstellen entdeckt, weder waren die Straßen gepflastert, noch gab es eine Eisenbahnlinie. Nur eine Postkutschenstation, mit richtigen, echten, von Pferden gezogenen Postkutschen. Ganz schön hinterwäldlerisch! Wahrscheinlich war dies hier eine von diesen Touristen-Städten, in denen man die Vergangenheit wieder aufleben ließ, bis ins letzte Detail. Wie die Kulisse für einen Western, dachte sie.

Aber es wirkte alles so echt...

Touristen gab es offensichtlich auch keine hier, keine Andenkenläden – und die Stadt war auf keiner Karte verzeichnet. Aber nichts hatte sie mehr verblüfft, als ausgerechnet Tonto hier wiederzusehen, ganz in Schwarz gekleidet und mit Marshal-Stern. Wie vorwurfsvoll er sie anschaute! Nein, nicht sie, *ihn*. Sie hatte ihr Äußeres komplett verändert, mit einer schwarzen Kurzhaarperücke, gefärbten Kontaktlinsen, einer Latexmaske und ein bisschen Farbe. Sie wirkte nun wie ein junger Mann, ein wenig wie ein Mexikaner. Die hauchdünne Maske veränderte auch ihre Gesichtsform, ließ die Stirn, Wangen und Kinn breiter erscheinen. Tonto jedenfalls hielt sie für einen jungen Mann, ganz eindeutig, und das, obwohl er so einen scharfen Blick hatte.

Inzwischen hatten sich einige neugierige Zuschauer versammelt, ganz im Stil der damaligen Zeit gekleidet, und sie musterte jeden Einzelnen ganz genau, hielt Ausschau nach ihm. *Na toll,* dachte sie, *wie schön du alles verpatzt hast,* als zwei weitere Männer mit Stern sich einen Weg durch die Leute bahnten. Sie blieben neben dem Marshal stehen.

»Seth, bring ihn zum Arzt«, sagte Chris und deutete auf den Großen, der immer noch am Boden lag. »Und du, Angus, sperrst die zwei hier ein.« Missmutig setzten der Rot- und der Dunkelhaarige sich in Bewegung, der Deputy folgte ihnen, die Waffe auf sie gerichtet. Seth half dem Großen auf die Beine.

Victoria merkte sich die Richtung, die die beiden Männer einschlugen.

»Das war's, Leute«, sagte Chris, und die Menge löste sich auf. Dann wandte er sich wieder Mason zu, wirbelte seinen Revolver einmal um den Finger und steckte ihn ins Holster. Wenigstens hat er keine Schusswaffe, dachte Chris, während er Victoria das große Messer wegnahm, das in ihrem Gürtel steckte. Der Fremde hätte es benutzen können, hatte aber darauf verzichtet. Weil es gar nicht nötig war, dachte er weiter, dafür hat er viel zu gut gekämpft.

»Wessen beschuldigen Sie mich eigentlich, Marshal?«, fragte Victoria, als er ihre Handgelenke packte und ein Paar Handschellen zuschnappen ließ.

»Erregung öffentlichen Ärgernisses, Herumtreiberei, Körperverletzung.«

»Damit kommen Sie nicht durch«, erwiderte sie überheblich. »Es war ganz klar Selbstverteidigung.« Na gut, sie *hatte* gewinnen müssen. Ein Fausthieb ins Gesicht, und ihre Maske wäre zum Teufel gewesen. Im wahrsten Sinne des Wortes.

»Nicht nach dem, was ich gesehen habe.«

Victoria hielt seinem Blick stand, und die Kette zwischen ihren Handgelenken klirrte leise, als sie sich mit Daumen und Zeigefinger über den angeklebten Bart strich – eine typisch männliche Geste. Ihre Meinung über den Marshal sank. Er meinte es ernst. *Hör auf, ihn zu reizen, bis du herausgefunden hast, wo du hier gelandet bist.*

Sie kannte sich ziemlich gut in diesem Gebiet aus, und diese Stadt durfte einfach nicht hier sein. In Gedanken ging sie noch einmal jeden Schritt durch, den sie bis zum Wasserfall gemacht hatte. Und eine völlig verrückte Idee nahm in ihren Gedanken Gestalt an … eine Idee, die sie schnell wieder verwarf, als er sie barsch anfuhr: »Los jetzt!«

Er deutete in die Richtung, aus der er gekommen war.

Die Schultern hochgezogen, den Kopf gesenkt, marschierte Victoria los. Er blieb hinter ihr, und sie hörte, wie er seinem schwarzen Hengst etwas zuflüsterte. Das große Tier schnaubte, scharrte mit einem Huf, bevor er sich umwandte und davontrabte. Auf seinen Rumpf waren weiße Hände gemalt – Kriegsbemalung? Fragend schaute sie den Marshal an, doch als er ihren Blick mit dem gleichen unergründlichen Ausdruck wie im Wald begegnete, wandte sie sich wieder um.

»Hey, ich bin hier nicht der Angeklagte! Ich habe schließlich kein Verbrechen begangen!«, sagte sie.

Eine schwarze Braue schoss nach oben. Der Fremde hatte nicht ganz unrecht, das musste Chris zugeben. Aber irgendetwas an ihm kam ihm merkwürdig vertraut vor. »Weshalb sind Sie hier, Mason?«

»Um Arbeit zu suchen und so viel zu verdienen, dass ich mir ein Pferd kaufen und wieder von hier verschwinden kann.« Sie drehte sich nicht zu ihm um, sondern schaute sich weiter unauffällig um. Es war ziemlich dunkel, in den Häusern und Geschäften genau wie draußen, es gab keine Straßenbeleuchtung, nur Laternen, in denen Fackeln brannten. Die Leute tuschelten, als sie vorbeikamen, Türen wurden zugeschlagen und schnell verschlossen, eine Mutter packte ihr Kind und zog es eilig ins Haus. Ganz schön gespenstisch, das alles, dachte Victoria.

»Haben Sie es denn nötig zu verschwinden?«

Ein Mann rief aus einem Fenster, wollte wissen, wer der Gefangene sei, doch der Marshal antwortete nicht.

Victoria ging schneller. »Was geht hier eigentlich vor, Marshal?«, wollte sie wissen.

»Sie haben die Ruhe in meiner Stadt gestört.«

»Ich habe die Schlägerei nicht begonnen, also kommen Sie mir nicht auf die Tour! Es gibt genug anderes, um das ich mich kümmern muss.« In der Hoffnung, irgendwo etwas Modernes zu sehen, schaute sie in die Fenster, doch sie erblickte nur eine Frau, die eine altmodische Petroleumlampe anzündete. Gab es denn hier wirklich keine Elektrizität?

»Und worum müssen Sie sich kümmern, Mason?«

Sie hatte ihm nur mit halbem Ohr zugehört. »Ich habe Ihnen doch schon gesagt, dass ich ohne Transportmittel da stehe.« Sie wollte niemandem, nicht einmal diesem Marshal, verraten, weshalb sie wirklich hier war. Sie brauchte seine Hilfe nicht, und sie wollte auch nicht, dass er sich einmischte. Sie trat auf die Veranda, blieb einen Moment lang stehen, um den Pfosten, an den die Pferde angebunden wurden, und das polierte Holzschild zu betrachten, auf dem »Territorial Marshal« stand. Wie malerisch, dachte sie, dann stieß sie die Tür zum Marshal-Office auf, marschierte stracks in die Doppelzelle und zog die schwere Gittertür hinter sich zu.

Verblüfft starrte Chris ihr hinterher. Nobles Blicke wanderten zwischen dem Marshal und dem Gefangenen hin und her.

»Ach ja, das hier möchten Sie vielleicht auch noch haben!« Victoria bückte sich und zog ein Messer aus ihrem Hosenbein, schmiss es durch das Gitter. Es schlitterte über den Boden und blieb vor Chris' Füßen liegen. »Ich will doch nicht, dass man mir auch noch vorwirft, einen so pflichtbewussten Marshal bedroht zu haben.«

Sein Gesicht erstarrte zur Maske, seine Augen wurden hart wie Stein. Und dennoch glaubte Victoria so etwas wie einen Hauch von Bewunderung zu spüren, als er sie durchdringend anschaute. Dabei hatte sie ihn gerade wie einen Narren dastehen lassen. Was nicht ganz ungefährlich war. Aber dass er sie unter einem so fadenscheinigen Vorwand festgenommen hatte, musste schließlich einen Grund haben. Irgendetwas hier war sehr, sehr merkwürdig. Nicht nur die Tatsache, dass jeder hier sich so benahm, als sei alles echt. Über der Stadt lag eine Spannung, die fast greifbar war. Nervös zuckte Victoria zusammen, als Chris das Messer aufhob und mit einer knappen Bewegung hinter sich schleuderte, wo es zitternd in der Wand stecken blieb. Dann trat er einen Schritt vor, lautlos, und schloss ihre Handschellen auf. Victoria registrierte, dass er dabei sorgsam auf genug Abstand zu ihr achtete. Sie musste ihm die Hände entgegenstrecken, als er die Handschellen öffnete und sie dann durch das Gitter zog und in einen Holzkasten warf. Er handelte mit der geübten Vorsicht eines erfahrenen Polizisten. Was Victoria wieder glauben ließ, dass hier doch nicht alles so war, wie es erschien.

Sie wandte ihm den Rücken zu und trat an das schmale, vergitterte Fenster. Die Dunkelheit wurde nur schwach von den flackernden Laternen erhellt. Victoria versuchte einen Hinweis darauf zu entdecken, dass alles doch nur gut gemachte Kulisse war, eine falsche Mauer vielleicht, elektrische Leitungen, geschickt hinter einer Verkleidung verborgen. Irgendetwas, was in ihre Zeit gehörte. Aber sie fand nichts. Victoria ließ sich auf die Pritsche fallen, ihr wurde immer unbehaglicher zumute. So perfekt kann gar kein Drehbuch sein, dachte sie. Sie legte sich zurück und verschränkte die Arme hinter dem Kopf. Sie schreckte zusammen, als der Deputy, der die beiden Cowboys zum Gefängnis eskortiert hatte, aus der Tür eines Nebenraums trat. Wahrscheinlich befinden sich dort weitere Zellen, dachte sie.

Der Deputy nickte dem Marshal zu und eilte dann nach draußen. Victoria schaute ihm hinterher, und plötzlich blieb ihr Blick an einem Plakat hängen, nicht größer als ein gewöhnliches Blatt Papier. *Gesucht, tot oder lebendig,* stand darauf, und die Zeichnung zeigte einen Mann, der ihr leicht ähnelte, oder zumindest der Person, die sie gerade darstellte. Er wurde wegen Viehdiebstahls gesucht.

Na toll! Glaubte er vielleicht, sie hätte sich ein paar Rinder unters Hemd gestopft und versucht, sich mit ihnen davonzumachen? Aber wenigstens wusste sie jetzt, warum er sie festhielt. Ein wenig entspannter begann Victoria, ihre Umgebung genauer zu betrachten. Vor den Fenstern befanden sich Gitter, und mit Ausnahme der Zelle, deren Boden und Mauern aus Beton bestanden, waren die Wände aus roten Ziegelsteinen gemauert, der Boden war mit leicht unebenen Holzdielen bedeckt. In einer Ecke stand ein altmodischer Waschständer mit Schale und Krug, an der Wand hingen ein paar Becher. Darüber war ein grob gezimmertes Regal angebracht, in dem etliche Revolvergurte lagen. Große, schwere Revolver mit ungewöhnlich langem Lauf. Nicht mal Dirty Harry würde mit einer solchen Kanone herumlaufen! An der Wand hinter dem Schreibtisch des Marshals hingen in einem offenen Schrank mehrere Gewehre.

Doch was plötzlich ihre ganze Aufmerksamkeit fesselte, war die Zeitung, die der hünenhafte Mann hinter dem anderen Schreibtisch las. Victoria rollte sich zur Seite, damit sie die Schlagzeilen besser erkennen konnte. *Der Krieg mit den Apachen tobt weiter – Mahlon Loomis aus Washington, D.C. erhielt einen Preis für die Erfindung des drahtlosen Telegrafen.* Ganz bestimmt war diese Zeitung nachgemacht, so wie jene Zeitungen, die man zu seinem Geburtstag mit einer ganz persönlichen Schlagzeile haben konnte. Ihr Dad hatte ihr so eine geschenkt, als sie ihren College-Abschluss gemacht hatte. Die Zeitung rutschte zu Boden, und Victoria beugte sich vor, um einen Blick auf das Datum zu erhaschen. 20. Juli 1872.

Nein. Das war unmöglich.

Ihr Magen krampfte sich vor Furcht zusammen.

Und was war, wenn es stimmte?

»Sollen sie heute Nacht ihren Rausch hier ausschlafen.«

Chris nahm die drei Revolvergurte samt Waffen und legte sie in das Regal zu den anderen. »Schick jemanden zu ihnen nach Hause, damit ihre Frauen Bescheid wissen. Ich denke, es wird Strafe genug für sie sein, wenn sie morgen am Ohr nach Hause gezerrt werden.«

Victoria sprang auf. »Vielleicht sollten Sie ihnen auch noch eine Belobigung aussprechen!«

Er schüttete sich erst einmal ein Glas Wasser ein, bevor er ihr antwortete. »Vielleicht«, meinte er und trank einen Schluck. Sein Gefangener konnte nicht wissen, dass er die drei regelmäßig einbuchtete, immer, wenn sie in die Stadt kamen, um ihre Vorräte zu erneuern.

»Muss ich mich erst auf den Kopf stellen, bevor Sie mir glauben, dass ich mich nur selbst verteidigt habe? Machen Sie endlich diese verdammte Zelle auf, Marshal!« Sie rüttelte an den Gitterstäben, von einer für sie völlig untypischen Panik gepackt. »Ich bin nicht Ihr gottverdammter Viehdieb!«, fügte sie hinzu und deutete auf den Steckbrief.

Ohne Eile musterte Chris den Mann in dem einfachen Flanellhemd, der so plötzlich seine Gelassenheit verloren hatte. Er bemerkte das Lederband an den ungewöhnlich schmalen Handgelenken. Merkwürdig. Armbanduhren waren teuer und nur in den großen Städten zu kaufen. Wie hatte der Fremde sie bezahlen können, wenn er nicht mal Geld genug hatte, um sich ein Pferd zu leisten? Stirnrunzelnd betrachtete er den Steckbrief, dann blickte er wieder den Gefangenen an. »Für wen arbeiten Sie?«

»Fat Jack Palau. Und für wen arbeiten *Sie?*«

Wieder schoss eine schwarze Augenbraue nach oben. »Für die Regierung der USA und das Volk.«

»Nun, zumindest *ein* Angehöriger dieser Volkes bezweifelt das.« Zweifel hatte sie allerdings nicht nur in Bezug auf diesen Mann, sondern auch, was alles andere hier betraf. »Wer ist Brad Pitt?«

»Woher zum Teufel soll ich das wissen?« Er trank das Glas aus.

»Wer ist Bullwinkles Partner?« Himmel, zumindest das sollte er wissen, dachte sie.

»Bullwinkle? Ist das schon wieder eine Bande, mit der wir uns herumschlagen müssen, Marshal?«, fragte Noble.

Chris bedachte Noble mit einem Blick, als wollte er sagen, dass er die Klappe halten sollte, dann schaute er Mason an. »Was für einen Job hatten Sie zuletzt?«

»Ich habe Kennedy in Dallas gerettet.« Gespannt wartete sie auf eine Reaktion, irgendeine, egal, ob es Ärger oder Belustigung wäre. Doch er wirkte einfach nur müde.

Chris fuhr sich mit den Fingern durchs Haar. »Werden Sie mir jemals eine vernünftige Antwort geben?«

»Und Sie mir?«

Er verschränkte die Arme vor seiner breiten Brust. »Ich sitze schließlich nicht hinter Gittern.«

»Sie wissen ganz genau, dass Sie mich zu Unrecht eingesperrt haben!«, fuhr sie auf. »Erinnern Sie mich daran, dass ich diese einladende Stadt in Zukunft aus meinen Reiseplänen streiche.« Sie drehte sich abrupt um und ließ sich wieder auf die Pritsche sinken, streckte sich aus und zog den Hut über ihre Augen.

Nach außen hin wirkte sie ganz wie ein fauler Gefangener, doch in ihrem Kopf jagten sich die Gedanken. Beruhige dich, ermahnte sie sich immer wieder. Das kann einfach nicht wahr sein! Es *muss* eine logische Erklärung für all das geben.

Oder?

# 4

Doch es gab keine. Keine vernünftige jedenfalls. Auch wenn sie sich am liebsten noch immer weigern würde, es zu glauben: Sie befand sich in einer anderen Welt, einem anderen Jahrhundert. Und sie war durch den Wasserfall dorthin gelangt. Auf der Jagd nach einem Killer, der sie durch einen Riss im Zeitgefüge mitgenommen hatte, einen Tunnel in die Vergangenheit – der wahrscheinlich verschlossen gewesen war, bis Ivy League ihn entdeckt hatte. Dieser verdammte Hurensohn!

Heiliger Himmel!

Eine Zeitreise.

Doch nachdem sie sich ein wenig an diese Vorstellung gewöhnt hatte, passte auf einmal alles perfekt zusammen, ließ sich ganz leicht erklären. Victoria lachte auf. Einfach, ja? Wie sollte sie diesen Verbrecher schnappen und die Belohnung kassieren, wenn sie keine Verbindung zu ihrem eigenen Jahrhundert hatte? Es störte sie nicht, dass sie hier ganz auf sich selbst gestellt war, denn sie hatte schon oft allein gearbeitet. Aber sie musste unbedingt und so schnell wie möglich zum Wasserfall zurückkehren, um ihre Theorie zu überprüfen, damit sie sicher sein konnte, dass sie Ivy League in seiner und ihrer Zeit abliefern konnte, sobald sie ihn erwischt hatte, damit er seiner gerechten Strafe zugeführt wurde. Er sollte für seine Verbrechen bezahlen, allein darauf kam es an.

Eine merkwürdige Ruhe überkam sie. *Ich kann es schaffen. Ganz sicher.*

Dass sie sich in einer anderen Zeit befand, bedeutete erst einmal nur eines: Ivy League konnte sich hier frei bewegen.

Keine Polizisten waren ihm mehr auf den Fersen, keine Hubschrauber waren auf der Suche nach ihm. Niemand hier wusste, wer er war – außer ihr. Er konnte unbehelligt ganz von vorn anfangen. Da mochte dieser Marshal noch so gut aussehen – Victoria bezweifelte, dass er einem Psychopathen aus dem 20. Jahrhundert gewachsen war.

Ivy League war immer noch eine Gefahr. Jetzt erst recht, weil er davon ausging, dass ihm niemand gefolgt war. Keine Bedrohung mehr. Keine Panik. Er konnte sich sein nächstes Opfer in aller Ruhe aussuchen. Aber vielleicht lief er ihr auch auf der Straße geradewegs in die Arme. Ganz bestimmt, dachte sie. Vor allem, solange ich hier im Gefängnis sitze.

Der Klebstoff, der die Maske fixierte, juckte wie die Hölle, doch sie wagte es nicht, sich zu kratzen. Das gäbe ein Schauspiel, wenn die Maske sich zu lösen begänne! Sie spielte mit dem Gedanken, die Maske einfach abzureißen und sich dem Marshal anzuvertrauen, doch schnell verwarf sie diese Idee wieder.

Dass sie sich in einer anderen Zeit befand, mochte den Lauf der Geschichte verändern. Ob und wie, das würde sie allerdings erst herausfinden, wenn sie in ihre Zeit zurückgekehrt war – falls ihr dies je gelang. Eine nicht sehr angenehme Vorstellung ...

Victoria verbannte die Angst, vielleicht für immer hier im 19. Jahrhundert gefangen zu sein, in den hintersten Winkel ihres Verstandes, und machte sich daran, logisch und systematisch nachzudenken. Sie überlegte, welchen Schritt sie als nächsten unternehmen könnte. Wie würde Ivy League sich verhalten? Er würde sich hier in dieser Stadt ein neues Leben schaffen, so gründlich und geschickt und unauffällig wie schon elf Mal zuvor. Und dann würde er sich auf die Suche nach seinem nächsten Opfer begeben. Er würde nicht in seine eigene Zeit zurückkehren, nicht, solange er befürchten musste, dass man in drei Staaten Jagd auf ihn machte. Sie musste ihn finden. Sie war die Einzige, die das konnte, und sie musste Erfolg haben. Denn sie hatte nicht vor, den Rest ihres Lebens im 19. Jahrhundert zu verbringen.

Das Klirren von Metall auf Metall ließ den Gefangenen aufhorchen. Er richtete sich auf, schwang die Beine von der Pritsche und stand auf, um dem Sheriff entgegenzutreten. Er scheint niemals zu schlafen, dachte Chris, als er den Schlüssel herumdrehte und die Zellentür öffnete. Mason wich zurück. Chris musterte ihn von Kopf bis Fuß, und nicht zum ersten Mal fielen ihm die schweren Arbeitsstiefel auf. Irgendetwas an diesem Mann stimmte nicht.

»Heute Morgen kam ein Telegramm.« Er deutete mit dem Kopf auf die Stelle, wo der Steckbrief gehangen hatte. »Der Kerl wurde vor einer Woche in Tucson erschossen.«

»Warum haben Sie mir nicht einfach gesagt, dass Sie mich deshalb hier festgehalten haben?«

»Warum sollte ich?«

»Weil ich das Recht habe, es zu erfahren.« Oder galten die Bürgerrechte hier nicht? Nicht in dieser Zeit?

»Nicht in meiner Stadt, nicht, solange ich es nicht will.«

»Entweder haben Sie mächtig Ärger, Marshal, oder jemand schmiert Ihre Taschen.«

Chris' Blick verdüsterte sich.

»Offensichtlich nicht genug«, provozierte sie ihn. Ihr gefiel die Art nicht, wie er das Gesetz in seine Hand nahm. Er hielt es ein bisschen zu fest. »Meine Messer, bitte!«

Chris ging zu seinem Schreibtisch, öffnete eine Schublade und holte die Waffen heraus. Er hatte sie sich in der vergangenen Nacht ein wenig genauer angeschaut, die Nummern auf dem Griff und die feine Arbeit registriert. Noble, der weit und breit die besten Messer herstellte, hätte es nicht besser machen können, und das hatte er auch selbst zugegeben, nachdem er sie gesehen hatte.

Er reichte sie Mason, der sie sofort in die Scheiden schob. »Passen Sie auf, dass Sie keinen Bürger meiner Stadt damit ritzen!«, warnte er, und Mason blieb in der Tür noch einmal stehen.

Victoria drehte sich zu ihm um. »Solange mich keiner mit seinem verdammten Arsch anpackt, brauche ich auch niemanden zur Hölle schicken.« Er zuckte mit keiner Wimper bei ihrer groben Ausdrucksweise. Und selbst wenn, wäre es ihr egal gewesen. Sie hatte sich als Mann verkleidet, und wenn sie als solcher durchgehen wollte, dann musste sie sich auch wie ein Mann benehmen und so reden. Schade, dass du mich niemals als Bettlerin erlebt hast, dachte sie, dann ging sie endgültig. Sie war froh, dass die Stadt noch nicht erwacht war, so konnte sie in aller Ruhe alles betrachten – die Pferdetränken, die Postkutschenstation, ein paar Betrunkene, die im Rinnstein schliefen. Es war wirklich und wahrhaftig alles real.

Als sie am Telegrafenamt vorbeikam, lief ihr erneut ein Schauder über den Rücken. Ob sie es einfach versuchen und ein Telegramm schicken sollte? Aber erstens hatte sie kein Geld – jedenfalls nicht das 1872 gebräuchliche. Und zweitens kannte sie niemanden, der hier lebte. Und alle, die sie geliebt hatte, waren tot.

Kelly Galloway war tot. Als man sie das letzte Mal lebend gesehen hatte, war sie mit einem schlanken Mann mit einem schmalen Bärtchen zusammen gewesen. Wegen dieser Beschreibung und des Steckbriefs hatte Chris diesen Mason so lange festgehalten. Nun gut, offensichtlich war der Fremde kein Viehdieb, und auch sonst konnte man ihm nichts nachweisen, also hatte der Marshal ihn schließlich laufen lassen müssen. Und dennoch wurde Chris das Gefühl nicht los, dass er Mason schon einmal begegnet war. Er hat es ziemlich eilig, dachte er, als er auf der Veranda stand und Mason nachschaute, mit der Schulter an den Pfosten gelehnt. Dann stieß er sich plötzlich ab. Jetzt wusste er, was ihn die ganze Zeit irritiert hatte. Masons Füße passten nicht zu seiner restlichen Figur, sie waren viel zu klein. Er hatte schon ein paar Schritte hinter ihm her gemacht, als ihn jemand rief und er stehen bleiben musste. Es war einige seiner Deputys. Chris blickte noch einmal in Masons Richtung, aber die Straße war leer und ruhig. Irgendwie wurde er das Gefühl nicht los, dass er Mason nicht hätte gehen lassen sollen. Schließlich wandte er sich wieder den Männern zu. Er würde ihre Berichte entgegennehmen und sich dann selbst um den Fremden kümmern.

Solange sie im Gefängnis gesessen hatte, hatte sie ihre Empfindungen unter strikter Kontrolle gehalten – um nicht verrückt zu werden, um einfach zu überleben. Doch nun brach diese Kontrolle zusammen, ihre Gefühle drohten sie zu überwältigen, während sie so schnell den Berg hinauf rannte, wie sie es mit einem dreißig Pfund schweren Rucksack auf dem Rücken konnte. Dreck von der Stelle, wo sie ihn vergraben hatte, krümelte von ihrem Rucksack. Sie ließ ihn auf den Boden fallen, als sie den Eingang zur Höhle erreichte, und bückte sich, um hineinzugelangen. Es war, als müsste sie sich durch eine dichte Masse kämpfen, ihre Beine waren seltsam schwer, doch das schob sie darauf, dass sie rund fünf Kilometer gerannt war. Sie trug immer noch ihre Verkleidung und hob schützend den Arm, als sie durch das herabstürzende Wasser zurück in ihr Jahrhundert sprang. Ihr Pferd stand immer noch da, graste ganz gelassen. Sie nahm den Hut ab und schüttelte ihn aus, Wassertropfen spritzten gegen ihre ohnehin schon feuchte Kleidung.

Gott sei Dank, es hatte sich nichts verändert.

Wirklich?

Irgendetwas stimmt hier nicht, dachte sie.

Sie hörte das Knattern der Hubschrauber, Jeeps und Range Rover fuhren in ihre Richtung, wirbelten Staubwolken auf. Eigentlich hätten sie schon längst hier sein sollen, und die Stute stand immer noch hier – die ja laut Kyle den Weg nach Hause von allein fand. Wenigstens wusste sie jetzt, dass sie Ivy League zurückbringen konnte. Sie wollte dennoch nicht auf Hilfe warten – mal ganz abgesehen davon, dass kein Mensch ihre Geschichte glauben würde –, und wandte sich ab. Sie stand schon halb im Wasserfall, als ihr plötzlich etwas auffiel.

Das Pferd rührte sich nicht. Es stand starr da, das Maul geöffnet, um zu kauen. Und alles war still, selbst die Vögel schwiegen. Stirnrunzelnd stülpte sie sich den Hut auf, duckte sich unter das Wasser und sah aus den Augenwinkeln, wie die Stute sich bewegte. Obwohl sie riskierte, dass ihre Maske für immer ruiniert wurde, stellte sie sich direkt unter den Wasserfall, nur ein Bein herausgestreckt. Das Pferd rührte sich erneut, doch sobald Victoria weiter zurückwich, erstarrte das Tier mitten in der Bewegung, ein Vorderbein angehoben.

Das hieß, dass für sie die Zeit in ihrem Jahrhundert still stand, vielleicht aber auch nur extrem verlangsamt ablief, sobald sie auf der anderen Seite war.

Einen Moment zögerte sie noch, dann kehrte sie in die Vergangenheit zurück. Wieder hatte sie Schwierigkeiten, sich zu bewegen, als sie in der Höhle war, so als würde sie durch Gel waten. Sie hatte ein ungutes Gefühl, während sie sich zu Licht und Sonne durchkämpfte. Und dann rutschte sie auch schon auf ihrem Hinterteil den Abhang hinunter. Unten blieb sie einfach sitzen, nass und schmutzig und wütend. Toll. Dass die Zeit auf dieser Seite viel schneller ablief, hatte Ivy League einen weiteren Vorteil eingebracht. Wie viel mochte er durch seinen Vorsprung gewonnen haben? Tage? Wochen? Vielleicht sogar Monate.

*Er ist wahrscheinlich längst kein Fremder mehr in der Stadt. Ich dagegen schon.*

Das schenkte ihm zusätzliche Freiheit. Hier hatte er kein Verbrechen begangen, es gab keine Akte über ihn, keine Anklage. Ihre Ermächtigung, ihn zu verfolgen, war hier absolut wertlos. Und sollte sie ihn schnappen, besaß sie keine Berechtigung, ihn gefangen zu nehmen.

Sie hatte hier keine Autorität, keine Befugnisse. Im Jahr 1872 hatte sie überhaupt nichts. Wenn sie auf die gewohnte Weise vorginge, würde sie wegen Entführung oder Schlimmerem im Gefängnis landen, vielleicht sogar von einem wütenden Mob gelyncht werden. Außerdem würde der Marshal weiterhin ein Auge auf sie halten – das heißt, auf Mason. Aber das ließ sich leicht ändern.

Victoria stand auf, warf sich den Rucksack über den Rücken und machte sich auf den Weg. In ihren Stiefeln schwappte Wasser. Sie würde es niemals bis in die Stadt schaffen.

Auf halbem Weg setzte sie sich hin, um sich auszuruhen, und schlief auf der Stelle ein.

Und erwachte, als sich ein Gewehrlauf in ihre Brust bohrte.

»Wo ist der Besitzer dieser Tasche?«

Victoria blinzelte. Ihre Augen brannten von den Kontaktlinsen. Er hätte sie erschießen können, während sie schlief. Drohend ragte er neben ihr auf.

Immer noch leicht benommen vom Schlaf, richtete sie sich auf und täuschte vor, husten zu müssen, um unauffällig nachzuprüfen, ob ihre Maske das Hin und Her durch den Wasserfall unbeschadet überstanden hatte. Sie spürte, dass sie sich an einigen Stellen löste und Falten warf, und sie konnte nur hoffen, dass es ihm nicht auffiel.

»Was ist Ihr Problem, Marshal? Haben Sie niemanden sonst, den Sie heute aufs Korn nehmen könnten?«

Er fand das nicht komisch und folgte ihren Bewegungen mit dem Lauf seiner Waffe. »Ich habe gefragt, wo der Besitzer dieser Tasche ist.« Seine Ungeduld war deutlich herauszuhören.

»Ich habe keine Ahnung, wovon Sie reden.«

Er antwortete nicht, sondern kam noch ein Stückchen näher. Victoria wich jedoch nicht zurück, hakte die Daumen in die Gürtelschlaufen. »Jedenfalls habe ich ihn nicht umgebracht.« Es schien ihn nicht zu überzeugen. »Wahrscheinlich ist er schon längst von hier verschwunden.« Ihr Instinkt warnte sie, dies zu sagen, aber sie konnte nicht widerstehen, ihn ein wenig zu reizen. »Und außerdem, was man findet, gehört einem.«

Chris wurde rot vor Wut und packte Mason am Hemd, drückte ihm den Gewehrlauf ans Kinn. »Ich bin daran gewöhnt, auf meine Fragen Antworten zu bekommen.«

Er würde nicht nachgeben, das las Victoria in seinen dunklen Augen. »Sie sind nicht unbedingt ein geduldiger Mann, Marshal, nicht wahr?«

Er runzelte die Stirn. »Was ist mit Ihrer Stimme passiert, Mason?« Sie klang weicher, nicht so rau, und ihr Klang ging ihm durch und durch, berührte ihn auf eine Weise, wie es nicht sein sollte. Wie ein Duft oder eine Zärtlichkeit. Und wo war Masons Akzent geblieben?

Victoria verfluchte in Gedanken ihre Nachlässigkeit. »Lassen Sie mich los!« Sie konnte seinen Ausdruck nicht deuten. »Nehmen Sie mein Messer, wenn Sie wollen«, fügte sie hinzu und setzte ihm die Spitze in die Seite. Sie grinste. »So dumm, wie ich aussehe, bin ich gar nicht, oder?«

Er stand ganz still da, und sie konnte spüren, wie angespannt sein Körper war. Es war, als stünde sie zu nahe an einem Feuer.

»Nun machen Sie schon, blasen Sie mir das Gehirn weg. Obwohl das keine Lösung wäre.«

»Eine Farmersfrau wurde umgebracht. Von einem Mann, auf den Ihre Beschreibung passt.«

»Ich war's nicht.«

»Dann beweisen Sie es.«

Das konnte sie nicht. Es sei denn … verdammt. Es gab keine andere Möglichkeit. Sie konnte keinen Marshal umbringen, und schon gar nicht diesen hier. Und einen anderen Ausweg gab es nicht.

»Lassen Sie mich los, und ich liefere Ihnen den Beweis.«

Ganz langsam gab Chris Victoria frei, hielt aber weiter die Waffe auf sie gerichtet. Wie versprochen, reichte sie ihm ihr Messer, bückte sich und gab ihm auch das andere, das sie an ihr Bein gebunden hatte. Dass dieser Herumtreiber ihn schon wieder ausgetrickst hatte, wurmte Chris, und er hatte eh nicht mehr viel Geduld an diesem Morgen.

»Nun?«

Victoria zögerte, denn sie wusste, dass sie diese Maske nicht wieder würde benutzen können, wenn sie sie ohne Lösungsmittel abzog, aber das war ihr immer noch lieber, als wenn er ihren Rucksack durchsuchte. Sie hatte keine Ahnung, wie er reagieren würde, wenn er ihr High-Tech-Spielzeug entdeckte.

»Es wird Ihnen nicht gefallen«, warnte sie und griff vorsichtig unter die Perücke. Mit beiden Händen nahm sie ihren »Skalp« ab, erst das mittlere Teil, dann die beiden Seitenteile, mit denen die Maske verbunden war. Langsam löste sie die Maske, zog sie nach unten, über ihre Augen und ihre Lippen und hoffte inbrünstig, dass sie nicht vollkommen zerstört würde.

»Großer Vater im …« Chris taumelte zurück. »Was zum Teufel machen Sie da?«

»Ich beweise Ihnen meine Unschuld.« Nun löste sie die Maske auch noch von Kinn und Hals und überprüfte erst einmal, ob das Material auch keine Risse zeigte, bevor sie die Maske beiseite legte.

»Sie sind ja eine Frau!«

Sie sah ihn an. Eindringlich studierte Chris ihr Gesicht. »Nette Überraschung, könnte man sagen, nicht?«

Er sah aus, als würde er gleich einen Tobsuchtsanfall bekommen.

»Langt ihnen das noch nicht?« Sie zog die Nadeln aus ihrem Haar, und Chris' Herz begann ein wenig schneller zu schlagen, als sie die goldene Mähne ausschüttelte.

Diese Farbe würde er niemals vergessen. *»Sie!?«*

»Nett, dass Sie sich an mich erinnern, Tonto!«

»Aber . . .« Sein Blick glitt vielsagend über ihren Körper.

Gut, dass sie wenigstens ein Top untergezogen hatte . . . Victoria knöpfte das Hemd auf, öffnete die Gürtelschnalle und zog den Reißverschluss ihrer Hose auf – und bemühte sich, nicht über den Gesichtsausdruck des Marshals zu lachen. Seine Augen wurden immer größer. Sie streifte das Hemd ab, löste die Polsterung, die ihr den Körperbau eines Mannes verlieh, an Taille und Schultern, und zog die Gummiweste über den Kopf.

Sprachlos betrachtete Chris sie, lehnte sich gegen einen Baumstamm. »Verdammt.« Sie hatte einen hinreißenden Körper, ein Anblick, der ihn für einen Moment ganz atemlos machte, doch dann fiel sein Blick wieder auf all die Utensilien, die sie abgelegt hatte. Wut und ein Gefühl absoluter Demütigung erfassten ihn. Sie war eine Frau, *jene* Frau! Und er hätte es niemals gemerkt, hatte noch nicht einmal eine Vermutung gehabt, dass sie – er – sie – ach, verdammt! Chris sah rot – und noch etwas anderes, als sie nun auch noch die Bandage um ihre Brust entfernte, hörte sie erleichtert aufseufzen, als sie sie zu den anderen Sachen warf. War der Killer auf diese Weise in die Nähe seines Opfers gekommen? Als Mann verkleidet? Nein, das mochte er nicht von ihr glauben, nicht von der Frau, deren Gesicht ihn in seinen Träumen verfolgte, deren Augen ihn nicht losließen . . .

»Wie kommt es, dass Ihre Augen eine andere Farbe haben?«

Victoria beugte den Kopf leicht vor, hielt ein Auge mit Daumen und Zeigefinger offen und nahm die weiche Kontaktlinse heraus.

Chris sog scharf den Atem ein, als sie ihn wieder anschaute – mit einem goldenen und einem dunklen Auge. Hoffentlich legt sie nicht noch mehr ab, dachte er, während sein Blick über ihren Körper glitt.

*»Was zum Teufel sind Sie?«*

Abscheu schwang in seiner Stimme mit, und das traf Victoria mehr, als sie sich eingestehen wollte. Und obwohl mancher der Männer, mit denen sie zusammenarbeitete, eine kränkende Bemerkung gemacht hatte, hatte doch noch nie einer bezweifelt, dass sie eine Frau war.

»Ich bin eine Frau, Marshal, oder sollte auch mein Busen Ihrer Aufmerksamkeit entgangen sein?«

Nun, wahrhaftig nicht! Aber seine Wut und das Gefühl, von dieser ungewöhnlich gewieften Frau zum Narren gemacht worden zu sein, beeinflussten seine Reaktion. Kritisch musterte er sie von Kopf bis Fuß.

Victoria hielt seinen Blicken stand, verbarg, was sie empfand. Sie wusste schließlich nur zu gut, dass sie alles andere als umwerfend war – was ihr sein Verhalten bestätigte.

»Wer sind Sie?«

»Victoria Mason. Ich...« Sie sprach nicht weiter, denn fast hätte sie ihm zu viel verraten. Kopfgeldjäger waren in dieser Zeit nicht sonderlich geschätzt. Jeder konnte mit einem Steckbrief und dem Revolver in der Hand auf Menschenjagd gehen. In ihrem Jahrhundert jedoch waren sie ein Teil des Rechtssystems, arbeiteten mit der Polizei und dem FBI zusammen, um entflohene Straftäter zurückzubringen. Aber hier... Plötzlich stand er nur noch Zentimeter vor ihr, packte sie an den Oberarmen und zog sie dicht an sich heran. Sein Blick bohrte sich in ihren.

Und ihr Körper erwachte zu neuem Leben.

»Warum sind Sie verkleidet in die Stadt gekommen?« Wieder hörte sie Abscheu heraus.

»Nehmen Sie Ihre Hände weg von mir, Marshal!«, warnte sie ruhig.

Er ignorierte ihre Worte und schüttelte sie. »Antworten Sie mir endlich!«

Sie schlug seine Hände weg, landete einen Hieb an seinem Kinn, einen zweiten in seinem Magen, doch als sie ihr Knie hochziehen wollte, umklammerte er ihre Beine mit seinen und hielt ihre Arme fest. Sie wand sich, hakte ein Bein in seine Kniekehle, worauf er prompt das Gleichgewicht verlor und sie beide heftig zu Boden krachten. Sofort richtete Victoria sich auf, stützte sich mit beiden Händen auf seiner Brust ab und musste feststellen, dass ein Bein zwischen seinen Schenkeln gefangen war. Ganz nah. Mit Absicht. Sie starrte in seine dunklen Augen hinab und wünschte, sie hätte genug Kraft, sich zu befreien. Hitze glitt in Wellen durch ihren Körper, jagte das Blut durch ihre Adern.

Einen Moment lang schien die Zeit stillzustehen.

Ihr Haar fiel wie ein Vorhang über eine Schulter.

Sein Griff um ihre Arme verstärkte sich, intensiv schaute er sie an.

Sie wirkte wie eine Wildkatze, bereit zum Angriff, und ihr Haar verdeckte ihr dunkles Auge. Er zog sie herunter, bis ihr Gesicht nur noch Millimeter von seinem entfernt war, spürte, wie sie sich widersetzte, hörte sie fauchen. Ob sie zugeben würde, dass auch sie diese unglaubliche Hitze empfand, die zwischen ihnen brannte? Er hob den Kopf noch ein winziges Stück, bis seine Lippen ihre fast berührten.

Sie schaute in seine Augen. Es war verdammt lange her, dass ein Mann sie auf diese Weise angeblickt hatte. Überdeutlich nahm sie jede Stelle wahr, an der ihre Körper sich berührten, sie spürte seine harten Muskeln, fühlte die Kraft, die in ihm steckte, spürte – sie krabbelte eilig von ihm herunter, strich ihr Haar zurück und sah ihn böse an, als er aufstand.

»Ich denke, das dürfte Ihre Frage ausreichend beantwortet

haben, Marshal.« Sie blickte unter gesenkten Lidern zu ihm hin und hätte am liebsten diesen männlich-selbstzufriedenen Ausdruck aus seinem Gesicht geschlagen. Es gefiel ihr auch nicht, was *sie* empfand, wenn sie in seiner Nähe war. Denn noch gehörte er zu ihren Gegnern. »Ich habe niemanden belästigt und wurde trotzdem angegriffen. Stellen Sie sich vor, ich wäre als Frau in die Stadt gekommen, allein. Statt sich mit mir zu prügeln, hätten diese betrunkenen Kerle mich in die nächste Gasse gezerrt und vergewaltigt.« Der Aufruhr ihres Körpers machte sie nervös. Sie hob seinen Stetson auf und warf ihn ihm wie eine Frisbee-Scheibe zu. »Lassen Sie mich in Ruhe, Marshal.« Geschickt fing er seinen Hut auf. »Ich komme auch so zurecht.«

Er setzte sich den Stetson auf. »Ich werde auch weiterhin ein Auge auf Sie haben, Miss Mason.«

»Wenn Sie meinen«, sagte sie. *Falls du mich überhaupt erkennst!*

Er wandte sich zum Gehen.

»Noch was, Marshal!« Er drehte sich um, zog wieder auf diese arrogante Art die Braue hoch. »Sie können das ›Miss‹ weglassen. Sagen Sie einfach ›Mason‹ zu mir!«

Er schaute sie von Kopf bis Fuß an. »Das dürfte kein Problem sein.«

Ihre Augen funkelten, doch sie beherrschte sich. »Übrigens – wem bin ich eigentlich dort im Wald begegnet?«

Er zögerte einen Moment, bevor er antwortete. »Swift Arrow.«

Sie lächelte leicht, und dabei entdeckte er ein Grübchen, das ihm vorher noch nicht aufgefallen war. »Er hat mir besser gefallen!«

Chris sagte nichts darauf. Langsam ging er davon, und nach ein paar Schritten stahl sich ein Lächeln auf seine Lippen.

## 5

Chris schwang sich in den Sattel und schaute sich noch einmal nach Victoria um. Fast erwartete er zu sehen, dass sie sich vor seinen Augen in Luft auflöste, aber da stand sie im Schatten der Bäume, die Hände in die Hüften gestützt. Das Hemd hing ihr noch aus der Hose, und dieses Unterhemd oder was auch immer sie darunter trug, zeichnete die Linien ihres Körpers nach. Er registrierte, wie trainiert die Muskeln an ihren Armen und Schultern waren. Sie ist ganz anders als jede Frau, die mir bisher begegnet ist, dachte er und rieb sich unwillkürlich das Kinn. Obwohl er dazu erzogen worden war, jede Frau zu beschützen, hatte er keine Bedenken, sie allein hier im Wald zurückzulassen. Sie war mehr als fähig, sich zu verteidigen und zu wehren – selbst gegen das Verlangen, das sie beide eben empfunden hatten.

Verlangen? Es war mehr wie ein Vulkanausbruch gewesen. Noch immer meinte er, ihren Körper an seinem zu fühlen, ihre Hüften an seine gepresst. Noch nie hatte er so heftig den Wunsch verspürt, mit einer Frau zu schlafen, wie in jenen zu kurzen Momenten. Es war pures Begehren, wild und unerklärlich, doch er bezweifelte, dass diese Frau einer solchen Lust jemals spontan nachgeben würde.

Sie ist wie eine harte Muschel, die man mit einem Meißel knacken muss, dachte er und hob grüßend die Hand an den Hut, als er davonritt. Er wusste immer noch nicht, wie er sie einordnen sollte. Sie drückte sich irgendwie anders aus, knapp, genau, sarkastisch. Und doch hatte sein Herz heftig und schnell geschlagen, seit sie ihre Maske abgenommen hatte. Ein Anblick, der zugleich schrecklich und faszinierend gewesen war. Woraus mochte diese Maske gefertigt sein, dass sie sich so dehnte und so echt erschien? Eine solche Verkleidung war einfach unglaublich!

Er rieb sich die Seite, wo sie mit dem Messer seine Haut geritzt hatte – doch all seine Gedanken wurden überlagert von der Erinnerung daran, wie verführerisch sich ihr Körper angefühlt hatte, als sie auf ihm gelegen hatte.

Victoria schaute ihm hinterher, als er wegritt, und versuchte zu ignorieren, was für eine gute Figur er im Sattel machte. Es war besser, sich daran zu erinnern, welche unschmeichelhaften Bemerkungen er über sie gemacht hatte, denn das war etwas, was ihr vertraut war. Nun ja, er war eben ein Mann des 19. Jahrhunderts und an eine ganz andere Art Frauen gewöhnt.

Aber das sollte nicht ihr Problem sein. Sie war nicht hier, um gut auszusehen oder aus der Menge herauszuragen, sondern um unauffällig und unbemerkt zu bleiben. Darin war sie Expertin. Warum sollte sie sich jetzt auf einmal wünschen, ganz anders zu sein?

Verdammt. Sie hatte ein solches Verlangen nicht mehr verspürt, seit sie ein Teenager und ihr Leben noch vollkommen unkompliziert gewesen war. Ärger stieg in ihr auf, darüber, dass sie ihre Weiblichkeit aufgegeben und sie durch ihn ausgerechnet zu einem Zeitpunkt wiederentdeckt hatte, wo sie dies am wenigsten gebrauchen konnte.

Sie konnte sich gar nicht mehr daran erinnern, wann sie sich das letzte Mal mit einem Mann verabredet hatte, und selbst wenn ihr Leben davon abhinge, wüsste sie nicht mehr, wie sich eine Lady benahm, sanft und verführerisch. Gut, sie konnte sich perfekt verwandeln, jede beliebige Rolle übernehmen, aber ihren eigenen Charakter vermochte sie nicht zu verändern. Zu lange hatte sie alle weiblichen Eigenschaften unterdrückt.

*Hör auf zu jammern! Außerdem ist niemand hier, den es interessieren würde!*

Schnapp dir Ivy League und sammle genug Beweise!

Halt dich an das, was dir vertraut ist!

Zwei Sachen waren es, die sie jetzt ganz dringend brauchte: einen Job und neue Kleider. Kleider, die in dieses Jahrhundert passten.

Victoria blickte auf ihre Utensilien, die am Boden lagen, dann hockte sie sich vor ihren Rucksack, zog den Reißverschluss auf und schaute nach, was sie jetzt verwenden konnte. Dieser hübsche Marshal konnte sich die Augen nach ihr ausschauen, solange er wollte – erkennen würde er sie trotzdem nicht!

Christopher betrat den Mietstall und wartete einen Moment, bis sich seine Augen an das schummrige Licht gewöhnt hatten. Er konnte hören, dass im hinteren Teil des Stalles auf dem Amboss gearbeitet wurde. »Clancey?«, rief er.

»Hier, Marshal!« Der muskelbepackte Schmied schwang den Hammer noch ein paar Mal, ohne von seiner Arbeit aufzublicken. Schließlich packte er das rot glühende Metall mit einer Zange an und schob es in ein Fass mit kaltem Wasser. Es dampfte auf, und dann erst hob Clancey den Kopf. »Was kann ich für Sie tun?«

»Caesar hat ein Hufeisen verloren. Haben Sie Zeit?«

»Sicher, führen Sie ihn nach hinten in die zweite Box.«

Chris schaute über die Schulter zu seinem schwarzen Hengst und sagte: »Lauf in Nummer zwei, Junge«, und das große Tier trabte gehorsam in die angewiesene Box.

Clancey schüttelte den Kopf und lächelte. In dieser Beziehung war der Marshal wie ein großes Kind. Dann rief er etwas, so laut, dass Chris zusammenzuckte.

Eine leise Antwort kam von irgendwoher aus dem Stall.

»Haben Sie einen neuen Gehilfen?«, erkundigte sich der Marshal. Chris entdeckte einen schlanken jungen Mann, der weiter hinten an einer der Boxen stand.

»Ja«, meinte Clancey. »Jake ist nicht von hier, aber ein verdammt guter Arbeiter.«

Jake beendete seine Aufgabe, stellte dann die Mistgabel beiseite und kam zu seinem Boss. Chris beobachtete den jungen Mann, doch Jake mied seinen Blick.

»Kümmere dich um den Hengst des Marshals, Junge. Mach seine Hufe sauber und überprüf, ob noch ein weiteres Hufeisen locker ist.«

Jake nickte, dann schob er sich seine runde Brille höher auf die Nase. »Ja, Sir.« Er schaute zu dem großen schwarzen Hengst hin, dann blickte er den Marshal an. »Beißt er mich?«

»Nur wenn du ihn beißt.«

Jake grinste, dann näherte er sich Caesar. Chris hatte ein merkwürdiges Gefühl, als er beobachtete, wie der Junge mit langen Schritten davonging.

»Ob er das schafft, Clancey? Ich meine, meistens ist Caesar brav, aber er ...«

»Keine Bange«, unterbrach ihn der Schmied. »Der Junge hat vor nichts Angst, ist nur ein bisschen still.« Clancey zuckte mit den Schultern. »Er arbeitet am liebsten nachts.«

Chris schaute wieder zu Jake, konnte aber nicht viel erkennen. Er hörte jedoch, wie der Junge beruhigend auf Caesar einsprach. Er hatte offensichtlich wirklich keine Furcht vor dem großen Tier.

»Übrigens, Marshal, ich habe das Rohr fertig, das Sie haben wollten.«

Chris ging zu dem Schmied hinüber, begutachtete das gebogene Rohr, bevor er nickte. Dann bezahlte er Clancey.

»Was machen Sie eigentlich mit all diesen Rohren?«, wollte der Schmied wissen.

Chris lachte. »Ich lasse es regnen«, erwiderte er geheimnisvoll. »Rufen Sie mich, wenn mein Pferd genug verwöhnt worden ist.« Er wandte sich ab und trat durch die weit offen stehende Tür hinaus in die Nacht.

Ein paar Minuten später steckte Jake die Nase aus der Box, dann kam er über den mit Heu bedeckten Boden zu Clancey. »Die Hufe sind versorgt, und die anderen Eisen sind alle in Ordnung.«

Der Schmied lächelte. »Dann lauf und besorg dir etwas zum Abendessen, Junge.« Er warf ihm eine Münze zu, und Jake fing sie auf. »Die Kutsche der Delaneys kannst du fertig machen, wenn du zurückkommst.« Jake nickte, steckte die Münze ein und verschwand.

Draußen sog Victoria die frische Nachtluft in tiefen Zügen ein. Es tat ihr gut, dass der Marshal – Marshal Christopher Swift, wie sie inzwischen herausgefunden hatte – sie nicht erkannt hatte. Jetzt nicht und auch nicht vor zwei Tagen, als sie auf der Straße an ihm vorbeigegangen war. Es war verrückt, aber der Stachel seiner abfälligen Worte saß immer noch so tief, das sie sich jetzt erst recht einen Spaß daraus machte, ihn an der Nase herumzuführen. Sie hatte diesen Job angenommen, weil sie am Ende eines jeden Tages bezahlt wurde, denn sie brauchte Kleider und Informationen. Doch viel erfuhr sie hier nicht, nur ein bisschen Klatsch. Also hatte sie an diesem Morgen ihr Aussehen erneut geändert und zusätzlich eine Stelle als Zimmermädchen angenommen. Sie wusste nicht, welche Arbeit härter war: Heu zu wenden oder schmutzige Bettwäsche zu wechseln, aber im Hotel erfuhr sie einfach mehr. Sie hatte einiges aufgeschnappt, was ihr vielleicht weiterhelfen konnte. Und heute Abend würde sie zum ersten Mal einen waschechten Saloon aus dem 19. Jahrhundert betreten!

Sie überprüfte schnell ihre Barschaft und betrachtete dann die Silbermünze, die der Schmied ihr gegeben hatte. Himmel, in meiner Zeit wäre diese Münze ganz schön wertvoll, dachte sie. Sie konnte es sich nicht leisten, Geld zu verschwenden, nachdem sie sich mit Frauenkleidung und einem gebrauchten Leder-Reisesack eingedeckt hatte, in dem sie ihren Rucksack verbergen konnte. Denn es war ganz schön viel, was die Frauen dieser Zeit unter einem Rock und einer einfachen Bluse trugen. Sie hatte den Laden als Jake betreten und behauptet, sie wolle die Kleidung als Geschenk für ihre Schwester kaufen, und sie sogar einpacken lassen, damit sie keinen Verdacht erregte. Die altjüngferliche Clara – das Dienstmädchen – und Jake waren beides unscheinbare Typen, fielen nicht auf. Niemand durfte auch nur ahnen, dass sie, Victoria, dahinter steckte. Ihr wirkliches Ich pflegte sie erst zu zeigen, wenn die Handschellen zugeschnappt waren und ihr Opfer hinter Schloß und Riegel saß.

So, gleich hast du deinen großen Auftritt, dachte sie, steckte sich das Hemd in die Hose und zog die Schultern ein, bevor sie die Straße überquerte und bei jedem Schritt Staub aufwirbelte. Sie war nervös. Sie war zwar oft genug in Bars gewesen, aber sie befürchtete, dass sie auffallen könnte, einfach weil sie die Sitten dieser Zeit nicht kannte.

Sie stieß die Schwingtür auf und ging in ihrer besten Cowboy-Imitation an die Bar, stellte einen Fuß auf die Stange und bemühte sich, nicht zu starren.

Es war unglaublich.

Der Lärm war ohrenbetäubend, Lachen und Gesprächsfetzen drangen von allen Seiten auf sie ein. Im ganzen Raum standen runde Holztische, auf Hochglanz poliert und mit grün gepolsterten Stühlen. Die meisten waren mit Spielern, Cowboys und schmutzigen Schürfern besetzt, die kleine Säckchen mit feinem Silberstaub vor sich stehen hatten. Rauchschwaden hingen in der Luft, dämpften das ohnehin schon schwache Licht der Leuchter und die Farben der vielen Gemälde an den Wänden. Ein Mann mit einem Bowler und Armschonern über den weißen Hemdsärmeln spielte mit großem Enthusiasmus Klavier. Im Hintergrund hielten sich einige extravagant gekleidete Frauen auf, eine von ihnen strich mit der Hand über die Schulter eines Spielers. Als er sie einfach beiseite schob, suchte sie sich indigniert das nächste Opfer. Offensichtlich gehört ein Bordell dazu, dachte Victoria, dann glitt ihr Blick zu einer Tür mit der Aufschrift »Privat« und weiter die Treppe hinauf. Von dem langen Flur gingen etliche Zimmer ab. Eine zierliche, zerbrechlich wirkende Blondine lehnte sich über das obere Geländer, wobei ihr fast die Brüste aus dem tiefen Ausschnitt fielen.

Victoria schaute sich weiter unauffällig um. Ihr Magen knurrte, aber sie war nicht hungrig genug, um sich etwas zu essen zu bestellen, obwohl es hier anscheinend auch gutes Essen gab. Sie wollte nicht mehr Zeit als nötig in der Öffentlichkeit verbringen. Sie senkte den Kopf ein wenig. Der große Spiegel über der Bar bot ihr eine gute Übersicht.

Der Barkeeper beendete endlich sein Gespräch mit einer üppigen Rothaarigen und kam zu Victoria hinüber, wischte dabei mit seinem Tuch über die Theke.

»Ein Bier«, murmelte Victoria und knallte die Münze auf die Theke.

»Wie alt bist du?«

»Alt genug.« Der Barkeeper lachte, dann langte er unter die Bar und schob Victoria eine beschlagene Flasche über die Theke zu. Sie fing sie auf und hob den Kopf weit genug, um den Blick des Mannes zu erwidern. Sie wartete auf ihr Wechselgeld, starrte ihn auffordernd an. Seine Züge verhärteten sich, doch dann ließ er das Kleingeld klimpernd vor sie auf das Holz fallen. Sie steckte die Münzen in ihre Tasche und wandte sich ihrem Bier zu.

Sie schob die Brille hoch, bevor sie einen tiefen Schluck nahm – und sich fast verschluckte, denn das Bier hatte einen sehr herben Geschmack und war lauwarm. Sie verließ ihren Platz an der Bar, wanderte langsam Richtung Klavier und lauschte auf die Gespräche um sie herum.

»Die Viehdiebe sind zu einer Plage geworden. Ich habe bei einer Schießerei einen Mann verloren.«

»Eine Schauspieltruppe soll auf dem Weg hierher sein.«

»In Doc MacLarens Praxis ist schon zum zweiten Mal eingebrochen worden.«

»Wieso gibt es hier eigentlich so viele Iren?« Bei dieser Bemerkung wandten sich einige Köpfe dem stämmigen Sprecher zu.

»Was hat eigentlich Sam zu der armen Kelly Galloway gesagt?«

»Verdammte Iren«, meinte ein anderer, und Victoria spürte, wie die Spannung im Raum anstieg. Die anderen Frauen spürten es ebenfalls und verschwanden unauffällig und schnell.

An einem der Tische saß ganz allein ein Mann mit düsterem Gesicht, rot geränderten Augen und sturzbetrunken. Er murmelte eine Bemerkung vor sich hin, die einige der anderen Gäste aufspringen ließ. Victoria trank einen Schluck und stellte dann die noch halb volle Flasche auf den nächsten Tisch, entschlossen, hier zu verschwinden, bevor der Ärger losbrach. Sie war schon fast an der Tür, als sie plötzlich eine klare, angenehme Stimme hörte.

»Aber meine Herren, wer wird sich denn gleich so aufregen?«

Ihr Magen zog sich krampfhaft zusammen.

Ivy League.

Sie blieb abwartend stehen, drehte sich aber nicht um. Sein gut aussehendes, jungenhaftes Gesicht tauchte vor ihrem inneren Auge auf, sie versuchte, sich ganz genau den Klang seiner Stimme zurückzurufen, damit sie Erinnerung und Wirklichkeit miteinander vergleichen konnte.

»Wir wollen uns doch alle nur amüsieren – und außerdem kann ich mir noch mehr zerschlagenes Mobiliar nun wirklich nicht leisten.« Die Männer lachten, Victoria aber lief ein

Schauder über den Rücken. »Die nächste Runde geht auf Kosten des Hauses!«

Zustimmende Rufe brandeten auf, und sie zwang sich, sich herumzudrehen. Sie hatte gehofft, dass sie ihn nicht hier in der Stadt finden würde, sondern dass er draußen in den Hügeln läge und vor Erschöpfung gestorben wäre. Doch er lächelte, zog nur ein Bein leicht nach, als er sich auf einen Spazierstock gestützt zwischen seinen Gästen bewegte und sich für seine Großzügigkeit loben ließ. Er trug einen eleganten dunkelblauen Anzug – dazu ein weißes Hemd, Brokatweste und eine goldene Uhr – und wirkte gottverdammt perfekt bis hin zu den glänzenden Schlangenlederstiefeln. Sein sandfarbenes Haar war jetzt länger und glatt zurückgekämmt, was sein gutes Aussehen nur noch mehr betonte – mit diesem angenehmen Äußeren hatte er elf nichtsahnende Frauen für sich eingenommen.

»Meine Anerkennung, dass Sie den Saloon gewonnen haben«, meinte ein Mann, der an einem der Spielertische saß und einen Stapel Geld vor sich liegen hatte. »Er war noch nie so gepflegt wie jetzt.«

»Danke, Ezera«, erwiderte Ivy League und drückte die Schulter des Mannes, bevor er sein Tausend-Dollar-Lächeln anknipste. »Das heißt ja wohl, dass Sie mir als Gast erhalten bleiben und weiterhin Ihr Geld hier ausgeben werden.«

Geschickt, dachte sie, und so glatt wie die Klinge eines Rasiermessers, die über zarte Haut gleitet.

Die Gäste lachten, und Victoria hätte ihm am liebsten eine Kugel mitten zwischen seine blauen Augen geschossen.

Algenon Becket.

Millionär und Mörder. Coles Killer.

Er war hier in der Tat kein Fremder mehr. Er war der Besitzer dieses Saloons.

Und verantwortlich für den Tod zwölf unschuldiger Opfer.

Ivy League schien sich hier niedergelassen zu haben und konnte sich in aller Ruhe sein nächstes Opfer aussuchen.

# 6

Der Saloon erschien Victoria plötzlich als zu klein, die Luft als zu stickig. Sie stieß die Tür auf und trat hinaus auf den überdachten Gehsteig, wo sie erst einmal tief Luft holte. Langsam stieg sie die Stufen hinunter und streifte dabei mit ihren Schultern einen Mann, der ihr entgegenkam.

»'Tschuldigung, Kumpel«, murmelte sie und wollte weitergehen.

»Zu viel Bier getrunken?«

Victoria blieb wie angewurzelt stehen. Nicht er. Nicht jetzt, dachte sie und versuchte, eine möglichst ausdruckslose Miene aufzusetzen, bevor sie sich umdrehte. Verdammt gut sah er aus in dem frischen weißen Hemd, das sich gegen seine dunkle Haut abhob.

»Nein, ist nur schlechte Luft da drin.« Sie hatte sich ihm halb zugewandt, schob die Brille höher. Ob er wohl eine Verabredung hat, überlegte sie, entschied dann aber, dass es sie eigentlich nichts anging.

Chris runzelte die Stirn, blickte zum Saloon hin, dann sah er wieder Jake an. Er hatte immer so ein eigenartiges Gefühl, wenn er den Jungen traf. Genau wie bei Mason, bevor er wusste, dass dieser in Wirklichkeit eine Frau war. Und es war Victorias verdammte Schuld, dass er jedes fremde Gesicht mit Misstrauen betrachtete.

Victoria steckte die Hände in die Hosentaschen. »Ich muss zurück an die Arbeit«, sagte sie und ging dann schnell davon, Richtung Mietstall.

»Ich begleite dich«, rief Chris ihr nach und zwang Victoria

dazu, ihren Schritt zu verlangsamen. »Ich brauche Caesar.« Er wollte sich in der Umgebung der Stadt umschauen und nach Mason Ausschau halten. Es würde seine Nervosität dämpfen, wenn er wusste, wo sie sich aufhielt. Er traute ihr immer noch nicht.

Victoria stemmte den Riegel der Tür hoch und öffnete sie. »Mr O'Brian ist schon nach Hause gegangen«, erklärte sie, denn alles war dunkel. Sie zählte ihre Schritte ab, als sie zu der Laterne ging. In den letzten beiden Tagen war sie oft genug gestolpert. Sie tastete nach den Streichhölzern, um die Lampe anzuzünden, und hoffte, dass sie sich nicht die Finger versengte. Dann stellte sie die Flamme richtig ein und ging zu der Box, in der Caesar sich befand.

»Aufwachen, alter Junge!« Sie öffnete die niedrige Schwingtür. »Daddy ist da.«

Chris lachte. Er wusste, dass die Leute in der Stadt sich über ihn und sein Pferd lustig machten, aber das störte ihn wenig, denn Caesar hatte ihm schon mehr als einmal das Leben gerettet. Chris schnalzte mit der Zunge, und der Hengst schwenkte schnaubend den Kopf zu ihm. Dann kam er langsam aus der Box, doch statt zu Chris ging er zu Jake.

»Pass auf«, warnte Chris, denn der Hengst akzeptierte so schnell niemanden außer ihm und pflegte andere zur Begrüßung gern zu beißen.

Victoria starrte in die dunklen Augen des Tieres, wartete ab. Caesar schubste auffordernd ihre Schulter. »Ich hab aber nichts für dich«, flüsterte sie.

Christopher zog eine Augenbraue hoch, und Jake betrachtete angelegentlich den mit Stroh bedeckten Boden, während er sich am Arm kratzte.

»Ich habe ihm Zucker gegeben«, gestand er. Der Hengst begann Jakes Hut anzuknabbern. Der Junge versuchte ihn festzuhalten und sah das Tier böse an. »Geh nach Hause, du schwarzes Biest«, sagte er, dann eilte er zur Eingangstür, offensichtlich erpicht darauf, Herrn und Hengst loszuwerden. Chris schnalzte erneut mit der Zunge, und Caesar folgte ihm. An der Tür blieb Chris stehen.

Einen Moment lang befürchtete Victoria schon, dass er ihr Spiel jetzt durchschaut hätte. »Bezahlen Sie Mr O'Brian morgen Früh«, sagte sie, denn sie wollte nicht zugeben, dass sie mit dem Geld noch nicht ganz vertraut war.

»Wo übernachtest du eigentlich, Jake?«

Sie unterdrückte ein Stöhnen und wünschte, er würde endlich aufhören, die Rolle des besorgten väterlichen Freundes zu spielen, und verschwinden, damit sie sich wichtigeren Dingen zuwenden konnte. Wie zum Beispiel, diesen Hurensohn im Saloon gegenüber zu beobachten.

Jake deutete nach hinten in den Stall, und Chris konnte eine Bettrolle und einen Ledersack entdecken, die an der Wand lehnten. Der Junge ist verdammt zurückhaltend, dachte Chris und betrachtete Jake nachdenklich, seine glatte Haut und die strubbeligen hellblonden Haare. Er schätzte ihn auf höchstens neunzehn oder zwanzig. Außerdem brauchte Jake dringend ein Bad.

»Hier zu schlafen ist gefährlich, selbst für einen erwachsenen Mann.«

»Ich hab keine Angst, wenn Sie das meinen«, fuhr sie auf und hoffte, sie würde sich empört genug anhören. »Aber ich komme ganz bestimmt nicht zum Schlafen, wenn ich hier stehe und den Türöffner spiele.«

Chris lächelte, und dieses Lächeln ging Victoria durch und durch. Ihr Herz stolperte, um dann umso schneller weiterzuschlagen, und sie konnte nicht anders, sie musste das Lächeln erwidern. Doch sie wusste, dass er lediglich einen jungen Mann vor sich sah.

»Hab schon kapiert«, meinte er. »Nacht, mein Junge.«

Victoria schloss die Tür und schob den schweren Riegel vor, dann nahm sie die Öllampe und begab sich in den rückwärtigen Teil des Stalls. Die nächste halbe Stunde verbrachte sie damit, die defekte Bremse an der Kutsche zu reparieren. Prüfend betrachtete sie ihr Werk. Ja, das musste funktionieren. Sie glaubte nicht, dass sie jemanden damit umbringen würde. Schließlich schüttete sie frisches Heu in eine leer stehende Box und schüttelte ihre Decke aus. Bevor sie sich auf ihr improvisiertes Bett legte, stellte sie die Weckfunktion ihrer Armbanduhr ein. Wenn sie in vier Stunden wieder aufstand, würde Ivy League garantiert noch einmal den Saloon kontrollieren. In dieser Beziehung war er ein Fanatiker, das wusste sie; der Zwang, alles unter Kontrolle haben zu müssen, betraf nicht nur seine Verbrechen. Dennoch liebte er die Herausforderung, wählte sich gern als Opfer Frauen aus, die in seiner Umgebung lebten, so nahe, dass er in ständiger Gefahr war, erwischt zu werden. Sein Verhalten war reine Arroganz, und das machte Victoria noch wütender. Sie streckte sich aus, zog den Hut über die Augen und tastete noch einmal nach dem Messer, das sie an ihren rechten Oberschenkel gebunden hatte. Zwei blitzende, lachende dunkle Augen verfolgten sie bis in den Schlaf.

Victoria stützte sich auf die Ellbogen und hob ihr Fernglas an die Augen. Von ihrem Beobachtungspunkt hatte sie einen guten Blick auf den Saloon. Der Barkeeper säuberte die Theke, draußen auf dem Gehsteig lungerten noch ein paar Betrunkene herum. Sie richtete das Glas auf jedes Fenster, auch im ersten Stock. Nach allem, was sie erkennen konnte, schien das nächtliche Geschäft bestens zu laufen. Doch viel mehr interessierte sie, was im linken Teil des Erdgeschosses geschah, und sie konzentrierte sich auf ein Fenster, dessen Vorhänge nicht vorgezogen waren. Das Büro lag zur Straße hin, hier einzubrechen, um ein bisschen herumzuschnüffeln, wäre viel zu riskant, denn sie konnte zu leicht dabei entdeckt werden. Es hätte ihr kein schlechtes Gewissen bereitet, wenn sie eingebrochen wäre. Kopfgeldjäger konnten manches tun, was Polizisten nicht erlaubt war.

Das Büro war ziemlich groß, nur durch den Saloon zu erreichen, von dem es durch eine Art Lagerraum getrennt war. So wurde Becket nicht allzu sehr durch den Lärm der Gäste gestört.

Von hier hatte sie wirklich eine hervorragende Aussicht. Er saß in seinem Büro, allein, soweit sie das feststellen konnte, denn das Licht reichte gerade aus, um seine Gestalt zu erkennen. Er saß in einem Sessel, die Füße hoch gelegt, ein Cognacglas in der Hand. Er hatte keine Lampe angezündet, dafür brannten auf dem Tisch vor ihm drei Kerzen. Er schwenkte das Glas, betrachtete die Flüssigkeit. Seine Lippen bewegten sich, jetzt lächelte er. Er redete mit jemandem. Also hatte er doch Gesellschaft.

Es war der Marshal, wie sie erkannte, als ein Mann sein Glas auf den Tisch stellte.

Victoria rollte sich vom Fenster weg und atmete einmal tief durch.

Beruhige dich, ermahnte sie sich. Niemand hier ahnt, dass Becket ein Verbrecher ist. Trotzdem – was hatte der Marshal um zwei Uhr morgens mit ihm zu besprechen?

Ihr Herz krampfte sich zusammen. Wie passte Chris ins Bild? War er ein Freund von Ivy League? Ein schrecklicher Gedanke kam ihr. Was war, wenn er Ivy League von ihr erzählte? Nicht, dass der Killer jemals ihr wahres Gesicht gesehen hätte oder eine der Masken, die sie hier benutzte, aber wenn der Marshal erwähnte, dass er ihr in der Nähe des Wasserfalls begegnet war, würde er dann nicht misstrauisch werden? Sie konnte nur hoffen, dass Becket überzeugt war, hier sei er absolut sicher. Und dadurch sorglos wurde.

Sie hob das Glas wieder an die Augen und beobachtete, wie Becket den Docht einer Lampe herunterschraubte; als er eine andere Tür öffnete, sah sie nur noch seinen Schatten. Dann flammte Licht auf, und sie stellte das Glas schärfer ein. In seinem Bett lag eine Frau, und Victoria überlegte, wo sie sie schon einmal gesehen hatte. Ach ja, im Saloon, sie war diejenige, die den unwilligen Spieler an der Schulter berührt hatte.

In diesem Augenblick trat der Marshal auf die Straße. Caesar trottete zu ihm, und Chris schwang sich auf seinen Rücken. Ohne Sattel. Er machte keinen Versuch, seine Anwesenheit zu verbergen. Ein weiterer Mann erschien, der Stern auf seiner Brust fing das Mondlicht ein. Victoria konnte nicht hören, was Chris und der Deputy sagten, aber sie sah, wie Christopher auf den Saloon und dann auf die Betrunkenen zeigte, die auf der Veranda schliefen. Der Deputy nickte, und Chris ritt gemächlich davon. Ab und zu beugte er sich vom Pferderücken herab, um unter Kutschen und Wagen zu schauen, spähte in die Seitengassen und Fenster.

Er macht nur seine übliche Runde, dachte sie erleichtert. Sie lehnte sich aus dem Fenster und fiel fast nach draußen, als sie zu erkennen versuchte, in welche Richtung er ritt. Nach Hause? Zu seiner Frau?

Er *musste* verheiratet sein. Er sah viel zu gut aus, um allein zu sein.

Eine kleine Stimme in ihr fragte boshaft, was zum Teufel sie das anging.

Victoria war bereits aufgesprungen, als zum zweiten Mal heftig an die Tür gepocht wurde. Wer auch immer dort draußen stand, war anscheinend ziemlich ungeduldig, und sie beeilte sich, die schwere Tür zu öffnen. Wütend über die Störung, wollte sie gerade etwas Unfreundliches sagen, als sie den Marshal erkannte.

»Es ist ein Unfall passiert«, stieß er atemlos hervor. Er schwitzte, sein weißes Hemd war schmutzig. »Ich brauche

Clanceys Hammer und Stemmeisen.« Statt auf eine Antwort zu warten, folgte er Victoria, die immer noch ein wenig schlaftrunken war, zu dem Regal mit den Werkzeugen, das sich neben der Feuerstelle befand.

»Was ist denn geschehen?« Sie rollte den Hemdsärmel herunter, um ihre Uhr zu verbergen.

»Ein Junge hat in einem Fuhrwerk geschlafen. Die Bremsen haben sich gelöst, der Wagen ist weggerollt und gegen einen Felsen geprallt. Der Junge ist darunter eingeklemmt.«

Noch bevor er zu Ende gesprochen hatte, hatte sie schon eine der Boxen geöffnet und ein Pferd herausgeführt. Rasch legte sie ihm Zügel an, dann kletterte sie auf einen Hocker und schwang sich auf den ungesattelten Rücken des Tieres.

»Ich komme mit«, teilte sie ihm mit, als er sie stirnrunzelnd betrachtete. Ein knappes Nicken, dann eilte er nach draußen und verschloss die Tür, bevor er selbst auf Caesar stieg. Er ritt vor, und Victoria konnte an nichts anderes denken als an dieses Kind, das schreckliche Angst haben musste, so allein und verlassen in der Dunkelheit. Schon die Vorstellung machte sie krank.

Chris beugte sich über dem Kopf des Hengstes, flüsterte ihm etwas zu, und der Rappe machte einen Satz und preschte davon. Ihr wilder Ritt musste die halbe Stadt geweckt haben. Die Deputys, die das Hufgeklapper hörten, riefen ihnen etwas zu und drohten schon, auf sie zu schießen, bevor sie den Reiter erkannten. Einer der Deputys schwang sich auf sein Pferd und folgte hinter Jake. Obwohl Chris bezweifelte, dass der Stallbursche von großem Nutzen sein würde, war er dennoch froh über ein zusätzliches Paar helfender Hände.

Weiter ging der wilde Ritt, vorbei an Häusern und Geschäften, bis sie den Stadtrand erreichten. Hier fiel das Gelände seitlich in ein Tal ab, etwas sanfter zunächst, dann steil. Ein Stückchen weiter unten, am Rand des Abgrunds, konnte man im Licht der aufsteigenden Morgendämmerung den halb zertrümmerten Wagen erkennen, das Wimmern des Jungen hören. Chris zog scharf die Zügel an, ließ Caesars Protest gegen die grobe Behandlung unbeachtet. Er glitt vom Rücken des Hengstes, schob sich an dem Tier vorbei und lief den Hang hinab.

Jake war direkt hinter ihm.

»Du lieber Himmel«, flüsterte Jake, was ihm einen bösen Blick von Chris einbrachte. Seine Angst würde Lucky nicht helfen. Dann bemerkte er Jakes harten, entschlossenen Ausdruck und eilte weiter auf den Wagen zu. Jake folgte ihm, löste beim Gehen eine kleine Steinlawine aus.

»Marshal?«, rief Lucky und bemühte sich, tapfer zu klingen.

»Ja, mein Junge. Ich hab dir doch gesagt, dass ich zurückkommen würde.« Im Stillen dankte er Gott dafür, dass er den Wagen nicht endgültig über den Rand des Abgrunds hatte rutschen lassen. Lediglich ein Felsbrocken hielt das Gefährt noch auf. Der Junge lag unter den Trümmern, und Chris hätte ihn herausziehen können, doch sein Bein war in den Speichen eines der Räder eingeklemmt. Der Wagen schwankte und drohte das Kind mit in den Abgrund zu reißen.

Als Chris sich an die Stelle schob, von der aus er das Rad am besten erreichen konnte, polterten einige Steine nach unten. Lucky lag mit dem Kopf zum Abgrund hin, und Chris' einzige Hoffnung war, mit dem Werkzeug den Metallring aufzubiegen und das Speichenholz wegzuschlagen, damit der Junge das Bein herausziehen und er ihn in Sicherheit bringen konnte. Doch der Wagen drohte jeden Moment abzurutschen.

Victoria legte sich auf den Boden und griff nach der Hand des Kindes. »Du wirst es bald geschafft haben«, sagte sie zu dem Jungen, dessen angsterfüllter Blick schmerzhafte Erinnerungen in ihr weckten. »Ich lasse dich nicht los.«

Chris schob sich näher heran, und wieder lösten sich Steine und Erde. »Bleib hinten, Seth!«, rief er dem Deputy zu.

»Holen Sie ein Seil und versuchen Sie, den Wagen irgendwie zu sichern!«, ergänzte Victoria in einem Ton, der Chris erstaunt hätte, wenn er genug Zeit gehabt hätte, um darüber nachzudenken. Seth gehorchte, und Chris stemmte das Eisen zwischen Holz und Metall und hob den Hammer.

»Sind Sie verrückt geworden?«, zischte Victoria ihm zu. »Ein Schlag, und wir finden uns alle unten wieder. Sie müssen das Rad von der Achse ziehen.«

Chris' Augen verengten sich, doch er widersprach nicht. Jake hatte Recht. Er schob das Stemmeisen unter den Sicherungsbolzen, der das Rad auf der Achse hielt, und versuchte den verrosteten Metallbolzen zu lockern. Dann schlug er vorsichtig mit dem Hammer dagegen. Lucky wimmerte bei jedem Schlag.

Der Wagen schwankte, Geröll und zerbrochene Holzteile rutschten über den Abgrund. Alle drei erstarrten. Es dauerte ein paar Sekunden, bis sie von unten den Aufprall hörten.

Chris wandte seine Aufmerksamkeit wieder dem Rad zu, versuchte sich zu konzentrieren, während Jake beruhigend auf Lucky einsprach, alle möglichen Fragen stellte, um ihn abzulenken.

Dann schaute Jake den Marshal an, und Chris wusste, dass der Stallbursche begriffen hatte, dass Lucky nicht nur ein einsames Kind war, sondern auch noch ein ganz anderes Problem hatte.

Ein Lasso wirbelte durch die Luft, schwang sich um die Deichsel, und Chris verdoppelte seine Anstrengungen, den Bolzen zu lockern, bis er sich endlich löste.

»Nicht nachlassen, Deputy!«, rief Victoria, als das Seil sich straffte. Dann sah sie den Jungen an. »Ich lasse dich jetzt los, Lucky!«

»Nein, nein, nein!«, schrie der Junge in höchster Angst und umklammerte ihre Hand noch fester.

Der Wagen schrammte mit einem hässlichen Geräusch gegen den Felsen.

Victoria beugte sich vor. »Lucky«, sagte sie mit fester Stimme. »Sieh mich an.« Das Kind richtete den Blick seiner tränenerfüllten Augen auf sie, und ihre Brust zog sich zusammen. Er war halb verrückt vor Angst, denn er begriff nicht, was um ihn herum vorging. »Ich krieche jetzt zu dir unter den Wagen und halte dich fest.«

»Jake!«

Ihr Kopf fuhr herum, und sie setzte sich auf. Blaue Augen funkelten schwarze an. »Sagen Sie Seth, er soll das Lasso an Caesar befestigen. Das wird den Wagen erst mal stabilisieren. Sie ziehen das Rad von der Achse. Und ich halte den Jungen fest. Sobald die Achse frei ist, schneiden Sie das Seil durch, das den Wagen hält.«

»Ich werde den Teufel tun! Ihr würdet beide mit nach unten gerissen!«

»Nicht, wenn Sie meine Beine mit einem Seil sichern.« Sein Gesichtsausdruck verriet ihr deutlich, was er von dieser Idee hielt. »Es ist die einzige Möglichkeit, es zu schaffen. Er ist fast verrückt vor Angst, Marshal. Wenn ich ihn loslasse, wird er versuchen, irgendwie allein aus dem Rad zu kommen.«

Sie wartete gar nicht erst darauf, dass er widersprach, sondern rief Seth zu, dass er ihr ein zweites Seil zuwerfen möge. Sie fing es auf und verknotete es um ihre Knöchel. Dann schob sie sich langsam zu dem Jungen unter den Wagen, während der Marshal Seth das andere Ende zuwarf. Victoria konnte nur beten, dass es funktionierte.

Langsam arbeitete sich der schwarze Hengst vor, bis sich das Seil, das den Wagen hielt, wieder straffte. Der Deputy sicherte das zweite Seil am Sattel des Hengstes. Chris erhob sich vorsichtig und versuchte das verbogene Rad von der Achse zu ziehen, drehte es leicht nach links und rechts. Lucky wimmerte, als sich das Rad zu lösen begann, schüttelte sein Bein, als wollte er eine Biene verscheuchen. Doch Victoria redete sanft auf den Jungen ein, hielt sein Bein ruhig und drückte ihn fest an sich. Innerlich versuchte sie sich für den Moment zu wappnen, wenn der Wagen nach unten stürzen würde.

Dann war es so weit.

Die Radnabe rutschte von der Achse, und Jake rollte sich auf Lucky, als der Wagen ruckte. »Jetzt! Schneiden Sie es durch!«

Das Seil peitschte wie eine Schlange durch die Luft, der Wagen kippte, dann verschwand er über dem Rand des Abgrunds.

Genau wie Jake und Lucky.

Chris hielt mit aller Kraft das zweite Seil, bis es sich straffte. Der Hengst stieg protestierend hoch. Die Sekunden, bis der Wagen unten aufprallte, schienen wie eine Ewigkeit. Das Geräusch des zersplitternden Holzes klang so scharf wie ein Gewehrschuss.

Zentimeter für Zentimeter zog Chris das Seil zu sich heran. Seth versuchte, den Hengst zu beruhigen. Caesar stampfte mit den Vorderhufen. Chris stemmte die Absätze in den Boden, seine Hände brannten.

Das Herz donnerte ihm in der Brust, von Furcht erfüllt. Wenn das Seil an einer Felskante zerfaserte ...

Seine Muskeln schrien vor Anspannung, als er das Gewicht immer weiter nach oben zog. Und dann hatte er es fast geschafft. Jakes Füße tauchten auf, danach das Rad. Und dann hatten sie es über die Kante geschafft. Jake hielt Lucky mit seinen Armen und Beinen umschlungen. Chris verdoppelte seine Anstrengungen und zog die beiden auf sicheren Boden.

Dann rannte er zu ihnen hin. »Jake?«

Lucky hob den Kopf und schenkte Chris sein unschuldiges Engelslächeln. Chris musste ihn aus Jakes verkrampften Armen lösen. Er reichte ihn Seth, und der Junge klammerte sich an den Deputy, ließ sich von ihm wegtragen, damit er endlich aus den Speichen befreit werden konnte.

Jake lag unbeweglich da.

»Jake?« Der Stallbursche zuckte zusammen, als Chris ihn an der Schulter berührte. »Bist du in Ordnung?«

»Geben Sie mir eine Minute!« Die Antwort war kaum mehr als ein Krächzen.

»Warum hast du das getan? Du hättest getötet werden können.«

»Was hätte ich denn sonst tun sollen? Er ist doch so hilflos!«

Es dauerte noch einen Moment, bis Jake sich herumrollte, auf allen vieren den Hang hinaufkrabbelte und sich dann hinhockte.

Chris betrachtete ihn stirnrunzelnd, dann ging er hinüber zu dem Jungen. Lucky drehte das inzwischen befreite Bein hin und her, als wäre es ein neues Spielzeug. Es blutete. Aber es ist wenigstens nicht gebrochen, dachte Chris.

»Bring ihn zu Abigale«, bat er Seth. »Sie wird sich um ihn kümmern.«

Seth nickte, und einen Moment später ritt er mit dem Jungen los. Lucky plapperte munter vor sich hin, sagte, wie schön der Sonnenaufgang sei, und fragte sich, was Abigale ihm wohl zum Frühstück machen würde. Chris wusste, der zerbrechliche Verstand des Jungen hatte schon wieder vergessen, in welcher Gefahr er geschwebt hatte.

Jake setzte sich hin, schlang die Arme um die Knie. Allmählich ging sein Atem wieder normal.

Chris betrachtete einen Moment lang den schmalen Rücken, dann ging er zu Jake hinüber und setzte sich neben Luckys wahrem Retter auf den Boden.

»Himmel, ich werde einen Monat lang überall Blutergüsse haben«, sagte Jake müde, und Chris nahm sein Messer, um das Seil zu durchtrennen.

»Danke.«

Jake sah seine Hände. »Sie bluten.«

»Sie sind wirklich etwas ganz Besonderes, Victoria Mason!«

Ihr Kopf schoss hoch.

Er grinste.

Sie stöhnte auf. »Verdammt. Wie haben Sie es herausgefunden?«

Er tippte mit der Messerspitze gegen die Sohlen ihrer Stiefel. »Ihre Füße sind einfach zu klein für einen Mann.«

# 7

Sie warf einen Stein in den Abgrund. »Verdammter Mist.«

»Das ist der gewählteste Ausdruck, den ich in letzter Zeit aus Ihrem Mund gehört habe.«

Sie sah ihn von der Seite her an, und unwillkürlich blieb ihr Blick an seinem schön geschwungenen Mund hängen »Äußerlichkeiten können täuschen, nicht wahr, Marshal?« Sie schaute in seine Augen. »Vic und Jake verfügen über ein Repertoire, das ich noch nicht einmal ansatzweise ausgenutzt habe.«

»Und was ist mit Victoria?«

»Das hängt von meiner Stimmung ab.« Die im Moment nicht allzu großartig ist, dachte sie. Dann ließ sie sich mit ausgebreiteten Armen zurücksinken. Sie hatte gehofft, ihre Verkleidung noch ein wenig länger aufrechterhalten zu können, und jetzt, wo sie ertappt worden war, wusste sie nicht, welche Erklärung sie Chris geben sollte. Diese verdammten Stiefel. Niemand hatte jemals zuvor auf ihre Füße geachtet, und sie konnte sich im Moment einfach keine Stiefel leisten, die in diese Zeit passten. Sie sah zu Chris hin, der damit beschäftigt war, sie zu mustern. Sein Blick wanderte zu ihrem Busen, der unter einer Bandage, einer Schaumstoffpolsterung, einem dreckigen Hemd und einer Lederweste verborgen war.

»Ja, es tut weh«, sagte sie.

Eine leichte Röte kroch in seine Wangen. Verdammt, diese Frau war immer so direkt. »Und warum plagen Sie sich dann mit dieser Verkleidung?«

»Das geht Sie nichts an.« Sie war absichtlich unhöflich,

Grobheit würde ihr am besten helfen, diese Befragung hinter sich zu bringen.

Chris war nicht beleidigt. Sie war von Anfang an so abweisend gewesen, und ihn interessierte, warum das so war. Victoria Mason verbarg mehr als nur ihr wahres Geschlecht hinter ihren Masken.

»Ich kann natürlich verstehen, dass Sie sich sicherer damit fühlen«, meinte er und betrachtete den Himmel, der immer heller wurde. »Obwohl Sie dermaßen riechen, dass ohnehin kein Mensch freiwillig in Ihre Nähe käme.«

Victoria legte eine Hand auf seine Schulter, und Chris blickte sie lächelnd an. Es war ein Lächeln, das irgendetwas in ihrem Herzen anrührte. »Wie haben Sie eigentlich entdeckt, was mit Lucky passiert war?«, wollte sie wissen.

»Ich war auf dem Weg nach Hause und hörte, wie er mit sich selbst redete. Er hätte niemals nach Hilfe gerufen, er hat sich einfach selbst unterhalten, während er darauf wartete, dass ihn jemand fand.«

Er ist geistig zurückgeblieben, dachte sie. Und einsam. Du lieber Himmel, welche Möglichkeiten hatten Kinder wie er in diesem Jahrhundert? »Hat er denn keine Familie?«

Chris zog die Knie an, legte die Arme darauf und schüttelte den Kopf. »Einige Leute hier behaupten, er sei von einem Treck zurückgelassen worden, aber ich weiß es nicht. Irgendwann tauchte er einfach auf, allein und hungrig.« Chris konnte sich nur allzu gut an den Tag erinnern, an dem er den Jungen gefunden hatte. Luckys Rippen waren gebrochen gewesen, weil irgendwelche gelangweilten Trunkenbolde ihn wie einen Hund getreten hatten. »Man hatte ihn ziemlich schlecht behandelt, aber ich fürchte, er weiß ohnehin nicht, was gute Behandlung ist.«

»O doch, das weiß er.« Sie richtete sich auf und sammelte kleine Steinchen in ihrer Hand, um sie in den Abgrund zu werfen. »Er hat dieses Wissen nur tief in sich versteckt.«

Chris spürte den Schmerz, den sie empfand, und betrachtete ihr Profil. Sie hatte den letzten Satz mit ihrer natürlichen Stimme gesprochen. Er fand es mehr als irritierend, sie anzuschauen und zu wissen, was sich unter der Maske verbarg. Aber was verbarg sie tatsächlich?

»Sie beurteilen ihn, als würden Sie ihn kennen.«

»Ich kenne Kinder wie ihn, Marshal. Er ist –«, sie blickte zu Boden, und Chris hätte schwören können – so seltsam ihm das auch erschien –, dass sie gegen Tränen ankämpfte. »Kinder wie er sind etwas ganz, ganz Besonderes. Er braucht viel Geduld.«

»Wenn er nur lange genug irgendwo bleiben würde.« Er warf nun auch Steinchen, genau wie sie. »Ich habe vergeblich versucht herauszufinden, wo er sich versteckt, aber er ist einfach zu flink.«

Er liebt den Jungen, dachte sie und spürte plötzlich einen Kloß im Hals. Ein Grund mehr, sich nicht mit ihm einzulassen. Das Einzige, was sie hier zu interessieren hatte, war Ivy League. Denn sie kam aus einer anderen Zeit, einem anderen Leben.

»Wo wohnen Sie denn, Marshal?«, wollte sie wissen.

Chris deutete auf den Abgrund, und sie stand auf, klopfte sich den Staub von der Jeans und machte ein paar Schritte, bis sie oben am Kliff stand. Von dort konnte sie hinab ins Tal blicken.

Victoria stieß einen leisen Pfiff aus. »Das ist ja ein richtiges Paradies!« Sie sah nicht, wie Chris lächelte, während sie seinen Besitz betrachtete, ein üppig grünes, mit vielen Bäumen bestandenes Tal, durch das sich ein kleiner Fluss schlängelte. Auf der ihnen zugewandten Seite stand eine Ranch mit zwei Scheunen und etlichen Weiden, auf denen Pferde stampften und trabten, um die morgendliche Kühle abzuschütteln. Eine große Herde tat sich am saftig grünen Gras gütlich. Es war ein so friedvolles Bild, dass es ihr fast den Atem nahm, und sie wünschte, sie hätte ihr Fernglas dabei. Aber auch so konnte sie Seth erkennen, Lucky vor sich im Sattel, der gerade auf das hübscheste Haus, das sie seit langem gesehen hatte, zuritt.

Irgendwie hatte sie sich nicht vorstellen können, dass Chris in einer solchen Umgebung lebte – aber sie hatte sich ja auch nie ernsthafte Gedanken darüber gemacht, wo und wie er wohnte. Plötzlich lief eine Frau auf die Veranda und rannte zu Lucky hin. Victoria spürte, wie sich ihr Herz zusammenzog, aber sie untersagte sich, ihre Reaktion genauer zu erkunden. Abrupt wandte sie sich um und ging zu ihrem Pferd.

»Ich muss zurück – ich sollte mich vielleicht doch mal ein bisschen waschen.« Sie führte ihr Tier zu einem Felsbrocken, damit sie aufsitzen konnte, doch Chris verschränkte die Hände, und sie akzeptierte seine Hilfe.

Sie blickte noch einmal in das Tal hinab. Chris stand immer noch neben ihr, eine Hand auf der Flanke des Pferdes, so nah, dass er fast ihren Schenkel berührte. Sie konnte die Hitze spüren, die von ihm ausging. Seine Nähe bereitete ihr Unbehagen.

»Victoria?«

Die Art, wie er ihren Namen aussprach, ging ihr durch und durch. Sie blickte ihn an und begriff, dass er zu erkennen versuchte, was sich hinter ihrer Verkleidung verbarg.

»Werde ich jemals die Frau wiedersehen, der ich im Wald begegnet bin?«

Sie hätte beinahe gelacht. Wen wollte er zum Narren halten? Sie hatte nun wirklich nichts Anziehendes an sich, darüber machte sie sich keine Illusionen. Sie jagte Menschen, wanderte über einen schmalen Grat ganz nah am Rand des Gesetzes. In ihren dunkelsten Träumen hielt sie sich für nicht viel besser als Becket. Es war nicht nötig, dass Christopher Swift sie besser kennen lernte. Dieser Mann hatte es nicht verdient, dass der Horror, der ihr Leben verdunkelte, auch das seine komplizierte.

»Verkneifen Sie sich Ihre Neugierde in Bezug auf mich, Marshal. Sie wissen nicht, worauf Sie sich einlassen würden.«

Ihre Zurückweisung machte ihn ärgerlich. »Wenn Sie es mir verraten würden, könnte ich es vielleicht verstehen.«

»Kommt überhaupt nicht in Frage.« Und bevor er etwas erwidern konnte, fügte sie hinzu: »Reiten Sie nach Hause, Marshal, zu Ihrer Familie, Ihrer Ranch. Streichen Sie mich aus Ihren Gedanken.«

»Verdammt noch mal, ich – «

»Nein.« Sie ritt los. »Es ist niemand zu Hause, also hören Sie auf anzuklopfen!«

Christopher trat auf die Veranda vor seinem Büro und lehnte sich an den Pfosten, kramte in seiner Hemdtasche nach Tabak und Papier. Während er sich eine Zigarette rollte, betrachtete er die Menschen, die vorbeigingen. Zwei Jungen ärgerten einen Hund, der vor einem Laden angebunden war, eine Kutsche rollte vorbei. Nichts Ungewöhnliches also. Sein Blick glitt zum Mietstall hinüber. Mehr als einmal war er in Versuchung geraten, zu ihr zu gehen und sie erneut zu fragen, warum sie sich als Mann verkleidete. Sie konnte einem anderen weismachen, dass sie dies allein wegen ihrer Sicherheit tat. Frauen waren eitel – zumindest die Frauen, die er kannte. Es machte ihnen Spaß, sich schöne Kleider auszusuchen, sie liebten Parfüm und all jene verführerischen Dinge, die einen Mann um den Verstand brachten. Sie alle wollten sich begehrt fühlen. Außer Victoria. Und genau das machte ihn neugierig.

Doch das war nicht das Einzige an ihr, was seine Neugier erregte.

Warum drückte sie sich manchmal so seltsam aus? Warum versuchte sie so grob – und das mit voller Absicht –, ihn und andere auf Distanz zu halten? Wie gelang es ihr, sich so perfekt zu verkleiden? Woher hatte sie diese Masken und das falsche Haar? Was befand sich in diesem merkwürdigen Rucksack, den sie wie ihren Augapfel hütete? War sie unter Männern aufgewachsen, ohne den besänftigenden Einfluss einer Frau? Der Himmel wusste, dass sie Nerven wie ein Mann hatte!

Es hatte ihn bis in die Zehenspitzen schockiert, als er erkannt hatte, dass Jake und Victoria ein und dieselbe Person waren. Wieder fiel ihm ein, dass er von Anfang an in Jakes Nähe ein merkwürdiges Gefühl verspürt hatte. Er steckte die Zigarette zwischen seine Lippen und zündete ein Streichholz an, schützte die Flamme mit den Händen. Dann machte er einen tiefen Zug. All diese Fragen machten ihn ganz krank. Er versuchte, sich abzulenken, und blies Rauchringe in die Luft, blickte ihnen nach. Leute nickten ihm zu, als sie vorbeieilten, eine Frau zog ihr Kind hinter sich her. Unwillkürlich musste Chris an Lucky denken. Abigale hatte ihn gebadet, seine Wunde versorgt, ihm etwas zu essen gemacht und ihn dann in einem der Gästezimmer ins Bett gesteckt. Dann war der Junge verschwunden. Chris wusste, dass er wieder auftauchen und wahrscheinlich Ärger bekommen würde, wenn er versuchte, sich etwas zu essen zu stehlen. Es machte ihm Sorgen und bereitete ihm schlaflose Nächte, dass dieses unschuldige Kind sich herumtrieb und niemanden hatte, der sich um es kümmerte. Er musste seine Deputys daran erinnern, dass sie nach ihm Ausschau hielten.

Chris trat die Zigarettenkippe aus, doch gerade als er ins Büro zurückkehren wollte, streifte sein Blick eine Frau, die mit so großen Schritten die Straße entlangeilte, dass ihr dunkler Rock schwang und ihren Unterrock hervorblitzen ließ. Er schaute noch einmal genauer hin.

Und lächelte, als er ihre Füße betrachtete. Diese Stiefel kannte er.

Sie betrat den Kurzwarenladen, und Chris überlegte, wie er sich verhalten sollte – und wieso er sich plötzlich so freute, sie wiederzusehen, selbst wenn es in einer weiteren Verkleidung war. Er grinste von einem Ohr zum anderen und schlenderte dann gemächlich über die Straße, beobachtete sie durch das Fenster, bevor auch er das Geschäft betrat. Er ignorierte die überraschten Blicke der anderen Kundinnen, hielt den Blick allein auf sie gerichtet.

*Eine noch unvorteilhaftere Frisur konnte sie wohl nicht finden?*

Ihr Haar, diesmal mausbraun, war im Nacken zu einem straffen Knoten zusammengefasst. Ihre Wangen wirkten dicker, die Brille gab ihr einen leicht verkniffenen Ausdruck. Weder die graue, hochgeschlossene Bluse noch der braune Rock schmeichelten ihrer Figur. Sie hatte sich außerdem die Taille ausgestopft und ihre Brüste wieder bandagiert.

Er trat näher. »Nun ja, im Vergleich zum letzten Mal ist dies eine deutliche Verbesserung.«

Ihr Kopf ruckte hoch, sie kniff die Lippen zusammen. »Ich verstehe nicht, was Sie meinen.« Sie schob die Brille ein Stück die Nase hinauf, dann warf sie schnell einen Blick auf die anderen Kundinnen. Sie alle schienen ungewöhnlich interessiert an ihrem Gespräch zu sein.

»Nur diese Narbe ist wirklich scheußlich«, fuhr er fort, verschränkte die Arme und lehnte sich mit der Hüfte gegen die Theke. Victoria schaute weg, versuchte, Chris zu ignorieren und reichte dem Ladenbesitzer ihre Einkaufsliste.

»Wenn Sie mich jetzt bitte entschuldigen würden ...« Sie schaute auf den Stern an seiner Brust und fügte betont hinzu: »... Marshal! Ich muss mich um meine Arbeit kümmern.«

»Ach?«

»Ja.« Victoria straffte die Schultern und hoffte, dass sie tatsächlich wie eine prüde alte Jungfer wirkte. Alt genug war sie ja, um eine zu sein.

Er zupfte an ihrer weißen Schürze, und sie schlug seine Hand weg und warf ihm einen tadelnden Blick zu. Er grinste.

Sie beugte sich über die Theke, um Ware zu betrachten, und zischte ihm leise zu: »Sie sollen damit aufhören!«

Stattdessen kam er noch näher, stützte sich mit dem Ellbogen ab. Der Duft seines Eau de Cologne stieg ihr in die Nase und weckte unwillkürlich den Wunsch in ihr, dass er sie festhielt und sie seinen Körper ganz nah an sich spüren könnte.

»Irgendwann werden Sie mir nicht mehr ausweichen können, Victoria.«

Sie sah ihn unter halb geschlossenen Lidern an, die braungrünen Augen blitzend vor Ärger. »Ich heiße Clara, Sir. Clara Murphy.«

Sein Lächeln vertiefte sich, seine Augen blitzten, und Victoria überlegte, wie viele seiner strahlend weißen Zähne sie ihm wohl mit einem Hieb ausschlagen konnte. Ständig kam er ihr in die Quere. Sein Benehmen lenkte nur unerwünschte Aufmerksamkeit auf sie.

»Sind Sie vielleicht zufällig mit Jake verwandt, der drüben im Mietstall arbeitet?«

Victoria erstickte fast an ihrer Wut. Sie raffte ihre Päckchen zusammen und wandte sich dann an den Ladenbesitzer. »Mrs Fotheringham lässt bitten, dass Sie ihr alles auf die Rechnung setzen.«

Der Mann nickte, und Victoria registrierte, dass die Frauen, die hinter ihm standen, Chris mit einer Mischung aus Faszination und Furcht betrachteten.

»Darf ich Ihnen beim Tragen behilflich sein?«, fragte Chris.

»Danke, aber ich bin selbst in der Lage dazu.«

Sein Gesicht verschloss sich. Sein Lächeln schien ein wenig gezwungen, als er grüßend an den Hut tippte und dann ging.

»O Liebes, sind Sie in Ordnung?« Eine der Frauen eilte zu ihr und legte ihr eine Hand auf die Schulter.

»Dass er Sie einfach angesprochen hat!«, sagte eine andere. »Wie konnte er es nur wagen!«

Verdutzt blickte Victoria die Frauen an, die sich um sie drängten. »Wie konnte er was wagen?«

»Na, auf diese Art und Weise mit Ihnen zu reden – so intim!«, flüsterte eine.

Okay, dachte Victoria, 1872 waren die Leute wohl noch ein bisschen prüde, aber das ist doch wirklich lächerlich.

»Was war denn daran so schlimm?«

Sie plusterten sich auf wie verschreckte Hennen.

»Wissen Sie es denn nicht? Er ist ein *Wilder!*«

Victoria blickte Christopher durch das Fenster hinterher, registrierte, wie hinreißend er in der engen Jeans aussah, und überlegte, wie *wild* er tatsächlich sein konnte – bis sie begriff, was die Frauen meinten.

»Das war mir bewusst.« Sie starrte die Frauen an. »Aber ich sehe nicht, was das Problem dabei ist.«

»Sie sind sicher nicht von hier«, mischte sich der Ladenbesitzer ein. »Indianer bedeuten nichts als Ärger.«

»Aber er ist der Marshal.«

Ein Schulterzucken war die ganze Antwort.

»Ach so, ich verstehe.« Ihre Stimme klang eisig. »Er darf Recht und Gesetz aufrechterhalten, für *Ihre* Sicherheit sorgen und *Ihr* Eigentum schützen – aber wegen seiner Herkunft weigern Sie sich, ihn als einen der Ihren zu akzeptieren.«

Betretenes Schweigen folgte.

*»Ich denke, da kann er sich glücklich schätzen!«*

Verdutzt sahen die Frauen Victoria an. Sie wiederum wandte sich an eine rothaarige Frau mit grünen Augen. »Sie stammen aus Irland, nicht wahr?« Die Rothaarige nickte. »Also ein Schluckspecht – die Iren trinken ja alle gern.« Die Frau schnappte nach Luft, sah ihre Freundinnen Hilfe suchend an. Doch Victoria hatte sich schon der nächsten zugewandt. »Und Sie kommen aus England, würde ich sagen. Ein bisschen was Schottisches ist auch dabei.« Die blasse Frau nickte. »Aha. Ein Tommy und ein Geizhals.«

»Wie können Sie ...« begann die Frau empört.

»Ich bin fett und habe eine Narbe«, unterbrach Victoria sie. »Was glauben Sie, was mich die Meinung anderer interessiert?« Sie sah die Frauen noch einmal von Kopf bis Fuß an, eine nach der anderen. »Es ist nicht besonders angenehm, wenn andere nur die Abstammung sehen und nicht die Person, die dahinter steckt, nicht wahr?« Sie ging zur Tür, drehte sich aber auf der Schwelle noch einmal um. »Und ich muss nicht von hier zu sein, um zu wissen, dass keiner von euch *Puristen* seine Herkunft so weit zurückverfolgen kann wie er!«

Victoria war so wütend, dass sie den großen Mann nicht bemerkte, der nun hinter einem Regal mit Waffen hervortrat. Er ging zum Fenster des Ladens und blickte ihr lächelnd hinterher.

Victoria bemühte sich, ihre aufgewühlten Gefühle wieder unter Kontrolle zu bekommen. Am liebsten hätte sie diese voreingenommenen, engstirnigen Frauen in der Luft zerrissen, aber sie wusste, dass sie nicht gegen deren Vorurteile ankommen konnte. Doch es hatte ihr richtig gut getan, ihnen die Meinung zu sagen. Obwohl sie nicht wusste, was sie wütender gemacht hatte, diese in Korsetts geschnürten Klatschweiber oder der Mann, den sie verteidigt hatte. Sie hatte sich gerade ein paar Feindinnen gemacht und dem Klatsch reichlich Nahrung gegeben, aber sie hatte den Mund einfach nicht halten können. Die Gefühle, die Chris in ihr weckte, gefielen ihr nicht. Sie durfte nichts für ihn empfinden, nicht in ihrer Situation, nicht, während sie Becket auf der Spur war.

Verdammt, verdammt, verdammt!

Die ganze Angelegenheit wurde viel zu persönlich!

Victoria atmete noch einmal tief durch, dann betrat sie das Hotel Excelsior und überreichte dem Geschäftsführer ihre Einkäufe. Eilig begab sie sich wieder an ihre Arbeit. Das Einkaufen war eher eine taktische Gefälligkeit als eine Pflicht gewesen. Es verschaffte ihr einen Moment zum Erholen. Das

Hotel hatte drei Stockwerke mit zwanzig Zimmern, Gott sei Dank gehörten nur der erste und der zweite Stock zu ihrem Aufgabenbereich. Es war nicht sehr angenehm, die steilen Treppen des 19. Jahrhunderts in voller weiblicher Kampfausrüstung zu bewältigen: langer Rock, Unterröcke, Korsett und sonstiges überflüssiges Zeug. Jedes Bett, das sie frisch bezog, erschien ihr noch ein wenig einladender. Obwohl sie eine kleine Kammer im Erdgeschoss zugewiesen bekommen hatte, hatte sie noch kein einziges Mal in dem schmalen Bett geschlafen. Sie war erschöpft, aber sie brauchte das Geld. Sie konnte ihr Versteckspiel nicht aufrechterhalten, wenn sie jeden Tag die gleiche Kleidung trug – irgendjemandem würde es auffallen, und wahrscheinlich den falschen Leuten, Ivy League eingeschlossen. Außerdem war die tägliche Körperpflege hier nichts, was man in zwanzig Minuten erledigen konnte. Am liebsten hätte sie einen Job gehabt, der ihr freien Zugang zum Saloon gewährte, aber die einzige Möglichkeit, auch noch gutes Geld dabei zu verdienen, war, sich flach auf den Rücken zu legen. Darauf konnte sie verzichten. Ansonsten blieb ihr nur übrig, sich als Lehrerin oder in einem Haushalt zu verdingen. Der Gedanke, sich wieder in Jake verwandeln zu müssen, erschien ihr immer weniger verlockend.

Sie klopfte an eine Zimmertür, fragte nach, als niemand antwortete, und schloss dann mit dem Generalschlüssel auf. Bei dem Gestank, der ihr entgegenschlug, wurde ihr fast schlecht. Das Zimmer war ein einziger Saustall. Die Vorhänge waren zerrissen, Porzellan zerschlagen, der Inhalt eines Nachttopfs auf dem Teppich ausgeleert, Essensreste verschmierten den Boden und klebten an den Tapeten. Aufstöhnend sank Victoria gegen den Türrahmen. So viel dazu, dass sie pünktlich Schluss machen und sich ein wenig ausruhen konnte, bevor sie sich in Jake verwandelte und hinüber in den Mietstall ging, um Ivy League zu beobachten.

Sie winkte einen Pagen herbei, der gerade Kaffee in ein

Zimmer bringen wollte. »Wer hat hier übernachtet?«, wollte sie wissen.

Der Junge zuckte mit den Schultern, blickte entsetzt auf das Werk der Zerstörung. »So ein dünner Typ. Hat ziemlich viel geschnieft.«

»Geschnieft?«

»Ja, als ob er eine Erkältung hätte. So!« Er führte ihr vor, was er meinte, legte dabei einen Finger an die Nase. Victoria runzelte die Stirn.

»Sag Mrs Fotheringham Bescheid. Ich werde eine Weile brauchen, das alles wieder in Ordnung zu bringen.«

»Soll ich Ihnen ein paar Eimer heißes Wasser heraufbringen, Miss Murphy?«

»Danke, das wäre sehr nett.«

Victoria machte sich an die Arbeit. Wenn sie herausfand, wer das gewesen war, dann würde sie den Kerl in einen Schweinekoben stopfen – wohin er auch gehörte!

Chris starrte sie über den Pferderücken hinweg an, wartete darauf, dass sie aufblickte. Sie wusste, dass er da war. Es gab nicht viel, was ihr entging.

»Clara gefällt mir besser.«

»Ach ja?« Das war wieder Jakes Stimme. »Vielleicht sollte ich ihr verraten, dass Sie ganz hingerissen von ihr sind.«

Sie gab ihm nicht eine Handbreit nach, genauso wenig wie gestern oder vorgestern. Chris ging um das Tier herum und stellte sich vor sie.

»Warum, Vi –«

Sie sah ihn vorwurfsvoll an, blickte sich dann schnell um und stellte erleichtert fest, dass sie allein waren.

»Wenn Sie nicht bald aufhören, mich zu besuchen, werden die Leute noch anfangen zu reden.«

»Worüber?«

»Dass Sie vielleicht ein paar seltsame Neigungen hätten.«

Tadelnd schaute er sie an. »Damen sollten über solche Dinge nicht Bescheid wissen.«

Sie hielt seinem Blick stand. »Schätze, das beweist nur, dass ich keine Dame bin, oder?«

In ihrer Stimme schien ein Hauch von Traurigkeit mitzuschwingen. Chris schüttelte den Kopf. Unsinn, sicher hatte er sich das nur eingebildet. Dafür war sie viel zu kaltblütig.

Sie fuhr fort, das Pferd zu striegeln, und das Tier wieherte leise. »Das gefällt dir, Schätzchen, nicht wahr?« Ihre Stimme klang weich und verführerisch weiblich, so wie an jenem Tag, als sie sich im Wald begegnet waren.

Er nahm ihr den Striegel aus der Hand, und sie blickte ihn mit ihren blauen Augen an, ihre Züge die eines jungen Mannes. Doch darunter sah er die richtige Victoria.

»Gehen Sie mit mir essen?«

»Wie bitte?«

»Ohne das hier.« Er deutete auf ihre Maske, und es gelang ihm nicht, seinen Abscheu zu verbergen.

»Nein.«

»Nein – weil Sie nicht mit mir essen gehen wollen? Oder nein – weil sie die Maske nicht ablegen wollen?«

»Beides.«

Er griff nach ihrer Hand, und sofort versuchte sie sich zu befreien, doch er ließ sie nicht los.

»Ihre Haut ist so weich«, flüsterte er, und Victoria schloss ganz fest die Augen, unfähig, sich zu bewegen. Die Art, wie sie auf seine Berührungen reagierte, machte ihr Angst. Und er lehnte sich noch näher, sodass sie seinen Duft riechen konnte, männlich und frisch. Die Erinnerung an ihre Begegnung im Wald überfiel sie – wie sie seinen Körper unter ihrem gespürt, wie seine bloße Haut sich angefühlt hatte, die Kraft, die von ihm ausging … O Gott! Allein seine Gegenwart brachte ihren Körper in Aufruhr, und als sie in seine Augen schaute, hätte sie sich am liebsten ihre Verkleidung abgerissen. *Merkst du denn nicht, dass ich überhaupt nicht begehrenswert bin,* hätte sie ihm am liebsten angeschrien. *Also hör auf, mich wie einen Frosch anzuschauen, der sich gleich in eine Prinzessin verwandelt!*

Ihre Hand zitterte, und Chris spürte, wie ein Schauer über ihren Körper lief.

»Ich werde nicht mit Ihnen essen.«

»O doch!«

Ihr Atem ging schneller, und einen Moment lang wünschte sie sich nichts sehnlicher, als tatsächlich die Frau zu sein, für die er sie hielt. Es schmerzte zu wissen, dass es ihr nie gelingen würde. Ein kleiner Laut formte sich in ihrer Kehle, und Chris wusste, dass ihre Abwehr nachließ.

»Oder ich werde verraten, wer Sie wirklich sind.«

»Bastard!« Sie riss sich von ihm los. Er wollte doch nur, dass sie ihm beichtete, welchen Grund sie für all dies hatte. Sie hätte es wissen müssen! »Sie ahnen nicht, was Sie riskieren, wenn Sie mich erpressen.«

Er erkannte plötzlich, dass sie vor Wut kochte. Sie nahm ihm auch den Striegel weg, und so, wie sie da stand, hätte sie die Bürste wohl am liebsten nach ihm geworfen.

»Was denn?«, wollte er wissen.

»Mein Leben!«

Er zog die Brauen zusammen. »Wer will Ihnen denn etwas antun?«

»Niemand, wenn Sie sich raushalten!« Sie trat gegen einen Ballen Heu. »Himmel, glauben Sie denn wirklich, dass das alles nur ein Spiel ist?« Sie zeigte auf ihre Verkleidung. »Oder dass ich es einfach hinnehmen würde, wenn sie mich unter Druck setzen?«

»Nein, verdammt noch mal, aber –«, er senkte die Stimme, als ihm auffiel, dass er fast schrie. »Ist es denn wirklich zu viel verlangt, wenn ich um eine Erklärung bitte?«

»Dass ich zu solchen Mitteln greifen muss, sollte Ihnen zu denken geben, *Marshal!«*

»Ich denke die ganze Zeit an nichts anderes als an Sie!«

Sie starrte ihn an und begann erneut, das Pferd zu striegeln, als sie beide hörten, wie eine Tür geöffnet wurde und Schritte sich näherten.

»Sie sind absolut nicht bereit, sich aus meinen Angelegenheiten herauszuhalten, nicht wahr?«, flüsterte sie ihm zu.

Er schüttelte den Kopf, und sein Blick verriet ihr, dass er die ganze Sache viel zu spannend fand.

Sie seufzte. Er stand immer noch neben ihr, ganz nahe. Sie wusste, dass es ein Fehler war, aber das Verlangen, diesen Mann näher kennen zu lernen, war stärker als alle Vernunft. Wenigstens ein paar Augenblicke wollte sie mit ihm verbringen.

»Also gut. Wir treffen uns in einer Stunde im Duckett's.«

Ein Lächeln erhellte sein Gesicht. Sie brauchte es nicht zu sehen, um es zu spüren.

Und doch würden ihre nächsten Worte es wieder verschwinden lassen.

»Ich komme als Jake.« Und als sie seinen Blick sah, fügte sie schnell hinzu: »Entweder so – oder ich werde so gut untertauchen, dass Sie mich nie mehr wiedersehen.« Sie hatte keine andere Wahl.

Chris blickte sie nachdenklich an. Seine innere Stimme warnte ihn, diese ungewöhnliche Frau gehen zu lassen, denn wenn sie wollte, dann würde sie tatsächlich für immer verschwinden.

Und das durfte er nicht zulassen. Noch nie hatte er sich dermaßen von einer Frau angezogen gefühlt.

Noch nicht einmal von Camille.

# 8

Das Duckett's war ein billiges Lokal mit einfacher, aber guter Hausmannskost. Was ihm an eleganter Ausstattung fehlte, machte es durch Gemütlichkeit wieder wett. Auf der Veranda, die zur Straße ging, reihten sich einige Tische aneinander. Hierher kamen Arbeiter zum Essen, Cowboys und hungrige Goldgräber; niemand wurde weggeschickt, wenn er genug Geld hatte, und mancher konnte auch bleiben, wenn er keins hatte. Chris hatte einen ruhigen Ecktisch ausgesucht und sich Rippchen bestellt. Nachdenklich blickte er Victoria an. Er hatte ihr eine Frage nach der anderen gestellt, doch sie beantwortete keine, wich ihm jedes Mal geschickt aus. Sie war nur etwas lebhafter geworden, als sie sich nach Lucky erkundigt hatte und wissen wollte, wieso es ihm nicht gelang, das Versteck des Jungen zu entdecken. Allmählich bedauerte er, dass er sie zu diesem Abend gezwungen hatte. Sie war nicht bereit, ihm die Antworten zu geben, die er hören wollte, doch er würde sie schon noch irgendwie dazu bringen, ihm die Wahrheit zu gestehen.

»Hallo, Marshal!«

Chris blickte auf, als Velvet Knight auf sie zurauschte. Ihr dunkelroter Rock raschelte, und jeder Mann hier sah sie bewundernd an.

»Hallo, Vel.«

Chris erhob sich, genau wie Jake, und Vel lächelt erfreut bei dieser Höflichkeit. Marshal Swift zeigte sich eben stets als Gentleman, selbst gegenüber einer Hure.

»Setzen Sie sich mit Ihrem knackigen Hintern ruhig wieder hin«, sagte sie mit breitestem Südstaatenakzent.

»Velvet«, meinte er tadelnd, doch mit einem Lächeln. Er ignorierte Victorias Grinsen, als er Velvet einen Stuhl anbot. »Leisten Sie uns doch etwas Gesellschaft.«

»Gern.« Sie nahm lachend Platz. »Haben Sie heute Abend Ausgang, Marshal?«, wollte sie dann wissen.

»Das Gleiche könnte ich Sie fragen.«

Während Victoria sich mit ihrem Steak beschäftigte, beobachtete sie Chris, der sich entspannt zurücklehnte und Velvet seine Aufmerksamkeit schenkte.

»Nein, ich mache nur eine Pause.« Sie winkte der Kellnerin ab. »Mister Becket ist wirklich sehr um uns besorgt.«

Victorias Blick verhärtete sich, was Velvet nicht bemerkte, Chris jedoch keineswegs entging.

»Sie mögen ihn, nicht wahr?«

Velvet schien einen Moment zu zögern, dann meinte sie. »Hm, ja. Er hat die Mädchen alle vom Arzt untersuchen lassen und sie dazu gebracht, einen Schutz zu benutzen, auch wenn die meisten Kerle jammern. Er passt gut auf meine Mädchen auf.«

Trotzdem scheint sie sich ihm gegenüber unbehaglich zu fühlen, dachte Victoria.

»Am liebsten würde er wohl auch noch danebenstehen, um sicher zu gehen, dass sie sich auch amüsieren.« Velvet lachte. »Obwohl das die Jungs, die sich ihr Vergnügen holen wollen, wohl auch nicht stören würde.« Dann wandte sie sich dem jungen Mann zu, der mit dem Marshal am Tisch saß, und unterzog ihn einer ungenierten Musterung. Sie beugte sich sogar vor, um seine »Ausstattung« zu begutachten. Ungeduldig schaute sie dann den Marshal an. »Möchten Sie uns nicht vorstellen?«

Chris vermochte seine Belustigung kaum zu verbergen. »Also, das ist Jake –« Fragend schaute er Victoria an, denn er wusste nicht, welchen Nachnamen sie benutzte.

»Farrel, Madam.« Victoria nickte der Rothaarigen zu, schob ihre Brille über die Nase nach oben. Sie spielte den schüchternen jungen Mann perfekt, schien nicht zu Fragen herauszufordern.

»Und ich bin Velvet Knight.« Vel runzelte die Stirn. »Irgendwo habe ich dich schon mal gesehen.«

»Vielleicht.« Victoria aß ruhig weiter. Sie hatte Velvet im gleichen Augenblick erkannt, als sie sie gesehen hatte, doch sie hoffte, dass die Hure ihren Besuch im Saloon nicht bemerkt hatte.

»Jetzt weiß ich's wieder – im Pearl.«

»Ja, Madam«, murmelte sie.

»Nun, wenn du das nächste Mal ins Pearl kommst, dann frag nach mir. Ich mag alle Freunde des Marshals ... mit ihnen treibe ich es immer gern.«

Victoria verschluckte sich und trank schnell einen Schluck Milch.

»Ich mag es, wenn sie so schüchtern sind«, flüsterte Vel und legte unter dem Tisch ihre Hand auf Victorias Oberschenkel. Ihre Finger glitten höher.

Victoria stellte das Glas ab und rutschte aus Velvets Reichweite. Chris erstickte fast an seinem Lachen. Vel zuckte mit den Schultern, keineswegs beleidigt.

»Iss weiter, mein Junge«, sagte sie. »Du brauchst viel Energie, um mit mir mithalten zu können.« Doch da der junge Mann offensichtlich mehr an seiner Mahlzeit als an Sex interessiert war, wandte Velvet sich wieder dem gut aussehenden Marshal zu, lehnte sich weit vor, damit er, wie sie hoffte, uneingeschränkte Aussicht auf ihren üppigen Busen hatte.

Es war ein Anblick, der ihn durchaus faszinierte.

Victoria biss die Zähne zusammen. Freier versuchten ihre Absichten wohl nie zu verbergen.

»Haben Sie schon herausgefunden, wer Kelly Galloway umgebracht hat?«

In Chris' Augen trat ein wachsamer Ausdruck. Er hatte sich bemüht, den Fall zu verharmlosen, bis er mehr Erkenntnisse hatte. In der Stadt hieß es allgemein, Kellys Tod sei ein tragischer Unfall gewesen. »Woher wissen Sie das?«

Ihr Lächeln war verführerisch. »Wenn ein Mann sich eine nette halbe Stunde machen will, verrät er einem Mädchen alles.«

»Einer von meinen Deputys?«

Sie winkte ab. »Nein. Sie wissen, dass Sie ihnen das Fell über die Ohren ziehen würden.« Sie wirkte plötzlich traurig. »Sean Galloway war im Pearl, hat sich fürchterlich einen angetrunken und hätte sich am liebsten mit jedem angelegt. Glücklicherweise war keiner bereit, sich mit ihm zu prügeln.«

»Sie lassen es mich wissen, wenn Sie etwas erfahren, ja?«, fragte Chris leise.

Victoria biss die Zähne so fest zusammen, dass es fast schmerzte. Konnte Chris seinen Blick denn überhaupt nicht mehr von diesen prallen Brüsten losreißen? Velvet war unleugbar eine Schönheit mit dem hellen roten Haar, den grünen Augen, in denen Humor und Temperament funkelten, und ihrer üppigen Figur. Sie war eine richtige, eine begehrenswerte Frau, das verrieten die Blicke eines jeden hier anwesenden Mannes. Sie hatte sich nur dezent geschminkt, die Haare zu Locken gedreht und hochgesteckt. Rubine und Diamanten funkelten an ihrem Hals und ihren Händen – Geschenke zufriedener Liebhaber? Gehörte Chris dazu? Sie wirkte kein bisschen nuttig, und Victoria dachte, dass sie diese Frau eigentlich gern zu ihrer Freundin gehabt hätte.

Sie richtete ihre Aufmerksamkeit wieder auf Velvets Worte.

»Sean glaubt nicht, dass es ein Unfall war.«

Das tat Chris auch nicht, aber das durfte er nicht zugeben.

»Ich werde herausfinden, was wirklich passiert ist, Vel, das verspreche ich.«

Sie legte eine Hand auf seine. »Das weiß ich.« Sie stand auf und beugte sich zu Chris vor, eine Hand in die Hüfte gestützt.

»Es gibt nichts in dieser Stadt, Marshal, wovon ich nicht früher oder später erfahre!«, flüsterte sie ihm zu.

Sie bot Chris an, für ihn zu spionieren, aber er schüttelte den Kopf. »Zu gefährlich.«

»Ich liebe es gefährlich, Honey.« Ihr Blick glitt über seine breiten Schultern und seine Brust. Sie seufzte bedauernd. »Mein Angebot steht immer noch.«

Seine Augen lachten Sie an. »Machen Sie lieber einen armen Cowboy glücklich.«

Sie lächelte, dann wandte sie sich noch einmal Jake zu. »Jake, Schätzchen, denk an mich, falls du mal einsam sein solltest!« Sie zwinkerte ihm zu, dann ging sie. Victoria beobachtete, wie sie an einem Tisch mit Schürfern stehen blieb und etwas sagte, das sie alle in brüllendes Gelächter ausbrechen ließ.

Chris stützte seine Arme auf den Tisch. »Wie gut, dass man unter all dem Zeug nicht sehen kann, wenn Sie rot werden«, meinte er leise und unterdrückte in Lächeln.

»Sie haben bemerkt, dass sie unter dem Tisch an mir herumgefummelt hat?«

Er lachte – ein Klang, der Victoria gefiel. »Sie können froh sein, dass sie Ihnen nicht zwischen . . .«

»Zwischen die Beine gegriffen hat?«, ergänzte sie den Satz für ihn.

Er grinste.

»Ich hab mir Socken reingestopft.«

»Herr im Himmel!«

Victoria zuckte mit den Schultern. »Es wäre nicht das erste Mal, dass eine Frau versucht hat, mich so zu berühren, wenn ich diese Verkleidung trage.«

Dann tut sie das also öfter, schloss er. »Wie schaffen Sie es, dass Ihre Hände so aussehen?« Sie hatte während der Unterhaltung mit Vel weiter gegessen, und ein genauer Beobachter hätte feststellen können, dass ihren Bewegungen etwas Weibliches anhaftete. Aber ihre Hände wirkten knochig und größer. »Als ob es Handschuhe wären«, sagte Chris mehr zu sich selbst.

Victoria aß den letzten Bissen, wischte sich den Mund ab, sorgsam darauf bedacht, die dünne Latexschicht nicht zu zerreißen und lehnte sich zurück. »Ja.« Eine geschlagene Stunde lang hatte er versucht sie auszufragen, und allmählich waren ihr keine Ausreden mehr eingefallen. Dann war glücklicherweise Velvet gekommen. Sie war sicher, dass er kein Wort von dem glaubte, was sie behauptet hatte.

»Genauso funktioniert es auch. Man erwärmt das Material, lässt es sehr heiß werden und zieht die Handschuhe dann über. Wenn sie abkühlen, ziehen sie sich zusammen.« Unter dem Tisch zupfte sie leicht am Saum eines der Handschuhe. Seine Augen wurden schmal, und Victoria fühlte sich plötzlich unbehaglich.

»Was ist mit Kelly Galloway passiert?«

Nun war er derjenige, der nicht sprechen wollte.

»Immerhin haben Sie mich beschuldigt, sie getötet zu haben …«

»Ich habe Vic Mason beschuldigt, ein ziemlich verdächtiges Subjekt. Die Beschreibung passte genau auf ihn«, verteidigte er sich.

»Ich werde jetzt bestimmt keine weitere Diskussion über unberechtigtes Festhalten im Gefängnis führen, aber was ist so seltsam an diesem Mord, dass Sie verhindern wollen, dass die Leute hier in der Stadt davon erfahren?«

Er widmete sich wieder seinem Essen. »Für jemanden, der selbst keine beantwortet, stellen Sie eine Menge Fragen.«

»Stellen Sie sich einfach vor, ich wäre ein unbeteiligter Beobachter. Ich kenne weder einen der Beteiligten noch die Situation.«

»Warum sollte ich Ihnen mehr als den anderen erzählen?«

Sie lächelte ihn unschuldig an. »Weiß ich auch nicht.«

Er hob den Blick und schaute sie eindringlich an. Victoria schluckte. »Warum interessiert Sie das so?«

»Tut es gar nicht.«

»Lügnerin!«

»Spaßverderber!«

Er beugte sich über den Tisch. »Typisch Frau.«

Sein Blick sprach Bände, verriet ihr, dass er keine Mühe hatte sich zu erinnern, wer sich hinter der Maske versteckte.

Sie trat ihm unter dem Tisch gegen das Schienbein.

Er stöhnte leise auf, aber sein Gesichtsausdruck blieb unverändert. Er packte nur Messer und Gabel etwas fester.

»Ein Mann schaut einen anderen Mann nicht auf diese Weise an, Marshal! Verstehen Sie, was ich meine?«

»Mist.« Verstohlen blickte er sich um. Gott sei Dank hatte niemand etwas bemerkt. Victoria jedoch war ein bisschen geschmeichelt, dass er es vorzog, die Frau in ihr zu sehen und nicht den jungen Mann wie alle anderen.

»Okay, ich schlage Ihnen einen Handel vor: Sie dürfen mir zu den wichtigen Dingen in meinem Leben ein paar Fragen stellen, und dafür erzählen Sie mir etwas über den Fall.«

Verdammt. Sie ließ wirklich nicht locker. »Wie wichtig?«

»Wenn Sie zu persönlich werden, sage ich Ihnen das schon.«

Er überlegte einen Moment. »Sind Sie verheiratet?«

»Nein.« Ihr Blick flackerte plötzlich.

»Waren Sie es jemals?«

Sie spielte mit ihrer Kaffeetasse herum, bevor sie zugab: »Ja. Er wurde jedoch getötet, bevor er sich von mir scheiden lassen konnte.«

Er zog die Brauen hoch, ließ sie keine Sekunde aus den Augen. Sie gibt sich die Schuld an seinem Tod, erkannte er.

Sie ignorierte das Mitleid in seinem Blick. Plötzlich schob sie ihren Teller weg und setzte sich aufrechter hin, die Hände auf dem Tisch gefaltet. »Okay, ich werde Ihnen die Mühe ersparen. Ich bin achtundzwanzig, knapp einsachtzig groß und wiege in meinen besten Zeiten 60 Kilo. Mein bester Freund war ein Mann; er lebt nicht mehr. Ich hatte eine Tochter, auch sie ist tot. Für mich ist Kochen eine Qual, und das Nähen überlasse ich auch lieber anderen. Im Moment wäre ich bereit, fast alles für eine Zigarette zu tun.«

Chris schaute sie nachdenklich an. Selbst Jakes Stimme konnte die Bitternis in ihr nicht verbergen – und den Zorn. Ob Zorn und Bitterkeit deshalb, weil sie jeden verloren hatte, den sie liebte, oder wegen ihrer Verletzlichkeit – das konnte er nicht entscheiden. Aber er würde es herausfinden, denn er wollte wissen, wieso eine so intelligente und unleugbar schöne Frau solch ein Geheimnis aus sich selbst machte und so abweisend geworden war. Er griff in seine Tasche, holte Papier und den Tabaksbeutel hervor. Dann drehte er eine Zigarette und reichte sie ihr. Sie starrte auf die schmale Zigarette, und er konnte erkennen, dass sie nur mit Mühe ihre Tränen unterdrückte. Sie seufzte und erschien in diesem Augenblick unglaublich verwundbar. Dann zündete sie die Zigarette an der Lampe an, die zwischen ihnen stand, und machte einen tiefen Zug.

Sie rauchte schweigend weiter, wich seinem fragenden Blick aus.

Chris griff erneut zu Messer und Gabel, entschied dann aber, dass er keinen Appetit mehr hatte. Er gab der Kellnerin ein Zeichen. Sie räumte den Tisch ab, schenkte Victoria frischen Kaffee ein und stellte ein Bier vor Chris.

Er malte Figuren auf den beschlagenen Krug.

»Kelly Galloway ist – war – die Ehefrau eines Ranchers, jung, hübsch, freundlich und großzügig. Seans Besitz liegt ungefähr sieben Kilometer östlich von hier. Er stammt aus einer guten Familie, alles Rancher, aber er wollte lieber nach Silber schürfen. Er fand eine reichhaltige Ader, kaufte das

Land, das er jetzt bewirtschaftet. Aber irgendwann wollte Sean nicht mehr in der Mine arbeiten, sagte, es würde ihn wahnsinnig machen, sich immer nur im Dunkeln aufzuhalten. Er beutete die Mine nur zu einem Teil aus.« Und als Victoria ihn ein wenig verwirrt anschaute, fügte er hinzu. »Normalerweise holt ein Schürfer auch noch das Allerletzte aus seinem Claim, bis nichts mehr da ist. Sean jedoch versiegelte seine Mine, weigerte sich aber auch, sie zu verkaufen.«

»Und wem ist er mit seiner Weigerung auf die Füße getreten?«, wollte Victoria wissen.

Nun war er verblüfft. »Die Flat Pick Mining Company. Sie wollten seine Mine haben. Um sie aber wirklich Gewinn bringend zu betreiben, hätten sie auch das Land drumherum gebraucht.«

»Und Sean wollte ihnen sein Weideland nicht verkaufen?«

Chris nickte, trank dann einen Schluck Bier. »Er hat sein Haus genau über der Mine errichtet.«

»Und sie brauchten die gesamte Ranch. Glauben Sie, dass jemand von der Flat Pick sie umgebracht hat?«

»Das wäre zu offensichtlich.« Er schüttelte den Kopf. Das Licht der Lampe ließ sein Haar schimmern, und Victoria hätte ihm zu gern darübergestrichen.

»Wie ist sie gestorben?«, fragte Victoria zögernd. Irgendwie fürchtete sie sich davor, es zu erfahren.

»Sie ist von ihrer Herde zu Tode getrampelt worden, nur ein paar hundert Meter vom Haus entfernt.«

Erleichtert stieß Victoria den Rauch ihrer Zigarette aus. Dann konnte es nicht Ivy League gewesen sein, es sei denn, er hätte plötzlich seine Methode geändert. »Gab es noch andere Verletzungen? Anzeichen für eine Vergewaltigung? Haben Sie auch Bl–« Sie biss die Lippen zusammen. Blutproben machte man zu seiner Zeit noch nicht.

»Es ist nicht mehr allzu viel von ihr übrig geblieben, *Jake.*«

Seine Betonung entging ihr nicht. »Was hat sie denn da draußen gemacht?«

»Sean glaubt, dass sie etwas gehört hätte.«

»Und wo war er?«

»Im Bett. Und schlief.«

»Und ihm ist entgangen, was sie gehört haben könnte? Sie hat ihn nicht geweckt?«

»Nein. Er sagte, er hätte nur gehört, wie sie aufstand und aus dem Haus ging, aber er glaubte, sie hätte sich erleichtern müssen.«

»Hat man dafür nicht den Nachttopf erfunden?« Schon den Gedanke an solche Utensilien verabscheute sie. Aber sie merkte, dass sie ihn nachdenklich gemacht hatte. Sie schnippte die Kippe über die Veranda. »Gut, dann wollte sie also auf die Toilette. Wie weit ist sie vom Haus entfernt?«

»Ungefähr fünfzehn Meter – hin und zurück. Worauf wollen Sie hinaus?«

»Es muss doch Geräusche gegeben haben. Eine Herde, die durchgeht, macht Lärm, und eine Frau, die stirbt, wird nicht unbedingt schweigend sterben.«

»Das Muhen der Herde ist nichts Ungewohntes für einen Mann wie Sean.«

Sie hob die Hand. »Okay. Aber welchen Zweck hätte es haben sollen, sie umzubringen? Wer würde davon profitieren? Ihr gehörte das Land ja nicht, sondern ihm. Ihr Tod würde Sean erst recht nicht dazu bringen, es zu verkaufen, im Gegenteil. Und sofern die Minengesellschaft nicht von ein paar sträflich dummen Leuten betrieben wird, kann man sie getrost als Täter ausschließen. War sie ihrem Mann treu?«

»Soweit ich weiß, ja.«

»Haben Sie ihn gefragt, ob sie irgendwelche Probleme hatten?«

Empört sah er sie an. »Das wäre zu persönlich gewesen!«

»Das ist Mord auch«, erwiderte sie scharf. »Vielleicht hatten sie sich gestritten, und sie ging nach draußen, um sich abzukühlen – und er sah plötzlich die wunderbare Gelegenheit, seine Probleme ein für alle Male zu lösen?«

»Sie hat ihn geliebt, *Jake!*«, sagte er durch zusammengebissene Zähne. »Ich habe die beiden zusammen erlebt.«

Sie schnaubte. »Jeder kann Zuneigung vortäuschen.« Sie dachte an ihren Mann und den Ausdruck, den sein Gesicht jedes Mal gezeigt hatte, wenn sie von einem Auftrag zurückgekehrt war.

»Sie haben gehört, was Velvet erzählt hat. Er war im Pearl und wollte sich mit jedem anlegen. Hört sich das so an wie der Mann, dessen Bild Sie zeichnen?«

»Vielleicht tut es ihm inzwischen Leid?« Sie zuckte mit den Schultern. »Ich weiß es nicht. Aber eine glückliche Frau geht nicht mitten in der Nacht nach draußen und lässt sich von einer Herde, die eigentlich friedlich weiden sollte, zu Tode trampeln.«

»Wölfe haben sie erschreckt«, antwortet er. »Sean sagte, er hätte sie heulen hören.«

Das nahm sie ihm nicht ab. »Wenn er sie gehört hat, warum ist er dann nicht mit aufgestanden, um seine Frau und seine kostbare Ranch zu schützen? Vielleicht hat sie sich mit jemandem getroffen? Vielleicht hat sie versucht, irgendetwas Schlimmes von ihrem Mann und ihrem Besitz abzuwenden. Hatte es Drohungen gegen die Galloways gegeben?«

»Nein, nur den beständigen Druck zu verkaufen.«

Sie zog eine Braue hoch.

»Man hat ihnen sogar viel mehr Geld geboten, als der Besitz wert war.« Aber vielleicht wusste jemand etwas über die Mine, was er selbst nicht wusste, überlegte Chris und gab zu, dass sie einige gute Argumente hatte. Verdammt gute Argumente für eine Frau und jemanden, der von solchen Dingen keine Ahnung hatte – und das nagte an seinem Stolz.

»Von weiteren Drohungen wissen Sie nichts?«

»Nein, verdammt noch mal!«

»Wollen Sie denn nicht die Wahrheit herausfinden?«

»Natürlich will ich das«, fuhr er auf. Seine dunklen Augen wirkten hart wie Stein, bannten sie auf ihren Platz.

»Sie wollen nur nicht, dass ich mich auf Ihr Gebiet begebe, nicht wahr?«

»Sie haben kein Recht dazu! Und, glauben Sie mir, Sean und Kelly waren sehr glücklich, denn sie erwartete ihr erstes Kind.«

Victoria spürte, wie sie unter der Maske ganz blass wurde.

»Sean ist reich genug, wahrscheinlich reicher als die meisten hier in der Gegend. Natürlich kann es sein, dass jemand glaubt, die Galloway-Mine würde ihm noch mehr Reichtum bringen.« Seine Stimme klang barsch, und er spürte, wie er immer wütender wurde. »Ich weiß es nicht, schließlich ist dieser Fall noch nicht abgeschlossen, aber ich werde mir nicht –«

»Aber Sie wollen verdammt sein, wenn Sie sich von einer Frau helfen lassen?« Er wollte etwas sagen, doch sie ließ ihn nicht zu Wort kommen. »Ist schon gut. Ich habe kapiert.«

Nach außen hin ließ sie sich nicht anmerken, wie sehr sie sich ärgerte, entspannt hatte sie sich zurückgelehnt, als wollte sie bis zum Sonnenaufgang hier sitzen bleiben. Aber Chris konnte spüren, wie angespannt sie war.

Sie verzog den Mund, als sie seinem Blick begegnete, und Chris spürte, wie eine Welle der Abwehr ihn überflutete, die er mit seinem Verstand nicht erklären konnte. Himmel, langsam fing er wirklich an, ihre Verkleidungen zu verabscheuen. Warum konnte sie ihm nicht einfach vertrauen? Andererseits, bevor Vel aufgetaucht war, hatte er ihr nichts entlocken können.

Doch nun gefiel ihm nicht, in welche Richtung seine Gedanken gingen. *Dass sie vielleicht doch Recht haben könnte?*, plagte ihn eine boshafte kleine Stimme. *Dass sie sogar bessere Schlüsse als er selbst ziehen könnte?* Nein, das konnte nicht sein – aber das brachte ihn auf eine andere Idee. Vielleicht arbeitete sie für Pinkerton oder die Regierung?

Victorias Blick fiel plötzlich auf das große schwarze Pferd, das langsam die Straße entlangtrottete. Caesar. Jetzt blieb er stehen, hob den Kopf. Offensichtlich schnupperte er Chris' Geruch, denn er wandte sich nun in Richtung Veranda. Einen Moment starrte Caesar seinen Herrn an, schnaubte, warf den Kopf und stupste Chris auffordernd an der Schulter.

»Nein, das ist meins.«

Victoria schaute Chris an, der ein unschuldiges Gesicht machte und den Hengst ignorierte.

Das Pferd schubste ihn erneut, so heftig, dass Chris fast vom Stuhl fiel.

»Verdammt, Caesar!« Resigniert schob er den Krug über den Tisch, in Caesars Reichweite, und Victoria beobachtete verblüfft, wie der Hengst sein Maul um den Krug schloss, dann den Kopf zurücklegte und das Bier austrank.

»Lass ihn bloß nicht fallen!« Chris schnappte den Krug und stellte ihn wieder auf den Tisch. »Bist du jetzt zufrieden?«

Der Hengst rülpste laut, und Victoria lachte. Chris sah sie an. Es war ein herzliches Lachen, das warme Lachen einer Frau – und diese Frau würde er zu gern kennen lernen.

Abrupt stand er auf und warf ein paar Münzen auf den Tisch.

»Was ist los?«, fragte Victoria überrascht.

»Morgen bei Sonnenaufgang hole ich Sie ab, und dann reiten wir zusammen zur Galloway-Ranch. Um Ihre Hypothese zu überprüfen.«

Es hörte sich wie eine Drohung an. Oder wie eine Herausforderung.

»Ich behaupte ja nicht, dass ich hundertprozentig Recht habe, nur, dass es auch andere Möglichkeiten gibt.«

»Ich stehe vielen Möglichkeiten aufgeschlossen gegenüber, *Jake,* nur nicht allen, die Sie mir anbieten.« Damit ging er. Victoria schaute ihm hinterher, wie er mit großen Schritten entschwand.

»Das war verdammt sexistisch«, murmelte sie vor sich hin. Sie betrachtete Caesar, dessen dunkler Kopf noch immer über das Geländer der Veranda ragte, und packte seine Zügel. »Findest du nicht auch, dass das eine verdammt sexistische Bemerkung war?«

Caesar schnaubte.

»Ja, das dachte ich mir.«

Nichts, aber auch wirklich nichts konnte sie wütender machen, als wenn ein Mann sie so behandelte, als ob sie nur eine einzige Gehirnzelle in ihrem Kopf hätte.

# 9

Diese Frau macht mich wahnsinnig!, dachte Chris und atmete erst einmal tief durch. Er wagte es nicht, seine Gefühle für sie genauer zu erforschen. Wie konnte er in diese – falschen – blauen Augen schauen und Erregung verspüren? Wenn sie aussah wie ein Mann!

Aber er konnte die Frau spüren, die sich darunter verbarg, ihre Stärke und ihr Selbstvertrauen. Und wenn er neben ihr stand, dann musste er immer an die Frau aus dem Wald denken – die wilde Berglöwin mit der seltsamen Waffe und dieser kaum wahrnehmbaren Verletzlichkeit, die sie umgab. Mit dieser Frau wollte er zusammen sein, sie ohne ihre Verkleidung sehen.

Ein Laut riss ihn aus seinen Gedanken, und er blickte durch die Gasse hin zur Straße. Dort stand Caesar. Das Pferd schnaubte, warf den Kopf.

»Ich komme ja schon«, murmelte Chris. Er schwang sich nicht in den Sattel, sondern führte das Tier das kurze Stück bis zu seinem Büro, wo er mit Noble noch einiges besprechen wollte.

»Halt ein Auge auf das, was im Pearl vorgeht. Sean war die letzten drei Abende da, und es würde mich nicht überraschen, wenn er auch heute Abend wieder auftaucht.«

Noble blickte ihn stirnrunzelnd über den Rand seiner Zeitung an. »War das Abendessen so schrecklich?«

Chris, der die Post durchging, schaute nicht auf. »Nein, es war sehr nett.«

»Jake scheint ein angenehmer Junge zu sein.«

»Ja.«

»Vielleicht sollten wir ihn als Deputy einsetzen.«

Chris hob den Blick. »Nein.«

»Warum denn nicht? Wir könnten durchaus noch einen gebrauchen …«

»Nicht ihn.«

»Stört dich irgendetwas an ihm?«

Ja, dachte Chris, und ob mich was stört! Dass Jake eine Frau ist mit samtweicher Haut, die ich zu gern schmecken würde, und so vollen, verführerischen Lippen, dass ich sie am liebsten die ganze Nacht lang küssen würde. »Ich werde es schon noch herausfinden«, sagte er. Noble grinste, dann wandte er sich wieder seiner Zeitung zu.

»Du hast einen Brief von Camille bekommen.«

»Du bist ein verdammt neugieriger Hurensohn!«

»Ja, und wenn Hässlichkeit reich machen würde, wäre ich Millionär.«

Chris lachte, dann ging er hinüber zu dem runden Eisenofen und machte die Ofentür auf. Nachdenklich blickte er auf den Brief in seiner Hand.

»Willst du ihn nicht lesen?«

Als Antwort warf er den parfümierten Umschlag in das Feuer und beobachtete, wie die Flammen ihn verzehrten. Der Anblick erinnerte ihn daran, dass er wirklich gar nicht erst versuchen sollte, die Frauen zu verstehen oder ihnen gar zu vertrauen. Camille war das beste Beispiel dafür, dass sie etwas sagten und etwas ganz anderes meinten. Die einzige Ausnahme war Victoria – sie hatte ihm klipp und klar gewarnt, dass er sich von ihr fern halten und sie in Ruhe lassen sollte, weil er sie sonst in Gefahr brächte. Na gut, mit Letzterem hat sie wahrscheinlich übertrieben, dachte er. Aber er sollte auf die Stimme der Vernunft hören. Der Himmel wusste, dass er schon genug durchgemacht hatte.

Aber sie hatte ihr Leben für einen Jungen riskiert, den sie

überhaupt nicht kannte, sie hatte einmal einen Mann und ein Kind gehabt, und sie zählte die Toten auf, die sie einmal geliebt hatte, als würde sie eine Einkaufsliste herunterlesen. Doch das leichte Zittern in ihrer Stimme hatte ihm verraten, dass sie nicht so hart war, wie sie sich gab. War sie auf der Suche nach den Mördern? Aus welchem Grund griff sie zu so ungewöhnlichen Mitteln? Himmel, die Hälfte der Zeit wusste er nicht, ob er mit einem Mann oder einer Frau redete. Ihre Überlegungen waren so rational, dass man glauben könnte, sie hätte überhaupt keine Gefühle.

Und doch blieb er ihren Argumenten gegenüber weiter misstrauisch. Sean Galloway war ein guter Freund von ihm, ein aufrichtiger Mann, der seine Frau und sein ungeborenes Kind geliebt hatte. Doch Chris erinnerte sich daran, dass er nur eine Woche vor ihrem Tod gesehen hatte, wie sie sich sehr vertraut mit Raif Dunkirk unterhalten hatte, Seans bestem Freund. Aber das allein machte sie noch längst nicht zur Ehebrecherin, und er würde mit einer gewissen Schadenfreude beobachten, wie Victoria versuchte, das zu beweisen. Oder sonst etwas anderes. Er würde keinen Zentimeter nachgeben. Er hatte ohnehin schon viel zu viel gesagt.

Als er sein Büro verließ und sich auf Caesars Rücken schwang, hasste ein Teil von ihm sie dafür, dass sie so fähig und intelligent war.

Victoria ließ sich ihr Gespräch mit Chris immer und immer wieder durch den Kopf gehen und fragte sich, ob sie sich vielleicht überheblich verhalten hatte. Falls ja, dann lag das schlicht und einfach an den 125 Jahren, die sie voneinander trennten. Dennoch wurmte es sie, dass er ihren Standpunkt nicht verstehen wollte, nur weil sie eine Frau war, aber schließlich konnte er auch nicht wissen, dass sie schon seit Jahren Verbrecher jagte.

Sie würde aufhören, sich darüber den Kopf zu zerbrechen, musste sich auf ihre eigene Jagd konzentrieren, nicht auf seine. Mit diesem Gedanken betrat Victoria gegen zehn Uhr das Pearl, wo die Gäste die Vergnügungen des 19. Jahrhunderts in vollen Zügen genossen. Vels Mädchen flirteten mit den Gästen, Rauch hing schwer in der Luft, der Klavierspieler spielte eine lebhafte Melodie, die Victoria nicht kannte. Sie trat in bester Cowboymanier an die Bar, bestellte ein Bier und hoffte, dass Vel sie nicht entdeckte. Dann stellte sie sich mit ihrem Bier an das hintere Ende der Theke, lehnte sich lässig gegen die Wand. Von hier aus konnte sie den gesamten Saloon überblicken.

Ins Pearl kamen hauptsächlich Stammgäste, wie sie inzwischen wusste. Ivy League pflegte die Männer immer erst ziemlich spät mit seiner Gegenwart zu beehren. Er zeigte jeden Tag die gleiche Routine. Sonntags blieb der Saloon geschlossen, und dann würde sie herausfinden, was er sonst noch unternahm. Sie hatte Angst davor, dass er einen weiteren Mord begehen konnte, bevor sie eine Gelegenheit fand, ihn zu schnappen.

Ihr Blick schweifte über die angetrunkenen Gäste, bis er an einem auffällig gut aussehenden Mann in Flanellhemd und ausgewaschener Jeans hängen blieb. Er saß in einer Ecke, die Füße auf den Tisch gelegt, und hielt eine halb leere Whiskeyflasche in den Händen. Velvets Bemerkungen kamen ihr in den Sinn. Dies musste Sean Galloway sein. Das lockige, rotbraune Haar fiel ihm in die Stirn, und selbst auf die Entfernung konnte sie erkennen, wie muskulös sein Körper war. Er machte den Eindruck, als wäre er vollkommen am Boden zerstört. Plagte ihn Kummer oder das schlechte Gewissen? Eins jedoch war sicher: Christopher Swift war sein Freund, und Chris wollte nicht, dass Seans Ehre durch irgendwelche Mutmaßungen in den Schmutz gezogen wurde.

Wie er auch ihre Hilfe nicht wollte.

Victoria trank einen Schluck Bier und seufzte leise, als sie bemerkte, dass Velvet auf sie zusteuerte.

Vel lächelte. Ihr Blick glitt bewundernd über Jakes Körper. »Einsam, Honey?«

»Ein bisschen. Aber ich habe ein Mädchen zu Hause in Denver, Miss Knight.« Das sollte reichen, dachte Victoria.

Vel nickte enttäuscht. »Ich verstehe.« Sie seufzte. »Die Glückliche.«

»Sollte ich nicht beleidigt sein, weil Sie so schnell aufgeben?«

»Es ist nicht mein Stil, einen Mann dazu zu bringen, seine Liebste zu betrügen.«

Jake zog eine Augenbraue hoch.

»Auch eine Hure hat ihre Grundsätze, Schätzchen.«

Jake lächelte sie an und schob die Brille höher auf die Nase. »Ist das Sean Galloway?«, wollte er dann wissen und deutete mit dem Kopf in die Ecke.

Sie machte ein trauriges Gesicht. »Ich fürchte, er versucht, sich zu Tode zu trinken.«

»Da ist er wohl nicht der Einzige.« Jake schaute zu einem Mann mit hellblonden Haaren hin, der in sich zusammengesunken auf der anderen Seite des Raums saß, den Kopf gesenkt, sein Glas zwischen den Händen. Genau wie Sean. Er blickte auf, sah hinüber zu dem Rancher, dann konzentrierte er sich wieder auf sein Glas.

Vel blickte stirnrunzelnd zwischen den beiden Männern hin und her. »Das ist aber komisch.«

»Was?«

»Sean und Raif sind gute Freunde.« Zumindest waren sie es einmal, dachte Vel. »Ich hätte gedacht, dass sie ihren Kummer gemeinsam hinunterspülen würden.«

»Und warum tun sie es wohl nicht?«

Vel zuckte mit den Schultern, zwinkerte einem potenziellen Kunden zu. »Vielleicht, weil Raif selbst zu bekümmert ist, um ihn zu trösten.«

»Hatte er eine Schwäche für Kelly?«

Vel runzelte die Stirn, wirkte plötzlich älter, härter. »Nicht so, wie du meinst.« Jakes Gesicht blieb ausdruckslos, er wartete darauf, dass sie weiterredete. »Raif hatte sie erst vor kurzem kennen gelernt, einen oder zwei Monate, bevor sie starb. Die beiden Männer hatten damals die Mine zusammen betrieben. Sean war der Besitzer, doch er gab Raif dafür, dass er ihm half, die Hälfte des Ertrags. Bis er sie versiegelte. Raif ging für ein paar Jahre fort von hier. In der Zwischenzeit baute Sean seine Ranch und heiratete Kelly.«

»Und Raif?«

Vel gab dem Barkeeper ein Zeichen. Er schenkte ein Glas Sekt für sie ein und brachte es ihr. »Er hatte nicht so viel Glück«, antwortete sie, nachdem sie einen Schluck getrunken hatte. »Sean dagegen hatte sich etwas Handfestes aufgebaut.« Sie betrachtete Sean in dem großen Spiegel. Seine Verzweiflung war fast greifbar. »Er wird sich nie mehr davon erholen. Kelly war sein Leben.«

»Kannten Sie sie?«

»Jeder kannte sie. Sie war eine hübsche Blondine, die traumhaft nähen konnte. Und sie war sehr nett, selbst zu mir.«

Jake legte eine Hand auf ihren Arm. »Nett zu Ihnen zu sein, dürfte wohl keinem schwer fallen, Vel.«

Velvet Knight, die begehrteste Hure weit und breit, errötete tatsächlich.

»Mich würde nur interessieren, was mit Ihrem Akzent passiert ist.«

Velvet schaute ihn verdutzt an, dann musste sie lachen. »Erwischt!«, meinte sie und trank ihr Glas leer. »Dir entgeht wohl nicht allzu viel, was, Honey?« Jake schüttelte den Kopf. »Ich war sogar einmal verheiratet.« Vel wusste selbst nicht, warum sie ausgerechnet Jake so viel erzählte, aber man schien so gut mit ihm reden zu können. Endlich einmal ein Mann, der zuhörte! »Aber er wurde in den Indianerkriegen getötet, und die Apachen brannten alles nieder, was wir besaßen. Ich musste also einen Weg finden, um meine Kleine durchzubringen.«

»Ihre Kleine?«, wiederholte Jake, aber er sagte es so leise, dass niemand mitanhören konnte, worüber sie redeten. Vel war gerührt von so viel Rücksichtnahme.

»Ich konnte sie nicht bei mir behalten, nicht bei dem Leben, das ich hier führe.« Sie machte eine Handbewegung, die den Saloon samt seinen Gästen zu umfassen schien. »Ich wollte nicht, dass sie miterleben muss, wie ihre Mutter sich um Männer kümmert, die nicht ihr Vater sind. Deshalb habe ich sie weggegeben ...« Vel senkte den Kopf. Jedesmal, wenn sie an ihre Tochter dachte, schien ihr das Herz zu brechen.

»Man ist ganz schön einsam, wenn man seine Familie verliert, nicht wahr?« Jake legte seine Hand auf ihre und drückte sie.

Ihr geschminkter Mund verzog sich zu einem kleinen Lächeln. »Du bist eigentlich viel zu klug für einen so jungen Mann!« Der Barkeeper füllte ihr Glas erneut, und sie wollte es gerade an die Lippen setzen, als sie etwas im Spiegel bemerkte. »Scheint so, als würde die alte Freundschaft doch weiterbestehen«, meinte sie, dann trank sie einen Schluck.

Jake wandte sich um und sah, wie Raif quer durch den Raum auf Sean zuging. Galloway blickte nicht auf, setzte die Flasche ein weiteres Mal an den Mund. Er ignorierte Raif, ignorierte die ganze Welt. Dann sagte der blonde Mann etwas, und Seans Kopf fuhr hoch, seine Augen wurden schmal, während er zuhörte. Doch in diesem Augenblick betrat Becket den Saloon, und Victoria richtete ihre ganze Aufmerksamkeit auf ihn. Ein paar Männer wandten sich um, um ihn zu begrüßen, und Victoria biss die Zähne zusammen, als er einigen Gästen die Hand gab und sie mit seinem strahlenden Lächeln bedachte. Unauffällig überprüfte er dann im Spiegel seine Erscheinung. Wie eitel! Aber Schwarz steht ihm, dachte sie verdrießlich, während sie seinen dunklen Anzug betrachtete, die rote Brokatweste unter der Jacke. Perfekt. Sauber. Aber du kannst dich schrubben, so viel du willst, das Blut bleibt trotzdem an deinen Händen kleben!

Sie sah erneut zu Galloway hin, als dieser plötzlich aufsprang und Raif die Faust mitten ins Gesicht schlug, mit einer solchen Wucht, dass dieser wie ein gefällter Baum zu Boden ging. Sämtliche Gespräche verstummten, aller Augen richteten sich auf Sean. Der warf eine Münze auf den Tisch, dann stieg er über Raif hinweg und verließ schwankend den Saloon. Raif bewegte sich stöhnend, rollte sich auf die Seite, bevor er sich auf die Knie hochzog. Er spuckte Blut aus, tastete mit der Zunge seinen Mund ab und schob die helfenden Hände beiseite, als er sich schließlich aufrichtete. Angespannt beobachtete Victoria, wie Becket zu ihm trat und ihm eine Hand auf die Schulter legte. Raif nickte, dann verschwand auch er. Victoria schätzte, dass er es höchstens bis auf die Veranda schaffen würde, bevor er wieder umkippen und ohnmächtig werden würde.

Becket schüttelte den Kopf und gab dem Pianisten ein Zeichen, weiterzuspielen, und augenblicklich erreichte der Geräuschpegel wieder den gewohnten Stand. Victoria trank einen Schluck aus ihrem Glas. Sie spürte, dass Becket sich ihr und Vel näherte.

»Alles in Ordnung, Miss Velvet?«, erkundigte er sich, dann nahm er Vels Hand und führte sie zum Handkuss an seine Lippen. Vel lächelte ihn an, und Victoria wurde übel. Erkannte Vel denn nicht das Raubtier hinter der Maske?

»Einen Moment lag fürchtete ich schon, dass es ordentlich Krawall geben würde.«

Als ob sie gar nicht da wäre, blickte Becket an Victoria vorbei zur Tür. »Es ist wirklich eine Tragödie«, murmelte er. »Eine Schande, dass sie einander nicht beistehen können.« Er seufzte, dann lächelte er Vel an. »Wie geht es Dee?«

»Sie fühlt sich schon besser, ist aber immer noch etwas erschöpft.«

»Sie hat morgen einen Termin bei Dr. MacLaren. Kann ich mich darauf verlassen, dass sie ihn wahrnimmt?«

»Natürlich.«

»Ich wusste ja, dass ich mich auf Sie verlassen kann!« Er kniff sie in die Wange und bestellte ein weiteres Glas Sekt für sie. »Sie geben mir auch über das Ergebnis Bescheid, nicht wahr? Und noch was, Vel ...« Er wartete, bis sie ihn anschaute. »Denken Sie über mein Angebot nach, ja?«

»Das werde ich tun, Algenon, ganz bestimmt.«

Damit ging er, und Victoria atmete endlich aus, froh, dass er weg war. »Was für ein Angebot?«, fragte sie neugierig.

Vel lehnte sich ganz nahe zu ihr und wisperte: »Er möchte mir den Saloon verkaufen. Können Sie sich vorstellen, dass ich die Eigentümerin eines solchen Lokals wäre?«

»Das wäre doch fantastisch.« Welchen Grund hatte er für diese Großzügigkeit? Vel passte nicht ins Schema seiner Opfer, also konnte sie ausschließen, dass er sich damit bei ihr einschmeicheln wollte. Außerdem sahen sie sich jeden Tag, das raubte ihm das Vergnügen, seine Beute auszusuchen und allmählich einzukreisen. Oder wollte er ihr gerade deshalb die Verantwortung übergeben – damit er in aller Ruhe nach einer neuen Beute suchen konnte? Victoria blieb noch so lange, bis er sich von seinen Gästen verabschiedete und sich in seine Privaträume zurückzog. Pünktlich auf die Minute, dachte Victoria, als sie auf die große Uhr blickte, die neben der Tür zu seinem Büro stand.

Sie verabschiedete sich von Vel und trat nach draußen auf die Straße. Zwei Männer kamen ihr eilig entgegen, stießen sie vom Gehsteig. Victoria ließ sie weiterlaufen, nicht in der Stimmung, einen Streit anzufangen. Sie sehnte sich nur noch nach ihrem Bett, meinte fast schon die frischen kühlen Laken an ihrem müden Körper zu spüren. Unwillkürlich beschleunigte sie ihre Schritte, doch sie blieb abrupt stehen, als sie ein schmerzerfülltes Stöhnen hörte. Sie wartete, bis sie es erneut hörte, dann wandte sie sich in die Richtung, aus der es kam, und betrat die schmale Gasse, die seitlich am Mietstall vorbeiführte. Angestrengt versuchte sie, in der Dunkelheit etwas zu erkennen, und entdeckte schließlich die Umrisse einer Gestalt, die zusammengesunken an der Wand lehnte. Und sah den Lauf einer Waffe aufblitzen.

Anfangs glaubte sie, der Revolver sei auf sie gerichtet, doch als die Wolken für einen Moment aufrissen und der Schein des Mondes die Nacht erhellte, erkannte sie, wie er den Lauf gegen seine Schläfe richtete, hörte gleichzeitig, wie die Waffe gespannt wurde.

»Nein!«, schrie sie und machte einen Satz vorwärts.

# 10

Chris war müde und ziemlich sauer auf sich selbst. Er hatte die halbe Nacht damit verbracht, sich selbst zu beschimpfen. Wieso hatte er sich hinreißen lassen und zugesagt, sie zu Seans Ranch zu bringen? Dieser Fall ging sie gar nichts an, auch wenn sie ein paar ganz vernünftige Überlegungen dazu angestellt hatte. Er unterdrückte ein Gähnen und rollte die verspannten Schultern, während er beobachtete, wie sie die Stelle inspizierte, wo Kelly gestorben war. Was wollte sie hier schon finden außer zersplittertem Holz und festgestampftem Boden?

Jetzt kniete sie sich auch noch auf ein Bein und stocherte mit einem Federhalter im Boden, den sie vorhin beim Verlassen seines Büros noch schnell von seinem Schreibtisch genommen hatte. Die Weide, nur ein paar Meter entfernt, war leer, denn das Gatter und die Einzäunung waren wie Streichhölzer unter dem Ansturm des aufgeregten Viehs zerbrochen.

Vorsichtig richtete sie sich wieder auf. Etwas baumelte von der Spitze des Federhalters.

Chris runzelte die Stirn.

»Ein Fetzen von ihrem Nachthemd, schätze ich.«

Sie ließ das kleine Stück Stoff in eine Tüte fallen, und Chris wunderte sich, warum sie ein solches Aufhebens um diesen blutigen Fetzen machte. Sie schaute auf ihre Uhr, dann ging sie in einem weiten Bogen zur Scheune und trat gegen das zersplitterte Tor. Sie hob ein Brett auf, betrachtete eins der Enden genauer und benutzte den Federhalter, um in dem Holz zu stochern, bevor sie das Brett gegen die Wand lehnte.

»Seit es passiert ist, war niemand mehr darin?«

Chris schüttelte den Kopf. Was wollte sie entdecken, was er nicht schon gefunden hätte? »Anfangs konnten wir Sean nicht einmal dazu bewegen, sie uns zu geben, damit wir sie beerdigen konnten. Er hatte sie ins Haus getragen und sich mit ihr eingeschlossen. Als er uns schließlich hereinließ, hatte er versucht, sie so gut wie möglich wieder herzurichten.« Chris starrte auf seine Stiefelspitzen, es fiel ihm schwer, den schrecklichen Anblick zu vergessen. »Seine Leute sind seitdem draußen auf den Weiden und kümmern sich um die Tiere.«

»Wann genau ist es passiert?«

Er sah sie an. »Zwei Tage, bevor ich Vic Mason eingesperrt habe.«

Kein Wunder, dass er mir gegenüber so misstrauisch war, dachte sie und betrachtete noch einmal den festgetrampelten Boden.

Ein Schuss zerriss die Morgenstille, und automatisch duckte Victoria sich hinter die offene Scheunentür. Chris jedoch hatte sich nicht gerührt, doch nun ging er auf das Haus zu. Sean Galloway stand auf der Veranda und hielt ein Gewehr in der Hand.

»Verschwinde von meinem Land, Marshal!«

Chris hob die Hände. »Reg dich nicht auf, Sean. Wir, oder besser Jake dort«, er deutete mit dem Kopf auf Victoria, »glaubt zu wissen, was mit Kelly passiert ist.«

Victoria hörte sehr wohl den Zweifel aus seinen Worten heraus, aber das machte sie nur noch entschlossener. Langsam trat sie auf die Männer zu. Sean betrachtete sie mit schmalen Augen, und es schmerzte sie, so viel Kummer in seinen Augen zu sehen. Aber sie konnte auch Entschlossenheit erkennen und betete, dass sie Recht haben möge. Sie wollte diesem Mann nicht noch mehr Kummer bereiten.

Er trat von der Veranda, ging auf Chris zu und sagte ein paar

Worte zu ihm. Ein Stück vor Jake blieb er stehen und musterte sie von Kopf bis Fuß, als wäre sie ein Stück Vieh.

»Wo ist Ihr Hund?« Chris hatte erzählt, dass er einen gehabt hatte.

»Zusammen mit Kelly begraben.«

Es schmerzt ihn schon, ihren Namen auszusprechen, dachte sie, doch dann schob sie ihr Mitleid mit ihm beiseite. Sie hatte bereits nachgeprüft, wie weit die Toilette vom Haus entfernt war. Kelly hätte hin und zurück nicht länger als drei Minuten gebraucht, eine Tatsache, die sie stutzig gemacht hatte. »Würden Sie mich korrigieren, wenn Ihnen etwas nicht richtig erscheint?«

Sean schob das Gewehr über die Schulter und stützte die andere Hand in die Hüfte. Victoria war sicher, dass sie seine ganze Aufmerksamkeit hatte.

»Kelly stand auf, weil sie zur Toilette musste, und ließ den Hund hinaus. Aber als das Tier – «

»Atticus«, warf er ein.

»Doch Atticus reagierte nicht, als sie ihn rief, und deshalb wollte sie ihn suchen.« Sie zuckte mit den Schultern. »Das alles ist nicht ungewöhnlich. Dies war ihr Zuhause, wovor also sollte sie sich fürchten?« Sie blickte zur Scheune hinüber, dann sah sie Sean wieder an. »Marshal Swift erzählte, Sie hätten ein Heulen gehört.«

Sean nickte. Sein Blick ging ihr durch und durch.

»Könnte das statt einem Wolf auch Ihr Hund gewesen sein?«

Sean zog eine Augenbraue hoch und betrachtete sie noch etwas genauer. Victoria begann, unter ihrer Maske zu schwitzen. Seine grünen Augen waren blutunterlaufen, und seine Wangen hatten seit Tagen keine Rasur mehr gesehen, aber dennoch hatte er eine zwingende Ausstrahlung.

»Das wäre möglich«, meinte er schließlich. »Ich kam gerade in dem Augenblick heraus, als die Herde durchging. Es hörte sich an wie Donner. Ich hatte keine Ahnung, was passiert war, bis ich –« Er atmete einmal tief durch und wandte für einen Moment den Blick ab. »Atticus lag neben Kelly, als ich sie fand.« In seinem Blick lag ein harter Ausdruck. Entweder bringt diese Härte ihn um, dachte Victoria, oder sie hilft ihm zu überleben.

»Ich glaube, sie hat das Heulen auch gehört und wollte nachschauen, was es war, sicher, dass Sie ihr folgen würden. Aber sie war nicht allein.« Sie deutete auf die Fußabdrücke neben dem Gatter und neben dem Tor der Scheune. »Die hier sind vorne ziemlich breit.« Sie zeigte auf den Boden neben der Einzäunung. »Und das hier sind ihre Spuren, nicht viele, aber genug, um erkennen zu lassen, dass sie neben dem Zaun ging, bevor sie zu sehen war.« Sie zeigte auf die Stelle, an der Sean ihre Leiche gefunden hatte. »Von Atticus habe ich nur einen Abdruck gefunden, dort drüben beim Gatter.« Sie schaute auf und bemerkte, wie Sean und Chris den Boden mit ihren Blicken absuchten. »Ihre Stiefel laufen spitz zu, genau wie die des Marshals. Meine sind abgerundet.« Sie ging zur Scheune und kam mit dem Holzbrett zurück. »Atticus hat denjenigen entdeckt, der dort drüben stand, und damit –« sie hob das Brett, »wurde er erschlagen, damit er den Eindringling nicht durch sein Bellen verraten konnte. Das war das Heulen, das Sie gehört haben.«

»Woher wollen Sie das wissen?«, fuhr Chris sie an. Victoria runzelte die Stirn. Warum stellte er sich gegen sie?

»Hatte er ein weiß-braunes, langes Fell?«, fragte sie Sean.

»Ein Collie.« Ein Hauch Bewunderung schwang in seiner Stimme mit.

»Hier im Holz kann man Blut und einige Haare erkennen«, erklärte sie und warf Chris das schmale Brett zu. »Sämtliche anderen Bretter gingen bei der Stampede zu Bruch. Es ist allerdings auch nicht das gleiche Holz, wahrscheinlich hat er es irgendwo aufgehoben, als er merkte, dass der Hund frei herumlief.

Als sie nach Atticus suchte, muss Kelly bemerkt haben, dass das Gatter geöffnet worden war. Sie ertappte jemanden dabei, wie er das Vieh lostrieb, und das muss sie dermaßen schockiert haben, dass sie sich nicht mehr rühren konnte. Und als sie ihre Fassung zurückgewonnen hatte, schwang das Gatter schon weit auf, und die Tiere hatte sich in Bewegung gesetzt. Ich glaube, dass sie zwischen dem Gatter und dem Zaun gefangen war und den Eindringling rief. Daraufhin müssen Sie aus dem Haus gekommen sein. Als der Verbrecher begriff, dass sie genau im Weg der Herde stand, hat er noch versucht, zu ihr zu gelangen. Aber inzwischen waren die Tiere außer Kontrolle geraten. Es war hoffnungslos.«

Sean fuhr sich mit einer Hand durch die Haare. Sein Schmerz war fast greifbar.

»Tut mir Leid, Mr Galloway. Nach allem, was ich gehört habe, war Kelly sehr beliebt.«

Er nickte. »Aber was hat sie so verblüfft? Kelly hatte verdammt viel Rückgrat.« Er sah Chris an. »Das weißt du auch. Sie hatte vor nichts Angst, außer vor Schlangen.«

Chris blickte Victoria böse an, und sein Gesichtsausdruck verriet ihr deutlich, was er dachte: Dass sie einen verdammt guten Grund dafür haben sollte, Sean dies alles noch einmal durchleben zu lassen.

»Die Erkenntnis, *wer* versucht hat, Ihre Existenz zu zerstören, hat sie dermaßen schockiert. Weil es ein Freund war.«

»Raif«, sagte Sean und nahm das Gewehr wieder in die Hand.

»Ich habe ihn heute Nacht gefunden, nachdem Sie ihn im Saloon niedergeschlagen hatten. Er lag in einer Gasse, man hatte ihn halb tot geprügelt.« Sie las in Chris' Blick, wie wütend es ihn machte, dass sie ihm das nicht früher erzählt hatte. »Zwei Männer, die ganz schön in Eile waren, haben mich letzte Nacht umgerannt. Ich schätze, dass sie ihn sich vorgenommen hatten.« Sie sah Sean wieder an. »Als ich ihn fand, setzte er sich gerade den Revolver an die Schläfe.«

Er trat einen Schritt näher. »Ist er tot?«

Sie schüttelte den Kopf. »Ich habe ihn bei Vel gelassen.«

Er seufzte, erleichtert, wie Victoria glaubte, und sie hoffte, dass er seinen Schmerz überwinden würde.

»Warum sollte er mir so etwas antun wollen?«

»Weil er Schulden hatte.«

»Himmel, Raif weiß, dass ich ihm meinen letzten Nickel geben würde!«

»Das hätte sein Stolz nicht zugelassen, denke ich. Sie hatten ihm ja schon die Hälfte des Silbers aus Ihrer Mine gegeben.«

»Wovon er sich auch jede Unze redlich verdient hatte!«

»Vielleicht, aber er erzählte mir, dass er bei der Flat Pick hohe Schulden hätte. Und damit haben sie ihn erpresst, als Sie sich weiterhin weigerten, Ihre Mine zu verkaufen. Wenn Sie all Ihr Vieh verloren hätten, hätten Sie Bargeld dringend nötig gehabt. Kelly ist ganz zufällig da hineingezogen worden.«

»Welche Beweise haben Sie dafür?«, fragte Chris. Sie konnte den Ausdruck in seinem Blick nicht deuten.

»Außer den Fußabdrücken und dem, was Raif vor sich hingemurmelt hat? Oder dem hier?« Sie zeigte auf das blutbefleckte Brett. »Außer alldem habe ich nichts. Raif sagte, er hätte nicht gewollt, dass ihr etwas passierte.« Ihre Stimme wurde leiser. »Er litt so sehr, dass er nicht mehr leben wollte.«

Seans Finger krümmte sich um den Abzug der Waffe. Er wollte Raif umbringen. Sie kannte diesen Blick – hatte ihn einst bei sich selbst gesehen.

»Er ist gefesselt und nicht in der Lage, irgendwohin zu verschwinden, Mr Galloway.«

»Gut«, antwortete er. »Dann wird er ein umso leichteres Ziel für mich sein.«

»Nein!«, rief sie, doch Sean ging an ihnen vorbei zur Scheune.

Sie wandte sich Chris zu. »Es war ein Unfall. Man hat ihn

erpresst. Halten Sie ihn auf!«, schrie sie ihn an, als er sich nicht rührte.

»Er wird ihn nicht umbringen, *Jake!*«

Sie stellte sich vor ihn. »Begreifen Sie denn nicht? Wenn diese zwei Kerle mich nicht umgerannt hätten und wenn Raif den Abzug durchgedrückt hätte, dann säße Sean jetzt wegen Mordes im Gefängnis! Diese Typen wollten ihm die Schuld in die Schuhe schieben!«

»Dessen bin ich mir bewusst.« Röte stieg ihm vom Hals her in die Wangen, seine Lippen waren zu einem schmalen Strich zusammengepresst.

»Und was ist, wenn ich mich irre?«

»Wir wissen beide, dass dies nicht der Fall ist.«

Sie schüttelte heftig den Kopf. »Wir müssen seine Stiefel untersuchen, sein Alibi für jene Nacht, ihn befragen. Wir haben – «

»*Wir* müssen gar nichts«, unterbrach er sie schroff, dann stürmte er an ihr vorbei in die Scheune, wo Sean sein Pferd sattelte. Er packte ihn an der Schulter, drehte ihn zu sich herum und schlug ihm die Faust genau aufs Kinn. Sean ging augenblicklich zu Boden.

»Warum, zum Teufel, habe Sie das getan?«

Er stand neben seinem Freund, spürte, dass Victoria hinter ihn getreten war. »Das bewahrt mich davor, ihn erschießen zu müssen. Nein, lassen Sie ihn liegen«, fügte er hinzu, als sie Sean wachrütteln wollte. »Wenn er aufwacht, wird er hoffentlich erst mal überlegen, und das gibt mir genug Zeit, Raif ins Gefängnis zu schaffen.«

»Und was ist mit den Kerlen von der Flat Pick?«

»Sagen Sie mir nicht, wie ich meinen Job erledigen soll, Vic–« Er sah sie an. »*Jake.*«

All sein Ärger konzentrierte sich in diesem einen Wort, ihrem Namen, ihrem anderen Ich. Er hasste es, und sie begriff, dass er sie auch dafür verachtete. Er band Sean die Hände zusammen, damit er noch ein wenig mehr Zeit gewann, dann schwang er sich in den Sattel, ohne sich um sie zu kümmern. Männer, dachte sie, sind ein stures, holzköpfiges Pack, und es täte ihnen verdammt gut, ein wenig mehr weibliche Eigenschaften zu zeigen. Denn dann brauchten Frauen sich nicht immer so schuldig zu fühlen, wenn sie mal ihren Verstand benutzten.

Sie ließ sich viel Zeit, als sie zurück in die Stadt ritt, denn sie fürchtete sich fast davor, Chris wiederzusehen. Er hatte sie angeschaut, als wollte er ihr am liebsten den Hals umdrehen, und sie bezweifelte nicht, dass er all seinen Frust in den Schlag gepackt hatte, mit dem er Sean niedergestreckt hatte. Er hasste ihre Verkleidungen und ihre Geheimnisse, und sein Stolz hatte empfindlichen Schaden genommen, weil sie und nicht er diesen Fall gelöst hatte. Na ja, wenn er meinte ... Sie hatte nicht vor, sich für das, was sie war, zu entschuldigen.

Wenn er damit nicht umgehen konnte, dann war das sein Pech. Sie selbst hatte ein ganz anderes Problem zu lösen.

Victoria glitt vor dem Büros des Marshals aus dem Sattel, schlang die Zügel um den Pfosten, dann betrat sie den kühlen Raum. Noble, der gerade eine Zelle verschloss, drehte sich zu ihr um und schenkte ihr ein freundliches Lächeln.

»Verdammt gute Arbeit, Jake«, meinte er, dann kam er zu ihr und schüttelte ihr begeistert die Hand.

»Ist mir mehr oder weniger alles in den Schoß gefallen, Mr Beecham«, antwortete sie und entdeckte Raif in der einen Zelle, in der anderen zwei Männer. Einen davon erkannte sie wieder, er hatte zu den beiden Kerlen gehört, die sie in der vergangenen Nacht umgerannt hatten. Besser, sie war wieder von hier verschwunden, wenn Sean auftauchte.

»Nun, jetzt, wo wir Raif in Gewahrsam haben, brauchten wir den Jungs nur noch ein bisschen die Arme zu verdrehen, um die Wahrheit aus Pike und Deek herauszuquetschen.«

Ob ihnen die Flat Pick gehört?, fragte sich Victoria.

»Jetzt müssen wir nur noch ihren Boss schnappen«, informierte Noble sie weiter, während er seine Blicke zwischen Jake und dem Marshal schweifen ließ.

»Dann habe ich wirklich mit all meinen Vermutungen Recht gehabt?«, fragte sie und warf Chris über die Schulter hinweg einen Blick zu.

»Hölle und Teufel, ja«, antwortete Noble, bevor Chris etwas sagen konnte.

Es machte sie nervös, das Chris Löcher in ihren Rücken zu starren schien, und so drückte sie ihren Hut fester auf den Kopf und ging zur Tür. »Hab noch Arbeit zu erledigen«, murmelte sie vor sich hin und griff nach dem Türknauf. Doch in diesem Augenblick wurde die Tür aufgestoßen, und eine junge Frau von ungefähr 25 Jahren stürmte herein. Jake trat einen Schritt zurück, um ihr den Weg frei zu machen. Die junge Frau bedachte ihn mit einem strahlenden Lächeln und rauschte mit einer Eleganz an ihm vorbei, die ihm die Sprache verschlug. Neidvoll registrierte Victoria, dass alle Männer aufsprangen, selbst die Gefangenen, doch die junge Frau machte ihnen Zeichen, wieder Platz zu nehmen. Victoria, neugierig geworden, verschränkte die Arme vor der Brust und lehnte sich gegen die Wand.

»Tut mir schrecklich Leid, dass ich dich erneut belästigen muss, Christopher.« Engländerin, dachte Victoria, und versuchte, nicht allzu neidisch auf das Kleid der Fremden zu starren. Pah, Mädchenkram!

Chris' Miene verdüsterte sich. »Sag bloß nicht, dass es schon wieder passiert ist.«

»Doch. Ich hatte einen Mann angeheuert, der Wache halten sollte, weil Reid nicht in der Stadt war, aber der arme Kerl hat eins auf den Schädel bekommen.«

»Und was ist diesmal gestohlen worden?«

Sie langte in ihr Retikül und fischte einen Zettel heraus. »Laudanum, Mohnextrakt und Mesquite, jeweils mehrere Fläschchen davon.«

»Da macht sich jemand eine schöne Zeit«, meinte Noble, und Victoria begriff, dass diese Frau Ärztin war. Sie war beeindruckt.

»Entschuldigung, Doktor.«

Jenna MacLaren wandte sich dem jungen Mann an der Tür zu. »Ja.«

»Mein Name ist Jake Farrell, Madam.« Grüßend tippte sie an ihren Hut. »Ich habe mich nur gerade gefragt, was all diese Drogen bewirken.«

»Sie dämpfen das Bewusstsein. Ich benutze sie nur, wenn jemand sehr starke Schmerzen hat, und natürlich, wenn ich operiere.«

»Sind es alles Betäubungsmittel?«

Jenna nickte.

»Was wurde sonst noch entwendet?« Sie ließ sich von Chris' bösen Blicken nicht abhalten.

»Einige sehr teure Teile, die zu meiner Laborausstattung gehören.«

»Und beim ersten Mal?«

»Da hatten sie Pech, weil ich sie überrascht und vertrieben habe.«

»Doc Jenna kann verdammt gut mit dem Messer umgehen, Jake.«

Doktor MacLaren schenkte Noble ein strahlendes Lächeln, während sie leicht errötete und Victoria sich wünschte, sie hätte diese Unschuld noch.

»Wenn jemand diese Drogen einnehmen will, was muss er dann tun?« Victoria fühlte sich unschön an ihr eigenes Jahrhundert erinnert.

»Nun, er müsste das Zeug destillieren und es entweder zu

Pulver trocknen lassen oder es sich direkt mit einer Nadel injizieren.«

»Wer würde sich denn mit einer Nadel stechen, wenn es nicht nötig wäre?«, wollte Noble wissen.

»Ein Süchtiger«, antworteten Jenna und Victoria wie aus einem Mund. Mohnextrakt – das war Opium, wie Victoria jetzt wieder einfiel, die Basis für Heroin und Morphium. Und tödlich, wenn man es in ungereinigter Form einnahm. Dann gab es also auch hier Drogensüchtige.

Plötzlich fiel bei Victoria der Groschen, und sie wandte sich an Chris. »Sie kennen doch Clara, die drüben im Hotel arbeitet.« Sie ignorierte sein hässliches Grinsen und fuhr fort. »Na ja, Clara hat mir erzählt, dass vorige Woche so ein merkwürdiger Kerl im Hotel übernachtet hat. Groß und dünn, der sich immer die Nase zugekniffen und geschnieft hat. Sie hat solches Zeug, wie Doc Jenna es beschrieben hat, in seinem Zimmer gefunden. Dunkle Glasfläschchen, mehrere Löffel mit merkwürdigen Resten darin ...«

»Das muss der Dieb sein!«, meinte Jenna und schaute den Marshal an.

»Das Zimmer muss auch wie ein Schweinestall ausgeschaut haben, als wäre ihm alles egal gewesen. Einer der Jungen, die im Hotel arbeiten, kann ihn beschreiben.«

»Glaubt ihr, dass er immer noch da ist?«

»Wenn er erst gestern bei dir eingebrochen hat, dann dürfte er noch in der Nähe sein und wahrscheinlich irgendwo dein Opium genießen«, sagte Chris. »Ich werde wieder einen Deputy bei dir postieren, Jenna. Wann erwartest du Reid zurück?«

Sie strahlte plötzlich wieder über das ganze Gesicht. »Jeden Augenblick!«

»Na gut, dann brauche ich mir wenigstens nicht mehr so viele Sorgen um dich zu machen!«

»Jetzt hör aber auf, Christopher, ich kann ganz gut auf mich allein aufpassen. Mir macht nur Kummer, dass die Drogen in die falschen Hände geraten sein könnten.«

»Und mir, was Reid mit mir machen würde, wenn du verletzt worden wärst!«

Ihr Lachen zauberte ein Lächeln auf die Gesichter der Männer. Victoria versteifte sich allerdings, als Jenna sich auf die Zehenspitzen stellte und Chris einen Kuss auf die Wange hauchte. Dann sagte sie etwas in einer Sprache, die Victoria noch nie zuvor gehört hatte, und er antwortete in der gleichen Sprache. Victoria empfand plötzlich Eifersucht. Die Ärztin beherrschte Cheyenne.

Jenna drückte Chris ihren Zettel in die Hand und ging dann hinüber zu Raifs Zelle, um sich nach seinen Verletzungen zu erkundigen. Dann blickte sie Chris wieder an.

»Bring ihn noch heute in meine Praxis, Christopher, damit er von mir versorgt werden kann.«

»Versprochen«, antwortete er.

Sie wandte sich zum Gehen, und Jake hielt ihr höflich die Tür auf.

»Danke, Mr Farrell. Sie waren sehr hilfreich.«

Victoria nickte so höflich, wie jeder Mann es getan hätte, dann rauschte Jenna nach draußen. Victoria blickte ihr nach und fragte sich verwundert, wie sie sich mit all diesen hinderlichen Kleidungsstücken nur so elegant bewegen konnte. Wenn sie doch nur einen Bruchteil der weiblichen Ausstrahlung besäße, über die diese Frau verfügte! Doch plötzlich vergaß Jenna alle Würde, als ein Mann seinen Palomino vor dem Gebäude zügelte und aus dem Sattel glitt. Sie rannte auf ihn zu, warf sich in seine Arme und küsste ihn voller Leidenschaft. Er war ein Riese mit so breiten Schultern, dass sie die Sonne zu verdecken schienen, doch es war der honigblonde lange Zopf, der ihm bis fast zur Taille reichte, der Victoria am meisten verblüffte. Und faszinierte.

»Nun, scheint so, als hätte Jake doch mehr geholfen als geschadet, Marshal«, ließ Noble sich vernehmen. »Er hat gleich zwei Verbrechen an einem Tag gelöst.«

»Ja.« Chris' Stimme klang eisig. »Herzlichen Glückwunsch, Jake.«

Wahrscheinlich ist er an diesen zwei Worten fast erstickt, dachte Victoria und tippte an ihre Hutkrempe, bevor sie sich die Brille wieder höher auf die Nase schob. »Hab nur versucht, ein bisschen zu helfen.« Sie lächelte Noble an, kratzte sich am Arm und war schon halb über die Straße, als der Marshal sie rief.

Victoria blieb stehen, um auf ihn zu warten.

»Sind Sie jetzt mit sich zufrieden?«

»Ich verstehe nicht.« Sein Ton gefiel ihr ganz und gar nicht. »Ach so, jetzt begreife ich. Sie können es nicht verwinden, dass ich schneller als Sie herausgefunden habe, wie Kelly gestorben ist. Oder dass ein Drogensüchtiger zufällig eins von den Zimmern, die ich sauber machen muss, in einen Schweinestall verwandelt hat.«

»Was für ein Mensch muss man sein, um so genau über Mörder, Blutspuren und Reste von Haaren Bescheid zu wissen und darüber, wie ein Opiumabhängiger sich seine Drogen zubereitet?«

»Ein informierter Mensch.«

»Das reicht mir nicht.«

»Pech!« Sie wandte sich ab, doch nach ein paar Schritten packte er sie und riss sie zu sich herum. »Falls Sie nicht wollen, dass ich Sie in eine sehr empfindliche Stelle trete, sollten Sie mich loslassen, Marshal!«

Sein Ausdruck verhärtete sich. »Gibt es vielleicht auch etwas, was Sie nicht besser als ein Mann können?« Er kam ihr ganz nahe und fragte boshaft: »Steckt unter dieser Verkleidung tatsächlich eine Frau?« In geradezu unverschämter Weise ließ er seinen Blick über ihren Körper schweifen.

Victoria erstarrte. Ihr Körper wurde so starr, dass Chris sich unwillkürlich fragte, ob er wirklich eine lebendige Frau oder nur eine Puppe festhielt. In ihren blauen Augen spiegelte sich ein solcher Schmerz wider, dass es ihn wie ein Schlag traf.

Verdammter Mist.

Dann löste sie sich aus seinem Griff. »Offensichtlich nicht«, antwortete sie.

# 11

Genauso gut hätte er sie ins Gesicht schlagen können. Sie senkte den Blick. In ihrem Hals formte sich ein Kloß, drohte sie zu ersticken. Sie war keine richtige Frau. Sie war überhaupt nichts. Es war eine Entwicklung, an der sie selbst nicht schuld war. Die irgendwann eingesetzt und die sie nicht verhindert hatte. Dabei hatte Chris sich anfangs ganz offensichtlich von ihr angezogen gefühlt, aber das war ja nun genauso offensichtlich vorbei. Es schmerzte.

Victoria hielt den Kopf gesenkt, biss sich auf die Lippen und versuchte die Tränen zurückzuhalten, die ihr in den Augen brannten. Sie wandte sich ab, und Chris hielt sie nicht zurück. Victoria hatte geglaubt, dass sie nie wieder einen solchen Schmerz empfinden könnte, nicht nachdem ihr Leben vor fünf Jahren in Scherben zerbrochen war, aber sie hatte sich getäuscht. Und wie!

Eilig ging sie zum Mietstall, betrat ihn durch die Hintertür und lehnte sich erschöpft gegen die Wand. Verdammter Mistkerl, fluchte sie, während sie gegen neue Tränen ankämpfte, und zog die Schublade auf, in der ihr Ledersack steckte. Schnell suchte sie alles heraus, was sie für ihre Verkleidung als Clara brauchte, und dankte im Geiste Alexandria dafür, dass sie die Masken so verstärkt hatte, dass sie sie mehrmals benutzen konnte. Dann zog sie sich in das Toilettenhäuschen zurück, um sich umzuziehen – eine Aufgabe, die nicht gerade einfach auf dem engen, nicht besonders gut riechenden Abort zu bewältigen war. Schweiß lief ihr über den ganzen Körper, als sie endlich in ihrer Kammer im Hotel war und die Ränder

der Maske mit einer Extraportion Kleber befestigte. Ihre Haut war bereits ziemlich gereizt, und sie musste ihr unbedingt eine Erholung gönnen. Schnell verstaute sie den Ledersack, band sich eine frische Schürze um und war bereit, ihre Arbeit zu beginnen – obwohl sie sich lieber ins Bett gelegt und nur noch geschlafen hätte, um Christopher Swift und seine verletzenden Worte zu vergessen.

Also konzentrierte sie ihre Gedanken auf Ivy League. Inzwischen war sie ganz sicher, dass er nur deshalb den Saloon verkaufen wollte, damit er ungestört seine Verbrechen verüben konnte.

Wenigstens würde Chris sie jetzt nicht mehr stören. Er sah sie so, wie sie war. Zu hart, um begehrenswert zu sein, zu klug für sein Jahrhundert. Also hat das alles doch noch sein Gutes, versuchte sie sich einzureden. Schließlich war sie nicht hierhergekommen, um Freunde zu finden und sich zu verlieben, sondern weil sie auf der Jagd nach einem Verbrecher war.

Und bald würde sie mit ihrer Beute nach Hause zurückkehren.

Er war ein kompletter Idiot.

Das wurde ihm bewusst, als sie sich abwandte und davonging. Seit dem vergangenen Abend hatte er sich wie ein starrköpfiges Maultier aufgeführt, aber diese Frau, die sich ständig hinter irgendeiner Maske versteckte, irritierte ihn bis zum Geht-nicht-mehr. Vor allem, wenn sie ihm das Gefühl gab, völlig unfähig zu sein.

Dabei hatte er sie und ihre Fähigkeiten anfangs doch bewundert, als er ihr im Wald begegnet war, als sie Lucky gerettet hatte. Warum hatte sich das geändert?

Er fuhr sich mit den Fingern durchs Haar und setzte dann den Hut wieder auf. Ein *verdammter* Idiot. Victoria war eine

Frau, egal, wie sie erschien, und er war grausam und gemein zu ihr gewesen, hatte gehofft, dass sie Schiffbruch erleiden würde. Damit er sie trösten und halten und küssen konnte, damit er endlich einmal das Gefühl hatte, dass sie ihn brauchte.

Ihn?

Das konnte er nach alldem wohl vergessen. Er konnte froh sein, wenn sie ihm nicht ein paar Löcher in seine Haut schoss. Langsam ging Chris in sein Büro zurück, setzte sich hinter den Schreibtisch. Noble hatte die Gefangenen in die hinteren Zellen geschafft, und Chris war ihm dankbar dafür.

»Was hast du zu dem jungen Burschen gesagt?«, fragte Noble vorwurfsvoll.

»Wer von uns beiden kümmert sich jetzt um sämtliche Streuner?«, fuhr Chris ihn an, ohne von den Akten aufzublicken.

»Er ist ein guter Junge, und du hast überhaupt keinen Grund, wütend auf ihn zu sein.«

Chris biss die Zähne zusammen. Noble brauchte ihm nicht noch unter die Nase zu reiben, wie schäbig er sich benommen hatte. »Geh frühstücken und hau dich dann aufs Bett!«, sagte er nur.

Chris blieb einen Moment draußen vor dem Hotelzimmer stehen. Es roch nach Kernseife. Victoria kniete auf dem Boden, die Röcke um sich gebauscht, und schrubbte so verbissen die Dielen, als wollte sie das Holz vollständig abreiben.

Er räusperte sich.

»Ja?« Sie schrubbte weiter, blickte nicht auf.

»Victoria . . .«

Nur einen Moment hielt sie inne. »Verschwinden Sie, Marshal, ich habe zu tun.« Dann machte sie mit doppelter Energie weiter.

»Wir müssen miteinander reden.«

»Ich finde, Sie haben neulich genug gesagt.«

Er zuckte zusammen, drehte verlegen den Hut in den Händen. »Ich möchte mich bei Ihnen ent –«

»Nein!« Sie kämpfte sich auf die Füße und warf die Bürste so heftig in den Eimer, dass das Wasser aufspritzte. »Verschonen Sie mich mit dem, was Sie *nicht* gemeint haben, weil Sie glauben, Sie hätten meine Gefühle verletzt. Das haben Sie nicht getan. Andere Leute haben noch ganz andere Dinge zu mir gesagt, und es schert mich einen Dreck, was Sie von mir denken oder sonst wer. Ich habe einen Job zu erledigen, und das ist alles, was mich interessiert. *Alles.* Haben Sie das verstanden?«

Er hatte. Aber es gefiel ihm nicht. Und er begriff nicht, wie Victoria sich so unter Kontrolle haben konnte. Ihm gelang das nämlich nicht.

»Und worin besteht dieser Job, den Sie erledigen müssen? Und für den Sie all das in Kauf nehmen?«

Victoria blickte ihn an und überlegte. Sie hatte ihren »Job« gar nicht erwähnen wollen – was letztendlich doch kein so dummer Patzer sein mochte. Wenn sie ihm nämlich die Wahrheit gestand, würde er sie so verabscheuen, dass er für immer aus ihrer Nähe verschwand.

»Ich bin ein Kopfgeldjäger, Marshal«, sagte sie und ließ diese Worte wirken, bevor sie hinzufügte: »Und ich bin es gern.«

Seine Gedanken überschlugen sich. Sie war offensichtlich, was die Verbrecherjagd betraf, kein blutiger Anfänger. Er machte sich allerdings nicht die Mühe, zu fragen, hinter wem sie her war, weil sie es ihm sowieso nicht verraten hätte. Doch die Vorstellung, dass sie Gesetzlose für Geld tötete, bereitete ihm Übelkeit. Auf die Idee wäre er niemals gekommen …

Allerdings hatte er, was Victoria betraf, gerade erst begonnen, die Oberfläche anzukratzen. Er wusste immer noch nicht, wer und was sie wirklich war – und wenn er aus ihrem Verhalten während der letzten beiden Tage den richtigen Schluss zog, dann würde er das wohl auch niemals erfahren.

Er betrachtete sie nachdenklich, während sie weiterarbeitete. Manches, was ihm ein Rätsel gewesen war, erschien ihm jetzt in einem ganz anderen Licht. Doch Victoria ignorierte ihn, und sie spürte, wie sich die Kluft zwischen ihnen vertiefte.

Kopfgeldjäger.

Er hätte es wissen müssen.

Victoria las die Stellenanzeigen durch, die an dem Brett hingen. Sie hatte noch eine Maske in petto, und sie war entschlossen, sich einen neuen Job zu suchen und unterzutauchen. Chris hatte nicht so reagiert, wie sie es erwartet hatte, und tauchte weiterhin jeden Tag auf, manchmal sogar zweimal, und versuchte mit ihr zu reden. Sie sah keinen Sinn darin. Sie würde von hier verschwinden, und er würde eine nette Farmerstochter heiraten, Kinder mit ihr zeugen und ein glückliches Leben führen. Sie würde dabei zuschauen, wie Ivy League seinen letzten Atemzug machte. Am liebsten würde sie ihn hängen sehen, wie es in diesem Jahrhundert üblich war. Sie rieb sich die Stirn. Die Hitze und die Latexmaske gaben ihr das Gefühl zu ersticken. Ihr Kopf schmerzte, sie litt unter extremem Schlafmangel und hatte ständig Angst, dass sie vor lauter Erschöpfung Fehler beging, die sie sich nicht leisten konnte.

Eine Anzeige erregte ihre Aufmerksamkeit, und ihre Brauen ruckten hoch, als sie las, wer der Arbeitgeber war. Doch bevor sie weiterlesen konnte, welche Voraussetzungen gewünscht waren, hatte sie das Gefühl, beobachtet zu werden. Verstohlen sah sie sich um, und das Herz rutschte ihr in die Zehenspitzen, als sie Chris entdeckte. Sie fühlte sich von seinem Blick gefangen, seltsam berührt von der stummen Bitte, die darin lag. Sie drehte sich um und ging mit schnellen Schritten davon. Und es blieb nicht unbemerkt, dass er ihr hastig folgte. Sie betrat das Hotel, eilte in den hinteren Bereich. Seine Schritte hörte sie immer noch hinter sich, nun allerdings gedämpft durch den weichen Teppich. Dann hörte sie, wie er stehen blieb, brachte es aber nicht über sich, ihn anzuschauen. Sie band ihre Schürze um und holte frische Bettwäsche aus einem Schrank.

Feigling, dachte sie.

Sie konnte ihn hinter sich spüren. Die leichte Brise, die durch die offenen Fenster wehte, trug den Duft seines frischen Eau de Cologne zu ihr. Sie schloss die Augen, rief sich seine beleidigenden Worte erneut ins Gedächtnis und klammerte sich daran fest. Sie betete, dass er endlich verschwinden möge, für immer, damit sie nichts mehr für ihn zu empfinden brauchte. Dann wusste sie plötzlich, dass sie allein war. Sie drehte sich um und sah nichts als die offen stehende Hintertür. Und dennoch war sie nicht so erleichtert, wie sie gehofft hatte.

»Angus soll seine Berichte gefälligst früher abliefern, und sag ihm, dass er leserlicher schreiben soll!«

»Yessir!« Doch Nobles Spott prallte an dem Mann ab, der die Berichte durcharbeitete und sich müde die Schläfen rieb.

»Ist Seth schon vom Staatsgefängnis zurück?«

»Siehst du ihn vielleicht hier irgendwo rumstehen?«

»Beantworte einfach meine Fragen, Noble!«, fuhr Chris ihn an. »Warum, zum Teufel, braucht er so lange?«

»Vielleicht muss er unterwegs auch mal schlafen oder pinkeln?«

»Ausruhen könnt ihr euch erst, wenn dieser Fall gelöst ist!«

Die Tür öffnete sich, und ein junger Mann Mitte zwanzig kam herein. »Meinst du nicht, du wärst ein bisschen spät für deine Schicht? Lös Thomas endlich ab, bevor er vor Hunger zusammenbricht!«

Der Deputy verschwand so schnell wieder nach draußen, dass er fast über seine eigenen Füße stolperte.

»Ich bin es verdammt satt, dass du alles und jeden hier anschnauzt!«, erklärte Noble angewidert.

Chris hob den Kopf, seine Augen verengten sich zu schmalen Schlitzen.

Noble ignorierte die stumme Warnung, entschlossen, Chris die Meinung zu sagen. »Ich weiß nicht, warum du dich so aufführst, aber wenn du so weitermachst, hast du bald keine Leute mehr, die für dich arbeiten. Entweder löst du deine Problem, oder du reißt dich zusammen!«

Noble war der Einzige, der so mit ihm sprechen durfte. Einen Moment lang spielte Chris mit dem Gedanken, Angela einen Besuch abzustatten, aber es war nicht Angela, die er begehrte. Victoria jedoch war nicht einmal bereit, ihm die Tageszeit zu sagen. Verdammt, sie wollte ihn noch nicht einmal ansehen!

»Geh nach Hause, Chris!« Das klang schon freundlicher.

Chris strich sich das Haar zurück, das ihm in die Stirn fiel.

»Wann hast du zum letzten Mal richtig geschlafen?«

Bevor ich ihr begegnet bin, dachte Chris. Er warf den Federhalter auf den Schreibtisch, lehnte sich in seinem Stuhl zurück und verschränkte die Hände hinter dem Kopf.

»So lange ist das her?«

»Ja.« Chris versuchte, seine verspannten Schultern ein wenig zu lockern, und blickte sich dann um. »Hier sieht es aus wie in einem Schweinestall«, stellte er fest.

»Ich habe schon jemanden zum Putzen bestellt. Verschwinde nach Hause und geh Abigale auf die Nerven.«

Chris lächelte, als sein Magen plötzlich wie aufs Stichwort knurrte. Vielleicht war dies wirklich genau das, was er brauchte – die Zurückgezogenheit in seinem Haus und Abigales gutes Essen.

Er stand auf, nahm seinen Hut vom Haken und ging zur Tür.

Das Wasser lief ihm im Mund zusammen, als er an den leckeren Apfelauflauf dachte, den Abigale jeden Donnerstagabend zubereitete. In diesem Augenblick wurde leise an die Tür geklopft. Chris öffnete und winkte Noble noch einmal zu.

Chris schluckte. Vor ihm stand Victoria. Beziehungsweise Clara. Die graue Maus. Bescheiden hielt sie den Kopf gesenkt.

Chris ballte die Hände zu Fäusten zusammen. Ihn juckte es in den Fingern, ihr die Maske herunterzureißen, etwas zu sagen. Dann schaute sie auf, und ihr Blick ging ihm durch und durch. Selbst dieses seltsame Glas konnte ihren Schmerz nicht verbergen, und seine Gewissensbisse brachten ihn fast um.

Stirnrunzelnd beobachtete Noble die beiden. Registrierte, dass Chris kaum zurückwich und Clara sich an ihm vorbeischieben musste. Dass ihre Körper sich berührten.

Chris nickte Noble zu, der Clara mit einem merkwürdigen Lächeln betrachtete, dann ging er endgültig.

Victoria hob den Blick und erwiderte Nobles Lächeln mit dem gebotenen Maß an Schüchternheit. »Worin besteht meine Aufgabe, Mr Beecham?«, fragte sie.

»Bringen Sie alles hier auf Vordermann, so, dass es aussieht, als würden nicht nur Männer diese Räume benutzen«, erwiderte er. Sie nickte. »Und nennen Sie mich einfach Noble. Das ›Mister‹ behagt mir nicht.« Dann nahm er wieder an seinem Schreibtisch Platz und widmete sich den Akten – Berichte an die Bezirksrichter, offizielle Fahndungsgesuche, seitenlange Schriftstücke der Anwälte, nachdem Chris die Minengesellschaft geschlossen hatte. Sie hatten allerdings eins übersehen – dass auch Chris ein vor Gericht zugelassener Anwalt war. Und ein verdammt einsamer dazu, fügte Noble in Gedanken hinzu, während Clara den Abfall einsammelte, die Zellen putzte und auch sonst alles in Ordnung brachte.

Schließlich schob sie ihre Brille ein Stück die Nase hinauf, und während sie sich umschaute, ob noch etwas unerledigt geblieben war, kratzte sie sich gedankenverloren an der Innenseite des Arms. Nobles Miene war plötzlich angespannt, dann unterzog er sie einer unauffälligen, aber genauen Musterung. Mit einer Beweglichkeit, die Clara erstaunte, stand er schließlich auf, ging zum Ofen und schenkte eine Tasse Kaffee ein. »Setzen Sie sich einen Moment«, forderte er sie auf, »Sie sehen aus, als könnten Sie eine Pause gebrauchen.«

Victoria seufzte, dankbar für den angebotenen Kaffee und die Möglichkeit, sich einen Moment hinzusetzen. »Danke, Noble«, sagte sie. »Ich bin tatsächlich ein bisschen … müde.«

»Das kann ich mir denken.«

»Wieso?« Sie blies in die Tasse, bevor sie einen Schluck trank.

»Na ja, weil's bestimmt nicht so einfach ist, alles auf einmal zu sein: Vic Mason, Jake Farrell, Clara Murphy …«

Victoria verschluckte sich an ihrem Kaffee. »Ich verstehe nicht …«, sagte sie indigniert.

Er beugte sich zu ihr vor, und als er lächelte, bemerkte sie, dass er einen Goldzahn hatte. Dann griff er nach ihrem Arm und betrachtete neugierig ihre Uhr. Schnell befreite sich Victoria aus seinem Griff.

Noble lehnte sich wieder zurück und sah sie nachdenklich an. »Ich habe keine Ahnung, wie Sie es machen, aber ich weiß, dass Sie es sind, *Jake.*«

»Ich verstehe immer noch nicht …«

Er lachte, ein tiefes, warmes Lachen. »Abgesehen von der Brille und dass Sie sich immer am Arm kratzen …«

Verdammt, dachte Victoria, warum muss er so aufmerksam sein?

»… haben auch Ihre Größe und Ihr Gang Sie verraten. Ich habe nicht umsonst drei Ehefrauen überlebt – ich erkenne eine Frau, auch wenn sie sich als Mann ausgibt, Liebes.«

»Drei Ehefrauen?«

Er schüttelte tadelnd den Kopf. »Sie werden schön hier sitzen bleiben und auch nicht versuchen, das Thema zu wechseln!«

Victoria konnte sich des Eindrucks nicht erwehren, dass ein Bär sie in der Falle hatte, dennoch hielt sie seinem Blick stand, ohne mit der Wimper zu zucken. Doch als er sie angrinste, gab sie mit einem Seufzer auf.

Es gab immer irgendeinen, dem sie nichts vormachen konnte, egal, wie sehr sie sich auch anstrengte. Sie hatte schlicht und einfach nicht mehr an die Armbanduhr und an die Brille gedacht.

»Er weiß es auch, nicht wahr?«, fragte er.

Victoria nickte und stellte ihre Tasse ab.

»Und es gefällt ihm nicht.«

»Richtig«, bestätigte Victoria. »Aber soll ich Ihnen was verraten: Es schert mich einen Dreck!«

Noble lachte. »Das kann ich mir denken!«

Victoria beugte sich vor. »Kann ich mich darauf verlassen, dass Sie kein Sterbenswörtchen verraten?«

Es ist ihr wirklich wichtig, erkannte er. »Und würden Sie mir verraten, warum ich den Mund halten soll?«

Victoria seufzte erneut, lehnte sich zurück. Sie hätte ihm alles Mögliche erzählen können, zum Beispiel, dass sie Schauspielerin war, für eine Rolle übte, aber sie wusste, dass sie Noble nicht für dumm verkaufen konnte.

Also sagte sie ihm die Wahrheit. Er verzog keine Miene.

Doch wenigstens verstand Noble nun, weshalb der Marshal so übler Laune war. Diese Frau, ein Kopfgeldjäger noch dazu, hatte Chris die Lösung zweier Verbrechen auf dem Silbertablett präsentiert – es war nachvollziehbar, dass sein Stolz gelitten hatte. »Jetzt haben Sie mich aber wirklich neugierig darauf gemacht, wie Sie *tatsächlich* aussehen«, sagte er.

»Ich bin nichts Besonderes«, behauptete sie, plötzlich ein wenig niedergeschlagen, und blickte auf die Hände in ihrem Schoß. »Das können Sie mir glauben!«

Wenn du wirklich »nichts Besonderes« wärst, dachte Noble, dann würde sich Chris deinetwegen nicht jedes Haar einzeln ausraufen!

# 12

Der Junge betrachtete ihr cremebedecktes Gesicht und sah sie an, als wollte er sagen: Glaubst du wirklich, dass das noch hilft? Victoria lächelte ihn freundlich an und wartete, bis er die große Kupferbadewanne aus dem schummrigen Zimmer gezogen hatte. Bevor er die Tür schloss, drückte sie ihm eine Münze in die Hand. Dann lehnte sie sich lächelnd gegen das schwere Holz und begann, die Creme sanft in ihre strapazierte Haut einzumassieren. Garantiert hatte der Junge erst einmal einen Schrecken bekommen, als sie auf sein Klopfen die Tür geöffnet hatte, aber die dicke Cremeschicht, das Handtuch um ihre Haare und das gedämpfte Licht waren nötig gewesen, da sie ihre Maske abgelegt hatte.

Aber sie brauchte diese Erholung. Als sie hinüber zur Waschkommode ging, streifte sie den dicken Morgenmantel ab und ließ ihn auf das Bett fallen. Es tat gut, endlich wieder richtig sauber und frei zu sein. Dann zog sie ein Flanellhemd über, das einzig saubere, das sie noch besaß und das sie unglaubliche dreißig Cent gekostet hatte, und setzte sich vor den Spiegel. Sie wischte die letzten Reste der Creme weg, rubbelte ihr gewaschenes Haar trocken und nahm die Bürste in die Hand. Die sanfte Brise, die durchs geöffnete Fenster hereinwehte, würde es trocknen. Sie beugte sich vor und begann, ihr Haar kopfüber zu kämmen, dann hielt sie inne und entspannte ihre verkrampfte Muskulatur.

Jeden Tag zehn Hotelzimmer und ebenso viele Pferdeboxen zu reinigen, strapazierte jeden einzelnen Muskel in ihrem Körper.

Sie hatte über eine Stunde gebraucht, um zu baden, ihr Haar zu waschen, es auszuspülen und das schmutzige Wasser schließlich wegzuschütten. Wie schafften es die Frauen in diesem Jahrhundert nur, daneben auch noch andere Dinge zu erledigen? Sie blickte zur Tür hin, wo die Kleider von Clara und Jake zum Trocknen an einem Haken hingen. Allmählich begann sie selbst, ihre Verkleidungen zu hassen, aber wahrscheinlich würde sie sie ohnehin nicht mehr lange benutzen können, da die Masken nicht ewig hielten.

Mach dir nichts vor, sagte sie sich selbst und bürstete wieder ihr Haar, du willst diese Rollen wegen Chris nicht länger spielen!

Ihr Herz zog sich schmerzhaft zusammen, als sie an ihn dachte, an seine boshaften Worte, seinen verächtlichen Blick, und sie fühlte sich auf einmal unendlich einsam. Dann warf sie plötzlich die Bürste auf die gesprungene Platte, stützte ihre Ellbogen auf, vergrub die Finger in ihrem Haar und betrachtete sich im Spiegel. Ihre Augen brannten. Sie fühlte sich elend und verloren. Sie wollte nicht, dass es so wehtat, zurückgewiesen zu werden.

Aber es schmerzte.

Und sie hasste ihn dafür, dass sie sich so … so hässlich vorkam.

Am liebsten hätte sie geweint, aber heulen war etwas für Babys und rückgratlose Jammerlappen. Sie blinzelte die Tränen weg, schniefte, strich sich ihr Haar zurück und beschimpfte sich, weil sie zuließ, dass dieser Mann ihr so unter die Haut ging. Es wäre ja alles nicht so schlimm, wenn sie ihn nicht so gern hätte. Ein Schauder lief ihr plötzlich über den Rücken, sie griff nach ihrer Waffe, wirbelte herum, die Arme ausgestreckt, den Finger am Abzug.

»Ich hatte mich schon gefragt, wie lange es noch dauern würde, bis Sie mich bemerken.«

Victorias Magen krampfte sich zusammen. Sie konnte nur

seine Umrisse erkennen, aber sie hätte diesen Mann auch im Schlaf erkannt. Lässig lehnte er in der dunklen Ecke neben ihrem Bett, die Arme verschränkt, eine Schulter an der Wand. So, als ob er alle Zeit dieser Welt hätte.

»Kommen Sie da aus der Ecke!«, befahl sie und schwenkte den Lauf ihrer Waffe. Chris stieß sich von der Wand ab, trat aus dem Schatten und ging langsam um das Bett herum. Sein Blick glitt über ihre bloßen Beine, die unter dem Hemd hervorschauten, weiter zu ihrer Waffe, die genau auf sein Herz zeigte, und zu ihrem unglaublich schönen Gesicht. Wie ein Blitz durchfuhr es ihn, als er in ihre Augen sah, *ihre* Augen, golden mit schwarzen Flecken – und feucht von Tränen.

Das habe *ich* ihr angetan, dachte er.

»Wollen Sie mich erschießen?«

»Führen Sie mich nicht in Versuchung!« Himmel, sah er sexy aus – der Mistkerl! »Ich dachte, ich hätte mich klar und deutlich ausgedrückt.«

»Schieben Sie es darauf, dass ich manchmal stur bin.«

Sie schnaubte. »Verschwinden Sie, Chris!« Es war das erste Mal, dass sie ihn beim Vornamen nannte, und sie sprach ihn wie ein Schimpfwort aus.

»Nein.« Sein Blick blieb auf sie gerichtet, während er immer näher kam.

»Ich schieße!«

»Nein, das werden Sie nicht tun!«, sagte er sanft.

»Glauben Sie?« Sie spannte die Waffe.

»Ja.« Ihre Hände zitterten. Und als er vor ihr stehen blieb und sich der Lauf der Waffe in seine Brust drückte, war sie ganz still. So still, dass er hätte schwören können, dass sie den Atem anhielt.

»Gehen Sie, Chris, bitte!« Ihre Stimme brach, und sie hasste sich dafür. »Es hat keinen Sinn.«

»Doch. Und das wissen Sie auch.«

Er sah sie an.

Sie erwiderte seinen Blick.

Sein Ausdruck wurde ganz weich.

Und sie verhärtete ihr Herz gegen seine Schönheit.

»Victoria!«

Die Hitze und die Entschlossenheit in seinen schwarzen Augen schienen sie zu verbrennen. Kein Mann hatte jemals ihren Namen so ausgesprochen wie er. Als wollte er ihn auf seinen Lippen kosten.

Victoria entspannte die Waffe und warf sie auf die Kommode. Der Revolver drehte sich um sich selbst, stieß gegen eine kleine Plastikflasche, bevor er still liegen blieb. Chris hatte seine Augen keine Sekunde von ihr abgewandt, vollkommen in ihren Anblick ganz ohne Maske und Schminke versunken.

»Sie haben unglaublich schöne Augen.«

»Gehen Sie zum Teufel!«

Er zog nur eine rabenschwarze Augenbraue hoch.

»Versuchen Sie nicht, mir zu schmeicheln, Marshal! Noch mehr kann ich nicht ertragen.«

»Es tut mir Leid, Victoria.«

Das aufrichtige Bedauern in seinen Worten ließ ihren Widerstand erlahmen. Fast. Sie schaute zur Seite, und das dichte honigblonde Haar verdeckte einen Teil ihres Gesichts. »Okay. Dann können Sie ja jetzt gehen.«

Er machte einen Schritt auf sie zu, und sie wich zurück, langsam und vorsichtig, immer auf der Lauer. Er folgte ihr, zwang sie, sich noch weiter zurückzuziehen oder ihn zu berühren. Und dann konnte sie nicht weiter zurück, stand vor der Wand.

Er legte seine Hände rechts und links neben ihr an die Wand, knapp neben ihren Schultern.

»Ich hätte nicht geglaubt, dass ich Sie jemals ängstlich erleben würde.«

Sie starrte ihn an. »Ich habe keine Angst.«

»Warum zittern Sie dann?«

»Weil ich mich zusammenreißen muss, um Sie nicht dahin zu treten, wo's wehtut.«

»Lügnerin«, wisperte er rau und lehnte sich so weit vor, dass sein Gesicht nur noch ein paar Zentimeter von ihrem entfernt war. Chris atmete tief ein, nahm den exotischen Duft von Zimt und Ingwer in sich auf. Sein Atem streifte ihre Wangen, warm und verführerisch. Victoria presste die Handflächen gegen die Wand, fest entschlossen, ihn nicht zu berühren.

»Würden Sie mich wirklich treten?«, fragte er und wich ein Stückchen zurück, damit er sie besser betrachten konnte.

»Wenn Sie jetzt verschwinden, könnte ich es mir noch einmal überlegen.«

Er lächelte, während er sie weiter so sinnlich betrachtete. Sein Gesicht kam wieder näher, sie spürte seinen Atem auf ihrem Haar, ihrem Ohr, der Kurve ihres Halses. »Aber ich will gar nicht gehen«, flüsterte er mit samtweicher Stimme.

»Was wollen Sie dann, Chris?« Ganz atemlos klang diese Frage, und Christopher wusste, dass die gleiche Hitze in ihr brannte wie in ihm, obwohl sie versuchte, sie mit allen Mitteln zu ersticken.

»Ich möchte, dass Sie das Gleiche sehen wie ich.«

Sie versteifte sich, und er merkte, dass sie seine Worte falsch verstanden hatte.

»Das haben Sie mir schon gesagt.« Das klang bitter, zynisch.

»Victoria, Sie sind schön!«

Sie zog eine Augenbraue hoch.

Chris schob ein Knie zwischen ihre Beine, ohne sie jedoch zu berühren. Es war, als stünde sie zu nahe an einem Feuer. Sie konnte die Hitze spüren, die von ihm ausging. Sie schloss die Augen, kämpfte gegen ihr Verlangen an, seinen Körper ganz nah an ihrem zu spüren. Denn sie wusste nur zu gut, wie er sich anfühlte. Sie wollte fühlen, wie sehr er sie begehrte, und sie wollte ihn berühren.

»Ich sehe Stärke und Schönheit, Victoria.« Sie wollte etwas einwenden, doch er redete weiter. »Und ich sehe eine temperamentvolle Frau.« Seine Lippen streiften ihr Kinn, ihre Kehle, glitten weiter zu ihrem Schlüsselbein. Victoria stöhnte leise auf.

Chris fuhr die Konturen ihres Körpers nach. »Ich habe noch nie jemanden wie dich gekannt. So entschlossen und so voller Ärger.«

»Ich bin nicht ärgerlich«, widersprach sie. »Außer auf dich.«

»Ich weiß, und es tut mir Leid«, sagte er, sein Mund dicht an ihrer Haut. »Aber ich brauche die Frau hinter deinen Masken.«

»Die kannst du nicht haben.«

»Doch«, flüsterte er in ihr Ohr. »Denn ich weiß, dass es sie gibt. Ich habe sie im Wald gesehen. Im Mietstall.« Seine Stimme wurde noch dunkler. »Und ich halte sie jetzt in meinen Armen.«

»Chris!« Sie biss sich auf die Lippen und schloss die Augen. Sein Mund berührte die Haut oberhalb ihrer Brüste, und ihr Herz schlug wie verrückt. Ihre Brustspitzen richteten sich auf, sie wollte, dass er sie berührte. Ihr ganzer Körper schmerzte vor Sehnsucht nach ihm. Sie seufzte auf, als er ihr das Hemd über die Schulter schob und begann, sie dort zu küssen.

»Du hast wunderschöne Schultern«, sagte er und zog mit seiner Zunge quälend-süße Kreise, dann glitt sein Mund tiefer. »Sie sollten niemals von Kleidung bedeckt sein.«

Ihre Brüste hoben und senkten sich unter ihren heftigen Atemzügen. Sie glaubte, ihre Haut müsse dort, wo er sie berührt hatte, brennen. Ein Verlangen stieg in ihr auf, das sie kaum noch beherrschen konnte – Gefühle, von denen sie geglaubt hatte, das sie sie nie mehr erleben würde. Seine Zärtlichkeit und seine Geduld rissen den Panzer nieder, den sie um ihr Herz errichtet hatte. Doch wenn sie ihn küsste, wäre sie verloren. Und irgendwann, vielleicht schon bald, würde sie ihn verlassen müssen ... Aber, verdammt noch mal, es war Jahre her, seit ein Mann sie geküsst, richtig geküsst hatte, und in seinen Armen fühlte sie sich so begehrenswert, dass sie mehr, viel mehr haben wollte ... um wenigstens für einen kurzen Moment das wiederzufinden, was sie verloren hatte.

»Sieh mich an, Victoria!«

Sie schaute ihn an, und er sah den schwachen Schimmer von Tränen – ein Anblick, der ihm das Herz zerriss. Sie war so verletzlich ...

»Warum tust du mir das an?«, flüsterte sie.

»Um dir zu beweisen, dass es echte Gefühle zwischen uns gibt.«

»Chris ...«

»Himmel, kannst du es denn nicht spüren? Als würde ein Vulkan ausbrechen.«

»Ich habe das Gefühl, als stünde ich am Rand eines Abgrundes«, sagte sie atemlos.

»Ich schwöre dir, Tori, dass ich dich nicht werde fallen lassen!«

Er stützte sich wieder gegen die Wand, eine Bewegung, die ihn ihr noch näher brachte. Sie spürte, wie ihre Brüste seinen Körper streiften, und stieß einen leichten Seufzer aus.

Ein Laut, den er mit seinen Lippen einfing. Es war wie ein Schock, als sie seinen Kuss spürte. Er stöhnte auf, küsste sie voller Leidenschaft, presste sie mit seinem Körper gegen die Wand. Es erregte sie nur noch mehr, als er seinen Oberschenkel zwischen ihre Schenkel schob, und sie drängte sich lustvoll gegen ihn. Wild und ohne alle Hemmungen erwiderte sie seinen Kuss, und Chris' Beherrschung wurde auf eine harte Probe gestellt. Victoria konnte einfach nicht genug bekommen. Feuer schien in ihren Adern zu brennen, und sie wünschte sich, er würde endlich ihre Brüste liebkosen. Ihre Nägel bohrten sich in die Wand.

»Berühr mich, Tori. Ich möchte, dass du mich berührst.«

Doch als sie es nicht tat, ließ er seine Hände unter ihr Hemd gleiten, umfasste ihren Po. Er streichelte ihre nackte Haut, seine Finger wanderten über ihren Rücken nach oben zu ihren Brüsten. Sie schrie leise auf, und nun konnte sie sich nicht länger zurückhalten und schlang mit einem verzweifelten Hunger die Arme um seinen Nacken. Sie bog den Oberkörper zurück, als er ihre Brustspitzen liebkoste, und er spürte, wie sie auf seine Berührung reagierten. Hastig knöpfte er das Hemd auf, schob es über ihre Schultern und löste sich dann von ihren Lippen, um ihren nackten Körper zu betrachten.

»O Gott, bist du schön!« Sie war nicht nur schön, sie war perfekt – ihre vollen Brüste waren hell, unberührt vom Sonnenlicht, ihr straffer Bauch dagegen war braun. Mit den Fingern zog er den weißen Streifen unterhalb ihrer Hüften nach, berührte ihren Schoß. Er fand diesen Kontrast zwischen hell und dunkel unglaublich erotisch. Und der Anblick ihrer nackten Schenkel, die seine umschlossen, nahm ihm fast den Atem. Am liebsten hätte er sie jetzt und auf der Stelle besessen, wäre ganz tief in sie eingedrungen. Seine Hände wanderten weiter, erkundeten ihren Körper, verwöhnten Zentimeter für Zentimeter ihre Haut. Als er in ihre Augen blickte, las er die bange Frage darin.

»Du bist hinreißend«, sagte er, und sie wusste, dass er es ehrlich meinte. »Und ich will wissen, ob du auch so gut schmeckst …«

Victoria schnappte nach Luft, als seine Lippen sich um eine ihrer Brustwarzen schlossen, und stöhnte dann leise auf. Sie vergrub die Finger in seinem Haar, fühlte, wie weich es war, aber viel schöner war es, seine Lippen und seine Zunge zu spüren, die sie reizten und lockten, bis sie glaubte, ohnmächtig zu werden. Noch nie hatte ein Mann ihr das Gefühl gegeben, so sexy und etwas ganz Besonderes zu sein. Ihr Körper verlangte nach ihm, sie wand sich vor Lust bei seinen Zärtlichkeiten – und sie wollte mehr.

Als er sich wieder aufrichtete, packte sie mit einer Hand seinen Kopf und zog ihn zu sich heran. Sie küsste ihn voller Verlangen, und Chris stand ihrer Leidenschaft in nichts nach. Es war fast wie eine Schlacht, wer als Erster den anderen bezwingen würde – und Chris war fest entschlossen zu gewinnen. Er drehte sein Bein ein wenig, sodass sie ihre Schenkel weiter spreizen musste, und sie schrie auf, als er mit seinem Finger in sie eindrang.

»Lass mich, Tori, wehr dich nicht dagegen!«

»Ich könnte mich doch gar nicht wehren, selbst wenn ich wollte …«

Er hielt sie fest, einen Arm um ihre schmale Taille gelegt, und stützte sie ab. Sie küsste ihn, fast verrückt vor Lust, klammerte sich an seine Taille, seine Hüften, dann legte sie die Hand auf sein Glied und begann es zu streicheln. Sie bog sich seiner Hand entgegen, sah ihn dabei an, ihre Augen verdunkelten sich, und er spürte, wie sie zum Höhepunkt kam. Einen Moment lang hielt sie ganz still, stieß langsam den Atem aus – dann schien ihr Körper in Lust fast zu verbrennen. Mit dem Daumen liebkoste er die Stelle, die ganz besonders empfindsam war, und drückte Victoria fest an sich, als die Welle der Erregung sie überflutete. Er spürte, wie heftig sie atmete, spürte den Schauer, der über ihren Körper lief, und am liebsten wäre er ganz mit ihr vereint gewesen. Aber es war noch zu früh – sie mochte seine Liebkosungen akzeptieren, aber er wusste nicht, wie sie reagieren würde, wenn er jetzt schon mit ihr schlief.

Er hatte gar nicht so weit gehen, er hatte sie einfach nur küssen wollen. Und sich entschuldigen. Aber diese unglaubliche Frau konnte man nicht »einfach nur küssen«.

Er spürte, wie sie wieder ruhiger wurde, und er legte seine Hand auf ihren Schoß, streichelte sie sanft, wollte sie daran erinnern, wie schnell sich das Feuer von neuem entfachen ließ. Wollte, dass sie seufzte und stöhnte und bettelte, dass er sie berührte. Als er den Kopf hob, küsste sie ihn, sinnlich und zufrieden, und Chris hätte bis ans Ende der Welt so mit ihr stehen bleiben und sie küssen können.

Langsam senkte er sein Bein, sodass sie mit den Füßen wieder den Boden berühren konnte. Sie ließ zunächst die Hände auf seinen Schultern liegen, dann wanderten ihre Finger tiefer. Ein leichtes Lächeln lag auf ihren Lippen, und die Macht, die sie über ihn besaß, schien ihr eine Freiheit zu schenken, die er nicht verstand. Sie warf den Kopf zurück und atmete tief durch.

»Das war unglaublich, Chris«, sagte sie leise. »Können wir dafür eingesperrt werden?«

Er lächelte sie an. »Der Marshal hat gewisse Sonderrechte.«

»Wolltest du mir vielleicht etwas beweisen?« Ihre Stimme zeigte einen Anflug von Schärfe.

»Nein, ich wollte dir nichts beweisen, Victoria«, erwiderte er und drängte sich gegen sie. »Wir haben einander etwas gezeigt – etwas sehr Schönes.«

»Darf ich dir noch etwas zeigen?« Ihre Hand glitt zwischen sie, und fest umfasste sie ihn.

Chris stöhnte auf. »Tori!«

»Ja?« Sie lächelte wie eine Katze, während ihre Finger ihn liebkosten.

»Hör auf!«, murmelte er, während er an ihrem Hals knabberte.

»Und wenn ich es nicht tue?«

Er wich ein Stück zurück. »Verdammt, dafür bin ich nicht hergekommen!«

»Weshalb dann?«

»Erst einmal, um dich lange genug allein zu erwischen, damit ich mich bei dir entschuldigen kann.«

Sie nickte. »Die Entschuldigung ist längst angenommen, nur für den Fall, dass dir das entgangen sein sollte.«

»Das ist es nicht. Dann wollte ich dich küssen …«

»O Gott, du bist hart wie ein Felsen!«, flüsterte sie plötzlich.

Chris stöhnte auf. Das reichte. Einem Mann gelang es nur bis zu einer gewissen Grenze, Kavalier zu sein. Er hob sie auf seine Arme und trug sie zum Bett. Sanft legte er sie nieder und setzte sich neben sie auf die Bettkante, obwohl er am liebsten etwas ganz anderes getan hätte. Liebevoll strich er ihr das Haar aus dem Gesicht und fragte sich dabei, wie lange er sich noch zurückhalten konnte, wenn er wusste, dass sie bei seiner Berührung wie ein Vulkan explodierte.

Sie sah ihn an, eine Hand auf seine Schulter gelegt. Er begehrte sie so sehr, dass es fast schmerzte. Doch als sie etwas sagen wollte, verschloss er ihr den Mund mit seinen Lippen.

»Schlaf jetzt, Tori. Es gibt immer ein Morgen.« Er lehnte sich über den Tisch und blies die Lampe aus. Und einen Augenblick später wusste Victoria, dass er gegangen war.

Sie vermisste ihn schon jetzt.

Victoria drehte sich auf die Seite, spürte immer noch die Befriedigung, die in ihrem Körper nachschwang. Morgen. Es würde nicht mehr viele Tage hier für sie geben. Nicht in diesem Jahrhundert. Aber wenn die, die ihr noch blieben, alle so waren wie dieser Abend? Sie machte die Augen zu, als könne sie sich so vor dem Verlangen verschließen, das sie nach Chris empfand.

Victoria war nicht dumm.

Sie wusste, dass man einem Mann wie Christopher Swift nur einmal in seinem Leben begegnete. Und wenn er ihre einzige Chance war, sich geliebt zu fühlen, dann durfte sie ihn nicht verletzen.

Egal, wie sehr sie sich danach sehnte, mit ihm zu schlafen.

# 13

Vorsichtig öffnete Chris die Eingangstür, seine Stiefel in der Hand, wollte sich ins Haus schleichen – und blieb abrupt stehen.

»Na, wenn das keine Überraschung ist! Warum kommst du denn so spät, mein Junge – und warum bist du so nass?«

»Sie sollten Ihre Nase nicht immer in die Angelegenheiten Seiner Lordschaft stecken, Miss Abigale!« Randel hob seine Öllampe ein kleines Stück höher.

Abigale – klein, rundlich und mit rosigen Wangen – schnaubte. »Pah, ich habe diesem Burschen die Windeln gewechselt, als er noch ein Baby war – da darf ich meine Nase ja wohl hinstecken, wohin ich will!« Randel seufzte leise, als sie Christopher anschaute. »Also, was war los?«

Hilfe suchend blickte Chris den Diener an. Ein bisschen männliche Unterstützung hätte er jetzt gut gebrauchen können, doch das Gesicht des Engländers war so ausdruckslos wie immer. Na gut, von dieser Seite war also kein Beistand zu erwarten. Abigale jedoch hielt sich nicht im Geringsten zurück. Sie unterzog ihn einer scharfen Musterung, weder entging ihr, dass er auf Strümpfen lief, noch das tropfnasse Haar.

»Warst wohl im Fluss?«

Na wunderbar, dachte er. Jetzt darf ich auch noch die Spanische Inquisition über mich ergehen lassen!

»Also wirklich, dabei haben wir doch das neue Badezimmer mit dem Ofen und der Wasserpumpe ...«

Randel räusperte sich und schoss ihr einen warnenden Blick

zu. Abigale sah ihn nachdenklich an, dann schien sie begriffen zu haben und schaute ihren jungen Herrn mit hochgezogenen Brauen an.

»Du bist wegen einer *Frau* in das eiskalte Wasser gesprungen?«

Chris' Meinung nach wirkte sie bei diesen Worten viel zu glücklich. Er war einfach schlecht gelaunt. Das Bad hatte sein Verlangen nach Victoria nicht besänftigen können, lediglich die körperlichen Auswirkungen gedämpft.

Chris ignorierte die unausgesprochene Frage, durchquerte die schwach erleuchtete Eingangshalle und stellte seine tropfenden Stiefel in den Schirmständer. Dann eilte er die Treppe nach oben in sein Schlafzimmer, aber er kam nicht weit. Nicht, dass er geglaubt hätte, es würde ihm gelingen.

»Christopher Waythorne Swift!«

Er seufzte und blickte über die Schulter zurück. »Ja, Abigale, wegen einer Frau.« Sie strahlte. »Aber komm jetzt bloß nicht auf falsche Ideen!«

»Aber Junge, wie kommst du denn darauf?«, fragte sie zuckersüß, während er die restlichen Stufen bewältigte. Doch Chris kannte diesen Ton nur zu gut. Er wusste, dass sie bereits Pläne machte – oder in dem Augenblick damit beginnen würde, wenn sie erfuhr, um welche Frau es sich handelte. Er seufzte, öffnete die Tür zu seinem Schlafzimmer und trat ein. Zumindest würde sie Victoria niemals erkennen, wenn sie sie sah.

Chris fürchtete, dass Abigale ein schlechtes Gewissen hatte, weil sie ihn in seiner Beziehung zu Camille ermuntert hatte. Er seufzte. Camille McCracken. Sie hatte behauptet, ihn zu lieben, hatte zugestimmt, ihn zu heiraten. Doch als er ihr anvertraute – eigentlich nur, um seine letzten Zweifel auszuräumen –, dass er ein Halbblut war, hatte sie auf der Stelle die Verlobung gelöst.

»Nur weil ich keine Vorurteile gegen Indianer habe«, hatte

sie in herablassendem Tonfall erklärt, »heißt das noch lange nicht, dass ich gleich einen heiraten muss!«

Mit ihren gedankenlosen Worten hatte sie ihn tief getroffen, seinen Glauben an Frauen wie sie zerstört – vornehme Ladys, wohlerzogen und gebildet, deren Mitleid und Verständnis nur vorgetäuscht waren. Er hätte sie früher durchschauen müssen, aber er hatte ihr Bild verklärt – schließlich gehörten zu ihrer Familie auch Sioux, verdammt noch mal! Er schmiss seine nassen Sachen über einen Stuhl. Die Erinnerung an Camille hatte sein Verlangen nach Victoria gedämpft – vorübergehend. Denn die Gedanken an sie wollten ihn nicht loslassen. Er meinte ihren Duft zu riechen, ihren Geschmack zu spüren, ihre Erregung zu fühlen. Chris merkte, wie sein Atem und sein Herzschlag sich wieder beschleunigten.

Er wollte diese Frau haben. Und nicht nur in seinem Bett.

Sie war einzigartig, sie faszinierte ihn, war ganz anders als Camille. Victoria Mason war intelligent, voller Herausforderungen und Leidenschaft, in der Liebe so ungezähmt und wild wie bei ihrem Job. Dass sie ihr Verlangen so beherrschen konnte, ließ sie ihm umso verführerischer erscheinen, denn die Leidenschaft, die er an diesem Abend erlebt hatte, war nur ein Bruchteil dessen, was ihr kühles Benehmen verbarg.

Er konnte es kaum noch erwarten, sie wieder in den Armen zu halten, denn ganz sicher war mit dieser Episode ihre Beziehung nicht beendet! Im Gegenteil.

Doch als er sich in sein weiches, aber leeres Bett zurücksinken ließ und wünschte, Victoria wäre bei ihm, da wusste er, dass er würde bezahlen müssen. Dafür, dass sie sich ihrer Leidenschaft bewusst geworden war. Für das, was sie ihm bedeutete. Denn Victoria würde nicht bleiben, das hatte er in ihren Augen gelesen. Und er war verdammt, wenn er wusste, wie es ihm gelingen sollte, ihre Meinung zu ändern.

*Juni 1872*

*Manchmal versteckt es sich ganz tief in mir, scheint zu schlafen, und ich kann vergessen, dass es existiert. Doch wenn ich nachts nicht schlafen kann, dann spüre ich, wie es mich überwältigt, mich ertränkt. Es ist wie Hunger oder wie plötzlicher, unerträglicher Durst, und es tut weh. Es ist ein grässlicher Schmerz tief in mir, der mich auffrisst, an meinem Verstand nagt wie Würmer an einem Leichnam, um sich zu ernähren. Ich glaube nicht, dass ich jemals frei davon sein werde. Nicht in diesem Leben – aber vielleicht in dieser neuen Zeit.*

*Ich bin frei. Niemand kommt an mich heran. Niemandem ist dies je gelungen. Nicht einmal ihr.*

*Ich weiß, was ich bin, der Albtraum einer Mutter.*

*Und ich genieße diesen neuen Anfang.*

Chris klopfte an die Tür. Als niemand antwortete, drückte er die Klinke herunter. Unvermittelt packte ihn Furcht, als die Tür aufschwang. Der Raum war leer. Er brauchte gar nicht erst einzutreten, um zu wissen, dass sie fort war.

Etwas in ihm schien zu zerbrechen, sein Magen krampfte sich zusammen. Er wusste nicht, was er davon halten sollte, und er wusste auch nicht, wo er nach ihr suchen sollte. Sie konnte jede beliebige Gestalt angenommen haben. Abrupt dreht er sich um und ging zum Empfang. Der Angestellte blickte auf, straffte die Schultern und trat an die Theke.

»Wo ist Clara Murphy?«

»Miss Fotheringham hat sie heute Morgen entlassen.«

»Warum?«

Der Mann zuckte mit den Achseln und wandte den Blick ab. Chris lehnte sich über die Theke. »Warum?«, fragte er mit tödlicher Ruhe.

»Die Missus sagte, sie hätte gehört...« Er räusperte sich

und senkte dann die Stimme. »Sie hätte Geräusche und die Stimme eines Mannes in ihrem Zimmer gehört.«

Chris unterdrückte ein Stöhnen.

»Sie meinte auch, sie hätte den guten Namen des Hotels beschmutzt.« Der Mann grinste. »Und Miss Clara meinte darauf, wenn er schmutzig wäre, dann nur deshalb, weil sie noch keine Gelegenheit gehabt hätte, ihn zu putzen.«

Typisch für sie, so eine Bemerkung zu machen.

»Wohin ist sie gegangen?«

»Keine Ahnung. Weiß ich wirklich nicht«, fügte er schnell hinzu, als der Marshal ihn so ansah, als wollte er ihm gleich den Hals umdrehen. »Sie ist bei Sonnenaufgang verschwunden.«

Chris verließ das Hotel, und während er den Gehsteig entlangging, schaute er die Passanten an, als wollte er einem jeden die Maske vom Gesicht reißen. Die Leute begannen ihm auszuweichen, und er verlangsamte seinen Schritt, zwang sich, eine freundlichere Miene aufzusetzen. Das fehlte ihm gerade noch, dass die Bürger der Stadt Angst vor ihm hatten.

Er nahm den Hut ab, schlug ihn gegen seinen Schenkel, und setzte ihn wieder auf. Wo bist du? Warum bist du nicht zu mir gekommen? Doch diese Frage konnte er sich leicht selbst beantworten.

Sie brauchte ihn nicht. Sie brauchte niemanden.

Das, was sie vergangene Nacht miteinander erlebt hatten, bedeutete noch lange nicht, dass sie ihm gehörte. Es bedeutet nur, dass sie wie eine Frau empfand, wie eine aussah – und wie eine schmeckte.

Victoria war von niemandem abhängig – am allerwenigsten von ihm.

Dieser Gedanke nagte an ihm, denn er wollte sie sehen, wollte sich vergewissern, dass diese Nacht nicht bloß ein Traum gewesen war. War sie wütend auf ihn? Nahm sie ihm übel, dass er sich solche Freiheiten genommen hatte?

Er musste es wissen.

Er ging in Richtung Duckett's, hoffte, dass sie vielleicht ihr Frühstück dort einnahm, wie sonst auch. Doch er ahnte jetzt schon, dass er sich den Weg im Grunde sparen konnte, denn wenn sie es nicht wollte, würde er sie niemals wiedersehen. Doch er schwor sich selbst, dass er sie finden würde – und wenn er jeden Bürger dieser Stadt zwingen musste, sich bis auf die Unterwäsche auszuziehen!

Wie die meisten Menschen, so liebte auch Noble knifflige Rätsel – aber diese junge Frau war eines, das er nicht lösen konnte. Als er am Morgen seinen Dienst angetreten hatte, war sie noch Clara gewesen, jetzt sah er dort draußen einen jungen Mann, der gerade die Straße überquerte. Jake. Die Verwandlung war ihr perfekt gelungen. Noble kniff leicht die Augen zusammen. Er hätte zu gern gewusst, wie sie in Wirklichkeit unter all dem Kram aussah. Verdammt, er hoffte nur, dass sie kein Mann mit Brüsten war, groß, wie sie war.

Unsinn.

Der Marshal wäre nicht dermaßen hinter ihr her, wenn sie nicht eine richtige, eine heißblütige Frau wäre. Jetzt blieb sie auf dem Gehsteig stehen und plauderte freundschaftlich mit Velvet Knight. Noble beobachtete genau, wie sie sich verhielt, ihm entgingen auch nicht die kleinen Details, zum Beispiel die Art, wie sie die Hände in die Hosentaschen schob, und er musste ihr zugestehen, dass sie sehr überzeugend wirkte. Dann rannte sie mit langen Schritten hinüber zum Mietstall. Und wieder wünschte er, er könnte das Gesicht sehen, das der liebe Gott ihr gegeben hatte. Schließlich wandte er sich vom Fenster ab und ließ sich mit einem Seufzer auf seinen Stuhl sinken. Er saß gerade, als es klopfte.

»Herein«, sagte er unwillig. »Ich bin schließlich kein Türsteher!« Die Tür wurde aufgestoßen.

»Und was sind Sie sonst?«

»Miss Abigale!« Er sprang auf und wurde rot vor Verlegenheit. »Das ist aber eine Überraschung!«

»Ha!«, meinte sie nur, aber es klang nicht unfreundlich. »Ich hatte eigentlich geglaubt, wir wären so gute Freunde, dass Sie mir verraten würden, wenn sein gebrochenes Herz wieder verheilt wäre.« Er nahm ihr den Korb ab. Sein dichter Schnurrbart verdeckte fast sein breites Lächeln.

»Wer?«, neckte er sie und stellte den Korb auf den Tisch. Er schlug die Leinenserviette zurück und wollte etwas aus dem Korb naschen, aber Abigale schlug ihm auf die Finger.

»Das ist für das junge Paar.«

»Ich fürchte, es gibt kein ›Paar‹, Miss Abigale.«

Sein Blick glitt mit unverhüllter Bewunderung über ihren Busen und ihre wohlgerundeten Hüften. »Die beiden fauchen sich die ganze Zeit wie zwei Wildkatzen an.« Das war nicht mal eine Lüge, denn Noble kannte Chris gut genug um zu wissen, dass er und Victoria entweder total verrückt aufeinander waren oder sich gegenseitig umbringen würden.

Sie sah ihn betrübt an. »Was hat er ihr denn getan?«

»Wie kommen Sie denn auf die Idee?«

»Keine Frau wäre so dumm, freiwillig auf eine so gute Partie wie meinen Christopher zu verzichten.«

Sie wirkte so überzeugt, dass er lachen musste. »Das sagen *Sie.*«

»Ja, das sage ich.« Sie schlug ihm erneut auf die Finger, denn seine Hand war dem Korb schon wieder zu nahe gekommen.

»Schlagen Sie mich auch, wenn ich nach Ihnen packe?«, fragte er, und sie wurde rot.

»Das hängt davon ab, *was* Sie anpacken, Mr Beecham.«

Draußen erklangen Rufe und Hufgeklapper, aber die beiden interessierte das nicht. »Dann werden Sie mich wahrscheinlich zu Kleinholz verarbeiten.« Sie schnappte nach Luft, als sie den Sinn seiner Worte begriff, und ihre Wangen wurden noch röter. Dann legte Noble eine Hand unter ihr Kinn, doch kaum hatte er sie in seine Arme gezogen und ihr einen süßen Kuss geraubt, als die Tür aufgestoßen wurde. Das Paar fuhr auseinander, und Noble war fest entschlossen, den Eindringling zu teeren und federn – bis er den Marshal erkannte. Chris schnappte sich einen Beutel und seine Satteltaschen und begann, Vorräte hineinzustopfen.

Abigale runzelte besorgt die Stirn. Sie sah Noble an, dann stieß sie ihm den Ellbogen in die Rippen. Noble ging ohne Hast zur Tür, lehnte sich gegen den Rahmen, holte sein Messer heraus und begann, sich die Nägel zu säubern. »Würdest du mir vielleicht verraten, wo du hin willst?«

Chris verkniff sich eine scharfe Bemerkung und packte weiter ein: Trockenfleisch, zwei Konserven und noch ein paar andere nützliche Dinge. Verdammt, es ärgerte ihn, dass sie ihn in diese verflixte Situation gebracht hatte, aber es hatte keinen Zweck, Noble etwas vorzumachen.

»Jake hat ein Pferd gestohlen.«

»Das gibt's doch nicht. Bist du ganz sicher?«

Chris sah ihn nur über die Schulter hinweg an und füllte seine Vorräte weiter auf. Schließlich tauschte er sein Holster, das nur für eine Waffe gearbeitet war, gegen eines für zwei aus.

»Verdammt. Ich hätte niemals gedacht, dass sie so etwas tun würde. Aber dann muss er auch einen verdammt guten Grund dafür gehabt haben.« Er war heilfroh, dass Chris zu wütend war, um seinen Versprecher zu bemerken.

»Er hat Clancey eine Münze zugeworfen und ritt dann los, als wäre der Teufel hinter ihm her.« Und sie hatte den Rucksack und alles, was ihr sonst noch gehörte, dabei. Chris wurde von einer fürchterlichen Angst gequält. Von der Angst, dass sie nicht mehr zurückkehren würde. War er es, vor dem sie davonrannte? Oder folgte sie nur ihrer Beute?

»Ja, nun, dann hat sie das Pferd aber nur ausgeliehen!«

»Ziemlich unwahrscheinlich. Es war Caesar.«

Noble fluchte ziemlich unfein. Abigale schnappte hörbar nach Luft. Und Chris bemerkte sie erst jetzt.

»Ich habe für dich und deine junge Dame etwas zum Lunch mitgebracht«, sagte sie ein wenig verwirrt, denn sie konnte sich seinen Zorn nicht erklären.

Mit ein paar Schritten war er bei ihr. »Abigale, ich habe dir doch ge – «

»Ich weiß, ich weiß, aber schieb es darauf, dass ich mir trotzdem Hoffnungen gemacht habe. Und es wäre doch schade, wenn mein gutes Essen verschwendet würde.« Sie packte ein paar gebratene Hähnchenteile und Brot in ein Tuch und steckte alles in einen Musselinbeutel, den sie ihm reichte. »Wenigstens wirst du jetzt keinen Hunger leiden.«

Er bemerkte die Furcht, die in ihrer Stimme mitschwang, und drückte sie kurz an sich. »Ich komme bald zurück«, versprach er.

»Das will ich auch hoffen, Christopher, und am besten heil und unversehrt«, rief sie ihm hinterher, doch er eilte schon nach draußen. »Schließlich möchte ich sie kennen lernen«, fügte sie leise hinzu und betrachtete traurig den Korb mit all den herrlichen Leckereien.

»Das mit Miss Camille war nicht dein Fehler, Darling«, sagte Noble sanft. »Ein Mann trifft seine Entscheidungen selbst – und muss dann damit leben.«

Abigale lächelte ihn an. »Das ist wohl so«, meinte sie, dann inspizierte sie den Inhalt des Korbes. »Hungrig?«, fragte sie.

»Und wie. Allerdings auf . . .« Er kam näher, entschlossen, da weiterzumachen, wo sie aufgehört hatten. »Willst du mir denn wirklich nur kaltes Hähnchen anbieten?«

Abigale räusperte sich, dann steckte sie ihm schnell einen Hähnchenschenkel zwischen die Zähne. Küss den, wenn du willst, dachte sie und kicherte wie ein junges Mädchen.

# 14

Hufe donnerten über den Boden, warfen Erde und Steinchen hoch. Und Chris trieb das Pferd noch mehr an, gab ihm die Sporen. Wenn er sie erwischte, würde er ihr den hübschen Hals umdrehen, aber sie war ihm weit voraus – dank Caesar. Warum musste der Gaul ausgerechnet sie in den Sattel lassen, obwohl er normalerweise jeden zerriss, der dies versuchte? Chris war wütend – nicht so sehr, weil sie sein Pferd genommen, sondern weil sie es nicht für nötig gehalten hatte, sich von ihm zu verabschieden.

Er hatte Angst, dass sie seinetwegen fortgeritten war.

Als er eine Hügelkuppe erreichte, zügelte er das Pferd und suchte das Gelände mit seinen Blicken ab. Die tief stehende Sonne blendete ihn, sodass er die Augen zusammenkneifen musste. Es ging auf den Abend zu, und er war schon seit Stunden hinter ihr her. Was kein Problem war, denn sie hatte sich nicht die Mühe gemacht, ihre Fährte zu verwischen. Er spornte das Tier wieder an und hielt auf den nächsten Hügel zu, in Richtung Eisenbahn, die ein paar Meilen entfernt durch das dahinter liegende Tal führte. Das Tier atmete schwer, als es versuchte, den Hang zu bewältigen. Wenn er dem Pferd nicht bald ein wenig Ruhe gönnte, würde er es noch umbringen, und als sie endlich die Kuppe erreicht hatten, saß er ab und führte das Tier am Zügel.

Er öffnete seine Feldflasche und trank einen Schluck, dann gab er auch dem Pferd Wasser. Während er die Flasche wieder zuschraubte, entdeckte er plötzlich Caesar, der im Schatten eines verkrüppelten Baumes friedlich graste.

Chris wirbelte herum und hielt Ausschau nach Victoria.

Doch er befand sich ganz allein hier oben.

Er eilte zu seinem Hengst hinüber. Caesars Vorderbeine waren nicht zusammengebunden, die Zügel hingen herab. Hatte sie den Hengst hier zurückgelassen, in der Hoffnung, dass er allein nach Hause zurückfinden würde? Bedeutete das, dass sie den Zug nehmen wollte? Wie aufs Stichwort hörte er in diesem Augenblick das Pfeifen der Lokomotive, das von den Talwänden widerhallte. Chris eilte zum Rand des Abhangs. Dampf quoll aus dem Schornstein, ein paar Reisende standen noch auf dem Bahnsteig. Und plötzlich sah er auch Victoria. Oder besser, ihre Stiefel. Sie lag auf dem Boden, die Ellbogen aufgestützt, und schaute durch ein Fernglas hinab ins Tal. Zumindest sah es aus wie ein Fernglas, war aber kleiner. Sie hatte Jakes Maske abgelegt, und sie trug auch keine andere Verkleidung. Bedeutete das, dass sie ihre Beute gestellt hatte? Wollte sie ihn mit einer Kugel erledigen, oder gedachte sie, ihn lebend der Gerechtigkeit zuzuführen? Unvermittelt erhob sie sich und drehte sich um, doch dann hielt sie mitten in der Bewegung inne. Sie hatte Chris erblickt.

Victoria konnte ihm ansehen, dass er gekränkt war, doch sie versuchte diesen Ausdruck in seinen Augen zu ignorieren. Sie ging um Chris herum zu Caesar, steckte ihr Fernglas in ihren Rucksack und wollte aufsitzen, doch Chris schlang einen Arm um ihre Taille und zog sie zurück.

Victoria versuchte sich zu befreien. »Lass mich los, Chris«, sagte sie. »Und misch dich nicht in meine Angelegenheiten ein.«

Doch er verstärkte seinen Griff, sodass sie kaum noch Luft bekam, und erklärte ihr, dass alles, was sie beträfe, auch seine Angelegenheit wäre. Sie trat ihm auf den Fuß. Er stöhnte auf, hielt sie aber nur umso fester. Victoria ließ ihren Körper schlaff werden, rutschte tiefer und rammte ihm ihren Ellbogen in den Magen. Chris klappte zusammen, und sie trat ihm in die Kniekehle. Er prallte hart auf den Boden, aber Victoria fiel mit ihm. Sie lag auf ihm und hielt seinen Körper mit ihrem gefangen. Aber noch immer ließ er sie nicht los. Victoria drückte ihm ihren Daumen zwischen die Rippen, dass ihm die Luft wegblieb. Schmerz schoss seinen Arm hinauf und lähmte ihn, als sie ihm das Handgelenk umdrehte.

»Verdammt, Victoria!« Er versuchte eine andere Lage zu finden, um den Druck zu mildern.

»Gib auf, Chris!« Sie rollte sich von ihm und wollte aufstehen. »Ich muss zum Zug hinunter!«

Der Zug würde jeden Moment losfahren und – und Ivy League von hier wegbringen. Er war wieder auf Beutezug. Das hatte sie deutlich an dem selbstzufriedenen Ausdruck in seinen Augen erkannt. Er hatte sein ahnungsloses Opfer längst ausgewählt und umgarnt.

Chris packte sie am Knöchel und zog sie zurück.

In Panik trat sie nach ihm. »Lass mich!«

Er machte einen Satz und warf sich über sie. »Erst, wenn du mir sagst, was du hier draußen machst!«

»Ich bin Kopfgeldjäger!«, erinnerte sie ihn. »Und ich bin meiner Beute auf der Spur!«

Sie krallte die Hände in den Boden, versuchte Halt zu finden, damit sie ihn abschütteln konnte. Aber er war schwer und drückte sie gegen die weiche Erde.

Sie kämpfte wie eine Wildkatze, die in die Enge getrieben worden ist, kratzte, setzte die Ellbogen ein. Chris packte sie an den Handgelenken und rammte ihre Hände gegen den Boden, seine Knie hielten ihre Beine. Die Zeit verging. Victoria atmete heftig.

»Wirst du mir weiter die Luft aus den Lungen prügeln, wenn ich dich loslasse?« Auch sein Atem ging schwer. Himmel, war sie stark!

»Nein.«

»Schwörst du?«

»Hühnerscheiße!«

Er grinste, senkte den Kopf und flüsterte ihr dann ins Ohr: »Komm schon, Tori!«

»Du sollst mich nicht so nennen!«, zischte sie und nahm den Kampf wieder auf.

Chris runzelte die Stirn. Auch wenn sie noch so wütend war – in ihrer Stimme hatte Schmerz mitgeklungen, dessen war er ganz sicher.

»Warum nicht? Es passt zu dir.«

»Komm mir jetzt bloß nicht auf die Tour!«

Er beugte sich ein Stück zurück, damit er sie besser betrachten konnte, doch mit seinen Knien hielt er sie immer noch unerbittlich fest. Sie hatte die Stirn gegen den Boden gedrückt, das lange Haar verbarg ihr Gesicht.

»Sieh mich an!«

Sie wandte den Kopf, schüttelte ihr Haar zurück und schaute ihn böse an.

»Warum bist du fortgeritten?«

»Nicht deinetwegen.«

Lügnerin, dachte er. Ich kann es doch in deinen Augen lesen. »Wen jagst du?«

»Einen Mörder.«

»Als Marshal habe ich das Recht zu wissen, wer er ist.«

Er hatte Recht, auch wenn er aus einer anderen Zeit stammte. »Algenon Becket.«

Chris zog die Brauen hoch, seine Miene drückte Ungläubigkeit aus. »Du irrst dich.«

Victoria presste die Lippen zu einem schmalen Strich zusammen. Natürlich glaubte er ihr nicht. Der Zug pfiff erneut. Victoria riskierte, eventuell verletzt zu werden. Unvermittelt zog sie sich auf die Knie hoch, krümmte den Rücken. Als sie den Arm nach hinten schlug, um sich aus seinem Griff zu befreien, traf sie Chris unabsichtlich am Kinn. Sie nutzte den Moment seiner Benommenheit aus, um sich aufzurappeln, ihren Hut zu greifen, der herabgefallen war, dann zog sie ihre Waffe und rannte los. Sie konnte ihn hinter sich hören und verdoppelte ihre Anstrengungen, rutschte den steilen Hang in einer kleinen Stein- und Erdlawine hinunter. Der Zug setzte sich langsam in Bewegung, ein plötzlicher Adrenalinstoß trieb sie voran – und erneut wurde sie an der Taille gepackt und zu Boden gerissen. Die Waffe flog ihr aus der Hand, sie rang nach Luft, und wie eine Wilde kämpfte sie darum freizukommen, hieb mit den Fäusten auf ihn ein. »Schlag, soviel du willst«, sagte Chris und ertrug die schmerzhaften Treffer. Er versuchte, sie festzuhalten, ohne ihr allzu wehzutun. »Ich will nicht gegen dich kämpfen.«

»Mistkerl!« Sie wand sich unter seinem Griff. »Du weißt überhaupt nicht, was du damit anrichtest! Bitte, ich muss diesen Zug erreichen! Er wird sie umbringen!« Sie schluchzte fast, hasste das alles, hasste ihn.

»Tori, Tori«, sagte er beruhigend. Doch obwohl sie kaum noch Kraft hatte, kämpfte sie weiter gegen ihn an, auch noch, als der Zug um eine Kurve bog und ihrer Sicht entschwand. »Glaub mir, du irrst dich, Becket ist kein Verbrecher.«

Sie warf sich herum und starrte ihn an. Ihre Stimme hatte einen hässlichen Unterton, den auch die Tränen in ihren Augen nicht mildern konnten. *»Du hast nicht die geringste Ahnung, wovon du redest!«*

Er presste den Kiefer zusammen und ließ sie abrupt los. Victoria wich vor ihm zurück, als ob er eine ansteckende Krankheit hätte, dann stand sie auf und suchte ihren Revolver. Sie setzte ihren Hut wieder auf und marschierte den Hang hinauf. Chris folgte ihr, beobachtete, wie sie die Waffe in eine Ledertasche steckte, die an ihrem Gürtel befestigt war, und die Erde von ihrer Jeans klopfte. Er registrierte, wie attraktiv sie in der engen Hose wirkte, ohne all die zusätzlichen Auspolsterungen, aber er bemerkte auch, dass sie die Schultern hängen ließ.

»Er besorgt neue Alkoholvorräte, wie er es seit vier Monaten alle paar Wochen tut.«

Victoria ließ sich da, wo sie war, auf den Boden sinken, weil ihr plötzlich die Kraft fehlte, weiterzulaufen. Vier Monate. Aus den vier Stunden Vorsprung in ihrer Welt waren hier vier Monate geworden! Himmel, er konnte wer weiß wie viele Frauen in diesem Zeitraum umgebracht haben! Wie sollte sie ihn jetzt finden? Wie sollte es ihr gelingen, ihn zu erwischen, mit ihren beschränkten Mitteln hier und einem Marshal, der jeden ihrer Schritte durchkreuzte? Was würde ich jetzt für einen Hubschrauber geben! Sie warf ihren Hut auf den Boden und fuhr sich mit den Fingern durch die Haare. Es fiel ihr wie ein Wasserfall über die Schultern, und sie tastete in der wirren Mähne nach dem zerrissenen Gummiband.

»Er kommt morgen Früh wieder zurück, glaub mir das.«

Sie sah ihn an. Chris stand ein Stück vor ihr. »Wie viele Leben willst du mit deiner Überzeugung aufs Spiel setzen, Marshal?«

Ein kalter Schauer lief ihm über den Rücken. Ihre Stimme klang wie erloschen, war völlig emotionslos. Wer hatte ihr das angetan? Was war der Grund dafür, dass sie sich völlig in sich selbst zurückzog und sich gegen die Außenwelt verschloss? Sie zog etwas aus ihrem Haar, schmiss es weg und setzte sich den Hut mit einer heftigen Bewegung wieder auf. Als er einen Schritt auf sie zu machte, zog sie blitzschnell ihren Revolver und richtete ihn auf ihn.

»Komm, Tori, das hatten wir doch schon mal.«

»Nenn mich nicht immer so!«

Er hockte sich vor ihr hin. »Warum?«

Sie seufzte, steckte die Waffe wieder weg, bevor Chris deren Besonderheit auffallen konnte. »Es gibt mir das Gefühl, als würde ich dir etwas bedeuten.«

Überrascht zog er die Brauen hoch. »Aber das ist ja auch so.«

Sie schaute weg, den Blick auf die untergehende Sonne gerichtet. »Ich weiß.«

Er zupfte einen Grashalm ab. Caesar wieherte leise. »Glaubst du mir nicht?«

»Gestern Nacht habe ich dir geglaubt.« Sie sah ihn wieder an. »Aber bei Tageslicht sehen viele Dinge anders aus.«

Er wusste, dass ihm ihre Antwort nicht gefallen würde, dennoch fragte er: »Und welche zum Beispiel?«

Am liebsten hätte sie gesagt: Es ist wunderbar, in deinen Armen zu liegen, es ist so schön, wenn du mich Tori nennst, aber es ist uns beiden gegenüber nicht fair. Stattdessen meinte sie: »Obwohl es viel Spaß gemacht hat, kommt eine Beziehung zwischen uns nicht in Frage.« Sie hatte schließlich die ganze Nacht Zeit gehabt, das Für und Wider gegeneinander abzuwägen. »Es ist die Mühe nicht wert.« Damit stand sie auf und begann Holz zu sammeln.

»Ich bin ein erwachsener Mann, Victoria, und in der Lage, mein eigenes Urteil zu treffen.« Aus seiner Stimme war die Irritation, die er empfand, deutlich herauszuhören. Chris stand auf und folgte ihr.

»Es ist die Mühe nicht wert, weil ich nicht lange genug hier bleibe.«

Es schmerzte, sie dies auszusprechen hören. Er blieb stehen. »Ist es meine Schuld? Wegen letzter Nacht? Habe ich dich fortgetrieben?«

Victoria seufzte und schichtete das Holz zu einem Stapel. »Nein.« Ihre Stimme war kaum hörbar. »Ich mag dich, Chris ...« Ihr Blick glitt mit unverhülltem Bedauern über seine breiten Schultern, seinen muskulösen Körper. »Sehr sogar. Aber ich muss ihn zurückbringen.«

Er konnte sich nicht vorstellen, dass der Besitzer des Saloons sich irgendeines Verbrechens schuldig gemacht hätte, aber das behielt er lieber für sich. Sie hätte ohnehin nicht auf ihn gehört. »Du kannst doch anschließend zurückkommen.«

»Nein.« Sie schluckte, starrte auf das Feuerholz. »Niemals.«

Sie schloss ihn mit diesen Worten aus, und Wut schoss plötzlich durch seinen ganzen Körper.

»Dir ist wohl einzig und allein die Jagd wichtig und das Kopfgeld, das du bekommst.«

Sie sah ihn ausdruckslos an, weigerte sich, diesen Köder zu schlucken. Es war inzwischen zu dunkel geworden, um zurückzukehren, und sie hatte keine Lust, die ganze Nacht mit ihm zu streiten. »Das Kopfgeld wird nicht mir ausgezahlt, Marshal, sondern dem Gericht.«

»Seit wann das denn?«

»Dort, wo ich herkomme, ist das jedenfalls so geregelt.« Sie öffnete ihre Satteltasche und stellte sich so, dass sie ihm die Sicht versperrte, als sie den Reißverschluss ihres Rucksacks aufzog. Statt ihres Feuerzeugs nahm sie Streichhölzer heraus. »Ich arbeite für Fat Jack Palau, einen Mann, der für andere bei Gericht die Kaution stellt. Und wenn sie sich davonmachen, fange ich sie für ihn wieder ein.«

»Und Becket soll geflohen sein? Wann denn?«

Sie konzentrierte sich darauf, das Holz anzuzünden. »Einen Tag, bevor du mich unberechtigterweise festgesetzt hast.«

»Unmöglich!«, sagte er sofort. »Ich habe ihn selbst am Vorabend noch gesehen und auch all die Tage zuvor.«

Verdammt. Victoria war wütend auf sich selbst. Sie fächelte die Flammen an und legte Holz nach. Hatte es sie dermaßen verwirrt, dass sie gerade erst begriffen hatte, wie groß der Unterschied in den beiden Zeitabläufen war, dass sie jetzt diesen dummen Patzer machte? Warum hatte sie nicht behauptet, dass sie schon eine Weile hinter ihm her war? Sie konnte Chris ja schlecht die Wahrheit sagen! »In meinen Unterlagen steht aber etwas anderes«, murmelte sie und hoffte, dass er nicht nachhaken würde.

»Wir können ja warten, bis er morgen zurückkommt, und ihn dann zur Rede stellen.«

»Nein!«, fuhr sie ihn an, riss sich aber gleich darauf zusammen. »Nein, ich kann nicht mit ihm sprechen, nicht so, wie ich jetzt bin.« Sie zeigte auf ihr Gesicht. »Das ist unmöglich – kapiert?« Ihr Blick bohrte sich in seinen, und es war wie ein Kräftemessen, bei dem keiner nachgeben wollte. »Und nur zu deiner Information, *Marshal*, sämtliche Verbrecher, die ich bisher zurückgebracht habe, waren noch sehr lebendig!«

Sie sprach seinen Titel aus, als sei er ein Schimpfwort, und sein Zorn flammte von neuem auf. Auch, weil sie immer noch Geheimnisse vor ihm hatte. »Himmel, was treibt dich eigentlich dazu, so etwas zu machen?«

»Ist ein Mörder, der frei herumläuft, nicht Grund genug?

Er rückte näher an sie heran, und er spürte, wie sich alles in ihr anspannte. Chris versuchte zu verbergen, wie sehr ihn das verletzte. »Doch, natürlich. Aber abgesehen davon, dass du dem falschen Mann hinterherjagst, habe ich noch nie einen Kopfgeldjäger getroffen, der zu so extremen Mitteln greift.«

Er gab wohl nie auf! Ungeduldig warf sie ihren Hut beiseite. »Ich habe es dir doch schon einmal gesagt. Ich greife zu diesen Verkleidungen, um nicht aufzufallen. Um zu überleben.« Ihre Stimme klang plötzlich verbittert. »Nur deshalb habe ich die vergangenen fünf Jahre überleben können.« Doch der Preis dafür war Einsamkeit. Verdammt, ich bin schon zu lange in diesem Geschäft, dachte sie trübsinnig. Sie hatte bei der Militärpolizei begonnen, einige Jahre als Marshal gearbeitet, danach war sie Kopfgeldjäger geworden. Und das alles hatte sie schließlich in diese Zeit geführt. Victoria blickte Chris an. Auch zu ihm? Oder zu dem Mann, der vorhin in den Zug gestiegen war?

»Du hörst dich an, als hättest du deinen Job gründlich satt.« Seine Blicke folgten ihr, als sie aufstand.

Sie starrte in die Dunkelheit. »Habe ich auch.« Ihr Gesicht wurde dabei von ihrem Haar verborgen.

»Und warum machst du dann weiter?«

Sie seufzte auf. Ihre Stimme klang leise, ein wenig zittrig. »Weil Mörder nicht schlafen, Chris.«

So wenig wie du, dachte er unwillkürlich, dann stand er auf und folgte ihr zu den Pferden. Sie wirkte erschöpft, auch körperlich, und Chris überlegte, ob der Grund dafür ihr Kampf war oder die Ereignisse der vergangenen Nacht. Irgendetwas passiert mit ihr, dachte er, und plötzlich schämte er sich, dass er sie verführt hatte. Aber sie war so unglaublich attraktiv, auch wenn sie selbst das nicht glaubte. Er hätte demjenigen, der ihr das Gefühl gegeben hatte, nicht anziehend zu sein, den Hals umdrehen können, er wollte Victoria trösten und sie vor den Geistern der Vergangenheit beschützen, die sie jagten – das las er in ihren Augen. Aber sie wollte es nicht zulassen, stieß ihn zurück, wann immer er ihr zu nahe kam.

Schweigend erledigten sie ihre Pflichten, vermieden es dabei, einander auch nur zufällig zu berühren. Als Chris seinem Pferd die Satteltaschen und den Musselinbeutel abnahm, stand Victoria schon hinter ihm, bereit, die Tiere von ihren Sätteln zu befreien. Sie legte die beiden Sättel neben das Feuer – absichtlich nicht nebeneinander, wie ihm nicht entging. Wie ihm überhaupt wenig entging.

Zum Beispiel auch, dass sie niemals ihren Rucksack öffnete, wenn er nahe genug stand, um hineinschauen zu können. Genauso wenig, wie sie ihm erlaubte, ihre merkwürdige kleine Waffe näher zu betrachten. Oder ihr Fernglas. Er sah verstohlen zu ihr hin, während er mehr Holz sammelte, damit sie in der Nacht nicht frieren mussten. Sie rieb den Hengst ab. Ihre ganze Haltung verriet immer noch Wachsamkeit, als wartete sie auf den nächsten Kampf. Unwillkürlich rieb er sich sein Kinn, es schmerzte genau wie sein gesamter Körper noch immer von ihren Schlägen. Chris hatte nicht vor, ihr erneut Gelegenheit zu geben, ihre Klauen in seine Haut zu graben. Er zog ein Tuch aus seiner Satteltasche und begann, das andere Pferd abzureiben.

Victoria summte vor sich hin, liebkosend strich sie über Caesars schwarzes Fell. Wenn sie ihn doch auch so zärtlich berühren würde! »Warum hast du eigentlich deine Verkleidung abgelegt?«

»Weil mir heiß wie die Hölle war.« Sie schwieg einen Moment. »Außerdem ist Jake Farrell heute gestorben.«

Verdutzt sah er sie an. Victoria lächelte ein wenig schief.

»Ich habe sein Gesicht zerrissen.«

Chris lachte leise und schüttelte den Kopf. Er spürte, wie die Spannung zwischen ihnen ein wenig nachließ. Sie kraulte Caesar hinter den Ohren, und der Hengst schnaubte leise.

»Verräter!«, murmelte Chris, und das Tier ließ den Kopf hängen.

»Es tut ihm Leid.« Victoria hatte noch nie ein Pferd schmollen sehen, aber sie hätte schwören können, dass Caesar genau dies im Moment tat. »Mir übrigens auch, Chris.« Ihre Blicke trafen sich. »Ich habe ihn quasi dazu überredet.«

»Das glaubst du auch nur. Wenn Caesar nicht will, lässt dieser verdammte Gaul niemanden auf seinen Rücken steigen.« Dies sagte er ganz nah am Ohr des Hengstes.

»Siehst du, alter Junge, es bringt nur Pech, in meiner Gesellschaft zu sein«, meinte sie, packte den Zaum und blickte dem Rappen in die dunklen Augen. »Jetzt kriegst du dafür einen auf den Deckel.« Dann gab sie dem Hengst einen Kuss auf die Nase.

»Hungrig?« Chris blickte in den Musselinbeutel.

»Verhungert!«, meinte sie, ohne zu ihm hinzuschauen.

Sie und der Hengst schienen in eine private Unterhaltung vertieft zu sein.

»Abigale hat uns etwas zu essen mitgegeben.«

»Wie nett von ihr.«

Chris unterdrückte ein Lächeln bei dem Ton, in dem sie diese Bemerkung machte. Er setzte sich und zog etwas aus dem Beutel. »Gestern Nacht hatte ich ein eiskaltes Bad im Fluss bitter nötig.« Als er aufschaute, sah er sie lächeln – ein Lächeln, das ihm durch und durch ging. Ihr Blick glitt an seinem Körper hinab – der prompt und heftig reagierte.

»Schadet dir nichts. Denn ich habe meinen kostbaren Job verloren.«

»Ich weiß. Tut mir Leid.«

»Das kommt ein bisschen spät, oder, Marshal?«

Wieder schaute er sie an, sah all die Facetten, die er bisher entdeckt hatte. »Manchmal beschämst du mich, Victoria.«

»Erzähl das jemand anderem.«

»Wenn ich bei dir bin, dann bin ich die Hälfte der Zeit – «

»Überheblich? Empfindlich? Beleidigt?«

»Inkonsequent.«

Sie lächelte leicht. »Das soll ich glauben?« Ihre Stimme klang plötzlich rau. »Ein eiskaltes Bad im Fluss, ja?« Wenn das ihrem Ego nicht schmeichelte! »So schlimm war es?«

»Ist es immer noch«, murmelte er vor sich hin. »Abigale hatte sofort begriffen – und wollte unbedingt den Grund meines ... Unbehagens kennen lernen.«

»Deine Haushälterin?«

»Wenn sie nur das wäre!«, erwiderte er und freute sich über die Eifersucht in ihrem Blick. Sie war also doch nicht so gleichgültig, wie sie immer vorgab zu sein. Gut. »Ich glaube nicht, dass ich ohne sie leben könnte.« Er reichte ihr einen Teil des Hähnchens und ein Stück Kuchen. »Oder ohne ihre unglaublichen Kochkünste und ihr sonniges Lächeln. Und ohne ihre ständigen Ermahnungen, mich auch hinter den Ohren zu waschen. Damit macht sie mich seit dreißig Jahren verrückt.«

»Jungs wollen sich niemals dort waschen.« Sie packte ihn am Ohr und schaute lächelnd nach. Chris erwiderte ihr Lächeln – was eine verheerende Wirkung auf sie hatte.

»Außerdem will sie mich ständig verkuppeln.«

»Ach ja?« Sie verabscheute sich selbst dafür, dass sie so schnippisch klang.

Er biss in einen Hähnchenschenkel, spannte sie absichtlich auf die Folter. Er würde ihr alles erzählen, auch wenn sein Stolz darunter litt.

»Camille McCracken ist die Schwester eines Freundes. Wir trafen und verliebten uns.« Er sprach nicht sofort weiter. »Zumindest habe ich das geglaubt. Wir sollten nächsten Monat heiraten.«

Sie hielt den Atem an. Nächsten Monat? »Aber anscheinend werdet ihr es nicht tun, habe ich das richtig verstanden?«

Er aß noch einen Bissen. Es fiel ihm nicht leicht, dies zu erzählen. »Sie konnte es nicht ertragen, die Frau eines Indianers zu werden.«

Ihr Gesicht verdüsterte sich. »Dieses voreingenommene kleine Miststück!«

Er zog die Brauen hoch. »Victoria!«

»Aber das ist so hinterwäldlerisch.« Wie dieses ganze Jahrhundert. Und die Frauen im Laden. »Meine Güte, wie würden sie sich verhalten, wenn sie wüssten, was ich alles bin ... Moment mal ...« Sie blickte nachdenklich hinauf zum dunklen Himmel. »Unter meinen Vorfahren sind Engländer, Costaricaner, Schotten, ach ja, Blackfeet sind auch dabei.«

»Blackfeet, hm. Das erklärt, warum du so gemein sein kannst.«

»Ich bin nicht gemein.«

Am liebsten hätte er sie geküsst – Himmel, wie sehr er sich danach sehnte. »Willst du meine blauen Flecken sehen?« Er stöhnte übertrieben auf und rieb sich das Kinn.

»Das war reine Selbstverteidigung.« Ihre Augen funkelten. »Habe ich dir wehgetan, du Ärmster?«

»Ja, verdammt noch mal!«

»Dann hättest du eben nicht versuchen sollen, mich aufzuhalten.« Auch jetzt noch klang eine Warnung in ihren Worten mit.

»Wenn du nicht mein Pferd gestohlen hättest ...«

»Ausgeliehen.«

»Okay, okay, ich gebe auf.« Er warf die Hände hoch – und der Hähnchenschenkel landete irgendwo hinter ihm im Dunkeln. Verdutzt betrachtete er seine leere Hand, dann Victoria, und plötzlich mussten sie beide lachen. Der Klang ihres warmen, weichen Lachens ging ihm durch und durch.

Sie bot ihm von ihrem Hähnchen an, und als er ein Stück nahm, stützte er sich auf den Ellbogen – eine Bewegung, die ihn ihr näher brachte. Ihre Blicke trafen sich, und Chris musste schlucken. Er nahm diese Frau mit all seinen Sinnen wahr. Sein Blick glitt über ihr Gesicht, ihre weiche, von der Sonne golden getönte Haut, und er wünschte sich, er könnte ihr das Hemd von den Schultern streichen und jeden Zentimeter ihres Körpers mit seinen Lippen erforschen. Victoria konzentrierte sich ganz auf den Kuchen, den sie aß, Chris' Aufmerksamkeit war auf die Stelle gerichtet, wo ihr Hemd leicht auseinander klaffte. Er sah, dass sie nichts darunter trug, und er ballte die Hände zusammen, um sich daran zu hindern, sie dort zu liebkosen.

Sie blickte auf, sah ihn forschend an, dann beugte sie sich vor und umfasste zärtlich sein Gesicht, bevor sie seinen Mund mit ihrem bedeckte. Chris stöhnte auf, vergrub seine Finger in ihren langen Haaren, als sie mit ihren Lippen sanft über seine strich. Ihr Mund schien ihn zu verzaubern, erregte ihn über alle Maßen, ihre Lippen zupften an seinen, mit der Zunge fuhr sie deren Umrisse nach, bevor sie ihren Kuss vertiefte. Zum ersten Mal in seinem Leben fühlte Chris sich vollkommen hilflos und von einer so süßen Qual erfüllt. Sie war wie der Wüstensand, ständig ihre Form verändernd und niemals greifbar. Er wollte sie festhalten, sie erobern, er sehnte sich danach, sie lieben zu dürfen.

War das alles, was sie ihm jemals geben würde – ein paar Küsse?

Victoria löste sich von ihm, heftig atmend, mit dem Daumen

fuhr sie noch einmal über seine Lippen. »Ich liebe es, dich zu küssen«, sagte sie, und ihre Stimme klang heiser.

»Hast du viel geküsst?«

Sie verzog den Mund. »Genug.«

»Und dein verführerischer Mund hat sie alle in den Wahnsinn getrieben?«

Sie wurde rot. »Nicht einen.«

»Nicht einmal ihn?«

Ihr Gesicht wurde plötzlich ganz ausdruckslos, als hätte jemand jede Regung mit einem Tuch weggewischt. Sie lehnte sich zurück. »Nein.«

Chris setzte sich aufrecht hin. Ein Teil von ihm riet ihm, nicht alles zu verderben und dieses Thema fallen zu lassen, doch er sehnte sich viel zu sehr danach, ihr wirkliches Ich zu erkennen, den Schild niederzureißen, den sie zwischen ihnen aufgerichtet hatte.

»Wie ist dein Mann gestorben?«

Sie sah ihn an, als hätte er ihr einen Schlag versetzt, Schmerz spiegelte sich auf ihrem schönen Gesicht. Doch schnell hatte sie sich wieder in der Gewalt. Sie legte das restliche Kuchenstück beiseite und wischte die Krümel von ihren Fingerspitzen. »Er war mit unserer Tochter in einem McDonald's – einem Restaurant«, fügte sie erklärend hinzu. Ihre Stimme klang seltsam flach. »Irgendein durchgeknallter Drogensüchtiger hat da drin seine Knarre leer geschossen. Kevin und Trisha waren die ersten, die getroffen wurden.« Victoria hielt inne, vor ihren Augen verschwamm alles. »Trisha ahnte nicht, dass ihr Vater sie mir stehlen wollte. Kevin konnte meinen Job nicht leiden. Er verabscheute es, dass ich mich, um meine Beute zu fangen, mit Typen herumtreiben musste, die er hinter Gitter brachte. Er bestand darauf, dass ich mich badete und umzog, bevor ich in seine Nähe kam. Später wurde es so schlimm, dass er mich nicht einmal mehr berühren wollte.« Schmerz und Demütigung schwangen in ihren Worten mit, und Chris sehnte sich danach, sie zu trösten. »Er hat mich immer so merkwürdig angeschaut, wenn ich zurückkam. Misstrauisch. So, als wäre *ich* einer von jenen Verbrechern.«

Er verstand, dass dies sie am meisten schmerzte: dass er an ihrer Ehre gezweifelt hatte.

»Als er mich um die Scheidung bat, habe ich zugestimmt. Ich wollte nur meine Tochter behalten.« Ihre Stimme wurde hart. »Das war der einzige Punkt, über den wir stritten. Und während ich wegen eines Auftrags unterwegs war, hat er sie ihrem Kindermädchen weggenommen.«

Sie presste ihre zitternden Hände zusammen. »Ich brauchte zwei Tage, um sie zu finden. Als sie mich durch die Fenster des Lokals entdeckte, streckte sie die Arme nach mir aus, aber er zog sie zurück. Es war hässlich, und er wusste es. Sie verstand nicht, warum er das tat.« Sie stöhnte auf. »Und bevor ich noch richtig begriff, was passierte, hatte dieses Schwein schon zu schießen begonnen. Ich hatte keine Waffe dabei.« Eine einzelne Träne rollte über ihre Wange. Victoria blickte Chris an. »Wenn er sie nicht weggeholt hätte ... wenn ich nicht unbewaffnet gewesen wäre ... wenn ich gewusst hätte ... o Gott!«, sagte sie erstickt. »Die Kugeln haben ihren Körper durchsiebt, mein kleines Mädchen zerrissen, als wäre es aus Papier. Und trotzdem – dieser verdammte Bastard«, sagte sie wütend. »Trotzdem war sie nicht sofort tot. Sie starb in meinen Armen, sagte mit ihrer süßen Stimme, dass sie nach Hause wollte. Verstehst du ...« Sie schluckte und versuchte ihren Schmerz zu unterdrücken. Chris wollte sie in seine Arme nehmen, und obwohl sie seine Hände wegschlug und aufstehen wollte, hielt er sie fest und zog sie an sich. Sie kämpfte noch einen Moment lang gegen ihn an, dann barg sie das Gesicht an seiner Brust. »Kannst du dir vorstellen, wie entsetzlich das ist, wenn dein Kind nach dir langt, dich anfleht zu helfen – und du nichts tun kannst? Nicht das Geringste?« Ihre Finger gruben sich in seine Arme. »Du verdammter Mistkerl!«, schluchzte sie auf. »Ich hätte noch hundert Jahre leben können, ohne diese Erinnerungen wieder auferstehen zu lassen!«

»O Tori, es tut mir Leid, so Leid …«, flüsterte er, lehnte sich gegen den Sattel und hielt sie schützend in seinen Armen. Sie presste sich an ihn, ihre Beine mit seinen verschlungen, den Kopf an seine Schulter gedrückt. Victoria weinte, bis es ihr fast das Herz zerriss – weinte um Kevin und die Liebe, die sie einst miteinander geteilt hatten, weinte um dieses ganz besondere Kind, das aus ihrer Liebe entstanden war. Ihre Schultern zuckten, sie klammerte sich mit aller Kraft an Chris, als sie auch um Cole Tränen vergoss, darüber, dass er so heldenhaft sein wollte und sie ihn gebeten hatte, ihr zu helfen. Und endlich weinte sie auch um sich selbst, bittere, einsame Tränen, und Chris hielt sie, auch dann, als sie frustriert gegen seine Brust hämmerte, hielt sie fest, als sei sie ganz besonders kostbar und zerbrechlich, nahm ihren Schmerz in sich auf, ließ ihn verschwinden, als er zärtlich ihren Rücken streichelte. Jahre des Kummers und der Selbstvorwürfe spülten nun all ihre Beherrschung fort.

Ihr Zorn tat auch Chris weh, und er schloss seine Arme noch fester um sie. Sie litt, und er verfluchte sich dafür, dass er es war, der diese Wunden wieder aufgerissen hatte.

Er betete, dass sie ihm verzeihen würde.

Wieder einmal.

# 15

Sanft streifte er mit den Lippen ihre Stirn. Noch nie hatte eine Frau sich so an ihn geklammert – als sei er ihre einzige Rettung. Er würde sie erst dann loslassen, wenn sie seinen Trost nicht mehr brauchte. Die Zeit verstrich, bis ihr Schluchzen schließlich nachließ und sie einmal zittrig durchatmete.

Er hatte gewollt, dass sie ihn brauchte – aber nicht so, nicht um diesen Preis. Die Stille der Nacht umschloss sie, nur gelegentlich unterbrochen durch das Scharren eines Hufes, das Zirpen einer Zikade. Victoria war so still, dass Chris schon glaubte, sie sei eingeschlafen, schliefe sich den Kummer von der Seele.

Er blickte auf sie herab, strich das Haar aus ihrem Gesicht. Victoria schlug die Augen auf, und die Traurigkeit in ihrem Blick zerriss ihm fast das Herz. »O Tori!« Er wischte die Tränen von ihren Wangen. »Ich wollte dir nicht so wehtun.«

»Ist schon in Ordnung, Tonto«, sagte sie knapp und schluckte. »Ist nicht deine Schuld. Ich werd's überleben.« Aber es wird nie mehr so sein wie vorher, dachte sie, während sie in seine Augen schaute. Sie hatte ihm alles erzählt, und er war immer noch bei ihr. Andere hatten bereits bei viel weniger die Flucht ergriffen. Die meisten Männer fühlten sich von ihr entweder abgestoßen oder hatten Angst vor ihr. Er nicht. Sie vergrub ihre Finger in seinem weichen schwarzen Haar, dann verstärkte sie leicht den Druck und zog seinen Kopf zu ihrem. Chris kam ihr willig entgegen, spürte ihre weichen Lippen auf seinen. Begehren flammte auf, ließ ihren Kuss wild und leidenschaftlich werden, und Victoria schmiegte sich an seinen Körper, übermittelte ihm die Botschaft, nach der Chris sich schon so lange gesehnt hatte. Er zitterte vor Verlangen, erlaubte sich, einen Moment lang ganz in dieser Lust aufzugehen, dann zog er sich von ihr zurück. Erneut langte Victoria nach ihm.

»Nicht so«, flüsterte er an ihrem Mund. »Auch wenn ich dich noch so begehre – ich werde das Gefühl nicht los, dass ich die Situation ausnützen würde.«

»Ich bin eine erwachsene Frau, Chris, und ich weiß, was ich tue.« Sie warf sich wieder in seine Arme, ihre Hand glitt über seine Brust hinab zu seinem Bauch.

Er sog scharf die Luft ein, und ein wissender Ausdruck erschien in ihren Augen. Sie hat eine unglaubliche Macht über mich, dachte er, aber ein flüchtiges Vergnügen hier im Wald war das Letzte, was sie jetzt brauchte. Sie war müde, verwirrt, und wenn er sie endlich in sein Bett nahm, dann sollte sie ohne die Gespenster der Vergangenheit zu ihm kommen.

»Tori, lass das!«, stöhnte er auf, als ihre Hand tiefer glitt. »Ich bin nicht so stark.«

»Ich auch nicht.«

Es war mehr eine Feststellung als eine Antwort auf seine Bemerkung. Ein Eingeständnis. Nur wenn sie sich nach außen hin abschottete, konnte sie ihre persönlichen Dämonen fern halten. Für ihre Tochter jagte sie entlaufene Mörder, damit sie nicht erneut ein Kind umbringen konnten. Doch würde sie jemals damit aufhören können? Sie hatte alles andere dafür aufgegeben – wie lange würde es noch dauern, bis sie sich endgültig in der Leere purer Rache verlor? Und wenn sie irgendwann für immer aus deinem Leben verschwindet, wie sie es gesagt hat – was dann?, fragte eine leise Stimme in seinem Inneren. Was wirst du dann tun?

In Stücke zerbrechen, dachte er – und dieser Gedanke machte ihm Angst. Er mochte sie, doch ihr Griff um sein Herz war so fest, dass er fürchtete, alle Kontrolle zu verlieren. Wie sehr dies schmerzte, hatte er auch bei Camille erfahren.

Er wollte sich von ihr lösen, doch sie hielt ihn fest, von plötzlicher Panik gepackt. »Nicht loslassen, bitte«, flüsterte sie. »Ich werde mich auch benehmen – versprochen. Halt mich einfach nur fest.« Sie klammerte sich an ihn, sah ihn mit großen Augen an. »Es ist so lange her, dass jemand dies getan hat.« Chris konnte ihrer Bitte nicht widerstehen. Er schnallte den Revolvergurt ab und legte ihn beiseite, bevor er sich wieder gegen den Sattel lehnte. Sie schmiegte sich wie ein Kätzchen in seine Arme.

»Danke, Chris.«

Überdeutlich spürte er, wie sich ihre Brüste gegen ihn drückten, und vor seinen geistigen Augen sah er das verlockende Bild ihres nackten Körpers. Wie hatte ihr Mann sie nicht mehr begehren können? Schlank und schön und stark wie sie war, war sie doch sicher die begehrenswerteste Frau weit und breit gewesen. Verzweifelt bemühte sich Chris, nicht daran zu denken, wie gut ihre Körper zusammenpassten und wie es sein mochte, wenn sie ihre Beine um seine Taille schlang, während er in sie eindrang.

Verdammt.

Es würde eine versuchungsreiche Nacht werden, wenn er nicht bald an etwas anderes dachte.

Dennoch fielen ihm bald die Augen zu. Kurz bevor er einschlief, hörte er Victoria sagen: »Chris?«

»Hm?«

»Camille war eine Närrin.«

»Und Kevin ein Narr.«

Als er aufwachte, war er allein. Ganz allein. Alles, was ihr gehörte, war weg. Nur hatte sie diesmal Caesar nicht genommen. Im Grunde war Chris nicht überrascht. Diese Nacht hatte ihn erschöpft und ausgelaugt. Dennoch hätte sein Cheyenne-Vater ihn in sein Hinterteil getreten, wenn er gewusst hätte, dass sich eine Frau davongeschlichen hatte, ohne dass er es bemerkte – weil er so sorglos wie ein Baby geschlummert hatte. Anscheinend wurde er nachlässig. Dennoch war sein Stolz angekratzt, und er ärgerte sich. Plötzlich hörte er das Pfeifen des Zuges. Während er zum Rand des Abhangs ging, schlug er die Dellen aus seinem Stetson. Chris beobachtete, wie der Zug allmählich zum Stehen kam, mit kreischenden Bremsen, und er fragte sich, ob sie wohl dort unten sein mochte, um Becket wegzubringen. Falls ja, würde er sie aufhalten müssen. Er kniff den Hut noch einmal in Form, bevor er ihn aufsetzte. Es gab keinen Verdacht und schon gar keine Beweise gegen den Besitzer des Saloons, und trotz seiner Gefühle für Victoria – die im Augenblick hauptsächlich von Verwirrung geprägt waren – durfte er nicht gegen die Grundsätze seines Berufs handeln.

Er wartete, bis der letzte Passagier den Zug verlassen hatte und die letzte Kiste ausgeladen war, und als Becket in seinen Wagen kletterte und auf die schmale Straße zuhielt, kehrte er zu ihrem Lagerplatz zurück. Er packte seine Ausrüstung zusammen und trat die letzten Reste des Feuers aus. Als er sich bückte, um den Sattel hochzuheben, fiel sein Blick auf die Stelle, wo ihr Körper das Gras niedergedrückt hatte. Verdammt, warum hatte sie sich einfach davongeschlichen? Gerade nach dieser Nacht gab es so viele Dinge zu klären. Oder interessierte sie das überhaupt nicht? War er vielleicht ein Narr gewesen – weil er seine Chance nicht genutzt und sich ritterlich gezeigt hatte? Nein, er hätte es sicherlich bereut, wenn sie miteinander geschlafen hätten, und auch Victoria wäre am Morgen sicher wie eine fauchende, kratzende Wildkatze gewesen, bereit, ein paar Löcher in kostbare Teile seiner Anatomie zu schießen. Er wurde das nagende Gefühl nicht los, dass es einen Teil von Victoria gab, den man durch nichts erreichen konnte. Nicht mit Leidenschaft, nicht mit Mitleid. Und dass es *ihm* schon gar nicht gelingen würde.

Diese Frau kann einen wirklich in den Wahnsinn treiben, dachte er, als plötzlich sein Blick auf etwas Glitzerndes fiel. Er ließ den Sattel fallen und bückte sich, pickte etwas Viereckiges, Goldenes aus dem Gras. Es war Papier, das erkannte er sofort. Er schob den Hut in den Nacken und klappte das Heftchen auf. Streichhölzer. *Sie hat sie gestern Abend benutzt, um das Feuer anzuzünden.* Er hatte so etwas noch nie gesehen. Er riss eins der Streichhölzer ab, entzündete es und beobachtete, wie es herunterbrannte, dann schmiss er es weg. Er sah sich das verknitterte Heftchen genauer an, las, was darin stand.

*Tad's Lodge. Highway 17. Jacksonville.* Und darunter standen etliche Nummern.

Jacksonville in welchem Staat?

Er drehte es um. Außen war es golden, und der Name des Lokals war dort ebenfalls aufgedruckt. Chris kratzte an der Oberfläche. Warum jemand so viel Aufwand für schlichte Streichhölzer betrieb, war ihm ein Rätsel. Er nahm sich vor, Victoria nach diesen Streichhölzern zu fragen, dann steckte er sie in die hintere Tasche seiner Jeans und hob den Sattel wieder auf.

»Sag mal, was hältst du eigentlich von ihr?«, fragte er den Hengst, während er ihn sattelte.

Der Rappe schüttelte den Kopf. »Ja, ich auch«, meinte Chris. »Was denkst du, wie lange ich diesmal brauchen werde, bis ich sie erkenne?«

Chris bezweifelte nicht, dass sie erneut ihre Identität gewechselt hatte, wahrscheinlich sogar, bevor sie an diesem Morgen aufgebrochen war. Verdammt, dachte er ärgerlich, ich habe es satt, mich immer mit ihren Verkleidungen herumplagen zu müssen! Und während er nach Silver Rose zurückritt, überlegte er, wie er sie dazu bringen könnte, sie selbst zu bleiben.

Für immer.

»Jake hatte Angst, dass er den Zug verpassen würde, deshalb ist er in solcher Eile davon«, erklärte Clara, als sie Clancey das Pferd zurückbrachte. »Ich habe den Marshal draußen vor der Stadt getroffen.« Sie senkte den Blick und fügte schüchtern hinzu: »Jake hat ihm Caesar zurückgegeben, und Marshal Swift bat mich, Ihnen dieses Tier zurückzubringen.«

Clancey nickte und meinte, wie sehr er den jungen Mann doch vermissen würde. Clara knickste, dann nahm sie ihren Beutel und verließ den Mietstall.

Victoria ging eilig die Straße hinunter, ignorierte das Getuschel und die Blicke, die ihr folgten. Offensichtlich hatte Miss Fotheringham keine Zeit verloren, die Neuigkeit zu verbreiten. Wie lächerlich es war, ihr aus diesem Grund zu kündigen! Ein Mann in ihrem Zimmer! Nun ja, in diesem Jahrhundert zählte das wohl eher zu den Kapitalverbrechen. Und dennoch würde sie jederzeit wieder genauso handeln. Dann bin ich eben schamlos. Und Chris küsste nun mal wie ein Meister – auch wenn sein Talent an ihr verschwendet war. Aber Camille war wirklich dumm.

*Und was bist du?*

Einsam.

Dieses Wort schien sich ihr mitten ins Herz zu bohren.

Denk nicht darüber nach. Dein Leben findet nicht in dieser Zeit statt. Auch wenn Chris ein netter Mann ist. *Er ist das Beste, was dir in den letzten fünf Jahren passiert ist,* flüsterte ihr eine innere Stimme zu. *Vielleicht sogar in deinem ganzen Leben.*

Ich weiß, ich weiß, dachte sie. Eine Sekunde lang schloss sie die Augen und wäre fast gestolpert. In jenem winzigen Bereich ihrer Gedanken, in dem sie es sich ab und zu gestattete, Träumen nachzuhängen, empfand sie Glück. Glück darüber, dass Abigale nur seine Haushälterin war, dass auch er immer noch verzehrendes Verlangen empfunden hatte, nachdem er sie allein in ihrem Zimmer zurückgelassen hatte. Dass er ehrenhaft und Manns genug gewesen war, um seine eigenen Wünsche zurückzustecken und sie in der letzten Nacht einfach nur in seinen Armen zu halten. Was würde sie dafür geben, wenn sie bleiben und diesen Mann so lieben könnte, wie er es verdiente!

Aber Victoria war überzeugt, dass es nicht mehr genug Liebe in ihr gab. Nicht, nachdem sie Kevin, Trisha, Cole und ihre Eltern verloren hatte. Diese Verluste hatten sie aller Gefühle beraubt – außer ständig schwelendem Zorn.

*Du hast zugelassen, dass der Tod dein Empfinden regiert. Fang wieder an zu leben!*

Ich versuche es ja. Ich versuche es wirklich.

Aber sie musste all das, was sie wollte und sich wünschte, zurückstecken, bis sie Becket zurück in ihre Zeit gebracht und dem FBI übergeben hatte. Doch dieser Schweinehund war stets von zu vielen Menschen umgeben. Sie konnte nicht nahe an ihn herankommen, ohne Verdacht zu erregen. Wenn Chris sie nicht aufgehalten hätte, wäre dieses bizarre Abenteuer bereits nach ein paar Stunden beendet gewesen. Natürlich konnte sie diesen Verbrecher betäuben, ihn wie einen Sack über einen Pferderücken legen und zurück zum Wasserfall bringen. Aber dazu musste sie erst einmal an Chris vorbeikommen. Sie konnte sich nicht vorstellen, dass er entzückt sein würde, die ungeschminkte Wahrheit zu erfahren. Und schon gar nicht, nachdem sie sich an diesem Morgen einfach davongeschlichen hatte.

Aber Ivy League war ein Verbrecher und wurde deshalb in ihrem Jahrhundert gejagt – und sie hatte das dumme Gefühl, dass man ihn auch bald in dieser Zeit verfolgen würde. Sie konnte Chris nur dann überzeugen, wenn sie ihm Beweise für Beckets Verbrechen lieferte. Es beunruhigte sie, dass Chris und Becket Freunde sein könnten. Oder so vertraut miteinander waren, dass Chris ihm Fragen stellte und ihn damit alarmierte. Vorstellungen, bei denen sich ihr der Magen umdrehte.

Am liebsten wäre sie auf der Stelle zu ihm gegangen und hätte ihn gebeten, ihr sein Ehrenwort zu geben, niemandem zu verraten, wer sie war und warum sie hier war. Unsinn, das war nicht nötig. Sie vertraute ihm.

*Dann sag ihm die Wahrheit – die* ganze *Wahrheit!*

Na wunderbar! Er würde ihr wahrscheinlich jedes Wort glauben! Fiel ihr nichts Besseres ein?

Langsam stieg sie die steile Treppe nach oben, schob ihre Gedanken beiseite und klopfte. Sie hörte, wie sich jemand der Tür näherte.

Velvet Knight lehnte sich gegen den Türrahmen. »Himmel, Schätzchen, wissen Sie denn nicht, dass wir nachts arbeiten? Es ist doch noch früh am Morgen!«

»Entschuldigung, Miss Knight«, sagte Victoria leise und betrat das Zimmer.

Vel schloss die Tür, betrachtete Victoria von Kopf bis Fuß, wobei ihr Blick eine Sekunde länger auf der Narbe an Victorias Wange hängen blieb. Armes Ding.

»Ich dachte, ich könnte früh anfangen, mich vielleicht schon mal um die Wäsche kümmern.«

Vel gähnte, hielt eine Hand vor den Mund, eine brennende Zigarette zwischen den Fingern. Wie gern hätte Victoria auch einen Zug gemacht!

»Dann will ich Ihnen alles zeigen – als Erstes Ihr Zimmer.« Vel trat mit Victoria hinaus auf den Flur. »Tut mir Leid, aber es liegt hier oben bei unseren Räumen.«

Victoria wusste, dass Vel dies in Bezug auf ihren, Victorias, Ruf sagte. »Sie werden die Neuigkeit eh spätestens bis heute Abend erfahren haben, Miss Knight.« Sie versuchte, die Rolle der schüchternen, unattraktiven Clara so gut wie möglich zu spielen. »Ich bin im Excelsior Hotel gefeuert worden, weil ich einen Mann in meinem Zimmer hatte.« Sie wäre fast gegen Vel gerannt, als diese unvermittelt stehen blieb und sie über die Schulter hinweg anblickte.

»Ich finde, das ist eine erfreuliche Neuigkeit!« Dann gibt es also doch noch Hoffnung für dieses unscheinbare Wesen!, dachte Vel und setzte ihren Weg fort.

Sie kamen an mehreren geschlossenen Türen vorbei; durch das dünne Holz konnte man das Rascheln der Laken und das Stöhnen der Männer hören, die unter einem Kater litten. Das wird eine ganz neue Erfahrung für mich, dachte Victoria, und fand es plötzlich aufregend, dass sie ein bisschen Unterhaltung haben würde, während sie Becket beobachtete.

Vel holte einen Schlüssel hervor, schloss den ersten Raum neben der Treppe auf und ließ Victoria den Vortritt. »Es ist nichts Besonderes, aber …«

»Es ist wunderbar«, meinte Victoria. Der Raum war keineswegs schwülstig und überladen eingerichtet, wie sie erwartet hatte, und er war tausendmal besser als ihr Zimmer im Hotel oder die flohverseuchten Räume in den billigen Motels, in denen sie in den letzten Jahren meist übernachtet hatte. Selbst die Wände waren tapeziert. An einer Wand stand eine große Spiegelkommode mit Waschkrug und Waschschüssel. Das Fenster ging auf die Straße hinaus. Hervorragend, dachte sie, hier bin ich direkt über seinem Büro. Ein grüner Teppich bedeckte den Boden, weich genug, um mit Genuss die Zehen darin zu vergraben. Zwei Stühle mit schwarzem Brokatbezug standen neben einem Ofen und luden zum Ausruhen ein. Links und rechts von einem großen Eisenbett befanden sich zwei Nachtschränkchen. Nur die gerüschte und geraffte grüne Satindecke fand Victoria ein bisschen fehl am Platze. Aber das Zimmer hatte eben sicher einmal anderen Zwecken gedient.

»Na – werden Sie schon ganz verlegen, wenn Sie sich das alles bloß anschauen?«, fragte Vel.

Victoria riss sich zusammen, senkte den Kopf, um zu verbergen, dass man mit der Maske nicht erröten konnte. Sie räusperte sich. »Es ist sehr …« sie senkte die Stimme zu einem Flüstern, »… verführerisch.«

»Es ist das bescheidenste Zimmer im ganzen Haus, das können Sie mir glauben.« Vel lachte, und Victoria blickte auf. Vel stand gegen den Türrahmen gelehnt. Sie trug einen teuren Morgenmantel aus grauer Spitze und Seide, der ihren Busen kaum verhüllte. Und trotz ihres manchmal derben Benehmens hatte diese Frau etwas Unschuldiges und Frisches an sich, das Victoria jedoch nicht recht fassen konnte. Was auch immer es sein mochte, es lockte die Männer an wie Honig die Fliegen.

Victoria seufzte und schob ihren Lederbeutel unters Bett, dann wandte sie sich wieder zu Velvet um. »Und jetzt zeigen Sie mir die Arbeit, damit ich sie in Angriff nehmen kann, Miss Knight.«

Vel lächelte und warf ihr den Zimmerschlüssel zu, dann deutete sie mit dem Kopf zum Flur. »Kommen Sie, Schätzchen«, sagte sie. »Wenn Sie Arbeit suchen – davon haben wir genug!«

Victoria folgte ihr und wünschte sich, sie hätte nur halb so viel Sex-Appeal wie diese Hure. Velvet listete auf, welche Pflichten sie hatte, und hob extra hervor, dass sämtliche Zimmer bis sechs Uhr abends fertig sein mussten. Dann fängt ihre Arbeit an, dachte Victoria; das Lokal öffnete allerdings bereits um drei. Die Kunden mussten die Zimmer bis morgens acht Uhr verlassen haben. Während sie Victoria dies alles erklärte, klopfte Velvet an sämtliche Türen, als Erinnerung, dass es bald Zeit sei zu gehen.

Die Waschküche befand sich im hinteren Teil des Erdgeschosses, und Victoria betrachtete verblüfft die Öfen, Bottiche und Wasserkessel, die so groß waren, dass selbst Schwarzenegger Mühe gehabt hätte, sie zu bewegen. Du lieber Himmel, worauf habe ich mich bloß eingelassen, dachte sie. Leintücher, steif vom Waschen, waren sowohl in der Waschküche aufgehängt als auch draußen hinter dem Saloon. Es gab auch ein kleines Badehaus neben der Treppe, das frische Holz verriet ihr, dass es noch neu war. Dort stets für heißes Wasser zu sorgen, gehörte ebenfalls zu ihren Aufgaben.

»Die Männer müssen baden, bevor sie sich den Mädchen nähern dürfen«, erklärte Vel, und Victoria überlegte trübsinnig, wie wohl das Wasser aussehen mochte, wenn sich ein Dutzend Bergleute und Cowboys darin gewaschen hatten. Dennoch musste sie Ivy League zugestehen, dass dies eine vernünftige Einrichtung war. Er hatte dieses Bordell zu etwas Besserem gemacht. Aber von Sauberkeit und absoluter Perfektion war er ja schon immer besessen gewesen.

»Dann nehmen Sie also diese Stelle an?«, fragte Vel schnell, denn sie hatte sehr wohl den Anflug von Panik in Victorias Blick registriert. Ein Bordell sauber zu halten, war eine höllische Aufgabe, und normalerweise hatten sie noch zwei weitere Dienstmädchen, die einen Teil der Aufgaben übernahmen.

»Ja, auch wenn es ein bisschen närrisch erscheint«, erwiderte Victoria. »Himmel, wie ich jetzt eine moderne Waschmaschine vermisse«, murmelte sie leise vor sich hin, während sie ihre Manschetten aufknöpfte und auf die vor Schmutzwäsche überquellenden Körbe starrte.

Dann krempelte Victoria die Ärmel hoch, nahm eine Schürze vom Haken, band sie um ihre füllige Taille und hob einen Stapel schmutziger Leintücher auf.

»Gehen Sie wieder ins Bett, Miss Knight«, sagte sie. »Ich werde Sie später wecken, wenn Sie möchten.«

Vel lächelte. »Danke, Schätzchen.«

Als Victoria allein war, ließ sie sich auf einen Haufen Wäsche sinken. Sie war müde, die vergangene Nacht hatte sie erschöpft. Aber durch Nichtstun wurde die Arbeit hier nicht erledigt. Was hätte sie auch sonst außer arbeiten und warten tun sollen?

Sie wartete darauf, dass Ivy League zurückkehrte. Und falls nicht, dann würde sie wie der Blitz wieder von hier verschwinden. Marshal hin oder her.

# 16

»Hör damit auf«, fuhr Chris den schwarzen Hengst an, als Caesar ihn erneut stupste. Er wusste genau, was das Pferd wollte: Zucker und Streicheleinheiten von Victoria. Ich sehne mich ja auch nach ihr, dachte er, und unterdrückte das Verlangen, sie aufzuspüren, herauszufinden, welches Gesicht sie sich jetzt zugelegt hatte. Er hatte sie davon abgehalten, Becket zu folgen, und einen Moment lang überlegte er, ob sie vielleicht diesmal gegen ihre persönliche Regel, ihre Beute stets lebendig abzuliefern, verstoßen würde und sich an Beckets Verfolgung gemacht hatte. Aber er hatte den Mann vorhin noch gesehen, gesund und wohlbehalten, wie er seine Alkoholvorräte ablud, mit einem Schwung, als wäre er nur halb so alt.

Sie musste immer noch hier sein. Eine Frau wie Victoria nahm nicht so vieles in Kauf, um dann einfach aufzugeben. Wenn sie sich einmal zu etwas entschlossen hatte, dann konnte nichts auf der Welt sie davon abbringen, auch er nicht. Was Becket betraf, so würden sie wohl niemals einer Meinung sein. Und bevor er ihr erlaubte, den Mann von hier fortzubringen, musste sie ihm erst einmal Beweise zeigen.

Er wollte bei ihr sein, denn er konnte die Erinnerung an ihre Küsse nicht verdrängen, an ihre Tränen, die ihm fast das Herz zerrissen hatten, an die unglaublichen Empfindungen, die er verspürte, wenn er sie einfach nur in seinen Armen hielt. Stattdessen ließ er seinen Blick über die Straßen schweifen und lauschte gleichzeitig dem Bericht des Mannes neben ihm.

»Duke und Buddy haben schon wieder aufeinander geschossen.«

Chris fluchte leise vor sich hin. Doc MacLaren hatte ihnen so oft Geschosse herausoperiert, dass sie ihnen inzwischen ihre Rechnung nach dem Gewicht der Kugeln ausstellte, in der Hoffnung, dass sie dann endlich aufhören würden, einander als Zielscheibe zu benutzen. Es war sowieso ein Wunder, dass die beiden Brüder überhaupt noch zum Schürfen kamen, da jeder stets den anderen verdächtigte, seine Mine an sich bringen zu wollen.

»Und was hast du mit den beiden gemacht?«

»Ich habe ihnen ihre Munition abgenommen.«

Chris blickte Noble mit hochgezogener Augenbraue an.

»Na ja, ich dachte, wenn jeder nur noch eine Kugel hat, dann werden sie sie sich für eine Schlange oder zur Verteidigung bei einem Überfall reservieren.« Chris nickte. »Außerdem wollte ich die beiden nicht hier im Gefängnis haben. Verdammt, Chris, die haben seit mindestens zwei Jahren kein Bad mehr genommen.«

Chris lächelte über Nobles saure Miene. »Sie haben dir wohl etwas zu stark geduftet, was?«

»Ich schwöre dir, ihnen wachsen schon Pilze in den Achselhöhlen! Und wenn es nicht bald regnet ...«

»Erspar mir den Rest«, meinte Chris und hob eine Hand. »Lass sie nicht mehr in die Stadt, solange sie nicht gebadet haben. Aber du kannst sie auch selbst in den Bottich stecken, wenn ihr Geruch deine Nase so beleidigt!«

»Ha!«, meinte Noble nur und spielte mit seinem Messer. Während er seinem Boss vorhielt, dass das Baden zur gesetzlichen Pflicht in der Stadt gemacht werden sollte, schweifte Chris' Blick über die Straßen. Er winkte den Deputys zu, die auf ihren Posten standen, und schloss in seine Runde auch die stilleren Straßen und Gassen ein. Hier im Zentrum der Stadt befanden sich hauptsächlich Wohnhäuser, die Geschäftsleuten gehörten, und einige Läden. Als sie weitergingen, wurde die Bebauung spärlicher, hier begann das Gebiet der kleineren

Farmen und Ranches. Einige Meilen entfernt, am Fuß der Berge, lag die Zeltstadt der Schürfer, ein oder zwei Tipis waren auch zu erkennen.

Die meisten Menschen, die hierher kamen, wollten sich nicht für immer hier niederlassen, es sei denn, sie betrieben ein Dienstgewerbe. Silver Rose konnte zwei Banken bieten, fünf Geschäfte für Kurzwaren und andere Handelsware, je ein Bekleidungsgeschäft für Männer und Frauen, ein Landbüro, eine Wäscherei, eine Modistin und eine Schneiderin, einen Mietstall, einen Gerber, einen Milchhändler, drei Hotels, ein halbes Dutzend Saloons und fünf Restaurants von gemütlich bis vornehm.

Chris selbst bevorzugte Abigales Kochkünste und hoffte, dass sie nicht böse auf ihn war, weil er das Frühstück hatte ausfallen lassen. Dabei hatte sie genug Mägen zu füllen!

Chris blieb stehen, als ihm ein Mann etwas zurief. Reid MacLaren galoppierte die Straße entlang und zügelte seinen Palomino vor dem Marshal. Grüßend tippte er gegen seinen Hut.

»Gut, das erspart mir den Weg. Wir haben den Dieb.«

»Wir?«

Reid grinste. »Jenna.«

Chris fragte gar nicht erst, ob Reid seine Frau allein mit einem in die Enge getriebenen Dieb zurückgelassen hatte. »Hat sie ihn an die Wand genagelt oder was?«

Reid lächelte immer noch. »Nein, aber das musst du unbedingt sehen.« Chris und Noble schwangen sich auf ihre Pferde, und zu dritt ritten sie zu dem Besitz der MacLarens, einem großen, aus Steinen erbauten zweistöckigen Haus, das an einer Stelle stand, wo die von Bäumen gesäumte Straße eine Kurve machte. Vor dem Gebäude hatte sich eine Menschenmenge versammelt, und während Reid schon ins Haus eilte, schickten der Marshal und sein Deputy die Leute erst mal nach Hause. Dann folgten sie ihm zu Jennas Praxis.

Reid schob die Schiebetüren beiseite, und Chris war sprachlos angesichts des Anblicks, der sich ihm bot.

»Ich habe euch doch gesagt, dass ihr das sehen müsst.«

Der Dieb, ein schlanker junger Mann Ende zwanzig, saß mit gefesselten Händen und Füßen auf einem Stuhl, aber das Erstaunlichste an ihm war sein Gesicht.

»Ist das nicht ein entzückender Blauton?«, fragte Jenna und deutete auf den Missetäter. Sie saß auf einem Stuhl, die Beine übergeschlagen, und spielte mit einem Messer. Geschickt ließ sie es über ihre Finger rollen, sie war darin genauso gut wie Noble.

»Jenna, Liebes, ich glaube, der Marshal hätte gern eine Erklärung.«

Sie blickte zuerst ihren Mann, dann den Marshal an, und sprang plötzlich vom Stuhl. »O ja, natürlich.« Der Dieb starrte sie böse an. »Nun ja, wir wollten ihm eine Falle stellen. Ich war inzwischen ziemlich wütend, denn egal, wo ich die Betäubungsmittel versteckt hatte, er fand sie.« Sie zeigte auf den jungen Mann. »Eine Feder, eine Flasche mit Wasser und ein bisschen Indigo, mehr brauchten wir nicht.« Sie trat zu ihrem Medizinschrank, um Chris zu demonstrieren, wie die Flasche in dem Moment, als die Tür geöffnet wurde, ihren Inhalt über den Dieb ergoss. »Wir haben ihn nicht weit von hier geschnappt.« Sie lächelte ihren Mann an. »Das heißt, Reid hat ihn erwischt. Schließlich war es nicht schwer, ihn zu erkennen.«

Chris lächelte. »Eine tolle Erfindung, Jenna.«

»Oh, die stammt nicht von mir«, antwortete sie schnell. »Das hat sich dieser junge Mann ausgedacht – Jake.«

»Was?«, fuhr Chris auf.

»Sie meinen, dieses schmale Bürschchen mit der Brille?«, fragte Noble, während er den Dieb hochzog und ihm Handschellen und Fußfesseln anlegte, bevor er die Seile durchschnitt.

»Ja. Erinnert ihr euch daran, was er über das verdreckte Hotelzimmer erzählt hat?« Die beiden Männer nickten. »Nun, alles weist darauf hin, dass er auch das zu verantworten hat. Ich habe nämlich von einem Jungen dort eine hervorragende Beschreibung bekommen, dann habe ich überall herumerzählt, dass ich den Ersatz für die entwendeten Drogen bekommen hätte. Als Köder sozusagen.«

Nach außen hin erschien Chris ruhig und beherrscht, aber innerlich kochte er vor Zorn. Victoria hatte sich schon wieder in einen Fall eingemischt! Es wäre wirklich am besten, wenn er sie einsperrte. Chris blickte zu Reid hin, doch der war weder empört noch verärgert, wie er erwartet hätte, sondern betrachtete voller Stolz seine Frau. Chris empfand plötzlich Neid, und er beruhigte sich so weit, dass er wieder vernünftig denken konnte. Eine solche Idee – wie typisch für Victoria!

»Natürlich durfte keiner von uns hier sein, denn sonst wäre der Kerl – äh, der Gentleman – hier nicht eingebrochen. Darauf hat uns Jake auch aufmerksam gemacht. Jedenfalls hat seine Idee funktioniert.«

»Das war gefährlich, Jenna.«

»Okay, du hast deine Pflicht getan und mich ausgeschimpft«, erwiderte Jenna mit gesenktem Blick. Dann schenkte sie ihrem Mann ein strahlendes Lächeln. »Aber natürlich hätte ich es nie ausprobiert, wenn Reid nicht da gewesen wäre.«

»Natürlich nicht, Liebes«, meinte Reid trocken, und sie lief zu ihm, stellte sich auf die Zehenspitzen und gab ihm einen Kuss auf die Wange. Als er nicht reagierte, legte sie den Kopf schief und sah ihn an, dann zupfte sie ihn an seinem langen Bart, und er legte einen Arm um ihre Schultern und zog sie an sich.

Noble machte seinem Gefangenen ein Zeichen, sich in Bewegung zu setzen. Kopfschüttelnd meinte er: »Jake – na so was!«

»Ja, und wenn du ihn siehst, dann danke ihm von mir, Christopher!«, sagte sie, während sie den Marshal und seinen Deputy zur Tür begleitete.

»Ich würde ihm gern noch eine Menge mehr sagen!«, murmelte Chris vor sich hin.

»Christopher!«, warnte sie sanft, und er blieb auf den Stufen stehen. »Jake hätte sich auch auf den Standpunkt stellen können, dass ihn das alles nichts anginge. Er hatte nichts damit zu gewinnen, indem er mir diesen Vorschlag machte.«

»Er wollte noch nicht mal Geld dafür haben«, mischte Reid sich ein. »Leute, die ehrlich besorgt um andere sind, sind eine Seltenheit.«

Das tröstete Chris wenig, der fand, Victoria untergrabe seine Autorität. »Jake ist nicht mehr in der Stadt, Jenna.« Enttäuschung spiegelte sich auf ihrem hübschen Gesicht wider. »Er hat gestern Abend den letzten Zug genommen.«

Noble blickte seinen Boss stirnrunzelnd an, doch dann schlich sich ein kleines Lächeln auf seine Lippen. Erneut gab er dem Gefangenen einen Schubs, damit er sich bewegte. Chris ging neben Noble, genauso düster wirkend wie sein Hengst. Noble blickte zwischen Herrn und Pferd hin und her und kam zu dem Schluss, dass er den Mund nicht länger halten konnte.

»Stolz kann einem manchmal sehr zu schaffen machen, Marshal.«

Chris wusste, dass dieser Tonfall eine Predigt ankündigte.

»Sie ist ein verdammt tapferes Ding, dein Mädchen!«

»Sie ist stur und –« Chris' Kopf fuhr hoch, und er durchbohrte den Deputy mit seinen Blicken. »Du weißt Bescheid?«

Noble grinste. »Ja, aber ich kann ein Geheimnis für mich behalten«, erwiderte er und legte eine Hand auf sein Herz.

»Weiß sie, dass du es weißt?«

Noble sah ihn stirnrunzelnd an. »Du redest wohl nicht viel mit ihr, was?«

»Natürlich reden wir miteinander.« Aber sie verrät mir trotzdem nicht viel, fügte er in Gedanken hinzu.

»Na, wahrscheinlich habt ihr auch die ganze Nacht auf dem Berg nichts anderes getan als geredet.« Das klang spöttisch, amüsiert. Ein Muskel in Chris' Wange zuckte.

»Das geht dich nichts an.«

»Vielleicht nicht.« Noble zuckte mit den Schultern. »Aber deshalb kann ich ihre Cleverness trotzdem bewundern.«

»Sie mischt sich ständig in alles ein.«

»Verdammt. Chris, kannst du denn nicht sehen, was für eine Frau du da hast?« Noble kam näher, senkte die Stimme. »Sie ist klug – Himmel, sie ist brillant. Und stark. Außerdem hat sie mehr Verstand und Mut als jeder *Mann* hier in der Stadt, Anwesende natürlich ausgeschlossen. Und wenn das stimmt, was Seth von Luckys Rettung erzählt hat, dann hat sie auch noch ein Herz so groß wie das ganze Territorium!«

»Wenn, dann ist es unter Tonnen von Gestein begraben!« Das meiste davon jedenfalls, dachte er.

Sie hatten inzwischen das Gefängnis erreicht, und Noble schob den Gefangenen in das Gebäude. Auf der Schwelle blieb er stehen und blickte den Marshal an. »Du schaust nur nicht am richtigen Ort nach, Chris.«

Chris sah ihn böse an, und während Noble den Gefangenen in eine Zelle verfrachtete, erzählte er Chris, was er vor ein paar Tagen im Laden miterlebt hatte.

Chris schüttelte den Kopf. Warum hatte Victoria ihn verteidigt, zu einem Zeitpunkt, als sie sich kaum kannten? Er spürte einen merkwürdigen Schmerz in seinem Herzen. Sie würde ihn verlassen, warum also machte es ihm so viel aus? Und plötzlich fiel ihm wieder sein Traum ein, als der Puma ihm den Weg geöffnet hatte, und seine harten Gesichtszüge entspannten sich leicht.

»Wo ist sie jetzt?«

»Das wird dir nicht gefallen.«

Chris blickte seinen Deputy scharf an. »Mir hat auch bisher nicht sonderlich gefallen, was diese Frau gemacht hat. Was sollte jetzt also anders sein?«

Noble lächelte vor sich in, als er den Schlüsselbund an den Haken hängte. »Sie arbeitet im Pearl.« Er blickte Chris über die Schulter hinweg an. »Das heißt, Clara arbeitet dort.«

Chris' Augen blitzen, dann zog er sie zu schmalen Schlitzen zusammen. »Und was macht sie da?«, sagte er durch zusammengebissene Zähne.

Noble konnte Chris' Wut und Angst deutlich spüren. Es war untypisch für Chris, seinem Temperament keine Zügel anzulegen, denn normalerweise sorgte sein Cheyenne-Blut dafür, dass er sich unter Kontrolle hielt. Aber es würde ihm helfen, wenn er etwas Dampf ablassen konnte. »Geh hin und schau selbst nach!«

Damit setzte Noble sich an seinen Schreibtisch. Er holte ein Blatt Papier heraus, tunkte die Feder in die Tinte und begann seelenruhig seinen Bericht zu schreiben. Chris starrte seinen Deputy an, dann ging er zur Tür.

»Wie sieht sie wirklich aus, Chris?«

Chris blieb stehen, eine Hand an den Türrahmen gestützt, und sah hinaus auf die Straße. »Sie ist eine wilde Schönheit«, sagte er mit rauer Stimme. »Hinreißend.« Ungezähmt. Sie wirkte manchmal so unnahbar, als ob sie Dinge kennen würde, die niemand sich vorstellen könnte. Und dank ihres eisernen Willens verriet sie auch nichts davon. Außer in der vergangenen Nacht, dachte er. Letzte Nacht ist ihre Beherrschung wie Glas zersplittert, und er würde niemals vergessen, dass sie ihn, zumindest für kurze Zeit, gebraucht hatte.

*Sie war atemberaubend, schlank und mit blondem Haar, und mein Messer glitt in ihr Fleisch, als wäre es Butter. Ich habe ihren Schock gefühlt, als sie sich an mich presste, sah es in ihrem perfekten Gesicht. Sie hat gedacht, ich würde sie lieben. Sie haben alle geglaubt, ich würde sie lieben. Aber ich bin dazu nicht fähig. Ich kann diese Frauen nicht lieben, die es verdient haben zu sterben. Ich helfe doch nur den Kindern – warum begreifen sie das nicht?*

*Aber das ist auch egal.*

*Ich bin wie ein Traum, ein Gedanke. Nicht zu fassen. Denn ich hinterlasse keine Spuren.*

*Nur einen blassen, leblosen Körper, dem das eigene Blut Farbe verleiht.*

*Es erregt mich, wenn ich daran denke.*

*Vielleicht erlaube ich Dee, sich darum zu kümmern.*

Victoria klopfte an die Tür und wartete. Unwillkürlich wurde ihr Griff um das Tablett, das sie auf der Hüfte balancierte, fester, als sie versuchte, sich zu äußerer Gelassenheit zu zwingen. Sie arbeitete nun bereits drei Tage in dem Saloon und hatte jede Begegnung mit ihm vermeiden können – bis jetzt.

Chris hatte insofern Recht, als Becket tatsächlich neue Alkoholvorräte beschafft hatte, aber Victoria wusste, dass dies nicht das Einzige war, was er erledigt hatte. Dafür wirkte er seit seiner Rückkehr zu glücklich – zu selbstzufrieden. In der vergangenen Nacht hatte sie sich, als sie im Bett lag, erneut die zerfledderten Unterlagen vorgenommen, in der Hoffnung, vielleicht doch noch einen Hinweis auf seine Motive zu entdecken, darauf, wen er eigentlich umbringen wollte, wenn er seine Opfer tötete. Abgesehen von der Methode und der Art und Weise, wie die Leichen arrangiert waren, gab es keine offensichtliche Verbindung zwischen den Morden. Seine Opfer kamen aus allen gesellschaftlichen Klassen, hatten einen unterschiedlichen Hintergrund und verschiedene Berufe. Sie stammten aus allen möglichen Gegenden in den USA. Allerdings war ihr etwas aufgefallen – seine samtweiche Stimme riss sie aus ihren Gedanken. Auch wenn diese noch so kultiviert klang – Victoria bekam eine Gänsehaut, wenn sie sie nur hörte. Sie atmete einmal tief durch, versuchte, alle anderen Gedanken zu verdrängen und sich zusammenzureißen. Dann öffnete sie die Tür. Er blickte nicht auf, als sie eintrat, doch als sie in seine Nähe kam, schloss er ein kleines Notizbuch und ließ es unauffällig in einer der Schreibtischschubladen verschwinden. Victoria tat so, als hätte sie dies nicht bemerkt, goss ihm Kaffee ein und fügte genau die richtige Menge Zucker und Milch hinzu.

Als sie ihm die Tasse reichte, blickte sie in seine Augen – in die Augen eines Serienmörders. Sein Blick glitt über ihr Gesicht; nur das kurze Zucken seiner Lippen verriet ihr, dass ihre Narbe ihm Abscheu einflößte.

Er nahm die Tasse und lehnte sich zurück.

»Sie sind Clara.«

Und du hast Cole umgebracht, dachte sie, laut aber sagte sie nur: »Ja, Sir.« Dann stellte sie sein Essen vor ihm auf den Tisch, richtete das Silberbesteck genau aus. Er war ein Perfektionist, und wenn er glaubte, in ihr die gleiche Eigenschaft zu erkennen, würde ihr das einen Vorteil verschaffen. Es war ganz wichtig, dass er sich in ihrer Nähe entspannte, dass er kein Misstrauen ihr gegenüber empfand. Dass er sie einfach als fleißige Arbeiterin betrachtete.

»Wer hat Ihnen diesen Schnitt zugefügt?«

Sie sah ihn an, senkte aber schnell wieder den Blick, während sie hektisch nach einer passenden Erklärung suchte. Einer, die er nicht nachprüfen konnte. »Mein Vater«, antwortete sie schließlich.

Er zog eine Augenbraue hoch. »Warum?«

»Ich war als junges Mädchen recht hübsch«, behauptete sie und hoffte, dass er ihr das abnahm.

»Das kann ich mir vorstellen.« Die Art, wie er dies sagte, gefiel ihr nicht – es war viel zu persönlich.

»Er dachte wohl, wenn ich hässlich bin, dann brauchte er keine Angst mehr zu haben, dass ihm ein anderer Mann alles wegnimmt – mich und meine Mitgift.« Gut, das hörte sich plausibel an.

»Ein kluger Mann.«

Wieder sah sie ihn an. Ihre Augen wurden schmal. Wie konnte er so etwas gutheißen? Doch dann dachte sie wieder daran, mit wem sie sich unterhielt. »Finden Sie es etwa richtig, dass er mich ruiniert hat?«

Die Tasse in der Hand, beugte er sich leicht vor.

»Ich wollte damit nur ausdrücken, dass er Sie vielleicht so sehr geliebt hat, dass er sie niemals verlieren wollte.« Es schwang so viel Aufrichtigkeit in seinen Worten mit, dass Victoria ganz schlecht wurde. Dann stellte er die Kaffeetasse ab. »Es gibt Menschen, die werden überhaupt nicht von ihren Eltern geliebt.«

Sie schaute ihn an. Er war erregt. »Sie haben Recht, Sir. Aber mir wäre es lieber gewesen, wenn er seine Liebe statt mit dem Messer durch Worte ausgedrückt hätte.« Verdammt. Sie wollte sich nicht mit ihm unterhalten. Und schon gar nicht über ein Problem, das sie erfunden hatte. Er war zu intelligent, als dass sie sich eine Unachtsamkeit hätte leisten können.

»Perfektion liegt nicht unbedingt im Äußeren«, erwiderte er sanft und nahm ihre Hand. Jeder Muskel in Victorias Körper spannte sich an. Furcht erfasste sie. Seine Hand war eiskalt. Selbst bei diesen warmen Temperaturen, selbst nachdem er eine Tasse mit heißem Kaffee gehalten hatte, war seine Hand so kalt wie die eines Leichnams. Und Victoria konnte an nichts anderes denken als daran, wie viele unschuldige Leben er mit diesen gepflegten, sorgfältig manikürten Händen ausgelöscht hatte. Auch Coles Leben.

»Ich wünschte, jeder würde so denken.« Am liebsten hätte sie fluchtartig den Raum verlassen. Und zu gern hätte sie gewusst, ob in seinen Adern Blut oder Eiswasser rann.

»Ich auch, meine Liebe.«

Was machte ihm zu schaffen, diesem Mann, der alles hatte? Er sah hervorragend aus, er hatte einen hervorragenden gesellschaftlichen Hintergrund. Er war perfekt. Fast. Warum gab er sich überhaupt mit ihr ab – einem nichtssagenden, unscheinbaren Mauerblümchen? Trieb ihn so etwas wie Reue? Er gab ihre Hand frei, und Victoria trat einen Schritt zurück, als er sich erhob und mit einem kaum wahrnehmbaren Hinken zum Fenster ging. Noch etwas, was die Perfektion durchbrach. Er trug keine Jacke, hatte die akkurat gebügelten Ärmel hochgerollt, und sie bemerkte die beiden Kratzer auf seinem Arm sofort. Kratzer, die offensichtlich von Fingernägeln stammten.

»Haben Sie Ihre Pflichten für heute erfüllt?«

»Ja, Sir. Ich muss nur noch Miss Velvet helfen.«

Er nickte, blickte durchs Fenster. Langsam wurde es dunkel, und an den Wagen, die draußen vorbeirollten, hingen schaukelnd die angezündeten Laternen. »Sie behauptet, dass der Himmel Sie zu uns geschickt hätte. Wie Sie mit diesem Berg von Arbeit fertig werden, ist mir allerdings ein Rätsel.«

Das kann ich mir vorstellen, dachte sie. Du hast dir ja selbst den Hintern nie allein abwischen müssen.

»Sie haben meine Erlaubnis, eine Hilfskraft zu Ihrer Entlastung einzustellen.«

»Vielen Dank«, erwiderte sie und zwang Dankbarkeit in ihre Stimme. Am liebsten hätte sie auf seine blank polierten Stiefel gekotzt.

Er machte eine Handbewegung. »Sie können jetzt wieder gehen.«

Sie wandte sich ab, doch dann richtete er noch einmal das Wort an sie. »Und besorgen Sie sich neue Kleidung, Miss Murphy. Meine Mädchen sind stets perfekt gekleidet.« Als er eine Bewegung machte, fiel ihm das helle Haar in die Stirn. Allein mit seinem Aussehen hätte er in ihrem Jahrhundert ein Vermögen verdienen können. »Ich komme für die Rechnung auf.«

»Ich bin nicht eins der *Mädchen,* Sir.« Sie ließ Abwehr in ihrer Stimme mitschwingen, und er verzog das Gesicht, als sei die Vorstellung, sie könne sich für ihn prostituieren, das Allerletzte, was er in Betracht zöge.

»Das ist mir bewusst«, entgegnete er. »Dennoch sollten wir einen gewissen Standard aufrechterhalten.«

Perfektion, auch wenn's nur um Huren geht, dachte sie. Wirklich erstrebenswert. Die Schultern gestrafft, den Rücken gerade verließ sie den Raum, ganz dem Bild der alten Jungfer entsprechend, die sie darstellte. Victoria sah nicht, wie er lächelte, und sie sah auch nicht, wie sein Blick zu ihren Füßen glitt.

Sie blieb einen Moment stehen, nachdem sie die Tür hinter sich geschlossen hatte, und strich vorsichtig mit den Fingern über ihre künstliche Narbe. Verdammt. In Silver Rose gab es zu wenig Einwohner und zu wenig Besucher. In ihrem Jahrhundert, wo jeder nach seiner Fasson leben konnte, hätten diese hässlichen Narben wenig Aufsehen erregt, aber hier hoben sie sie aus der Menge hervor.

Sie hatte unauffällig wirken wollen – und die Aufmerksamkeit ausgerechnet jenes Mannes geweckt, der sich ihrer möglichst gar nicht bewusst werden sollte.

Victoria ärgerte sich über ihre Unachtsamkeit. Sie eilte in die Küche, wo der Koch sich um das Essen kümmerte. Sie gab Tee in eine Kanne, goss heißes Wasser darauf und blickte unauffällig auf ihre Uhr. Sie hatte gerade noch Zeit, Vel den Tee zu bringen, bevor die Mädchen mit ihrer Arbeit begannen. Sie hatte ein gespaltenes Verhältnis zu den Frauen. Sie warf ihnen nicht vor, welchem Beruf sie nachgingen, aber sie konnte nicht begreifen, was eine Frau dazu brachte, sich zu prostituieren.

Sie nahm erneut das Tablett, dann ging sie durch den Saloon

zur Treppe, die nach oben führte. Vor Vels Zimmer blieb sie stehen und klopfte. Sie hatte keinen Tag gebraucht, um Vels Bemerkung zu verstehen, dass sie, Victoria, noch das bescheidenste Zimmer im ganzen Haus hätte. Jeder Raum war nach einem bestimmten Motto eingerichtet, aber sämtliche Zimmer wirkten extravagant und sündig, die Einrichtung diente dazu, die Fantasie anzuheizen. Velvet war die Einzige, die zwei miteinander verbundene Zimmer hatte, einen kleineren Aufenthaltsraum und ein üppiges Schlafzimmer mit orientalischer Dekoration. Als Vel sie nun zum Eintreten aufforderte, stieß Victoria die Tür auf.

Vel lag hingestreckt auf seidenen Kissen, ihr verführerischer Körper kaum von den sorgfältig drapierten dünnen Stoffen in Rot, Gelb und Pink verhüllt, und neigte sich einem Mann zu, um ihm etwas ins Ohr zu flüstern.

Victoria verspürte einen schmerzhaften Stich im Herzen, als sie diesen Mann erkannte. Es war Chris.

# 17

Chris blickte hoch, und in seinen Augen blitzte es auf, als er sie sah. Dann verschloss sich sein Gesicht, doch er konnte nicht verhindern, dass ihm Röte in die Wangen stieg.

Victoria erstarrte mitten in der Bewegung. Sie fühlte sich auf merkwürdige Weise betrogen. Einen Moment lang war sie nicht in der Lage, sich zu rühren, hatte das Gefühl, als risse ihr etwas das Herz entzwei.

*Das tut weh. Das tut verdammt weh!*

Sie bemühte sich verzweifelt, ihre Fassung zurückzugewinnen, und die jahrelange Übung, ihre Gefühle auszuschalten, half ihr schließlich dabei. Sie setzte sich wieder in Bewegung, stellte das Tablett auf den niedrigen Messingtisch. Dann goss sie Vel Tee ein, gab Zucker dazu und richtete sich wieder auf. Sie schaute Velvet an. »Kann ich sonst noch etwas für Sie tun, Miss Knight?«

Vel schaute zwischen Victoria und Chris hin und her, die Stirn leicht gerunzelt. »Nein danke, Schätzchen«, meinte sie. »Es war lieb, dass Sie an den Tee gedacht haben.«

Victoria blickte Chris an. »Vielleicht brauchen Sie noch etwas, Marshal?« *Zum Beispiel ein paar auf die Nase?*

»Nein danke, ich habe hier bereits alles bekommen, was ich haben wollte.« Seine tiefe, samtweiche Stimme bohrte sich ihr wie ein Messer ins Herz.

»Das ist aber gar nicht nett, andere so aufzuziehen«, sagte Vel mit einem Lachen und schlug ihn spielerisch auf den Arm.

Victoria schluckte. Sie mochte Velvet, sie waren Freundinnen geworden. Aber es brachte sie um, Chris so nah bei ihr zu sehen, mitansehen zu müssen, wie er ihre üppigen Kurven bewunderte und sich der halbnackten Hure gegenüber so vertraut benahm.

Sie musste hier raus.

»Wenn Sie mich entschuldigen – ich muss neue Kleidung kaufen.«

»Mir gefällt das, was Sie anhaben.« Vels Blick glitt über ihren gestärkten dunkelblauen Rock und die hochgeschlossene weiße Bluse.

»Mr Becket aber offensichtlich nicht.« Wieder spielte Victoria perfekt die prüde alte Jungfer. »Er meinte, seine Mädchen hätten sich nach einem gewissen Standard zu kleiden – dem ich nicht entspräche.«

»Das stimmt, in der Beziehung ist er ein bisschen komisch«, gab Vel zu, und Chris' Miene verdüsterte sich.

»Was für ein Standard?«, wollte er wissen. Seine Stimme klang scharf.

Sie sah ihn ausdruckslos an. »Ich glaube nicht, dass Sie das etwas angeht, Marshal.«

Chris stand abrupt auf, die Hände zu Fäusten geballt. »Und ob es mich etwas angeht!«, stieß er hervor.

»Sie sollten inzwischen doch begriffen haben, dass es nicht nötig ist, Ihre Nase in alles zu stecken, Marshal Swift.« Seine dunklen Augen wurden schmal. »Sie könnte Ihnen abgeschnitten werden!« Sie ignorierte seinen Ärger und wandte sich an Vel, die Chris nachdenklich anschaute. Mal sehen, wie er ihr das erklärt, dachte sie, doch ihre Schadenfreude konnte ihren Schmerz nicht verdrängen. »Dann lasse ich Sie beide jetzt wieder allein.«

Sie drehte sich auf dem Absatz herum, marschierte zur Tür und zog sie hinter sich zu.

Chris zuckte zusammen, als die Tür ins Schloss fiel. Er fluchte leise vor sich hin und fuhr sich dann mit allen zehn Fingern durchs Haar. Der Ausdruck, mit dem sie ihn angeschaut hatte, hatte ihm ins Herz geschnitten. Er wusste, welchen Eindruck sie gewonnen haben musste. Er würde ihr alles erklären – aber er hatte das dumme Gefühl, dass sie im Moment für seine Erklärungen nicht allzu empfänglich wäre.

»Marshal?«, fragte Vel sanft. »Was läuft da zwischen euch?«

»Nichts.« Er ging zur Tür.

»Das können Sie jemand anderem weismachen!«

Er blieb stehen, und sie blickte ihn über den Rand ihrer Tasse an. Chris unterdrückte einen Seufzer. Er wollte Victoria wahrhaftig nicht verraten, und er konnte nur hoffen, dass Vel die Einzige war, die die starke Anziehungskraft zwischen ihnen beiden bemerkt hatte

»Clara ist mehr als das, was sie zu sein scheint.«

Vel schnaubte. »Vielleicht sagen Sie mir etwas, was ich noch nicht weiß.«

Fragend blickte er sie an.

»Sie ist irgendwie anders. Merkwürdig, aber – ach, ich weiß auch nicht, wie ich es ausdrücken soll.« Sie schüttelte den Kopf. »Ich werde einfach das Gefühl nicht los, dass sie nicht das ist, was wir alle sehen.«

Beinahe hätte Chris gelacht. »Danke, Vel«, sagte er und nahm seinen Hut von einem kleinen Tischchen. »Lassen Sie es mich wissen, wenn Sie etwas Wichtiges sehen oder hören.«

»So ein verdammtes Pech.« Sie schnippte mit den Fingern. »Da hatte ich Sie eine geschlagene Stunde in meinen Klauen – und was ist passiert? Nichts!«

Er blickte sie über die Schulter hinweg an. »Tut mir Leid, Vel«, meinte er und setzte den Hut auf, »aber Sie sind mir nicht wild genug!« Ihr lautes Lachen folgte ihm, als er den Gang entlangeilte und dann im Rekordtempo die Hintertreppe nach unten lief. Chris blieb stehen und schaute sich suchend um, dann betrat er das Badehaus für die Männer.

Der Mann, der in dem großen Zuber saß und sich schrubbte, sah auf. Sein Blick blieb an dem Stern auf Chris' Brust hängen.

»Wo ist die Dienstmagd?«

Der Mann deutete mit dem Kopf nach draußen. Chris machte kehrt und ging in Richtung Waschküche, die hinter dem Saloon lag. Heißes Wasser blubberte in den Kesseln, in einigen Bottichen war schmutzige Wäsche eingeweicht, aber niemand war in dem großen Raum. Hatte sie ihren Job einfach hingeschmissen?

Doch gerade, als er wieder gehen wollte, erblickte er sie durch eines der Fenster. Sie war draußen im Hof und pumpte Wasser in einen Eimer, stellte ihn beiseite und füllte dann einen zweiten. Die arme Pumpe hat ihr doch gar nichts getan, dachte er, als er sah, wie wütend sie den Schwengel bearbeitete.

Chris lächelte zufrieden. Sie war eifersüchtig – und wie!

Am liebsten hätte er laut gejubelt. Stattdessen schlich er sich an sie heran.

»Verschwinde«, sagte sie ohne aufzublicken, dann nahm sie die beiden Eimer auf und marschierte zurück zur Waschküche.

Er folgte ihr. »Victoria –«

Sie blieb so abrupt stehen, dass er fast gegen sie gerannt wäre. Wasser schwappte aus den Eimern. »Ich fürchte, Sie verwechseln mich mit jemandem. Ich heiße Clara Murphy.« Dann ging sie weiter und betrat den Waschraum. Sie stellte einen Eimer ab, bevor sie den anderen in den großen Kessel über dem Herd leerte.

»Ich dachte, du würdest dir was zum Anziehen kaufen.«

»Tue ich auch – morgen Früh.« Sie leerte auch den zweiten Eimer und eilte dann wieder nach draußen, um sie erneut zu füllen. »Die Geschäfte haben bereits geschlossen.«

Chris folgte ihr auf den Fersen.

Während sie Wasser pumpte, wünschte sie, Chris würde sie mit ihrem Elend allein lassen. »Haben Sie keinen Job, um den Sie sich kümmern müssen, Marshal?«

»Ich bin im Dienst.«

Sie sah ihn an. »Ach – dann gehört es also zu Ihrem Dienst, ein Bordell zu besuchen? Wie angenehm für Sie!«

»Ich bin kein Kunde, Tori.«

Das klang vollkommen aufrichtig. Victoria fühlte sich unbehaglich. Sie zog den vollen Eimer so hastig weg, dass Wasser auf Chris' Stiefel schwappte. »Das ist mir vollkommen egal«, behauptete sie, doch ihre Stimme verriet sie.

»Ist es dir nicht.« Er grinste.

Victoria zuckte mit den Schultern. »Denk doch, was du willst.« Sie ging mit den gefüllten Eimern zurück und fuhr mit ihrer Arbeit fort. Dann füllte sie einen Waschkrug mit heißem Wasser und machte sich auf den Weg zum Baderaum, klopfte kurz, bevor sie eintrat. »Warm genug?«, fragte sie.

»Ja, Madam.« Der Cowboy tippte kurz an seinen Hut. Sein Blick huschte zwischen Victoria und dem Marshal hin und her.

Victoria stellte den Krug auf ein Tischchen neben dem Zuber und griff nach dem Schwamm. »Soll ich Ihnen den Rücken waschen?«

»Du wirst niemandem den Rücken waschen!«, fuhr Chris dazwischen und trat nun auch in den Raum.

Sie sah ihn von oben herab an und begann, den Mann zu waschen, doch Chris hielt ihr Handgelenk fest. Sie starrten sich an; nun lag Eifersucht in seinem Blick.

»Ist schon in Ordnung, Madam, ich kann das auch alleine«, mischte der Mann sich ein. Er nahm seinen Hut ab und hielt ihn sich ein wenig verschämt vor seinen Körper.

»Das ist mein Job, Marshal!«

Er wusste, was sie damit ausdrücken wollte. Sie war hier, um ihre Beute zu beobachten – aus keinem anderen Grund. Und er hatte es verdammt satt, dies immer und immer wieder zu hören. Er wollte und konnte einfach nicht glauben, dass ihr nicht auch bewusst war, dass zwischen ihnen etwas ganz Besonderes war. Wenn sie doch endlich aufhören würde, gegen ihn anzukämpfen!

»Ladys waschen nicht den Rücken fremder Männer!«

»Ich sehe hier keine Lady«, sagte sie und befreite sich überraschend leicht aus seinem Griff. »Sie vielleicht?« Sie schaute ihn an, bemerkte, wie sich seine dunklen Augenbrauen zusammenzogen, sah, wie er sie forschend betrachtete, dann wandte sie sich ab und überprüfte die Temperatur des warmen Wassers. Als der nackte Mann im Zuber nickte, spülte sie den Seifenschaum aus seinem Haar und vom Rücken, dann legte sie einen Stapel frische Handtücher griffbereit hin. »Lila wartet in Zimmer vier auf sie«, sagte sie, und ihre Stimme klang so verführerisch dabei, dass Chris heiße Wut in sich aufsteigen spürte.

Der Mann nickte nur. Victoria drehte sich um und marschierte nach draußen, zwang Chris, ihr den Weg frei zu geben. Sie kehrte in die Waschküche zurück und widmete sich erneut ihrer Arbeit. Sie rollte die Ärmel bis über die Ellbogen hoch. Sie musste noch mehrere Laken waschen. Sie schrubbte sie, spülte sie aus und wrang dann jedes Leintuch aus. Chris lehnte am Türrahmen. Er war fasziniert vom Spiel ihrer Muskeln – sehr ausgeprägter Muskeln.

Konnte er sich wirklich so geirrt haben? Konnte sie tatsächlich ihr Herz vor allen Gefühlen verschließen? Er machte einen Schritt in die Waschküche – und prompt flog ihm ein Stück Seife gegen die Schulter.

Offensichtlich konnte sie es nicht!

»Komm ja nicht hier rein!«

Seine Antwort bestand darin, dass er die Tür zuzog. Die Lampen spendeten nur spärliches Licht.

»Ich schwöre, ich bringe dich um, wenn du mir zu nahe

kommst!« Bei jedem Wort wrang sie das Leintuch und wünschte, es wäre sein Hals.

»Ich wollte dich nicht verletzen!«

»Von mir aus kannst du schlafen, mit wem du willst.« Ihre Stimme schwankte leicht. »Es ist mir gleichgültig.« Sie schlug das Leintuch aus. Wassertropfen spritzten in sein Gesicht. »Also bemüh dich nicht, dieser Sache mehr Wert beizumessen, als sie tatsächlich hat.« Sie wandte ihm den Rücken zu, um das Laken aufzuhängen, und hoffte, er würde nicht sehen, dass ihre Hände zitterten.

Er kam immer näher, wie ein Puma, der seine Beute einkreist – und Victoria wurde immer nervöser.

»Verschwinde einfach und lass mich in Ruhe!« Unnötig heftig klemmte sie die hölzernen Wäscheklammern fest.

»Ich war nicht als Kunde hier.«

Sie schaute ihn kurz an. »Ich weiß, was ich in deinen Augen gesehen habe. Schuldbewusstsein.« Sie duckte sich unter der Leine durch und nahm sich das nächste Laken.

Er folgte ihr. »Ich hatte nicht mit dir gerechnet«, gab er zu. »Aber gerade du solltest wissen, dass nicht immer alles so ist, wie es erscheint.«

»Soll das heißen, du warst inkognito da?«

»Nein.« Er senkte die Stimme. »Um Informationen zu bekommen.«

Sie hielt einen Moment in ihrer Bewegung inne. »Über wen?«

»Ganz allgemein. Ich kann nicht überall gleichzeitig sein, und Vel erfährt vieles.« Er sah sie an. »Glaubst du mir endlich?«

»Nicht ganz.«

Chris seufzte auf. »Heiliger Himmel, du bist die sturste, verbohrteste Frau weit und breit!« Er beugte sich zu ihr herab. »Glaubst du allen Ernstes, dass du so böse auf mich geworden wärst, wenn du nicht eifersüchtig wärst – wie eine ganz normale Frau? Willst du das immer noch leugnen?«

»Was für ein kluger Mann du bist – du kannst mir sogar meine eigenen Gefühle erklären!«, meinte sie trocken. »Ich werd's mir für die Zukunft merken.« Sie schob ihn beiseite, als wäre er ein lästiges Möbelstück, und ging zum Herd. Sie füllte warmes Wasser in einen Eimer, goss es dann in einen Bottich. Sie rührte die eingeweichten Laken um, drückte sie aus und begann zu schrubben.

Geh doch endlich, dachte sie. Bitte! Ich brauche diesen Schmerz, damit ich mein Verlangen nach dir unter Kontrolle halten kann!

Chris nahm seinen Hut ab und fuhr sich mit der anderen Hand durchs Haar. Entlassen wie ein Schuljunge, dachte er. Aber er hatte ihr Verhalten gründlich satt. Er machte ein paar Schritte auf sie zu, packte sie an den Schultern und drängte sie gegen die Wand. Sie kämpfte bei jedem Zentimeter, den sie zurückweichen musste, gegen ihn an.

»Ich sollte aus dir einen Kastraten machen!«, sagte sie und wollte das Knie heben, aber er hatte einen Fuß auf ihren Rocksaum gestellt.

»Und ich sollte dich lieben, bis du völlig erschöpft bist.«

Allein schon bei der Vorstellung schoss eine Hitzewelle durch ihren ganzen Körper. »Glaubst du tatsächlich, du wärst so gut?«

Er grinste. »Das ist genau das, was du brauchst.«

Arroganter Mistkerl! »Einmal richtig umlegen – sehr einfallsreich, wirklich! Und anschließend wirst du mich wahrscheinlich noch aus einer fürchterlichen Gefahr retten, und dann reitet mein Held in den Sonnenuntergang davon!«

»Mein Cheyenne-Instinkt rät mir, dich einfach zu entführen und so lange festzuhalten, bis du endlich begriffen hast.« Er sah sie nachdenklich an. »Was ich wahrscheinlich auch tun werde, damit du endlich diese lächerliche Maske ablegst.«

»So leicht kriegst du mich nicht.«

Er lächelte sie strahlend an. »Ich weiß.«

Warum war sie ausgerechnet ihm begegnet? Ausgerechnet jetzt? »Wir können dies nicht zu Ende bringen, Chris.«

»Weil du gar nicht erst zulässt, dass zwischen uns etwas beginnt!«

Machte er Witze? Von wegen beginnen – sie steckte längst mittendrin in ihren verwirrenden Gefühlen für ihn! Laut aber sagte sie: »Weil wenigstens einer einen kühlen Kopf bewahren muss!«

Er presste seinen Körper gegen ihren. »Würde dir das nicht gefallen?«, flüsterte er ihr zu. Victoria drehte den Kopf zur Seite, doch er zwang sie, ihn wieder anzuschauen. Er hasste es, wie sich diese falsche Haut unter seinen Fingern anfühlte, und blickte in ihre Augen. Er hatte nicht viele Möglichkeiten. Entweder nahm er sie fest, oder er versuchte, die Barrieren niederzureißen, hinter denen sie sich versteckte …

Oder er fand Zugang zu ihrem Herzen. So wie sie zu seinem.

»Auch wenn du mich ignorierst – ich werde mich trotzdem nicht zurückziehen. Leugne die Gefühle, die uns verbinden, sie werden dennoch nicht aufhören zu existieren.« Er senkte die Stimme. »Und wenn du wegläufst, folge ich dir.«

»Das darfst du nicht!«, sagte sie schwach – schwach vor Verlangen nach ihm.

»Doch. Aber du wirst bleiben. Bei mir«, fügte er hinzu, als sie etwas einwenden wollte. »Ich kann dich nicht gehen lassen, Tori. Du bist bereits in meinem Herzen.«

Sie sah ihn an, überrascht von dem intensiven Ausdruck in seinen Augen, seiner unerschütterlichen Gewissheit. Sie wusste, dass ein Mann wie er solche Worte nicht leichtfertig dahinsagte. »Du willst doch nur …«

Er verschloss ihr den Mund mit seinen Lippen, hinderte sie daran, weiterzusprechen. Chris wusste, dass es eine ziemlich grobe Bemerkung gewesen wäre – ein weiterer Versuch, ihn abzuschrecken. Aber es funktionierte nicht. Er vertiefte seinen Kuss, verführte sie mit seiner Leidenschaft. Immer noch wehrte sie sich gegen ihn, hieb mit den Fäusten gegen seine Brust, wand sich, um freizukommen. Du lieber Himmel, was sollte er denn noch mit dieser Frau machen? Wie konnte er ihr Herz erreichen, wenn sie ständig vor ihm davonlaufen wollte? Er presste sie enger an sich, Hüfte gegen Hüfte, und ließ sie spüren, wie sehr er sie begehrte.

Dann packte er sie an den Handgelenken und legte ihre Arme um seine Taille.

Dafür hieb sie ihn gegen den Rücken, aber wenigstens erwiderte sie jetzt seinen Kuss. Wild und ohne Hemmungen, als könnte sie so ihre Gefühle abreagieren, ihren Zorn, ihren Schmerz, die Angst, betrogen worden zu sein. Es war ein Kuss, der ihre Seele offenbarte. Victoria ließ ihre Hände zu seiner Brust wandern, dann legte sie sie um sein Gesicht – nun war er gefangen.

Sie war es, die jetzt die Initiative übernahm – ihr Kuss war wie flüssiges Feuer, wildes, ungezähmtes Verlangen. Hungrig. Besitzergreifend.

Chris zitterten die Knie. Sein Herz schlug wie verrückt. Und als ihr Kuss endlich zärtlicher wurde, flüsterte er an ihren Lippen: »Gib's zu – du warst eifersüchtig!«

»Ja«, sagte sie widerstrebend. »Ja, ja, ja!« Sie vergrub die Finger in seinem Haar. »Was hätte ich denn sonst empfinden sollen? Ich hatte dich drei Tage lang nicht gesehen, und dann entdecke ich dich bei Vel!«

»Ich dachte, du wolltest nicht, dass ich dich finde.«

»Wollte ich auch nicht, aber ...«

Er grinste sie an.

»Oh, schau nicht so verdammt selbstzufrieden drein!« Sie sah ihn aus schmalen Augen an und ließ ihn los.

»Gönn mir wenigstens diesen einen kleinen Triumph. Seit wir uns das erste Mal begegnet sind, warst du in allem und jedem besser als ich.«

»Wer sich nicht verbrennen will, sollte das Feuer meiden!«, warnte sie ihn.

»Aber an *diesem* Feuer würde ich mich zu gern verbrennen«, sagte er, während er sich an sie schmiegte. Wie ein Hauch streiften seine Lippen über ihren Mund, Dann begann er, ihre Bluse aufzuknöpfen.

»Chris!«, sagte sie scharf und versuchte, ihn aufzuhalten. Doch er entdeckte die Stelle, wo die Maske auf ihre eigene Haut traf und berührte sie mit seinem Mund. Victoria seufzte leise auf und bog sich ihm entgegen, während seine Lippen tiefer wanderten.

»Du schmeckst unglaublich, Tori!«, flüsterte er. »Aber ich möchte auch wirklich *dich* spüren!« Er legte seine Hände auf ihre flach gebundenen Brüste. »Es ist nicht fair.«

»Tu mir das nicht an. Bitte! Nicht jetzt. Vielleicht können wir uns später treffen und –« War sie eigentlich verrückt geworden, dass sie so etwas sagte? Sie musste hart bleiben … doch der Ausdruck auf seinem Gesicht, diese Mischung aus Hoffnung und unglaublicher Freude, ließ jede Abwehr im Keim ersticken. Ihre Willenskraft hatte offensichtlich Grenzen, was diesen Mann betraf.

Stimmen waren zu hören, und Chris und Victoria stoben auseinander. Chris machte schnell ein paar Schritte von ihr weg und nahm seinen Hut, und Victoria gelang es gerade noch, ihre Bluse wieder zu schließen, bevor die Tür geöffnet wurde.

Ivy League stand auf der Schwelle, und Victoria sank das Herz bis in die Zehenspitzen. Sie hoffte inständig, dass er nicht erraten würde, wie nahe sie und Chris sich eben noch gewesen waren. Was um Himmels willen machte er überhaupt hier?

»Vielen Dank für die Information, Miss Murphy«, sagte Chris und tat so, als hätte er gerade hinausgehen wollen. Als er Ivy League sah, blieb er mit gespielter Überraschung stehen.

»Marshal Swift?«, sagte der Saloonbesitzer und runzelte die Stirn.

»Miss Murphy war Zeugin eines Verbrechens, das heißt, sie hat die Spuren entdeckt, die dieser Kerl hinterlassen hat. Im Excelsior«, fügte er erklärend hinzu und setzte sich wieder in Bewegung.

Becket nickte. »Ich hoffe, Sie hat Ihnen weiterhelfen können.«

Chris blieb an der Tür stehen. »Ja, dank ihrer Aussage und der tatkräftigen Unterstützung eines Jungen namens Jake konnten wir den Übeltäter schnappen.«

Victoria senkte den Kopf, um ihr Lächeln zu verbergen.

»Aber das ist doch schon drei Tage her, oder?«

Chris nickte. »Das stimmt, aber ich brauchte ihre Aussage, bevor ich meinen Bericht abschließen konnte. Ich hatte gehört, dass Miss Murphy das Hotel verlassen hatte, aber ich habe erst vorhin erfahren, dass sie nun hier arbeitet.« Chris drehte sich um und schaute zu ihr hin.

Victoria blickte auf. Wasser tropfte aus dem Laken, das sie in der Hand hielt. Da er mit dem Rücken zu Becket stand, konnte dieser seinen Gesichtsausdruck nicht sehen. Der Blick seiner dunklen Augen glitt wie eine Liebkosung über sie, erinnerte sie an ihr Versprechen, bevor er grüßend an den Hut tippte. »Auf Wiedersehen, Madam!« Er zwinkerte ihr zu, dann wandte er sich wieder um, schüttelte Becket die Hand und trat nach draußen.

»Sie haben einen Wunsch, Sir?« Sie hoffte, dass ihre geschäftsmäßige Art jeden Verdacht zerstreute, den er hätte haben können.

Er sah sich in der Waschküche um, Abscheu im Blick. »Es betrifft Ihre Kleidung.«

»Ja, Sir?«, sagte sie ausdruckslos.

»Ich habe es mir anders überlegt.« Victoria verzog keine Miene. »Da Sie tagsüber sowieso niemand Wichtiges sieht, habe ich beschlossen, mir die Kosten zu sparen. Ihr Aussehen ist einen solchen Aufwand nicht wert.«

Ihre stolze Haltung zeigte, dass sie nicht beleidigt war. Jemand wie Clara nahm Zurückweisungen nicht mehr übel. »Wie Sie möchten, Sir.«

Er ging, bevor sie den Satz zu Ende gesprochen hatte.

Also keine neuen Kleider. Gut. Victoria wäre ohnehin lieber barfuß über Glasscherben gelaufen, als etwas zu tragen, was er bezahlt hatte. Während sie weiter ihre Arbeit erledigte, überlegte sie, ob er wohl knapp bei Kasse war. Dann fiel ihr wieder jenes Gespräch ein, das sie als Jake mit Vel geführt hatte. Er hatte vor, Vel den Saloon zu verkaufen.

Wollte er von hier fort, weil er ein neues Opfer gefunden hatte?

# 18

Nachdenklich nagte Victoria an der Unterlippe. Irgendetwas Wichtiges steht in diesem Buch, überlegte sie. Jenes Tagebuch oder was auch immer, in das Ivy League etwas geschrieben hatte, als sie sein Arbeitszimmer betreten hatte. Sie musste wissen, was darin stand, vielleicht konnte sie sogar Aufnahmen davon machen. Sie versuchte sich zu erinnern, ob sich unter den Sachen, die sie am Abend von Coles Tod in den Rucksack gepackt hatte, auch die Mikrokamera befand, die sie zu benutzen pflegte. In *meiner* Zeit, fügte sie in Gedanken hinzu.

»Mit dir ist heute Abend aber auch nicht viel los«, sagte jemand zu ihr, und Victoria blickte auf, momentan verwirrt. Es dauerte einen Augenblick, bis sie sich wieder zurechtfand, denn ihre Gedanken waren in schmerzhaften Erinnerungen gefangen gewesen. Sie betrachtete die Frauen, denen sie Gesellschaft leistete und die verführerisch in Seide und Spitzen gehüllt waren.

Victoria lächelte entschuldigend. »Hab wohl ein bisschen geträumt, fürchte ich.« Sie zuckte mit den Schultern und trank einen Schluck aus dem Becher, den sie in den Händen hielt. Unwillkürlich verzog sie das Gesicht. »Mein Gott, schmeckt der scheußlich!« Sie stand auf, ging zum Fenster hinüber und kippte den Kaffee nach draußen. Ein Mann schrie auf, schimpfte und fluchte, und Victoria schaute verlegen drein.

Die anderen Frauen lachten, und Victoria stimmte schließlich in ihr Lachen mit ein. Es befreite von den Spannungen des Tages. Die Frauen bildeten eine kleine verschworene Gemeinschaft, doch sie, Victoria, war von ihnen akzeptiert worden und gehörte nun dazu, obwohl ihre Tätigkeit eine ganz andere war. Diese nächtlichen Treffen waren eine feste Gewohnheit. Sie unterhielten sich, plauderten Geheimnisse aus, ob ihre Kunden unfähig oder besonders begabt waren. Manchmal erwähnten die Frauen auch Gewalttätigkeiten.

Für Victoria waren diese Gespräche etwas ganz Neues. Diese Huren kannten alles, was die Beziehung zwischen Mann und Frau betraf. Ihr jetziges Leben verlief ohne größere Probleme, und Victoria versuchte sich an jene Zeiten zu erinnern, die schon so lange zurücklagen – als sie wenig Sorgen und keinen Schmerz gekannt hatte. Und ihre Weiblichkeit nicht zu verbergen brauchte.

»Ich hatte heute einen von der ganz schnellen Sorte«, erzählte eine schlanke Blondine. Sie stand auf, nahm sich ein Praliné und steckte es in den Mund. »Der Kerl dachte, er sei der Größte und könnte mit Sporen und seinem Hut auf dem Kopf in mein Bett kommen – das Dumme war nur, bei ihm war schon alles vorbei, bevor ich ihn bedienen konnte.«

Die Frauen lachten, dann meldete sich ein anderes Mädchen. »Meine behandeln mich alle, als sei ich aus Porzellan«, meinte sie.

»Weil du so aussiehst, als könntest du jeden Moment zerbrechen«, erwiderte Victoria. Das Mädchen konnte höchstens sechzehn sein.

»Ich wünschte, meine Kunden würden mich so behandeln«, meinte Vel und reckte sich genüsslich. »Ich kriege immer nur die ganz wilden Kerle. Manchmal bin ich richtig fertig.«

»Hast du heute wieder was bekommen?«, wollte eine der Frauen wissen. Victoria schaute die Sprecherin an, eine dralle Rothaarige.

»Was bekommst du denn?«, wollte Victoria von Vel wissen.

»Irgendein Kerl schleicht sich immer in mein Zimmer und lässt mir Zeug da.«

»Zeug? Komm schon, Vel, zier dich nicht so«, sagte Victoria, die wirklich neugierig war.

Vel drehte sich, griff unter ihr Kissen und zeigte ihnen ein fein gearbeitetes, mit Markasitsteinen besetztes Silberarmband.

Die Frauen kamen näher und bewunderten die schöne Filigranarbeit.

»Wer ist es denn?«

Vel zuckte mit den Schultern. »Ich habe schon alle meine Stammkunden gefragt, aber jeder behauptet, er wäre es nicht.«

»Es ist wunderschön.«

Vel warf es Victoria zu, und die fing es auf. »Es gehört dir, Schätzchen.«

»Nein, das kann ich nicht annehmen. Schließlich habe ich es nicht – «

» – verdient?«

Victoria betrachtete angelegentlich ihre Füße.

»Keine Bange, ich garantiert auch nicht! Aber soll ich vielleicht widersprechen, wenn diese Narren unbedingt ihr Geld verschwenden wollen?«

Wieder lachten alle und redeten durcheinander, aber Victoria hatte dennoch etwas anderes gehört. Sie machte den Frauen ein Zeichen, dass sie ruhig sein sollten.

»Habt ihr das nicht gehört?«, fragte sie.

»Das Einzige, was ich höre, ist mein Bett, das nach mir ruft …«

Victoria machte eine abwehrende Geste, lauschte angestrengt. Dann sprang sie auf, warf Velvet das Armband wieder zu und ging mit schnellen Schritten zur Tür. Auf dem Flur begann sie zu rennen. Sie klopfte an eine Tür, hörte ein Stöhnen, dann schlug etwas auf dem Boden auf.

Die anderen Frauen standen nun hinter ihr, und Victoria musterte sie hastig, um festzustellen, wer fehlte.

»Lila, ist alles in Ordnung?«

Keine Antwort. Victoria drückte die Klinke hinunter, aber die Tür war verschlossen. Dann hörte man unmissverständlich, wie jemand geschlagen wurde. Sie hob ihre Röcke, trat gegen die Tür, die sofort aufsprang und gegen die Wand prallte. Ein Mann hatte Lilas Kopf grob an den Haaren zurückgezogen, mit dem anderen Arm wollte er gerade erneut ausholen.

»Das solltest du lieber sein lassen«, warnte Victoria, doch der Kerl schnaubte verächtlich und holte aus.

Victoria sprang zwischen die beiden, blockte den Schlag des Mannes mit dem Unterarm ab. Dann rammte sie ihm ihre Faust in den Magen. So heftig, dass es ihm für einen Moment den Atem nahm und er nach vorne klappte. Sie packte ihn am Kopf und zog ihr Knie hoch. Seine Nase brach mit einem hässlichen Geräusch, Blut spritzte. Dennoch versuchte er Victoria zu erwischen, doch sie schlug ihm mit den flachen Händen gegen die Ohren. Er schrie auf und sank in die Knie. Victoria zog Lila schnell aus dem Zimmer und schob sie den anderen Frauen in die Arme.

Als der Mann sich hochrappelte, wirbelte sie herum und ließ ihn keine Sekunde aus den Augen, während sie ihren Rock ein Stück anhob und das Messer herauszog, das sie an ihre Wade gebunden hatte. Mit blutunterlaufenen Augen schaute der Mann zwischen ihr und der Klinge in ihrer Hand hin und her.

Er wischte sich mit dem Ärmel das Blut weg, das aus seiner Nase rann, und schaute sie mit stechendem Blick an.

»Ich weiß, was Sie jetzt denken – das ist ja nur eine Frau, die schaffe ich doch mit links. Aber bin ich es wert, dass Sie ins Gefängnis wandern?«

Er grinste, als sei dies die letzte Möglichkeit, die er in Betracht zöge. Er schwankte, dann machte er einen Schritt nach vorn.

Victoria hob das Messer. »Ich würd's mir noch mal gut überlegen.« Ihre Augen wurden schmal. »Ich kann nämlich mit dem Ding umgehen!«

Der Mann grinste erneut, zeigte seine blutigen Zähne, bevor er sich nach vorn warf. Das Messer schwirrte durch die Luft, bohrte sich in seine Schulter. Er schrie auf, und dann stand Victoria auch schon vor ihm, packte das Messer am Griff und drückte den Mann gegen die Wand.

»Sie werden nie mehr eine Frau schlagen – oder?«

Er atmete heftig, sein Blick glitt von ihrer Hand, die das Heft umfasste, zu ihrem Gesicht. »Verdammte Hure!« Er packte sie am Arm. »Ich werde –«

Victoria drehte die Klinge ein winziges Stück. Er stöhnte auf, und sein Griff lockerte sich. »Zwei Zentimeter tiefer, und es steckt in deinem Herzen, Kumpel.«

»Sie sind verrückt«, zischte er. Schweißperlen standen auf seiner Stirn. »Sie ist doch nur eine verdammte Hure!«

»Sie ist ein menschliches Wesen«, erwiderte Victoria scharf. »Und das ist mehr, als man von *Ihnen* behaupten kann.« Sie sah ihn an. »Und vergessen Sie eins nicht: Es gibt immer jemanden, der schneller und stärker ist als Sie. Wenn Sie das nächste Mal versuchen, eine Frau zu schlagen, dann könnte sie Sie dafür vielleicht umbringen.« Noch während sie die letzten Worte sprach, zog sie das Messer heraus. Er brüllte auf wie ein verwundetes Tier, und die Frauen hinter ihr stöhnten.

Victoria trat zurück, als er eine Hand auf seine Wunde legte. »Und jetzt verschwinden Sie endlich!«, sagte sie und zeigte auf die Tür.

Er schlug einen Bogen um sie und ging unsicher zur Tür. »Das wird der Marshal erfahren!«, drohte er.

»Was mir nur recht sein soll!«

Die Frauen eskortierten ihn nach draußen und achteten darauf, dass er auch wirklich das Haus verließ. Victoria spürte noch immer die Nachwirkungen des Adrenalinstoßes. Sie blickte auf das Messer in ihrer Hand. Es machte ihr Angst, wie leicht es ihr gefallen war, ihn damit zu verwunden. War sie wie er? Wie Ivy League?

Unsinn, antwortete sie sich gleich darauf selbst. Sie suchte sich nicht die Schwachen als Opfer aus. Sie hatte ihn nicht umgebracht. Sie hatte ihn nicht so lange verfolgt, bis er zu viel Angst hatte, um sich noch wehren zu können.

Sie atmete ganz langsam aus, dann wischte sie das Messer an ihrer Schürze ab und steckte es wieder weg.

Vel stand immer noch da, stützte Lila und betrachtete Victoria mit einem merkwürdigen Ausdruck. »Du hast mich ganz schön überrascht, Clara!«, sagte sie.

»Ich mich selbst auch«, erwiderte Victoria mit einem schwachen Lächeln. Dann half sie Vel, Lila ins Bett zu bringen. Die anderen Frauen waren inzwischen zurückgekehrt, redeten aufgeregt durcheinander und drängten sich an der Tür, während Vel und Victoria Lilas Verletzungen versorgten und ihr ein Pulver gegen den Schmerz gaben. Doch plötzlich schwiegen die Frauen, und Victoria spürte, wie sich die feinen Härchen in ihrem Nacken aufrichteten.

Ivy League stand in der Tür, und mit einem Blick erfasste er die Situation: das zerbrochene Mobiliar, Lilas Gesicht, Victoria. Dee hing wie ein verängstigtes Kind an seinem Arm. Mit einer Handbewegung schickte er die anderen Frauen in ihre Zimmer.

»Danke.« Er machte einen aufrichtigen Eindruck. »Anscheinend dürfen wir von Glück reden, dass Sie in unsere Stadt gekommen sind, Miss Murphy.« Doch etwas in der Art, wie er seine Worte betonte, mahnte Victoria zur Vorsicht.

Victoria zuckte mit den Schultern und hoffte, dass sie das richtige Maß an Bescheidenheit zeigte. »Eine allein stehende Frau ist gezwungen, so manches zu lernen, Sir.« Dann wandte sie sich erneut Lila zu, deren Gesicht immer mehr zuschwoll.

Sie wagte es erst, wieder tief durchzuatmen, als sie spürte, dass er gegangen war.

»Alles in Ordnung, Schätzchen?«, fragte Vel und legte eine Hand auf ihre. »Du zitterst ja.«

Victoria schaute sie an. »Ich mag ihn nicht.« Eine glatte Untertreibung für das, was sie wirklich empfand.

»Ich auch nicht.«

Victoria zog fragend eine Augenbraue hoch.

»Ich meine, er ist schon in Ordnung und behandelt uns alle sehr nett ...« Stirnrunzelnd blickte sie zur Tür hin. »Aber ich fühle mich trotzdem in seiner Nähe immer irgendwie unbehaglich.«

Victoria fand es bemerkenswert, dass Vel sich nicht wie alle anderen hinters Licht führen ließ. Sie überlegte kurz, entschied dann aber, dass es am besten sei, wenn sie sich niemandem anvertraute. Je weniger andere wussten, desto sicherer waren sie. Aber eine kleine Warnung konnte nicht schaden.

»Und warum ist das so?«, wollte sie wissen. Sie setzte sich müde aufs Bett und legte eine kalte Kompresse auf Lilas geschwollenen Unterkiefer.

Vel zuckte mit den Schultern und versuchte, ihre Empfindungen in Worte zu fassen. »Ich habe immer das Gefühl, dass er uns alle für dumm hält, dass er glaubt, wir stünden weit unter ihm – aber dass er sich hütet, das nach außen zu zeigen. Ich bin keine Intelligenzbestie, aber in meinem Geschäft lernt man Menschen einschätzen.« Victoria fiel erneut auf, dass Vel immer dann ohne Akzent redete, wenn sie intensiv über etwas nachdachte.

Vel machte eine ausholende Geste. »Er betrachtet das alles hier als Spiel, es bedeutet ihm nichts.« Sie schüttelte den Kopf, bemühte sich, das zu verstehen, was Victoria schon wusste. »Er ist in allem übergenau, will alles absolut perfekt und *sauber* haben. Es macht ihn wahnsinnig, wenn seine Routine unterbrochen wird. Doch er behandelt uns gut. So wie neulich, als

Dee ihre Tage hatte und er sie zum Doktor brachte, weil ihre Krämpfe so schlimm waren, dass sie kaum laufen und schon gar nicht arbeiten konnte.«

Bei Vels letzten Worten fiel Victoria etwas ein. Sie würde ihre Periode in ein paar Tagen bekommen, und sie hatte keine Tampons oder etwas Ähnliches. Im Übrigen hatte sie auch nicht die geringste Ahnung, was Frauen in diesem Jahrhundert dafür benutzten. Mit Sicherheit nichts, was besonders hygienisch war. Ich werde mich darum kümmern, wenn es soweit ist, beschloss sie. Jetzt war sie einfach nur müde – zu müde, um sich zu überlegen, wie sie in Ivy Leagues Büro gelangen konnte, ohne dass er etwas merkte.

»Er hat etwas getan, nicht wahr? Etwas Schlimmes«, sagte Vel.

Victoria schaute Vel verblüfft an. »Er hat ... ach, Vel, sei einfach vorsichtig, ja?«

»Brauchst du Hilfe?«

»Nein, auf gar keinen Fall«, erwiderte Victoria scharf und packte Vel am Arm. »Bitte, versuch gar nicht erst, mir zu helfen.« Als Vel sie nur anstarrte, schüttelte Victoria sie leicht. »Schwör mir, dass du dich nicht einmischen wirst! Und was auch immer dir auffallen mag – komm ihm bloß nie in die Quere!«

Vel schaute Victoria nachdenklich an; sie hatte Victorias Warnung verstanden – und auch, welche Angst die andere Frau hatte. »Ich schwöre es dir«, erwiderte sie und legte eine Hand auf Victorias Arm. »So, und jetzt ab mit dir ins Bett. Du bist viel länger wach als wir alle zusammen.«

»Ich habe mich in letzter Zeit an wenig Schlaf gewöhnt«, meinte Victoria, reichte ihr aber die Kompresse und stand auf. Müde ging sie über den Flur zu ihrem Zimmer, suchte in ihrer Tasche nach dem Schlüssel und steckte ihn ins Schloss. Sie verharrte einen Moment, als sie die Tür öffnete; das Gefühl, beobachtet zu werden, verursachte ihr eine Gänsehaut. Sie blickte nicht auf, war sich aber überdeutlich bewusst, wer dort hinten an der Treppe stand, die hinunter in den Saloon führte. Sie trat in ihr Zimmer und zog die Tür hinter sich zu.

Sie lehnte sich gegen das harte Holz, schloss ganz fest die Augen und betete, dass sie sich nicht verraten hatte und weder jemand anderes noch sie selbst sterben musste. Schließlich begann sie, sich auszuziehen, legte jedoch die Auspolsterung nicht ab. Sie griff schon nach der Maske, um sie zu lösen, sagte sich dann jedoch, dass sie zu erschöpft war, um die Mühe auf sich zu nehmen, und sank dankbar in ihr Bett. Sie zog die Satindecke über ihre Schultern und war innerhalb von Sekunden eingeschlafen.

Ein paar Stunden später, als es schon dämmerte, wurde die Tür zu ihrem Zimmer vorsichtig aufgeschoben. Victoria hörte nichts, bemerkte auch nicht die Gestalt, die ihr Zimmer betrat. Doch dann erwachte sie unvermittelt und war sich augenblicklich bewusst, dass sie nicht mehr allein in diesem Raum war. Sie hörte jemanden atmen, nahm schwach den Geruch nach Rum wahr und spürte, wie sich der Eindringling über ihr Bett beugte. Sie musste all ihre Beherrschung aufbringen, um still liegen zu bleiben und weiterhin so zu atmen, als schliefe sie noch. Eine Furcht, so grauenhaft, wie sie sie nie zuvor empfunden hatte, erfüllte ihren Körper und ihre Seele. Sie konnte seinen Blick spüren, und eine Sekunde lang fragte sie sich, ob es wohl Chris sei. Hatte Becket ihn kommen lassen? Nein, es war ja fast schon wieder Tag. Um ihre Angst zu unterdrücken, überlegte sie, was er wohl sehen konnte. Sie trug immer noch ihre Perücke, die festgesteckt und sicher nicht verrutscht war, denn sie hatte so tief geschlafen, dass sie sich nicht bewegt hatte. Aber was wäre, wenn er ihr Gesicht berührte?

Sie seufzte leise auf und drehte sich um, und er wich schnell zurück. Aber er ging nicht. Er stand noch in der Mitte des Zimmers. Victoria fühlte, dass er verschwunden war, noch bevor sie das leise Schließen der Tür vernahm. Sie öffnete ihre

Augen einen Spalt breit, ganz vorsichtig, wollte sich dennoch vergewissern, dass sie tatsächlich allein war. Dann schlüpfte sie aus dem Bett und übergab sich leise in die Waschschüssel.

# 19

Victoria tauchte den Krug in den Kessel mit warmem Wasser.

»Hast du denn niemals einen freien Tag?«

Sie zuckte zusammen, schrie leise auf, und der Krug fiel ihr ins Wasser.

Sie wirbelte herum.

»Verdammt, du sollst dich nicht hinterrücks an mich anschleichen!«, fuhr sie ihn an und gab ihm einen Schubs.

Chris lächelte. »Es ist das erste Mal, dass du es nicht bemerkt hast.«

»Was willst du?«

Ihre Stimme klang scharf, und er runzelte die Stirn. Victoria seufzte, schob sich die feuchten Haare aus der Stirn und schenkte ihm ein zittriges Lächeln. »Tut mir Leid. Ich bin heute nur ein bisschen nervös.«

»Kein Wunder, wenn du ständig irgendwelche Leute niederstichst.«

»Es war nur einer«, erinnerte sie ihn und hob einen Finger für den Fall, dass er nicht rechnen konnte. »Und ich finde, er hat es verdient.«

»Das kann *ich* nicht beurteilen.«

»Geh und schau dir Lila an – dann wirst du schon begreifen, warum ich diesen Hurensohn –« Sie presste die Lippen fest zusammen und wandte sich ab, fischte mit einem Stock nach dem Krug. Sie arbeitete zu viel und zu schwer. Ihr Rücken schmerzte, ihre Brust tat weh, und sie war ungewöhnlich gereizt. Aber sie wollte das nicht an Chris auslassen. Sie hatte in der kurzen Zeit, die ihr noch geblieben war, nicht mehr gut geschlafen; wann immer sie die Augen schloss, schob sich das Bild von Ivy League davor, wie er sich über ihr Bett beugte, und erfüllte ihre Träume mit Schrecken.

»Was ist los?«, fragte Chris sanft. Besorgnis schwang in seiner Stimme mit.

»Nichts.« Sie setzte den Krug ab und hielt sich den schmerzenden Rücken. Ihre Schultern sackten herab. »Himmel, ich bin so müde, dass ich nicht mehr vernünftig denken kann.«

Ihre Stimme klang merkwürdig mutlos, ein Ton, den Chris nie zuvor bei ihr wahrgenommen hatte.

»Ich wünschte, ich hätte das alles endlich hinter mir.«

Chris zog sie hinter ein paar über die Leine gehängte Laken, wo man sie nicht sehen konnte. Er nahm sie in seine Arme und hielt sie ganz fest. Genau das hatte sie gebraucht und sich gewünscht. Seine Hände glitten unter ihre Taille, dann begann Chris, sie sanft zu massieren. Sie stöhnte leise auf, lehnte den Kopf an seine Schulter und genoss die wohltuende Massage.

»Woher wusstest du es?«

Sie spürte, wie er lächelte. »Weil ich die Tatsachen des Lebens kenne.«

»Hm?« Sie schlang ihre Arme um ihn und klammerte sich mit einer Verzweiflung an ihn, die er nicht verstand.

»Ich bin ein Cheyenne und wuchs bei meinem Stamm auf. Man lebt dort sehr eng zusammen, und es gibt nur wenig, was einem jungen Krieger entgeht. Alles auf dieser Welt folgt einem Kreislauf, Leben entsteht, wächst, vergeht. Und auch der Zyklus einer Frau ist etwas ganz Natürliches.«

»Ich wäre nicht böse, wenn ich davon verschont bliebe!«

Er lachte leise. »Außerdem habe ich gesehen, wie mein Vater meine Mutter auf diese Weise massiert hat.«

»Und ich dachte schon, der große Krieger wäre plötzlich klug und weise geworden!«

»Weise, wenn du in meiner Nähe bist?« Wieder lachte er.

»O Chris, das tut so gut!« Sie seufzte auf, als er den Druck seiner Finger verstärkte, und sie spürte, wie der Schmerz allmählich nachließ. Aber sie wusste, dass er zurückkommen würde.

Chris blickte auf sie herab, bog ihren Kopf leicht zurück, sodass sie ihn ansehen musste. »Nimm dir heute frei und komm zu mir nach Hause. Ruh dich aus.«

Zu ihm nach Hause ... o Chris, führe mich nicht so in Versuchung, dachte sie.

Sie wollte sich von ihm lösen, doch er gab sie nicht frei. »Du bist erschöpft.«

»Es geht nicht.« Sie konnte ihm nicht erzählen, was sie vorhatte – wenn sie es täte, würde er sie auf der Stelle einsperren!

»Du hast mir versprochen, du würdest einige Zeit mit mir verbringen!«

Allein mit ihm, ohne die Maske, das meinte er. Und im Moment sehnte auch sie sich unglaublich danach. Wie gern würde sie Becket vergessen, ihre Pflicht vergessen und sich einfach nur in Chris' Arme schmiegen. Aber sie durfte noch nicht einmal daran denken. »Ich weiß, aber ich muss die neue Hilfe einarbeiten.« Es war keine Lüge, und wie um ihre Worte zu bestätigen, waren plötzlich Schritte und das Schwappen von Wasser aus einem Eimer zu hören.

Chris ließ sie widerstrebend los, beobachtete, wie sie der Frau die beiden Eimer abnahm. Sie kämpft gegen ihren Körper, ihre Müdigkeit an, dachte Chris. Und gegen mich. Er konnte ihre Anspannung spüren, er sah, wie ihre Hände zitterten, als sie das Wasser in den Kessel schüttete und nach dem zweiten Eimer griff. Die Frau, die als Hilfe eingestellt worden war, mochte etwa zehn Jahre älter als Victoria sein und machte einen tatkräftigen Eindruck. Sie schaute den Marshal nun mit einem milden Blick an. Und er fand, dass sie nicht so aussah, als brauchte sie erst eingearbeitet zu werden.

Chris kannte keine Frau, die nicht gewusst hätte, wie man Wäsche wusch. Selbst seine Mutter, der jegliche Arbeit abgenommen worden war, als sie jung gewesen war, hatte das gewusst.

Es war nur eine Ausrede von Victoria, sie log ihn an. Und das tat weh, verdammt weh sogar. Wann würde sie endlich bereit sein, ihm zu vertrauen? Er dachte an die Telegramme, die er losgeschickt hatte, und er fand, dass er sich selbst keinen Gefallen tat, wenn er schwieg. Dennoch, zwischen Victoria und ihm gab es eine unsichtbare Trennlinie, etwas, was er nicht fassen konnte und was irgendwie mit seinem Traum zusammenhing. Weshalb auch immer sie ihre Gefühle im Zaum halten mochte, Chris fürchtete, dass sie diese Linie niemals freiwillig überschreiten würde.

Victoria setzte den Eimer ab. Sie schaute sich nach Chris um und sah gerade noch, wie er die Waschküche verließ.

Unglücklich ließ sie sich auf einen Hocker sinken.

Du schaffst es immer und immer wieder, alles kaputtzumachen, warf sie sich selbst vor.

Aber was war wichtiger – Chris' verletzte Gefühle oder ein Killer, der frei herumlief? Und wie lange mochte es noch dauern, bis sie so müde war, dass sie einen tödlichen Fehler machte und Ivy League sie erwischte?

Velvet Knight lehnte an der Bar und ließ ihren Blick durch den Saloon schweifen. Dort hinten stand ein Schürfer, der sie schon seit einer ganzen Weile nicht aus den Augen ließ. Ihr Boss machte seine übliche Runde, schüttelte Hände, lächelte wieder auf diese merkwürdige Weise. Unwillkürlich musste sie an Clara denken und daran, wie sie in Beckets Gegenwart reagierte. Angespannt, misstrauisch, vorsichtig. Unwillkürlich hielt sie nach ihr Ausschau, obwohl sie wusste, dass sie sie hier nicht finden würde. Ein seltsames Ding, diese Clara, ein bisschen erinnerte sie Velvet daran, wie sie selbst früher gewesen war, vor vielen Jahren. Dass Clara mehr war, als sie zu sein schien, hatte ihr deren Verhalten bewiesen, als sie diesen Kerl fertig gemacht hatte. Und Vel führte dieses Leben schon lange genug, um einen Agenten zu erkennen, egal, ob er für Pinkerton oder die Regierung arbeitete, egal, ob es ein Mann oder eine Frau war. Clara beeindruckte sie, mit ihrem schnellen Verstand, ihren Fähigkeiten. Und es bestätigte ihr, dass sie in Bezug auf ihren Boss Recht gehabt hatte. Hinter seinem untadeligen Benehmen verbarg sich etwas Dunkles, Hässliches.

Plötzlich fiel ihr Blick auf einen großen, kräftigen Mann, der quer durch den Raum auf sie zukam. »Ob das Miss Abigale aber gefallen wird?«, meinte sie, als Noble Beecham neben ihr stehen blieb und ein Bier bestellte.

Noble zog die buschigen Augenbrauen hoch. »Dir entgeht aber auch wirklich nichts, was?«

»Nichts, was einen gut aussehenden Mann betrifft.«

Leichte Röte stieg ihm in die Wangen, und er nahm das Bier, das der Barkeeper ihm zuschob.

»Ist dir zufällig nach ein bisschen Vergnügen zumute, Noble?«

Er blickte auf sein Bier. »Ich werde das Gefühl nicht los, dass ich sie betrügen würde. Aber ich würde schon gerne«, gab er zu.

»Wie gerne?«

»Ich schätze, um das herauszufinden, bin ich hier.«

Vel kam näher, ihr Lächeln war bittersüß. Noble war ein guter Mann, einer der besten, mit einem großen Herzen und selbstbewusst genug, um zugeben zu können, dass manche Dinge ihn verwirrten. Vel nahm sein Gesicht zwischen ihre Hände, beugte sich vor und küsste ihn. Sie legte all ihre Erfahrung in diesen Kuss, der süß und verführerisch war.

So schön es auch war, es erregte ihn kaum, und er löste sich sanft von Velvet und sah sie an.

»An wen hast du dabei gedacht?«, fragte sie ihn, und als er etwas einwenden wollte, fuhr sie schnell fort: »Lüg mich nicht an, denn ich weiß es. Es macht mir nichts aus, Noble, wirklich nicht.« Sie senkte die Stimme. »Vergiss nicht, du bist nichts als ein harter Schwanz für mich, ein Mann, dem ich das Geld aus der Tasche ziehen will.« Es war eine Lüge, drastisch und vulgär, und sie wusste, was Noble antworten würde, noch bevor er es ausgesprochen hatte.

»An sie. Ich habe gewünscht, sie wäre es.«

Sie würde verdammt noch mal nicht zulassen, dass er sich selbst etwas Kostbares zerstörte, nur weil sie beide vor vielen Jahren mal etwas miteinander gehabt hatten.

»Dann geh zu ihr!«

Er nahm das Bier, wollte die Flasche austrinken, doch Vel legte eine Hand auf seinen Arm.

»Nicht, wenn du Alkohol getrunken hast.« Sie nahm ihm die Flasche ab, stieß ihn spielerisch in die Seite, dann gab er ihr einen Kuss auf die Wange und ging. Sie schaute ihm nach, während sie einen Schluck aus ihrem Glas trank, und nahm in ihrem Herzen Abschied von ihm. Wieder sah sie sich in dem Saloon um, dann glitt ihr Blick hinauf zum ersten Stock zu dem Geländer, an dem normalerweise ihre Mädchen standen und die Männer nach oben lockten. Velvet bemerkte eine Gestalt, die den Flur entlanghuschte und sich im Schatten hielt. Sie schaute genauer hin. Clara. Das Mädchen bewegte sich mit verräterischer Eile. Vels Blick flog zu Becket, und ihr Herz schlug plötzlich schneller. Sie wusste nicht, was Clara plante, aber sie hatte einen Verdacht – und Becket würde die Dienstmagd umbringen, wenn er sie in der Nähe seines Büros erwischte. Niemand durfte seine Räume ohne seine ausdrückliche Erlaubnis betreten. Sie beobachtete ihn, wie er die Schürfer und Cowboys anlächelte, dort einem Mann auf die Schulter klopfte, mit einem anderen einen Scherz machte. Sie folgte ihm unauffällig, blieb jedoch immer ein Stück hinter ihm. Sie schaute zu der Tür, die in seine Privaträume führte, und überlegte, ob Clara wohl schon dort drin war. Clara, die sie gewarnt hatte, sich nicht einzumischen, nichts zu unternehmen, egal, was sie, Velvet, auch sehen mochte. Sei vorsichtig, Mädchen, dachte sie, sei ganz besonders vorsichtig!

Es war nicht besonders schwierig, das Schreibtischschloss zu öffnen. Victoria zog die Schublade auf. Behutsam nahm sie das Tagebuch heraus und legte es auf den Tisch, sorgsam darauf bedacht, nichts in Unordnung zu bringen. Sie schlug das Buch auf, schob es in den Lichtkreis einer kleinen Lampe und blätterte es durch.

Herr im Himmel!

*Das Leben schien aus ihrem Körper zu entschwinden wie die Liebe, die mir verweigert wurde. Meine Liebe, die missachtet und als nicht wertvoll genug betrachtet wurde. Ein wunderschöner Schauder lief über ihren Körper, ihr letzter Atemzug streichelte meinen Mund. Ich trank ihn in mich hinein wie einen schweren, dunklen Bordeaux.*

Schockiert betrachtete Victoria diese Zeilen, las dann eine andere Passage und noch eine. Der Mord in Wichita. Der Mord von Bloomington. Er war so selbstgerecht in seinen Überlegungen, seiner Logik; die Details waren unfassbar. Victoria verschwendete keine Zeit, zog die Mikrokamera aus ihrer Schürzentasche und machte Aufnahmen. Das einzige Geräusch im Raum war das leise Sirren, wenn der Film weiterspulte. Eine Brise kam durch das offene Fenster und raschelte in den Vorhängen. Victoria hielt inne, warf einen Blick über ihre Schulter, versuchte zu erkennen, ob jemand sie draußen auf der Straße beobachtete.

Dann wandte sie ihre Aufmerksamkeit wieder dem Tagebuch zu und las erneut ein paar Zeilen. Sie wünschte, sie hätte mehr Zeit, ein fotografisches Gedächtnis.

*Wir wollten ihre Berührung, ihre Gefühle, wollten uns die mütterliche Beachtung verdienen. Ohne diese waren wir ruhelos.*

Wir?, dachte sie, als sie die Kamera wieder klicken ließ, nicht lauter als das Geräusch ihres Atems. Seite um Seite wurde auf Film gebannt. Victoria las nicht weiter, was dort in seiner gestochen schönen Schrift stand.

Dann hörte sie plötzlich Stimmen und erstarrte. Unter der Tür konnte sie einen Lichtschein erkennen. Schatten bewegten sich. Das Herz schlug ihr bis in den Hals.

Dort draußen stand Ivy League.

Vel unterhielt sich gerade mit einem Cowboy und sagte ihm, dass sie ihm etwas Aufregenderes bieten könnte als dieses Kartenspiel, als sie aus den Augenwinkeln bemerkte, dass Becket Anstalten machte, in sein Büro zurückzukehren. Er verabschiedete sich von seinen Gästen wie ein König von seinen Untertanen. Sie hauchte dem Cowboy einen Kuss auf die Stirn und folgte Becket, um ihn aufzuhalten.

»Algenon«, sagte sie mit sanfter Stimme, und er blieb stehen, die Hand auf dem Türknauf, und drehte sich um.

»Velvet.« Als er nickte, fielen ihm die Haare in die Stirn.

Warum muss er nur so verdammt gut aussehen, dachte sie. Laut aber sagte sie: »Ich wollte noch einmal mit Ihnen über Ihr Angebot bezüglich des Saloons reden.«

Er sah sie wartend an, ließ nicht erkennen, was er dachte.

»Nun, ich kann das Geld nur dann aufbringen, wenn ich einen größeren Anteil von meinen Einnahmen bekomme.«

Er zog spöttisch eine Augenbraue hoch, und sah sie auf eine Weise an, dass Velvet sich ganz klein vorkam. »Du willst, dass ich dich dafür bezahle, dass du *meinen* Saloon kaufen kannst?«

»Wie soll ich es denn sonst schaffen? Sie haben hier alles unter Kontrolle. Und den größten Teil unseres Verdienstes.«

»Dann arbeitet mehr!«

Sie bemühte sich, nicht zur Tür hinzuschauen. »Dann dürfen Sie uns nicht mehr so viele Einschränkungen auferlegen.«

»Inwiefern?«

»Na ja, was die Verhütung und das Baden betrifft.«

Sein Gesicht verschloss sich. »Kommt überhaupt nicht in Frage.« Er wandte sich wieder zur Tür.

»Also gut«, gab sie schnell nach und packte ihn am Arm. Er blickte auf ihre Hand herab, und sie zog sie sofort zurück. »Ich habe ungefähr dreitausend gespart.«

»Mein Angebot lag bei fünf.«

Vel seufzte auf. »Ich habe Jahre gebraucht, um das Geld zu sparen. Schließlich muss ich ja auch meiner Tochter etwas schicken – «

»Du hast ein Kind?«

Sie sah ihn an, verblüfft, dass ihn das zu interessieren schien. Und verwirrt von dem seltsamen Klang seiner Stimme. »Ja. Ich musste mich von ihr trennen, weil ich mich nicht um sie kümmern konnte …« Sie runzelte die Stirn. Er kam ihr plötzlich wie ein Raubtier vor, das seine Beute langsam einkreist. Becket faltete die Hände auf dem Knauf seines Stocks und sah Velvet forschend an, bevor er seine nächste Frage stellte.

»Konntest oder wolltest du nicht?«

»Ich konnte nicht, nicht an einem Ort wie diesem hier. Es wäre ihr gegenüber nicht fair gewesen …«

Sein Gesicht wirkte plötzlich drohend und düster, verriet einen Moment lang eine so unglaubliche Wut, dass Velvet sprachlos war. Er stieß die Tür heftig auf und schob Vel in sein Büro.

»Algenon?« Furcht kroch ihr das Rückgrat hoch. Er schaute sich schnell in seinem Büro um, genau wie Vel. Clara war verschwunden. Und Gott sei Dank schien nichts zu fehlen. »Was ist denn los?«

»Sei still!« Und obwohl es ein Befehl war, klang seine Stimme sanft, beruhigte und ängstigte sie gleichermaßen.

Er blickte auf sie herab, lächelnd, aber dieses Lächeln ließ ihr einen Schauder über den Rücken laufen. Vel zitterte. »Ich muss zurück in den Saloon.«

Sein Griff wurde fester. »Nein, nie mehr.«

»Wollen Sie mich feuern?«

»Natürlich nicht, meine Liebe.« Mit der Hand, in der er immer noch den Stock hielt, streichelte er ihre Wange, fuhr die Linie ihres Kinns, ihres Halses nach. Ein Versprechen lag in seinem Blick, eine Verführung, die sich auch in seiner Haltung ausdrückte. Vel entspannte sich ein bisschen. Er wollte einfach nur mit ihr ins Bett.

Er ließ ihren Ellbogen los und legte den Arm um ihre Taille, zog sie an sich, hielt sie wie ein Liebhaber. Er streifte mit den Lippen über ihre Augen, sodass sie sie schließen musste, ließ sie spüren, wie erregt er war. Dann drehte er kurz das Handgelenk, der Stock fiel zu Boden, und Vel riss die Augen auf. Er lächelte, schmallippig und gierig, sein Mund war nah an ihrem. Vel sah gerade noch etwas Metallisches aufblitzen, bevor sich die wie ein Rasiermesser geformte Klinge in ihr Herz bohrte.

Victoria tauchte ihre Hände in das heiße Wasser, zog das schwere Laken heraus und begann es auszuwringen. Ihr Herz klopfte immer noch wie wild in ihrer Brust. Sie war in Windeseile aus dem Fenster gesprungen, in Rekordzeit hierhergerannt, hatte eine Lampe entzündet und tat so, als sei sie beschäftigt.

Ihr Blick glitt zu der offen stehenden Tür, dann zu dem umgedrehten Zuber, unter dem sie ihren Beutel versteckt hatte. Sie hatte Vorsichtsmaßnahmen getroffen, denn nach seinem nächtlichen Besuch war ihr klar geworden, dass er für alle

Zimmer Schlüssel besaß. Später werde ich den Rucksack an einem besseren Platz verstecken, dachte sie, während sie das Leintuch aufhängte. Aber jetzt wollte sie nichts riskieren und ihre Sachen keinen Moment aus den Augen lassen. Sie musste noch einmal ihre Unterlagen durchschauen, ihre Notizen mit dem vergleichen, was sie in seinem Tagebuch gelesen hatte. Plötzlich stellten sich die Härchen in ihrem Nacken auf, und sie blickte hinter dem Laken hervor, als sie ein Geräusch hörte. Sie zog ihren Revolver und schlich zur Tür. Draußen war es stockdunkel, das schwache Licht der benachbarten Häuser schien die Schatten noch zu vertiefen. Nichts bewegte sich, und Victoria hielt die Waffe in den Falten ihres Rocks verborgen, während sie versuchte, die Dunkelheit mit ihren Blicken zu durchdringen. In einem Zimmer flackerte ein Licht auf – in Ivy Leagues Büro. Doch es erlosch gleich wieder.

Das ist zu riskant, dachte sie und atmete langsam aus. Sie schob die Waffe wieder in die Rocktasche und zog ihren Rucksack hervor. Vorsichtig schlich sie die Stufen nach oben, dankbar dafür, dass ihr Zimmer direkt neben der Treppe lag. Sie wagte es erst, aufzuatmen, als sie in ihrem Bett lag, den Rucksack unter dem Kissen und einen Tragegurt fest um die Hand geschlungen. Es dauerte eine Weile, bis sie einschlief.

In dieser Nacht träumte sie von Chris.

# 20

Jemand klopfte an die Tür.

Victoria fuhr aus dem Schlaf auf, blinzelte. Es dauerte einen Moment, bis sie sich zurechtfand. Sie wollte sich aufsetzen, doch ihr Bauch zog sich unter Krämpfen zusammen. Eine Sekunde verharrte sie, dann schob sie die Decken weg und schwang die Beine über den Bettrand. So schlecht wie in dieser Nacht habe ich in meinem ganzen Leben noch nie geschlafen, dachte sie. Ihr tat alles weh, ihr Kopf schmerzte. Schnell reinigte sie die Kontaktlinsen mit einer Lösung und setzte sie ein. Jemand klopfte erneut, ungeduldiger diesmal. Ich bin spät dran mit der Arbeit, dachte Victoria und blickte auf die Tür, die sie von innen verbarrikadiert hatte. Sie stand auf, warf die Decken über ihren Rucksack und schaute auf ihre Uhr. Fast neun. Niemand hier stand vor Mittag auf.

Sie warf schnell noch einen Blick in den Spiegel, um zu überprüfen, wie ihre Maske saß, dann schlüpfte sie in einen Morgenmantel und stellte den Stuhl weg, den sie unter die Türklinke geklemmt hatte. Dann öffnete sie die Tür.

»Hast du Vel gesehen?«, wollte Dee wissen. Victorias Blick glitt zu den beiden Frauen, die hinter Dee standen. Lilas Gesicht schimmerte grün und blau, und Priss, die Kleine, die so jung wirkte, sah aus, als läge sie lieber in ihrem Bett, statt hier im Flur zu stehen.

»Nicht seit gestern Abend im Saloon. Wieso?« Victoria hatte das Gefühl, dass ihr die Antwort nicht gefallen würde.

»Ihr Bett ist noch völlig unberührt.«

Victoria warf einen Blick zurück in ihr Zimmer, um sich zu

vergewissern, dass nichts Verräterisches herumlag, dann bat sie die Mädchen herein. »Wer hat sie als Letzter gesehen?«

»Ich habe beobachtet, wie sie mit Noble gesprochen hat, aber er hat sie danach auch nicht mehr gesehen.« Priss' Stimme klang immer ein wenig atemlos.

Dann haben sie das also schon nachgeprüft, dachte Victoria. »Ist Mr Becket im Haus?«

Dee runzelte die Stirn. »Ja, er schläft noch.«

»Hast du heute Nacht sein Bett geteilt?«

Dee zupfte an ihrem Morgenmantel herum. »Ja«, erwiderte sie, und so etwas wie Stolz schwang in ihrer Stimme mit.

»Wann?«

»Meine Güte, musst du so neugierig sein?«

»Beantworte einfach meine Frage, Dee.« Ihr Blick warnte das Mädchen, sich zickig zu zeigen.

»Ich bin so gegen eins heute Nacht zu ihm gekommen.«

Mach dich nicht selbst verrückt, ermahnte Victoria sich. Sie war gegen halb elf aus seinem Büro geflüchtet, und Dee war seit eins mit ihm zusammen gewesen. Dazwischen lag nicht viel Zeit. *Genug Zeit, um zu töten und den Leichnam verschwinden zu lassen,* widersprach die Stimme ihrer Erfahrung. Bei diesem Gedanken zog sich ihr Magen zusammen.

»Sadie erzählte, Mr Becket hätte Vel in sein Büro mitgenommen.«

Victoria umklammerte das eiserne Bettgestell so fest, dass die Knöchel weiß hervortraten. »Wann?«

»Ich weiß nicht. Hab sie nicht gefragt.«

»Dann frag sie gefälligst jetzt!«

Dee drehte sich auf dem Absatz herum und verschwand. Schon ein paar Minuten später kehrte sie zurück, atemlos. »Sie kann es nicht genau sagen, vielleicht gegen elf, vielleicht auch später. Sie hat sich mehr für ihren Kunden als für Vels Unterhaltung mit Mr Becket interessiert.«

»Unterhaltung?«, fragte Victoria.

Dee stützte eine Hand in die Hüfte und schüttelte ihr langes Haar zurück. »Ich habe keine Ahnung, warum es dabei ging, aber manchmal fährt sie weg, um ihre Tochter zu sehen – aus der Entfernung. Aber normalerweise sagt sie uns dann immer Bescheid.«

»Himmel, warum hast du das denn nicht gleich gesagt, Dee!«

Dee rauschte beleidigt aus Victorias Zimmer, ihre Pantoffeln klapperten auf dem Boden. Victoria entspannte sich ein bisschen. Vielleicht hatte Vel ihn ja um Erlaubnis gebeten? »Vielleicht ist sie deshalb fort? Wie lange bleibt sie normalerweise weg?«

»Nur eine Nacht«, erwiderte Lila.

Okay, dachte Victoria, dann kommt sie also morgen zurück. Vorsichtshalber würde sie im Mietstall nachfragen, um herauszufinden, ob sie sich ein Pferd geliehen oder die Kutsche genommen hatte.

»Nun, bis morgen können wir nichts unternehmen.«

»Ich hab mir ja auch keine Sorgen gemacht«, meinte Priss. »Ich glaube, Dee war nur sauer, weil er sie nicht genommen hat.«

»Was hat er nicht?« Victoria, die in Gedanken bereits darauf konzentriert hatte, wie sie Vel am besten finden könnte, wandte sich dem Mädchen zu.

»Er hat nicht mit ihr geschlafen«, erklärte Priss. »Sie war ganz geil auf ihn, aber er hat sie einfach nur im Arm gehalten. Sie hat ein bisschen rumgedruckst und wollte es nicht recht zugeben, aber ich glaube, er hat geweint.«

Victoria runzelte die Stirn. Becket, der Tränen vergoss? Jeder andere, aber nicht er! Dennoch hörte sie dem Mädchen weiter zu.

»Ihr Nachthemd war nämlich da, wo er seinen Kopf hingelegt hatte, ganz feucht.«

Alarmsirenen schrillten in Victorias Kopf los, doch der Mädchen wegen tat sie es mit einem Schulterzucken ab und schickte sie wieder ins Bett.

Kaum war sie allein, zog sie sich in aller Eile an, suchte nach ihren neuen Stiefeln. Das Wichtigste war jetzt, Antworten auf ihre Fragen zu finden. Sie hatte so hart gearbeitet, dass niemand etwas dagegen einwenden konnte, wenn sie sich einen Tag freinahm. Es musste reichen, wenn sie die Decken zurückschlug, statt das Bett ordentlich zu machen. Während sie die letzten Knöpfe an ihrer Bluse schloss, fiel ihr Blick auf ihre Unterlagen, die unter dem Deckbett herausragten.

Sie hielt einen Moment inne und versuchte sich die wesentlichen Punkte ins Gedächtnis zu rufen. Die Informationen, die sie von Cole erhalten hatte, die Ergebnisse des Leichenbeschauers, die ihr ein alter Freund verraten hatte, die Einzelheiten, die ihr einige der Ermittler anvertraut hatten. Was brachte einen Mann wie Algenon Becket III, einen reichen, überheblichen und kaltblütigen Killer, dazu, in den Armen einer Hure zu weinen?

Und wo, um Himmels willen, mochte Vel sein?

Noble Beecham rieb sich die Stirn und nickte dem Postmeister zu.

»Sie sind schon der Zweite, der sich nach ihr erkundigt. Was ist denn passiert, Mr Beecham?«

»Keine Ahnung, Cal«, antwortete Noble und legte dem Mann eine Hand auf die Schulter. »Aber die ganze Sache ist irgendwie merkwürdig.«

Noble verabschiedete sich und ritt zurück zum Büro des Marshals. Unterwegs hielt er bei jedem Deputy an und ermahnte sie nochmals, sorgsam Ausschau zu halten. Verdammt, Vel, wo bist du?, dachte er dabei. Immer wieder war er gezwungen, wegen der Fußgänger und Wagen sein Pferd zügeln, und seine Ungeduld machte ihn reizbar. Als er endlich das Büro erreichte, hätte er am liebsten gegen etwas getreten. Er klopfte den Dreck von den Stiefeln, dann ging er hinein.

Chris blickte auf, als Noble den Revolvergurt abschnallte, und sah die Niedergeschlagenheit in den Augen des Freundes. »Hast du etwas herausgefunden?«

»Nichts, außer dass noch jemand nach ihr sucht.«

Chris wusste, dass dies nur Victoria sein konnte. Und obwohl er seit dem vergangenen Nachmittag nicht mehr mit ihr geredet hatte, war er sicher, dass ihr Vels Verschwinden nicht verborgen geblieben war. »Hast du die Mädchen befragt?«

»Die schliefen noch«, meinte Noble und goss sich einen Kaffee ein. »Verdammt, es macht mich wahnsinnig, dass sie sich so verhalten, als wäre Vel vollkommen unwichtig.«

»Ich gehe selbst in den Saloon.«

Noble blickte auf seine Taschenuhr. »Sie werden auch jetzt noch nicht wach sein.«

»Pech für sie«, sagte Chris über die Schulter hinweg und war schon durch die Tür. Mit langen Schritten, entschlossen und verärgert, ging er zum Saloon. Die Leute wichen ihm aus, aber das bemerkte er gar nicht, weil er so tief in Gedanken versunken war. Victoria würde ihm sagen können, was los war, denn dieser Frau entging nichts. Er hielt direkt auf den hinteren Eingang zu und schaute in die Waschküche, doch er konnte nur die neue Hilfe entdecken. Sie blickte stirnrunzelnd von ihrer Arbeit auf.

»Wo ist Clara?«

Sie zuckte mit den schultern. »Hab sie nicht gesehen.«

»Seit wann?«

»Seit heute Morgen. Sie ist fortgegangen«, fügte sie schnell hinzu, als sie merkte, dass der Marshal auf ihre knappen Antworten ungeduldig reagierte. Chris drehte sich um und beschloss, den vorderen Eingang zu nehmen. Als er an der Tür vorbeikam, die aus Beckets Büro in den Hof führte, fiel ihm etwas ins Auge. Er trat näher und bückte sich, fuhr mit den Fingerspitzen die frischen Kratzer nach, schmale Linien, die sich tief ins Holz gegraben hatten. Wie von einem Stuhl oder hohen Absätzen. Aber weder Becket noch Victoria trugen solche Schuhe, und sie waren die einzigen, die diesen Weg durch die schmale Gasse nahmen. Er ließ den Blick suchend über den Boden schweifen. Er entdeckte keine weiteren Spuren, erst als er ein Stück weiter ging, fand er kaum noch wahrnehmbare Stiefelabdrücke, die vermutlich beim Wasserholen von der Magd zerstört worden waren. Doch dann bemerkte er plötzlich auch Hufabdrücke, tiefer, als sie normalerweise waren. Chris ging in die Hocke und schob seinen Hut zurück. Zwei Reiter auf einem Pferd, dachte er. Ein kalter Schauder lief ihm plötzlich über den Rücken.

Tori, Liebes, in was hast du dich diesmal wieder hineingeritten?

Er richtete sich auf, ging um das Gebäude herum und blieb einen Moment stehen, nachdem er die Schwingtür aufgedrückt hatte. Es waren nicht viele Gäste da, und von Victoria war auch nichts zu sehen. Chris bemühte sich, seine aufsteigende Angst zu unterdrücken, und ging geradewegs auf Beckets Privaträume zu.

Er klopfte kurz, nannte seinen Namen und trat ein, als ihm geöffnet wurde.

»Marshal, wie angenehm, Sie zu sehen.«

»Wo ist Velvet?«

Becket zog kaum merklich die Augenbrauen hoch. »Ich bin mir nicht ganz sicher. Sie erzählte irgendetwas von ihrer Tochter.« Eine seltsame Zufriedenheit lag in seiner Stimme, und ein merkwürdiges Lächeln umspielte seinen Mund. Plötzlich sah Chris den Besitzer des Saloons in einem ganz anderen Licht.

»Vel soll eine Tochter haben?«

»Ja, mich hat es auch überrascht, und wenn ich sie richtig

verstanden habe, dann besucht sie sie ab und zu. Ich denke, dass sie auch jetzt bei ihr ist.« Becket blickte nachdenklich vor sich hin. »Ich finde allerdings, sie hätte mir Bescheid sagen können. Ihre Abwesenheit ist nicht gut fürs Geschäft.«

»Seit wann ist sie weg?« Chris wanderte durch den Raum, blickte durchs Fenster hinaus in die rückwärtige Gasse.

»Seit gestern Abend.«

Gestern Abend hat keine Kutsche mehr die Stadt verlassen, dachte Chris. Ob sie den Zug genommen hat? »Ich würde gern die Mädchen befragen.« Er musste sich zusammenreißen, um nicht mit dem Finger über die Kratzer zu fahren, die sich auf dem Fensterbrett befanden. Auch sie waren noch frisch.

»Wie Sie möchten.« Becket zeigte nach oben. »Aber ich kann nicht für die Laune der Mädchen garantieren.«

Chris sah in misstrauisch über die Schulter hinweg an. »Es interessiert Sie kein bisschen, nicht wahr?«

»Velvet ist eine erwachsene Frau, Marshal, und ich kann sie nicht zwingen, hier zu bleiben. Sie ist ein Gewinn fürs Geschäft, und natürlich werde ich sie mit Freuden wieder aufnehmen, wenn sie zurückkommt.«

»Und wo ist Miss Murphy?«

Becket zuckte mit den Schultern. »Sie hat mich um einen freien Tag gebeten, und ich hatte nichts dagegen einzuwenden. Das Mädchen arbeitet ziemlich hart.«

Härter, als du ahnst, dachte Chris, als er mit großen Schritten den Raum durchquerte. Er kam zu nahe am Schreibtisch vorbei, streifte ein Buch, sodass es herunterfiel. Mit einer Entschuldigung bückte er sich – und konnte so den Teppich genauer betrachten. Ein kleiner Bereich war heller als der Rest.

»Marshal?«

Chris richtete sich wieder auf, reichte Becket das Buch und ging dann, ohne sich noch einmal umzuschauen. Vor der Tür blieb er stehen. Sein Unbehagen verstärkte sich. Victoria sucht ebenfalls nach ihr, dachte er. Hoffentlich. Denn er wusste nicht, was er tun sollte, wenn das nicht der Fall war. Dann ging er die Treppe hinauf, geradewegs zu ihrem Zimmer. Seine Zuversicht sank, als er entdeckte, dass alles leer geräumt war. Nun musste er nicht nur nach Vel suchen, sondern auch noch nach Victoria.

Chris spürte, wie ihn immer größere Angst erfüllte. Es war eine Stunde später, und inzwischen hatte er erfahren, dass Becket sich am vergangenen Abend tatsächlich mit Vel unterhalten hatte und der Letzte war, der sie gesehen hatte. Die Kratzer draußen auf der Treppe und der frisch gereinigte Teppich verstärkten sein Misstrauen. Dennoch wollte er immer noch nicht glauben, was Victoria ihm erzählt hatte. Er wollte nicht, dass sie wieder Recht hatte – nicht in diesem besonderen Fall. Und nicht, wenn er sie nicht finden konnte. Er befragte alle möglichen Leute, doch niemand hatte Vel oder Victoria gesehen. Als er in sein Büro zurückkehrte, war Jenna MacLaren da und unterhielt sich mit Noble.

Jenna wandte sich Chris sofort zu. »Ich habe dies hier von dem Arzt in Black Hawk erhalten«, sagte sie und drückte ihm ein Telegramm in die Hand.

*Brauche Hilfe. Kann die Todesursache nicht feststellen. Das Opfer ist innerlich verblutet. Die Umstände sind äußerst seltsam.*

Chris schlug das Herz bis zum Hals. »Telegrafiere ihm, dass er genauere Angaben machen soll.«

»Habe ich schon getan. Ich denke, dass wir seine Antwort in ein paar Stunden haben.« Sie blickte ihn stirnrunzelnd an. »Du siehst aus, als würde dir etwas ziemlich zu schaffen machen. Kann ich dir helfen?«

»Das ist lieb von dir, aber nicht nötig. Sag mir Bescheid, sobald das Telegramm angekommen ist.« Sie versprach ihm das, dann ging sie. Chris wandte sich Noble zu, in der Hoffnung, dass er Neuigkeiten hatte, doch er wurde enttäuscht.

»Clara ist auch verschwunden«, erzählte er dann seinem Deputy. »Becket behauptet, sie habe sich einen Tag frei genommen.«

Noble sah ihn an. »Aber du glaubst es nicht.«

»Nein, verdammt noch mal, denn sie hat alles mitgenommen, was ihr gehört!« Seine Stimme klang müde, und Noble fand, dass er Chris noch nie so angespannt gesehen hatte.

»Ich hätte gedacht, dass sie sich an dich wenden würde.«

»Ich auch.« Chris nahm seinen Hut ab und warf ihn auf den Schreibtisch. »Lass Becket von unseren Leuten überwachen, aber so diskret wie möglich. Tausch die Männer alle paar Stunden aus.«

Noble zog eine Augenbraue hoch, wandte aber nichts gegen die Entscheidung seines Bosses ein. Er hatte den dandyhaften Besitzer des Saloons noch nie leiden können. »Vielleicht sieht sie inzwischen ja gar nicht mehr wie Clara aus.«

Chris schien das noch gar nicht in den Sinn gekommen zu sein. Doch dann schüttelte er den Kopf. »Nein, ich glaube nicht, dass sie ihre Verkleidung hat fallen lassen. Das wäre zu riskant.« Es war ihr viel zu wichtig, unerkannt zu bleiben.

»Beschreib sie mir trotzdem. Nur für den Fall.«

Chris' Gesichtsausdruck änderte sich, wurde weicher. »Sie ist groß, schlank, muskulös, aber nicht so, dass es auf den ersten Blick auffällt. Sie hat goldblondes Haar, in dem ein halbes Dutzend anderer Nuancen schimmern, ungefähr so lang.« Chris zeigte es mit einer Hand an. »Und sie hat Augen wie ein Berglöwe.«

Noble setzte sich aufrechter hin.

»Was ist?«, wollte er wissen, als er sah, wie die Farbe aus Nobles Gesicht wich.

»Einer von Clanceys Jungen hat heute morgen ein Pferd an

eine Frau vermietet, auf die diese Beschreibung passt. Sagte, dass sie ganz schön in Eile gewesen wäre.«

»Hat er auch gesagt, wohin sie wollte?«

»Zum Zug.« Und als Chris zur Tür eilte, fügte er schnell hinzu: »Ich habe bereits ein Telegramm abgeschickt.«

Chris blieb auf der Schwelle stehen. »Aber doch nur wegen Vel, oder?«

Dann war er draußen. Noble lehnte sich zurück und fuhr sich mit allen zehn Fingern durch die Haare.

»Habe ich euch gerade von dieser Frau mit den langen Beinen reden hören?«

Noble drehte sich um und schaute den Deputy an, der eben aus dem Raum trat, in dem sich die hinteren Zellen befanden. Seth zuckte zusammen, als er Nobles finstere Miene sah. »Ich hab doch nur gesehen, wie sie mit Lucky redete.«

Noble rannte zur Tür, aber Chris war bereits fort. Caesars Hufe wirbelten Staubwolken auf. Dann entdeckte er plötzlich Lucky, der ein Stück die Straße hinunter auf den Stufen des Hotels saß, Steinchen auf die Straße warf und sich nicht darum kümmerte, dass die Besitzerin gerade versuchte, ihn mit ihrem Besen zu vertreiben. Noble ging ganz langsam auf Lucky zu, denn er wusste, dass er ihn mit seiner Körpergröße einschüchterte. Er wusste nicht, ob der Junge ihnen tatsächlich weiterhelfen konnte, durcheinander, wie er manchmal war, aber immerhin war er der Letzte, der die Frau, die Chris so viel bedeutete, gesehen hatte. Als sein Schatten auf den Jungen fiel, blickte Lucky auf, mit schreckgeweiteten Augen, und obwohl Noble ganz sanft mit ihm sprach und ihm versicherte, dass er ihm nichts tun würde, schoss der Junge davon und war im Nu zwischen den Passanten verschwunden.

Chris zügelte seinen Hengst und ließ den Blick schweifen. Die untergehende Sonne blendete ihn. Er war hierher in diesen

Wald geritten, wo er ihr das erste Mal begegnet war. Es war seine letzte Hoffnung gewesen, sie zu finden. Aber nichts deutete darauf hin, dass sie sich hier befand, und seine Enttäuschung wuchs. Am Morgen hatte er noch einige Spuren von ihr entdeckt, aber danach hatte er keinen Hinweis mehr finden können. Er war sicher, dass sie ihre Spuren absichtlich verwischt hatte.

*Komm zu mir, Tori, ich werde dir helfen. Ich schwöre dir, dass ich dich nicht bedrängen werde, mir deine Geheimnisse zu verraten. Ich möchte dich nur bei mir haben.*

Er erinnerte sich an die Visionen, die er immer wieder gehabt hatte, bevor er ihr begegnet war – an die Gestalt, die aus dem feuchten Nebel trat, begleitet von jenem merkwürdigen Geräusch, als zerschnitte etwas die Luft. Und Stimmen, die von weither zu kommen schienen. Daran, wie sich der Berglöwe in eine Menschenfrau verwandelt hatte.

Der Teil von ihm, der Cheyenne war, glaubte, dass diese Vision eine bestimmte Bedeutung hatte, eine Warnung oder eine Prophezeiung war. Woher Victoria kam, war ebenfalls in diesem Nebel verborgen, unfassbar für ihn, lag außerhalb seiner Fähigkeiten, es zu begreifen. Doch er hatte zu viele Jahre in der Welt des weißen Mannes verbracht, um glauben zu können, dass sie ein Geist war, der menschliche Form angenommen hatte. Doch mein Traum ist zur Wirklichkeit geworden, überlegte er, und Verlangen und Furcht erfüllten ihn, als er daran dachte, wie sein Traum stets endete, wie die Gestalt in den Nebel zurücktaumelte, für immer in ihre Welt zurückkehrte.

Bitte, lass es noch nicht so weit sein, nicht jetzt, betete er. Lass sie noch eine Weile bei mir bleiben. Und wenn sie dann immer noch gehen will, werde ich mich ihr nicht entgegenstellen. Aber lass sie leben!

Er wusste nicht, was genau er erwartet hatte, aber er sah und hörte nichts. Tiefe Stille umgab ihn, er fühlte sich einsam und verlassen.

»Komm weiter, alter Junge«, sagte er, als er den Hengst aus dem Wald lenkte. Die Vorstellung, ohne sie zurückkehren zu müssen, machte ihn ganz krank. Sein Herz zog sich schmerzhaft zusammen, als er daran dachte, dass er sie vielleicht nie mehr wiedersehen würde. Irgendwo hier in diesem Wald lagen ihre Geheimnisse verborgen.

Noch einmal drehte er sich um, und dann spornte er den Hengst zum Galopp an und ritt los. Er würde auf der Suche nach ihr jeden Stein hier in der Gegend umdrehen, und er würde jeden Freund und jeden, der ihm einen Gefallen schuldete, bitten, ihm dabei zu helfen.

# 21

Zwei Tage war es jetzt schon her, dass Victoria verschwunden war, und der dritte Tag war dabei, zu Ende zu gehen. Die Zeit schien sich endlos zu dehnen. Chris stützte die Ellbogen auf den Schreibtisch und verbarg den Kopf in den Händen, die Finger ins Haar vergraben. Er hatte so viele Stunden im Sattel verbracht, dass sogar sein Hinterteil schmerzte, und er konnte sich nicht daran erinnern, dass er in der letzen Zeit etwas anderes als Kaffee zu sich genommen hätte.

Chris fürchtete, dass er langsam verrückt werden würde.

Er hatte alle Möglichkeiten überprüft – und nichts herausgefunden. Lucky war seine letzte Hoffnung, aber er wusste, dass der Junge erst dann erscheinen würde, wenn es ihm passte. Er war der Letzte, der Victoria lebend gesehen hatte.

Hör auf, so etwas zu denken!, ermahnte er sich.

Sie ist keine dumme, sorglose Frau, sagte er sich mindestens zum hundertsten Mal. Sie ist geschickt und fürs Überleben geschaffen.

*Und sie hat dich angelogen.*

Er ignorierte die kleine Stimme in seinem Kopf, dennoch erwachte seine Wut von neuem, als er an ihre clevere Täuschung dachte. Er nahm das Telegramm in die Hand und las es noch einmal durch.

*Nur noch mehr Lügen.*

Sein Herz fühlte sich an wie betäubt. Das Papier knisterte, als er das Telegramm in seiner Faust zusammendrückte und es in seine Hemdtasche steckte. Er wollte Antworten haben. So oft, dass er es schon gar nicht mehr zählen konnte, hatte er sich gewünscht, dass sie durch die Tür marschiert käme, damit er endlich erfuhr, was er wissen wollte. Er stand auf, um sich einen Kaffee einzuschenken. Seine Hand zitterte, als er das heiße Getränke eingoss, und er stellte die Tasse ab. *Verdammt, Tori, ist es wirklich nötig, dass ich ständig solche Angst um dich haben muss?*

Die Tür wurde aufgestoßen, und Chris drehte sich schnell um, doch es war nur Noble, der hereinkam. Ein Blick auf Chris genügte, und Noble wusste Bescheid.

»Geh nach Hause, Chris.«

Chris trank einen Schluck. »Nein.« Er fuhr sich wieder durch die Haare, rieb sich müde das Gesicht. »Ich kann nicht.« Furcht packte ihn jedes Mal, wenn er sich ausmalte, was mit ihr geschehen sein mochte. Lebte sie noch? War sie von wilden Tieren angegriffen worden? Oder von seinen indianischen Brüdern? Becket hatte den Saloon nicht verlassen, deshalb war Chris ziemlich sicher, dass er keinen Verdacht gegen sie hegte. Aber warum kam Victoria nicht zu ihm? Warum bat sie ihn nicht um Hilfe?

Weil sie dir nicht vertraut, flüsterte eine hässliche kleine Stimme ihm zu. Chris stellte den Becher ab und nahm seinen Hut vom Haken. »Ich schau mich noch mal um«, sagte er, während er zur Tür ging.

»Du warst den ganzen Tag draußen, hast die ganze Gegend abgesucht, Chris. Denk doch auch mal an Caesar. Er hat sich seit Jahren nicht so viel bewegen müssen.«

»Ich muss es noch einmal versuchen.« Weil ich hier drin wahnsinnig werde. Weil es mich verrückt macht, nicht zu wissen, wo sie ist. Mit jeder Minute, die verging, fühlte er sich hilfloser. Und wütender. Weil Victoria es nicht für nötig hielt, ihm alles zu erzählen, damit er sie unterstützen konnte. Und weil er ihretwegen so litt. »Ich mache nur eine letzte Runde, dann reite ich nach Hause.«

»Gut. Verschwinde und geh Abigale auf die Nerven.«

»Was hältst du da eigentlich in der Hand? Ein Telegramm?«, fragte Chris plötzlich, und Noble blickte so verdutzt auf das gelbe Papier, als hätte er es vollkommen vergessen, dann reichte er es Chris. »Du bist wahrscheinlich der Einzige, der das lesen kann.«

Chris glättete das Blatt und stieß ein unfrohes Lachen aus. Der Text war in Cheyenne geschrieben, so wie damals, als sie sich während des Krieges Nachrichten hatten zukommen lassen.

*Habe nichts herausgefunden. STOP Eine V.M. gibt es hier nicht. STOP Palau auch nicht. STOP Warte noch auf weitere Informationen. STOP Kann in zwei Tagen da sein, wenn du Hilfe brauchst. STOP H. McCracken.*

Es war das vierte Telegramm in dieser Art. Chris hatte sich an alte Bekannte unter anderem im Kriegsministerium und bei Pinkerton gewandt. Aber die Antworten lauteten alle gleich – und alles sprach gegen Victoria.

Noble hatte Chris aufmerksam beobachtet. »Sie ist fort«, sagte er, auch wenn es ihm schwer fiel. Der Marshal blickte seinen Freund aus schmalen Augen an. »Betrachte die Sache doch einmal ganz objektiv: Sie hat uns schon vorher an der Nase herumgeführt, uns verschiedene Namen genannt und sich hinter ihren Masken versteckt. Vielleicht ist sie sogar diejenige, die –«

Noch bevor Noble zu Ende gesprochen hatte, hatte Chris ihn schon am Kragen gepackt und dicht an sich herangezogen. »Niemals«, fuhr er auf. »Du wirst mich nicht in hundert Jahren davon überzeugen können, dass diese Frau keine Ehre und Courage hätte!«

Er liebt sie, erkannte Noble plötzlich. Doch es war eine schmerzliche, bittersüße Liebe. Und Noble fürchtete, dass es Chris und Victoria nicht vergönnt sein würde, zusammenzufinden – das bewiesen schon die Ereignisse der letzten Tage.

»Du kannst mich auch gern wieder loslassen, Marshal!«

Chris blickte seinen Freund an, schaute dann auf seine Hände und gab Noble reumütig frei. »Du lieber Himmel – es tut mir wirklich Leid, Noble«, sagte er und trat einen Schritt zurück.

Noble legte ihm eine Hand auf die Schulter und nickte. »Beantworte das Telegramm, Chris, und ruh dich dann endlich aus. Ich werde bei dir zu Hause Bescheid geben.«

Chris nickte und wandte sich zur Tür.

»Ein Bad würde dir übrigens auch nicht schaden«, fügte Noble hinzu.

Chris blickte auf seine staubbedeckte Kleidung, das grüne Hemd und die schwarze Hose, dann sah er Noble lächelnd an. Es war sein erstes Lächeln seit Tagen. »Du bist wirklich ziemlich empfindlich, was?«

»Wärst du auch, wenn du dich ertragen müsstest!«

Chris setzte seinen Hut auf und ging. Doch schon bald versank er wieder in seine düstere Stimmung, und nachdem er das Telegramm abgeschickt hatte, stieg er auf Caesars Rücken und machte seine Runde. Doch die Deputys hatten auch diesmal nur ein Kopfschütteln als Antwort auf seine Fragen, und seine Laune sank immer tiefer. Immer wieder dachte er daran, wie oft sie ihn gewarnt hatte, sich nicht in ihre Angelegenheiten zu mischen, ihr nicht zu nahe zu kommen, sie nicht zu sehr zu begehren, zu denken, dass eine Beziehung zwischen ihnen eine Zukunft hätte. Dennoch konnte er einfach nicht glauben, dass sie ihn ohne ein Wort des Abschieds verlassen hatte. Aber sie hatte sich nicht von ihm verabschiedet – und was das vielleicht bedeuten mochte, darüber wollte er nicht nachdenken. Unsinn, sie lebt noch, versicherte er sich selbst immer wieder.

Chris ritt langsam aus der Stadt. Er saß zusammengesunken im Sattel, sein ganzer Körper schmerzte vor Müdigkeit. In Gedanken ging er noch einmal alle Möglichkeiten durch – und das Ergebnis machte ihm Angst. Er rieb seine brennenden

Augen. Erschöpft, wie er war, würde er nicht mehr lange durchhalten und konnte ihr dann auch nicht helfen, falls sie doch zu ihm kam. Entschlossen lenkte er den Hengst hinab ins Tal zu seinem Heim.

Chris lief unruhig auf und ab, ging zum Fenster, dann wieder zu seinem Schreibtisch, wo er sich auf den Stuhl fallen ließ und noch einmal sein Rechnungsbuch durchging. Aber die Zahlen verschwammen vor seinen Augen. Ungeduldig schlug er das Buch zu und hoffte, dass die Sonne bald aufgehen möge, damit er bei dem ersten Licht seine Suche wieder aufnehmen konnte. Ein heißes Bad und gutes Essen hatten ihm neue Energie verliehen, doch die Dunkelheit stoppte seinen Tatendrang. Er hatte es bereits einmal mit Fackeln versucht, aber das Gelände war zu rau, und selbst Caesar hatte gestreikt. Wieder zog sich Chris' Magen vor Furcht zusammen. Er stand auf und ging zur Bar hinüber, schüttete sich aus einer Kristallkaraffe zwei Fingerbreit Cognac ein und trank das Glas in einem Zug leer. Der Alkohol verbreitete wohlige Wärme in seinem Magen und beruhigte ihn, aber nicht genug, und so goss er sich ein zweites Glas ein.

»Das wird nicht helfen, Mylord.« Chris wandte sich um. Randel hatte leise den Raum betreten. Der Butler war ein Mann mit einem ausgeprägten Ordnungssinn, und das Chaos in diesem Zimmer störte ihn. Also begann er, die Reste von Chris' Abendessen auf ein Tablett zu stellen und die herumliegenden Zeitschriften wegzuräumen. Was Chris ärgerte.

»Lassen Sie das sein«, befahl er und setzte das Cognacglas an die Lippen.

Randel hielt inne, beschloss dann aber, ihn zu ignorieren. Er fuhr fort, Chris' Schreibtisch aufzuräumen.

»Verdammt noch mal, Randel!« Wütend schmiss Chris das Kristallglas in den Kamin, wo es in zahllose funkelnde Splitter zerbrach.

Randels Blick wanderte von seinem Herrn zu den Scherben, den Cognacspritzern auf dem polierten Holz, dann wieder zu Chris. Seine Lordschaft stand auf der anderen Seite des Raums, die Hände zu Fäusten geballt, den Körper angespannt. Seine dunklen Haare waren zerzaust, als ob er zu oft mit den Fingern hindurchgefahren wäre, die Augen waren zu schmalen Schlitzen zusammengezogen. Wut und noch etwas anderes, was Randel noch nie an seinem Herrn gesehen hatte, funkelte darin, und der Butler hielt es für klüger, den Raum zu verlassen, statt auf die drohende Explosion zu warten.

Doch gerade, als er sich zur Tür wandte, stürmte Abigale herein. Mit einem Blick erfasste sie die Situation. »Christopher!«, sagte sie in ihrem vorwurfsvollsten Ton und sah ihn entrüstet an – in der Hoffnung, ihn wieder zu beruhigen.

Wortlos stürmte Chris an den beiden vorbei aus dem Raum, stapfte mit schweren Schritten die Treppe hinauf. Abigale und Randel warteten regungslos, bis er oben angekommen war. Der Knall der zufallenden Tür hallte durch das ganze Haus, und die beiden sahen sich an. Abigale stieß einen tiefen Seufzer aus. Sie betete für Christopher und die Frau, um derentwillen er so litt und die sein Herz gebrochen hatte.

Chris rollte sich von einer Seite auf die andere, schob sein Kissen zurecht, legte es sich unter die Wange, dann gab er schließlich auf und drehte sich auf den Rücken. Die Hände hinter dem Kopf verschränkt, starrte er zur Decke hinauf. Er hasste es zu warten. Sein Vater hatte immer behauptet, das läge an seinem weißen Blut, seine Ungeduld, sein hitziges Temperament, und er hatte sich sein ganzes Leben lang bemüht, beides zu beherrschen. Was mir heute Abend jämmerlich misslungen ist, dachte er. Doch je länger er warten musste, bevor er sich erneut auf die Suche nach ihr begeben konnte, desto lebhafter wurden die Bilder von Victoria. Er schien ihren Duft zu schnuppern, er erinnerte sich an den Ausdruck, der in ihren Augen lag, wenn sie es endlich aufgab, gegen ihr Verlangen nach ihm anzukämpfen. Wie wild und ungezähmt sie sein kann, dachte er. Ihm gefiel es, wie stark und furchtlos sie war, eine richtige Kriegerin, aber auch verletzlich und nachgiebig, wenn er sie küsste. Er mochte es, wie sie sich an ihn schmiegte, und er sehnte sich danach, sie wieder in seinen Armen zu halten.

»Bist du wach, Marshal?«

Chris setzte sich aufrecht hin, als er die leise Stimme hörte, hoffte, betete, dass sie es sein möge. Dennoch griff er nach seinem Revolver und versuchte, die Dunkelheit mit seinen Blicken zu durchdringen. Dann hörte er die Stimme wieder, und die Enttäuschung war so groß, dass es schmerzte. Er warf die Decke zurück und schwang die Beine über den Bettrand.

»Lucky?« Schnell riss er ein Streichholz an und zündete die Lampe an. Jetzt erkannte er das Gesicht des Jungen am Fenster und musste gegen den Drang ankämpfen, Lucky hereinzuziehen und alle Informationen, die er haben mochte, aus ihm herauszuschütteln. Er bewegte sich ganz langsam, um den Jungen nicht zu erschrecken.

»Du hast ja gar nichts an!«

Chris schraubte das Glas über die Flamme. »Ich weiß.«

Lucky hatte die Ellbogen auf das Fensterbrett gelegt, das Gesicht in die Hände gestützt. »Schläfst du immer nackt?«

»Ja. Wie die Indianer.«

»Hm.« Lucky ignorierte die Balkontür direkt neben ihm und krabbelte wie ein verschrecktes Eichhörnchen durchs Fenster in das Zimmer hinein. Er war so schmutzig wie immer, das Haar staubig, ohne Schuhe an den Füßen. Gebückt kam der Junge auf ihn zu, schaute sich vorsichtig um, bereit, jeden Moment in Deckung zu gehen. Chris' Herz zog sich bei diesem Anblick zusammen.

Lucky nahm Chris' Hose von einem nahe stehenden Sessel und warf sie ihm zu. »Zieh die Hose an, wir gehen.«

»Wohin?« Chris stand auf und zog sich eilig an.

»Beeil dich.« Lucky fixierte die Tür von Chris' Zimmer, als lauere ein grässliches Ungeheuer dahinter. »Bitte!«

Chris spürte, wie ihm Schweiß auf die Stirn trat. Seit er Lucky kannte, hatte der Junge nicht so viel an einem Stück gesprochen wie jetzt. Lucky war der Letzte, der Victoria gesehen hatte. Hatte er sie gefunden? War sie verletzt und hatte sie den Jungen zu ihm geschickt, damit er ihn holte? Hastig zog er seine Socken über und schlüpfte in seine Stiefel. Lucky wanderte neugierig durch das Zimmer, machte aber einen Bogen um die Tür. Er nahm ein Buch in die Hand und blätterte die Seiten durch, ohne jedoch weiteres Interesse daran zu zeigen.

»Wohin gehen wir, mein Junge?«

Lucky blieb stehen. »Ich bin nicht dein Junge. Ich bin der Sohn von niemandem.« Er blickte nach draußen in die Dunkelheit. Mondlicht erhellte das Profil dieses einsamen Kindes.

Chris trat zu ihm und legte ihm sanft eine Hand auf die Schulter. »Es gäbe keinen einzigen Mann auf dieser Welt, wenn er nicht der Sohn von irgendjemandem wäre. Wärst du gern mein Sohn?« Er war bereit, alles für diesen Jungen zu tun, ihm wenigstens einmal in seinem Leben das Gefühl zu geben, geliebt zu werden.

»Vielleicht.« Lucky zuckte mit den Schultern, dann wollte er wieder durchs Fenster klettern.

Doch Chris hielt ihn zurück. »Wir können auch die Tür nehmen«, meinte er und zeigte hinter sich.

Lucky schüttelte heftig den Kopf, Horror lag in seinem Blick. »Dann steckt Miss Abigale mich wieder in die Badewanne!«

Chris lächelte und griff nach seinem Revolvergurt.

»Den brauchst du nicht«, sagte Lucky, als er über die Fensterbank glitt und auf dem Balkon landete. »Sie ist schon tot.«

# 22

Als erstes nahm er den Geruch wahr.

Es war der Geruch des Todes, der die Nachtluft erfüllte, als sie sich der verlassenen Mine näherten. Bitte, lass es nicht Victoria sein, dachte er, und Panik erfüllte sein Herz.

Hinter ihm befand sich Lucky, der sich knapp außerhalb des Lichtscheins der Laternen hielt, neben ihm gingen Seth und Joaquin, einer der Rancharbeiter. Chris bückte sich, als er in den Eingang zur Mine trat. Kleine Steine knirschten unter seinen Stiefeln, das Echo hallte von den Wänden wider. Der Geruch wurde stärker, umhüllte sie, und dann fiel das Licht auf ihren Körper.

Das Blut wich aus Chris' Gesicht, er schwankte.

Sie sieht wunderschön aus, dachte er unwillkürlich. Wie ein Engel.

Und das nächste, was er empfand, war Erleichterung, und er sank auf die Knie. Die Laterne klapperte, als er sie auf den Boden stellte. Er schämte sich für sein Gefühl, denn Velvet war seine Freundin gewesen, und sie hatte es nicht verdient, so zu sterben. Doch während des gesamten Marsches hierher hatte Lucky sich standhaft geweigert zu reden, wollte nicht sagen, wer es war, nur dass es eine Frau sei. Und Chris hatte nur noch an Victoria denken können. Jetzt brauchte er einen Moment, bis er sich wieder unter Kontrolle hatte. Aufmerksam schaute er sich um. Der Tod gehört zum Leben – aber dies hier war Mord.

Ihr Geist wird über die Erde wandern, dachte er flüchtig. Wäre nicht der leere Blick in ihren Augen gewesen, die unnatürliche Blässe ihrer Haut, dann hätte man meinen können, sie lebte noch.

Er berührte sie nicht, prägte sich aber jede Einzelheit ein. Fliegen schwirrten um ihren Leichnam, ihre einst grünen Augen waren dunkel geworden. Er roch kein Blut, nur Verfall, und ganz schwach den Duft von Parfüm. Sie war perfekt angezogen, ihr Schmuck sorgfältig arrangiert, das Haar in Locken gedreht und gekämmt. Auf ihrem Gesicht waren noch die Spuren von Puder und Schminke zu erkennen. Sie trug ein schneeweißes Negligé, das einzige Kleidungsstück, von dem die anderen Mädchen ganz sicher waren, dass es fehlte. Ihr Körper war so arrangiert, als säße sie in einem Stuhl, die Hände gefaltet, die Beine in damenhafter Sitzpose leicht angewinkelt.

Es wirkt wie ein Gemälde, dachte er unwillkürlich. Alles sorgfältig geordnet – und tot.

Er sah keine Blutspuren, keine Wunden, auch nicht, als er sie leicht bewegte, um ihren Rücken zu betrachten.

Wie zum Teufel war sie dann gestorben?

Er hob die Laterne und leuchtete über den Boden, suchte nach Fußspuren, irgendetwas, was zu dem Mörder führen konnte. Doch der Bereich um Velvets Körper verriet nichts, alle Spuren waren verwischt worden.

Chris richtete sich auf, lehnte sich vor und betrachtete Vels Gesicht. Dabei fiel ihm auf, dass ihre Lippen verkrustet und schwarz wirkten, eine Stelle war kaum wahrnehmbar angeschwollen. Ich muss Jenna fragen, ob das eine Veränderung ist, die durch den Tod bewirkt wurde, dachte er, und dann fiel ihm plötzlich wieder das Telegramm ein, das sie bekommen hatte. *Innerlich verblutet. Die Umstände sind äußerst seltsam.* Ein Schauder lief ihm über den Rücken. Er verließ eilig die Mine. Draußen wartete Lucky auf ihn.

»Hatte ich Recht?«

Chris setzte die Laterne ab. »Ich fürchte, ja.«

Tränen stiegen dem Jungen in die Augen, seine Lippen zitterten. Lucky stellte sich vor ihn, blickte zu ihm auf, während Tränen über seine schmutzigen Wangen kullerten. Sein Anblick zerriss Chris das Herz. Lucky hätte so etwas Schreckliches niemals sehen sollen. Liebevoll strich er ihm übers filzige Haar, und der Junge warf sich gegen ihn, schlang seine dünnen Ärmchen um Chris' Taille. Er klammerte sich an ihn, sein schmaler Körper wurde von heftigen Schluchzern erschüttert. Chris hob den Jungen auf seine Arme, hielt ihn ganz fest, und während er ihm beruhigend den Rücken streichelte, glitt sein Blick dorthin, wo die Lichter seines Hauses in der Dunkelheit zu erkennen waren.

Das alles war viel zu nahe an seinem Haus passiert, zu nahe an der Stadt. Victoria hatte Recht. In Silver Rose lebte ein Mörder. Und sie war allein hier draußen, jagte ihn.

Es war zwei Uhr morgens, und Chris' sonst so ruhiges Haus hatte sich in einen Ort der Geschäftigkeit verwandelt. Mehrere Deputys gingen ein und aus. Noble stand ein Stück abseits, starrte blicklos aus dem Fenster, von Trauer um Velvet erfüllt. Lucky jammerte lautstark, weil er sich waschen sollte, doch Abigale, obwohl immer noch ein wenig schlaftrunken, war mindestens so entschlossen wie er und versuchte, den Jungen ins Bad zu scheuchen.

»Lucky!«, rief Chris scharf, als der Junge die Füße gegen den Boden stemmte. Er war mit seiner Geduld am Ende. »Tu, was Abigale dir sagt, und denk nicht mal daran, von hier wegzulaufen!« Dieses Kind brauchte jetzt jemanden, der auf es aufpasste, sonst würde es auch noch umkommen. Dann wurde Chris' Ton wieder sanfter. »Ist das klar, mein Junge?« Luckys Lippe zitterte, aber er gab nach und hörte auf, sich gegen Abigale zu wehren. Chris ging vor ihm in die Hocke, damit er ihm in die Augen schauen konnte. »Ich möchte doch nicht, dass dir auch etwas passiert.« Er umfasste die Arme des Jungen »Gib mir dein Wort, dass du nicht weglaufen wirst.«

Lucky blickte Abigale an, dann wieder Chris und streckte ihm schließlich die Hand hin. »Ich gebe dir mein Wort, Sir«, sagte er in einem sehr erwachsenen Tonfall.

Chris umschloss Luckys Hand mit seinen großen Händen, dann nahm er ihn in die Arme. »Es wird alles in Ordnung kommen, Partner«, flüsterte er ihm zu. »Ich werde mich darum kümmern.«

»Auch um die große Lady?«, fragte Lucky genauso leise, so, als würden sie ein Geheimnis miteinander teilen. Chris schloss für einen Moment die Augen; Angst, Wut und Hoffnung stürmten auf ihn ein.

»Ich werde sie finden, das verspreche ich dir.«

Lucky löste sich von ihm und lächelte ihn vertrauensvoll an, dann folgte er Abigale ohne weiteres Murren. Chris richtete sich auf und fuhr sich mit den Fingern durchs Haar. Jetzt musste er sich um Noble kümmern. Sein Freund lehnte in der Eingangshalle an der Wand, drehte und wendete seinen Hut in den Händen und hatte ihn schon reichlich ramponiert. Die Deputys sagten etwas zu ihm, als sie gingen, doch Noble antwortete nur mit einem Nicken.

»Es ist nicht fair«, meinte er, den Blick zu Boden gerichtet. »Wenn wir deinem Mädchen von Anfang an vertraut hätten –« Nobles Kehle war wie zugeschnürt. »Verdammt, Chris«, meinte er schließlich.

»Es tu mir ja auch so Leid.« Was sonst hätte er sagen können? Irgendwie fühlte er sich verantwortlich, und er war wild entschlossen, diesen Mörder der Gerechtigkeit zuzuführen.

»Ich will sie sehen.«

»Nein, das willst du nicht.«

Noble blickte den Marshal an. »Es ist ja nicht so, als ob ich noch nie einen Toten gesehen hätte!«

Sie hatten die Mine bis zum Morgen abgesperrt, bis Jenna

den Leichnam untersucht haben würde. Chris musste wieder an den merkwürdigen Geruch denken, daran, wie sorgfältig alles arrangiert worden war, die Haltung ihres Körpers, der Faltenwurf ihres Negligés, selbst ihre Finger. »Nein, erspar es dir, sie so zu sehen, Noble.« Himmel, selbst im Krieg war ihm so etwas nicht vor Augen gekommen. »Dieser Fall ist geeignet, die ganze Stadt in Panik zu versetzen. Ich möchte dich bitten, diese Telegramme für mich abzuschicken, ganz diskret, und ansonsten nicht darüber zu reden.« Er legte eine Hand auf Nobles Schulter und schob ihn mit sanfter Gewalt nach draußen. »Zumindest so lange nicht, bis ich Victoria gefunden habe.«

Chris blickte in die Dunkelheit, die sie vor ihm verbarg, und fragte sich, was ihm der neue Tag wohl bringen würde.

»Dieser Bastard kann ihr nichts anhaben«, sagte Noble in seine Gedanken hinein. »Sie ist zu clever.« Chris nickte, doch er war weit davon entfernt, Nobles Zuversicht zu teilen. Vel war tot, das Opfer eines Ritualmordes – und was war, wenn Becket Victoria verdächtigte? Wenn er Clara verdächtigte, ihm nachzuspionieren? Chris glaubte nicht, dass einen Mörder wie diesen irgendetwas aufhalten könnte, auch nicht die Cleverness und Erfahrung einer Frau wie Victoria.

Nachdem er die Tür hinter Noble geschlossen hatte, ging Chris in sein Arbeitszimmer. Er brauchte jetzt die Stille dort, um seine Angst zu überwinden und ein wenig Frieden in das Chaos seiner Gedanken zu bringen. Doch es wollte keine Ruhe in seine Seele und seinen Geist einkehren, es gelang ihm nicht, sich zu der Beherrschung zu zwingen, die sein Vater ihn gelehrt hatte. Wie ein eingesperrtes Tier lief er auf und ab, blieb nur stehen, um sich ein Glas zu füllen und es in einem Zug zu leeren. Er konnte nicht vernünftig denken. Immer wieder erschien der Anblick des Leichnams vor seinem inneren Auge, und obwohl er wusste, dass es Vel war, trug das Bild, das er sah, die Züge Victorias. Am liebsten wäre er in die Stadt gestürmt, hätte Becket aus dem Bett gezerrt und die Wahrheit aus ihm herausgeprügelt. Aber das würde Victoria jetzt auch nicht helfen.

Die Leere, die ihr Verschwinden in seinem Herzen hinterlassen hatte, schmerzte, schien ihn zu erdrücken. Chris musste all seine Kraft aufbieten, um sich zu beherrschen. Sein Vater hatte ihm beigebracht, niemals ärgerlich in einen Kampf zu ziehen. Denn wenn er die Menschen vergaß, die er zurückließ und die um ihn trauern würden, wenn er starb, dann würde er auch vergessen, warum er kämpfte.

Furcht schärfte die Sinne.

Wut machte nachlässig.

Und Tori zu lieben macht mich verletzlich, dachte er.

# 23

Der neue Tag brach allmählich an, doch Chris nahm nichts von der Schönheit wahr, die der Anblick seines Tals im Morgenlicht bot. Gedankenverloren betrachtete er das Streichholzheftchen, das er nach jener Nacht mit Victoria gefunden hatte. Was, wenn dies alles wäre, was ihm von Victoria blieb? Er stieß einen unflätigen Fluch aus, dann schleuderte er das goldene Heftchen quer durch den Raum und ließ sich in einen Sessel sinken.

Mit schmerzender Klarheit erlebte er noch einmal die Szene, wie er Victoria daran gehindert hatte, in den Zug zu steigen, und sie darauf beharrt hatte, dass ein Mörder deswegen tun und lassen konnte, was er wollte.

Chris wusste nicht, ob es Schuld oder Reue war, was er empfand – aber warum, verdammt noch mal, hatte sie ihm keinen Beweis vorgelegt, um ihre Behauptung zu stützen, oder sonst etwas enthüllt, was sie über Becket wusste? Inzwischen traute auch er Becket nicht mehr über den Weg, aber er hatte nicht das Geringste gegen ihn in der Hand. Und Velvet war tot. Warum? Was konnte sie getan haben, dass der Mörder gerade sie als sein Opfer ausgewählt hatte? Das Einzige, was ihn tröstete, war, dass man Victoria noch gesehen hatte, *nachdem* Vel verschwunden war. Trotzdem, ich klammere mich an Strohhalme, gab Chris zu. Aber das wird mich nicht daran hindern loszureiten, sobald es hell genug ist.

»Mylord?«

Chris sah den Butler in der Tür stehen. Sein dunkler Anzug war perfekt gebügelt und der weiße Hemdkragen so steif, dass man Angst haben musste, er könne sich damit die Kehle durchschneiden. »Um Himmels willen, Randel, gehen Sie ins Bett und schlafen Sie noch ein bisschen, es ist ja noch kein Mensch wach!«

»Ja, Sir. Sie haben einen Gast, Sir.«

Chris blickte stirnrunzelnd nach draußen. »Um diese Zeit?«

»Nun ja, er hat sich nicht direkt angemeldet.«

»Randel!« Das klang *sehr* ungeduldig.

»Ich glaube, dass es eine sehr schmutzige Frau ist, die schlafend auf Ihrer Türschwelle liegt.«

Mit einem Satz sprang Chris aus dem Sessel, rannte zur Eingangstür und riss sie auf. In dem Dämmerlicht konnte er nur die Umrisse der Gestalt erkennen, die sich auf dem Boden neben dem Geländer zusammengerollt hatte.

Er wusste sofort, mit absoluter Sicherheit, dass sie es war.

»Tori«, flüsterte er, unendlich erleichtert.

Er ging die Treppe hinab und hockte sich neben sie. Chris musste sich zusammenreißen, um ihr Gesicht nicht mit Küssen zu bedecken. Stattdessen streckte er nur die Hand aus und schüttelte sie sanft. Sie erwachte unvermittelt und wollte instinktiv auf ihn losgehen, doch er hielt ihre Handgelenke fest und beruhigte sie. Victoria blickte zu ihm auf, und Chris sah unendlichen Kummer in ihrem Blick.

Sie bemühte sich verzweifelt, nicht zu weinen.

»Ich wusste nicht, wohin ich sonst hätte gehen sollen«, sagte sie müde. Ihr Gesicht war von rotem Staub bedeckt, unter ihren Augen zeichneten sich tiefe Ringe ab. Ihre Kleidung war fleckig und zerrissen, ihr Haar zerzaust.

Er zog sie hoch, ihre Hände waren eiskalt. »Mein Gott, Tori, wo bist du nur gewesen?«

Chris fürchtete, dass er ihr dies nicht würde verzeihen können. Niemals.

Sie antwortete nicht gleich. »Ich habe überall nach ihr

gesucht. Ich habe die Ankunft der Postkutsche abgewartet, die Leute gefragt, ich bin sogar zur Bahnstation geritten. Lucky hat mir etwas von Höhlen hier in den Bergen erzählt. Ich habe jeden Quadratmeter abgesucht, Chris –« In ihren Augen schimmerten Tränen. »Aber ich konnte sie einfach nicht finden. Es ist mein Job, und ich bin verdammt noch mal nicht in der Lage dazu!«

»Pst«, meinte er nur und zog ihren zitternden Körper in seine Arme. »Jetzt ist alles in Ordnung.« Er schob einen Arm unter ihre Knie und hob sie hoch.

»Ich kann immer noch laufen«, sagte sie und versuchte sich aus seinen Armen zu winden.

Doch Chris hielt sie so fest, dass es ihr fast den Atem abschnürte. Sie blickte in seine dunklen Augen. »Hör auf!«, warnte er sie. »Ich habe verdammt noch mal genug von deiner Sturheit und deiner sogenannten Unabhängigkeit – mehr, als ich ertragen kann.« Er betonte jedes Wort. Noch bevor sie etwas erwidern konnte, fügte er knapp hinzu: »Randel, nehmen Sie bitte den Beutel!« Der Butler tat, was Chris gesagt hatte, und folgte seinem Herrn ins Haus. Ohne ein weiteres Wort ging Chris zu seinem Arbeitszimmer. Und obwohl er wütend war, legte er Victoria ganz sanft auf das Sofa. Dann entfernte er sich ein Stück und wandte ihr den Rücken zu, hielt den Blick auf den Boden gerichtet.

Victoria beobachtete ihn, registrierte seine angespannte Haltung, sah, wie er die Hände zu Fäusten ballte und wieder öffnete. Gleich fegt er die Lampe von dem Tischchen neben sich auf den Boden, dachte sie unwillkürlich.

»Sie können uns allein lassen«, sagte er. Randel stellte den Lederbeutel auf den Boden und zog die Tür hinter sich zu.

Die Luft zwischen ihnen war spannungsgeladen. Victoria verzog das Gesicht, schwang die Beine vom Sofa und setzte sich aufrecht hin.

»Sieh mich an, Chris.«

Er tat es nicht. Er konnte nicht. Das Verlangen, sie in seine Arme zu nehmen, und der Wunsch, sie zu schütteln, bis sie endlich vernünftig wurde, fochten einen wilden Kampf in ihm aus. Wenn er sie jetzt berührte, konnte er für nichts garantieren.

»Bitte!«

In ihrer tiefen, rauchigen Stimme schwang ein ganz eigenartiger Klang mit, der bewirkte, dass Chris sich nun doch langsam umwandte. Das Herz klopfte Victoria gegen die Rippen. Er wirkte erschöpft, ein Kummer, den sie nicht benennen konnte, spiegelte sich in seinem Gesicht wider. Mit rotgeränderten Augen blickte er sie an.

»Du bist verschwunden, ohne die geringste Spur zu hinterlassen«, warf er ihr vor, und sie hörte, wie verletzt er war. Sie stand auf und ging leicht humpelnd zu ihm. Chris ließ seinen Blick über sie schweifen, nahm jede Einzelheit in sich auf. Wie erleichtert er war, sie wieder bei sich zu haben!

Victoria hob die Hand, strich ihm eine schwarze Locke aus der Stirn. Ihre Finger zitterten, ihr Hals war trocken. Er hatte gelitten. Die Art, wie er die Lippen zusammenpresste, die tiefen Ringe unter seinen Augen verrieten es ihr.

»Hast du dir wirklich solche Sorgen gemacht?«

Er konnte nicht länger dagegen ankämpfen. Aufstöhnend zog er sie in seine Arme, vergrub sein Gesicht an ihrem Hals. Immer wieder flüsterte er ihren Namen, und sie klammerte sich an ihn, die Arme um seinen Nacken geschlungen. Lass mich nicht los, flehte sie in Gedanken, ich brauche dich so sehr!

Chris grub seine Finger in ihre Haare und zwang sie, ihn anzuschauen. Doch als sein Blick dem ihrer goldbraunen Augen begegnete, las er Schuld, Erschöpfung und Kummer darin.

»Ich habe ihr das Versprechen abgenommen, dass sie sich nicht einmischt, aber –« Chris verschloss ihr den Mund mit seinen Lippen.

Er konnte nicht anders, er musste sie küssen, ihren warmen Körper und ihre weichen Lippen spüren. Er musste sie küssen, um sich zu vergewissern, dass sie tatsächlich hier war, bei ihm, dass sie lebte. Er küsste sie wie ein Verhungernder, und sie erschauerte, erwiderte seinen Kuss mit der gleichen ungezügelten Leidenschaft, klammerte sich an seine Schultern, bog ihren Körper seinem entgegen.

Victoria konnte nicht genug von ihm bekommen. Sie hatte ihn schrecklich vermisst, hatte ihn unglaublich gebraucht, als sie in den Bergen gewesen, allein und verzweifelt, und die Einsamkeit ihr bewusst gemacht hatte, wie verloren sie in dieser Welt war. Sie begehrte diesen Mann, wollte ihn für immer haben und wusste doch, dass dies unmöglich war. Sie war sich ihrer Gefühle immer deutlicher bewusst geworden, während sie eine Höhle nach der anderen und jede verlassene Mine durchkämmt und sich gewünscht hatte, sie wäre bei ihm, sicher und warm und geborgen in seiner Liebe – so wie jetzt. In diesem Augenblick, als sie in seinen Armen lag, seinen festen Körper ganz nah an ihrem spürte, hatte Victoria das Gefühl, dass sie endlich nach Hause gekommen war.

Chris bedeckte ihr Gesicht mit unzähligen Küssen – ihr *wirkliches* Gesicht. Und er konnte die Hände nicht still halten, streichelte über ihre Hüften, ihren Rücken. Keine Auspolsterungen mehr, nichts außer einem dünnen Hemd hinderte ihn daran, ihre bloße Haut zu berühren. Und das hätte er ihr am liebsten auch noch ausgezogen.

»Himmel, wie ich dich vermisst habe!«, sagte er leise. Und nachdem sie jetzt zu ihm gekommen war, würde er sie nie wieder gehen lassen. »Ich bin fast verrückt geworden. Warum hast du mich nicht um Hilfe gebeten?«

»Ich hatte keine Zeit mehr.« Wieder küsste sie ihn. »Und ich konnte dir keine Nachricht schicken, weil es niemanden gab, dem ich genug vertrauen konnte«, fügte sie zwischen weiteren Küssen hinzu. Sie nahm sein Gesicht zwischen ihre Hände, und ihre Berührung versetzte ihn in Flammen. Er küsste sie, bis sie ihr Verlangen kaum noch beherrschen konnte, bis es ihren ganzen Körper erfüllte und für eine Weile alle anderen Sorgen vertrieb.

»Tu so etwas nie, *niemals* wieder!« Er schüttelte sie; einen Moment lang hatte sein Zorn die Oberhand gewonnen.

»Ich schwöre dir, ich werde es nie mehr tun, aber ich habe Angst.« Sie sah ihn an. »Sie ist tot. Ich kann es spüren.«

»Das stimmt.«

Victoria erstarrte, nur ihre Augen blitzten.

»Ich habe sie gefunden. Das heißt, eigentlich hat Lucky sie entdeckt.«

Sie lehnte die Stirn gegen seine Brust, holte zittrig Luft. Dann löste sie sich langsam aus seinen Armen. »Wie geht es ihm?«

»Er hat Angst. Er ist verwirrt. Und macht sich Sorgen um die ›große Lady‹.«

Sie ließ sich auf das Sofa sinken. »O Gott!«, meinte sie und schlug eine Hand vor den Mund. Ihre Finger zitterten, und sie bemühte sich, ihre Tränen zurückzuhalten. *Es tut mir so Leid, Vel!*

Chris setzte sich neben sie, nahm ihre Hand. »Es war kein schöner Anblick.«

Sie räusperte sich, setzte ein paar Mal zum Sprechen an. »Sie saß aufrecht da, ganz in Weiß, ihre Kleidung und ihr Schmuck waren sorgfältig arrangiert«, sagte sie seltsam tonlos, und die feinen Härchen in Chris' Nacken stellten sich auf. »Ihr Haar war frisiert, die Hände gefaltet, die Beine waren leicht angewinkelt. Sie trug sogar Schuhe.« Sie blickte Chris an und schüttelte das Haar zurück, das ihr in die Stirn gefallen war. In seinen Augen sah sie Entsetzen und Erstaunen. »Sie wirkte absolut perfekt, Blut war keins zu sehen, außer an ihren Lippen.«

Chris' Augen wurden schmal, sein Herz klopfte heftig. »Woher weißt du das alles, Tori?«

Er fragte das so betont, dass sie stutzte und ihn dann forschend anschaute. »Glaubst du, ich hätte es getan?«, sagte sie verblüfft.

»Um Himmels willen, nein!«

»Aber es hat sich so angehört.«

»Es hat sich nach einem Marshal angehört, der einen Mord aufklären muss und viele Fragen hat – Fragen, auf die nur du mir Antworten geben kannst. Antworten, die du eigentlich nicht kennen kannst. – Was sollte ich denn deiner Meinung nach glauben?«

Du könntest an mich glauben, dachte sie und rieb sich mit den Händen das Gesicht. Aber sie wusste, dass sie ihm genug Gründe gegeben hatte, ihr zu misstrauen. Sie blickte zum Kamin hinüber, betrachtete das Spiel der Flammen. »Auf die gleiche Weise hat er bereits elf Frauen umgebracht.« In meiner Zeit, in meiner Welt. »Und er hat Cole getötet, meinen besten Freund. Algenon Becket ist der festen Überzeugung, dass seine Handlungen ein Akt der Barmherzigkeit sind – oder so ähnlich.« Sie winkte müde ab. »Ich kriege es jetzt nicht mehr so genau zusammen.«

»Verdammt noch mal, Tori, wann wirst du mir endlich die Wahrheit sagen?« Sie sah ihn mit ihren goldbraunen Augen an. »Es existiert keine Victoria Mason, genauso wenig wie dieser angebliche Boss von dir. Und Becket wird auch nicht gesucht.« Er hatte sie noch nicht mit diesen Vorwürfen konfrontieren wollen, nicht so bald, nachdem er sie gerade wiedergefunden hatte. Aber er brauchte ihre Antwort jetzt. »Ein Kopfgeldjäger jagt einen anderen Menschen nicht ohne guten Grund.«

»Er hat zwölf Menschen umgebracht – nein, dreizehn!«

»Das behauptest du.«

»Und meine Bemühungen, ihn zu überführen – zählen die gar nicht?«

»Nicht mehr.«

Victoria senkte den Blick und betrachtete ihre Hände.

Wenn sie ihm das erzähle, was er wissen wollte, dann musste sie ihm auch von ihrer Zeitreise berichten. »Ich hatte Recht mit meiner Befürchtung, dass es keine besonders gute Idee wäre…«, meinte sie mit einem Seufzer. Dann stand sie auf und wollte zur Tür gehen.

»Was? Dass du zu mir gekommen bist?« Das tat weh. Chris packte sie an der Hand und zog sie zu sich herum. »Verdammt, Tori, rede endlich mit mir!«

»Ich kann dir das, was du wissen möchtest, nicht erzählen. Es ist … es ist unmöglich.« Sie befreite ihre Hand aus seinem Griff. »Und mehr sage ich nicht dazu.«

Chris sprang auf und verstellte ihr den Weg. »Ich dachte, du würdest mir vertrauen!«

»Das tue ich ja auch«, erwiderte sie. Victoria ließ die Schultern hängen. »Aber dabei geht es nicht um Vertrauen, sondern um Dinge, von denen du niemals etwas erfahren dürftest.«

Er schüttelte den Kopf. »Das macht keinen Sinn.«

Sie lachte bitter auf. »Ich weiß. Ist das nicht komisch? Ich an deiner Stelle würde mich in eine Gummizelle sperren und vergessen, dass ich jemals existiert habe.« Sie hörte selbst, wie hysterisch ihre Stimme klang.

»Ich muss mehr wissen«, sagte er bittend.

Ich treibe diesen Mann noch in den Wahnsinn, dachte sie. Ihr Kopf schmerzte vor Müdigkeit. Sie konnte nicht erwarten, dass er ihr vertraute, solange sie ihm gegenüber nicht ehrlich war. Aber die Wahrheit war zu gefährlich.

*Du hast doch sonst den Vertretern des Gesetzes keine Schwierigkeiten gemacht, Mason! Warum willst du diesmal anders handeln?*

»Lass mich darüber nachdenken«, bat sie und ging an ihm vorbei, aber Chris hatte ihre Ausreden satt und hielt sie an der Türschwelle erneut auf.

»Warum gab es keine Wunde?«

Sie begriff, dass er nicht mehr bereit war, sich erneut vertrösten zu lassen. »Es gibt eine, aber sie ist kaum zu erkennen. Er benutzt ein Stilett, eine italienische Waffe – «

»Ich weiß, was das ist«, fuhr er sie an. Dunkle Augen starrten in goldbraune. Chris' Zorn flammte erneut auf. Er wollte endlich die Wahrheit erfahren, die *ganze* Wahrheit, und obwohl sie ihm zu dem Mord Auskunft gab, hielt sie dennoch Informationen zurück.

»Die Klinge ist fast dreißig Zentimeter lang.«

»Und warum sieht man kein Blut?«

»Weil er den Stich unterhalb der Rippen ansetzt, direkt ins Herz. Er lässt die Klinge stecken, bis das Herz aufhört zu schlagen und der Blutfluss nachlässt – ich vermute, dass ihn das zusätzlich erregt. Die Opfer verbluten innerlich.«

*Das Opfer ist innerlich verblutet. Die Umstände sind äußerst seltsam. Er hat nicht zum ersten Mal getötet.*

»Was ist?«, fragte sie. »Wie viel weißt du bereits?«

Er blickte sie spöttisch an. »Willst du mir einen Handel vorschlagen?«

»Verdammt noch mal, Chris!«

»Christopher, hör sofort auf, das arme Ding so zu bedrängen! Siehst du denn nicht, dass sie völlig erschöpft ist?« Abigale trat auf Victoria zu, legte ihr einen Arm um die Taille und führte sie zur Treppe. »Kommen Sie, mein Kind, wir werden jetzt ein schönes Bad für Sie vorbereiten, danach bekommen Sie etwas zu essen, und dann geht's ins Bett!«

Das hörte sich einfach himmlisch an. »Nein!« Victoria schob sanft ihren Arm weg und wandte sich ab, ohne Chris einen Blick zu schenken. »Vielen Dank, aber ich verzichte lieber.« Victoria ignorierte das Flehen in Abigales Blick. »Ich kann nicht hier bleiben.« Dabei wünschte sie es sich so sehr, sie hätte so gern ihre Last mit Chris geteilt, wollte frei sein von Sorgen und all diesen hässlichen Dingen und einfach vergessen, dass sie nicht hierhergehörte, in Chris' Leben nichts zu suchen hatte. Sie wollte wenigstens für eine Weile glauben, sie könnte glücklich sein. Aber sie konnte nicht vergessen, dass sie zurückkehren musste. Eine Welt trennte sie von Chris – und weder ihm noch ihr selbst gegenüber wäre es fair gewesen.

Sie schwang sich ihren Lederbeutel über die Schulter und strebte auf die Tür zu. Als sie die Hand schon auf dem Türknauf hatte, sagte sie noch einmal: »Ich kann nicht«, und ihre Stimme brach. Chris zerriss es fast das Herz.

»Tori, Liebes – «

Sie wirbelte herum, der Kummer darüber, dass ihre Träume niemals Wirklichkeit werden würden, ließ ihre Worte schärfer als beabsichtigt klingen. »Hör auf, mich ›Liebes‹ zu nennen! Wenn du nicht ständig deine Nase in meine Angelegenheiten gesteckt hättest, dann könnten wir jetzt schon längst weg sein, und Vel würde vielleicht noch –« Sie konnte nicht weitersprechen; plötzlich füllten Tränen ihre Augen. Der Schmerz über Velvets Tod traf sie erneut mit voller Wucht. »O Gott!« Ihre Stimme klang leise, bedrückt. »Sie ist tot, und es ist meine Schuld.« Sie rieb sich die Stirn. Warum war sie nicht früher darauf gekommen? Dann hätte sie Vel warnen können, ihre Tochter vor Becket zu erwähnen.

»Und wohin willst du gehen, wenn ich fragen darf?«

Sie hasste seinen überheblichen Tonfall. »Zurück zu meiner Arbeit.«

Chris würde sie eher fesseln und knebeln, bevor er ihr gestattete, sein Haus zu verlassen. »Das geht nicht.« Er machte einen Schritt auf sie zu. »Wenn das stimmt, was du gesagt hast, dann – «

»Es stimmt!«

»– dann bist du als Nächste dran!«

Sie hatte ihre Beherrschung zurückgewonnen, in ihren Augen lag ein harter Ausdruck. »Nun, das Risiko werde ich eingehen müssen.« Sie drehte den Knauf.

»Verdammt, aber ich nicht!« Mit ein paar schnellen Schritten war er bei ihr, packte sie am Handgelenk und zog sie von der Tür weg. »Ich bin hier das Gesetz, Victoria. Und jetzt ist dies auch meine Angelegenheit!«

Ärgerlich riss sie sich los, starrte ihn an. »Es wäre gar nicht erst zu deinem Problem geworden, wenn du mich nicht gehindert hättest, ihn zu schnappen, als ich ihn schon fast in meinen Fingern hatte!«

»Du hattest kein Recht dazu, und du hast es immer noch nicht! Dein Wort steht gegen seins, und damit wirst du vor einem Richter niemals durchkommen!«

Aber mein Wort und die Aufnahmen, die ich gemacht habe, gelten sehr wohl – in *meiner* Zeit. »Er ist der Mörder, und du hast auch schon einen Anhaltspunkt dafür – das habe ich dir angesehen!«

Ich kann auch Geheimnisse für mich behalten, dachte er boshaft. »Zeig mir konkrete Beweise, Victoria, denn im Moment habe ich nur dich – und du behinderst die Justiz. Setz deinen Fuß auch nur einen Zentimeter von meinem Grund und Boden, dann sperre ich dich ein und lasse dich erst wieder heraus, wenn alles vorbei ist! Ich werde dich in meiner Stadt nicht alles durcheinanderbringen lassen!«

»In *deiner* Stadt?«

»Ja, in meiner«, fuhr er sie an und schaute sie an, als wollte er sie mit seinen Blicken am Boden festnageln. »Zwing mich nicht dazu! Deinetwegen habe ich den schlimmsten Albtraum meines Lebens durchlebt, und ich habe nicht vor, diese Erfahrung ein zweites Mal zu machen!«

Die Überheblichkeit in seinen Worten machte sie nur wütend, und sie versetzte ihm einen Stoß, schubste ihn weg. »Schreib mir bloß nicht vor, was ich zu tun und zu lassen habe, Christopher! Ich bin ein großes Mädchen, und ich arbeite allein. Du hast mir immer nur Steine in den Weg gelegt, dennoch bin ich hierhergekommen, um dir zu helfen. Aber nein, jetzt, wo du einen gewissen Vorteil hast, musst du auch gleich den Boss spielen. Okay, dann will ich dir eins sagen, *Marshal* –« Sie folgte ihm, piekte ihm mit dem Finger in die Brust. »Deine dämliche Ich-bin-der-Mann-hier-und-ich-bestimme-was-getan-wird-Haltung kannst du dir an den Hut stecken!«

Unvermittelt packte Chris sie am Handgelenk, duckte sich, warf sie über seine Schulter und trug sie in die Bibliothek. Für einen Moment nahm es Victoria den Atem. Er trat die Tür zu und ließ Victoria ungalant auf den Boden plumpsen. Zornig blickte sie zu ihm hoch, strich sich das Haar aus der Stirn, doch jedes Mal, wenn sie aufzustehen versuchte, drückte er sie wieder auf den Boden.

»Gib auf«, sagte er. »Ich gewinne doch.«

Plötzlich ließ sie sich zurückfallen, hakte dabei ein Bein hinter seine Knöchel, und Chris landete so hart auf seinem Hinterteil, dass seine Zähne gegeneinander schlugen.

»Das nennt man ausgleichende Gerechtigkeit«, meinte sie zufrieden. Chris kniete sich hin, dann machte er einen Satz nach vorn und nagelte sie mit seinem Körper fest. Sie wehrte sich gegen ihn. Er nahm ihren Kopf zwischen seine Hände und küsste sie, hart und leidenschaftlich. Sie packte in sein Haar. Chris hörte nicht auf, sie zu küssen, verführte und erregte sie mit seinen Lippen, seiner Zunge. Und dann konnte sie nicht anders, sie musste seinen Kuss erwidern. Heißes Verlangen erfüllte seinen Körper, und er zog sie mit sich hoch, spreizte ihre Beine und schob sich dazwischen. Victoria stöhnte leise auf.

»Und du wirst hier bleiben!«, sagte er an ihrem Mund. Ihm gefiel, wie atemlos sie war, dass ihre Wangen sich gerötet hatten. Es gefiel ihm sogar sehr. »Du wirst baden und dich ausruhen, und notfalls werde ich höchstpersönlich dafür sorgen, dass du mein Haus nicht verlässt. Du bist in Gefahr, Victoria. Denn wenn der Mord bekannt wird, wird unsere unscheinbare Clara sofort in Verdacht geraten, denn sie hat bereits einen

Mann mit dem Messer verwundet und ist zur gleichen Zeit wie Vel verschwunden.«

Das war etwas, woran Victoria bis jetzt überhaupt nicht gedacht hatte: dass Clara eine wunderbare Mordverdächtige abgeben würde und Becket sich dann erst recht in Sicherheit wiegen könnte.

»Verdammt, wenn er so clever ist, wie du behauptest, dann hat er dich längst durchschaut.«

Victoria überdachte seine Argumente, doch sie verschloss sich dagegen. »Das ist überhaupt kein Problem – ich lege mir einfach eine andere Verkleidung zu.«

»Dann verbrenne ich alles, was dir gehört, das schwöre ich dir!«

Sie zweifelte keine Sekunde daran, dass er das tun würde. Genauso wie sie ihm zutraute, dass er sie in der Scheune einsperrte. Es wäre eine Katastrophe – der Mikrofilm war ihr einziges Beweisstück.

»Chris ...« Ihre Stimme klang sanft und einschmeichelnd, und er wappnete sich gegen diesen verführerischen Klang.

»Vertrete ich hier das Gesetz oder nicht?«

Sie verkniff sich die Antwort, die ihr auf der Zunge lag.

»Tue ich es?«

»Ja«, gab sie widerwillig zu. Chris wusste, dass er einen Punkt gewonnen hatte. Denn sie achtete und respektierte das Gesetz.

»Und du hast dich in eine Morduntersuchung eingemischt, du bist in Gefahr, und es ist meine Pflicht, dich zu beschützen.«

Sie zog eine Augenbraue hoch. »Berufst du dich mal wieder auf deine männliche Überlegenheit?«

»Nein, auf die Verfassung.

Sie stieß frustriert einen Seufzer aus. »Du kannst ihn nicht ohne mich fangen.«

»Das hatte ich auch nicht vor.«

Verblüfft sah sie ihn an. »Dann wirst du mich über alles, was du herausfindest, auf dem Laufenden halten?«

Er runzelte die Stirn. »Natürlich. Denn mir ist schließlich nicht entgangen, welche Fähigkeiten du hast.«

Sie lächelte, so strahlend und erfreut, dass ihm ganz anders wurde.

Chris zuckte mit den Schultern. »Und außerdem würdest du sowieso alle Informationen aus mir herausprügeln.«

»Ach was.« Sie tätschelte seine Wange. »Du siehst viel zu gut aus, als dass ich dein hübsches Gesicht verunstalten wollte.« Er spürte, wie ihr Körper weich und nachgiebig wurde; sie bewegte sich leicht, schlang die Hände um seinen Kopf und wollte ihn zu sich heranziehen.

Doch Chris war nicht bereit, so schnell nachzugeben. »Sind wir Partner?«

Sie wusste, was er damit ausdrücken wollte. »Du darfst mich nicht fragen, woher ich meine Informationen habe, Chris.« Ihr Blick glitt über sein Gesicht, als wollte sie es sich für immer in ihre Erinnerung einprägen – und dies machte ihm Angst.

»Irgendwann wirst du mir doch noch vertrauen, Tori«, antwortete er, dann legten sich seine Lippen auf ihre, warm und leidenschaftlich. Chris stöhnte auf, wollte sie noch näher an sich spüren. Er mochte es, wie sie sich an ihn schmiegte. Victoria kostete diesen Moment aus, in dem sie den Mann, den sie über alles begehrte, in den Armen hielt, genoss die Freude und dieses Glück. Es war so lange her, seit sie solche Gefühle empfunden hatte. Dann nimm ihn dir, sagte die Stimme ihres Herzens. Nimm das an, was er dir zu geben vermag.

»Christopher!«, erklang Abigales mahnende und ungeduldig klingende Stimme von der Tür her. »Wenn du diese Frau nicht dazu bringst, dass sie etwas isst und sich ausruht, dann werde ich dir das nie verzeihen – das schwöre ich dir bei dem Blut meiner Vorfahren!«

Chris löste sich widerstrebend von Victoria und atmete einmal tief durch. »Abigale mag dich«, stellte er fest. »Das Blut ihrer Vorfahren zitiert sie immer nur dann, wenn sie etwas unbedingt durchsetzen will.«

»Und was willst du, Chris?«

Dich, hätte er am liebsten gesagt. Er betrachtete ihr Gesicht, so schön trotz all des Schmutzes, er sah die Furcht, die sie nicht verbarg, denn ausnahmsweise zeigte sie nicht ihre übliche eiserne Beherrschung. Ich will dich – ich will dich lieben, bis du mich um Gnade anflehst, und dann werde ich dich noch ein bisschen mehr lieben. Aber sie war noch nicht bereit, diese Antwort zu hören.

Doch Victoria las es in seinem Gesicht, in seinen unglaublich dunklen Augen, und das Herz klopfte ihr bis zum Hals. Zärtlich fuhr sie mit dem Finger die Linien seines Gesichts nach, erlaubte sich einen Moment lang zu träumen. Schenk mir deine Liebe, lass sie mich spüren, solange ich noch da bin – denn ich werde den Rest meines Lebens davon zehren müssen.

»Himmel, Tori, wenn du mich so anschaust, dann kann ich an nichts anderes denken als daran, dass –«

»Christopher!« Diesmal schwang eine unüberhörbare Warnung in Abigales Stimme mit. »Dein Benehmen ist unschicklich, mein Junge!«

»Oje«, murmelte Chris. »Gleich zieht sie mir die Ohren lang!«

Victoria lachte, als er zurückwich, und richtete sich auf. Einen Augenblick lang sahen sie sich an, und die Art, wie er sie anschaute, gab ihr plötzlich das Gefühl, die schönste Frau der Welt zu sein.

Lächerlich!

»Ich komme, Miss Abigale«, sagte sie, doch sie war in seinem Blick gefangen. Erst als er aufstand und ihr die Hand hinhielt, um ihr aufzuhelfen, riss der Bann. Auf einmal spürte sie wieder, wie erschöpft sie war, ihr ganzer Körper schmerzte. Dankbar ließ sie sich in Chris' starke Arme sinken.

»Mich mit Küssen zu einem Handel zu erpressen, war nicht besonders fair!«

Er lächelte sie strahlend an. »Hast du nicht selbst gesagt, du magst es, wenn ich dich küsse?«

Ihre Hand glitt seine Hüfte hinab, nach vorn, und Victoria ließ sie dort ruhen. »Und nicht nur das. Ich mag auch noch ein paar ganz andere Dinge.« Sie spürte, wie sein Körper prompt reagierte. Chris wagte es nicht, sich zu rühren.

Victorias Liebkosung wurde noch ein bisschen intimer. »Ach – wirst du deshalb ›Schneller Pfeil‹ genannt?«

Chris verschluckte sich, und Victoria grinste ihn an. Sie machte einen Schritt um ihn herum, ließ ihre Hand aber noch einen Moment liegen, bevor sie das Zimmer verließ. Chris blieb unbeweglich stehen. Er konnte sich nicht rühren.

»Du solltest dich schämen, Christopher«, sagte Abigale und starrte auf seinen Rücken.

»Er war wirklich ungezogen, nicht wahr?«, fragte Victoria.

»Wahrhaftig – Sie einfach so zu Boden zu werfen! Gott weiß, dass ich ihn anders erzogen habe!« Damit scheuchte sie Victoria die Treppe hinauf und führte sie dann in ein Gästezimmer. Chris war ihnen gefolgt, und zum zweiten Mal an diesem Abend wies eine Frau ihn zurück. Abigale war deutlich anzuziehen, mit welcher Genugtuung es sie erfüllte, ihm die Tür vor der Nase zuzuschlagen.

Dann wandte sie sich um, und Victoria krümmte sich zusammen, hielt sich den Bauch.

# 24

Schnell kniete sich Abigale neben sie.

»Was ist?« Sie strich Victoria das schmutzige Haar zurück, fühlte ihr die Stirn.

»Ich bekomme meine Menstruation. Meine Tage«, fügte sie schnell hinzu, als Abigale die Stirn runzelte.

»Haben Sie genug Baumwolle?«

Baumwolle? Wofür sollte Baumwolle denn gut sein? »Nein.«

»Dann warten Sie einen Moment.«

»Hm ... Madam?«

»Nennen Sie mich einfach Abigale, Kindchen.«

Sie hat so freundliche Augen, dachte Victoria unwillkürlich. Wie meine Großmutter. »Könnten Sie mir vielleicht auch eine Schere und einige Leinenstreifen bringen?«

»Das dürfte kein Problem sein.« Abigale sah sie an. »Aber jetzt sollten Sie sich schnellstens ausziehen.«

Sie ließ Victoria allein. Ich liebe es wirklich, eine Frau zu sein, dachte Victoria spöttisch. Sie hatte das Gefühl, als würde es ihr den Unterleib zerreißen. Sie konnte nur froh sein, dass dies nicht schon ein paar Tage früher passiert war.

Es dauerte nur ein paar Minuten, bis Abigale mit einem kleinen Korb zurückkehrte. Victoria saß auf einem Stuhl und versuchte, ihre Stiefel auszuziehen – was nicht ganz einfach war, denn ihre Füße waren geschwollen. Die meiste Zeit war sie zu Fuß gegangen, weil das Gelände so unwegsam war, dass sie Angst gehabt hatte, ihre Stute könnte sich verletzen. Sie selbst war zweimal einen Abhang hinuntergestürzt.

»Ihr Badewasser läuft schon ein.« Abigale stellt den Korb neben Victoria auf den Boden.

»Das Wasser läuft ein? Sie haben wirklich fließendes Wasser?«

Abigale strahlte. »Als einziges Haus im ganzen Territorium«, erwiderte sie stolz, dann begann sie, Victoria beim Ausziehen zu helfen. »Es wird ins Haus gepumpt, in einen Raum, den Christopher hat bauen lassen. Darin befindet sich auch ein Ofen, um das Wasser aufzuheizen. Mein Rücken jedenfalls ist sehr dankbar dafür, denn endlich brauche ich keine schweren Eimer mehr zu schleppen.« Sie schüttelte den Kopf, als sie die Blasen und vielen blauen Flecken sah, und half Victoria in einen Morgenmantel. »Er gehört mir«, erklärte sie, denn Victoria verschwand fast darin.

Abigale nahm den Korb wieder auf und winkte Victoria, ihr zu folgen. Victoria ging auf bloßen Füßen zur Tür, und Abigale spähte erst mal nach draußen, ob die Luft auch rein war, dann führte sie die junge Frau über den Flur in einen anderen Raum. Das Badezimmer war groß und geschmackvoll eingerichtet, obwohl es Victoria natürlich recht altmodisch erschien. Es wirkte sehr männlich mit dem polierten Messing und dem dunkelgrünen Teppich auf dem dunklen Holzboden und den passenden Vorhängen. In einem großen Kessel blubberte heißes Wasser, und als Abigale eine Pumpe betätigte, lief es in die riesige Wanne mit den Klauenfüßen. Victoria betrachtete neugierig das Abflussrohr, das im Boden verschwand, und erinnerte sich plötzlich wieder daran, dass Lacey, der Schmied, in Chris' Auftrag etliche Rohre angefertigt hatte. Jetzt wusste sie, wofür. In einem offenen Schrank befanden sich Handtücher, einige eingewickelte Stücke Seife sowie einige Tiegel. In einer Ecke des Raums stand etwas, was Victoria an einen Sessel erinnerte, darüber war ein großer Messingbehälter mit einer Kette angebracht.

»So, und jetzt entspannen Sie sich im Wasser«, sagte Abigale, nachdem sie den riesigen Kessel in die Wanne entleert hatte. Dann füllte sie den Behälter mit Wasser und heizte ihn erneut an. »Rufen Sie, wenn Sie mich brauchen.« Victoria wandte sich ihr wieder zu. »Die Baumwolle und was Sie sonst noch haben wollten, ist da in dem Korb.« Abigale lächelte Victoria an, und es schien, als wollte sie mit diesem Lächeln ausdrücken, wie froh es sie machte, dass die junge Frau da war. Es bewirkte, dass Victoria sich willkommen fühlte, und während sie Abigales Lächeln erwiderte, musste sie daran denken, wie gern die Haushälterin Chris zu bevormunden schien. Wie eine Mutter. Aber welche Rolle mochte der englische Butler in diesem Haushalt spielen? Doch das war nun wirklich keine wichtige Frage. Victoria ging zu diesem Metallding hinüber, das wie ein Sessel aussah, und hob den Deckel. Es war eine Toilette. Sie betrachtete neugierig das gehämmerte Becken, dann wanderte ihr Blick zu der Kette und dem Messingbehälter. Eine Toilette mit Wasserspülung! Ziemlich altmodisch, aber immerhin – war es nicht albern, über eine simple Toilette so in Aufregung zu geraten? Sie schloss den Deckel, dann ging sie zur Wanne und zog den Morgenmantel aus. Und auf einmal war sie unendlich glücklich darüber, dass Chris sie gezwungen hatte zu bleiben. Sich wieder hinter einer Maske zu verstecken und in den Saloon zurückzukehren – ohne Vel! – wäre das Letzte gewesen, was sie sich jetzt gewünscht hätte. Vorsichtig kletterte Victoria in die Wanne. Sie stöhnte leise auf, als sie sich in das herrlich warme Wasser sinken ließ. Was machte es da schon aus, dass ihre Blasen und die Kratzer scheußlich brannten! Am schlimmsten war jedoch die Schürfwunde an ihrer Seite.

»Gott sei Dank, dass ich den Sturz heil überstanden habe«, sagte sie laut und tauchte dann kurz komplett unter, spülte den Schmutz aus ihrem Haar.

Victoria lehnte den Kopf gegen den Porzellanrand der Wanne. Dampf stieg in kleinen Wölkchen vom Wasser auf, und sie musste sich zwingen, genug Energie aufzubringen, um sich zu waschen. Die Wärme milderte ihre Krämpfe und machte sie schläfrig. Sie griff nach der Seife und wusch und schrubbte sich, bis ihre Haut vor Sauberkeit glänzte. Ihr Haar war nicht so einfach zu reinigen, weil das Wasser inzwischen zu schmutzig war, doch da kehrte Abigale zurück, die wahrscheinlich vor der Tür gewartet hatte, und spülte ihr das Haar mit frischem Wasser aus. Und als spürte sie, wie sehr Victoria sich nach einem langen Bad sehnte, ließ sie den größten Teil des Wassers ab und füllte neues nach. Sie reichte ihr außerdem ein sauberes Handtuch, das Victoria um ihre nassen Haare schlingen konnte.

Kaum war Victoria wieder allein, nahm sie sich den Korb vor und begann, sich alles Nötige zu basteln, bis sie einen ausreichenden Vorrat hatte. Schließlich stellte sie sich auf, spülte sich mit dem warmem Wasser aus einem Krug ab.

Sie ließ das Wasser ablaufen und stieg dann aus der Wanne. Kaum hatte sie sich wieder den viel zu großen Morgenmantel übergezogen und die Haare gerubbelt, klopfte Abigale. Victoria forderte sie auf, hereinzukommen.

»Meine Güte, jetzt sehen Sie aber schon viel besser aus!«

»Ich fühle mich auch besser«, erwiderte Victoria unendlich dankbar. »Vielen Dank, Abigale.«

Abigale lächelte. »Dann sollten Sie jetzt mit mir kommen. Ich habe eine Kleinigkeit zu essen vorbereitet, und danach wartet ein warmes Bett auf Sie.«

Victoria unterdrückte ein Gähnen und lächelte. Es tat gut, sich so verwöhnen zu lassen. Seit sie ein Kind gewesen war, war sie nicht mehr so umsorgt worden. Und nach allem, was ihr in den letzten Wochen passiert war, hatte sie es verdient, in einem richtigen Bett zu schlafen, ohne Maske und die ständige Angst, dass Becket wieder in ihr Zimmer schleichen könnte, während sie schlief.

Dies war einer der Gründe, warum sie nicht in den Saloon

zurückkehren wollte. Sie hatte das Gefühl, dass Becket ihr auf die Schliche gekommen war, und sie hatte nicht vor, sich ein Messer zwischen die Rippen stoßen zu lassen, nur um sich selbst etwas zu beweisen. Chris hat Recht, dachte sie, während sie der molligen Haushälterin über den Gang folgte. Clara wäre der optimale Sündenbock, wenn Ivy League den Verdacht von sich selbst ablenken wollte.

Sie war dermaßen in ihre Gedanken versunken, dass sie kaum wahrnahm, wie sie ein Zimmer betraten. Sie wurde erst wieder in die Wirklichkeit zurückgeholt, als Abigale ein großes Fenster aufstieß.

Victoria schaute sich suchend um und entdeckte sogleich ihren Lederbeutel. Dann erst unterzog sie den Raum einer Musterung. Er war ganz anders eingerichtet als alles, was sie bisher in diesem Haus gesehen hatte. Hier herrschten freundliche Pastellfarben vor, nicht das dunkle Braun wie in Chris' Arbeitszimmer und dem Eingangsbereich; ein weiches Crème war tonangebend.

»Das Zimmer wirkt so … so weiblich«, sagte sie überrascht.

Abigale blickte sie über die Schulter hinweg an. »Christopher hat mir erlaubt, diesen Raum einzurichten.« Sie ging zum nächsten Fenster. »Ich habe ihm nämlich erklärt, dieses Haus würde so maskulin wirken, dass keine Frau Lust hätte, zu einem Besuch hierher zu kommen.«

»So wie Camille?«

Abigale drehte sich hastig um, die Wangen gerötet. »Sie wissen von ihr?«

Victoria nickte. »Und ich weiß auch, dass er zur Hälfte Cheyenne ist.«

»Und das stört Sie nicht?«, fragte Abigale leise.

»Kein bisschen«, erwiderte Victoria aufrichtig und setzte sich auf einen Stuhl. »Und es ist nur fair, wenn ich Sie warne«, fuhr sie fort, denn sie fürchtete, dass Abigales Vorstellungen von dem, was sie für schicklich hielt, wohl sehr von ihren eigenen abwichen. »Ich bin nicht bloß in dieser Beziehung anders als die meisten Frauen. Ich habe so lange nur mit Männern zusammengearbeitet, dass ich vermutlich einige gewöhnungsbedürftige Eigenschaften entwickelt habe. So etwas wie das hier« – sie machte eine Geste, die den ganzen Raum umfasste – »habe ich in den vergangenen fünf Jahren nur selten genießen können.«

Dafür hatte meine Tochter alles, was sich ein kleines Mädchen nur wünschen konnte, dachte sie, während sie die Bürste nahm, die Abigale ihr reichte. Barbie-Puppen, Handtäschchen und hübsche Kleider. Und einen Augenblick lang durchlebte Victoria noch einmal jene schrecklichen Momente, als sie all diese Sachen zusammengepackt hatte, um sie wegzugeben. Sie hatte bei jedem Stück, das sie in die Schachteln gepackt hatte, bittere Tränen vergossen.

»Miss Victoria?«

Sie blickte auf, blinzelte ihre Tränen weg. Abigale, die gerade die Bettdecken zurückschlug, schien voller Mitgefühl zu sein und sagte nur: »Mich stört das nicht.«

Als alles fertig war, kletterte Victoria ins Bett, und sie ließ es zu, dass die Haushälterin die Decke um sie feststeckte, denn sie hatte das Gefühl, dass es Abigale ein Bedürfnis war. »Und was Weiblichkeit betrifft«, meinte Abigale, »haben Sie in letzter Zeit mal in den Spiegel geschaut?« Sie nahm Victoria die Bürste aus der Hand und stellte dann ein Tablett neben das Bett.

»Ich versuche es stets zu vermeiden«, antwortete Victoria mit vollem Mund. Als sie sich dafür entschuldigte, winkte die Haushälterin nur ab. Lächelnd beobachtete sie, wie Victoria das Tablett innerhalb kürzester Zeit leerte.

»Danke«, sagt Victoria schließlich, ein wenig verlegen. »Das war das beste Essen, das ich seit einer Ewigkeit bekommen habe.«

»Sie sehen auch nicht so aus, als würden Sie regelmäßig etwas zu essen bekommen.« Abigale nahm das Tablett weg, und Victoria zog den Morgenmantel aus und rutschte tiefer unter die Decke.

»Das ist auch gut so, denn ich kann Unmengen vertilgen.«

Abigale lächelte, als die junge Frau, die ihren Christopher in letzter Zeit so abgelenkt hatte, von einer Sekunde zur anderen einschlief. Sie war hübsch, lebhaft und stark. Ihr Lächeln verstärkte sich, als sie an den Streit der beiden dachte. Victoria hatte ihre Stellung behauptet, sich nicht unterbuttern lassen. Sie waren beide ganz schön temperamentvoll, und es hatte ihr gut getan, den glücklichen Gesichtsausdruck zu sehen, den Christopher gezeigt hatte, nachdem er die junge Frau überzeugt – na ja, gezwungen – hatte, hier zu bleiben. Sie hatte noch nie erlebt, dass er wegen einer Frau alles andere vergessen hatte, aber nachdem sie Victoria kennen gelernt hatte, konnte sie den Jungen verstehen. Victoria war eine sehr ungewöhnliche Frau, so clever wie ihr Christopher, sie setzte seiner Stärke ihre eigene entgegen. Aber es wurde ja auch endlich Zeit, dachte sie zufrieden und warf noch einen letzten Blick auf Victoria, bevor sie die Tür hinter sich schloss.

Aus den Augenwinkeln bemerkte sie Chris, der im Dunkel des Flurs stand, aber sie ignorierte ihn und eilte lächelnd die Treppe hinunter.

Chris weigerte sich, das Haus zu verlassen, und es erstaunte ihn selbst, wie groß seine Angst war, Victoria könnte während seiner Abwesenheit verschwinden. Doch als Doc Jenna kam, blieb ihm nichts anderes übrig, als mit ihr zur Mine zu reiten. Jenna war entsetzt und schockiert. Und sie bestätigte das, was Chris schon vermutet hatte. Victoria hatte wieder einmal Recht gehabt – Jenna fand die winzige Wunde unterhalb von Vels Rippen, obwohl sie nur schwer zu entdecken war.

Jenna blickte von ihren Untersuchungen auf und wischte sich die Hände an ihrem Reitrock aus Leder ab. Sie zeigte auf den Leichnam. »Dies stimmt auch in den Details auffällig mit dem überein, was in dem Telegramm stand, das der Arzt aus Black Hawk mir geschickt hat.«

»Warum hast du mir nicht erzählt, was in seinen Telegrammen stand?«

Sie sah ihn ungeduldig an. »Ich habe es ja versucht, aber du warst dermaßen damit beschäftigt, eine mysteriöse Frau zu finden, dass du dich um nichts anderes gekümmert hast!« Sie schwieg einen Moment. »Ich habe zweimal nachgefragt, ob es auch wirklich stimmte, was er geschrieben hat.« Sie zog ein zerknittertes Telegramm aus ihrer Jackentasche und hielt es ihm hin. »Ich war überzeugt davon, dass ein Übermittlungsfehler vorliegen musste.« Chris überflog den Text. »Die Übereinstimmung ist zu groß, als dass man sie ignorieren könnte. Das andere Opfer war lediglich jünger.« Jenna blickte wieder auf Velvet, in ihren Augen lag Trauer. »Warum sollte sich jemand solche Mühe machen, nachdem er sie umgebracht hatte?«

»Ich wünschte, ich wüsste es«, murmelte Chris und steckte das Schreiben ein. Dann bückte er sich und bedeckte Vels Leichnam mit einer Decke. Er und Jennas Assistent trugen sie nach draußen, dann nahm Chris sie wie ein Kind in seine Arme, hob sie auf den Wagen und legte sie sanft ab.

Jenna war einverstanden, als Chris sie bat, nichts über die Umstände dieses Mordes an die Öffentlichkeit dringen zu lassen.

Sie schwang sich auf ihr Pferd. »Wann werden wir endlich die Frau deines Herzens kennen lernen?«, fragte sie plötzlich, und Chris blickte sie aus schmalen Augen an. »Oder hast du vielleicht vor, sie einzusperren?«

Sein Ausdruck entspannte sich. »So lange, wie es mir gelingt.«

Jenna runzelte die Stirn, dann breitete sich ein Lächeln auf ihrem Gesicht aus. »Wenn das nicht typisch Cheyenne ist – sie einfach gefangen zu nehmen!«

»Wenn du sie kennen würdest, könntest du mich verstehen. Sie ist dickköpfig und stur. Noch schlimmer als du.«

»Diese Frau gefällt mir jetzt schon!«

Chris wurde wieder ernst. »Sie befindet sich in Gefahr, Jenna. Ihr könnte leicht das Gleiche passieren.« Er deutete mit dem Kopf auf den Leichnam.

Jenna wurde blass. »Dann weiß sie, wer das getan hat?«

Man kann ihr wirklich nichts vormachen, dachte Chris und verschränkte die Arme vor der Brust. »Reite nach Hause zu deinem Ehemann, Jenna! Und sei nicht immer so neugierig!«

Sie lächelte leicht, während sie ihr Pferd um die Hand zog und dann losritt. Reid dürfte mit ihr alle Hände voll zu tun haben, dachte Chris, und wahrscheinlich genießt er jede Sekunde! Er wandte sich um und blickte zu seinem Haus hinab. Und plötzlich überfiel ihn mit aller Wucht das Bedürfnis, Victoria zu sehen, sie zu berühren.

Chris öffnete leise die Tür, froh, dass er die Angeln geölt hatte, und blickte zu Victoria hin. Sonnenlicht strömte durchs Fenster, malte Kringel auf den Teppich. Die Vorhänge bauschten sich in der leichten Brise. Sein Herz zog sich zusammen, als er ihr schönes Gesicht betrachtete, das im Schlaf ernst und ruhig wirkte. Unwillkürlich fragte er sich, womit er es verdient hatte, ihr zu begegnen. Nur über eins wollte er nicht nachdenken – dass sie ihn verlassen könnte, wie sie ihn gewarnt hatte. Diese Vorstellung schmerzte zu sehr.

Chris konnte der Versuchung nicht länger widerstehen und trat an ihr Bett. Unter der Decke konnte er die Form ihres Körpers erkennen; sie trug kein Nachthemd, und wieder dachte er daran, wie herrlich sich ihre Haut anfühlte, wie glücklich er war, wenn er sie in seinen Armen hielt.

Wenn Abigale sie nicht wie eine Glucke bewachen würde, wäre er schon längst zu ihr ins Bett geklettert.

»Christopher!«, kam ein leises Flüstern.

Er wandte widerstrebend den Blick von Victoria ab und sah Abigale an, die einen Stapel sauberer Kleidung auf den Armen trug.

»Es schickt sich nicht, dass du hier drin bist!«

Er lächelte leicht, dann bückte er sich und hauchte eine Kuss auf Victoria Lippen, bevor er den Raum verließ – nicht, weil Abigale es so wollte, sondern weil er Victoria nicht aufwecken mochte.

Er blieb in der Tür stehen. Es waren Victorias Kleider, die die Haushälterin gereinigt hatte. »Ich möchte, dass du in die Stadt fährst.«

Bei der Aussicht auf einen Besuch in der Stadt leuchteten ihre Augen auf. »Nichts würde ich lieber tun.«

Chris ging an ihr vorbei. »Ich auch nicht.«

»Ja, ich weiß. Aber du wirst es nicht tun, Christopher«, rief sie ihm hinterher. »Nicht unter diesem Dach!«

Chris lachte, und Abigale räusperte sich indigniert. Nun ja, sie ist nicht ohne Grund besorgt, dachte er, als er die Treppe hinunterging. Victoria war in seiner Nähe, ohne jegliche Verkleidung, im Moment nicht von ihrer Aufgabe abgelenkt – und er, Chris, hatte vor, jede Chance zu nutzen, um ihre Geheimnisse zu enträtseln und Victoria für sich zu gewinnen.

# 25

Victoria hatte es sich in dem bequemen Ledersessel gemütlich gemacht, die Beine über die Lehne gelegt, und beobachtete das Spiel der Flammen im Kamin. Das ist viel besser als fernsehen dachte sie, während sie an der heißen Schokolade nippte, die Abigale ihr noch zubereitet hatte, bevor sie ins Bett ging.

Die Haushälterin war wie eine gute Fee, tauchte immer genau dann auf, wenn man sie brauchte, brachte ihr einen Schluck Wasser, damit Victoria die letzten Schmerztabletten, die sie in ihrem Rucksack hatte, nehmen konnte, oder breitete ihr eine warme Decke über die bloßen Beine. Denn Victoria war höchst unschicklich gekleidet: Über ihrem Slip trug sie nur ein Männerhemd, dazu weiße Socken. Aber da »das Mannsvolk ja schon zu Bett gegangen war«, wie Abigale sich ausdrückte, hatte die Haushälterin nichts gegen ihren skandalösen Aufzug einzuwenden gehabt. Sie hatte merkwürdig gelächelt, als sie Victorias Schulter getätschelt hatte, dann war sie ebenfalls schlafen gegangen.

Victoria lauschte den Geräuschen des alten Hauses, genoss es, dass ihre Haut frei war von Maske und Kleber, aber ihre Gedanken fanden keine Ruhe.

Okay, dann würde sie noch einmal alles zusammenfassen.

Sie befand sich im Jahr 1872, in einer Zeit, in der Prostitution und die Todesstrafe durch Hängen legal waren. Im ganzen Territorium gab es nur einige wenige Gefängnisse. Das schnellste Transportmittel war die Eisenbahn. All die Dinge, die ihr bisher vertraut gewesen waren und die das Leben einfacher machten, gab es hier nicht – nicht, dass sie außer Klimaanlage und Fastfood viel vermisst hätte. Wer auch immer behaupten mochte, dies sei ein hartes und rauhes Zeitalter, der hatte nie in einer Großstadt des 20. Jahrhunderts gelebt, mit all den Straßenbanden, Schüssen aus vorbeifahrenden Autos, Kinderschändern und Serienmördern.

Victoria fuhr sich mit der Hand über die Stirn. Hatte sie sich nicht selbst das Versprechen gegeben, nicht über ihren Job oder Becket nachzudenken? Zumindest nicht an diesem Tag. Sie leerte die Tasse, stellte sie auf den Boden, zog ein Knie an und betrachtete den prächtigen Bluterguss, der ihr Knie blau färbte.

»Wo hast du denn den her?«

Victoria zuckte zusammen, dann beugte sie sich vor, um um die Lehne herumschauen zu können. Selbst in der Dunkelheit konnte sie ihn wahrnehmen, ihn fühlen. Unwillkürlich hielt sie den Atem an, als Chris dann in den Lichtschein trat. Er war barfuß, trug nichts als einen schwarzen Hausmantel aus Seide, der lose um die Taille gebunden war.

Ihr Herz schlug schneller. »Ich bin in einen Minenschacht gefallen.«

Seine Augen funkelten, sein Blick glitt von ihren langen, schlanken Beinen zu ihrem Gesicht. »Verdammt, Tori, du hättest dabei umkommen können!«

»Ich weiß.« Das klang reuevoll und ein bisschen beschämt.

»Und wie bist du rausgekommen?«

»Na, wie wohl?« Sie verdrehte die Augen. »Ich bin geklettert.«

Er grinste und trat dann mit ein paar Schritten an die Bar, öffnete eine Flasche und schüttete einen Cognac ein. Fragend hielt er ihr das Glas hin.

»Ja, danke. Vielleicht kann ich dann wieder einschlafen.«

Er goss sich selbst auch einen Cognac ein, dann kam er zu

Tori, beide Gläser in einer Hand. Victoria konnte den Blick einfach nicht von ihm abwenden. Er bewegte sich so leise, so geschmeidig. Sie nahm das Glas, das er ihr reichte, und bei dieser Bewegung klaffte sein Morgenmantel auf. Seine Brust schien wie aus Granit gemeißelt. Sie sehnte sich danach, ihn zu berühren, und um der Versuchung nur ja nicht nachzugeben, hielt sie das Glas mit beiden Händen fest. Sie fühlte sich plötzlich verletzlich und hilflos, hier in seinem Haus, in seinem Wohnzimmer, und vor allem, wenn Chris sie so anschaute. Als ob er ihr bis in die Seele blicken könnte. Sie trank einen Schluck und verzog das Gesicht, als das Getränk ihr in der Kehle brannte.

Chris lächelte, als er sich setzte. Victoria war nervös, eine Tatsache, die ihn verblüffte, ihm aber auch gefiel – sehr sogar. Er betrachtete sie über den Rand des Glases, während auch er einen Schluck trank. Erstaunlich, welches Ergebnis ein Bad und ausreichend Schlaf haben konnten. Sie wirkte wie eine frisch gepflückte Orchidee, sinnlich, erotisch, und er konnte gar nicht genug davon bekommen, sie ohne eine Verkleidung zu sehen, einfach nur sie selbst. Das schlichte Männerhemd und die Socken wirkten an ihr genauso verführerisch wie Spitzen und Seide. Er hätte nicht geglaubt, dass sie ihn so einfach gekleidet dermaßen erregen könnte – aber sie hatte ihn ja selbst dann noch erregt, als sie sich als Mann verkleidet hatte.

»Wirst du endlich aufhören, mich so anzustarren?«

»Nein.«

Sie schob ihr Haar zurück, aber es fiel gleich wieder wie ein goldener Wasserfall nach vorne, die dunkleren Strähnen um ihr Gesicht wirkten wie ein samtiger Heiligenschein. Halb Frau, halb Raubkatze, dachte er.

»Wenigstens bist du ehrlich.«

»Im Gegensatz zu dir.«

Sie zog eine Augenbraue hoch, trank noch einen Schluck. »Wollen wir uns schon wieder streiten, Christopher?«

Es war wohl eine Warnung, wie sie seinen Vornamen benutzte. »Das hängt ganz allein von dir ab.«

»Wir haben ein Abkommen!«

»Stimmt, ja«, meinte er. Er lehnte den Kopf zurück, sah sie unter halb geschlossenen Lidern hervor an. »Ich darf dich nicht fragen, woher deine Informationen stammen.«

»Genau.« Victoria hatte das Gefühl, dass sie beständig gegen einen Damm trat – aber nicht wollte, dass das dahinter angestaute Wasser durchbrach. Chris wirkte verdächtig selbstzufrieden.

»Du erwartest tatsächlich von mir, dass ich das, was du mir erzählst, akzeptiere – abgesehen davon, dass du ja sowieso nicht viel verrätst.«

»Ich habe meine Gründe dafür.«

»Vielleicht solltest du noch einmal darüber nachdenken – wenn du das hier gelesen hast.« Er zog ein Bündel Papiere aus der Tasche seines Hausmantels und reichte es ihr. Als sie sich vorlehnte, um es entgegenzunehmen, klaffte ihr Hemd auf, und er konnte ihre Brüste sehen. Chris schluckte. Sein Körper verspannte sich, und er wäre fast an dem kräftigen Schluck Brandy erstickt, als Victoria ihre Beine von der Sessellehne schwang. Sie setzte sich mit dem Rücken zum Feuer, um den Lichtschein besser zum Lesen nutzen zu können.

Ihre Blicke flogen über die Seiten. »Gütiger Gott!«, sagte sie schließlich erschüttert. Drei Morde – alle nach dem gleichen Muster. Er hatte wieder angefangen zu töten.

»Du hast das gewusst und mir nichts davon gesagt?«

»Ich wollte zuerst die Bestätigungen haben.«

Sie warf ihm die Telegramme zu. »Wie viele Beweise brauchst du noch, Chris?«

»Sag mir, was du weißt«, forderte er.

Ihre Finger zitterten, als sie fast das ganze Glas auf einmal leer trank, dann fuhr sie sich mit dem Handrücken über die Lippen. Victoria hielt Chris' Blick stand. Sie konnte sich nicht länger in irgendwelche Ausreden flüchten. Sie hatte versprochen, ihm Informationen zu geben – wenn sie nur wüsste, wie sie anfangen sollte!

»Weißt du, was ein psychologisches Profil ist?«

Ungeduldig schüttelte er den Kopf.

Sorgfältig wählte sie ihre Worte, um ihm nicht zu viel von sich selbst zu verraten. »Es gehört zu den Methoden, die man mir beigebracht hat. Ein psychologisches Profil zu erstellen heißt, sich mit der Vergangenheit eines Verbrechers zu beschäftigen, zu klären, wie er in einer bestimmten Situation reagieren würde, bei einer Konfrontation, einem beiläufigen Gruß. Es ist ein Muster all dessen, was bestimmte Menschen zu bestimmten Handlungen treibt.«

»Zum Beispiel?«

»Eine Frau, die vergewaltigt wurde, wird eine Zeitlang vor allen Männern Angst haben. Nachdem ein Laden ausgeraubt wurde, wird der Besitzer das nächste Mal, wenn er bedroht wird, eher zur Waffe greifen, als nach Hilfe zu rufen.« Chris nickte zustimmend. »Und ein paranoider Drogensüchtiger – «

Er neigte leicht den Kopf. »Ein para– was?«

»Jemand, der jedem und allem misstraut«, erklärte sie. »Er wird immer mehr Risiken eingehen, nur um an seinen Stoff zu kommen, und immer weniger Furcht dabei empfinden. Das ist die Wirkung der Drogen. Ich brauche Rauschgift. Ich bekomme Rauschgift. Ich brauche mehr Drogen, und vielleicht erwischen sie mich, aber ich brauche trotzdem Drogen. Irgendwann beginnt er, dafür zu stehlen, vielleicht sogar zu töten.« Sie schloss beide Hände um ihr Cognacglas. »Es wird immer schlimmer. Aber es gibt einen bestimmten Typus von Mördern, die anders sind. Ihr ›Muster‹ liegt in der Vergangenheit begründet. Bei Becket zum Beispiel ist es seine Mutter.«

»Erwartest du wirklich von mir zu glauben, seine Mutter treibt ihn zu seinen Morden?«

»Komm schon, Chris, sei nicht so engstirnig.« Sie lehnte sich vor. »Hör mir einfach zu und zieh dann deine eigenen Schlüsse.«

Widerstrebend stimmte Chris zu. Victoria stand auf und begann, vor dem Kamin auf und ab zu gehen. »Algenon Becket ist das einzige Kind eines sehr reichen Mannes, der aus einer sehr angesehenen, sehr wohltätigen Familie stammt. Seine Eltern gehören zum Jetset – ich meine, sie machen viele und ausgedehnte Reisen«, verbesserte sie sich sofort. »Sie besuchen ständig Partys, Benefizveranstaltungen, flattern von einem gesellschaftlichen Ereignis zum anderen.«

Sie schwieg einen Moment und sah ihn an, doch Chris hatte eine ausdruckslose Maske aufgesetzt. Offensichtlich würde es nicht leicht sein, ihn zu überzeugen.

»Sein Vater hat ihm nur wenig Aufmerksamkeit geschenkt, seine Mutter gar keine. Wirklich keine. Sie hat ihn nie in den Arm genommen oder mit ihm geschmust, als er noch ein Baby war, sie hat ihn nie berührt, ihm nie einen Gutenachtkuss gegeben oder ihm übers Haar gestreichelt, sie hat ihm auch keine Geschichten erzählt. Wenn er Albträume hatte und weinte, war sie nie da, um die bösen Geister zu verscheuchen.«

»Du scheinst das alles sehr genau zu wissen«, stellte er fest.

»Natürlich. Ich weiß das alles von seinem Kindermädchen.«

Er betrachtete sie halb neugierig, halb zynisch.

Sie warf ihm ein Raubkatzenlächeln zu und begann, ihre Wanderung wieder aufzunehmen. »Er wurde der perfekte Sohn, nur um ihre Aufmerksamkeit zu gewinnen. Er sah hervorragend aus, war der Beste in der Schule und beim Sport. Die Mädchen waren hinter ihm her, weil er so gut aussah und so reich war, aber immer noch wollte Mami nichts von ihm wissen.«

Chris versuchte verzweifelt, sich auf ihre Worte zu konzentrieren, wurde aber immer wieder vom Anblick ihrer langen, schlanken, nackten Beine abgelenkt. Er wollte mit ihr schlafen.

»Setz dich, Victoria!« Sein Befehl klang scharf, gepeinigt.

Sie blieb stehen, sah ihn stirnrunzelnd an, begriff dann, was los war. Als sie die Arme unter ihrem Busen verschränkte, stöhnte Chris gequält auf. »Hör mir zu«, forderte sie. »Anschließend kommt nämlich das große Quiz.«

Er versuchte es ja, verdammt noch mal!

»Und dann geriet Becket auf Abwege, doch Daddy holte ihn aus allen Schwierigkeiten. Und plötzlich konnte er sich der Aufmerksamkeit seiner Eltern sicher sein. Der Junge hat Ärger mit dem Gesetz, und schwupp!, schon kommt Daddy und schmiert hier einen Richter, da ein Opfer oder wen auch immer, um den Namen der Familie sauber zu halten. Aber –« Er wollte einen Einwand machen, doch Victoria hielt abwehrend die Hand hoch und redete weiter. »Mama kümmert sich immer noch nicht um ihn. Seine Verstöße gegen das Gesetz werden immer schlimmer, und irgendwann sagt Daddy sich von ihm los. Becket ist schließlich erwachsen und hat sein eigenes Geld – soll er doch selbst sehen, wie er alles geregelt kriegt. Hier enden die offiziellen Berichte«, sagte sie und ließ sich wieder in den Sessel sinken. »Denn von nun an wird er immer vorsichtiger und geschickter. Jetzt will er nicht mehr, dass irgendjemand erfährt, was er getan hat, will jede Aufmerksamkeit vermeiden. Jetzt gefällt es ihm viel besser, sich zurückzulehnen und den dummen Polizisten dabei zuzuschauen, wie sie sich abstrampeln, um Antworten zu finden. Jetzt zieht er seine Befriedigung aus sich selbst.«

»Wie hast du das herausgefunden?«

Indem ich mich durch Berge von Berichten gewühlt habe und weil ich oft anders als andere denke. »Ich brauchte eine Weile, um den roten Faden zu entdecken. Cole, mein Freund, hat die nötigen Informationen für mich zusammengetragen.«

»Der Mann, der gestorben ist?«

»Der einzige Mann, den Becket je ermordet hat«, korrigierte sie. »Er war Privatdetektiv. Wenn ich auf einen Verbrecher angesetzt wurde, der entflohen war, dann hat er mir all die Hintergrundinformationen besorgt. In Beckets Fall hat er mit den Bediensteten, den Kindermädchen und jedem, der irgendwie Kontakt mit ihm hatte, geredet. Sogar mit seinen Lehrern und den Trainern.«

»Warum?«

»Damit ich mich in die Denkweise der Verbrecher versetzen konnte. Ich musste wissen, was sie als Nächstes tun würden.«

»Und hast du dich je geirrt?«

»Nein, niemals«, erwiderte sie ohne zu zögern.

Es überraschte ihn nicht. Genauso wenig, dass sie sich auf ihr Können nichts einbildete.

»Wo war ich stehen geblieben?«, wollte sie wissen.

»Becket macht es Spaß, den Polizisten dabei zuzuschauen, wie sie ihn jagen.«

»Ach ja.« Sie schmiegte sich tiefer in den Sessel, legte ein Bein über die Lehne. Chris biss die Zähne zusammen und zwang sich, den Blick abzuwenden. »Er glaubt, dass das Gesetz ihm nichts anhaben kann, nicht für ihn gilt. Becket ist niemals gefasst worden, dennoch befindet er sich in einem Gefängnis.« Sie tippte sich an den Kopf. »Er ist in seinen Vorstellungen gefangen. Es ist wie ein Käfig, seine ganz persönliche Hölle, und nur wenn er mordet, findet er ein wenig Erleichterung von dieser Qual. Es beruhigt ihn, denn er glaubt, er tut der Welt einen Gefallen. Aber das Töten macht ihm auch Spaß, genau wie seine Gewohnheit, die Leichen so herzurichten.«

»Aber warum hat er Velvet umgebracht? Er wollte ihr doch den Saloon verkaufen.«

»Ich weiß, aber in jener Nacht hat er sich vor seinem Büro noch mit ihr unterhalten.«

»Hast du sie gesehen?«

»Ich befand mich *in* seinem Büro.«

»Du lieber Himmel!«

»Ich habe nichts weggenommen.« Nur Aufnahmen gemacht. »Ich bin Kopfgeldjäger, Chris, ich brauche mich nicht an die Regeln zu halten.«

»Gottverdammt, Victoria!« Erregt sprang er auf. »Ich sollte dich hinter Schloss und Riegel bringen!«

»Ja, das solltest du«, meinte sie mit unüberhörbarem Spott. »Das heißt, eigentlich müsstest du Clara einsperren. *Sie* hat herumgeschnüffelt.«

»Und was hast du gefunden?«, fragte er und presste die Lippen zusammen.

»Sein Tagebuch. Er hat alles aufgeschrieben, jedes Detail notiert, von all seinen Verbrechen. Und ich denke, ich weiß, weshalb er gerade Velvet umgebracht hat: Sie hat ihm von ihrer Tochter erzählt, die sie anderen Leuten überlassen hat – das war der Auslöser.«

»Er hat das als persönliche Zurückweisung betrachtet.«

Victoria lächelte. Er begriff schnell. »Und es hat ihn kein bisschen interessiert, welche Gründe Vel dafür hatte. Vergiss nicht, er hat einen Knacks, es quält ihn unaufhörlich, dass es ihm niemals gelungen ist, von seiner Mutter akzeptiert zu werden. Vels unschuldiges Bekenntnis hat ihn ausrasten lassen. Wer weiß, vielleicht hat er schon das nächste Opfer anvisiert.«

Er stellte sich vor Victoria. »Das klingt so, als würde er eine Einkaufsliste abhaken.«

»Wer sein Opfer wird, bestimmt nicht der Zufall. Es muss etwas passieren, was ihn daran erinnert, wie er selbst zurückgestoßen wurde. Das Schlimme dabei ist, dass er ab einem bestimmten Punkt nicht mehr wie andere Menschen denkt.

Ihm kann es schon genügen, wenn eine Mutter sich weigert, ihrem Kind eine Süßigkeit zu kaufen, weil's gleich Essen gibt. Das hängt ganz von seiner Stimmung ab.«

»Du lieber Himmel, dann ist ja die ganze Stadt in Gefahr!« Endlich verstand Chris, warum sie so verzweifelt gewesen war, als er sie davon abgehalten hatte, in den Zug zu steigen und Becket zu folgen. Er fühlte sich plötzlich schuldig – vielleicht würde Vel noch leben, wenn er Victoria damals nicht aufgehalten hätte.

»Nicht unbedingt«, sagte sie und stand auf. Chris ließ sie nicht aus den Augen, als sie zu ihm trat. »Du brauchst dir deswegen keine Vorwürfe zu machen.«

Es war gespenstisch, wie sie seine Gedanken lesen konnte. »Ich tue es aber.«

Sie legte ihre Hände auf seine Arme und sah ihn an. »Er ist krank, aber er kann dennoch Gut von Böse unterscheiden.« Und deshalb konnte ihm auch in ihrer Zeit der Prozess gemacht werden. »Wenn er ein Opfer ausgesucht hat, dann schmeichelt er sich ein, so lange, bis die Frauen ihm völlig vertrauen. Ihn nicht mehr fürchten, sich ihm nicht widersetzen. Denk dran, auch du hast ihn sympathisch gefunden.«

Plötzlich kam Chris sich wie ein Idiot vor. »Er mordet, um Kinder vor dem gleichen Schicksal zu bewahren, wie er es erlitten hat?«

Sie verzog spöttisch die Lippen. »Er hat nicht nur gelitten. Schließlich standen ihm an seinem 18. Geburtstag zehn Millionen Dollar zur Verfügung.«

»Jetzt übertreibst du aber!«

Sie ließ ihn los und setzte sich wieder hin, die Beine von sich gestreckt. Chris' Blick wurde wie magisch von ihr angezogen. War diese Frau sich überhaupt bewusst, was sie anrichtete?

»Als er in die Stadt kam, war er verwundet, nicht wahr?«

Chris nickte.

»Ich war ihm auf der Spur, damals, als wir uns das erste Mal im Wald begegnet sind.«

Chris runzelte die Stirn, sagte aber nichts.

»Cole konnte noch auf ihn schießen, nachdem Becket ihn niedergestochen hatte. Becket war gegen Kaution frei gekommen, aber er hatte die Tochter jenes Cops – jenes Sheriffs entführt, der als Erster eine Verbindung zwischen all diesen Morden entdeckt hatte. Doc MacLaren hat ihn doch bestimmt behandelt.«

»Das stimmt, Tori, ich war dabei. Jenna informiert mich stets, wenn jemand mit einer Schusswunde auftaucht. Er hat behauptet, in einen Hinterhalt geraten zu sein.«

»Das war eine Erklärung, die euch plausibel erscheinen musste. Aber wie hat er Jennas Rechnung bezahlt? Und wenn wir schon dabei sind – woher hatte er so viel Geld, um an einem Pokerspiel teilzunehmen und den Saloon zu gewinnen?«

»Er hat sein Zigarettenetui verkauft.«

»Aus Gold mit den Anfangsbuchstaben seines Namens?«

»Ja.«

»Und es kam dir nicht merkwürdig vor, dass ein Mann, der Gold zu verkaufen hat, ohne Geld und ohne Pferd in die Stadt kam?«

»Du hattest auch weder das eine noch das andere!«

Vorsicht, Mädchen, dachte sie, du wagst dich auf gefährliches Gelände. »Das stimmt.«

»Wärst du zufällig bereit, mir das zu erklären?«

»Nein«, sagte sie, ohne ihn anzuschauen.

Sein Gesicht verschloss sich. »Und du möchtest mir auch nichts zu deinen Masken und den bunten Gläsern, die du auf deine Iris setzt, sagen ... oder zu diesem Rucksack, den du so eifrig bewachst, als befände sich der Goldschatz der USA darin?«

»Nein.« Sie zupfte an einem losen Faden in ihrem Hemd.

Sie hasste es, ihm ständig etwas vormachen zu müssen, am liebsten hätte sie ihm alles erzählt. Und was dann? Würde er sie meiden, als sei sie ein Monster? Oder sie einsperren und den Schlüssel wegschmeißen?

Chris trat auf Victoria zu, griff in die Tasche seines Hausmantels. Sie blickte auf. Verdammt, er wirkte so ... so verletzt und enttäuscht. Doch bevor sie etwas sagen konnte, nahm er ihre Hand und drückte etwas hinein.

»Sag mir Bescheid, wenn du dich entschlossen hast, mir die ganze Wahrheit anzuvertrauen.«

Mit diesen Worten ging er. Victoria brauchte nicht nachzuschauen, was er ihr gegeben hatte. Es waren die Streichhölzer, die sie verloren hatte.

Verdammt.

Abigale wischte sich die Hände an der Schürze ab. Während sie das Geschirr wegräumte, warf sie Chris immer wieder einen Blick zu. Er saß am Küchentisch, aß sein Abendessen, ohne wahrzunehmen, was es war, und schaute durchs Fenster nach draußen. Seit sie ihn bei Miss Victoria im Zimmer gesehen hatte, wanderte er entweder rastlos durchs Haus oder starrte auf die Berge. Er hielt die Gabel so fest umfasst, dass seine Knöchel weiß hervortraten, und immer wieder sah sie Furcht in seinen Augen aufblitzen. Sie hatte ihn noch nie so erlebt. Immer wieder glitt sein Blick zur Treppe, nach oben, wo Miss Victoria nun schon den zweiten Tag durchschlief, das arme Ding! Abigale wusste, dass er sie am liebsten geweckt hätte, und sie hatte das Gefühl, dass sich etwas in ihm aufstaute, was jeden Moment explodieren konnte. Sie hätte es vorgezogen, nicht in seiner Nähe zu sein, wenn das passierte, aber ...

»Sie ist diejenige, nicht wahr?«

Chris sah sie an, und seine Augen wurden schmal. Er hatte jenen Ausdruck in den Augen, den sie genau kannte und der sie warnte, dass er nicht reden wollte. So wie damals, als Camille ihn hatte sitzen lassen. Aber dies hier war eine ganz andere Situation.

»Diejenige –«, Abigale räusperte sich, »derentwegen du im kalten Fluss gebadet hast.«

Sein Gesicht wirkte angespannt. Chris nahm die Serviette und tupfte sich den Mund ab. »Ja.« Er warf die Leinenserviette auf den Teller und schob ihn weg.

Als Abigale den Teller wegräumte, bemerkte Chris, dass ihre Hände zitterten.

»Abby?«

Sie sah ihn an. »Ich glaube nicht, dass der liebe Gott dich als einen Mann geschaffen hat, der allein leben sollte.«

Das war genau das, was sie nicht hätte sagen sollen. Sein Gesicht verdüsterte sich, und der Stuhl schabte über den Boden, als er ihn zurückschob und aufstand.

»Es soll nicht deine Sorge sein, ob ich glücklich bin.«

»Doch, das ist es wohl!«

Er zog die Brauen hoch.

»Dein Vater und deine Mutter haben mich gebeten, mich um dich zu kümmern.«

»Das war damals in England, und ich war noch ein Kind, allein in einem fremden Land. Falls dir es nicht aufgefallen sein sollte – inzwischen bin ich erwachsen, und dies hier ist mein Zuhause.«

»Warum hast du das Haus ausgerechnet hier gebaut, Christopher?«

Er schaute sie verdutzt an. »Weil das Land billig war.«

Abigale schüttelte den Kopf, dann lächelte sie Chris an. »Du hattest auch schon vorher oft die Gelegenheit, dich irgendwo niederzulassen, hier wie in England oder bei deinem Vater im Reservat und sicherlich tausendmal näher an der Zivilisation.«

»Willst du damit ausdrücken, dass Victoria etwas damit zu tun hat, dass ich mich hier niedergelassen habe?«

Auch den Ausdruck, den er jetzt zeigte, kannte sie nur allzu gut. Wenn er sie als Kind so angesehen hatte, dann war er in der Regel ohne Abendessen ins Bett gegangen!

»Starr mich nicht so an, Christopher!« Sie schob ihn zurück und stellte den Teller in die Spüle. »Sonst kriegst du keinen Nachtisch.«

»Ich will auch gar keinen. Rede weiter, Abigale.«

Es war offensichtlich, dass sie sich unbehaglich fühlte, aber sie fuhr dennoch fort. »Kannst du dich noch daran erinnern, was du gesagt hast, als du dieses Tal entdeckt hast? Welche Gefühle dich hierhergebracht hätten?«

Chris schwieg, seine Gedanken glitten zurück in die Vergangenheit, sein Herz schlug plötzlich schneller. Er konnte sich nicht daran erinnern, dass er Abigale davon erzählt hatte.

Es war ihm damals so erschienen, als wartete er auf etwas. Er hatte noch mehr Land dazugekauft, hatte Dinge erfunden, über die er sich vorher nie Gedanken gemacht hatte, hatte viele Stunden damit verbracht, Rohre zu installieren und Pumpen zu bauen, zu überlegen, wie man bestimmte Aufgaben erleichtern könnte. Und dann hatte er immer wieder jenen Traum gehabt – diesen Traum, der schließlich Wirklichkeit geworden war. Von einem Puma, der zu einem Menschen wurde.

»Christopher?«

Er richtete seinen Blick wieder auf sie. »Ich erinnere mich daran.«

»Sie ist anders. Sie ist so wie du.«

Er verschränkte die Arme vor der Brust.

Sie hob die Hände. »Ich habe gesehen, wie auch sie Dinge selbst gemacht hat.«

»Was für Dinge?«

»Das kann ich dir nicht sagen, weil ...«

»Verdammt noch mal – gibt es denn hier irgendwo eine Frau, die keine Geheimnisse vor mir hat?« Damit stürmte er aus der Küche, lief in sein Arbeitszimmer und schlug heftig die Tür hinter sich zu.

»... weil es zu intim ist«, sagte Abigale kleinlaut, dann seufzte sie tief auf und begann, das schmutzige Geschirr zu spülen.

# 26

Es war nicht schwierig, Chris aus dem Weg zu gehen, denn das Haus war geräumig. Und notfalls konnte sie immer noch in ihrem Zimmer bleiben. Nur aus ihren Gedanken ließ er sich nicht verbannen – und das stürzte Victoria in ein Chaos der Gefühle.

Sie gab vor sich selbst zu, dass sie feige war – eine Eigenschaft, die sie verabscheute.

Ihr Verstand sagte ihr immer wieder, dass es irreparablen Schaden anrichten könne, wenn sie die Wahrheit darüber gestand, wie sie hierhergekommen war, doch ihr Herz wehrte sich und hielt dagegen, dass sie so nicht weitermachen könne, mit all den Halbwahrheiten – und außerdem hatte sie nichts zu verlieren.

Außer ihm.

Bei diesem Gedanken schnürte sich ihr Herz zusammen.

Doch tief in ihrem Inneren wusste sie, das es unvermeidbar war, ihm alles zu gestehen. Sie wusste es seit dem Moment, als er sie zum ersten Mal geküsst hatte, sie wusste es spätestens seit dem Augenblick, als er sie auf die Arme gehoben und in sein Haus getragen hatte, müde, schmutzig und voll verzweifelter Sehnsucht nach ihm.

*Dann zeig ihm doch deine Spielsachen und benimm dich endlich wie ein großes Mädchen*!

Sie hatte Angst.

*Aber es wird für ihn sein, als käme ich von einem anderen Planeten*!

Es ist der letzte Schutz, den du gegen ihn und deine Gefühle hast, stichelte eine kleine Stimme. Was ist, wenn diese Barriere fällt?

»Woher soll ich das denn wissen?«, sagte sie laut vor sich hin. Sie hatte gerade ihre Liegestütze beendet und drehte sich nun um, weil sie mit Sit-ups fortfahren wollte. Während sie ihre Schultern rollen ließ, um die Muskeln zu entspannen, klemmte sie die Füße unter den Schrank und begann mit der Übung.

Sie fügte noch einmal zwanzig Sit-ups hinzu, obwohl sie wusste, dass es nichts helfen würde. Sie konnte ihren Gedanken nicht entkommen.

Sie würde sich endlich eingestehen müssen, dass sie sich in ihn verliebt hatte.

*Nein, habe ich nicht.*

Sie rollte sich auf den Bauch, winkelte die Beine an, packte ihre Knöchel und machte ihre Dehnübungen. Nein, ich bin nicht in ihn verliebt. Nicht wirklich.

»Heiliger – «

Eine Hand rutschte ab. Victoria sah zu ihm auf. Ein Blick genügte, ihr zu bestätigen, dass sie sich nur selbst etwas vormachte.

Chris fühle, wie ihr Blick ihn wie ein Magnet zu sich zog. Am liebsten wäre er in diesen goldenen Augen versunken.

Doch sie schaute wieder weg, noch bevor er richtig begriff, was sich in ihren Augen widergespiegelt hatte.

»Vom Anklopfen hältst du nicht besonders viel, nicht wahr?« Sie packte erneut ihren Fuß.

»Tut mir Leid«, sagte er, aber es klang kein bisschen entschuldigend. »Die Tür stand einen Spalt auf.«

»Wie praktisch für einen so neugierigen Menschen wie dich!« So wie in dem Zimmer, das sie im Hotel bewohnt hatte, als er sie beobachtet hatte.

Chris zuckte zusammen, als einer ihrer Knochen knackste. »Du wirst dich nur selbst verletzen!«

»Nein, das tut gut«, sagte sie ein wenig außer Atem, dann ließ sie ihre Füße los und setzte sich hin, die Beine gespreizt, die Arme über dem Kopf. Dann beugte sie sich zu einer Seite vor und berührte die Zehen mit den Fingerspitzen.

Diese Übung gefiel Chris schon besser.

»Warum machst du das?«, wollte er wissen.

»Um meine mädchenhafte Figur zu behalten«, meinte sie trocken. »Und um jederzeit schneller als meine Beute laufen zu können.«

Er ignorierte ihren letzten Satz. Damit würde sie jetzt erst mal eine Weile *nicht* beschäftigt sein. Aber schon erinnerte er sich wieder an die Unterhaltung, die sie in der vergangenen Nacht geführt hatten, er dachte an all das, was sie über Verbrechen und deren Hintergründe erklärt hatte. Doch es hatte nur weitere Fragen in ihm aufgeworfen – Fragen, auf die er nur dann Antworten erhalten würde, wenn sie bereit war, sie zu geben. Doch schnell schob er diese Gedanken beiseite. Es war viel aufregender, ihre Beine zu betrachten.

»Du siehst auch jetzt schon absolut hinreißend aus.«

Victoria gestattete sich ein Lächeln.

»Was trägst du da übrigens, wenn ich fragen darf?«

Victoria hielt einen Moment lang inne, sah ihn an, und beugte sich dann zur anderen Seite. Soll ich ihm die Wahrheit sagen oder schon wieder schwindeln, überlegte sie. »Abgeschnittene Jeans.«

»Das meinte ich nicht!« Er zeigte auf ihren Oberkörper.

»Ein T-Shirt.« Eigentlich war es ein einfaches weißes Tank Top. Sie trug keinen BH darunter, und der Schweiß ließ es an ihrem Körper kleben. Welche Wirkung dies hatte, verriet ihr ein schneller Blick auf Chris. »Du solltest aufhören, mich so anzustarren«, sagte sie mit mildem Tadel. »Es macht sich recht deutlich bemerkbar.«

Er lächelte sie an. »Stört es dich?«

Sie beugte sich mit ausgestreckten Armen vor, senkte langsam ihren Oberkörper, bis die Arme flach auf dem Boden auflagen. Bisher hatte Chris nur einen Menschen gesehen, der so gelenkig war: einen chinesischen Artisten in einem Zirkus in San Francisco. Und zum hundertsten Mal dachte er, was für eine außergewöhnliche Frau sie war, auch wenn sie selbst das nicht zu begreifen schien. Er mochte ihre Sachlichkeit, diese Haltung Nimm-mich-wie-ich-bin-oder-lass-es, ihre direkte Art, ihre furchteinflößende Unabhängigkeit.

»Bist du hierhergekommen, um mich endlich rauszuwerfen?«

»Du wirst nirgendwohin gehen«, erwiderte er, kam zu ihr herüber und kniete sich zwischen ihre Beine.

»Ach ja?« Sie legte eine Hand auf seinen Arm, sah ihn mit einer Mischung aus Verwirrung und Verlangen an.

Langsam strich er mit dem Daumen über ihre Lippen. Er schlang die Arme um ihre Taille, ließ sich zurücksinken und zog Victoria auf seinen Schoß.

»Willst du mir tatsächlich vorschreiben, was ich zu tun und zu lassen habe?«

Er grinste. »Ja.«

»Okay, dann hör mir gut zu, Tonto. Ich kann es nicht leiden, wenn man mir etwas vorschreiben will.« Ihre Beine schlossen sich um ihn, und ihr Körper reagierte prompt, als sie hautnah spürte, wie erregt er war. Sie drängte sich noch näher an ihn, und Chris stöhnte auf. Dann glitten seine Hände unter ihren Po, und er hielt sie ganz eng an sich gepresst.

»Ich will dich, Tori.«

Das Herz schlug ihr heftig gegen die Rippen. Sie selbst begehrte ihn ja auch so sehr, dass es fast schon schmerzte, selbst dann, wenn er nicht bei ihr war. Aber es war die Art, wie er dies ausgesprochen hatte. Die Verheißung, das Versprechen, das in seinen Worten lag. Es hörte sich so an, als wolle er sie für immer bei sich behalten – aber er musste doch wissen, dass das unmöglich war! Er wusste, dass sie ihn irgendwann verlassen würde.

Aber was ist, wenn du nicht mehr zurückkehren kannst, fragte eine kleine Stimme, so ruhig, so vernünftig, dass Victorias Herz noch schneller klopfte. Seine Finger streichelten ihren Rücken, und Victoria fuhr sich mit der Zunge über die trockenen Lippen.

Chris stöhnte auf.

»Jetzt?«, fragte sie zurück, statt ihm eine Antwort zu geben.

Ein kleines Lächeln erschien auf seinen Lippen. »Abigale würde mich in der Luft zerreißen!«

»Christopher Waythorne Swift!«

Victoria schaute zur Tür hin, Röte kroch in ihre Wangen. Doch Chris wandte keine Sekunde den Blick von ihr ab.

»Sie ist gekommen, um die Sünder beim Sündenfall zu ertappen«, flüsterte Victoria ihm zu.

»Lass uns allein, Abby. Und schließ die Tür!«

»Das werde ich nicht tun!«

»Abigale!« Seine Stimme klang sanft, aber der Tonfall konnte nicht darüber hinwegtäuschen, dass dies ein Befehl war.

Widerstrebend trat Abigale den Rückzug an.

»Du weißt, dass wir ihre Moralvorstellungen verletzen.« Ihre Finger spielten mit den weichen Haaren in seinem Nacken.

»Sie wird sich daran gewöhnen müssen.«

Er tut es schon wieder, dachte Victoria. Er redet schon wieder so, als blieben wir für immer zusammen.

Seine Hände wanderten von ihren Hüften zu ihren Oberschenkeln. Es war eine federleichte Berührung, aber süß und sinnlich.

»Ich liebe deine Beine«, murmelte er.

»Das ist mir nicht entgangen.«

»Ich will die Haut dort schmecken«, sagte er, doch stattdessen senkte er den Kopf und küsste sie am Hals. Victoria seufzte auf und bog den Kopf zurück. »Ich will mich ganz in dir versenken, Tori!«

Victoria vergrub ihre Finger in seinem Haar und zog seinen Kopf zu sich heran. Sie bedeckte seine Lippen mit ihren, ihr Kuss war wild und ungestüm. Chris' Herz klopfte heftiger, ließ das Blut schneller durch seinen Körper kreisen. Er hatte Mühe zu atmen, sehnte sich danach, endlich Erlösung für sein Verlangen zu finden. Als er ihre Brüste liebkoste, bog sie sich seinen Händen entgegen, und mit den Daumen umkreiste er ihre Brustspitzen.

»O Chris!«, flüsterte sie erregt.

»Ich weiß noch genau, wie du schmeckst«, erwiderte er. »Ich kann mich noch ganz genau daran erinnern, wie es war, als ich deinen Busen mit meinen Lippen liebkost habe.«

»Chris, bitte, hör auf! Ich ... wir können nicht!«

Er verschloss ihr den Mund mit einem leidenschaftlichen Kuss, und erst, als sie kaum noch Luft bekam, löste sie sich von ihm, erhitzt und voller Begehren.

»Ich will dich auch«, sagte sie, und Chris lächelte, so sexy und einladend, dass ihr ganz heiß wurde. »Aber ich ...«

Sie war auf einmal so schüchtern und verlegen, und dann fiel ihm wieder ein, weshalb sie nicht konnte.

»Hast du Schmerzen?« Er strich ihr das verschwitzte Haar aus der Stirn, zärtlich und mitfühlend, und Victorias Herz flog ihm entgegen. Dass dieser Mann sich Gedanken um sie machte, statt seiner Enttäuschung nachzugeben, sprach für seinen Charakter.

»Nein, es geht – oh, das tut gut!«, meinte sie, als er begann, ihren Rücken zu massieren. Victoria ließ ihren Kopf an seine Schulter sinken.

»Ich wüsste da noch einige Möglichkeiten, wie du dich gut fühlen könntest«, versprach er, und sie blickte mit einem Auge zu ihm auf. Ein Lächeln lag auf ihren Lippen. Sie war auch nicht so ganz ohne Ideen, und konnte es kaum noch erwarten, sie auszuprobieren – auch an ihm. »Du bist ganz schön selbstbewusst, oder?«

Er sah sie aus halb geschlossenen Augen an. »Ja.«

Sie hatte plötzlich Angst – Angst vor dem, worauf sie sich einließ. Kummer, der ihr das Herz zerreißen würde. Sie würde diesen Mann verlassen müssen, würde nie mehr sein schönes Gesicht sehen, seine Berührung fühlen. Es würde sie umbringen.

Aber es kann noch Tage, vielleicht sogar Wochen dauern, bis es so weit ist, dachte sie hoffnungsvoll. Himmel, wo war ihre Entschlossenheit geblieben? Sie musste Becket so schnell wie möglich fassen, denn inzwischen war er in zwei Jahrhunderten zum Verbrecher geworden. Und wenn sie ihn nicht genauestens beobachteten, dann würden weitere Opfer sterben. Aber Chris lenkte sie ab, mit seinen starken Fingern massierte er die Anspannung und den Schmerz weg, und Victoria erlaubte es sich, in diesem Moment ihre eigenen Bedürfnisse in den Vordergrund zu stellen. Wieder küsste sie ihn, legte all ihre Gefühle in diesen Kuss.

Ihr war die Chance geschenkt worden, zu lieben und geliebt zu werden. Hier, in diesem Jahrhundert. Und sie wollte all das nehmen, was ihr gegeben wurde, denn diesmal waren die Voraussetzungen ganz anders als in ihrer Ehe. Aber konnte es ihr gelingen, Liebe, die ein ganzes Leben dauern könnte, in einige wenige Tage zu packen?

*Ja.*

Wollte sie diese Liebe so verzweifelt genießen, dass sie sogar riskierte, Chris zu verletzen, wenn sie fortging?

*Ja.*

Würde er sie denn gehen lassen, wenn Becket endlich Handschellen trug und auf dem Weg zum Wasserfall war?

*Er musste es tun.*

Würde er nicht versuchen, ihr zu folgen?

*Das würde ihm niemals gelingen.*

Victoria richtete sich auf und blickte Chris in die Augen.

Sie musste ihm alles erzählen. Es war nur fair, dass er alles erfuhr, bevor sie den letzten Schritt taten.

»Ich muss an die frische Luft.«

Verdutzt schaute er sie an. »Jetzt?«

»Ja.« Sie rutschte von seinem Schoß. »Ich muss laufen.«

»Wohin? Weg von mir?« Schmerz und Ärger schwangen in seiner Stimme mit.

Sie kniete vor ihm, legte ihre Hände um sein Gesicht, streichelte seine Lippen. »Nein. Ich werde nie mehr vor dir weglaufen.«

Ein sanfter Ausdruck trat in seine Augen.

»Aber ich brauche ein wenig Zeit, um über alles nachzudenken.« Wie, um Himmels willen, sollte sie ihm nur beibringen, dass sie aus dem 20. Jahrhundert stammte? Es würde ihn umhauen!

Sein Puls ging schneller, als Chris begriff, dass er nun endlich seine Antworten bekommen würde. Er stand auf und zog dann auch Victoria hoch. Am liebsten hätte er jetzt sofort und auf der Stelle alles erfahren.

»Ich werde auf dich warten.«

»Ich weiß.« Ich verdiene ihn nicht, dachte sie, während sie ihre Stiefel anzog und dann die Schnürsenkel zuband.

»Du willst wirklich, richtig laufen? Als körperliche Übung?«

»Ja, das klärt meine Gedanken.«

»Willst du nichts anderes anziehen?« Er zeigte auf ihre bloßen Beine.

Sie sah ihn spöttisch an. »Hast du ein Problem damit?«

»Das kannst du laut sagen! Eine Lady entblößt sich nicht in –«

Sie versteifte sich. »Ich bin keine Lady. Und wenn du eine haben möchtest, dann such dir eine andere. Ich werde nämlich nie eine sein.«

Mit ein paar Schritten war er bei ihr, legte einen Arm um ihre Taille und zog sie an sich, strich ihr zärtlich das Haar aus der Stirn. »Was das betrifft – du *bist* eine Lady, Victoria. Eine

Lady verfügt über Stärke und Mut –«, er lächelte sie an, »und, wie ich gerade mal wieder erfahren musste, auch über eine gehörige Portion Sturheit.«

Victoria schlang die Arme um ihn und lächelte ihn glücklich an. »Danke, Chris.« Seine Worte taten ihr unendlich gut.

»Und jetzt lauf, Liebes. Von mir aus auch halb nackt, wenn du willst. In meinem Stamm läuft man immer leicht bekleidet.«

Sie sah ihn an. »Möchtest du mir Gesellschaft leisten? In deinem Lendenschurz?«

Er runzelte die Stirn. »Ich dachte, du wolltest allein sein.«

Jetzt nicht mehr. Sie war lange genug allein gewesen – und einsam. »Nicht wenn ich stattdessen deinen knackigen Po betrachten kann.«

Er grinste.

»Natürlich werde ich dich weit hinter mir lassen.«

»Soll das eine Wette sein?«

»Hat der Cheyenne-Krieger vielleicht Angst vor einer verweichlichten weißen Frau?«

»Tori, Liebes, du weißt offensichtlich nicht sehr viel über meinen Stamm. Wir sind alle Spieler.«

Sie löste sich aus seinen Armen. Plötzlich war sie ganz aufgeregt.

»Eine Wette, ja? Und was ist der Einsatz?«

»Hm, lass mich überlegen ...« Er schaute sich in ihrem Zimmer um, dann blieb sein Blick an dem blauen Kleid hängen, das über einer Stuhllehne hing. »Wenn du verlierst, ziehst du dieses Kleid an.«

Sie stimmte zu. Es machte ihr nichts aus, denn sie brannte sowieso darauf, endlich dieses wunderschöne Kleid tragen zu können. »Und wenn ich gewinne?«

»Such dir was aus.«

»Gut – dann zeigst du mir deine Erfindungen!«

Er schien überrascht. »Das ist alles?«

»Ja, ich denke, das ist fair.« Plötzlich fiel ihr etwas ein. Wenn sie lief, sollte sie einen BH tragen, aber Chris stand zu nahe bei ihr und betrachtete sie voller Sehnsucht. Sie konnte einfach nicht widerstehen, ihn ein wenig zu necken.

»Also, dann lass uns loslegen.«

»Aber wir haben die Abmachung doch noch gar nicht besiegelt!«, wandte sie ein.

Sie kam zu ihm, schmiegte sich an ihn und drängte ihren Körper gegen seinen, dann schlang sie die Arme um seinen Hals und küsste Chris. Er hielt sie fest an sich gedrückt, und als er ihren Kuss erwiderte, legte er all seine Gefühle hinein. Dann ließ er sie so plötzlich los, dass sie schwankte.

»Meine Güte!« Sie war ganz außer Atem.

Auch Chris rang nach Atem. Er fuhr sich mit der Hand durchs Haar. Er würde ganz allein mit ihr dort draußen sein – wem wollte er eigentlich etwas vormachen? »In fünf Minuten«, stieß er hervor und ging. Victoria holte erst einmal tief Luft. Dann suchte sie einen BH aus ihrem Rucksack heraus. Aber sie bemerkte nicht, dass Chris sich noch einmal umgewandt hatte und einen Blick auf ein duftiges Etwas aus Spitze erhaschte. Still verließ er den Raum.

Er musste Geduld haben. Kein Problem – ein paar Stunden würde er es sicherlich noch aushalten – oder?

Sie trafen sich hinter dem Haus nahe der Koppel. Die Cowboys hatten aufgehört zu arbeiten – sie standen einfach da und gafften Victoria an.

Chris brüllte sie an, dass sie sich gefälligst umdrehen sollten, dann zog er Victoria hinter die Scheune, wo niemand sie mehr sehen konnte.

»Du wirst nie wieder so herumlaufen!«, sagte er schlecht gelaunt.

Er schien völlig außer sich zu sein, wie Victoria entzückt

feststellte. Noch nie hatte ein Mann ihretwegen Eifersucht gezeigt. Es gefällt mir, dachte sie, während sie bewundernd Chris' nackte Brust und seine Oberschenkel betrachtete. Seine Mokassins waren eher so etwas wie Stiefel und waren irgendwie mit dem Lendenschurz verbunden. Und obwohl sie Waden, Knie und einen Teil der Oberschenkel bedeckten, war immer noch genug bloße Haut an den Beinen und an der Hüfte zu sehen.

Es juckte Victoria in den Fingern, einen der Lederstreifen aufzuziehen – um zu sehen, was dann passierte.

»Ich hoffe, du bist so klug und wirst sonst niemandem davon erzählen«, warnte er, während er sich Köcher und Bogen umhängte.

»Natürlich nicht – wir wollen doch nicht, dass meine Sünden öffentlich bekannt werden!«

Er sah sie an und bemerkte, dass ihre Augen lachten. »Es würde dich nicht stören?«, fragte er.

»Nur deinetwegen.«

»Ich bin doch sowieso das schwarze Schaf hier.« Er schlang sich eine mit Leder überzogene Feldflasche über die Schulter. »Darauf käme es auch nicht mehr an.«

»Aber du musst hier leben, nicht ich.«

Sie merkte sofort, dass ihre Worte ihn verletzt hatten, aber sie wollte nicht schon wieder über alles nachgrübeln, sondern einfach nur unbeschwert den Augenblick genießen. Das Glück festhalten, das sich ihr bot. Hoffentlich spielte Chris mit.

»Und wo ist unser Ziel?«

Er deutete mit dem Kopf auf die Kuppe des Hügels. Das schaffe ich nie im Leben, dachte sie, aber Chris gegenüber würde sie das niemals zugeben.

»Die Lichtung dort oben, nahe der Felsen.«

Sie sah ihn an. »Bist du so weit?« Sie verknotete das Hemd, das sie über ihr Top gezogen hatte, in der Taille.

Er grinste sie an. »Ich werde gewinnen, Tori – auch diesmal.«

»Du willst doch nur sehen, ob ich in einem Kleid gehen kann, ohne auf die Nase zu fallen.«

Chris schüttelte den Kopf. »Ich möchte, dass du es anziehst, damit ich es dir wieder ausziehen kann!«

»Du bist zu verdammt überheblich, Swift Arrow!« Sie legte die Hände auf seinen Rücken, ließ sie zu seinem Po gleiten und drückte Chris fest gegen ihren Körper, dann wanderten ihre Finger unter den Lendenschurz und berührten nackte Haut.

»Was machst du da?«, fragte er alarmiert.

Sie lächelte ihn an, während ihre Finger sanfte Kreise zogen. »Ich sorge nur für gleiche Voraussetzungen.« Sie wusste genauso gut wie er, dass sein Glied groß und hart wurde.

»Eins...«

»Tori!«, warnte er, als sie sich von ihm löste.

»Zwei...«

»Victoria!«

»Drei!«

Sie rannte los. Chris stöhnte auf und legte eine Hand über sein Glied. Diese kleine Hexe! Aber jetzt nützte es eh nichts mehr, etwas verbergen zu wollen. Doch er wünschte sich so sehr, sie in diesem blauen Kleid zu sehen, dass auch er loslief. Er hatte schließlich einen weiteren Vorteil – er kannte das Gelände hier wie seine Westentasche.

»Ich gebe auf!« Keuchend beugte Victoria sich vor, die Hände auf die Oberschenkel gestützt, und rang nach Luft. Ihre Muskeln brannten und zitterten vor Anstrengung. Ihre Kleidung war durchgeschwitzt, ihre Füße baten um Gnade. Schließlich richtete sie sich wieder auf. Chris lief immer noch – der Angeber. Und was noch schlimmer war – er schien nicht einmal schneller zu atmen.

Sie zog ihr Hemd aus und wischte sich den Schweiß ab. Es

war ein Genuss, Chris zuzuschauen. Er bewegte sich flink wie ein Hirsch, scheinbar mühelos. Und es war ebenso schön, die unberührte Landschaft zu betrachten. Mit einem Seufzer dachte Victoria an die kleine Hühnerfarm in Kalifornien, auf der sie aufgewachsen war und die so wenig eingebracht hatte, dass sie Jahr für Jahr ums Überleben gekämpft hatten. Bis es dann schließlich nichts mehr zu kämpfen gegeben hatte – ein alter Kerosinofen hatte alles in Flammen aufgehen lassen.

Umso verlockender erschien es ihr plötzlich, für immer hier zu bleiben.

Sie schüttelte über sich selbst den Kopf, dann setzte sie sich auf einen Stein. Sie wollte nach Chris pfeifen, aber sie hatte nicht genug Luft dafür.

»Hey, großer Gewinner, komm endlich her!«, rief sie ihm zu.

Chris verlangsamte sein Tempo, drehte um und lief dann zu ihr zurück.

»Gesteht die weiße Frau ihre Niederlage ein?«, wollte er wissen.

»Sei nicht so grässlich selbstzufrieden! Gleich habe ich wieder genug Luft!« Nichts als eine leere Drohung, dachte sie dabei.

Er ließ sich vor ihr auf den Boden fallen, schlang die Arme um seine Knie.

»Ich kann es kaum erwarten, dich in einem richtigen Kleid zu sehen!«

»Hast du es mir deshalb gekauft?«

Sein Lächeln ging ihr durch und durch. »Abigale hat es ausgesucht«, verriet er. Er nahm die Feldflasche von der Schulter und reichte sie Victoria. Sie löste die Lederriemen, die den Verschluss hielten, verwundert, dass überhaupt ein Tropfen Wasser in der Flasche geblieben war. Dann trank sie einen Schluck und gab ihm die Flasche zurück, damit auch er trinken konnte.

Victoria blickte auf ihn herab. Er wirkte so entspannt, völlig im Einklang mit der ungezähmten Natur. Sonnenlicht fiel durch das Blätterdach, ließ das Grün noch intensiver erscheinen. Aber am meisten berührte sie die Art, wie er sie anschaute – sie konnte ihm alles, was er empfand, vom Gesicht ablesen. Zu gern hätte sie dieses Bild für immer in ihr Gedächtnis eingebrannt.

Jetzt oder nie, Mädchen!

Tränen schimmerten plötzlich in ihren Augen. Victoria glitt von dem Stein und kniete sich vor Chris. Hoffentlich wirst du mich nicht hassen und von dir stoßen, flehte sie in Gedanken.

Chris sah, wie schwer es ihr fiel und wie viel Angst sie hatte. Wenn er doch nur wüsste, wie er ihr helfen könnte!

»Tori, wenn es dir so wehtut, dann –«

»Nein.« Sie wischte eine einzelne Träne weg, verärgert über ihre Schwäche. »Nein. Ich möchte nur all das hier nicht verderben.« Sie machte eine ausladende Handbewegung. »Aber ich fürchte, ich kann es nicht verhindern.«

»Vertrau mir und glaub mir, dass dies nicht passieren wird!«

Sie seufzte. »Es klingt so unwahrscheinlich – vermutlich wirst du mich für verrückt erklären.«

Er ergriff ihre Hand und konnte spüren, wie sie zitterte. »Dann lass mich dir zuerst etwas erzählen«, bat er. Und als sie nickte, fügte er hinzu: »Ich wusste, dass du kommen würdest.«

# 27

»Das ist nicht komisch, Chris!«

»Es war auch nicht so gemeint – ich wusste es wirklich.«

»Unsinn, ich habe doch selbst nicht geahnt, was passieren würde – woher wolltest du es dann wissen?«

Sie verschränkte die Arme vor den Brüsten – eine Geste, die ihm gefiel, denn es hob ihren Busen verführerisch aus dem Ausschnitt. Doch jetzt war nicht der richtige Zeitpunkt, sich von so etwas ablenken zu lassen.

»Ich hatte einen Traum.«

Sie schnaubte.

»Träume sind der Durchgang der Seele zur Zukunft, Tori!«

Durchgang – warum hatte er dieses Wort benutzt? Prüfend betrachtete sie ihn, um herauszufinden, ob er seine Behauptung wirklich ernst meinte. Er war in der Welt seines Stammes aufgewachsen, einer Welt, in der die Menschen an Übersinnliches glaubten. Wie viele Menschen suchten in ihrer Zeit – sie selbst eingeschlossen – Trost und Zuflucht in dem spirituellen Wissen der Vergangenheit, um ihr Leben wieder ins Gleichgewicht zu bringen? Hatte sie selbst nicht schon oft meditiert, um Stress abzubauen?

»Also gut – dann erzähl mir davon.« Doch egal, was er zu sagen haben mochte – so aufregend wie ihre eigene Geschichte konnte es gar nicht sein! Sie setzte sich, lehnte sich gegen den Felsen und streckte die Beine aus.

Misstrauisch schaute er sie an. Sie machte nicht den Eindruck, als sei sie bereit, ihm zu glauben.

»In meinem Traum sah ich Nebel und hörte das Geräusch rauschenden Wassers – wie von einem Wasserfall.«

Ihre Augen weiteten sich. Chris fuhr fort, beschrieb seine Vision, die Gestalt, die aus dem Nebel trat und sich aus einem Berglöwen, einem Jäger, in einen Menschen verwandelte. Und er beschrieb auch das Geräusch, das er vernommen hatte, dieses merkwürdige Sirren, ein Geräusch, das Victoria dem Hubschrauber zuordnete, der in jenem Moment, als sie durch den Wasserfall getreten war, über ihr gekreist hatte. Woher konnte er das wissen? Ihr Herz klopfte plötzlich schneller, eine merkwürdige, unerklärliche Erregung hatte sie auf einmal gepackt.

»Warte«, unterbrach sie ihn, als er zu dem Teil seines Traumes kam, wo der Puma ihm die Kratzer beibrachte. »Glaubst du allen Ernstes, ich sei dieses Tier?«

»Ja.« Das sagte er ohne jeden Zweifel.

»Quatsch.«

Er lächelte. »Du hast gegen mich angekämpft, Tori, in jeder Sekunde«, hielt er ihr vor. »Und als wir uns in der Stadt begegneten, warst du längst nicht so hübsch wie jetzt.«

Wenn man von dem »hübsch« absah, stimmte es. Sie blickte an sich herab – verschwitzt, schmutzig, die Beine nicht rasiert – sollte sie sich mit ihm streiten, weil sie ihm so gefiel? »Du hast einen merkwürdigen Geschmack, Chris, aber erzähl jetzt weiter.«

»Der Puma hat mich beschützt.« Es war nicht ganz einfach, seinen Traum in Worte zu fassen. »Das Tier begleitete mich in die Stadt, bahnte mir einen Weg.«

»Außer dir immer dazwischenzupfuschen, habe ich doch gar nichts getan …«

»Aber Clara hat mich verteidigt. In jenem Laden. Noble war dabei.«

Noble ist eine alte Plaudertasche, dachte sie. »Na gut, das stimmt. Und sie hatten es auch verdient.«

»Ich bin sicher, du hast ihnen ganz schön eingeheizt. Okay – schließlich hat sich der Puma in eine Frau verwandelt.«

Er schwieg, sein Gesicht verdüsterte sich, Traurigkeit lag in seinen Augen.

»Was willst du mir nicht verraten?«

»Sie ... sie taumelte in den Nebel zurück und verschwand.«

»Sie war allein?«

Er nickte.

»Sie ist wirklich – «

»Du!«

»Okay, ich bin wirklich allein zurückgekehrt?«

Traurig nickte er.

»Wenn das so ist, dann stimmt dein Traum nicht«, erklärte sie, »denn ich werde nicht ohne Becket zurückkehren!«

Sie war fest entschlossen, ihn zu verlassen, und dass es ihr so leicht zu fallen schien, schmerzte. »Und wohin willst du ihn bringen, Tori?«

Ihre Blicke trafen sich, ließen einander nicht los.

»Durch die Zeit zurück in mein Jahrhundert.«

Sein Gesicht verriet nicht, was er dachte. Er wartete lediglich auf eine Erklärung.

»Du hattest Recht mit dem Nebel, dem Wasser, dem Geräusch.« Nervös begann sie, mit ein paar Steinchen zu spielen. »Ich folgte Beckets Spur durch einen Wasserfall. Dahinter lag ein Durchgang, der sich in ...«, sie hob den Blick und sah Chris an, »... der in dieses Jahrhundert führte.«

Sein Gesicht verschloss sich.

»Ja, ich weiß selbst, wie verrückt sich das anhört.«

»Das war an jenem Tag, als wir uns das erste Mal im Wald begegnet sind? Da warst du gerade erst durch den Wasserfall gekommen?«

»Ja.« Ihr Blick glitt über seine nackte Brust, seine Kleidung aus Hirschleder, und auch sie erinnerte sich an ihr erstes Treffen. »Glaub mir, du warst wahrhaftig der Letzte, den ich zu sehen erwartet hatte.«

Er lächelte, als er daran dachte, wie es weitergegangen war – Victoria, wie sie die drei Betrunkenen verprügelte, Vic Mason in der Zelle – arrogant, frech, und dann von plötzlicher Panik ergriffen.

»Wann hast du begriffen, dass du in eine andere Zeit geraten warst?«

»In deinem Gefängnis.«

Gütiger Himmel, dachte er und versuchte sich vorzustellen, was man empfinden mochte, wenn man sich plötzlich in einer ganz anderen Welt, einem anderen Jahrhundert wiederfand. »Du bist also nicht absichtlich hierhergekommen?«

Sie zog eine Braue hoch. »Glaubst du tatsächlich, ich hätte eine solche Zeitreise freiwillig auf mich genommen? Um Himmels willen, nein! Ach komm, Chris, schau nicht so beleidigt drein!« Sie gab ihm einen spielerischen Stoß. »Ich bin einfach einem Mörder gefolgt und habe nicht drauf geachtet, wohin er mich führt. Ich hatte seine Spur aufgenommen und wollte sie nicht verlieren.«

»Aber hier in der Gegend gibt es doch gar keinen Wasserfall«, wandte er plötzlich ein.

»Nicht auf dieser Seite, aber auf meiner. Samt Fluss. Und ein paar hundert Marshals und FBI-Leute, die die Gegend durchkämmen.« Als er sie fragend ansah, fügte sie hinzu: »Federal Bureau of Investigation.«

Er nickte, doch dann stellte er die nächste Frage. »Aber seitdem sind doch schon ein paar Wochen vergangen!«

»Die Zeit hier läuft anders ab als in meinem Jahrhundert. Ich habe es nachgeprüft, als ich noch einmal zurückgegangen bin.«

Angst hielt ihn plötzlich in ihren Klauen. »Du bist zurückgereist?«

»Vorwärts«, korrigierte sie ihn. »Ich komme aus der Zukunft, Chris. Ich bin ein Kopfgeldjäger aus dem 20. Jahrhundert. Aus dem Jahr 1997.« Wenn er sich von ihr abwenden wollte, dann sollte er es endlich tun und nicht noch wer weiß wie lange warten! »Ich war bei der US-Marine, danach habe ich als Bundesmarshal gearbeitet und schließlich, nach dem Tod meiner Tochter, diesen Job übernommen – weil ich mich als Kopfgeldjäger nicht an die gleichen Spielregeln wie ein Polizist zu halten brauche. Ich habe alles getan, was notwendig war, um solche Verbrecher wie den Mörder meiner Tochter zu fangen.«

Das erklärte ihre Verkleidungen, ihre Abgebrühtheit. »Hast du dafür auch in Kauf genommen, alle zu verlieren, die dich liebten?«

»Sie waren doch eh schon alle tot – Moment mal, du glaubst mir ja!« Victoria schüttelte erstaunt den Kopf.

»Es gibt zu vieles an dir, was man sonst nicht erklären kann. – So, und jetzt bist du an der Reihe.«

Er verschränkte die Arme über der Brust – und Victoria hatte den Eindruck, dass er gespannt darauf wartete, ihre Geschichte zu hören.

»Ich ... ich kann immer noch nicht fassen, dass du das alles so ... so leicht nimmst.« Sie betrachtete ihn von Kopf bis Fuß.

»Ich habe mich lediglich gefragt, warum du mir das alles nicht schon früher erzählt hast.«

»Ich glaube es einfach nicht«, meinte sie und merkte selbst, dass ihre Stimme zu schrill klang. »Was hätte ich denn sagen sollen, als du mir dein Gewehr in den Rücken gehalten und mich eines Verbrechens beschuldigt hast, das ich nicht begangen hatte – Entschuldigung, Marshal, aber ich habe mit alldem nichts zu tun, weil ich ein Zeitreisender bin? Dann hättest du mich doch gleich eingesperrt und den Schlüssel zur Zelle weggeworfen.« Er sah sie an, als wäre dies das Letzte, was ihm in den Sinn gekommen wäre, aber sie wussten beide, dass das nicht stimmte. »Du warst nicht sehr hilfreich, Chris, auch dann nicht, als du schon wusstest, dass ich eine Frau war.«

»Es ist eben nicht besonders einfach, zugeben zu müssen, dass eine Frau besser ist als ich.« Das klang immer noch ein bisschen beleidigt.

»Fühlst du dich besser, wenn ich dir sage, dass ich dir 125 Jahre vorausḥabe, in denen jede Menge Polizisten Erfahrungen sammeln konnten?« Sie lachte, als sie seinen Gesichtsausdruck sah. »Ist schon gut, Chris«, meinte sie, tätschelte sein Knie und erhob sich. »Aber ich glaube immer noch nicht, dass es eine so gute Idee ist, dass du nun die Wahrheit kennst.«

»Wieso?«

Sie lehnte sich gegen einen Baumstamm und blickte auf Chris hinab. »Denk doch mal nach!« Sie war wieder ganz ernst. »Bringe ich den Verlauf deines Lebens allein durch meine Anwesenheit durcheinander? Welche Ereignisse mögen sich geändert haben, nur weil ich dir mein Geheimnis anvertraut habe, mal abgesehen von dem Schaden, den ich bereits angerichtet haben könnte. Und was ist dadurch anders geworden, dass ich mich in deine Ermittlungen eingemischt habe?«

Er hörte an ihrer Stimme und las in ihren Augen, dass sie Schuldbewusstsein empfand. »Ich hätte den wahren Schuldigen nicht entdeckt. Raif würde nicht mehr leben, und Sean hätte vielleicht niemals seinen Frieden zurückgewonnen. Und Lucky ist nur deshalb noch am Leben, weil du ihn gerettet hast. Genau wie Lila.«

Sie schüttelte den Kopf. »Raif war es vermutlich vorherbestimmt zu sterben.«

»Das glaube ich genauso wenig wie du. Unsere Aufgabe ist es, die Gesetze und das Leben anderer zu schützen.«

Unsere Aufgabe ... das hörte sich an, als ob sie Partner wären. »Aber Velvet ...«

»Velvets Tod hat ganz allein Becket zu verantworten!« Er stand auf und kam zu ihr. Er legte seine Hände auf ihre Arme, wollte sie davon überzeugen, dass sie keine Schuld daran hatte. »*Er* hat sie umgebracht. Und wer weiß, wen er sonst noch getötet hätte, wenn du ihm nicht gefolgt wärst.« Plötzlich fiel ihm etwas ein. »Weiß er eigentlich, dass er verfolgt wurde?«

Sie schüttelte den Kopf. Ihr Herz klopfte so heftig, dass sie nicht vernünftig denken konnte. »Er hatte einen Vorsprung von vier Stunden – das entspricht vier Monaten hier in deiner Zeit.«

Chris sah sie betrübt an. »Kein Wunder, dass so viele gestorben sind.«

»Er muss unbedingt aufgehalten werden.«

»Meine Männer beobachten ihn.« Seine Stimme klang scharf. »Er hat die Stadt nicht verlassen, seit Velvet verschwunden ist. Allerdings hat er sich bei einigen Leuten nach Clara erkundigt.«

Immer noch misstrauisch, dachte sie. »Er ist unheimlich geschickt, Chris. Er hat Vels Leichnam fortgeschafft, ohne dass irgendjemand etwas bemerkt hätte. Selbst ich nicht, obwohl ich ihn im Visier hatte.«

»Er wird jede Sekunde überwacht.«

»Ich weiß«, erwiderte sie und streichelte seine Arme. »Ich vertraue dir.«

Er stieß erleichtert den Atem aus. »Endlich!«, sagte er und zog sie an sich. Er sah sie ernst an, dann wischte er mit dem Daumen einen Schmutzfleck von ihrem Kinn, fuhr liebkosend über ihre Lippe. »Ich bin sehr froh, Tori, dass du jenen Durchgang entdeckt hast. Und wenn du fürchtest, dass du den Verlauf meines Lebens durcheinandergebracht haben könntest – es war kein besonders schönes Leben, bis du kamst.«

Sie gab wieder jenen Laut von sich, den er schon so oft bei ihr gehört hatte, einen Laut, der Unglauben ausdrückte, als könnte sie sich nicht vorstellen, dass sie in seinem Leben überhaupt eine Rolle spielen könnte. Victoria schien sich – mit Ausnahme ihrer Arbeit – selbst nicht allzu hoch einzuschätzen – etwas, was er dringend ändern musste.

Dann sagte sie etwas, was ihn zutiefst erstaunte, ein Bekenntnis, das er nie von ihr erwartet hätte.

»Ich habe mir nie bewusst gemacht, was für ein erbärmliches Leben ich mir gewählt habe. Bis –«

»Bis was?« Er sah sie forschend an. Er hatte bisher nicht erlebt, dass sie sich so unbehaglich gefühlt hatte.

»Bis du mir vor Augen geführt hast, wie tief ich gesunken bin.«

»Rechne mir das nicht als Verdienst an«, meinte er in scharfem, ärgerlichem Ton.

Sie schüttelte den Kopf, hoffte, dass er sie verstehen würde. »Du hast mich mit all der Feinfühligkeit eines Tyrannen daran erinnert, dass es im Leben auch noch andere Dinge gibt als Verbrecher zu jagen.«

Er begriff, was sie damit sagen wollte. »Du meinst jenen Abend im Hotel, nicht wahr?«

»Das hattest du wohl fast schon vergessen, was?«, erwiderte sie voller Spott.

Er zog sie näher an sich. »Ich schlafe jeden Abend mit dem Bild vor Augen ein, wie ich dich liebkost habe und wie du Erfüllung gefunden hast«, flüsterte er ihr ins Ohr. Sie stöhnte leise auf. »Du warst so wild und voller Verlangen nach mir –«

»Hör auf!«

»Und dein Körper hat so wunderbar auf mich reagiert ... du warst ganz atemlos ...«

»Chris!«

»Und am liebsten hätte ich dich noch mit meinem Mund ...«

»Bitte, nicht!« Sie lehnte die Stirn an seine Schulter und konnte spüren, wie er lachte.

»Komm, Frau-die-ein-Berglöwe-ist, erzähl mir mehr von deiner Welt!«

»Ich glaube nicht, dass du mehr – «

Er legte eine Fingerspitze auf ihre Lippen. »Glaube bloß nicht, dass ich dich diesen Berg hinuntergehen lasse, bevor du mir mehr Einzelheiten verraten hast!«

Sie hob den Kopf und sah ihn nachdenklich an, überlegte, dass es wohl nicht viel Sinn machte, wenn sie ihm jetzt noch etwas verschwieg. »Was willst du denn wissen?«

»Glaubst du, dass man diesen Durchgang nicht immer benutzen kann?« Offensichtlich hatte er sich gefragt, wie es weitergehen mochte, nachdem sie Becket zurückgebracht hatte.

»Mir schien diese Öffnung irgendwie instabil zu sein. Ich meine ... als ich das zweite Mal hierher kam, war es irgendwie schwieriger.« Sie zuckte mit den Schultern. »Ich kann mir nicht vorstellen, dass dieser Durchgang beliebig offen steht. Es war purer Zufall, dass ich noch einmal zurückkehren konnte.«

»Warum?«

»Vielleicht hat es etwas mit der chemischen Zusammensetzung des Körpers zu tun oder so, vermute ich, aber ich bin kein Wissenschaftler. Offensichtlich haben Becket und ich das, was man braucht, um durchzukommen.«

»Wieso glaubst du das?«

»Weil es sonst hier schon von Polizeibeamten aus meinem Jahrhundert nur so wimmeln würde. Sie sind ja nicht dumm. Wenn sie gemerkt hätten, dass da etwas ist, hätten sie versucht durchzukommen.« Sie sah ihn eindringlich an. »Er könnte auch hier vor Gericht gestellt werden.«

»Er könnte sterben.«

Sie hatte nicht vor, mit ihm über dieses Thema zu diskutieren. »Nächste Frage, bitte!«

Sein Blick wurde wieder sanft und zärtlich, und er beugte sich nahe zu ihr. »Ich bin vor Neugier fast schon gestorben.«

»Wieso?«

»Was um Himmels willen trägst du da unter deinem Hemd?«

Sie grinste. »Einen Büstenhalter. Ein Kleidungsstück, das den Busen einer Frau stützt.«

Sein Finger wanderte über den Ausschnitt ihres Shirts, hob den Stoff an, und sie ließ ihn darunter schauen.

»Faszinierend.« Bei seiner Berührung lief ein Schauder über ihren Körper.

»Ich werde ihn dir zeigen, wenn du ein braver Junge bist.«

Seine Augen blitzten auf. »Und was verstehst du unter brav?«

»Wenn ich es dir verrate, brauchst du dich ja nicht mehr anzustrengen!«

Er lachte, drängte sie gegen den Baumstamm. Ihre Körper berührten sich, schienen miteinander zu verschmelzen. Chris senkte den Kopf und küsste Victoria. Er fuhr mit seiner Zunge die Linien ihrer Lippen nach, reizte, verlockte, ließ seinen Kuss leidenschaftlicher werden. Victoria bog sich ihm entgegen, presste sich an ihn, um noch besser zu spüren, wie erregt er war.

»Das ist unglaublich schön«, sagte sie ganz atemlos, und während sie ihn auf eine unglaublich sinnliche Weise küsste, ließ sie sich zu Boden sinken und zog Chris mit sich.

Trockene Blätter raschelten, als sie ihre Beine um seinen Körper schlang; Chris spürte, dass sie vor Verlangen zitterte. Sie knabberte an seinem Ohrläppchen, und er seufzte leise auf.

Seine Hände glitten über ihre Hüften und ihren Po, streichelten ihre bloße Haut dort, wo der zerfranste Saum ihrer Jeans war.

Ihre Lippen kosteten den Geschmack von Salz auf seiner Haut.

Irgendwo zwitscherte ein Vogel, eine sanfte Brise rauschte leise in den Bäumen. Ich könnte bis in alle Ewigkeit hier mit Chris bleiben, dachte Victoria.

»Ich hatte Angst, Chris«, sagte sie plötzlich.

Überrascht blickte er sie an. »Wovor?«

»Davor, dir mein Geheimnis anzuvertrauen.« Und als er die Stirn runzelte, fügte sie schnell hinzu: »Ich dachte, du könntest so entsetzt sein, dass du dich von mir abwendest.«

Er stützte sich auf einen Ellbogen, legte die andere Hand sanft auf ihre Wange. »Wann wirst du endlich begreifen, dass ich dich anbete?«

Etwas wie Schmerz flackerte in ihren goldenen Augen auf. »Vielleicht, wenn du mich noch einmal küsst?«

Er lächelte sie verführerisch an, bevor er seine Lippen auf ihren Mund senkte und sie auf den Boden drückte.

Wieder spürte sie seinen erregten Körper ganz dicht an ihrem, und wildes, heißes Verlangen durchfuhr sie. So heftig und ungezähmt, dass sie es kaum noch ertragen konnte. Es war, als hätte sie ihr ganzes Leben nur darauf gewartet, diesem Mann zu gehören und von ihm geliebt zu werden.

Sie schob sich hoch und rollte Chris auf den Rücken, setzte sich über ihn und begann, eine Linie zärtlicher Küsse von seine Schultern hinunter zu seiner Brust zu ziehen. Ihre Lippen wanderte zu seinem Nabel, und während sie ihn mit der Zunge liebkoste, streichelte sie über seine Oberschenkel.

Chris hatte Mühe, Luft zu holen. »Ich denke, wir sollten nach Hause zurückkehren, Tori«, sagte er atemlos.

»Ja, sicher.« Ihr Mund glitt tiefer. »Ich bin schon unterwegs.«

»Tori«, stöhnte er auf, als ihre Hand über sein erigiertes Glied streichelte. Er legte die Hände auf ihre Oberschenkel, und Victoria blickte auf.

Sie sahen sich an.

Chris überlegte, was dieses Lächeln wohl bedeuten mochte.

Dann wusste er es.

Victoria begann, die Lederriemen zu lösen, die seinen Lendenschurz hielten.

»Tori!«, stieß er mit rauer Stimme hervor. Seine Finger gruben sich in ihre Haut.

Sie ließ ihre Hand unter das weiche Leder gleiten und schloss die Finger um sein Glied. Aufseufzend begann sie ihn zu liebkosen, und unwillkürlich bog er sich ihr entgegen.

»Tori, ich dachte – o Gott, ist das schön!«

»Es gibt viele Möglichkeiten, einander Befriedigung zu verschaffen – das hast du mir selbst gezeigt.« Sie wollte hören, wie er aufstöhnte, ihre Zärtlichkeiten genoss, wollte sein Begehren auf leidenschaftliche Weise stillen. So, wie er ihr an jenem Abend Erlösung verschafft hatte.

Sie glitt an seinen Beinen hinab und schlug den Lendenschurz beiseite.

»Tori, nicht.«

Er wollte ihre Hände festhalten, aber sie schob sie weg. Und sie ließ ihm keine Wahl.

Als sie den Kopf senkte und ihre Lippen sich um ihn schlossen, stöhnte er auf. Er ließ sich zurücksinken, ergab sich ihren Liebkosungen. Chris schrie auf, als er endlich Erlösung von dieser süßen Qual fand.

Victoria strich den Stoff ihres blauen Kleides an der Taille glatt. Es war ganz schön kompliziert, all dieses Zeug anzulegen. Erst das Hemd, dann all die vielen Unterröcke und schließlich die Strümpfe samt der Strumpfhalter aus Spitze, die mit winzigen Blumen besetzt waren. All diese Teile, die Abigale ihr herausgelegt hatte, waren dazu geschaffen, eine Frau so verführerisch wie möglich erscheinen zu lassen.

Nur eins weigerte sie sich zu tragen: die Tournüre. Ihre Taille wirkte unglaublich schlank in diesem Kleid, und sie hatte nicht vor, die Wirkung zu verderben, indem sie mit einem aufgepolsterten Hintern herumlief! Mode oder nicht, sie würde sich nicht in solch ein Drahtgestell zwängen! Sie hatte sich ohnehin noch nie darum geschert, was gerade besonders modisch war.

Aber es machte ihr Spaß, so sexy und sinnlich zu wirken – ein Gefühl, das ihr ganz neu war.

Nun musste sie nur noch ein Problem bewältigen – zu gehen, ohne über den Saum des langen Kleides zu stolpern. Wie kam es, dass eine Frau in einem langen Kleid unwillkürlich elegant und graziös wirkte? Allerdings verdarb sie den Effekt ein wenig, als sie ihren Rucksack packte und ihn sich über die Schulter schwang. Sie lief die Treppe hinunter, durch die Eingangshalle zu Chris' Arbeitszimmer hinüber. Er stand neben dem Kamin und nippte an seinem Kaffee. Sein Haar war immer noch feucht vom Baden, und Victoria lächelte unwillkürlich, als sie wieder daran dachte, mit welch einer geharnischten Strafpredigt Abigale sie empfangen hatte, als sie zurückgekehrt waren. Chris wurde dafür ausgeschimpft, dass er so lange mit ihr im Wald geblieben war, und Victoria wurde abgekanzelt, weil sie mit »nacktem Hinterteil« herumlief, wie Abigale sich ausdrückte – es war in dieser Zeit nicht schicklich, das Wort »Beine« zu benutzen.

Natürlich wusste Victoria, dass sie gegen einige Tabus verstoßen hatte, aber es störte sie nicht sonderlich.

Chris wandte sich um, als sie sich räusperte. Er sah sie nur an, hätte fast den Kaminsims verfehlt, als er die Kaffeetasse absetzen wollte.

Der Blick, mit dem er sie von Kopf bis Fuß musterte, war wie eine Liebkosung, und Victoria wurde unwillkürlich rot.

»Unglaublich!«, flüsterte Chris voller Bewunderung.

»Um Himmels willen, Chris, es ist doch nur ein Kleid!«

Er war mit ein paar Schritten bei ihr, nahm ihr den Rucksack ab und stellte ihn auf den Boden, dann packte er sie an den Armen und schob sie nach draußen in den Eingangsbereich, stellte sie vor den Spiegel, der direkt neben der Tür hing.

Das Bild, das ihr aus dem Spiegel entgegenblickte, erinnerte in nichts an die Victoria, die sie kannte. Es hatte nichts mehr mit der Frau gemeinsam, die Verbrecher jagte, sich von Fastfood ernährte und praktisch in ihrem Auto lebte.

»Oh!«

»Ja!« Er stand hinter ihr und legte ihr die Arme um die Taille, zog sie an sich.

»Die Frau, die du hier siehst, ist wunderschön«, sagte er, und Victoria legte eine Hand auf seine Wange, beobachtete im Spiegel, wie er den Kopf senkte und mit seinen Lippen die zarte Haut an ihrem Hals berührte.

Victoria schloss die Augen, zu unvertraut waren die Gefühle, die sie empfand. Aber sie musste zugeben, dass sie sich tatsächlich verändert hatte. In diesem Kleid fühlte sie sich verführerisch und elegant, und sie sah aus ... als hätte sie ihr Lebtag nichts anderes getragen.

Victoria versuchte, das zu sehen, was Chris sehen mochte. Das Kleid war von schlichter Eleganz, entsprechend dem Stil jener Zeit, aus schwerer Seide gearbeitet. Ihr Haar war zu einer Krone aufgesteckt und mit perlenverzierten Nadeln festgesteckt, die Abigale herbeigezaubert hatte. Kleine Löckchen ringelten sich an ihren Schläfen und im Nacken, an den Ohren trug sie lange Perlohrringe.

Chris küsste sie auf den Hals, und es erregte sie, im Spiegel zu beobachten, wie er sie liebkoste.

»Du machst mich verrückt«, flüsterte sie.

»Das ist Absicht«, murmelte er.

Er hauchte einen Kuss auf ihre Schulter, dann ließ er seine Lippen über ihren Arm gleiten. »Ich liebe deine Schultern«, wisperte er. »Sie sind so glatt und makellos.«

»Ich dachte, du liebst meine Beine.« Ihr Lachen klang ein wenig unsicher.

Chris küsste sie auf die Stelle zwischen Schulter und Hals, dann blickte er sie im Spiegel an. »Die auch«, antwortete er.

»Und jetzt bin ich der Einzige, der sich an ihrem Anblick erfreuen darf.«

»Sag bloß, dass du auch noch besitzergreifend bist«, meinte sie. »Darauf wäre ich von allein gar nicht gekommen!«

»Du gehörst mir, Victoria, vergiss das nicht!«

Schon wieder ging er davon aus, dass ihre Beziehung von Dauer sein würde. Und statt zu widersprechen, ließ Victoria sich von diesen Worten wärmen wie von einer Decke.

»Ich kann es gar nicht erwarten, dir dieses Kleid wieder auszuziehen!«

Sie seufzte leise auf, und Chris wusste, dass sie ihn genauso begehrte wie er sie.

»Du machst mich ganz atemlos, Tori«, flüsterte er ihr ins Ohr. »So hast du vom ersten Augenblick an auf mich gewirkt.«

Er griff in seine Tasche und hielt seine Hand dann vor ihr Gesicht. Von seinen Fingern baumelte eine Kette.

Stirnrunzelnd blickte sie sein Spiegelbild an. »Ich will keine Geschenke, Christopher!«

»Du brauchst die Kette ja nicht zu behalten.« Er würde sich nicht deshalb mit ihr streiten. Sie hatte ihn gerade wieder daran erinnert, dass sie nicht bleiben würde, dass sie nicht für alle Zeit beisammen bleiben würden und ihre Beziehung vielleicht nur von kurzer Dauer war.

Dennoch weigerte er sich, dies zu glauben.

Er schloss die Kette um ihren Hals, sicherte den Verschluss. Eitelkeit trieb Victoria dazu, sich vorzubeugen und den Schmuck genauer zu betrachten. Es war eine wunderschöne, feine Silberarbeit, in die ein blauer Stein eingesetzt war.

»Sie hat meiner Großmutter gehört.«

»O nein, dann kann ich sie unmöglich tragen.« Sie drehte sich zu Chris um und griff nach dem Verschluss. Doch er nahm ihre Hände, führte sie an seine Lippen.

»Mach mir die Freude«, bat er. Sein Lächeln wirkte traurig. »Wenigstens für eine Weile.«

Sie nickte. »Chris«, flüsterte sie mit heiserer Stimme, als er einen Kuss auf ihre Handfläche hauchte, sie mit der Zunge liebkoste.

Sie war ganz atemlos. Und plötzlich wollte sie nur noch von ihm geküsst werden, wollte sich in seine Stärke flüchten. Er erkannte, was sie empfand, und nahm sie in seine Arme, und als sie seine Lippen auf ihren spürten, verschwanden all ihre Ängste und Sorgen unter dem Ansturm seines Verlangens. Als Chris' Hand über ihren Rücken glitt, merkte er, dass sie kein Korsett trug. Er fühlte ein wenig tiefer und stellte zufrieden fest, dass sie auch die Tournüre weggelassen hatte. Typisch für ihren Eigensinn, aber dennoch würde sie so, wie sie aussah, jedem Mann in der Stadt den Kopf verdrehen.

»Hört sofort auf damit!«

Sie fuhren auseinander wie zwei ertappte Teenager.

»Miss Victoria«, sagte Abigale tadelnd. »Haben Sie denn gar nichts aus unserer kleinen Unterhaltung gelernt?«

»Sie meinen, unser Gespräch über eine gewisse Zurückhaltung?«

Abigale nickte, die Hände in die Hüften gestützt.

Victoria sah Chris an. »Nein«, meinte sie dann. »Tut mir Leid.«

Abigale verkniff sich ein Lächeln. Sie würde die beiden so lange voneinander getrennt halten, bis sie es nicht mehr ertrugen. Und dann würde sie ihnen eine wunderschöne Hochzeit ausrichten.

»Und was dich betrifft, Christopher – «

Er unterbrach sie mit einer Handbewegung. »Wann gibt es Abendessen?«

»In einer Stunde.«

»Sag uns Bescheid.« Er nahm Victoria an die Hand und zog sie in sein Arbeitszimmer. Doch bevor er die Tür schloss, fügte er noch hinzu: »Aber klopf vorher an, Abigale!« Er lächelte Victoria an. »Sie ist eben um deine Tugend besorgt.«

»Zu spät! Bei mir ist Hopfen und Malz verloren.«

»Himmel, bin ich froh darüber!«, sagte er mit Inbrunst, dann zeigte er auf ihren Rucksack.

Victoria hob ihn auf und reichte ihn ihm. Dann ging sie mit raschelnden Röcken zum Sofa und setzte sich.

»Willst du ihn nicht aufmachen?«, fragte sie, als er sie nur anblickte.

Er betrachtete den Rucksack in seinen Händen, als hätte er vollkommen vergessen, was das sei. »Und wie funktioniert das?«, wollte er wissen.

Victoria zog den Reißverschluss auf, und er beugte sich vor, um den Rucksack genauer zu betrachten, untersuchte alles ganz genau. Sie erinnerte sich wieder daran, dass er es liebte, Dinge zu erfinden. Abigale hatte ihr verraten, dass er seine Erfindungen in seinen Räumen verschlossen hielt und sie erst dann anderen zeigte, wenn sie funktionierten.

Er reagierte wie ein kleines Kind zu Weihnachten. Doch als er den Elektro-Schocker herausholte, warnte sie ihn.

»Vorsicht! Damit kann man einen Verbrecher betäuben. Es jagt ein paar tausend Volt durch seinen Körper!«

»Das würde ihn umbringen!«

»Nein, es zieht ihn nur für ein paar Stunden aus dem Verkehr.« Stirnrunzelnd blickte sie ihn an. »Wenn du dich mit Elektrizität auskennst, wieso habt ihr dann hier kein elektrisches Licht? Keine Leitungen?«

»Ich habe noch nicht ganz herausgefunden, wie man sie über eine größere Entfernung hinweg führt.«

»Wirklich?«

Seine Stimme klang geduldig. »Elektrische Batterien gibt es schon seit ungefähr 1700.« Das war Victoria neu. »Ich habe bereits eine elektrische Klingel gesehen und wie man Licht ohne Feuer machen kann.« Er berührte den Schocker vorsichtig und legte ihn dann weg. »Ich habe sogar davon gehört, dass man jetzt Wagen bauen will, die ohne Pferde fahren.«

»Automobile«, sagte sie.

Seine Augen funkelten. »Dann funktioniert es also?«

»Ja. Und inzwischen ist der Autoverkehr ziemlich gefährlich geworden, weil es so viele Wagen gibt.«

Er nickte, und sie verzichtete auf weitere Erklärungen, da es sein Vorstellungsvermögen übersteigen würde. Sie lehnte sich zurück und beobachtete Chris weiter, wie er alles herausnahm, drehte und wendete und von allen Seiten betrachtete. Geduldig beantwortete sie seine Fragen und wusste, dass er am liebsten alles auseinander genommen und wieder zusammengesetzt hätte.

Doch als er dann einen Plastikbeutel herauszog, riss sie ihm den schnell aus der Hand.

Chris grinste. Er hatte Spitze durchschimmern sehen. Nun beugte er sich zu Victoria, gab ihr einen Kuss auf den Mund und holte sich den Beutel zurück.

»Willst du schon wieder ein paar Geheimnisse für dich behalten?« Er hielt die Tüte hoch.

»Mach sie doch auf!«

Er brauchte nur einen Moment dafür, dann zog er den Inhalt heraus und breitete die Sachen auf seinen Knien aus. Mit gerunzelter Stirn prüfte er einen Slip, spannte ihn und zog daran.

Victoria nahm ihm den Spitzenslip ab und hielt ihn richtig herum. »Das ist eine Unterhose«, erklärte sie. »Ein Tanga.«

»Aber da ist doch kaum Stoff dran!«

»Eben!«

Chris grinste. »Ach so – um die Männer zu verführen!«

»Sehr gut, Marshal. Die nächste Lektion, bitte!« Sie stopfte ihre Unterwäsche in den Beutel zurück.

Er lehnte sich zurück. Sein Blick glitt über Victoria, verweilte einen Moment an ihrem Ausschnitt, und plötzlich erinnerte er sich wieder daran, wie unterschiedlich der Ton ihrer Haut war. Ihr Busen war alabasterweiß, der Bauch von der Sonne golden getönt. Wie kam das?

»Ach ja, Tori...« Sie schaute auf. »Trägst du solche Dinger etwa auch in der Sonne? Ohne etwas darüber?«

Eine leichte Röte stieg ihm in die Wangen.

»Ich meine ... du bist überall braun, nur an ein paar Stellen nicht...«

Er war hinreißend! Seine gute Erziehung kämpfte mit seiner Neugier. Und auch mit ein bisschen Eifersucht. »Ich habe mich in Coles Hinterhof in die Sonne gelegt. Und ich war ganz allein, Chris.« Sie verzichtete auf eine Diskussion über Bikinis und warum die Menschen ihrer Zeit sich gern bräunten – das war ein anderes Thema.

Ihre Antwort beruhigte ihn nicht sonderlich.

»Ich war vollkommen von allen Blicken abgeschirmt.«

Er nickte. Victoria tätschelte seine Wange, amüsiert von seinem Gesichtsausdruck. Dann erhob sie sich und schüttete sich aus der Kanne, die auf seinem Schreibtisch stand, einen Kaffee ein. Während sie seine Fragen beantwortete, wanderte sie durch den Raum, die Tasse in der Hand. Er war ganz in Braun und Dunkelgrün gehalten, sie betrachtete das gerahmte Familienwappen, einen Säbel – wahrscheinlich ein Unions-Säbel, dachte sie –, der an der Wand hing. Einen ungewöhnlichen Kontrast dazu bildete der indianische Speer, der mit verstaubten Federn geschmückt war. Und es gab noch etliche andere Dinge, die ihr verrieten, wie wenig sie von Chris wusste. Wie zum Beispiel die exquisiten kleinen Skulpturen aus chinesischer Jade oder das Blasrohr aus Südamerika, das auf dem Kaminsims lag.

»Tori?«

Sie wandte sich ihm zu und sah, dass er das Kopfhörer-Set mit den integrierten Mikrofonen in der Hand hielt. Sie lächelte ihn an und stellte die Tasse weg.

Sie setzte einen der Kopfhörer auf und stellte die Frequenz

ein. »Nimm den anderen und setz ihn auf«, sagte sie. »Und stell dich dann ganz hinten in die Ecke des Raums, mit dem Rücken zu mir.« Er hatte ihr zugeschaut und setzte den Kopfhörer nun genauso wie sie auf.

Als er ein Stück von ihr entfernt war, sagte sie: »Hallo, Tonto!«

*»Gütiger Gott!«* Er wirbelte herum, und Victoria riss sich schnell die Kopfhörer herunter.

»Es genügt, wenn du flüsterst«, sagte sie. »Ich kann dich sogar atmen hören.«

Sie versuchten es erneut, und Chris war ganz begeistert von dieser Errungenschaft der Technik.

»Hast du diese Dinger schon mal benutzt?«, wollte er wissen.

»Ich habe sie in der Nacht getragen, als Cole starb.«

Es dauerte nur einen kurzen Moment, bis er begriff, was das bedeutet haben musste, und sein Herz schmerzte für sie. »Aber du kannst alles damit hören ...«

»Ich habe gehört, wie er starb.«

»O Liebes, das tut mir so Leid!«

»Es geht langsam wieder.«

Er wusste, dass sie Tränen in den Augen hatte, auch wenn er sie nicht sehen konnte. »Könnte ich auch dann mit dir reden, wenn du dich in einem anderen Raum befindest?« Allein die Vorstellung erstaunte ihn.

»Ja«, erwiderte sie. »Ich fürchte nur, dass die Batterien inzwischen fast am Ende sind. Aber warum willst du das wissen?«

Er konnte nicht einmal erkennen, dass ihre Lippen sich bewegten, aber er hörte sie so deutlich, als hielt er sie in seinen Armen.

»Ich will mit dir schlafen!«

»Oje – jetzt machen wir auch noch Telefon-Sex!«

Er verstand nicht, was sie meinte, aber ihr Lächeln verriet ihm, dass sie ihm das irgendwann genauer erklären würde.

»Ich begehre dich auch. So sehr, dass ich dich immer noch schmecken kann.«

Chris stöhnte auf. Die Erinnerung war noch viel zu lebendig.

Sie wirkte plötzlich wie eine Katze, die vom Sahnetopf genascht hat. »Ich glaube, ich habe nicht eine Sekunde aufgehört, dich zu begehren, seit ich dich das erste Mal im Wald gesehen habe.«

»Ich wollte dich schon damals küssen.«

Ihre Blicke trafen sich, konnten sich nicht voneinander lösen.

»Ich wünschte, du würdest mich jetzt küssen.«

Doch Chris bewegte sich keinen Zentimeter.

»Ich möchte jeden Millimeter deines Körpers erforschen, Chris.«

Ihre Worte erregten ihn, ließen das Blut schneller durch seinen Körper kreisen. Er dachte an das, was sie auf dem Berg mit ihm gemacht hatte.

»Ich mag es, wie deine Haut sich anfühlt, ich mag ihre Farbe. Und wann immer ich daran denke, möchte ich dich berühren. Willst du wissen, wie es für eine Frau wie mich ist, wenn wir zusammen sind?«

Er nickte.

»Es ist einfach himmlisch.« Ihre Stimme klang tief und kehlig, und sie meinte es absolut ehrlich.

Victoria stand an den Fensterrahmen gelehnt und genoss es zu beobachten, wie sein Körper auf ihre Worte reagierte. Und sie spürte, wie es auch sie selbst erregte. Ihr Atem ging schneller, und Chris hörte es.

»Ich werde dich lieben, Tori«, versprach er. »Bald. Die ganze Nacht. Ich werde dich nicht verlassen, und wann immer wir Verlangen nacheinander haben, werden wir es stillen.«

Tief in ihrem Körper baute sich heißes Begehren auf, als er ihr mit seiner tiefen sinnlichen Stimme beschrieb, was er alles mit ihr machen würde, was er sich wünschte und wie er sie lieben wollte.

»Es ist nicht allein wilder Sex, Tori«, sagte er. »Was du brauchst und was ich dir schenken möchte, ist wilde Liebe.«

Liebe. O Gott. Sie konnte nicht länger leugnen, dass sie ihn liebte. Nicht, weil er der attraktivste Mann war, der ihr je begegnet war, sondern weil er sie so begehrte, wie sie war, weil er sie glücklich machen wollte, weil er sie respektierte und weil er sich wünschte, dass sie bleiben würde. Er brauchte das nicht auszusprechen. Victoria wusste auch so, was das bedeutete.

Chris war ein Mann, der fürs Heiraten geschaffen war, für eine Familie, für Kinder. Er war stark, verlässlich, großzügig, mitfühlend und leidenschaftlich. Aber sie würde niemals ihr ganzes Leben mit ihm verbringen können.

Plötzlich schwiegen sie beide und blickten sich durch den Raum hinweg an. Chris verstand ihre Botschaft sofort, und sein Herz, von plötzlicher Hoffnung erfüllt, machte einen Satz. Ich liebe dich, Tori, dachte er und wünschte, sie wäre endlich bereit, diese Worte von ihm zu hören. Ich liebe dich mehr, als ich es sagen kann.

Sie zuckten beide zusammen, als es an der Tür klopfte, und zogen in Windeseile die Kopfhörer ab. Chris eilte zu Victoria, drückte ihr das Set in die Hand, und sie stopfte es schnell in den Rucksack. Dann öffnete Chris die Tür.

»Das Abendessen ist fertig.«

Abigale schaute zwischen den beiden hin und her. Miss Victoria wirkte immer noch wie eine wohlerzogene, behütete junge Dame, aber ihr Christopher ... nun ja, seine Wangen waren gerötet, die Hände hatte er tief in die Hosentaschen geschoben. Er wirkte wie ein kleiner Junge, den man gerade bei einer Missetat ertappt hat.

»Hungrig?«, fragte er Victoria und streckte die Arme nach ihr aus.

Sie glitt in seine Umarmung und küsste ihn voller Gefühl.

»Immer«, flüsterte sie, und er lächelte. Er wollte sich noch einen Kuss stehlen, aber lachend wich sie ihm aus.

Chris folgte ihr, bewunderte den Schwung ihrer Hüften. Dann nahm er sie am Arm und flüsterte in ihr Ohr: »Was hast du eigentlich unter all diesen Petticoats an?« Er hatte sich schon die ganze Zeit gefragt, ob sie vielleicht einen von diesen »Tangas« trug.

»Nichts, nur die Strümpfe mit den Strumpfbändern.«

Einen Moment lang schloss er die Augen und betete um Geduld – doch vor seinen Augen stand nur das Bild, das sie gezeichnet hatte.

Sie tätschelte seine Wange. »Das macht dir zu schaffen, nicht wahr?«

»Und du, meine hinreißende Zeitreisende, wirst dafür büßen müssen«, versprach er ihr.

# 28

Victoria lächelte, als sie sah, mit welcher Anspannung Chris darauf wartete, dass Abigale mit dem Nachtisch zurückkehrte, und ihr Herz wurde weit vor Liebe zu diesem Mann.

Schließlich kam Abigale mit einer Kuchenplatte herein, auf der ein wahres Meisterwerk aus Kirschen, Eis und Schokolade thronte.

Abigale stellte die Platte neben Chris auf den Tisch und schlug ihm auf die Hand, als er mit dem Finger ein Stück gefrorene Sahne wegholen wollte.

»Denk an deine Manieren, Christopher!«

Die Männer am Tisch lachten.

»Ich wusste ja gar nicht, dass du eine solche Naschkatze bist«, sagte sie zu Chris, als Abigale ihm eine Portion reichte.

»Wenn es um Süßes geht, kann er sich kaum zurückhalten«, meinte Caleb Peabody, ein großer, dünner Mann mit sanfter Stimme und von einer Schüchternheit, die anziehend wirkte. Als sie ihn nun anschaute, wurde er rot und senkte den Blick.

»Ihr esst doch wohl nicht jeden Abend so üppig, oder?«

»Abigale zwingt uns dazu, das schwöre ich dir«, erwiderte Chris mit falscher Aufrichtigkeit, dann spießte er ein Stück Kuchen mit seiner Gabel auf und schob es genüsslich in den Mund.

Abigale stand neben ihm und wartete auf sein Lob. Chris schloss die Augen und seufzte hingerissen, ließ das Eis auf der Zunge zergehen, genoss den Geschmack.

»Wieder einmal absolut überwältigend, Abby.« Er erhob

sich leicht und drückte ihr einen Kuss auf die Wange, dann konzentrierte er sich wieder ganz auf das köstliche Dessert.

»Ich habe noch nie einen Mann gesehen, der so viel Süßes essen konnte, ohne auch nur ein Gramm zuzunehmen«, meinte Joaquin und tätschelte seinen eigenen runden Bauch. »Es ist wirklich nicht fair!«

»Das finde ich auch.« Victoria reichte Lucky, der rechts neben ihr saß, einen Teller. »Ich müsste zwanzig Meilen laufen, um das alles wieder abzunehmen.«

»Willst du von meinem Kuchen probieren?«, fragte Lucky.

»Ja«, erwiderte sie mit einem Lächeln und kostete das Stück, das er ihr auf seiner Gabel hinhielt. Auch sie lobte den Kuchen überschwänglich, und Lucky war glücklich. »So, den Rest isst du aber auf«, meinte sie. »Kinder dürfen ganz viel Kuchen essen.«

»Und ich nicht?«, fragte Chris und tat beleidigt.

»In Maßen«, erwiderte sie. »Lucky wird die Kalorien schließlich schnell wieder los bei der Bewegung, die er hat.«

»Die habe ich auch«, sagte er und zwinkerte ihr zu. Victoria wurde rot, und die Röte vertiefte sich noch, als die Männer lachten.

Abigale gab Chris im Vorbeigehen einen Klaps auf die Schulter, und selbst Randel, der stoische Butler, musste ein Lächeln unterdrücken. Victoria setzte ein höfliches Lächeln auf, aber unter dem Tisch trat sie Chris gegen das Schienbein.

Als er zusammenzuckte, gab es noch größeres Gelächter. Chris lehnte sich grinsend zurück und trank einen Schluck von seinem Kaffee.

»Ich mag Miss Toria«, sagte Lucky zu niemandem im Besonderen, dann widmete er sich wieder seinem Kuchen.

»Wirklich?« Chris schaute von dem Jungen zu Victoria, die Lucky mit mütterlicher Zuneigung betrachtete.

»Sie hat den Marshal verprügelt.«

»Lucky, wie kannst du nur so etwas sagen?«, meinte Abigale schockiert.

Victoria sah Chris an und zuckte mit den Schultern.

»Ich hab's selbst gesehen. Als sie den Zug beobachtet hat.«

»Was hast du gesehen?«, wollte Victoria wissen.

»Sie kann toll hauen, nicht, Marshal?«, fragte der Junge Chris.

Alle schauten den Marshal an.

»Also, ich würde das nicht so ausdrücken . . .«, begann Victoria.

»Aber es stimmt.«

»Christopher!«

Er blickte Abigale an, die gerade Garrett servierte, Chris' »Iron Man«, der die Tiere mit dem Brandzeichen versah.

»Aber es stimmt. Sie hat mich windelweich geschlagen.«

Victoria trat ihn erneut, aber er reagierte gar nicht darauf. »Diese Füße sind tödlich«, meinte er nur.

Sie sah ihn böse an. »Ich kann auch ziemlich gut mit dem Messer umgehen – möchtest du davon ebenfalls eine Kostprobe haben?«

Chris' Gesicht verdüsterte sich, als er die Wut in ihren Augen sah. Sie hatte nicht gewollt, dass die Männer hier von der anderen Seite ihres Wesens erfuhren. Sie war elegant gekleidet und benahm sich wie eine Lady, und es schien, als wollte sie selbst für eine Weile vergessen, dass sie normalerweise Verbrecher jagte.

Und er hatte es ruiniert.

»Es tut mir Leid.«

»Das sagst du ziemlich oft zu mir, Christopher.«

Er stand auf, kam zu ihr und kniete vor ihr nieder. »Und wirst du mir auch weiterhin vergeben?«

Sie hielt die Worte zurück, die ihr auf der Zunge lagen, seufzte, lächelte dann. »Oh, steh endlich auf!«

»Vergeben?«

»Natürlich. Himmel, du bist wirklich hoffnungslos, weißt du das?«

Hoffnungslos in dich verliebt, dachte er, als er sich aufrichtete, leicht über ihre Wange strich, bevor er sich vorbeugte und ihr einen Kuss gab.

Die Männer pfiffen.

»Also wirklich, Christopher!«, tadelte Abigale. »Hast du vergessen, dass ein Kind hier am Tisch sitzt?«

Lucky strahlte die beiden an.

»Ich habe noch nie ein Paar erlebt, das sich so oft küsst wie ihr zwei«, meinte Peabody lachend.

Chris setzte sich wieder hin. Doch er schmeckte nichts mehr, als er nun seinen Kuchen weiteraß.

Victoria war stolz darauf, wie es ihr gelang, das Gespräch in andere Bahnen zu lenken. Vor allem, weil ihre Gefühle so in Aufruhr waren. Nicht nur, dass Chris sie die ganze Zeit über mit seinen Blicken ausgezogen hatte, nun hatte er mit seinem Kuss nur noch den Wunsch nach mehr geweckt.

»Was macht ein Iron Man?«, wollte sie von Garrett wissen.

Er legte sein Besteck hin, wischte sich den Mund mit seiner Serviette ab. Chris hatte ihr erzählt, dass er früher ein Revolverheld gewesen war. Es fiel nicht schwer, sich das vorzustellen, wenn man ihn betrachtete: Haare, die ihm bis auf die Schulter reichten, ein Schnäuzer, dessen Enden ein wenig herabhingen, und eine schwarze Klappe über einer Augenhöhle. Sie wollte lieber nicht wissen, wie er das Auge verloren hatte, die Narbe zog sich bis auf seine Wange hinunter. Aber selbst mit der Narbe war er immer noch ein gut aussehender, beeindruckender Mann.

»Ich setze dem Vieh die Brandzeichen, Madam.«

»Nennen Sie mich doch bitte Victoria.«

Er schaute zu Chris hin, der ihm zunickte.

»Miss Victoria.«

Sie bestand nicht weiter auf diesem Thema. »Ich kenne mich lediglich mit Hühnerfarmen aus, nicht aber mit Ranches, auf denen Schafe oder Rinder gehalten werden. Das alles interessiert mich sehr.«

»Hühner?«

Sie sah Chris an. »Ich bin auf einer Hühnerfarm aufgewachsen – nicht gerade etwas für empfindliche Nasen ...«

Chris blickte sie lächelnd an. Es gab noch so vieles, was er nicht über Victoria wusste, und er hatte vor, die nächsten Jahre damit zu verbringen, alles über sie herauszufinden.

»... und gebrannt werden sie schon gar nicht.«

»Dann hätte man wahrscheinlich gleich Brathähnchen«, meinte Randel, als er das Geschirr abräumte.

Überrascht blickte sie den Butler an, der bisher kein Wort zu ihr gesagt hatte, dann lächelte sie. Er gefiel ihr.

»Diese drei hier ...« Garrett zeigte auf Peabody, Joaquin und den stummen Batista, einen Navajo, »treiben mir die Tiere zu, damit sie von mir gebrannt werden können.« Er zuckte mit den Schultern, als sei das keine große Angelegenheit. »Die Rinder werden draußen in den Bergen gebrannt, die Pferde hier.«

»Und wer fängt die Pferde ein?«, wollte sie wissen.

Joaquin hob die Hand. »Sie mögen mich«, sagte er.

»Und Caesar liebt Victoria.«

Von den Männern kamen erstaunte Ausrufe.

»Sie hat ihn sogar geritten.«

»Das war aber gefährlich, Miss Victoria«, flüsterte Abigale.

»Er ist gemeingefährlich«, sagte Garrett voller Abscheu.

»Ich habe ihm einige Narben zu verdanken«, fügte Peabody hinzu.

»Seien Sie vorsichtig, Señorita, damit er Ihnen nichts tut!«

»Ach, das war halb so wild.« Victoria winkte ab. »Er ist ein Junge. Und Jungs lieben Mädchen.«

Ein Lächeln erhellte Batistas narbiges Gesicht.

»Ich auch«, sagte Chris leise.

»Wirklich? Das ist mir bis jetzt noch gar nicht aufgefallen.«

»Der Kaffee wird auf der Veranda serviert«, verkündete Abigale, und alle erhoben sich, gesättigt von dem guten Essen, und gingen nach draußen.

»Ich auch?«, fragte Lucky und zupfte an Victorias Rock.

Sie lächelte den Jungen an. »Einverstanden, aber nur für ein paar Minuten, dann geht's ab ins Bett.«

Er nickte. Chris war verblüfft von dem Wandel, den der Junge durchgemacht hatte. Frisch gewaschen und in neuer Kleidung, erinnerte er in nichts mehr an das Straßenkind, als das sie ihn alle kannten. Er gehorchte Victoria bedingungslos, und er blickte voller Verehrung zu ihr auf. Ein seltsames Gefühl schnürte Chris die Kehle zu. Das Gleiche hatte er empfunden, als er sich damals um Little Hawk, Sables Neffen, gekümmert hatte. Er sehnte sich nach Kindern. Nachdem Camille ihn verlassen hatte, hatte er dieses Thema verdrängt, aber nun wünschte er sich Kinder – von Victoria.

»Warum schaust du mich so an?«, wollte sie wissen. Lucky war schon auf die Veranda hinausgegangen.

»Es ist wunderbar, wie viel Geduld du ihm gegenüber zeigst.«

»Ich versuche es.« Ein Schatten legte sich auf ihr Gesicht. »Meine Tochter war wie Lucky. Ein bisschen langsam. Ein ganz besonderes Kind. Ungeduld frustrierte sie nur. Es ist schon schwer genug, Dinge zu lernen, wenn man nicht so schnell wie andere ist. Und wenn ein Erwachsener ihnen ihre Unfähigkeit auch noch unter die Nase reibt, dann ziehen sie sich völlig in sich selbst zurück.«

Chris legte eine Hand unter ihr Kinn, hauchte einen Kuss auf ihre Lippen und bannte damit ihre traurigen Erinnerungen. Das kann er gut, dachte sie, als sie auf die Veranda trat.

Lucky war gerade dabei, es sich in einem Schaukelstuhl bequem zu machen, und betrachtete die Cowboys mit unverhohlener Bewunderung. Unwillkürlich lächelte Victoria und fragte sich flüchtig, ob sie mit diesem verwaisten Jungen wohl eine zweite Chance erhalten hatte. Dann ließ sie Chris stehen und suchte sich einen Platz.

Doch Chris setzte sich neben sie, und Joaquin nahm seine Gitarre, spielte ein paar Töne. Abigale und Randel brachten den Kaffee, und der Butler reichte Victoria eine Tasse.

»Mit Milch und ohne Zucker, Miss«, sagte er.

»Danke, dass Sie sich daran erinnert haben, Randel.«

Joaquin versuchte, ein Lied zu spielen – was ihm ziemlich schwer fiel, da ihm an einer Hand zwei Finger fehlten. Und obwohl Victoria das Lied nicht kannte, konnte sie doch erkennen, wie die Melodie aufgebaut war und worum Joaquin sich bemühte.

»Gehen Sie am Griffbrett etwas tiefer, spielen Sie zwei Takte und greifen Sie dann um«, sagte sie.

Alle blickten zu ihr hin.

»Können Sie Gitarre spielen, Señorita?«

Na wunderbar. Noch ein Bekenntnis. »Ein bisschen«, erwiderte sie.

Er hielt ihr das Instrument hin.

Victoria schüttelte den Kopf.

»Komm schon, Tori, lass uns mal etwas anderes hören als Joaquins Künste!«

»Ich fürchte, die Männer sind mein stümperhaftes Talent leid!«

Victoria sah Chris an, und er wusste, warum sie zögerte. Sie kannte keine der gängigen Melodien, und plötzlich konnte er nachempfinden, wie unbehaglich sie sich fühlen musste. Als sie ihm ihre Tasse reichte und die Gitarre nahm, spürte er, wie sie nach einer Lösung suchte.

»Kennen Sie ›Clementine‹?«, fragte Peabody.

»Nein, tut mir Leid.« Sie schlug die Saiten an und stimmte das Instrument

»Du hast auf einer Farm gelebt, kannst Gitarre spielen – was werde ich noch alles über dich herausfinden?«

Sie sah zu ihm hin. Vielleicht, wie sehr ich dich liebe, dachte sie, aber laut sagte sie: »Dass ich die Melodien sogar halten kann.«

Plötzlich wurde ihr bewusst, wie gespannt die Männer darauf warteten, dass sie zu spielen begann. Alle Blicke waren auf sie gerichtet. Jede Frau hätte sich über so viel Aufmerksamkeit gefreut – sie jedoch nicht.

Es war schon sehr lange her, dass sie das letzte Mal vor anderen gesungen hatte. Sie hatte es sich zur Gewohnheit gemacht, nicht viel über ihre Person preiszugeben, sich zurückzuhalten, unauffällig zu wirken.

Und nun sahen alle sie erwartungsvoll an. Was um Himmels willen sollte sie nur spielen? Es musste etwas Langsames, Gefühlvolles sein, etwas, was zu diesen Cowboys passte, zu Männern, die alle ein Handicap hatten und die niemand außer Chris mehr einstellen wollte.

Ihre Finger glitten über die Saiten, und die Männer lehnten sich zurück. Chris hatte die Füße auf ein niedriges Tischchen gelegt, betrachtete Victoria gespannt.

Schließlich entschied sie sich, eine zwanzig Jahre alte Ballade von James Taylor zu singen. Sie handelte von einem einsamen Cowboy, dessen einzige Gesellschaft die Tiere sind.

Ihre tiefe, warme Stimme schlug alle in den Bann, und Chris spürte, wie sich ein Lächeln auf seinem Gesicht ausbreitete. Victoria bemerkte nicht, dass Abigale und Randel aus dem Haus traten, um ihr zuzuhören, und auch zwei der Arbeiter, die noch mit den Tieren beschäftigt kamen, ritten herbei und hielten vor der Veranda an.

*»Und wenn der Mond am Himmel aufsteigt, dann sitzt er am Feuer, träumt von den Frauen und einem Glas Bier…«*

Die Männer lächelten, und selbst Garrett wippte im Rhythmus mit. Und Chris erkannte plötzlich, wie sehr Victoria, für eine Weile von ihren Sorgen befreit, aufgeblüht war. Innerhalb kurzer Zeit hatte sich eine erstaunliche Wandlung mit ihr vollzogen. Es lag nicht an ihrem schönen Kleid oder der raffinierten Frisur, sondern daran, dass sie nicht länger ihre Gefühle unterdrückte, dass sie sich wieder ins Leben stürzte, statt immer nur von außen zuzusehen, während sie Verbrechern hinterherjagte. Chris war auch vorher schon entschlossen gewesen, alles zu versuchen, um diese Frau zu behalten, aber dass Abigale, Randel, Lucky und seine Männer sie so vorbehaltlos akzeptierten, festigte ihre Beziehung zusätzlich. Mit jedem Tag, der verging, wurden ihre Bindungen an ihn stärker, und er wollte, dass Victoria sich der Tatsache bewusst wurde, dass nicht nur er allein sie brauchte, dass das, was er ihr bieten konnte, verlockender war als alles, was sie in ihrem eigenen Jahrhundert kannte.

Natürlich war in ihrer Zeit vieles leichter, und es würde schwer sein, dies hier und jetzt auszugleichen, doch Chris war überzeugt, dass Victoria die Frau war, die das Schicksal ihm bestimmt hatte. Wenn er sie doch auch nur davon überzeugen könnte …

Victorias Stimme verklang, sie spielte die letzten Töne. Tiefes Schweigen herrschte, und Victoria war plötzlich sicher, dass die Männer ihre Darbietung schrecklich gefunden hatten. Sie starrten sie einfach nur an.

»Meine Güte, Miss Victoria, das war grandios!« Und dann brandete Beifall auf, machte Victoria ganz verlegen. Sie hatte plötzlich einen Klumpen in der Kehle. Noch nie in ihrem ganzen Leben hatte sie bei anderen so viel Begeisterung hervorgerufen. Sie neigte dankend den Kopf und bemerkte plötzlich, dass Lucky gähnte. Noch ein Lied, und er würde eingeschlafen sein. Sie schlug eine neue Melodie an, doch diesmal sang sie ganz allein für Chris.

*»Es gehört zum Geheimnis des Lebens, dass man die Reise durch die Zeit genießt ...*

Chris empfand ihre Stimme wie eine Liebkosung, und er lauschte ihr mit seinem Herzen – denn Victoria hatte ihr ganzes Herz in dieses Lied gelegt. Ihre Gefühle spiegelten sich auf ihrem schönen Gesicht wider, eine Bitte, Furcht. Er wusste, dass sie Angst hatte, genauso, wie es im Text des Liedes hieß, und dass sie nur für eine Weile hier war.

Mit einem Mal begriff er, wie verwirrt und hin- und hergerissen sie sein musste, weil sie nicht wusste, ob sie hierher gehörte oder nicht. Doch er wusste es, ohne jeden Zweifel. Der Himmel hatte sie zu ihm geschickt.

Dann endete ihr Lied. Verstohlen wischte Tori sich eine Träne weg, bedankte sich mit einem Lächeln für den Applaus.

Lucky war fest eingeschlafen. Victoria gab Joaquin die Gitarre zurück und bückte sich, um den Jungen hochzuheben und in sein Bett zu tragen. Doch Chris hielt sie zurück, nahm Lucky auf seine Arme, und zusammen gingen sie ins Haus, um den Jungen ins Bett zu bringen.

Einer der Männer seufzte tief auf. »Ich denke, dass die Double-Arrow-Ranch endlich eine Herrin gefunden hat ...«

Abigale und Randel blickten sich lächelnd an.

Chris legte Lucky sanft aufs Bett, und Victoria zog dem Jungen Schuhe und Socken aus, lockerte seine Kleidung und steckte schließlich die Decke um ihn fest. Dann setzte sie sich auf die Bettkante und strich dem Jungen liebevoll das lange Haar aus der Stirn. Chris stand neben ihr, eine Hand auf ihre Schulter gelegt.

»Er müsste die Haare geschnitten bekommen«, sagte sie.

»Vielleicht solltest du es versuchen. Jedes Mal, wenn er Abigale mit einer Schere in der Hand auf sich zukommen sieht, ergreift er die Flucht und rennt in die Hügel.«

Sie lachte. »Das kann ich mir vorstellen.«

»Ich kann immer noch nicht fassen, dass er sich so verändert hat.«

»Vielleicht erinnere ich ihn an seine Mutter«, meinte sie und legte ihre Hand auf seine. »Ich wüsste sonst keinen Grund, warum er mir so vertraut und gehorcht.«

»Vielleicht, weil er spürt, dass du niemals die Geduld mit ihm verlieren würdest.«

Als sie zu ihm aufblickte, sah er, dass ihre Augen feucht schimmerten. Sanft strich er ihr über die Wange.

»Manchmal vermisse ich Trisha so sehr«, erwiderte sie und stand auf, um sich in seine Arme zu schmiegen. Chris schloss die Augen. Es zerriss ihm das Herz, wenn er Victoria weinen sah.

»Normalerweise bin ich nicht so schwach«, sagte sie und hielt ihn ganz fest.

»Ich weiß.«

»Ich habe keine Ahnung, was mit mir los ist.«

Chris lächelte. Er wusste es sehr wohl. »Es war ein langer Tag, Liebes, und es ist vieles passiert.«

Sie bog den Kopf zurück, damit sie Chris ansehen konnte. »Das finde ich auch«, erwiderte sie mit einem vielsagenden Lächeln, und prompt wurde Chris rot.

Er bedeckte ihr Gesicht mit zärtlichen Küssen. »Wenn du nicht aufhörst, mich immer wieder daran zu erinnern, dann falle ich auf der Stelle über dich her!« Sie schmiegte sich an ihn, und Chris legte seine Hände auf ihren Po. »Weißt du eigentlich, was du mir damit angetan hast, als du mir verraten hast, dass du nichts darunter trägst?«

»Ja, das weiß ich, und das ist auch sonst niemandem entgangen!«

Sie streichelte ihn und spürte, dass er sie schon wieder begehrte.

»O Tori, ich habe solche Sehnsucht nach dir!«

Er zog sie aus Luckys Zimmer und schob sie in einen Alkoven nahe der Treppe. Er drängte sie gegen die Wand und küsste sie, ließ sie spüren, wie erregt er war. Er schob seine Hände unter ihre Röcke, legte sie auf ihre Oberschenkel. Dann streichelte er ihren Po, und langsam wanderten seine Finger nach vorn. Ihr Kuss wurde leidenschaftlicher, wilder. Victoria stöhnte leise auf, als er sie an ihrer intimsten Stelle berührte. Ihr ganzer Körper war von Sehnsucht nach ihm erfüllt, einer Sehnsucht, die sein Kuss und seine Liebkosung nur noch stärker anfachten.

Plötzlich räusperte sich jemand.

Chris fluchte leise vor sich hin. Victoria war froh, dass er sie mit seinem Körper verdeckte. Randel stand ein paar Meter von ihnen entfernt, hielt den Blick fest auf seinen Herrn gerichtet.

»Entschuldigung, Mylord, aber es ist eine Nachricht aus der Stadt gekommen. Diese Brüder ...«

»Duke und Buddy?«

»Sie machen Ärger, und Mr Beecham bittet Sie um Ihre Unterstützung.«

»Verdammt.« Er blickte Victoria an und stellte fest, dass sie ihn mit einem ganz merkwürdigen Ausdruck betrachtete. »Ich fürchte, dass wir uns dann erst morgen Früh wiedersehen.«

Sie nickte, und Chris gab ihr noch einen Kuss auf den Mund, bevor er ging. Der Butler wollte ihm folgen, doch Victoria hielt ihn zurück.

»Randel?«

Er wandte sich ihr zu. »Miss?«

»Warum sagen Sie eigentlich immer ›Mylord‹ zu ihm?«

»Es ist der Titel, der ihm zusteht, Miss.«

Sie wurde allmählich ungeduldig – was Randel nicht entging.

»Mr Christopher Swift stammt aus altem englischen Adel, Miss.«

»Er trägt einen Adelstitel?«, fragte sie mit schwacher Stimme. »Einen richtigen Titel?«

»Seine Lordschaft ist der einzige Sohn und Enkel des Hauses Claybourne.«

»Ich dachte, sein Vater sei ein Häuptling der Cheyenne gewesen.«

»Das stimmt auch, aber seine Mutter ist Lady Katherine Waythorne, die einzige Erbin des Titels.«

»Und warum ist er dann nicht in England und tut das, was ein Lord so zu tun pflegt?« Sie hatte allerdings nicht die geringste Ahnung, womit sich ein Lord normalerweise die Zeit vertrieb.

»Er hat als junger Mann auf all seine Privilegien verzichtet. Es war damals ein großer Skandal.«

»Tatsächlich?«, fragte sie, als verstünde sie, was er damit andeuten wollte.

»Einen Vorteil hat ihm sein Titel allerdings doch gebracht.«

»Sie meine, außer dass Sie für ihn sorgen?«

Randel ließ sich zu einem Lächeln hinreißen. »Er konnte das Land hier erwerben. Indianern wird dieser Luxus nicht gestattet.«

»Das wäre ja auch zu albern – wenn Indianer ihr eigenes Land kaufen könnten! Und schließlich wollen wir doch alle nicht, dass sich die Regierung lächerlich macht, oder?«

Wieder verzog sich sein Mund zu einem Lächeln. »Das ist richtig, Miss.«

Sie hörte, wie die Tür ins Schloss fiel und wusste, dass Chris fort war. Einerseits tat es ihr Leid, dass sie ihn nicht begleiten konnte, andererseits war sie noch nicht so weit, den Leuten in der Stadt ohne Maske gegenüberzutreten. Sie wollte zu ihrem Zimmer gehen, aber Randels kultivierte Stimme hielt sie zurück.

»Darf ich Ihnen noch eine heiße Schokolade bringen, damit Sie besser schlafen können?«

Er war so aufmerksam. »Nein danke, ich werde mich von diesem Kleid befreien und mich dann hinlegen. Gehen Sie ruhig schlafen.«

Randel nickte und dachte, dass Seine Lordschaft bereits sein Bestes versucht hatte, die Miss von ihrem Kleid zu befreien.

# 29

Chris glitt aus dem Sattel, und Noble unterdrückte ein Lächeln, als er das finstere Gesicht des Marshals sah.

»Ich bin durch die ganze Stadt geritten und habe nichts bemerkt, was so wichtig gewesen sein könnte, dass du mich in die Stadt gerufen hast, fort von –«

»Fort von Miss Mason?«, ergänzte Noble freundlich.

Chris sah ihn aus schmalen Augen an, dann entspannte sich sein Ausdruck. Er fuhr sich mit allen zehn Fingern durchs Haar und schaute drein wie ein ertappter Sünder. »Ja.«

Noble deutete mit dem Kopf auf das Büro. »Buddy und sein idiotischer Bruder befinden sich bereits hinter Schloss und Riegel.« Dann blickte er seinen Boss nachdenklich an. Den Mann hatte es wirklich schwer erwischt!

»Ist einer verwundet?«

Noble schüttelte den Kopf und lächelte leicht. »Nein. Als sie wieder aufeinander schießen wollten, habe ich sie gezwungen, sich mit dem Rücken zueinander aufzustellen, einige Schritte abzuzählen und dann zu feuern.«

»Wie bei einem Duell?«

»Ja, aber keiner von beiden hat sich getraut, den Abzug zu drücken. Das war mir schon vorher klar gewesen.«

Chris grinste, dann warf er die Zügel über Caesars Rücken und begann, die Straße hinunterzugehen. Noble fiel neben ihm in Schritt.

Caesar folgte ihnen.

»Willst du ihm einen Besuch abstatten?«

»Mir ist danach.«

»Ich habe diesen gelackten Mistkerl noch nie leiden können.«

»Und warum nicht?«

»Er ist aalglatt. Und als er hier auftauchte und behauptete, er wäre in einen Hinterhalt geraten, habe ich ihm kein Wort geglaubt.« Chris sah ihn von der Seite her an. »Woher hatte er genug Geld, um bei diesem Pokerspiel mitzuhalten, wenn er doch angeblich ausgeraubt worden war?«

Chris blieb stehen. »Er hat dieses goldene Zigarettenetui verkauft.«

»Ja, um Jenna zu bezahlen und vielleicht noch ein paar Dollars übrig zu behalten«, erwiderte Noble. »Aber garantiert hat ihm das bisschen Gold nicht genug Geld gebracht, um mit Sean Galloway und Alex Trevor mithalten zu können.«

Die beiden reichsten Männer weit und breit – Alex zeigte dies auch nach außen hin, Sean verbarg es. Gates, der frühere Besitzer des Saloons, hatte ebenfalls an diesem Spiel teilgenommen. Und weil das Lokal schlecht lief und er kein Geld hatte, hatte er den Saloon beim Poker eingesetzt.

Es stimmte, was Noble gesagt hatte – woher hatte Becket so viel Geld? Chris dachte darüber nach, während er weiterging. Auch er war durch die Zeit hierhergekommen. Victoria hatte ihm eine Münze aus ihrem Jahrhundert gezeigt, und hätte Becket mit solchem Geld bezahlt, wäre er sofort als Betrüger festgenommen worden. Hatte er jemanden ausgeraubt und umgebracht? Chris versuchte sich daran zu erinnern, ob Becket einmal für längere Zeit die Stadt verlassen hatte, bevor er an jenem Spiel teilgenommen und den Saloon gewonnen hatte. Nein, das glaubte er nicht, und außerdem hätte Velvet sich daran erinnert.

Velvet … wieder empfand Chris Trauer über ihren Tod. Und dieses Gefühl machte ihn umso empfänglicher für die Stimmung, die über der ganzen Stadt zu liegen schien: Nervosität, ein unbestimmtes Unbehagen. Chris hegte keinen Zweifel daran, dass dies mit Velvets Beerdigung zusammenhing. Victoria hatte an dem Begräbnis teilnehmen wollen, aber Chris hatte es nicht zugelassen. Ein neues Gesicht in der Stadt würde auch so schon für genug Aufmerksamkeit sorgen. Sie hatte sich nicht lange widersetzt, gestand ihm, dass sie in Gedanken bereits Abschied von Velvet genommen hätte. Doch seit der Beerdigung schwirrten Gerüchte durch die Stadt, Gerüchte, die Angst verbreiteten, obwohl es ihnen gelungen war, die Einzelheiten über ihren Tod bis jetzt geheim zu halten. Chris konnte nur hoffen, dass auch während der nächsten Tage nichts davon an die Öffentlichkeit drang.

Er ließ Noble draußen zurück, um die Straße zu bewachen. In dem Augenblick, als Chris den Saloon betrat, erstarben alle Gespräche. Gott, wie er das hasste. Es gab ihm das Gefühl, unwillkommen zu sein, obwohl er ohnehin nie viel Zeit hier verbrachte. Er versuchte, nach außen hin gelassen zu wirken, und ging zu dem Tisch, an dem Sean allein saß.

Der Rancher blickte auf. Er ist seit Kellys Tod um zehn Jahre gealtert, dachte Chris unwillkürlich, als er das Gesicht seines Freundes betrachtete.

»Ich habe mich noch gar nicht bei dir bedankt, Chris.«

Fragend sah der Marshal ihn an.

»Dafür, dass du herausgefunden hast, was passiert ist.«

»Das hast du nicht mir, sondern Jake zu verdanken.« Chris erinnerte sich daran, wie unmöglich er sich deshalb Victoria gegenüber benommen hatte, und wünschte sich, er könne Sean verraten, dass Jake und Victoria ein und dieselbe Person waren.

»Falls du ihn mal wiedersiehst, richte ihm meinen Dank aus,« Sean schob ihm mit dem Fuß einen Stuhl hin, und Chris setzte sich. Er registrierte, dass Sean keinen Alkohol vor sich stehen hatte, sondern ein großes Glas Milch.

Der Barkeeper wollte zu ihm herüberkommen, um seine Bestellung aufzunehmen, doch Chris winkte ab. Der Mann runzelte die Stirn, zuckte mit den Schultern und wandte sich dann wieder seinen Pflichten zu. »Bist du noch oft hier?«, wollte er wissen.

»Fast jeden Abend. Das Haus kommt mir viel zu groß und zu leer vor.« Sean blickte in sein Glas, dann trank er es in einem Zug halb leer. Er fragte sich, ob er in seinem Leben jemals wieder glücklich sein würde.

»Willst du Raif immer noch umbringen?«

Sean sah Chris an, Mordlust in seinem Blick. »Ja. Ich werde wohl nie aufhören, mir das zu wünschen. Raifs Dummheit hat meine Frau umgebracht. Das kann ich nicht so einfach vergessen und vergeben.«

»Ich fürchte, du willst es auch gar nicht vergeben«, stellte Chris fest, während er in seiner Tasche nach Tabak und Papier fischte.

Sean zuckte nur mit den Schultern. »Warum bist du hierhergekommen, Chris?«, fragte er unvermittelt. Chris blickte kurz auf. »In all den Jahren habe ich dich immer nur dann hier im Saloon gesehen, wenn du wegen einer Prügelei eingegriffen hast.«

Würde es auch Becket oder sonst jemandem auffallen, wenn das schon für Sean so offensichtlich war? Hatte er jetzt einen verhängnisvollen Fehler begangen? Chris steckte sich die Zigarette zwischen die Lippen und zündete ein Streichholz an.

»Ich brauchte ein wenig Abstand.«

»Von ihr?«

Chris sah Sean scharf an, in dessen grünen Augen zum ersten Mal seit langem wieder ein Lachen funkelte. »Ich habe gehört, dass du auf der Ranch in deinem Tal einen Schatz verborgen hältst.«

Chris atmete den Rauch aus. »Und von wem hast du das gehört?«

Sean zuckte mit den Schultern. »Du beschäftigst eine Menge Arbeiter auf deiner Ranch, und die Leute reden halt viel.«

»Und was reden sie?«

Sean trank noch einen Schluck Milch und wischte sich dann den Mund mit dem Handrücken ab. Es machte ihm Spaß, Chris noch ein bisschen auf die Folter zu spannen. »Ich habe gehört, dass sie groß, hübsch und ziemlich ungezähmt sein soll.« Er grinste, als er sah, wie Chris die Hände zu Fäusten ballte. »Und dass du ganz verrückt nach ihr bist.«

Chris' Augen wurden schmal.

»Und stimmen diese Gerüchte?«

Chris zog an seiner Zigarette, blies ein paar Rauchkringel in die Luft und antwortete erst dann seinem Freund. »Du solltest nicht alles glauben, was du hörst.«

Sean lehnte sich zu ihm herüber und senkte die Stimme. »Ich habe auch von Velvet gehört. Man erzählt sich in der Stadt, dass sie auf dem Weg zum Zug überfallen, ausgeraubt und in dem Glauben, sie sei tot, liegen gelassen wurde.«

»Aber das glaubst du nicht.«

Sean biss die Zähe zusammen. Am liebsten hätte er seinen Freund gepackt und geschüttelt. »Hast du vergessen, dass ich da draußen lebe? Ich mag Kelly noch immer betrauern, aber ich sehe dennoch, dass du versuchst zu verbergen, dass etwas Entsetzliches passiert ist.«

Sean gehörte zu Chris' besten Freunden. Deshalb nickte er nur, wagte es aber dennoch nicht, ihm mehr zu verraten.

Sean lehnte sich wieder zurück. »Sag mir Bescheid, falls du Hilfe brauchst.«

Chris nickte erneut. Seans Neugier wuchs, und er überlegte, wen sein Freund wohl verdächtigen mochte.

Chris ließ seinen Blick durch den Saloon schweifen. Er hielt Ausschau nach Becket und entdeckte ihn in dem Moment, als er aus seinem Büro trat, Hände schüttelte und nach allen Seiten lächelte. Chris sah auf seine Uhr. Genau halb elf, so wie

Victoria es gesagt hatte. Als Becket an dem großen Spiegel vorbeikam, der über der Bar hing, überprüfte er unauffällig sein Aussehen, strich sich die Ärmel glatt und richtete seine Krawatte, bevor er sich dem nächsten Gast zuwandte. Er fing Chris' Blick auf und nickte dem Marshal freundlich zu, wandte seine Aufmerksamkeit aber sofort auf Dee, die plötzlich an seiner Seite auftauchte. Sie berührte ihn nicht, benetzte sich die Lippen mit ihrer Zunge. Becket jedoch warf ihr nur einen mörderischen Blick zu, und sie zog sich hastig an die Bar zurück und zeigte einem jungen Cowboy etwas zu auffällig ihre Gunst. Doch auch während sie den jungen Mann zu verführen versuchte, blickte sie immer wieder zu Becket hin.

Chris drehte sich leicht, blies den Rauch seiner Zigarette aus und behielt den Besitzer des Saloons im Blick. Becket bestellte sich etwas und trank dann, anschließend kam er zum Marshal herüber, wobei er sich auf seinen Stock aus polierter Eiche stützte.

»Marshal?«

Chris sog an seiner Zigarette. »Ich sehe, dass Ihr Geschäft nicht gelitten hat.«

»Sie meinen, wegen Vels Dahinscheiden?«

Dahinscheiden – nicht unbedingt das passende Wort für das, was du ihr angetan hast, dachte Chris und stand auf. »Sie haben jedenfalls keine Zeit vergeudet, ihr Zimmer leer zu räumen.« Jetzt wohnte Dee darin und nahm für sich in Anspruch, die neue »Madame« zu sein.

»Haben Sie vielleicht erwartet, dass ich einen Schrein errichten würde – für eine Hure?« Becket schnaubte, aber in seinen Augen lag ein finsterer Glanz.

»Wenn sie Ihnen nicht mehr bedeutet hat...«

Becket wurde ein wenig blasser, aber sein Gesicht blieb weiterhin ausdruckslos. »Ich habe sie zu schätzen gewusst, aber sie war nur eine Angestellte.«

»Sie haben Sie geschätzt, weil sie am meisten hier verdient

hat, nicht wahr?« Becket nickte zustimmend. »Aber wenn sie Ihnen so viel wert war – warum haben Sie ihr dann keine Begleitung angeboten?«

»Weil sie es nicht wollte.«

»Sie schützen doch sonst immer Ihre Interessen.« Chris Blick glitt zu den Mädchen. »Aber ihr haben Sie keinen Schutz gegeben.« Eine Unterlassung, das war deutlich zwischen Chris' Worten herauszuhören. »Ein perfekter Gentleman hätte darauf bestanden.« Chris bemerkte, wie Beckets Züge schärfer wurden, etwas Raubtierhaftes bekamen. So wie Victoria, wenn sie sich auf Jagd befand. Er hatte also einen wunden Punkt getroffen. Das war schließlich auch seine Absicht.

»Haben Sie jemals versucht, etwas gegen Vels Willen durchzusetzen?«, fragte Becket.

Eine geschickte Antwort.

»Und außerdem trug Vel eine Waffe«, fügte Becket hinzu.

Chris verschränkte die Arme vor der Brust. Er gab seiner Stimme einen nachdenklichen Ton, fast so, als würde er um Rat bitten. »Dann glauben Sie vielleicht, dass sie ihren Mörder verwundet hat?«

Becket zuckte mit den Schultern, zog dann seinen Ärmel zurecht. »Das kann ich nicht beantworten, schließlich war ich nicht dabei.«

Chris bemerkte die Kratzer auf Beckets Handgelenk, inzwischen verheilt und nur noch als schmale Streifen zu erkennen. »Ich aber.«

Becket hielt Chris' Blick stand, in seinen Augen war nicht zu lesen, was er dachte.

»Ich war es, der sie gefunden hat.«

Beckets Hand schloss sich ein wenig fester um den Knauf seines Gehstocks. »Tatsächlich?« Lediglich mildes Interesse schwang in seiner Stimme mit, er war damit beschäftigt, sich in seinem Lokal umzuschauen.

Jetzt erkannte auch Chris, was Victoria ihm so lange versucht hatte begreiflich zu machen – vergeblich, weil er zu stur und überheblich gewesen war. Becket war ein durch und durch böser Mensch. Unter der gefälligen, perfekt erscheinenden Oberfläche verbarg sich berechnender Wahnsinn, der eng an absolute Gefühllosigkeit grenzte. Leg dich doch mal mit mir an, dachte Chris boshaft, statt dir eine unschuldige Mutter als Opfer auszusuchen. Keine Frau, die einfach nur versucht, ihr Kind so gut wie möglich aufzuziehen. Such dir endlich jemanden aus, der sich wehren kann.

»Man muss schon ganz schön verdreht sein, um sich eine wehrlose Frau als Opfer auszusuchen, finden Sie nicht auch?«

Becket sah ihn flüchtig an, schenkte ihm ein nichtssagendes Lächeln. »Es sei denn, sie hätte es verdient.«

»Als Strafe?«

Becket zog eine Augenbraue hoch und betrachtete Chris ein wenig von oben herab.

»Hm«, meinte Chris nur. Er dachte an all das, was Victoria ihm erzählt hatte, und konnte es sich nicht versagen, einen letzten Giftpfeil abzuschießen. »Aber wer wird dabei eigentlich bestraft – das Opfer oder der Mörder?«

Vielleicht war es die Art, wie er den Blick schweifen ließ, ein wenig zu gleichgültig, oder seine Finger, die sich noch fester um den Stock schlossen. Chris wusste es nicht. Aber er fühlte das Böse und die unterdrückte Wut, und plötzlich lief ihm ein Schauder über den Rücken.

Er brauchte Victoria, damit sie ihm weiterhalf.

Es ist Zeit, dachte er, dass ich sie zurück in die Stadt bringe.

Chris ging die Treppe hinauf, leise, um niemanden zu wecken, enttäuscht, dass Victoria nicht auf ihn gewartet hatte und vielleicht jenes Shirt trug, das er so aufregend fand. Er wollte sie unbedingt in diesen winzigen Spitzendingern sehen, die sie Tangas nannte. Verdammt, dachte er, ich will sie einfach nur sehen.

Aber es war schon nach Mitternacht, und obwohl er nach der Begegnung mit Becket immer noch aufgekratzt war, beschloss er, bis zum Morgen zu warten. Er ging in sein Schlafzimmer, legte den Revolvergurt ab und hängte ihn über einen Stuhl. Mondlicht fiel durch das weit geöffnete Fenster herein, erhellte das Zimmer. Chris setzte sich auf einen Stuhl, um sich Stiefel und Socken auszuziehen, dann stand er auf, um seine Kleidung abzulegen und den Geruch des Saloons von sich abzuwaschen. Der Wind frischte auf, bauschte die Vorhänge.

Als er gerade dabei war, sich abzutrocknen, hörte er ein leises Knacken und blickte sich stirnrunzelnd um. Chris zündete eine Lampe an, damit er besser sehen konnte, und dann entdeckte er etwas auf seinem Bett – Victorias Kopfhörer-Set. Daneben lag ein Zettel, auf dem nur zwei Worte standen – *Weck mich.*

Er schlang das Handtuch um seine Hüften, lächelte und nahm den Kopfhörer, dann drückte er den Knopf und setzte sie auf.

Er konnte sie tatsächlich atmen hören. Es war, als hielt er sie in seinen Armen.

»Tori«, flüsterte er.

Er hörte sie leise stöhnen, dann das Rascheln der Laken. »Tori?«

»Hallo.« Er konnte das Lächeln in ihrer Stimme spüren, stellte sich vor, wie sie sich in ihrem Bett streckte und dehnte. War sie nackt? Allein bei dieser Vorstellung schlug sein Herz schneller.

»Wie spät ist es?«

»Nach Mitternacht.«

»War's nett?«

»Nein, ich habe dich vermisst.«

»Wirklich?«

»Ja.« Er ließ sich auf das Bett sinken. »Ich habe mit Becket gesprochen.«

Ein Zögern, dann meinte sie. »Erzähl mir später davon.«

Er zog die Brauen hoch. Das war nicht die Reaktion, die er erwartet hatte. Oder spürte sie vielleicht, dass sich Unheil zusammenbraute?

»Was hast du gemacht, während ich weg war?« Er legte sich hin, kreuzte die Knöchel und verschränkte die Arme hinter dem Kopf.

»Ich habe gebadet. Ich rieche jetzt richtig gut.«

Er schloss die Augen. »Ich kann es mir nur vorstellen.«

»Was machst du gerade?«, wollte sie wissen.

»Ich liege auf meinem Bett.«

»Bist du müde?«

»Nein. Unruhig.«

Wieder konnte er ihr Lächeln spüren.

»Soll ich dir was verraten?«

»Sag's mir.«

»Ich will dich.«

Chris schluckte. »Ist dies wieder ... Telefon-Sex?«

Sie lachte. »So könnte man es nennen, ja.« In ihre Stimme schlich sich ein verführerischer Klang. »Soll ich dir noch etwas verraten?«

»Weißt du eigentlich, dass ich deinen Gedankengängen nicht immer folgen kann?«

»Oh, das wird dir schon noch gelingen!« Ihre Worte kamen einschmeichelnd, kehlig, sexy, füllten seine Gedanken mit leidenschaftlichen Bildern zweier nackter Körper. Victoria beschrieb ihm heiser und in allen Einzelheiten, was sie mit ihm machen wollte, und Chris' Körper reagierte prompt. Er spürte, wie er eine Erektion bekam. Ihn erregte nicht so sehr das, was sie sagte, sondern wie sie es sagte.

»Tori, hör auf!«, sagte er mit einem Stöhnen.

»Gefällt es dir nicht?«

»Ich hätte dich viel lieber hier bei mir.«

»Mach deine Augen auf, Chris.«

Er gehorchte.

Sie stand am Fußende seines Betts, ein weißes Negligé verhüllte ihren Körper. Jetzt zog sie die Kopfhörer ab, schüttelte die Haare aus. Er richtete sich auf, nahm den Kopfhörer ab und legte ihn auf den Boden, dann streckte er die Arme nach Tori aus und zog sie an sich.

Er küsste sie, nahm ihre Lippen mit einer Leidenschaft in Besitz, die sie vollkommen atemlos machte. Sie zog das Handtuch von seinen Hüften, während er versuchte, den Gürtel zu lösen, der ihr Negligé hielt. Er schob den Stoff auseinander, weil er ihre nackte Haut schmecken und fühlen wollte, und Victoria drückte ihn zurück und setzte sich auf seine Hüften.

Haut berührte Haut, ihre Hände waren überall. Chris streifte ihr das Negligé ab, ließ seine Finger über ihren Rücken, ihre Schultern, ihre Arme gleiten.

Sie waren beide voller Ungeduld, Wochen des Wartens fanden jetzt ihren Höhepunkt. Chris flüsterte ihren Namen an ihrem Mund, streichelte ihre vollen Brüste, spürte zarte Spitze unter seinen Fingern.

Victoria stöhnte leise auf, ihre Brustwarzen wurden fest und richteten sich auf. Chris ließ seine Lippen dem Weg seiner Hände folgen, hauchte aufregende Küsse auf ihre nackte Haut.

Hitze schoss durch ihren Körper, als sie durch den zarten Stoff des BHs spürte, wie sich seine Lippen um eine der Brustspitzen schlossen, und unwillkürlich verstärkte sie den Druck ihrer Schenkel.

Chris' Finger fuhren am Rand der Spitze entlang, streichelten ihren Busen, dann hakte er den Verschluss auf und schob den BH beiseite. Als er erneut mit seiner Zunge ihre Brustspitze liebkoste, stöhnte Victoria auf und warf den Kopf zurück. Er nahm sie fest zwischen seine Lippen, ließ seine Zunge ein verführerisches Spiel spielen, während er mit der Hand ihre andere Brust streichelte.

Victoria empfand nichts als wilde, ungezügelte Lust, nahm nichts anderes mehr wahr als den Mann, der ihr so viel Genuss bereitete. Ihre Finger vergruben sich in seinem Haar, strichen über seine Wangen, seine Schultern und seine Arme. Und während er sich weiter mit seinem Mund ihrer Brust widmete, glitten seine Hände zu ihrem Po, spürten den schmalen Streifen Stoff. Er presste Victoria an sich, ließ sie ganz deutlich spüren, wie sehr er sie begehrte, ließ sie wissen, wie wild und leidenschaftlich es sein würde, wenn er endlich in sie eindrang.

Sie öffnete sich ihm, bog sich ihm entgegen, während ihr Mund seinen verführte, und als er aufstöhnte, schloss sie ihre schlanken Finger um sein Glied.

»O Gott, Tori«, stieß er atemlos hervor, dann rollte er sie auf den Rücken und schob sich zwischen ihre gespreizten Schenkel. Sie spürte ihn an ihrem Körper, hart und fest, wünschte sich nichts mehr, als ihn endlich in sich aufzunehmen, ihn in sich zu fühlen. Aber Chris wollte sie noch mehr erregen, wollte, dass sie ihre Sehnsucht nach ihm herausschrie. Er beugte sich vor, bedeckte ihre Brüste mit Küssen, zog mit seinen Lippen und seiner Zunge eine feurige Spur zu ihrem Nabel und tiefer. Dann richtete er sich einen Moment lang wieder auf, ließ seine Finger unter das schmale Stoffdreieck wandern, und sein Blick verriet ihr, wie aufregend er dieses winzige Kleidungsstück fand. Seine Lippen berührten erneut ihren Körper, wanderten von ihrer Hüfte nach innen, während er sie streichelte und ihr dabei den Slip über die Beine schob. Sein Mund berührte ihre bloße Haut, seine Zunge liebkoste sie.

Victoria schrie auf, als sie seine Lippen zwischen ihren Beinen spürte. Einen Augenblick lang hielt er inne, spreizte ihre

Schenkel noch weiter, dann ließ er seine Zunge wieder ihr aufregendes Spiel beginnen.

Victoria ballte die Hände zu Fäusten, glaubte, es keine Sekunde länger ertragen zu können. Sie flehte Chris an, endlich in sie einzudringen, aber er unterwarf sie weiter dieser süßen Qual. Erst als er spürte, wie sie sich dem Höhepunkt näherte, drang er in sie ein, tief und fest, füllte sie aus.

Sie klammerte sich an seine Schultern, bog sich ihm entgegen, und während er sich in ihr bewegte, schlang sie die Beine um seine Taille und drückte ihn an sich, damit sie ihn noch besser spüren konnte. Sie streichelte seine Brust, flüsterte ihm zu, wie sehr ihr das gefiel, und ihre heisere, atemlose Stimme erregte ihn noch mehr. Sein Rhythmus wurde wilder, schneller, und mit einem Kuss fing er ihren Seufzer ein. Sie wussten beide, dass sie ein Band schufen, das niemals mehr zerreißen konnte.

Und Tori wünschte sich, diese Nacht würde niemals enden, sie könnte für immer so bei ihm bleiben. Ein Zittern lief durch ihren Körper, und sie erlebte einen Höhepunkt, wie sie ihn noch nie in ihrem Leben empfunden hatte. Und im gleichen Moment fand auch Chris seine Erlösung.

Schwer atmend hielten sie einander fest. »Mein Gott, Tori das war – «

»Ich weiß«, unterbrach sie ihn und strich ihm das feuchte dunkle Haar aus der Stirn, unendliche Zärtlichkeit in ihrer Berührung.

Sie liebte diesen Mann von ganzem Herzen.

Sie wollte es ihm sagen – aber sie wusste, dass diese Liebe sie zerstören würde. Stattdessen legte sie all ihre Gefühle in ihren Kuss, und Chris spürte, was sie damit ausdrücken wollte.

Auch er war sich schmerzhaft der Tatsache bewusst, dass ihre Gefühle allein ihnen keine Sicherheit boten, dass ihre Zukunft mehr als ungewiss war. Vielleicht hielt er Victoria gerade deshalb besonders fest an sich gedrückt.

Bleib bei mir, meine Liebe, mein Leben, dachte er. Niemand wird dich jemals mehr lieben, als ich es tue.

Nicht in diesem Jahrhundert, und nicht in deinem.

# 30

»Ich sollte allmählich in mein Zimmer zurückkehren«, flüsterte Victoria an seinem Hals.

»Nein!« Das klang entschlossen.

Er wollte nicht, dass sie ihn verließ, nicht so bald, nachdem sie einander geliebt hatten. Es erschien ihm so selbstverständlich, dass diese Frau neben ihm lag, ein Bein über seinen Beinen, ihr Kopf an seiner Schulter.

»Du bist durch die Balkontür gekommen, nicht wahr?«

Ihre Augen öffneten sich, lächelnd sah sie ihn an. »Ganz schön clever, was?«

Chris erwiderte ihr Lächeln. »Ich bin froh, dass du diesen Slip angezogen hattest – er ist wirklich nur für einen bestimmten Zweck erfunden worden.« Er spürte ihren Busen an seiner Brust, und als er begann, erneut eine der Brustspitzen zu streicheln, flackerte Sehnsucht in ihren Augen auf.

»Hast du etwas Bestimmtes vor, Marshal?«

»Ja.«

»Mir scheint, du bist unersättlich.«

»Nur, wenn es um dich geht.« Er ließ die andere Hand über ihren Rücken gleiten, schob das Laken weg, und streichelte ihren festen Po. Dann senkte er den Kopf und nahm ihre Brustwarze zwischen seine Lippen, ließ die Zunge um die harte Spitze kreisen. »Ich hätte niemals geglaubt, dass es so schön sein würde«, sagte er schließlich.

»Ich auch nicht. Du hast einen so wunderbaren Körper, Chris.« Sie betrachtete ihn voller Bewunderung, berührte und erregte ihn damit von neuem. Sie ahnte nicht, wie exotisch sie wirkte mit ihrem schlanken, muskelgestählten Körper, der überall von der Sonne goldbraun getönt war, nur nicht an ihren Brüsten und dem schmalen Streifen um ihre Hüften. Ihr Haar war zerzaust, ihre Haut erhitzt.

Sie setzte sich auf, um die Decke wieder über sie beide zu ziehen, doch Chris hielt sie an der Taille fest.

»Aber mir ist kalt!«

»Ich werde dich wärmen«, antwortete er heiser, und sie lächelte, als er sich kniete und sie an sich zog, ihr Rücken an seiner Brust, ihr Po an seinem Schoß. Chris ließ seine Hände über ihre Schenkel wandern, zu ihrem Bauch und dann zu ihrem Busen. Er umfasste ihre Brüste, liebkoste deren Spitzen. Ihr Kopf sank auf seine Schulter zurück, sie legte eine Hand auf seine Wange. Sie drehte sich leicht, zog seinen Kopf zu sich herab, und sie versanken in einem süßen, aufregenden Kuss. Er liebkoste immer noch ihre Brüste, und sie schmiegte ihren Po aufreizend an seinen Körper, bewegte sich auf und ab, und prompt wurde er wieder hart.

»Tori, nicht!«, sagte er, als ihre Hand zwischen ihre Körper glitt.

»Warum?«, fragte sie, ohne mit ihren aufreizenden Berührungen aufzuhören.

Er konnte ihr Lächeln an seinen Lippen spüren.

»Weil es mich in den Wahnsinn treibt, wenn du mich so anpackst.«

»Schön.«

»Tori!«

»Ich kann nichts dafür, Chris. Ich liebe es, dich zu berühren, zu spüren, wie ich dich errege.«

Lust erfüllte seinen Körper, als sie mit ihren Liebkosungen fortfuhr, Lust, die er auch schenken wollte. Seine Finger glitten zwischen ihre Schenkel, fanden die Stelle, die besonders empfindsam war, und Victoria stöhnte auf.

»Warte«, flüsterte sie und drehte sich zu ihm um. Er war

zwischen ihren Schenkeln gefangen, und sie hob und senkte ihren Körper, bis er glaubte, er könne es nicht mehr ertragen.

Victoria bog sich zurück, hielt sich am Bett fest, und Chris drang in sie ein, hart und fest.

Plötzlich schloss sie die Schenkel fest um ihn.

Chris hielt mitten in der Bewegung inne, es war unglaublich, was er empfand. Dann gab sie ihn wieder frei, schob ihn zurück, sodass sie auf ihm sitzen konnte, glitt an ihm auf und ab, schneller und immer schneller. Er hielt sie an den Hüften fest, als sie gemeinsam den Höhepunkt erreichten. Es dauerte eine kleine Ewigkeit, bis sich das wilde Schlagen seines Herzens wieder beruhigt hatte.

»Du bringst mich um, Victoria«, sagte er.

Sie sah ihn an. »Wart's ab – ich habe noch gar nicht richtig damit angefangen.«

Chris lächelte sie verführerisch an. »Wir werden ja sehen, wer wen um Barmherzigkeit anfleht!«

Sie tätschelte seine Wange. »Ja, darauf bin ich auch schon gespannt!«

Als er erwachte, war er allein – und das gefiel ihm kein bisschen, machte ihm fast sogar ein wenig Angst. Schnell zündete er eine Lampe an, zog seine Hose, aber keine Stiefel an. Ihr Morgenmantel fehlte, aber der winzige Tanga hing noch da, wo er im wilden Spiel der Nacht gelandet war. Chris lächelte. Diese Nacht hatte nicht nur eine Verbindung zwischen ihren Körpern geschaffen, sondern auch zwischen ihren Seelen, und er wusste, wo er Victoria finden würde.

Sie war in der Scheune – und plötzlich wurde Chris von wilder Panik erfasst. Er eilte nach draußen, doch als er sie entdeckte, blieb er abrupt stehen. Ihr Anblick nahm ihm den Atem. Sie hatte den Gürtel des Morgenmantels lose um ihre Taille gebunden. Die Laterne hatte sie an einen Nagel gehängt, und im Lichtschein konnte er durch den dünnen Stoff die Umrisse ihres Körpers erkennen. Sie stand vor Caesars Box, in einer Hand eine Flasche Bier, in der anderen einen Apfel.

»Okay, such dir was aus«, sagte sie zu dem großen schwarzen Hengst. »Aber überleg's dir gut, denn es war nicht gerade einfach, an diese Flasche Bier zu kommen.«

Caesar stupste mit seinem Kopf gegen die Flasche, und Tori biss in den Apfel, während das Tier die Flasche zwischen die Lippen nahm, den Kopf zurückwarf und trank.

»Langsam!«, warnte sie und packte die Flasche, bevor Caesar sie wegschleudern konnte. Der Hengst rülpste, und sie verdrehte die Augen. »Altes Ferkel!«

Victoria drehte sich um, als sie Chris lachen hörte. »Hallo!«

Caesar versetzte ihr einen Schubs in den Rücken, und sie stolperte auf Chris zu. »Kümmere dich gefälligst um deine eigenen Angelegenheit«, sagte sie über die Schulter hinweg zu dem Tier, dann wandte sie sich wieder Chris zu. Er wirkte verdammt sexy, wie er da stand, an den Türrahmen gelehnt, die Arme vor der nackten Brust verschränkt.

Sie stellte die Flasche auf dem Boden ab. »Möchtest du ein bisschen Vergnügen hier im Heu, Marshal«, fragte sie ganz direkt.

Er lächelte. Wenn sie etwas will, dann macht sie niemals einen Umweg, dachte er, als sie näher kam. Wieso wurde er das Gefühl nicht los, dass sie ihn wie eine Raubkatze einkreiste und er die Beute war? Als sie in Reichweite war, streckte er die Arme nach ihr aus und zog sie an sich, biss dabei ein Stück aus ihrem Apfel.

Die Art, wie er sich an sie drückte, war unmissverständlich. Dabei hatten sie sich in dieser Nacht immer weder geliebt, hatten einfach nicht genug voneinander bekommen können.

Er biss erneut in ihren Apfel. »Ich stehe kurz vorm Verhungern«, sagte er.

»Woran mag das nur liegen?«

»Weil du, Victoria, so unersättlich bist!«

Das war auch für Victoria selbst eine ganz neue Erfahrung. Bisher hatte sie Sex nie besonders aufregend gefunden, und die Schuld dafür hatte sie stets bei sich selbst gesucht. Nach Trishas Tod hatte sie zusätzlich alle Gefühle abgeblockt – aber Chris hatte ihr das Leben wiedergeschenkt. Niemand weckte solche Gefühle in ihr wie dieser Mann. Sie brauchte ihn nur anzuschauen und zu sehen, wie er sie anblickte, um alle Hemmungen zu vergessen und sich ihm ganz und gar hinzugeben.

Jetzt schmiegte sie sich an ihn, ließ sich ganz in seine Umarmung sinken. Sie gab ihm den Apfel und begann, seine Brust zu streicheln, dann senkte sie den Kopf und liebkoste ihn mit ihren Lippen. Sein Griff wurde fester, und er schloss die Augen, als ihre Zunge ihn berührte.

»Ich liebe die Farbe deiner Haut«, flüsterte sie. »Ein heller Bronzeton. Und sie ist so weich.« Sie umkreiste seine Brustwarze mit ihrer Zunge und hörte, wie er scharf den Atem einzog. »Und ganz besonders faszinierend finde ich«, fügte sie hinzu, während sie begann, seinen Gürtel zu öffnen, »dass deine Haut überall diese Farbe zeigt.«

Chris ließ den Apfel fallen. Er rollte zu Caesar, der den Kopf senkte und ihn fraß. Chris registrierte es nicht, seine ganze Aufmerksamkeit galt Victoria – und dem, was sie mit ihm tat.

Er nahm ihr Gesicht zwischen seine Hände. »Himmel, Victoria, was machst du nur mit mir?«

»Dich verführen«, erwiderte sie. »Falls du das noch nicht gemerkt hast.«

»Hier?«

»Ja. Ist doch mal was anderes, oder?« Sie zog ihn zu einer Box, die mit frischem, duftenden Heu gefüllt war. Sie wirkte, als könnte sie es kaum erwarten – als hätten sie sich nicht in dieser Nacht immer und immer wieder geliebt.

Victoria hatte endlich den letzten Knopf seiner Hose geöffnet und streifte sie ihm über die Hüften. Als er nackt vor ihr stand, schloss sie die Hand um sein Glied, doch Chris löste sanft ihre Finger und zog sie mit sich auf den Boden. Er kniete sich vor sie, öffnete den Gürtel und schob ihr Negligé auseinander. Chris betrachtete ihren schönen, verführerischen Körper, dann spreizte er ihr sanft die Schenkel und sah sie eine ganze Weile einfach nur an. Allein dass er sie so anschaute, erregte sie unendlich. Sie streckte die Arme nach ihm aus und bot ihm ihre Lippen zu einem Kuss. Seine Hand glitt zu ihren Brüsten, sein Mund nahm den gleichen Weg, wanderte nach einem kurzen Zwischenspiel tiefer, und Victoria stöhnte auf, als er sie zwischen den Beinen küsste. Seine Zunge reizte und verlockte, berührte sie aber niemals da, wo sie sich am meisten nach ihm sehnte. Sie verging fast vor Lust, bog sich ihm entgegen. Als sie glaubte, sie könne es nicht mehr aushalten, kehrten seine Lippen zu ihrem Mund zurück, und sie küsste ihn voll wilder Leidenschaft und Verlangen. Doch nun liebkoste er sie mit der Hand, ein Finger glitt in sie, liebkoste sie, bis sie spürte, wie die Erregung wie eine Welle über sie hinwegzuschwappen drohte.

»Christopher, jetzt!«, flehte sie, und endlich, endlich drang er in sie ein, füllte sie aus. Er hörte nicht auf, auch als ihr Höhepunkt abflachte, und bewegte sich weiter in ihr, baute von neuem überwältigendes Begehren in ihr auf. Und dann erreichten sie gemeinsam den Höhepunkt.

Sie hielten sich fest, wollten sich nicht loslassen. »Tori, ich lie–« begann er, doch sie verschloss ihm mit einem Finger den Mund. Sie wollte nicht, dass er es aussprach, auch wenn sie sich unendlich danach sehnte, diese Worte von ihm zu hören.

Chris unterdrückte einen tiefen Seufzer. Er liebte diese

Frau mehr als sein Leben – wenn sie doch nur bereit wäre, seine Liebe auch anzunehmen!

Abigale stellte das Geschirr unnötig heftig auf ein Tablett. Victoria blickte von dem Buch auf, das sie in der Hand hielt, ohne jedoch wirklich darin gelesen zu haben, und warf Chris einen vielsagenden Blick zu.

Chris, der am Schreibtisch saß, lehnte sich in seinem Stuhl zurück. »Ist etwas, Abigale?«, fragte er. »Du siehst aus, als wäre dir eine Laus über die Leber gelaufen.«

Warnend schaute Victoria ihn an, und die Haushälterin bedachte ihn mit einem mörderischen Blick.

Chris rutschte ein bisschen tiefer. »Möchtest du darüber reden, Abby?«

»Nein!« Sie knallte den nächsten Teller auf das Tablett, und während sie nach draußen marschierte, murmelte sie vor sich hin: »Da zieht man einen Jungen auf, denkt, man hätte einen ehrbaren Mann aus ihm gemacht, und dann ...« Ihre Stimme verklang.

»Sie weiß Bescheid«, sagte Victoria.

Chris zuckte mit den Schultern. »Wir beide sind erwachsen, Tori. Was wir zu tun beschließen, ist ganz allein unsere Angelegenheit.«

»Ach komm, Chris, sie ist wie eine Mutter für dich. Ich möchte nicht, dass sie dich behandelt, als hättest du eine naive, hilflose Jungfrau verführt. Vor allem, wenn ich *dich* verführt habe!«

»Hast du das getan?«, fragte er und schloss sein Rechnungsbuch.

Ein zärtliches Lächeln spielte um ihre Lippen. »Ja. Und wer hat heute Nacht um Gnade gefleht?«

»Ich«, antwortete er ohne zu zögern. Er erhob sich, kam zu ihr und gab ihr einen Kuss. Doch dann stand Victoria auf.

»Ich werde jetzt mit Abigale reden.«

Er nahm ihre Hand. »Glaubst du wirklich, dass das nötig ist?«

»Ja«, sagte sie fest. »Weil ich nicht möchte, dass sie dir für etwas die Schuld zuschiebt, was wir beide wollten. Keine Bange«, fuhr sie fort, als er etwas einwenden wollte, »ich kenne die moralischen Grundsätze dieses Jahrhunderts.« Liebevoll strich sie ihm das Haar aus der Stirn. »Vertrau mir. Wir regeln diese Sache unter uns Frauen.«

Es rührte ihn, dass sie darauf beharrte, sich für ihn einzusetzen – denn er musste eins zugeben: Wenn Abby wollte, dann konnte sie ihm das Leben ganz schön schwer machen. »Ich gebe dir fünf Minuten«, meinte er. »Dann lasse ich die Kutsche vorfahren.«

Verblüfft schaute sie ihn an.

»Wir fahren in die Stadt.«

Sie zog eine Braue hoch. »Und dabei hat es gerade angefangen, mir richtig Spaß zumachen, deine Gefangene zu sein!«

Er grinste, und in seinen dunklen Augen lag ein Versprechen. »Wir werden nicht lange bleiben.«

»Aber wir werden ihn sehen.« Es war ihr gelungen, jeden Gedanken an ihn in den letzten Stunden vollkommen auszublenden, doch nun holte die harte Wirklichkeit sie wieder ein, zerrte sie aus dem behaglichen Kokon aus Liebe und sinnlichem Vergnügen, in den sie sich eingesponnen hatte.

»Ich habe ihn vergangene Nacht provoziert!«

»Bist du wahnsinnig geworden?«, brauste sie auf. »Diesen Mann fordert man nicht einfach so heraus. Himmel, er hätte dir auflauern und dich umbringen können, ohne dass du ihn bemerkt hättest!«

Er packte sie und zog sie an sich heran, verschloss ihr den Mund mit einem Kuss. Dann, als sie ihn weiter ausfragen wollte, schob er sie zur Tür. »Du kannst mir auch nachher noch die Ohren lang ziehen!«

Sie wirbelte herum, stieß ihm den Zeigefinger in die Brust. Sie ist hinreißend, selbst wenn sie wütend ist, dachte er. »Wage es ja nicht noch einmal, so etwas hinter meinem Rücken zu machen, Swift! Und glaub mir, ich werde mich bestimmt nicht damit zufrieden geben, dir nur die Ohren lang zu ziehen.«

Sie marschierte in die Küche, vorbei an Batista, der Christopher anschaute, dann dessen Lady. Chris grinste. Diese Frau hat wahrhaftig Feuer – und das nicht nur im Bett!, dachte er.

Es gelang Victoria schnell, Abigale wieder friedlich zu stimmen, vor allem, nachdem sie ihr erzählt hatte, dass sie verwitwet war und sogar ein Kind gehabt hatte. Das Einzige, worüber sich die Haushälterin jetzt noch Sorgen machte, war, dass Victoria schwanger werden könnte. Unnötige Sorgen, doch sie konnte Abigale schlecht erzählen, dass sie geschützt war.

Dennoch verspürte Victoria plötzlich einen Knoten in der Brust. Wie es wohl wäre, noch einmal ein Kind zu haben – ein Kind von Chris ... es war ein Wunsch, dessen Erfüllung sie tatsächlich in Betracht ziehen würde, wenn sie länger hier bliebe – was aber nicht der Fall war ... Sie wusste es, und es schmerzte trotzdem, dass sie ihn und all das hier verlassen musste.

Victoria atmete tief durch, als sie draußen auf der Veranda stand, und schob diese leidvollen Gedanken entschlossen in den hintersten Winkel ihres Kopfes – darin war sie geübt. Und dennoch versetzte es ihr einen Stich, als Lucky ihr zurief. Sie winkte dem Jungen, der auf einem Pony saß und sich zusammen mit Garrett auf den Weg machte, um Tiere, die sich von der Herde abgesondert hatten, wieder zurückzuholen. Victoria hätte nicht gedacht, dass der ehemalige Revolverheld so gut mit Kindern umgehen konnte, vor allem nicht mit Lucky. Doch in dieser Beziehung war er genauso wie Chris.

»Du siehst wunderschön aus«, flüsterte ihr Chris in diesem Moment ins Ohr.

»Danke.« Sie glättete den Rock ihres schokoladenbraunen Kleides. »Aber deine Schmeicheleien werden dir auch nicht viel nützen, Tonto.«

»Wobei?«, fragte er unschuldig, gab Batista ein Zeichen, und dann rollte ein prächtiger schwarzer Landauer vors Haus.

»Tu nicht so, als ob du es nicht wüsstest!«

Chris seufzte. Na gut, dann würde er ihre Schelte eben über sich ergehen lassen. »Steig ein«, forderte er sie auf. »Wir haben eine Menge Zeit. Mit dem Wagen dauert es länger in die Stadt als mit dem Pferd.«

»Ich würde lieber reiten.«

»Ich weiß.« Er half ihr in den Landauer. »Aber ich möchte mit dir angeben.«

Sie sah ihn mit zusammengezogenen Augenbrauen an. »Ich bin kein Preis, den man herumzeigt.«

»Doch«, sagte er, setzte sich neben sie und nahm die Zügel. »Du bist die Entdeckung des Jahrhunderts!«

Victoria musste lachen. Und als Chris losfuhr, sagte sie: »Erwarte nicht zu viel von mir. Und ich schwöre dir, solltest du mich mit irgendwelchen geschwätzigen Ladys, die nicht mehr als ein Spatzenhirn haben, allein lassen, dann breche ich dir alle Rippen.«

»Um Ähnliches zu vermeiden, habe ich Jenna und Reid gebeten, mit uns zusammen zu Mittag zu essen.«

»Die Ärztin?«

»Sie wird dir gefallen. Sie kann genauso gemein und stur wie du sein, wenn sie wütend ist. Frag Reid.«

»Ich bin nicht gemein, und sie wird mir gefallen. Aber du brauchst gar nicht erst zu versuchen, vom Thema abzulenken, Marshal!« Sie rückte näher zu ihm, legte einen Arm über die Rücklehne und spielte mit dem Band, das ihr Täschchen zusammenhielt. »Was hast du zu Becket gesagt? Und lass kein Wort davon aus, ja?«

Chris sah sie von der Seite her an. Das Kleid schmeichelte ihren Farben, ihre Haare waren zu einem weichen Knoten zusammengesteckt. Kleine goldene Ohrringe schmückten ihre Ohrläppchen, an denen er jetzt zu gern geknabbert hätte. Sie trug wieder die silberne Kette seiner Großmutter und wirkte ganz wie eine Lady, aber er wusste, dass sie mehr als wütend war.

»Also gut«, meinte er, und sie grinste. »Kannst du dich noch an das erinnern, was du mir über seine Opfer erzählt hast...«

Die Leute blieben stehen und schauten ihnen hinterher, einige kamen sogar neugierig aus ihren Häusern. Victoria war von einer ungewohnten Scheu gepackt und blickte Chris Hilfe suchend an. Er lächelte sie strahlend an, und sie lächelte zurück. Dann half er ihr, ganz Gentleman, aus dem Landauer. Doch als er sie in sein Büro führte, ließ er die Hand ein wenig länger als schicklich auf ihrer Taille liegen.

Noble hatte die Füße auf den Schreibtisch gelegt und las die Zeitung, doch als Victoria eintrat, schaute er auf und nahm schnell die Füße herunter.

»Hallo, Noble.«

Forschend sah er sie an, musterte sie von Kopf bis Fuß.

»Sind Sie das – Clara? Ich meine, Miss Mason?«

»Ziemlich fein herausgeputzt für einen Kopfgeldjäger, was?«

»Ich will verdammt sein!« Sein Blick glitt zu Chris. »Du hattest Recht«, sagt er. »Sie ist wirklich eine wilde Schönheit!«

Zum ersten Mal seit sehr, sehr langer Zeit wurde Victoria rot. »Vielen Dank, Sir«, erwiderte sie artig. Sie hatte auf der Fahrt hierher beschlossen, sich in Sprache und Benehmen diesem Jahrhundert anzupassen, um Chris nicht in Verlegenheit zubringen. Und das bedeutet wohl auch, dass ich keine

Schimpfwörter benutzen darf, dachte sie, als sie auf Noble zuging und ihm die Hand reichte. »Danke, dass Sie so nett zu mir waren, Noble.« Sie hauchte ihm einen Kuss auf die raue Wange. Er würde wahrscheinlich nie erfahren, wie viel ihr das bedeutet hatte.

Und plötzlich drängten sich die Deputys an der Tür, stießen sich gegenseitig mit den Ellbogen weg, weil jeder als Erster hereinkommen wollte.

»Wie Kater, die alle hinter einer Katze her sind«, murmelte Noble, und Victoria lachte. Nun wurde Noble rot. Chris begann, sie seinen Leuten vorzustellen.

»Jetzt weiß ich auch, warum wir den Boss nur noch so selten gesehen haben«, meinte ein stämmiger kleiner Mann.

»Woher kommen Sie, Madam?«

»Aus Denver.«

Seth schaute sie nachdenklich an. »Irgendwie habe ich das Gefühl, wir hätten uns bereits getroffen«, sagte er.

»Das könnte sein.«

Noble lachte leise, und Victoria trat einen Schritt zurück. Genau auf seine Zehen. Was ihn wirkungsvoll zum Schweigen brachte.

»Sind Sie Lehrerin?«

»Nein«, antwortete Chris an ihrer Stelle, und sie sah ihn besorgt an. »Sie arbeitet als Kopfgeldjäger.«

Das verschlug den Männern erst mal die Sprache. Schweigend starrten sie Victoria an, dann schauten sie zu Chris hin. Er lächelte, nickte und verschränkte die Arme vor der Brust.

»Und sie ist verdammt gut.«

Victoria spürte, wie sich Wärme in ihr ausbreitete. »Dieser Meinung warst du nicht immer.«

»Aber du hast sie mir im wahrsten Sinne des Wortes eingebläut.«

Manch einem der Männer blieb erst mal der Mund offen stehen, doch dann redeten alle auf einmal los und überschütteten Victoria mit Fragen. Sie antwortete, so gut sie konnte, und suchte immer wieder Chris' Blick. Er schämte sich nicht für ihren Job – und das rührte sie dermaßen, dass sie am liebsten geweint hätte.

»Verdammt, Madam – Entschuldigung. Ich meine, ich würde jedes Verbrechen begehen, wenn Sie mich dann jagen würden!«

»Vorsicht, Charlie, lass dich nicht von ihrem Aussehen täuschen.« Er sah das Gleiche wie sie – eine große, schöne Frau, die eine ganz besondere Ausstrahlung hatte –, aber er kannte auch ihre anderen Seiten. Er wusste, wie hart sie sein konnte, aber auch so sanft wie ein kleines Kätzchen, wenn sie wollte. Sie war eine Lady – seine Lady. Und Chris, der allmählich genug davon hatte, wie seine Männer sie umschwärmten, befahl ihnen, an ihre Posten zurückzukehren. Widerstrebend gehorchten sie, tippten grüßend an den Hut, als sie gingen, und zeigten Victoria den gleichen Respekt, wie sie ihn auch Jenna an jenem Tag gezeigt hatten.

Victoria sah Chris an, dann warf sie sich in seine Arme und küsste ihn voller Leidenschaft. Noble räusperte sich, aber Chris gab sie nicht frei, akzeptierte ihren Kuss als das, was er war: ihr Dankeschön an ihn.

»Jetzt hört endlich auf, ihr zwei!«

Sie lösten sich voneinander, lächelten sich an.

»Ihr beide solltet so schnell wie möglich heiraten!«

Victoria wurde mit einem Schlag in die harte Wirklichkeit zurückgeholt. Ihr Lächeln verblasste.

Chris' nicht. »Ich denke, das werden wir auch tun.«

»Das ist unmöglich!« Kummer, den sie nicht verbergen konnte, schwang in ihrer Stimme mit. »Und du weißt auch genau, wieso.«

Seine Augen verdunkelten sich, und er schaute sie an, als wollte er bis ins Innerste ihrer Seele blicken. »Aber wenn es ginge, würdest du mich dann heiraten?«

Victoria blickte ihn forschend an und stellte dann völlig verblüfft fest. »Du meinst es ja tatsächlich ernst!«

Er nickte. Noble zog sich diskret in den hinteren Raum zurück.

»Aber – «

»Vergiss alles andere und antworte mir einfach, Tori!«

Hör nur dieses eine Mal auf dein Herz, schienen seine Augen zu sagen, und Tori kam dieser Moment wie eine Ewigkeit vor.

»Ja«, sagte sie schließlich ganz atemlos. »Wenn es irgendwie möglich wäre, dann würde ich dich auf der Stelle heiraten!«

Chris strahlte.

»Aber es wird niemals möglich sein.«

Er beute sich zu ihr und flüsterte ihr ins Ohr: »Ich wette, das hast du vorher von einer Reise durch die Zeit auch geglaubt!«

# 31

Victoria wurde ein gewisses Gefühl der Unwirklichkeit auch während des Essens mit Jenna und Reid nicht los. Sie überlegte, warum er ihr diese Frage gestellt hatte, wenn er doch genau wusste, dass es nicht möglich war. Machte es ihm Spaß? Sie wollte ihn nicht verletzen oder verletzt werden, aber das war reines Wunschdenken. Sie bedeuteten einander bereits zu viel, als dass ihnen Kummer erspart bleiben würde. Als ob er ihre Angst spüren würde, legte Chris beruhigend seine Hand auf ihre, und augenblicklich fühlte Victoria sich besser.

Sie schaute zu ihm hin. Chris wirkte ganz entspannt. Manchmal bringt er mich wirklich dazu, dass ich vergesse, dass ich nicht in seiner Zeit zu Hause bin.

Reid machte eine Bemerkung auf Cheyenne, und Chris sah kurz zu Victoria hin.

»Was hat er gesagt?«, wollte sie wissen.

»Eine typische Männer-Bemerkung«, meinte Jenna und versetzte Reid einen Stoß, dass er zusammenzuckte.

»Tut mir Leid«, entschuldigte er sich prompt.

»Er hat gefragt, warum wir ihn und Jenna zum Essen eingeladen haben, wenn ich doch nur dich mit den Augen verschlinge«, erklärte Chris.

Victoria schaute Reid scharf an. »Wie bitte?«

Doch Reid blieb unbeeindruckt, er kannte diesen Blick zur Genüge von seiner Frau. »Himmel, dieser Mann hat nichts von dem mitbekommen, was ich in der letzten halben Stunde gesagt habe«, beschwerte er sich. Er zuckte mit den Schultern, und Jenna murmelte vor sich hin, dass es sie auch nicht unbedingt vom Stuhl reißen würde, wenn er von nichts anderem als einem so faszinierenden Thema wie der Pferdezucht redete. »Und außerdem hat er nicht genau übersetzt«, fuhr Reid fort. »Ich habe gesagt, dass er Ihre Schönheit in sich hineintrinken würde.«

Victoria verschluckte sich. »Jenna, verschreiben Sie Ihrem Mann eine Brille!«

»Aber Sie *sind* schön!«, sagte Jenna überrascht. Wusste Victoria das wirklich nicht? »Und Sie sind eine erfrischende Abwechslung von all den anderen Frauen hier, die schon einen Nervenzusammenbruch bekommen, wenn eine Ärztin, eine *Frau,* ihre Männer und Söhne untersucht. Wahrscheinlich würden sie aus ihren Hosen springen, wenn sie herausfinden, dass eine Frau als Kopfgeldjäger arbeitet!«

»Das würde ich gar zu gerne sehen«, meinte Victoria, und die beiden Frauen lächelten sich an.

Chris sah Reid an, dann Victoria und Jenna. »Irgendwie werde ich das Gefühl nicht los, dass ihr zwei etwas ausheckt, euer eigenes Süppchen kocht.«

»Ich kann nicht kochen«, erwiderten die beiden Frauen wie aus einem Mund und mussten dann lachen.

Victoria blickte Chris an, dann wandte sie sich Reid zu. »Eins möchte ich aber gern noch wissen«, begann sie. »Warum tragen Sie einen Zopf, der Ihnen bis auf den Rücken fällt, und warum könnt ihr beide Cheyenne sprechen?«

Jenna tupfte sich den Mund mit der Serviette ab und schob ihren Teller fort, dann blickte sie ihren Mann an. »Ich wurde von einem hinreißend aussehenden Cheyenne-Krieger vor dem sicheren Tod gerettet.«

Ein alter Schmerz verdunkelte Reids Augen. »Du wärst damals wirklich fast gestorben, mein Engel«, sagte er sanft.

Sie legte liebevoll ihre Hand auf seine, richtete ihre Aufmerksamkeit dann aber wieder auf Victoria. »Ich war eine eigensinnige, uneinsichtige Närrin und habe mich selbst in eine heikle Situation gebracht. Doch das ist eine lange Geschichte, die ich Ihnen erzählen werde, wenn wir beide einmal allein sind.«

Sie wollte es jetzt nicht erzählen, weil die Erinnerung ihrem Mann Kummer bereitete, begriff Victoria.

»Ich wurde in ein Lager der Cheyenne gebracht und gesund gepflegt. Dort lernte ich Chris und Reid kennen.«

»Sie?«, fragte Victoria erstaunt.

»Er war der Adoptivsohn von Chris' Vater«, erklärte Jenna.

»Der stärkere Sohn«, warf Reid ein.

»Riesen sind immer stärker«, meinte Chris, und Victoria erkannte plötzlich, wie groß die Zuneigung zwischen den beiden Männern war.

Reid drückte seine Frau an sich und zog dann seinen Zopf nach vorn. »Dies hier ist eine Erinnerung an mein Erbe und an einen Mann, der mir Hoffnung und ein Zuhause gab, als ich weder das eine noch das andere hatte.« Er und Chris blickten sich an, voller Erinnerungen an ihre gemeinsame Kindheit.

Es tröstete Victoria, dass er so gute Freunde hatte. Er würde sie brauchen, wenn sie nicht mehr da war. Und wer wird für dich da sein und dir helfen?, fragte eine kleine Stimme in ihr.

»Ich würde ja gern noch ein wenig bleiben«, sagte Jenna nach einem Blick auf die Uhr, die an ihr Kleid gesteckt war. »Aber in einer Viertelstunde habe ich einen Termin mit einem Patienten.«

Auch Chris erhob sich, als sie aufstanden, und Jenna nahm Victorias Hand. »Es hat mich sehr gefreut, Sie kennen zu lernen. Ich wäre froh, wenn Sie uns auch bald einmal besuchen werden.« Sie blickte kurz zu Chris hin. »Es ist nicht richtig, dass du sie ganz allein für dich haben willst!«

Victoria genoss die Freundlichkeit, die von der jungen Frau ausging. Jenna war aufrichtig, und sie verfügte über einen wunderbar trockenen Humor, den sie am liebsten gegen die Männer richtete. Dass Jenna aus englischem Adel stammte, wie Chris ihr erzählt hatte, beeindruckte Victoria wenig. Doch sie bewunderte Jenna dafür, dass sie Ärztin geworden war, zu einer Zeit, als dies für Frauen alles andere als eine Selbstverständlichkeit war, und hier in dieser rauen Stadt arbeitete. Es dürfte nicht gerade einfach für Jenna gewesen sein, den Respekt der Leute hier zu gewinnen.

Reid, der sie alle überragte, beugte sich herab, um Victoria einen Kuss auf die Wange zu geben. »Er braucht Sie so sehr«, flüsterte er, bevor er zurücktrat und sich von Chris verabschiedete. Sie blickte den beiden nach, als sie Hand in Hand das Restaurant verließen. Und dann erstarrte sie plötzlich. Durch die Fenster hatte sie einen Blick auf Ivy League erhascht, der Jenna höflich grüßte und dann weiterging.

Er ist wieder auf Jagd, dachte sie.

»Tori?«

Sie blickte auf, bemüht, sich nichts anmerken zu lassen, dann erhob sie sich. »Du hast interessante Freunde«, sagte sie. Nachdem Chris die Rechnung bezahlt hatte, führte er Victoria nach draußen. »Aber wir sind doch nicht nur in die Stadt gekommen, um mit den beiden zu essen, oder?«

»Nein, auch um einzukaufen.«

»Muss das sein?«

Er zog fragend eine Augenbraue hoch.

»Ich habe so lange nur mit dem Nötigsten gelebt, dass mir Einkaufen auf die Nerven geht.« Sie sah ihn an. »Und versuch nicht weiter, meinen Fragen auszuweichen.«

Chris legte ihre Hand auf seinen Arm. »Ich wollte wissen, wie er auf das reagiert, was ich gestern Abend zu ihm gesagt habe.«

»Du spielst mit dem Feuer, Chris!«

»Du hast mir doch erzählt, dass er es genießt zuzuschauen, wie die Polizei vergeblich nach irgendwelchen Hinweisen sucht. Was würde passieren, wenn gar nichts passiert – jedenfalls nichts, was er mitbekäme?« Er blieb stehen und hob ihre Hand an seine Lippen.

»Ich weiß es nicht.« Er strich mit den Lippen über ihre Fingerknöchel. »Es könnte sein, dass ihn das erst recht verführt, einen weiteren Mord zu begehen.«

»Bald findet das große Sommerpicknick statt.« Er deutete auf die Plakate, die überall aufgehängt waren.

»Was ist das?«

»Ein Picknick vor allem für Mütter mit ihren Kindern.«

»Alles potenzielle Opfer. Das ist gefährlich.«

»Ich weiß.« Er konnte ihr nicht sagen, dass er Becket so schnell wie möglich hinter Gitter bringen wollte – damit Victoria frei war, um bei ihm zu bleiben. Sie würde dann erst recht gegen ihn kämpfen. »Aber wir müssen ihn sozusagen auf frischer Tat ertappen.«

Plötzlich zog er sie an sich und küsste sie, wild und verlangend. Victoria hörte empörte Ausrufe und männliches Lachen. Als er sie losließ, grinste er über das ganze Gesicht.

»Was wolltest du denn damit bezwecken?« Nicht, dass es ihr missfallen hätte.

»Meinen Claim abstecken.«

Normalerweise hätte sie ihm jetzt eine ziemlich scharfe Antwort gegeben. »So wie ein Wolf, der sein Gebiet markiert?«

Er wurde tatsächlich ein wenig rot. »Ich will doch nur, dass jeder Mann in der Stadt weiß, dass du für ihn tabu bist.«

Sie straffte die Schultern. »Mit dem Problem kann ich auch allein fertig werden.«

»Um dich mache ich mir auch weniger Sorgen. Viel mehr Angst habe ich vor dem, was ich tun könnte, wenn dich einer auch nur anfasst.«

Sie sah ihn spöttisch an.

»Bevormunde ich dich schon wieder?«, fragte er, und so etwas wie Angst schlich sich in seine Stimme ein.

»Ach was«, erwiderte sie und legte eine Hand auf sein Herz. »In diesem Fall darfst du mich ruhig noch ein bisschen bevormunden.« Die Art, wie Chris sie behandelte, unterschied sich beträchtlich von der Haltung, die die Männer ihr sonst entgegengebracht hatten – obwohl das ja ihre eigene Schuld gewesen war.

Er drückte ihr ein Bündel Geldscheine in die Hand. »Mach dir einen netten Nachmittag damit!«

»Das ist ein ziemlich plumpes Friedensangebot«, erwiderte sie. Chris las in ihren Augen, dass es ihr nicht gefiel, ausgeschlossen zu sein, wenn es um Becket ging. »Und was wirst du in der Zwischenzeit tun?«

»Mich ganz natürlich benehmen.« Sein Blick heftete sich auf einen Punkt hinter ihrer Schulter, und Victoria bekam eine Gänsehaut.

»Er steht dort hinten.« Sie hatte Recht, und wieder bewunderte er ihre scharfe Wahrnehmungsfähigkeit.

»Er betrachtet dich – und ihm gefällt, was er sieht.«

»Mir wird schlecht.«

Chris machte einen Bogen um den Saloon, in dessen Tür Becket stand. »Falls meine Sticheleien etwas bewirkt haben, dann werden wir es bald herausfinden.«

»Willst du mich als Köder benutzen?«

Seine Finger gruben sich in ihren Arm. »Wage nicht, so etwas auch nur in Betracht zu ziehen!«

»Keine Bange, ich bin nicht blond.« So wie alle seine Opfer – außer Velvet. »Aber ich könnte morgen schon blond sein.«

»Tori, bitte, tu mir das nicht an!« In seiner Stimme schwang Entsetzen mit, Angst spiegelte sich auf seinem Gesicht wider.

»Chris, es kommt nicht auf die Methode an – nur darauf, dass wir ihn endlich erwischen«, erwiderte sie. »Und wenn dies die einzige Möglichkeit ist ...« Sie sprach nicht weiter, aber er wusste, dass sie Recht hatte.

»Dich ihm als Köder anzubieten war nicht das, was ich im Sinn hatte.«

»Glaub mir, ich reiße mich auch nicht darum! Wenn wir ihn beim Picknick von den anderen Besuchern weglotsen könnten, dann könnte ich ihn mit meinem Elektroschocker betäuben und ihn zurückbringen.«

»Er hat auch hier gemordet, Tori.«

Sie wirkte plötzlich traurig. Traurig und schuldig. »Ich weiß.«

Chris neigte sich zu ihr und senkte die Stimme. »Ich weiß noch nicht, wie es funktionieren soll, aber er wird in beiden Jahrhunderten für seine Verbrechen bezahlen!«

An der nächsten Straßenecke blieb er dann stehen, gab ihr eine Kuss auf die Wange und schob sie auf die Geschäfte zu.

Sie blieb stehen. »Ich hasse es, einzukaufen.«

»Dann betrachte es als eine neue Erfahrung, die zu diesem Jahrhundert gehört.«

»Was soll ich denn kaufen?«

»Wie wär's mit einem Hut?«

Sie verdrehte die Augen. »Fällt dir nichts Besseres ein?« Dann überquerte sie die Straße – und spürte erneut, dass Becket sie beobachtete.

Chris verließ sein Büro und blieb einen Moment auf der Veranda stehen, um nach Victoria Ausschau zu halten. Dann sah er sie aus dem Bekleidungsgeschäft kommen und lächelte, als er bemerkte, dass sie die Arme voller Päckchen hatte. Sie hasste es also, einzukaufen, was? Er wollte zu ihr eilen, aber er blieb abrupt stehen, als auch sie anhielt. Und schaute in die Richtung, in die auch sie blickte.

Eine Frau stand vor dem Lebensmittelladen und war damit beschäftigt, Äpfel auszuwählen, während ihr müder und quengelnder Sohn an ihren Röcken hing und versuchte, sie auf die andere Straßenseite zu ziehen, dorthin, wo in einem Schaufenster Süßigkeiten ausgestellt waren.

Aber Victoria beobachtete nicht die Frau, sondern Beckct.

Chris sah, wie sie in den Eingang des Ladens zurücktrat und so tat, als müsste sie ihre Päckchen sortieren. Sie ließ sogar eins fallen und bedankte sich bei dem Cowboy, der es ihr aufhob.

Plötzlich schaute sie direkt zu Chris hin, und er las Sorge und Furcht in ihren Augen. Sie machte ihm unauffällig ein Zeichen, sich zurückzuhalten, und so blieb er stehen, zog sich den Hut in die Stirn und rollte sich eine Zigarette.

*Sei vorsichtig, Liebes, sei nur ja vorsichtig*!

Er pirschte sich an seine Beute heran, dessen war sich Victoria so sicher wie ihrer Liebe zu Chris. Ivy League war hungrig. Wie ein Hund, der nach Nahrung schnüffelt, hatte er die Stadt durchstreift, hatte alles und jeden aufmerksam betrachtet. Den ganzen Nachmittag über war sie ihm gefolgt und hatte ihn beobachtet, wie er plauderte, kleine Einkäufe machte und sein besonderes Augenmerk auf Mütter mit ihren Kindern richtete. Es hatte ihr den Magen umgedreht, und am liebsten wäre sie zu den Frauen hingerannt und hätte sie vor ihm gewarnt.

Aber noch durfte sie sich nicht einmischen. Sie hatte sich immer in der Nähe dieser jungen Frau gehalten, als ihr aufgefallen war, dass Ivy League sie ins Visier genommen hatte, aber sie konnte nicht ewig hier stehen bleiben, ohne dass es ihm aufgefallen wäre.

Doch sie hatte genug gehört.

Das Kind plärrte, zog seine Mutter heftiger am Rock.

Die Frau strich sich die feuchten Locken aus der Stirn. »Nicht jetzt, Joey«, sagte sie. »Später.«

»Ich will aber!«

»Joseph, ich kann dich erst dann auf den Arm nehmen, wenn ich hier fertig bin!«

Sie achtete nicht weiter auf das Jammern des Jungen. Victoria tat so, als würde sie etwas im Schaufenster betrachten, während sie in Wirklichkeit Ivy League in der spiegelnden Scheibe beobachtete. Die Hand, die den Knauf des Gehstocks umfasste, öffnete und schloss sich immer wieder. Dann näherte er sich der Frau.

Alle Muskeln in Victorias Körper spannten sich an. Er würde es doch nicht wagen, ihr hier auf offener Straße etwas anzutun, oder?

Er ging vor dem Jungen in die Hocke. »Was ist denn los?«, erkundigte er sich freundlich. »Willst du mir verraten, warum du weinst?«

O Gott, dachte Victoria, wie sanft seine Stimme klingt!

»Mama ist gemein zu mir«, schmollte der Kleine, und die Mutter sah ihren Sohn missbilligend an.

»Red nicht solch einen Unsinn«, mahnte sie. »Ach – Sie sind's schon wieder.«

Schon wieder?, dachte Victoria.

»Warum sollte sie denn gemein sein? Das glaube ich nicht«, meinte Becket und fuhr dem Jungen übers Haar.

»Sie will mir keine Süßigkeiten kaufen.«

Becket lachte.

»Du brauchst doch auch gar keine, Joseph. Du hast doch gerade erst zu Mittag gegessen.«

Als er sich wieder aufrichtete und die Frau ansah, wurden seine Augen so schmal wie die einer Viper. Sie lächelte flüchtig, entschuldigte sich für ihren Sohn, und Becket lächelte zurück. Victoria lief es eiskalt über den Rücken. Sie blickte unauffällig dorthin, wo Chris an einen Pfosten gelehnt stand und alles im Auge hatte.

Becket und die junge Frau gingen ein Stück die Straße hinunter. Der Junge hing immer noch an ihren Röcken. Becket gab sich charmant, versuchte ihr Unbehagen zu besänftigen und schmeichelte ihr mit einer Vertrautheit, die Victoria verriet, dass er schon beträchtliche Zeit mit ihr verbracht haben musste.

Victoria folgte ihnen, hörte, wie er anbot, ihr und dem Jungen eine Limonade zu kaufen.

»Das ist sehr großzügig von Ihnen, Mr Becket, aber ich muss leider ablehnen.«

»Aber es ist so warm, und Sie sind genauso erschöpft wie Ihr Sohn.«

»Wir müssen nach Hause.«

»Ein Glas Limonade würde Sie sicher nicht lange aufhalten.« Er wollte sie am Arm packen, doch sie wich zurück. Becket lächelte immer noch, entschuldigte sich für seine Kühnheit.

Das schien die Frau zu besänftigen; sie ging weiter neben ihm her und lachte über das, was er sagte.

Becket schaute sich verstohlen um, und plötzlich blitzten seine Augen auf. Victoria blieb augenblicklich vor einem Hutladen stehen und klopfte an die Scheibe, deutete auf einen Hut, als der Besitzer ans Fenster trat. Er drehte das Preisschild um, und sie zeigte sich gebührend beeindruckt, nickte und lächelte ihm zu. Der Besitzer ging wieder zurück, und Victoria fuhr fort, Becket in der Scheibe zu beobachten. Doch das Sonnenlicht spiegelte sich im Glas, blendete sie. Jetzt könnte ich meine Sonnenbrille gut gebrauchen, dachte sie und blinzelte. Vielleicht wäre es doch keine so schlechte Idee, sich einen Hut zu kaufen.

Als sich dann eine Wolke vor die Sonne schob und sie wieder etwas sehen konnte, waren Becket und die Frau verschwunden. Victoria schaute nach rechts und links, dann drehte sie sich um und blickte hilflos zu Chris, der ihr langsam gefolgt war.

Dann ging sie weiter die Straße hinunter, mischte sich unter die Passanten, und plötzlich entdeckte sie Becket und die Frau wieder. Den Kopf gesenkt, eilte sie auf die beiden zu und hörte, wie die Frau sagte:

»Bitte, sprechen Sie nicht so mit mir, Mr Becket. Ich bin glücklich verheiratet und liebe meinen Mann.« Sie wandte sich ab, und Becket sah sie rachsüchtig an und wollte nach ihr greifen.

Victoria lief genau in ihn hinein.

»Oje«, sagte sie und konnte ihre Päckchen gerade noch festhalten, bevor sie alle herunterfielen. »Das tut mir aber Leid. Wie ungeschickt von mir!«, fügte sie atemlos hinzu. Ihre Wangen waren erhitzt, weil sie sich so beeilt hatte, doch sie hoffte, dass er glauben würde, Verlegenheit hätte ihr die Röte ins Gesicht getrieben.

Die Frau nutzte die Chance, um mit ihrem Sohn davonzuhasten. Becket schaute ihnen mit einem seltsam starren Ausdruck hinterher, dann wandte er plötzlich seine volle Aufmerksamkeit Victoria zu. Er lächelte höflich. Victoria tat so, als hätte sie nichts bemerkt, und sah ihn unschuldig an.

Er stellte sich ihr vor, und sie ging höflich darauf ein.

Chris war einem Herzschlag nahe, als er sah, wie Becket sie stützend am Arm packte. Er bemerkte, wie sich ihr Körper versteifte, aber ihr Lächeln verschwand nicht für eine Sekunde. Braves Mädchen. Becket bot an, ihr die Päckchen abzunehmen, aber sie beharrte darauf, sie selbst zu tragen, erlaubte ihm allerdings, sie über die Straße zu geleiten. Es schien, als hätte Becket das Reden übernommen. Chris ging langsam auf die beiden zu. Sein Körper war angespannt. Victoria neben Becket zu sehen, erinnerte Chris wieder daran, dass sie nur aus einem einzigen Grund hierhergekommen war: um diesen Verbrecher zurück in ihre Welt zu bringen.

»Ich glaube, ich habe Sie hier in der Stadt noch nicht gesehen«, sagte Ivy League.

Lügner. »Ich bin auch erst vor kurzem hier angekommen.«

»Welch ein Glück für unsere Stadt!«

Victoria lächelte nur, ging aber nicht weiter auf seine Bemerkung ein. Sie verabschiedete sich höflich von ihm und wollte an ihm vorbeigehen, aber er verstellte ihr den Weg.

»Kann es sein, dass ich Sie vor einer Weile in der Gesellschaft des Marshals gesehen habe?«

»Ja.« Sie versuchte erneut, an ihm vorbeizukommen, und trat auf die Straße. Becket folgte ihr. »Er ist ein sehr guter Hüter des Gesetzes.«

Sie sah ihn an. »Der beste«, antwortete sie und verlagerte das Gewicht der Päckchen, während sie wartete und zwei Reiter vorbeiließ.

»Soll ich Ihnen nicht doch beim Tragen helfen?«

»Nein, danke.« Victoria hätte ihn am liebsten angeschrien, ihn geschlagen, ihn erschossen. Eilig überquerte sie die Straße. Becket ging neben ihr her.

»Sie erinnern mich an jemanden.«

Alarmglocken schrillten in ihrem Kopf los. »Tatsächlich?«

»Ja, an eine Frau namens Clara Murphy.«

Victoria bekam eine Gänsehaut, aber sie ließ sich nicht anmerken, was sie dachte.

»Vielleicht liegt es daran, dass Sie die gleiche Größe haben.«

Sie zuckte mit den Schultern.

»Oder den gleichen Gang.«

Victoria bemühte sich, nicht aus dem Tritt zu kommen, obwohl ihre Beine sich plötzlich wie Pudding anfühlten.

»Victoria!« Sie blickte auf und wäre beinahe gegen Chris gerannt.

»Guten Tag, Marshal!« Becket nickte, schaute zwischen den beiden hin und her.

Chris gab ihr einen Kuss auf die Wange, dann nahm er ihr einen Teil ihrer Päckchen ab. »Ich sehe, Sie haben sich bereits mit meiner Verlobten bekannt gemacht.« Sein Ton klang so besitzergreifend, dass all seine indianischen Vorfahren stolz auf ihn gewesen wären.

Victoria schenkte Becket ein strahlendes Lächeln.

Er zog kaum merklich die Brauen hoch, schaute erst Chris, dann wieder Victoria an. In seinen Augen lag ein seltsames Glitzern. Dann wandte er sich dem Marshal zu. »Übrigens, was ich Sie noch fragen wollte – haben Sie, was Velvets Tod betrifft, irgendwelche Fortschritte gemacht?«

Victoria erstarrte. »Nein«, antwortete Chris.

»Faszinierend.« Selbstzufriedenheit schwang in seiner Stimme mit.

Victoria hätte ihm am liebsten das Gesicht zerkratzt.

»Und was ist mit Clara Murphy? Sie scheint am gleichen Tag verschwunden zu sein wie Vel.« Er stützte sich auf seinen Stock. »Das war auch ungefähr der Zeitpunkt, als Sie hier angekommen sind, Miss.«

»Tatsächlich? Ich weiß es nicht.«

»Sie war eine merkwürdige Frau. Unscheinbar, durch eine Narbe verunziert, plump, aber sehr fähig.«

»Fähig, Vel umzubringen – wollen Sie das damit ausdrücken?«

Becket wirkte gekränkt. »Um Himmels willen, nein!«

»Was haben Sie dann mit dieser Bemerkung impliziert?«

»Dass Sie nicht den geringsten Hinweis darauf haben, wer der Mörder ist!«

Victoria konnte geradezu sehen, wie er sich im Geiste die Hände rieb, und biss sich auf die Zunge. Sie strahlte eine solche Wut aus, dass Chris fürchtete, auch Becket müsste es auffallen. Schnell legte er einen Arm um ihre Taille und zog Victoria an sich.

»Sie haben Recht, ich habe nicht den geringsten Anhaltspunkt«, gab Chris zu. »Es gibt keine Spuren, kein Motiv, keine Mordwaffe. Es scheint leider, als würde dieser Fall erst einmal ungelöst bleiben.« Chris legte einen Finger an die Krempe seines Huts. »Wenn Sie uns jetzt entschuldigen …«

»Werden Sie auch beim Picknick anwesend sein, Miss?«

Victoria blickte ihn über die Schulter hinweg an und versuchte so zu tun, als fühlte sie sich durch seine Frage geschmeichelt. Sie senkte den Blick, dann sah sie Becket wieder an. »Natürlich.« Sie schaute zu Chris auf. »Wir werden doch kommen, nicht wahr, Liebling?«

Er war froh, dass er mit dem Rücken zu Becket stand, denn eigentlich hätte er den eifersüchtigen Verlobten spielen sollen, aber dazu war er zu verwirrt. »Sicher, Liebes, und wir werden auch den Jungen mitbringen.«

Victoria schwankte leicht. Sie konnte aus dem Augenwinkel heraus erkennen, wie Ivy Leagues Finger sich um den Knauf schlossen und öffneten. Sie wusste, dass Becket ab nun hinter ihr her sein würde.

Victoria hatte die Füße auf Chris' Schreibtisch gelegt und rauchte eine Zigarette, die er für sie gedreht hatte. Sie schmeckte abscheulich, aber sie brauchte sie jetzt, genauso, wie sie den Drink gebraucht hatte, nachdem dieser aalglatte Killer sie berührt hatte. Schon bei der Erinnerung daran lief ihr wieder ein Schauder über den Rücken. Sie beobachtete Chris, der in seinem Büro auf und ab lief und sich immer weiter in seine Wut hineinsteigerte.

»Lass gut sein«, meinte sie, als er etwas sagen wollte. »Halt ihn weiter unter Bewachung, aber unternimm sonst nichts.« Sie betrachtete seinen schön geschwungenen Mund und hauchte ihm einen Kuss zu.

»Ich habe vorhin Abigale und Randel gesehen.«

Chris war sich nicht sicher, ob es so etwas wie Schmerz war, was kurz in ihren Augen aufflackerte. »Heute ist Einkaufstag«, murmelte er.

»Heißt das, dass jetzt niemand im Haus ist?«

Er sah sie stirnrunzelnd an, dann begriff er. Er zog sie hoch, sammelte eilig ihre Päckchen ein, dann stürmte er mit ihr aus dem Büro. Die Leute blickten ihnen verwundert nach, als sie die Stadt so schnell verließen, als sei der Teufel persönlich hinter ihnen her. In Rekordzeit waren sie zur Ranch zurückgekehrt.

Chris warf Batista die Zügel zu, zerrte Victoria aus der Kutsche und lief mit ihr in sein Arbeitszimmer. Er trat die Tür mit dem Fuß zu, dann zog er Victoria an sich und küsste sie. Es war ein Kuss, der seine ganze Ungeduld und sein Begehren ausdrückte. Seine Hände glitten rastlos über ihren Körper, und Victoria begann sein Hemd aufzuknöpfen. Als er ihre Hände auf seiner nackten Haut spürte, stöhnte er auf.

»Victoria, verdammt, ich kann einfach nicht mehr warten«, sagte er. Ein Griff, und er hatte den Schlüssel im Schloss umgedreht, dann hob er sie auf seine Arme und trug sie zu seinem Schreibtisch, setzte sie darauf ab. Hastig streifte er seine Jeans ab und zog sich aus, dann schob er ihr einfach die Röcke hoch, und als er sie berührte, spürte er, dass sie für ihn bereit war. Er drang mit einem wilden Stoß in sie ein, die Hände um ihren Po gelegt, und sie schlang die Beine um seine Taille.

Es war wilde, ungezügelte Lust, die sie beide antrieb, als hätten sie Angst, einander zu verlieren, wenn sie sich nicht bedingungslos ihrer Leidenschaft hingaben.

»Tori, schau mich an«, flüsterte er, als er spürte, dass sie sich dem Höhepunkt näherte, und in dem Augenblick, als er in ihren Augen las, dass eine Woge der Gefühle sie zu überwältigen drohte, fand auch er Erlösung.

Es dauerte eine ganze Weile, bis sie wieder zu Atem gekommen waren, und Chris hielt Tori fest an sich gedrückt. Dann lehnte er sich ein Stück zurück, um sie besser ansehen zu können.

»Würdest du mich auch dann verlassen, wenn du ein Kind von mir bekämst?«, fragte er leise.

»Nein«, antwortete sie ohne zu zögern. »Aber das wird nicht passieren.«

Stirnrunzelnd sah er sie an. »Warum nicht?«

Sie nahm seine Hand und legte sie auf die Beuge ihres Arms, und er konnte etwas unter ihrer Haut spüren.

»Das dient zur Geburtenkontrolle«, sagte sie.

Er sah sie skeptisch und auch ein bisschen angewidert an.

»Die Frauen in meinem Zeitalter können ohne Probleme verhüten und selbst bestimmen, wann sie ein Kind haben wollen. Es gibt ziemlich viele Möglichkeiten, um zu verhindern, dass man schwanger wird. Dies hier ist eine davon. Dieses Ding, das unter der Haut gepflanzt wird, gibt regelmäßig über einen bestimmten Zeitraum hinweg einen Stoff in den Körper ab, der eine Empfängnis verhindert.«

»Wie lange?«

»Fünf Jahre.«

»Und wie lange trägst du es schon?«

»Seit Kevin und ich damals Probleme bekamen.«

Er sah sie nachdenklich an. »Kann man es auch wieder entfernen?«

»Ja, durch einen kleineren chirurgischen Eingriff.«

Chris ging zur Tür und schloss sie wieder auf. Tausend Fragen gingen ihm durch den Kopf, aber nur eine einzige war wirklich wichtig: Wenn sie kein Kind bekommen konnte, würde dann seine Liebe genügen, um sie hier in seiner Zeit zu halten?

# 32

Eine solche Traurigkeit lag in seinem Blick, dass Victoria es nicht ertrug. Sie strich sich die Haare aus der Stirn, und als sie Chris küssen wollte, wandte er sich ab.

Ihre Augen wurden plötzlich schmal. »Hast du versucht, mich zu schwängern, damit ich hier bleibe?«

»Nein!« Aber er musste zugeben, dass er durchaus schon daran gedacht hatte. Eine leichte Röte stieg in seine Wangen.

»Das ist eine ganz miese Tour, Chris. Ziemlich billig!«

»Himmel, Tori, ich habe doch nichts von deiner Geburten-*kontrolle* gewusst!«

Sie schob eigensinnig das Kinn vor. »Das war auch nicht nötig!«

Wut stieg in ihm auf, und er sah sie böse an.

»Es ist *mein* Körper, Chris.«

Er machte einen Schritt auf sie zu. »Glaubst du vielleicht, ich wäre vor Liebe so blind gewesen, dass ich nicht auch die Konsequenzen bedacht hätte?« Seine Stimme klang scharf vor Ärger.

»Nun, jetzt weißt du, dass du dir keine Gedanken mehr zu machen brauchst!«

Er ballte die Hände zu Fäusten und versuchte verzweifelt, sein Temperament im Zaum zu halten. Dass sie ihm diese Information einfach vorenthalten hatte, schmerzte. »Betrachtest du alles immer so kühl und sachlich?«

Nicht, wenn es um dich geht, dachte sie. »Chris, dieses Ding da steckt schon so lange in meinem Arm, dass ich normalerweise gar nicht mehr darüber nachdenke. Es war keine Absicht, dass ich dir nicht davon erzählt habe, und was hätte es schon geändert? Ich brauche keine Schwangerschaft zu riskieren, um zu beweisen, wie stark meine Gefühle sind.« Sie schwieg einen Moment. »Wenn du das nicht begreifst, dann geh doch zur Witwe Bingham und vergnüg dich mit ihr.«

Er sah sie verblüfft an. Wie hatte sie das herausgefunden? Randel war der Einzige, der davon wusste …

»Ich bringe ihn um!«, sagte er.

»Sie selbst hat es mir verraten.«

Er runzelte die Stirn. »Das kann ich mir nicht vorstellen. Und wo hast du sie überhaupt getroffen?«

»Heute Nachmittag im Laden. Und sie brauchte mir nicht erst zu sagen, dass sie öfter mit dir geschlafen hat.« Mein Gott, Männer waren manchmal so dumm! »Sie sah mich an und meinte: ›Sie sind also der Grund dafür, dass er nicht mehr kommt.‹ Sie lebt 50 Meilen von hier entfernt, und Randel war der Einzige, der sie kannte. Da war es nicht schwer, zwei und zwei zusammenzählen.«

Er unterdrückte ein Lächeln. »Du bist eifersüchtig!«

Victoria schwankte, ob sie ihn küssen oder ihm die Zähne einschlagen sollte. »Nein, es hat mich verletzt.«

»Tori, zwischen Angela und mir war niemals etwas Ernstes.«

»Darum geht es doch gar nicht. Sondern darum, dass du mir nicht die ganze Wahrheit gesagt hast. Ich dachte, wir wären immer ehrlich zueinander gewesen.«

Er zeigte auf ihren Arm. »So wie du zu mir?«

»Ich schütze nur mich selbst, Chris. Und dich.«

Es dauerte eine Weile, bis er ihr darauf antwortete. »Du schützt auch dein Herz. Keine festen Bande – damit du leichter von hier weggehen kannst.«

Tränen schimmerten plötzlich in ihren Augen. »Es geht nicht anders.«

Sein Gesicht verschloss sich. »Aber ich kann nicht mehr so leben, Tori.«

Sie sog scharf den Atem ein. »Ich verstehe.«

Eine Tür schlug, und Lucky rief nach ihr. Victoria reagierte nicht, auch nicht, als der kleine Junge klopfte und dann eintrat.

»Miss Toria?«

Chris starrte sie immer noch an, als sie die Hand des Jungen nahm und festhielt. Luckys Blick glitt zwischen den beiden Erwachsenen hin und her, er sah Victorias Tränen und schaute dann Chris erbost an.

Sie beugte sich vor und gab ihm einen Kuss auf die Stirn. Sie vermisste den kleinen Kerl jetzt schon. Einen Moment lang schloss sie die Augen, und eine einzelne Träne rollte ihr über die Wange. »Wie war dein Tag, Lucky?«, erkundigte sie sich. »Komm, erzähl mir alles.« Sie ging mit dem Jungen davon.

Chris blickte ihr traurig nach.

Chris fluchte vor sich hin. Er hatte die Zahlenreihe jetzt schon zum dritten Mal durchgerechnet, und jedes Mal kam ein anderes Ergebnis heraus. Er konnte sich nicht konzentrieren, obwohl er versuchte, das Gejohle, das von der Pferdekoppel herüberklang, zu ignorieren. Wie immer, wenn Joaquin versuchte, ein Pferd einzureiten.

Plötzlich sah er etwas auf seinem Schreibtisch aufblitzen. Es war einer der Ohrringe, die Tori getragen hatte. Sein Herz zog sich zusammen, als er daran dachte, bei welcher Gelegenheit sie ihn verloren haben musste. Und dann fiel ihm auch wieder der Streit ein, den sie danach gehabt hatten. Er spürte, dass sie sich bereits von ihm entfernte. Er war anschließend zu ihr gegangen, weil er noch einmal mit ihr reden wollte, aber sie hatte Lucky vorgeschoben und behauptet, sie müsse sich darum kümmern, dass er gebadet wurde.

Kurz darauf war Noble gekommen und hatte ihm erzählt, Becket habe sich in der Stadt nach Victoria erkundigt. Sie beide hofften, dass er nicht herausfinden würde, dass sie ein Kopfgeldjäger war.

Als er sie mit Becket auf der Straße gesehen hatte, war ihm wieder klar geworden, dass sie alles unternehmen würde, damit der Gerechtigkeit Genüge getan wurde – auch wenn es sie ihre Liebe kostete.

Sie hatte sich wissentlich in eine lebensgefährliche Situation gebracht. Sie hatte Becket ein Opfer weggenommen, und seine Mordlust hatte sich plötzlich in merkwürdig verdrehte Gefühle für sie verwandelt. Doch wenn Becket einige Zeit mit ihr zusammen wäre, sie genauer beobachten konnte, dann würde er sofort wissen, dass sie aus demselben Jahrhundert stammte wie er – und dann wäre sie innerhalb von Sekunden tot, egal, wie gewieft sie war. Chris weigerte sich, sie dieser Gefahr auszusetzen. Er hatte zwei Tage Zeit, sich einen anderen Plan auszudenken und sie davon zu überzeugen.

Der Lärm draußen wurde immer lauter. Chris stand auf, trat ans Fenster und schob den Vorhang beiseite.

Dieses verdammte Weibsbild!

Victoria saß auf dem Rücken der buckelnden Stute, ihr Hut war nach hinten gerutscht, einen Arm hielt sie wegen der Balance weggestreckt, ihr Körper bog sich und fing die Bewegungen des Tieres auf.

Er brüllte ihren Namen, als er auf die Koppel zurannte und über einen Zaun sprang.

»Nicht!«, rief sie, als sie ihn aus den Augenwinkeln bemerkte. »Ich habe sie fast so weit!«

Die Stute raste über die Koppel, schlug hinten aus, versuchte immer wieder, Victoria abzuwerfen.

Chris klopfte das Herz bis zum Hals. Dann, endlich, verlangsamte das Tier seine Schritte, und Victoria ließ es im

Galopp laufen und dann traben. Sie glitt aus dem Sattel, und jetzt erst merkte er, dass er den Atem angehalten hatte.

Seine Männer pfiffen und klatschten, aber ein Blick von Chris ließ sie verstummen. Victoria blickte stirnrunzelnd zu ihm hin, dann konzentrierte sie sich wieder auf die Stute, flüsterte ihr etwas ins Ohr, und das Tier trabte brav eine Runde. Sie tätschelte ihr den Hals, dann belohnte sie die Stute, indem sie sie einmal wild über die Koppel laufen ließ. Dann schmalzte sie mit der Zunge, und gehorsam kam das Tier zu ihr. Noch einmal tätschelte sie die Stute, setzte stolz ihren Hut auf und kam zu ihm herüber.

Chris sprang ihr fast an den Hals.

»Was hast du dir eigentlich dabei gedacht?«, brüllte er sie an. »Weißt du nicht, wie gefährlich es ist, ein Pferd einzureiten?«

»Doch.«

»Wie um Himmels willen bist du bloß auf diese hirnverbrannte Idee gekommen?«

»Ich dachte, es könnte Spaß machen!«

Er platzte fast vor Wut.

»Und ich hatte Recht – es *hat* Spaß gemacht.«

»Du hast mir nicht gehorcht, Tori!«

»Aber sonst geht's dir noch gut, ja? Hör zu – ich gehorche mir selbst – und sonst niemandem!«

»Nicht, wenn es um meine Tiere geht.«

»Was hätte ich denn machen sollen, als du gerufen hast? Runterspringen? Dann wäre ich niedergetrampelt worden.«

»Eben. Verdammt, Tori, was wäre gewesen, wenn du heruntergefallen wärst?«

»Ich hatte nicht vor, herunterzufallen.«

»Hat Joaquin dir erzählt, wie er seine Finger verloren hat?«

»Ja.« Beim Einreiten.

Sie hatte die Hände in die Hüften gestemmt, ihr Atem ging immer noch schnell. Und Chris fand, dass sie selbst dann noch wunderschön war, wenn sie von Schmutz und Schweiß bedeckt war. »Und das hat dich nicht abgeschreckt?«

»Offensichtlich nicht.«

Doch Chris wurde das Bild nicht los, wie sie vom Pferd stürzte und sich das Genick brach. »Ich verbiete dir, jemals wieder einen wilden Mustang zu reiten!«

Ihr eiskalter Blick ging ihm durch und durch. Er hatte erwartet, dass jetzt ihr Temperament mit ihr durchgehen würde, aber ihr Gesicht wurde einfach nur ganz ausdruckslos.

»Okay«, meinte sie, »es sind deine Pferde.« Dann schob sie ihn einfach beiseite und ging zurück zum Haus. Die Männer gratulierten ihr, und Lucky, der auf der Hintertreppe gesessen hatte, sprang auf und flog in ihre Arme.

Der Anblick der beiden schnitt Chris ins Herz. Wie gelang es ihr nur, ihre Gefühle so komplett auszuschalten?

»Das war toll, Miss Toria!«

»Danke, Süßer.«

Lucky lehnte sich ein Stückchen in ihren Armen zurück. Chris sah, wie der Junge die Stirn runzelte und über Victorias Wange wischte. Dann verschwanden die beiden im Haus.

»Victoria, komm in mein Arbeitszimmer. Ich muss mit dir reden.«

Victoria – so hatte er sie schon seit Wochen nicht mehr genannt. Und auch nicht in diesem befehlenden Tonfall mit ihr gesprochen. Aber jetzt wollte er ihr offensichtlich wieder zeigen, wer der Herr im Haus war.

»Ich bin gerade dabei, Abigale zu helfen.« Sie nahm eine weitere Schüssel und trocknete sie ab.

Er blieb stehen und schaute über die Schulter hinweg zu ihr

hin. »Das ist ihre Aufgabe. Du bist nicht in mein Haus gekommen, um hier zu arbeiten.«

»Ich habe zwei Hände und genug Verstand. Ich habe mich noch nie in meinem Leben aushalten lassen.«

Nun wandte er sich ganz zu ihr um. »Komm her, Victoria!«

»Geh zum Teufel!«

Abigale schnappte hörbar nach Luft.

»Ich komme, wenn ich hier fertig bin.«

»Gehen Sie ruhig, Miss, das ist kein Problem.«

»Doch. Der Marshal scheint seine Manieren vergessen zu haben. Oder dass ich es hasse, wenn man mir Befehle erteilen will.« Sie stellte die Schüssel weg und machte ein paar Schritte auf ihn zu. »Oder dass er mich nicht einfach anbrüllen kann. Wenn er mich freundlich aufgefordert hätte, wäre ich mitgegangen. Vielleicht wäre es nicht schlecht, wenn er sich *ganz genau* daran erinnern würde, warum ich hierhergekommen bin.« Na toll, dreh das Messer noch ein bisschen tiefer in der Wunde, dachte sie. »Und dass es Zeit ist, dass ich mich wieder an eine eigentliche Arbeit begebe.«

Chris explodierte. Angst und Unsicherheit brachten ihn um seine Beherrschung. »Das kommt überhaupt nicht in Frage – niemals! Hast du das verstanden? Und wenn ich dich in Handschellen an mich fesseln muss – du wirst nicht ohne mich in die Stadt gehen!«

Sie ballte die Hände zu Fäusten, sah ihn aufsässig an. »Soll das eine Drohung sein, Marshal?«

»Nein, Victoria«, erwiderte er mit tödlicher Ruhe. »Das ist ein Befehl!«

Er wandte sich auf dem Absatz um und stürmte in sein Arbeitszimmer, schlug die Tür so heftig hinter sich zu, dass es durchs ganze Haus hallte.

Victoria seufzte auf. Sie bereute ihre Drohungen bereits. Aber sie hatte Angst – Angst davor, Becket zurückbringen zu müssen, all diese Menschen zu verlassen, die Geborgenheit zu verlieren, die sie hier gefunden hatte. Aber sie wusste, dass sie keine andere Möglichkeit hatte. Die Pflicht ging vor.

Aber was war mit ihr selbst? Was würde geschehen, wenn sie in ihre Welt zurückkehrte?

Sie würde allein sein.

Ganz allein.

Abigale und Randel versuchten gar nicht erst zu verbergen, dass sie Chris die Schuld an diesem Streit gaben. Seine Männer bedachten ihn mit vorwurfsvollen Blicken, wenn Victoria abends für sie sang – traurige, schwermütige Balladen. Wenn er mit ihr reden wollte, hatte sie stets eine Ausrede parat, um sich zu weigern. Sie hatte sich wieder in die Jägerin verwandelt, die ihre Gefühle an einem Ort verbarg, wo er sie nicht finden konnte. Es schmerzte ihn, aber Chris war nicht bereit aufzugeben. Denn er hatte das Gefühl, dass schon zu viele Menschen aufgegeben hatten, wenn es um Victoria ging – nicht zuletzt sie selbst. Er hatte nicht vor, sich genauso zu verhalten. Dafür liebte er sie viel zu sehr.

Er stand in der Tür zum Esszimmer und beobachtete sie. Sie arbeitete mit Lucky, der sich bemühte, ein paar Buchstaben zu Papier zu bringen und völlig auf seine Aufgabe konzentriert war.

»Victoria?«

»Ja.« Sie blickte nicht auf, sie wusste, sie würde zusammenbrechen, wenn sie es tat. »Übe weiter, Lucky«, forderte sie ihn auf. »Noch zwei Buchstaben, dann haben wir unser Pensum für heute geschafft.«

»Sieh mich an.«

Sie reagierte nicht.

»Bitte!«

Sie hob den Blick.

»Es tut mir Leid.«

Victoria nickte, dann wandte sie sich wieder dem Jungen zu. Chris kam es nicht so vor, als hätte sie seine Entschuldigung wirklich akzeptiert.

»Sehr gut«, lobte sie den Jungen und gab ihm einen Kuss. Lucky sah sie an, dann schaute er zu Chris hinüber. Er packte seine Sachen zusammen, und auf dem Weg aus dem Zimmer blieb er bei Chris stehen, machte ihm Zeichen, sich zu bücken.

»Kannst du nicht verhindern, dass sie fortgeht?«

Chris' Herz zog sich schmerzhaft zusammen. »Ich bemühe mich.«

»Aber sie ist deinetwegen traurig.«

»Ich weiß.«

»Warum hast du sie angebrüllt?«

»Weil ich Angst hatte.«

»Du?« Luckys Augen wurden ganz groß.

Chris nickte. Er blickte schnell zu Victoria hin, die sich mit irgendwelchen Unterlagen beschäftigte, dann sah er den Jungen wieder an. Er ging in die Hocke und packte Lucky an den Schultern. »Ich will ja auch nicht, dass sie fortgeht, aber sie könnte es trotzdem tun. Und ich weiß nicht, wie ich es verhindern kann.«

Lucky dachte angestrengt nach. »Dann küss sie. Das mag sie.«

Chris lächelte. »Glaubst du das?«

Lucky nickte heftig.

»Okay, dann werde ich es versuchen. Und du gehst jetzt ins Bett, ja?«

Plötzlich schmiegte Lucky sich an ihn und schlang die Arme um ihn.

»Ich bin glücklich hier, Marshal.«

Chris schloss die Augen und drückte den Jungen ganz fest an sich. »Das macht mich froh, Lucky. Sehr froh.«

Der Junge befreite sich aus seinen Armen, rannte zurück, um Victoria noch einen letzten Kuss zu geben, dann lief er aus dem Zimmer.

Chris ging zu Victoria hinüber und legte einen Stapel Papiere auf den Tisch. Sie kippten und rutschten zu ihr hin. Victoria rührte sich nicht.

Chris wartete darauf, dass sie aufblickte, und schließlich sah sie ihn tatsächlich an.

»Ich liebe dich, Tori.«

Sie schien vor seinen Augen auseinander zu brechen.

»Tu mir das nicht an.«

Er zog sie von ihrem Stuhl hoch. »Ich liebe dich«, wiederholte er, aber sie hielt den Kopf gesenkt. »Ich wollte dich nicht verletzen, Tori, aber es macht mich fertig, wenn immer du mich daran erinnerst, dass du fortgehen wirst.«

»Ich wünschte, ich könnte bleiben.«

»Niemand zwingt dich zu gehen.«

Sie presste die Lippen zu einer schmalen Linie zusammen.

»Becket geht zurück, tot oder lebendig!« Ihre Stimme klang müde.

»Vielleicht sollte ich ihn dann umbringen.«

Sie blickte auf, Tränen liefen ihr über die Wangen.

»Ich brauche ihn nur mit meinem Verdacht zu konfrontieren und zu warten, was er daraufhin unternimmt, und ihn dann zu erschießen. Wenn er nicht mehr existiert, gibt es für dich keinen Grund mehr, uns zu verlassen.«

»Du würdest niemals so handeln, Chris. Ich kenne dich. Denn es würde nicht dem Gesetz entsprechen.«

Er schnaubte. »Wir sind hier nicht in deinem Jahrhundert, Tori. Und hier bin ich das Gesetz.«

»Wärst du wirklich bereit, deine Ehre für mich zu opfern, Chris? Das Gesetz aus selbstsüchtigen Gründe zu brechen?«

»Wenn ich mich entscheiden müsste zwischen einem Mörder und meiner Liebe zu dir – ja. Aber wenn du dein Leben nicht mit mir verbringen möchtest …« Seine Stimme versagte. Auf seinem Gesicht lag ein Ausdruck unendlicher Traurigkeit. »Nun, ich liebe dich genug, um dich gehen zu lassen.«

Er wandte sich langsam um und verließ den Raum. Victoria sank in sich zusammen. Verzweifelt stützte sie den Kopf in die Hände.

Es war nicht fair.

»Zwing mich nicht, eine Entscheidung zu treffen«, sagte sie leise vor sich hin.

Denn im Grunde hatte sie gar keine Wahl, nicht nach alldem, was sie bereits geopfert hatte, um Becket zu fangen. Ihr Blick streifte die Papiere, die Chris ihr hingeworfen hatte. Die Berichte seiner Deputys, die alles, was Becket tat, minutiös festgehalten hatten.

Hing sie einem nutzlosen Traum nach? Nutzlos, weil er sich niemals erfüllen würde? Glaubte sie wirklich, sie könnte ihrer Arbeit nachgehen und gleichzeitig einem anderen Menschen die Liebe geben, die er verdiente? Sie hatte es doch schon einmal erlebt – ihre Ehe war an ihrem Beruf gescheitert. Weil sie sich ganz auf ihre Arbeit konzentrierte, hatte sie die Zuneigung ihres Ehemannes und ihre Tochter verloren.

*Willst du den gleichen Fehler noch einmal machen*?

Sei vorsichtig, warnte sie ihr Gewissen. Es gibt keine zweite Chance.

# 33

Chris umklammerte das Geländer und blickte ihr nach, als sie in die Dunkelheit davonritt.

Ich liebe dich genug, um dich gehen zu lassen.

Er hatte dies gesagt, aber er hätte nie geglaubt, dass er so bald den Beweis dafür würde antreten müssen. Es gab keinen Zweifel, was sie vorhatte – sie hatte die Richtung zum Zeitportal eingeschlagen.

Du Narr!

Du hast sie gezwungen, eine Entscheidung zu treffen – und das hast du jetzt davon.

Aber ich weiß, dass sie mich liebt.

Und? Was ist, wenn du dich getäuscht hast?

Dann habe ich um ihre Liebe gepokert und verloren.

Aber es würde auch keine gemeinsam Zukunft für sie geben, wenn er sie zu bleiben zwang.

Victoria wischte sich mit dem Handrücken das feuchte Haar aus der Stirn und blickte auf die Höhle. Sie existierte noch, immer noch schien der Durchgang möglich zu sein. Und dennoch hatte sich etwas geändert – die Luft schien zu wabern, eine größere Dichte bekommen zu haben. Victoria wagte es nicht, noch näher heranzugehen, sie hatte Angst, hinübergezogen zu werden, während sie noch darum kämpfte, eine Entscheidung zu treffen. Immer und immer wieder hatte sie sich vorgestellt, wie es wäre, wenn sie in ihre Welt zurückkehrte, wenn sie Chris und Lucky, Abigale, Randel und all die anderen nie wiedersähe. Wenn sie nie erfahren würde, wie es wäre, Jenna zur Freundin zu haben. Victoria versuchte noch einmal, alle Argumente gegeneinander abzuwägen.

Und sie kam zu dem Schluss, dass der Preis zu hoch wäre.

Hier hatte sie Christopher – und was wartete auf der anderen Seite auf sie? Die Befriedigung, Becket zum Tode verurteilt zu sehen, und dann – nichts!

Der Gerechtigkeit wäre Genüge getan, und ihr bliebe nichts als Einsamkeit.

Bei diesem Gedanken zog sich ihr Herz schmerzhaft zusammen.

Allein die Vorstellung, noch einmal durch dieses Tor treten zu müssen, versetzte sie in Panik. Sie gehörte nicht mehr in ihre frühere Welt.

Und eigentlich hätte sie gar nicht erst hierher zu kommen brauchen, um das zu erkennen. Von dem Moment an, als Chris sie das erste Mal in seine Arme genommen hatte, war sie für ihre Welt verloren gewesen. Ihr Herz war ihm zugeflogen. Sie konnte und wollte nicht länger ihre Gefühle verdrängen. Der Schmerz, der sie so lange gequält hatte, war verschwunden.

Sie war nur zu stur gewesen, zu sehr daran gewöhnt, gegen ihre Gefühle anzukämpfen, um zu begreifen, dass sie ihr Verlangen, an Becket Rache zu nehmen, als Schutzbarriere benutzt hatte – aus den falschen Gründen.

Sie war hierher gekommen, um Trisha, Kevin und Cole Lebewohl zu sagen und sich von der Einsamkeit ihres alten Lebens zu verabschieden. Ihr Blick glitt hinauf zu den Sternen, dann lehnte sie sich gegen den warmen Körper des schwarzen Hengstes, der wie ein Beschützer hinter ihr stand.

Sie tätschelte seinen schlanken Hals. »Lass uns nach Hause zurückkehren, Caesar.«

Caesar schnaubte, stampfte wie zur Bestätigung mit den Hufen, und Victoria schwang sich auf seinen Rücken. Sie blickte ein letztes Mal zu der dunklen Höhle hin, dann lenkte sie Caesar herum und machte sich auf den Rückweg.

Sie betete, dass Chris ihr vergeben würde.

Victoria versorgte den Hengst mit frischem Heu und gab ihm einige Zuckerstückchen zu fressen, weil sie kein Bier mehr hatte, dann eilte sie ins Haus. Alles war still. Victoria ging in Luckys Zimmer. Er lag zusammengerollt in seinem Bett und schlief. Doch als sie sich bückte und ihm einen Kuss auf die Stirn gab, öffnete er die Augen und griff nach ihrer Hand. Schläfrig lächelte er Victoria an.

»Hallo, mein Kleiner.«

»Du bleibst, nicht wahr?«

»Ja, mein Schatz, ich bleibe.«

Er richtete sich auf und schlang die Arme um sie. »Ich wusste, dass du uns lieb hast«, flüsterte er, und Victoria schloss für eine Moment die Augen. Wie hatte sie nur jemals in Betracht ziehen können, sie alle zu verlassen?

Lucky lehnte sich in sein Kissen zurück und war im nächsten Moment wieder eingeschlafen.

Victoria schlich zur Tür und zog sie vorsichtig hinter sich zu. Nun musste sie Chris finden. Ihr Herz klopfte schneller, als sie im ersten Stock eine Tür nach der anderen öffnete. Nichts. Niemand war zu sehen. Stirnrunzelnd schaute sie auf ihre Uhr. Es war noch nicht mal zehn. Nur unter Abigales Tür schimmerte noch Lichtschein hervor. Doch Victoria schlich auf Zehenspitzen vorbei. Chris hatte sich offensichtlich auch schon zurückgezogen. Sie schlug die Richtung zu seinem Zimmer ein, doch dann blieb sie plötzlich stehen und blickte mit einer Grimasse an sich herab. Sie betrat das Bad, zog ihre schmutzige Kleidung aus und wusch sich gründlich, bevor sie, lediglich in ein Handtuch gehüllt, in ihr eigenes Zimmer huschte.

Schnell zog sie einen Morgenrock über, dann trat sie auf den

Balkon, machte zwei Schritte und blieb stehen. Durch das Fenster konnte sie Chris' Himmelbett erkennen, denn auf dem Nachttischchen daneben brannte eine Lampe. Aber sie sah auch, dass das große Bett leer war. Hastig betrat sie das Zimmer, schaute sich um.

Chris war nicht da.

War er in die Stadt geritten? Oder ihr vielleicht gefolgt? Nein, er konnte die Ranch nicht verlassen haben, denn im Stall hatte keines der Pferde gefehlt.

Wo zum Teufel war er dann?

Victoria marschierte aus seinem Zimmer. Sie empfand eine Mischung aus Wut und Angst, und ihr war jetzt egal, ob man sie hörte oder nicht. Sie rannte die Treppe hinunter, suchte auch im Erdgeschoss jedes Zimmer nach ihm ab. Nichts. Er geht mir aus dem Weg, dachte sie – nein, Chris war nicht der Typ, der sich versteckte.

Plötzlich sah sie sich selbst in dem großen Spiegel in der Diele, gleich neben der Tür zu Chris' Arbeitszimmer, und trat unwillkürlich näher. Denn die Frau, die ihr aus dem Spiegel entgegenschaute, hatte nur noch wenig mit der alten Victoria gemeinsam. Sie zündete eine Kerze an und hielt sie vor den Spiegel, damit sie besser sehen konnte. Verwundert betrachtete sie sich. Ihre Haut schimmerte rosig, die Haare rund ums Gesicht waren heller geworden, aber das war es nicht, was den Unterschied ausmachte.

Es waren ihre Augen. Der traurige Ausruck, der sich stets in ihnen gespiegelt hatte, war verschwunden. Sie funkelten voller Lebensfreude.

Unwillkürlich lächelte Victoria sich an. War dies das Bild, das Chris stets sah?

Victoria setzte ihre Suche fort, flüsterte seinen Namen. Und plötzlich fand sie sich in einem Teil des Hauses wieder, den sie bisher noch nicht erkundet hatte. Vorsichtig ging sie weiter, und schließlich fiel ihr Blick auf eine Doppeltür, die leicht offen stand. Sie schob sie auf, schlüpfte in den Raum, der dahinter lag und schwach vom silbernen Licht des Mondes erhellt wurde. Auf der gegenüberliegenden Seite führte eine Tür nach draußen, in einen Hof, der von hohen Mauern umgeben und üppig mit Blumen bepflanzt war. Irgendwo hörte sie Wasser rauschen.

Langsam durchquerte sie den Raum.

Und dann sah sie ihn. Sie löschte die Kerze und stellte sie auf den Boden.

Er saß auf einer steinernen Bank, lehnte mit dem Rücken an der Wand, hatte ein Bein angezogen und einen Arm darauf gestützt. Traurig blickte er auf etwas in seiner Hand. Sein Kummer schien fast greifbar zu sein. Victoria kamen die Tränen.

Als hätte er ihre Gegenwart gespürt, hob er den Kopf.

»Tori?« Unglauben und Verwunderung schwangen in seiner Stimme mit.

Zögernd trat sie auf ihn zu, den Kopf gesenkt. »Ich weiß, dass du wütend auf mich bist – «

Er stand auf. »Nein, Tori, ich bin nicht wütend. Und wenn, dann höchstens auf mich selbst. Ich hätte dich nicht zwingen dürfen, eine Wahl zu treffen. Ich kann nicht von dir verlangen, dass du deine Welt ganz aufgibst. Und ich werde es auch nie mehr von dir verlangen.«

»Ich ... ich bin zu der Höhle geritten.«

»Ich weiß.« Er machte einen Schritt auf sie zu. »Ich habe geglaubt, dass du mich verlassen würdest.«

Heftig schüttelte sie den Kopf. »Ich konnte nicht. Ich wollte auch nicht mehr. Weil ich dich liebe, Chris. Mir ist es egal, ob Becket hier oder dort für seine Verbrechen bezahlen muss, und wenn du mich nicht bald in deine Arme nimmst und etwas sagst, dann werde ich – «

»Was? Mich boxen?«

Sie zuckte mit den Schultern. »Keine schlechte Idee – für den Anfang.«

»Ich liebe dich auch«, sagte er. »Komm her, damit ich es dir zeigen kann.«

Er hatte noch nicht ganz zu Ende gesprochen, da flog Victoria schon in seine Arme, riss ihn beinahe um. Er schlang die Arme um sie, drückte sie so fest an sich, dass sie fast keine Luft mehr bekam.

»Ich brauche dich, Chris«, flüsterte sie. »So sehr, dass ich sterben würde, wenn ich allein in meine Welt zurückkehren müsste.«

Er nahm ihr Gesicht zwischen seine Hände und sah sie forschend an. »Und was ist mit Becket?«

Unsicher erwiderte sie einen Blick. »Du vertrittst hier das Gesetz. Er ist dein Problem.«

»Aber du bist schon so lange hinter ihm her, hast dafür so vieles auf dich genommen.«

»Ich verzichte darauf, ihn zurückzubringen, Chris.« Ein entschlossener Ausdruck trat in ihre Augen. »Ich würde zu vieles verlieren.«

Sie konnte Furcht in seinen Augen lesen, als er fragte: »Bist du sicher, dass du diese Entscheidung nicht bereuen wirst?«

»Ganz sicher«, erwiderte sie fest. »O Chris, ich hatte dort oben plötzlich solche Angst. Selbst in der Dunkelheit konnte ich erkennen, dass der Durchgang instabil geworden ist. Was wäre, wenn ich ihn zurückbrächte – und dann nicht mehr hierher zurück könnte?«

»Gott würde nicht so grausam sein.« Er hob ihre Hand an seinen Mund und hauchte einen Kuss auf ihre Fingerspitzen. »Ich werde über eine Lösung nachdenken«, versprach er. »Aber nicht jetzt. Jetzt haben wir beide etwas Wichtigeres zu tun …«

»Lass mich raten, was das sein könnte, Chris«, erwiderte sie mit einem verführerischen Lächeln.

Chris beugte sich vor und küsste sie, und in diesen Kuss legte er sein ganzes Herz und all das, was er für sie empfand.

# 34

Das Licht der Sterne wurde bereits schwächer, als Chris Victoria einen Heiratsantrag machte.

Ein schmaler Streifen Helligkeit zeigte sich am Horizont, als er sie auf die Arme nahm und durch das Haus in sein Zimmer trug, zu seinem Bett. Dann liebte er sie erneut, bis sie ganz atemlos und erschöpft war und in seinen Armen einschlief.

Als die Sonne endlich aufgegangen war, wurden sie dabei ertappt, wie sie eng umschlungen in Chris' Bett lagen.

Abigale und Randel schauten sich an, dann blickten sie auf das schlafende Paar.

»Ich denke, ich sollte noch ein Frühstücksgedeck hinzufügen«, meinte der Butler lächelnd.

»Ja, das denke ich auch. So, wie du es demnächst immer tun wirst.«

Randel sah sie an. »Was hast du vor?«, wollte er wissen, denn er kannte diesen Gesichtsausdruck.

»Den beiden eine wunderschöne Hochzeitsfeier auszurichten.«

»Ah, ich verstehe – das hier ist eine sehr kompromittierende Situation, nicht wahr?«

»Genau«, stellte sie zufrieden fest. »Und die beiden werden schon noch begreifen, dass es das Beste für sie ist.«

»Das haben wir bereits begriffen«, klang Chris' tiefe Stimme zu ihnen herüber.

Randel und Abigale zuckten zusammen.

Victoria bewegte sich, machte aber nicht die Augen auf.

»Ich liebe dich«, murmelte sie verschlafen an Chris' breiter Brust.

Abigale spürte, wie ihr Tränen in die Augen stiegen. Tränen des Glücks.

Chris hauchte einen Kuss auf Victorias Stirn und erwiderte, dass er sie auch liebte. Randel räusperte sich und wurde über und über rot.

Victoria seufzte leise und ließ eine Hand unter die Decke gleiten. Chris zuckte zusammen und rüttelte sie dann sanft wach.

Victoria öffnet die Augen und lächelte ihn an. »Hallo, Tonto!«, sagte sie zärtlich.

»Guten Morgen, Liebes.« Er konnte einfach nicht widerstehen, er musste ihr einen Kuss geben. »Wir haben übrigens Gesellschaft.«

Mit einem Schlag war sie hellwach. »Oh, verdammter Mist!« Sie rutschte tiefer ins Bett und zog sich die Decke über den Kopf. Chris lachte, und sie boxte ihn.

»Das ist nicht komisch, du Mistkerl!«

»Das ist es wirklich nicht«, bestätigte Abby und durchquerte den Raum. Sie nahm Victorias Morgenmantel und hielt ihn ihr so hin, dass sie hineinschlüpfen konnte.

Als Chris ihr einen Schubs gab, tauchte Victoria wieder auf, und während sie ein Dankeschön murmelte, zog sie den Morgenrock schnell über. Aber nicht, ohne Chris vorher noch einen anklagenden Blick zuzuwerfen.

Abigale winkte Randel, und der Butler trat ans Bett und reichte ihr das Frühstückstablett. Abigale konnte sich ein Lächeln kaum verkneifen, als sie das Tablett mit mehr Nachdruck, als nötig gewesen wäre, auf Chris' Schoß abstellte. Dann zog sie sich einen Stuhl heran und setzte sich neben das Bett, die Hände gefaltet, und bemühte sich um einen möglichst grimmigen Gesichtsausdruck. Was ihr schwer fiel, denn sie genoss es viel zu sehr, das Paar endlich in die Enge getrieben zu haben.

Randel jedoch, der Feigling, schlich aus dem Zimmer.

»Abigale«, begann Chris, aber sie brachte ihn mit einer Handbewegung zum Schweigen.

»Abby«, versuchte es auch Victoria, aber sie wurde mit einem eisigen Blick bedacht. Einem Blick, der jedem Cop des 20. Jahrhunderts Ehre gemacht hätte.

»Ihr könnt bis spätestens nächsten Samstag verheiratet sein«, sagte Abby, »aber vorher müssen wir noch ...« Und dann folgte eine Aufzählung all dessen, was bis dahin erledigt werden musste.

Victoria blickte Chris lächelnd an, aber er hörte Abby gar nicht zu, denn er schaute auf die Stelle, wo Victorias Morgenmantel auseinander klaffte. Schnell raffte sie den Stoff zusammen, und er machte ein enttäuschtes Gesicht.

»... und morgen setzen wir dann die Anzeige in die Zeitung, damit die Leute nicht noch mehr über euch klatschen.«

»Meinetwegen kann die Anzeige auch heute schon erscheinen«, sagte Victoria und biss in eine Scheibe Toast.

Abigale sah sie verblüfft an. Das lief alles viel zu einfach.

»Heute?«, fragte Chris. »Wieso?«

Victoria zog eine Braue hoch. »Kriegst du etwa jetzt schon kalte Füße, Tonto?«

Er lachte. »Wenn ich bei dir bin, ist mein ganzer Körper von Hitze erfüllt«, murmelte er und gab ihr erneut einen Kuss.

Abigale stand kopfschüttelnd auf. »Ihr zwei werdet euch gefälligst zusammenreißen, bis ihr verheiratet seid. Bis dahin gibt es so etwas hier« – sie zeigte auf das Bett – »nicht mehr!« Sie sah Chris streng an. »Wenn deine Mutter wüsste, was ich zugelassen habe, dann würde sie mir das Herz rausreißen und es mir auf einem Silbertablett servieren!«

»Du hast gar nichts zugelassen, Abby«, sagte er, so streng er konnte – was nicht besonders streng war, denn Victoria ließ unter der Decke ihre Hand an seinem Bein hinaufgleiten. »Schick meinen Eltern und Hunter und Sable ein Telegramm.

Schreib ihnen, dass die Hochzeit auch ohne sie stattfindet, falls sie nicht rechtzeitig kommen.«

Abigale hob die Hände, verwirrt, aber gleichzeitig auch erfreut. Sie marschierte an Randel vorbei nach draußen. Der Butler war mit einer zweiten Kaffeetasse zurückgekehrt, und obwohl er sich um einen gleichmütigen Gesichtsausdruck bemühte, konnte Victoria doch die Spur eines Lächelns entdecken. Er stellte die Tasse ab, dann verließ auch er das Zimmer.

»Chris?« Er hatte Victorias Morgenmantel aufgeschoben und knabberte an ihrem Hals. »Was ist mit Becket?«

»Ich hatte eigentlich nicht vor, ihn zu unserer Hochzeit einzuladen.«

Sie lächelte, dann griff sie nach einer weiteren Scheibe Toast. »Komm schon, ich meine es ernst.«

»Ich auch.«

»Wir brauchen sein Tagebuch. Und wenn möglich, auch die Mordwaffe.«

»Und wie sollen wir beides kriegen, wenn er sich nicht aus dem Haus rührt? Er wird aber auf jeden Fall zu dem Picknick kommen. Das heißt, wir müssen mit unserer Suche so lange warten.«

»Ich werde das schon erledigen.« Und als er den Kopf schüttelte, fügte sie hinzu: »Als Kopfgeldjäger darf ich manches tun, was dir nicht erlaubt ist.«

»Velvet war in der Nacht, als sie verschwand, in seinem Büro. Ich habe Schleifspuren auf der Fensterbank bemerkt, und an einer Stelle war der Teppich auffallend hell.« Er schwieg einen Moment. »Er wird es bemerken, Tori, und dann hast du ein Problem.«

»Dann müssen wir uns eben etwas ausdenken, womit wir ihn ablenken können.«

Chris schlang einen Arm um ihre Taille und zog sie näher an sich heran. Seine Hand glitt zwischen ihre Schenkel, und Victoria stöhnte auf.

»Würde es dir etwas ausmachen, wenn ich mit ihm flirte?«

Chris erstarrte. »Was für einen Eindruck würde das machen? Du gehörst mir, Tori – und das wird bis heute Abend jeder in der Stadt wissen.«

Sie strich ihm das Haar aus der Stirn. »Chris, ich werde nichts Besonderes tun oder sagen müssen – er hat bereits gewisse Gefühle für mich entwickelt.« Sie schüttelte sich. »Frauen, die allein stehend sind, interessieren ihn nicht. Sie müssen schon verheiratet sein und ein Kind haben. Unabhängig davon, ob er mich in seinem Bett haben wollte, würde er sich auf Lucky und mich konzentrieren.«

Chris lehnte den Kopf an ihre Schulter. Selbst das Thema Becket konnte sein Verlangen nach ihr nicht mindern. Seine Hand lag immer noch zwischen ihren Beinen. Er spürte, dass sie für ihn bereit war, und er ließ seine Finger kreisen, drang dann tief in sie ein. Wild bog sie sich seiner Hand entgegen.

»Also gut«, gab er nach. »Aber du musst mir versprechen, dass du eine Waffe mitnimmst und ihn nicht zusätzlich provozierst. – Tori?«, fragte er, als sie nicht antwortete.

Leise stöhnte sie auf, als er mit seinem Finger aus ihrem Körper und wieder hineinglitt und seine Bewegungen immer schneller wurden. Ihr Atem beschleunigte sich.

»O Gott!«, stieß sie schließlich hervor. »Ja, Chris … einverstanden. Wir machen es auf deine Art, nach deinen Gesetzen, entsprechend deiner Zeit!«

Er spürte, wie ihr Körper sich zusammenzog. »Wir machen es auf unsere Art, Tori!«, flüsterte er, als sie zum Höhepunkt kam.

Sie fuhren nun häufig in die Stadt, gingen essen, spazieren, berührten sich, küssten sich sogar skandalöserweise völlig ungeniert in der Öffentlichkeit. Oft begleitete Lucky sie, und die wenigsten erkannten den Waisenjungen. Viele behaupteten, dass er Victoria unglaublich ähnlich sähe, und sie hörte es nur zu gern, denn sie hatten beschlossen, den Jungen zu adoptieren. Lucky war schon ganz aufgeregt, und er nannte sie jetzt schon immer wieder probeweise Mama – und erklärte sofort, dass er sich ganz viele Geschwister wünschte.

Victoria konnte es immer noch nicht fassen, dass sie in ein paar Tagen verheiratet sein würde.

Als sie Chris' Büro betrat, nahm er schnell die Füße vom Schreibtisch und stand auf. »Was ist?«, wollte er wissen, als er ihren Gesichtsausdruck sah.

»Ich kann es manchmal einfach nicht fassen, dass ich so viel Glück hatte, dir zu begegnen«, erwiderte sie.

Er zog sie an sich, streifte ihre Lippen mit seinem Mund. »*Ich* bin der Glückliche, Tori«, erwiderte er sanft.

Sie löste sich von ihm und stellte den Korb, den sie immer noch in der Hand hatte, auf den Schreibtisch. »Hier, dein Essen. Lass es dir schmecken.« Was er, hungrig, wie er war, auch tat. Fasziniert beobachtete Victoria, welche Mengen er verdrückte.

»Man könnte glatt meinen, du kämst nachts nicht zum Schlafen, sondern würdest die Zeit mit ganz anderen ... Aktivitäten verbringen.« Sie lächelte, als sich seine Miene verdüsterte.

»Wie denn, wenn Abigale wie ein Schießhund aufpasst, dass ich dir nicht zu nahe komme.«

Er lehnte sich zurück, legte die Füße wieder auf den Schreibtisch und ließ seinen Blick über Victoria gleiten. Sie hatte das Haar nicht aufgesteckt, ihr nagelneuer Stetson hing auf ihrem Rücken. Die cremefarbene Bluse gefiel ihm, aber der Rock ...

»Schau mich nicht so tadelnd an – es ist ein Kompromiss!«

Der Rock aus weichem Wildleder war an beiden Seiten

geschlitzt und zeichnet die Formen ihres Körpers nach. »Er zeigt zu viel von deiner Figur«, brummte er.

Sie liebte es, wenn er sich so besitzergreifend zeigte. Victoria beugte sich vor. »In meiner Zeit tragen die Frauen Röcke, die höchstens bis zum Knie gehen. Oder noch kürzer sind.«

Sein Blick drückte aus, was er dachte: dass dies absolut nicht schicklich sei. Victoria lächelte. Er nicht.

»Jenna hat dich auf diese Idee gebracht, nicht wahr?«, fragte er. Die beiden Frauen hat viel Zeit miteinander verbracht, und obwohl Chris sich wünschte, dass Victoria hier Freundinnen finden würde, wusste er doch, dass Jenna ihre eigenen Ideen hatte – die ihm nicht immer unbedingt gefielen.

»Gott, wie sehr ich es liebe, dich zu schockieren«, sagte sie, leise lachend. Sie legte eine Hand auf seine Brust und spürte, wie sein Herz sofort schneller schlug. Langsam ließ sie ihre Finger tiefer gleiten.

»Tori, bitte, hör auf!«, flehte er. »Ich halte das nicht aus. Wenn du nicht aufhörst, mich zu necken, dann wird unsere Hochzeitsnacht im Nu vorbei sein.«

»Das macht nichts.« Ihre Hand wanderte nun über seine Hüften, und Chris hielt sie fest, bevor sie noch tiefer gleiten konnte. Er küsste sie und gab sie nach einer Weile nur widerstrebend frei.

»Ich liebe dich, Victoria.«

»Ich weiß«, wisperte sie an seinen Lippen.

»Hast du dich gut mit Jenna amüsiert?«

»Amüsiert?« Sie verdrehte die Augen. »Ich war dabei, als sie Buddy eine Kugel herausgeholt hat. Er nimmt ihre Dienste offensichtlich recht häufig in Anspruch.« Dann schien ihr etwas einzufallen. »Warum hast du mir eigentlich nie erzählt, dass dir das gesamte Land hier gehört?«, wollte sie wissen und stemmte die Hände in die Hüften. »Dass du außerdem Rechtsanwalt bist? Und natürlich in Harvard studiert hast?«

»Jenna hat eine ziemlich große Klappe.«

»Sie dachte, ich wüsste es.«

»Tut mir Leid«, sagte er und gab ihr erneut einen Kuss. »Ich habe das Land vor vielen Jahren gekauft, und niemand hat sich dafür interessiert, bis hier in der Gegend Silber gefunden wurde. Da habe ich erlaubt, dass die Stadt hier errichtet wurde und dem einen oder anderen sogar ein Grundstück verkauft.«

»Und warum wolltest du nicht mehr als Anwalt arbeiten?«

»Ich fand es besser, Leute daran zu hindern, ein Verbrechen zu begehen, statt sie hinterher vor Gericht zu verteidigen.«

»Eine vernünftige Einstellung.« Sie gab ihm einen Kuss.

»Peabody hatte Recht – es gibt wirklich kein anderes Paar, das sich so oft küsst wie ihr beide!«

Chris und Victoria fuhren auseinander, als Noble das Büro betrat. Victoria wandte sich zu ihm um. »Hallo, Noble.« Sie deutete auf den kleinen Korb, der auf seinem Schreibtisch stand. »Miss Abigale hat mich gebeten, das für Sie mitzunehmen.«

Nobles Augen leuchteten auf, doch kaum hatte er in den Korb gespäht, fluchte er leise vor sich hin. »Diese Frau!«, schimpfte er.

»Das scheint nicht das zu sein, was Sie erwartet haben!« Victoria lachte. »Sie meinte, Sie würden schon verstehen.«

»O ja, das tue ich«, bestätigte er. »Sie hat mir nichts als Hähnchenschenkel eingepackt«, sagte er und legte ein paar auf die Leinenserviette. »Sie ist wütend auf mich.«

Victoria war ein wenig verwirrt. »Das verstehe ich nicht«, sagte sie.

»Ich aber.« Noble biss in einen der Hühnerschenkel – er schmeckte köstlich. Wenn sie wirklich wütend auf ihn gewesen wäre, dann hätte sie sie anbrennen lassen oder sie so scharf gewürzt, dass er den halben Pferdetrog ausgetrunken hätte.

Noble blickte seinen Boss an. »Chris, ich würde mir heute Nachmittag gern frei nehmen. Ich habe etwas Dringendes zu erledigen!«

Es war nicht einfach nur ein *Picknick*. Es gab etliche Auktionen, auf denen Vieh versteigert wurde, es gab Unmengen zu essen und zu trinken – und man konnte tanzen. Letzteres war allerdings kein reines Vergnügen für Victoria. Verzweifelt versuchte sie, Chris nicht zu oft auf die Füße zu treten. Er zuckte ein paar Mal zusammen, und sie entschuldigte sich. Auf der Tanzfläche war sie wirklich nicht in ihrem Element.

Und es ärgerte sie fürchterlich, dass Chris das köstlich zu amüsieren schien.

»Du beherrschst alles andere so gut, dass ich dachte, ich könnte dich zu einem Tänzchen auffordern, ohne um mein Leben bangen zu müssen.«

»Und um deine Zehen«, meinte sie säuerlich.

»Sie werden es überleben«, erwiderte er, während er sie über die Tanzfläche wirbelte. Plötzlich spürte er, wie sie sich versteifte, und er brauchte nicht hinzuschauen, um zu wissen, wen sie entdeckt hatte.

Becket hielt sich ein wenig abseits von den anderen Zuschauern. Er war der einzige Mann, der Anzug und Krawatte trug; er wirkte ausgesprochen elegant. Er passt nicht zu den anderen Festgästen, dachte Chris. Er scheint sich auch gar nicht darum zu bemühen. Anscheinend genießt er es, sich stets am Rand des Lebens zu bewegen.

Wie um seinen Anspruch auf sie zu demonstrieren, obwohl das vollkommen überflüssig war, zog er Victoria an sich.

»Wenn Blicke töten könnten, dann würde er jetzt tot umfallen«, sagte sie.

»Er wirkt dermaßen selbstzufrieden, dass ich wünschte, es würde funktionieren!«

»Komm, Chris, beruhige dich«, meinte sie und streichelte seinen Rücken. »Gleich fängt die Versteigerung an – oder willst du nicht wissen, wer deine Pferde ersteht?« Er murmelte etwas, was sie nicht verstand. »Ich war noch nie auf einer Auktion«, fuhr sie fort. »Auch nicht auf einem solchen Fest – und eine Kuh habe ich bisher auch noch nicht aus der Nähe gesehen.«

Er sah sie verblüfft an. »Nur Hühner?«

»Nur Hühner«, bestätigte sie lachend.

Bei dem warmen Klang ihres Lachens drehten sich die Leute nach ihr um, beobachteten, wie Chris und Victoria sich durch die Menge schoben. Die beiden naschten Plätzchen, probierten Hüte auf. Chris bestand darauf, dass Victoria sich ein Paar Stiefel anmessen ließ, und sie dachte, dass es in ihrer Zeit ein Vermögen kosten würde, wollte sie sich handgefertigte Schuhe kaufen. Sie ignorierte die empörten Bemerkungen, als Chris ihr einen Revolver und einen Revolvergurt kaufte.

»Ich kenne die Regeln«, meinte Victoria und legte die Waffe in den Korb neben Abigale. Noble saß an ihrer Seite und versucht verzweifelt, gut Wetter zu machen. Abigale bereitete es großes Vergnügen, ihn zappeln zu lassen.

Lucky kam angerannt, die Wangen mit Sahne verschmiert. Victoria wischte ihm das Gesicht sauber, dann gab sie ihm einen Kuss.

Gerade, als sie die eingezäunte Weide erreichte, wurden Chris' Pferde hereingeführt. Der Auktionator begann mit der Versteigerung, und obwohl der Preis schnell nach oben ging, konnte Victoria nicht erkennen, wer bot.

»In der Regel wird der größte Teil meiner Tiere von der Armee gekauft, aber die hier …«

»… die hier sind wunderschön. Und sie sehen fast alle so aus wie Caesar.« Sie waren allerdings alle ein wenig heller als Chris' Pferd, nur ein Hengst war genauso schwarz. Doch als der Auktionator ihn ins Licht führte, konnte man erkennen, dass sein Fell einen leichten rötlichen Schimmer hatte.

»Es sind ja auch seine Söhne!«

Sie sah ihn von der Seite her an. »Und du wirkst ganz wie ein stolzer Großvater!«

Chris lachte, einen Arm auf die Einzäunung gestützt, und

beobachtete, wie sie seine Pferde bewunderte. Lucky saß zwischen ihnen auf dem Zaun. »Willst du ihn haben?«, flüsterte Chris Victoria zu.

Sie schaute ihn an, dann schüttelte sie den Kopf. »Nein, du hast ihn doch extra zum Verkauf gezüchtet!«

Chris machte dem Auktionator ein Zeichen.

»O nein, Chris«, sagte sie und zwickte ihn in den Arm.

Er hielt ihre Hand fest und sagte ein paar Worte zu dem Mann. Der blickte Victoria an und grinste, dann führte er den Hengst weg.

Als sie erneut etwas einwenden wollte, sagte er schnell: »Ich könnte ruhiger schlafen, wenn ich wüste, dass du – außer Caesar – auf dem besten Pferd reitest, das ich habe.«

»Noch nie hat mir jemand so etwas geschenkt«, flüsterte sie, und Chris erkannte, dass ihr wohl schon sehr lange nichts mehr geschenkt worden war. Und vor den Augen sämtlicher Gäste schlang sie die Arme um seinen Hals und küsste ihn. »Danke, Chris.«

Victoria wollte sich ihr neues Pferd unbedingt näher anschauen. Sie gingen auf die Weide zu, wo der Hengst stand, doch plötzlich blieb Victoria so abrupt stehen, dass Chris in sie hineinrannte. Er folgte der Richtung ihres Blicks, dann wandte er seine Aufmerksamkeit Lucky zu, scheinbar völlig gelassen, der fragte, ob er sich einen Wurf junger Hunde anschauen könne.

Victoria gab ihm noch einen Kuss, dann rannte der Junge davon. »Geh nicht zu weit weg«, rief Chris hinter ihm her.

»Siehst du ihn?«

Becket stand ein ganzes Stück von ihnen entfernt, den Blick auf Victoria gerichtet. »Ja«, brummte Chris.

»Wir brauchen seine Waffe oder das Tagebuch«, sagte sie so leise, dass nur er es hören konnte. »Aber wenn du die ganze Zeit an meiner Seite klebst, kann er keinen Annäherungsversuch unternehmen.«

»Victoria!«, warnte er.

Sie nahm ihn beim Arm und zog ihn zur Seite, wo niemand sie sehen konnte. »Ich liebe dich.«

Er grinste.

»Ich brauche ein kurzes Seil.«

»Warum? Damit du dich aufhängen kannst?«

»Sei nicht albern.« Dann küsste sie ihn, zärtlich und voller Sehnsucht. »Zufrieden?«

»Der Himmel möge mich vor den Frauen aus dem 20. Jahrhundert bewahren!«

»Bin ich so schlimm?«

»Nein – ich liebe dich unendlich!«

»Ich weiß, aber ich bin trotzdem noch immer ein Kopfgeldjäger, und ich muss ihm eine Chance verschaffen, den ersten Schritt zu machen.«

»Wenn du ihn abweist –«

»Dann wird er versuchen, mich umzubringen.«

Er ballte die Hände zu Fäusten und sagte etwas ziemlich Grobes auf Cheyenne. »Es ist gefährlich, Tori.«

»Und unser Job.«

Er blickte sie lange an, als wollte er ihr Bild in sich hineintrinken. Schließlich sagte er: »Dann geh, Partner.«

Sie trat einen Schritt zurück, doch dann zog er sie noch einmal an sich und gab ihr einen letzten Kuss. »Bleib in Sichtweite, solange es geht«, sagte sie, bevor sie ging.

Das Zittern in ihrer Stimme verriet ihm, dass sie Angst hatte.

Gut.

Wer Angst hatte, war vorsichtig.

Doch dieser Gedanke tröstete ihn wenig, als er sich auf den Weg in die Stadt machte, um das Tagebuch zu suchen. Victoria war jetzt ganz allein auf sich gestellt.

# 35

Es war, als ob er sie mit seinen Blicken berührte, und Victoria spürte, wie ein Schauder sie überlief. Sie bemühte sich, nicht in seine Richtung zu schauen. Stattdessen konzentrierte sie sich auf Lucky, der glücklich mit den Welpen spielte. Lächelnd ging sie in die Hocke und kitzelte ihn, doch dann hängte er sich an ihren Hals, und sie kippte um, sodass sie plötzlich zwischen den hin und her springenden Hunden saß.

Einige der Umstehenden lachten, andere fanden ihr Verhalten unschicklich. Doch Victoria scherte sich nicht darum. Sie fing ihn ein und drückte ihn fest an sich. Wie sie dieses Kind liebte!

Doch das machte ihr nur noch deutlicher bewusst, was sie aufs Spiel setzte.

Victoria stand auf, und als sie ihren ledernen Rock abklopfte, konnte sic dic Beretta spüren, die in der Rocktasche steckte. Bis vor einer Viertelstunde hatte sie stets genau gewusst, wo sich Chris gerade befand, doch nun war er fort. Ihr Blick glitt zu Becket, über ihn hinweg, und sie tat so, als beobachtete sie Abigale und Noble, die zusammen tanzten. Abigale ließ Noble nicht länger dafür leiden, dass er sie vernachlässigt hatte.

»Kann ich einen von den kleinen Hunden haben?«

»Zuerst sollten wir uns bei Mr O'Brian erkundigen, ob er überhaupt einen Welpen hergeben will.«

Lucky hüpfte von einem Fuß auf den anderen. »Will er – ich habe ihn schon gefragt.«

»Ich werde mit ihm reden.«

»Miss Toria!« Seine Stimme hatte einen schrillen, jammernden Ton angenommen, und Victoria musste sich zusammenreißen, um nicht ungeduldig zu werden. Ihre Nerven waren eh schon extrem angespannt, und jetzt spielte Lucky Becket auch noch genau in die Hand. Sie wollte nicht, dass irgendetwas passierte, während Chris nicht da war. Das Fest fand draußen vor der Stadt statt, und er würde mindestens eine Stunde brauchen, bis er zurückgekehrt war.

Sie führte Lucky von den Hunden fort, zu einem Mann, der Eis von einem riesigen Block schabte, es auf zusammengefaltetes Papier gab und mit Sirup süßte. Sie kaufte zwei Portionen. Wahrscheinlich würde Lucky sich den Magen verderben, wenn er weiter so viel Süßes aß.

Plötzlich riefen ihm einige Kinder zu, er solle kommen und bei ihrem Wettrennen mitmachen, und er blickte sie zuerst verblüfft, dann misstrauisch an. Er war unsicher, denn er hatte nicht vergessen, wie er noch vor kurzem hier in der Stadt behandelt worden war.

»Du brauchst nicht zu ihnen zu gehen«, flüsterte sie ihm zu und legte beruhigend eine Hand auf seine Schulter.

»Aber ich darf?«

»Natürlich.« Er schleckte das letzte bisschen Eis auf, drückte ihr das klebrige Papier in die Hand und lief los, um bei dem Wettrennen mitzumachen.

Sie beobachtete, wie er sich mit den anderen Kindern in einer Reihe aufstellte, und sie sah auch, wie einige der Jungen sich anstupsten und lachten. Es schnitt ihr ins Herz. Dann gab der Reverend das Startzeichen.

Lucky, der offensichtlich ein »Los!« oder vielleicht sogar einen Schuss erwartet hatte, blieb verwirrt stehen, doch dann lief er den anderen hinterher. Himmel, konnte der Junge rennen! Victorias Herz klopfte bis zum Hals, und sie lief an die Seitenlinie, um ihn besser sehen zu können.

Lucky holte auf, kam den Jungen, die an der Spitze lagen und doppelt so groß waren wie er selbst, immer näher. Als er

Victoria bemerkte, lächelte er ihr zu und steigerte noch einmal sein Tempo.

*Du schaffst es, Lucky! Zeig ihnen, dass du es schaffen kannst.*

Aufgeregt eilte sie zur Ziellinie, feuerte Lucky immer wieder an. Sie wünschte, dass Chris dies sehen könnte. Lucky rannte als Erster durchs Ziel, direkt in ihre Arme. Victoria schwang ihn herum und lachte und versicherte ihm immer wieder, wie stolz sie auf ihn sei.

Noble und die Deputys kamen und klopften Lucky auf die Schulter, und er strahlte übers ganze Gesicht. Sie hatte ihn noch nie so glücklich lächeln sehen, und ihr kamen die Tränen, als die anderen Kinder herantraten und ihm gratulierten.

Jemand reichte ihr ein Taschentuch. Victoria blickte auf. Neben ihr stand Seth, der Deputy. »Deshalb konnten wir ihn auch nie finden«, meinte er. »Er hat oft etwas zu essen gestohlen, und er ist uns immer entwischt, weil er wie ein Hase rennen konnte.«

»Er wird es nie wieder nötig haben zu stehlen«, sagte Victoria.

»Ich weiß, Madam. Der Boss hat von Anfang an versucht, den Jungen zu sich auf die Ranch zu nehmen, aber er lief immer wieder weg. Ihretwegen bleibt er.«

»Ich bin auch sehr glücklich darüber. Übrigens, Seth, was machen Sie hier? Ich dachte, Sie wären im Dienst.«

»Meine Schicht ist beendet.«

»Haben Sie Chris gesehen?«

Er runzelte die Stirn. »Ich habe geglaubt, er wäre hier.«

Dann ist er wahrscheinlich immer noch in Beckets Büro, dachte sie.

»Ich wollte ihm nämlich etwas geben.« Er reichte ihr ein Telegramm und zuckte mit den Schultern. »Weiß der Teufel, was das heißen soll.«

Victoria überflog den Text und wurde blass.

Chris hatte lange gebraucht, um das Tagebuch zu finden, aber endlich hatte er Erfolg gehabt. Er schlug den letzten Eintrag auf, überblätterte die anderen Seiten. Sein Blick glitt über die Zeilen, die in Beckets gestochen schöner Handschrift geschrieben waren.

*Es ärgert mich unendlich, dass diese Gesetzeshüter nichts unternehmen, um mir auf die Spur zu kommen. Es nimmt mir die Freude am Töten. Fast. Niemand ahnt, dass ich Vel gar nicht umbringen wollte, aber ich konnte mich nicht dagegen wehren. Dieses hässliche Drängen in meinem Kopf hat mich die Beherrschung verlieren lassen. Ich habe um sie geweint. Es war das einzige Mal, dass ich es bedauert habe.*

Als er weiterlas, spürte Chris, wie ihm alle Farbe aus dem Gesicht wich.

*Sie hat etwas Widerspenstiges an sich, in ihren Augen, in der Art, wie sie diese Kleingeister behandelt. Sie gehört genauso wenig hierher wie ich. Ich liebe sie so sehr, dass ich wahnsinnig werde, wenn ich sie nicht mit mir nehmen kann.*

Chris wurde es übel.

Becket hatte sein nächstes Opfer bereits ausgesucht.

Victoria.

Victoria las das Telegramm noch einmal, trat näher an eine Laterne, damit sie besseres Licht hatte.

*Habe nach ähnlichen Fällen gesucht. STOP Drei weitere entdeckt. STOP Auffallende Übereinstimmung. STOP Diese Verbrechen haben vor drei Jahren begonnen. STOP*

Ihre Hände zitterten.

*Er ist schon früher hier gewesen.*

Lucky kam angerannt, atemlos und lachend, und warf sich gegen sie. Victoria ging in die Hocke und zwang ein Lächeln auf ihr Gesicht.

»Schau mal, was ich gewonnen habe.« Er schwenkte ein blaues Band vor ihren Augen.

»Toll, Lucky«, erwiderte sie. »Das ist echt cool!«

Sie spürte seinen Blick auf sich, scharf wie ein Messer. Und sie erkannte, dass sie einen tödlichen Fehler begangen hatte.

Victoria sah ihn über Luckys Kopf hinweg an. Becket stand dicht hinter dem Jungen, die blauen Augen zu schmalen Schlitzen verengt.

Der Zeitpunkt war gekommen.

Er wusste, dass auch sie eine Zeitreisende war.

# 36

Langsam richtete sie sich auf.

»Seth, geben Sie dies Noble und suchen Sie Chris, so schnell wie möglich.«

Der Deputy nahm das Telegramm, und ihm entging nicht, dass sie Angst hatte. Als er sich umdrehte, entdeckte er Algenon Becket. Sein Gesicht verschloss sich, ganz offensichtlich zögerte er, Victoria allein zu lassen.

»Gehen Sie ruhig«, sagte sie. »Es ist alles in Ordnung.«

Widerstrebend gehorchte er.

Victoria bückte sich und flüsterte Lucky etwas zu. Er schaute sich um, suchte die Menge nach Abigale ab und entfernte sich dann zögernd. Victoria stand reglos da, versuchte, ihren Atem zu beruhigen, doch ihr Herz schlug angsterfüllt, als er sich näherte.

»Das würde ich nicht tun.«

Er packte Lucky, als dieser an ihm vorbeigehen wollte, und der Junge blickte mit angsterfüllten Augen zu Becket auf.

Er hatte ihm schon früher wehgetan, erkannte Victoria. Dieser verdammte Bastard! So viel zu Beckets Vorwand, dass er mordete, um die Kinder zu schützen!

»Lassen Sie ihn gehen, oder Sie sind tot!«, murmelte Victoria, während sie die Hand um ihre Waffe schloss. »Bevor Sie sich auch nur einen Zentimeter bewegen können, haben Sie schon eine Kugel zwischen Ihren hübschen blauen Augen!«

Allmählich wurden Fackeln und Laternen angezündet, um die hereinbrechende Dunkelheit zu erhellen. Endlich durfte

Alkohol ausgeschenkt werden, und die durstigen Cowboys gönnten sich das erste Bier. Musik erfüllte die Luft, die Leute amüsierten sich. Und niemand schenkte ihnen einen zweiten Blick, denn es schien, als würden sie sich freundschaftlich unterhalten.

»Das denke ich nicht«, erwiderte er und sah vielsagend nach unten. Victoria folgte der Richtung seines Blicks.

O Gott! Becket hatte einen Arm um die Schultern des Jungen gelegt, und halb versteckt in seiner Hand hielt er ein schmales Messer, nah genug an der Kehle des Jungen, um Victoria Angst einzujagen.

Lucky bemerkte es nicht; vertrauensvoll schaute er Victoria an. Und so, wie sie standen, konnte auch sonst niemand die Waffe erkennen.

Victoria zwang sich zu einem Lächeln.

»Lassen Sie ihn gehen.«

»Nehmen Sie die Hand aus der Tasche«, forderte er. »Und geben Sie mir die Waffe.«

Sie gehorchte, denn sie wollte nicht riskieren, dass Lucky etwas passierte. Sie reichte Becket die Beretta, die er unauffällig in seine Jackentasche steckte.

Victoria überlegte kurz, ob sie laut schreien und ihn vor allen Leuten anklagen sollte, damit sie Hilfe bekam, aber dann hätte sie Unschuldige in Gefahr gebracht. Etwas, was sie sich nie würde verzeihen können.

Nein, diese Angelegenheit betraf ganz allein Becket und sie selbst. Niemanden sonst.

»Lassen Sie ihn gehen!«

Er ließ den Jungen los, und als Victoria nickte, rannte Lucky davon.

»Wie lange schon?«, wollte er wissen und legte eine Hand auf ihren Rücken, steuerte sie um Händler und ausgebreitete Decken herum, auf denen sich Familien zum Picknick niedergelassen hatten.

»Bei jedem Schritt des Weges war ich nur ein Stückchen hinter Ihnen.«

Eine Regung, die sie nicht deuten konnte, zeigte sich flüchtig auf seinem Gesicht.

»Aber nicht nahe genug.«

Nein, dachte sie, nicht nahe genug, um Velvets Tod zu verhindern, aber nah genug, um ihn daran zu hindern, erneut eine Mutter ihrer Familie zu entreißen.

»Wohin gehen wir?«

»Zum Wasserfall.«

Sie blieb unvermittelt stehen. »Ich denke gar nicht daran!« Er war ihr so nahe, dass sie sein Eau de Toilette riechen konnte. Und auch so nahe, dass sie die tödliche Entschlossenheit in seinen Augen sah – und den Wahnsinn, der dahinter lauerte.

»O doch«, erwiderte er sanft. Dann hob er den Stock ans Kinn, als wollte er sich kratzen – eine unauffällige, geübte Handbewegung, und der Knauf schob sich auf. »Sie gehören jetzt mir, Miss Victoria Mason!«

Schmallippig lächelte er, ein unheilvolles Lächeln, das jedem, der sich die Mühe hinzuschauen gemacht hätte, verraten hätte, was er tat.

»Eher bringe ich Sie um«, sagte sie wütend. »Und es wird mir verdammt viel Spaß machen.«

»Haben Sie schon viele getötet?«

»Nicht so viele wie Sie!«

Er schien dies als eine Anerkennung seiner Fähigkeiten zu betrachten, nickte mit scheinbarer Bescheidenheit. Dann packte er Victoria am Arm und führte sie ins dichte Unterholz des Waldes, ohne sich umzuschauen, als ob er wüsste, dass niemandem auffiel, dass sie sich von der feiernden Menge entfernten.

»Er wird niemals rechtzeitig zurückkehren«, sagte er, als sie auf ihre Uhr blickte. »Ihm bleibt nicht mehr genug Zeit. Und wir werden dann schon fort sein – für immer.«

Victoria spürte, wie Panik sie erfasste. Herzzerreißende Panik. Nicht, weil sie um ihr Leben fürchtete, sondern weil seine absolute Gewissheit ihr Furcht einflößte. Sie versuchte, sich ihre Angst nicht anmerken zu lassen, ihre Stimme und ihren Gesichtsausdruck unter Kontrolle zu halten. Etwas, worin sie geübt war – und was ihr ausgerechnet jetzt nicht gelingen wollte.

*Weil er wusste, was für sie auf dem Spiel stand.*

»Bitte, wenn Sie gehen wollen, gehen Sie – ich werde Sie nicht aufhalten.«

Nun blickte er doch noch einmal zurück, um sich zu vergewissern, dass niemand auf sie achtete. Zufrieden sah er sie dann an, den Mund verächtlich verzogen. Noch eine Bewegung, und die Öffnung in seinem Stock gab eine schmale Klinge frei – jene Klinge, die so viele Leben ausgelöscht hatte.

»Sie können mich nicht aufhalten. Niemand kann das.«

Wieder lächelte er auf diese unheilvolle Weise, und am liebsten hätte sie ihn hier und jetzt getötet, aber er zog sie weiter in den Wald.

Er brachte sie zurück.

Becket löste seine Krawatte, um ihr damit die Hände auf dem Rücken zusammenzubinden. Victoria wehrte sich verzweifelt – und verlor. Heftig schlug er ihr ins Gesicht – aber die Kratzer auf seinem Gesicht und der hässliche Riss an seiner Lippe waren es wert. Doch schließlich dämpften ihre Waffe und das Stilett ihr Temperament, und Victoria blieb nichts anderes übrig, als auf eine neue Chance zu warten. Sie fühlte sich entsetzlich hilflos ohne ihre Waffe, ohne die Hände gebrauchen zu können. Sie hatte darauf verzichtet, sich wie sonst ein Messer ans Bein zu binden, weil sie gar nicht in Betracht gezogen hatte, dass sie alles dermaßen verpatzen könnte. Nur eine Sekunde lang habe ich nicht aufgepasst, dachte sie missmutig und beugte und streckte ihre Finger, damit sie nicht taub wurden.

Sie kämpften sich voran, Victoria ohne Mühe, doch Becket hatte Schwierigkeiten. Er war an Luxus gewöhnt. Und daran, andere zu töten. Ständig war sie sich der Klinge bewusst, die sie bedrohte. Eine kurze Drehung des Handgelenks würde genügen, um ihr die Kehle durchzuschneiden oder sie ihr ins Herz zu treiben, und sie könnte nichts tun, um ihn daran zu hindern.

An seinen Händen klebte so viel Blut, und es erfüllte sie mit Abscheu, dass er sie berührte, ihr so nahe war. Sie versuchte schneller zu gehen, doch er zog sie wieder an sich heran. Er war erregt, und er würde entkommen, weil er sie als Geisel genommen hatte. Wenn er ihr Gewalt antun wollte – nun, das würde sie überstehen, denn es gäbe ihr vielleicht die Möglichkeit, ihn zu verwunden oder zu flüchten.

Es schien wie eine Ironie des Schicksals, dass nun er sie in ihre Zeit zurückgeleiten würde statt sie ihn. Ihr einziger Trost war, dass er nicht ahnte, was ihn auf der anderen Seite erwartete.

Oder war er sich dessen doch bewusst?

Würde er sie tatsächlich dorthin zurückbringen, woher sie gekommen war? Oder konnte er den Durchgang, anders als sie, kontrollieren? Sie musste dies unbedingt herausfinden.

Chris legte das Tagebuch in den Safe in seinem Büro und wollte ihn schon verschließen, als sein Blick auf ihren Rucksack fiel. Sie hatten ihn dort deponiert, weil es ihnen am sichersten erschien. Es war wie eine Vorahnung, dass Chris ihn jetzt herausnahm. Er hatte den Safe gerade wieder verschlossen, als er eiliges Hufgeklapper vernahm.

Jemand rief seinen Namen, und noch bevor Chris zur Tür gelangen konnte, stürzte Seth schon herein.

»Beeil dich. Ich fürchte, er wird ihr etwas antun.«

In Windeseile schwang Chris sich auf Caesar und ritt los, als sei der Teufel hinter ihm her. Seth folgte ihm. Die Leute auf dem Festplatz stoben auseinander, als sie herandonnerten.

Noble eilte herbei. »Ich kann sie nirgendwo entdecken. Niemand hat sie gesehen.«

Lucky rannte auf ihn zu, in Tränen aufgelöst. »Sie ist weg!«

»Nein, mein Junge, ich werde sie finden«, erwiderte Chris und hob ihn zu sich in den Sattel. Stockend berichtete der Junge ihm, was passiert war, und Chris erkannte, dass er sich die Schuld daran gab.

»Du kannst nichts dafür, Lucky!«

»Aber sie hat ihm den Revolver gegeben!«, schluchzte der Junge. »Damit er mich losließ.«

Chris verspürte plötzlich Angst. »Ich hätte das Gleiche für dich getan, Lucky«, antwortete er und drückte den Jungen an sich. »Sie wollte nicht, dass er dir wehtut. Und jetzt werde ich ihr helfen!«

Er versprach Lucky, dass er sie zurückbringen würde, dann reichte er den Jungen Abigale. Er gab dem großen schwarzen Hengst die Sporen und lenkte Caesar in den Wald.

Sie lebt noch, dachte er, denn wenn er sie getötet hätte, hätte ich es gespürt.

»Der Viehhof gehörte zu Ihren Lieblingsplätzen, nicht wahr?«

Er grinste sie an. »Sie meinen den Viehhof, wo ich Ihren Freund umgebracht habe.«

Heiße Wut machte sie fast rasend.

»Wie hat sich das angefühlt, Victoria?«

Sie konnte es kaum ertragen, dass er ihren Vornamen benutzte. »Genauso Ekel erregend wie Ihre Berührung!«

Ärgerlich versetzte er ihr einen Stoß.

»Sie werden es nie schaffen, Becket.« Sie fand ihr Gleichgewicht wieder, entschlossen, ihm keine Schwäche zu zeigen, die er ausnutzen konnte. »Dafür werde ich schon sorgen.«

In seinem Blick konnte sie lesen, dass er das bezweifelte. »Aber ich kann Sie hier nicht zurücklassen«, sagte er so beiläufig, als redeten sie über das Wetter. »Schließlich möchte ich wiederkommen.«

»Chris wird Sie umbringen, sobald er sie erblickt.«

Verächtlich verzog Becket den Mund. »Er hat doch nicht die geringste Ahnung.«

Sie blieb stehen, sah ihn unter halb gesenkten Lidern hervor an und versuchte seine Reaktion einzuschätzen. »Er weiß über alles Bescheid.«

Beckets Augen blitzten, und er zog sie näher an sich heran. »Dummes Luder!«

»Bei all der Erziehung, die Sie genossen haben, könnte Ihr Wortschatz schon etwas raffinierter sein«, erwiderte sie. Sie konnte selbst nicht fassen, dass sie so gelassen blieb. »Natürlich habe ich ihm alles erzählt. Übrigens, was macht Ihr Bein? War es eigentlich ein glatter Durchschuss?« Er starrte sie böse an. »Sie wissen ja, dass Narben verunstalten, Algenon!«

Wenn sie vorgehabt hatte, ein Pulverfass zur Explosion zu bringen, dann war es ihr gelungen.

Bosheit verzerrte seine Züge, das Messer glitt an ihren Hals, ritzte ihre Haut. Seine Finger gruben sich fest in ihren Arm, als er sie weiterschob, aber Victoria stemmte die Füße in den Boden, denn sie hörte, wenn auch weit entfernt, Hufgetrappel.

Algenon Becket wusste, dass er nicht mehr viel Zeit hatte, jedenfalls nicht in diesem Jahrhundert. Der Marshal würde ihn töten, wenn er nahe genug herankam. Becket bedauerte, dass er das Halbblut unterschätzt hatte, kam dann aber zu dem Schluss, dass dies eine lässliche Sünde war. Andere Fragen waren jetzt viel wichtiger. Wenn sie Polizistin war, warum hatte sie dann nicht schon früher seine Nähe gesucht? Und wann hatte sie dem Marshal ihr Geheimnis verraten? Log sie? Doch er konnte sich einfach nicht darauf konzentrieren, über die Antworten nachzudenken, weil sie unaufhörlich redete. Und jede ihrer Bemerkungen war wie ein feiner Nadelstich. Untrüglich fand sie die Stellen, wo er verletzlich war, und vergrößerte die Qual. Er versuchte, ihre Worte auszublenden und zwang Victoria, voranzugehen. Doch sie war stärker, als sie aussah, kräftig, und er musste sie wieder hinter sich herzerren. Ihn schmerzten schon sämtliche Muskeln.

»Geben Sie auf!«

»Niemals.« Er hasste es, wenn er nicht in Ruhe planen, wenn er die Choreographie nicht festlegen konnte wie bei einem komplizierten Tanz. Sein Verstand spielte hektisch jedes Szenario durch. Er konnte sie jetzt töten und verschwinden, aber er wusste, dass die Zeit auf der anderen Seite fast stillstand. Und er konnte es nicht riskieren, die Höhle zu betreten, ohne einen Plan oder Schutz zu haben.

Er konnte einfach nicht klar denken. Wenn er dieses Weib doch nur dazu bringen könnte, endlich den Mund zu halten!

»Mami wäre bestimmt nicht glücklich, wenn sie ihren kleinen Jungen so sehen würde.« Vielsagend betrachtete sie seine zerknitterte Kleidung; dort, wo Becket an Zweigen hängen geblieben war, war der Stoff zerrissen. »Aber sie hat Sie ja eh nie gemocht, nicht wahr?

»Halten Sie die Klappe!«

»Niemand mag Sie!«

»Es wird mir unendlich viel Spaß machen, Sie umzubringen, Victoria!«

Sie zog es vor, den raubtierhaften Ausdruck auf seinem Gesicht zu ignorieren. »Nicht mal Vel mochte Sie, und Dee auch nicht. Sie wollte nur die neue Madame werden.«

»Sie liebte mich, sie alle haben mich geliebt. Selbst diese unscheinbare Clara – «

»*Ich* bin Clara Murphy, Arschloch!«

Sie konnte spüren, wie heiße Wut seinen Körper fast verbrannte, sie konnte es sehen, als er die Waffe fester umklammerte, als ein Muskel in seinem Gesicht zuckte. Sie ließ ihn wie einen Narren erscheinen – und sei es auch nur vor sich selbst.

Jetzt wird er mich töten, dachte sie, und dann überlegte sie, ob der Reiter, der sich ihnen näherte, wohl Chris sein könne.

Sie brauchte nur noch ein paar Minuten …

Er zog sie an sich, so nah, dass sie seinen Atem spüren konnte. In seinen Augen flackerte Zorn. »Es ist einfacher für mich, Sie zu töten, als Sie mitzunehmen.«

»Bitte, dann tun Sie's doch!«

Er antwortete ihr nicht.

»Sie sitzen ganz schön in der Klemme, was? Weil Sie mich nämlich als Geisel brauchen.«

Er grinste plötzlich. »Auf beiden Seiten.«

Als Schutzschild gegen Chris und als Schutz vor dem FBI. »Bauen Sie nicht darauf. Ich bin eine einzelne, unbedeutende Person im Vergleich zu dem, was Sie getan haben.« Sie zuckte mit den Schultern, aber sie war nicht mal halb so zuversichtlich, wie sie tat. »Ich bin ohne Probleme ersetzbar.«

Er versuchte, den Wald mit seinen Blicken zu durchdringen, dann sah er Victoria wieder an. Auch er hörte den Hufschlag, und es machte ihn nervös.

Sie zog eine Braue hoch. »Die Zeit wird knapp!«

»Abwarten!«

Sie hörten, wie etwas durchs Unterholz brach, dann tauchte Caesar auf. Reiterlos. Genau in diesem Augenblick zog Victoria ihr Knie hoch, stieß es Becket in den Unterleib. Er stöhnte auf, klappte aber nicht zusammen. Er ließ sie auch nicht los, sondern hielt sie weiter fest.

»Probieren Sie jetzt Ihre miesen kleinen Tricks aus, Victoria?« Er benutzte sie, um das Gleichgewicht zurückzugewinnen. Sein Gesicht war nur Zentimeter von ihrem entfernt, und seine Stimme war nur ein Hauch. Blitzschnell schlang er einen Arm um ihren Hals, presste sie mit dem Rücken an sich, sodass sie sich zurücklehnen musste. »Ich hätte schon ein bisschen mehr Geschick erwartet.«

Caesar blieb stehen, starrte die beiden an und stampfte mit den Hufen. Becket drehte den Kopf hin und her, suchte die Umgebung nach dem Marshal ab, doch er konnte ihn nirgendwo entdecken.

Aber er spürte seine Gegenwart.

Becket verstärkte seinen Griff, sodass sie den Kopf noch weiter zurückbeugen musste und ihre Kehle frei lag.

»Erschieß ihn, Chris!«, rief sie. »Schieß zwischen seine Augen, das ist ein sauberer Tod!«

»Verdammt, seien Sie still!«, befahl Becket und zog sie ein Stückchen hoch. »Dann muss er durch Sie durch schießen!«

»Seien Sie sich nicht so sicher!« Eher würde sie ihn umbringen, als dass sie zuließe, dass er Chris tötete.

»Es kommt im Grunde eh nicht darauf an, nicht wahr? Denn bevor die Kugel mich erreichte, wären Sie schon tot.«

Er hatte Recht. Victoria spürte die scharfe Klinge an ihrem Hals.

»Hey, Tonto!«, rief sie. Wenn sie doch nur wüsste, was er vorhatte!

»Noch ein Wort, und ich schlitze Sie auf!«

»Wissen Sie was, Becket? Jemand wie Sie hätte gar nicht erst geboren werden sollen!«

»Er ist zwischen den Bäumen«, sagte er mehr zu sich selbst, dann stieß er sie unvermittelt beiseite und zog ihren Revolver aus der Jackentasche. »Nicht so sauber, aber effektiver.«

»Nein!« Victoria warf sich gegen ihn.

Ein Pfeil zischte durch die Luft, bohrte sich in Beckets Schulter, gerade, als er abzog und Victoria gegen seinen Körper rammte. Die Kugel traf sie in den Oberarm, das Stilett flog ihm aus der Hand.

Becket schrie auf und krümmte sich, eine Hand auf die Wunde gelegt. Victoria, deren Hände immer noch gefesselt waren, rollte sich auf die Knie und versuchte sich aufzurichten. Er trat zu, seine Stiefelspitze traf hart ihr Kinn, und plötzlich wurde es dunkel um sie.

Chris ließ sich von einem Baum fallen, rannte los.

Becket verschwand in der Dunkelheit.

Chris kniete sich hin und durchschnitt ihre Fessel, dann zog er sie in seine Arme. »Tori!« Ihr Blut tränkte sein Hemd. »Tori, so sag doch was!« Er inspizierte schnell ihre Verletzung, zerriss ihren Ärmel und verband die Wunde mit dem Stoffstreifen. Sein Herz klopfte wie verrückt, bis er spürte, dass sie sich bewegte.

»Halt ihn auf...« Sie umklammerte seinen Arm. »Er läuft zum Wasserfall.« Sie versuchte, ihre Benommenheit abzuschütteln, und setzte sich auf.

»Er wird es nicht schaffen, nicht mit einem Pfeil in der Schulter.«

Sie lächelte ihn an. »Netter Trick, Tonto!« Er zog sie auf die Füße. »Lass, mir geht es wirklich wieder gut.« Er untersuchte erneut ihre Wunde. »Hast du eine Waffe?«

Er hatte nur einen Revolver, trotzdem gab er ihn ihr. »Dann nehme ich das hier.« Er hielt das Stilett hoch.

»Wir müssen weiter«, drängte sie. »Aber ohne Caesar, das Gelände dort oben ist zu uneben.«

Dort oben ... dort, wo sich der Durchgang befand. Er hatte mehr Angst davor als vor einem Kampf gegen Becket.

Victoria entdeckte plötzlich ihren Rucksack. »Das ist gut«, sagte sie und nahm ihn hastig. Sie zog die Kopfhörer-Sets heraus und reichte ihm eins, dann nahm sie schnell noch ihr

Messer, das Nachtglas und die Mikrokamera heraus, stopfte sie in die Tasche ihres Rocks.

Sie drückte Chris das Nachtglas in die Hand. »Deinc Chance, Tonto, diese Errungenschaft des 20. Jahrhunderts zu benutzen.« Chris nickte, er hatte das Glas schon einmal ausprobiert.

Sie überprüften den Empfang – er war klar, aber die Batterien wurden schwächer. »Sie werden keine Ewigkeit mehr halten, also lass uns keine Zeit mehr verlieren.« Sie trennten sich, um Becket zu verfolgen, und unterhielten sich über die Mikrofone.

»Nimm du die linke Seite, Tori, ich decke die rechte ab.«

Sie zögerte, denn er würde den Wasserfall eher als sie erreichen, dann aber stimmte sie zu.

Sie rannten, Victoria langsamer, Chris flink wie ein Reh. Sie konnte hören, wie er atmete, gleichmäßig und ohne Anstrengung.

»Ich sehe ihn.«

Ihr Herz machte einen Satz. »Sei vorsichtig, Chris!«

»Ich liebe dich, Tori!«

»Dann heirate mich morgen Früh!«

»Das werde ich tun.« Er schwieg, und plötzlich schien er kaum noch zu atmen.

»Chris?« Sie klopfte mit den Fingernägeln gegen den Kopfhörer. Sie steigerte ihr Tempo; Blut sickerte durch den Verband und rann ihren Arm hinunter. Sie stürzte, sprang wieder auf und lief weiter. Und dann sah auch sie ihn. Becket kletterte den Hang nach oben, hatte die Höhle fast schon erreicht. Chris war direkt hinter ihm. Als er ihn an der Schulter packte, brach der Pfeilschaft ab. Becket wandte sich um und feuerte, verfehlte, dann nahm er genauer Ziel.

Victoria schrie auf, aber Chris hatte Becket schon die Waffe aus der Hand getreten. Schmerz schoss durch den Arm des Mörders. Mit einem Wutschrei warf Chris sich auf ihn, drängte ihn gegen die Felswand.

»Ich werde frei sein«, flüsterte Becket und glitt langsam in die Höhle.

»Du wirst tot sein!«

Chris riss ihn zurück, hob den Arm, die silberne Klinge blitzte in seiner Hand auf, bevor sie sich in Beckets Brust bohrte.

Becket starrte ihn an, vollkommen verblüfft, und die Zeit schien stillzustehen, als sein Blick, voller Horror, zu dem Messergriff glitt, der aus seiner Brust ragte.

Chris trat zurück, fasziniert von dem silberblauen Schimmer, der aus der Höhle kam. Becket klammerte sich an den Stein, sein Rücken schrammte über den Fels, während er zu entkommen versuchte.

Chris bemerkte Victoria erst, als es schon zu spät war. »Tori, nein!«

Er wollte nach ihr greifen.

Sie machte einen Satz nach vorn, trieb das Stilett durch den Schwung tiefer in seine Brust. Becket zuckte vor Schmerz zusammen. Dann schob sie ihm ein schwarzes Viereck in den Mund und versetzte ihm einen Stoß. Die Felswand verschluckte Becket, er versank in dem Stein. Der merkwürdige Schimmer wurde stärker.

Dann war er fort.

Den Oberkörper vorgebeugt, die Hände auf die Oberschenkel gestützt, rang Victoria nach Luft. Chris steckte die Hände nach ihr aus – doch er berührte nichts als Luft, wo sie eben noch gestanden hatte. Horror packte ihn, als er sah, wie Beckets Arm aus dem Felsen kam, sich um ihren Hals legte und sie mit sich zog.

Ein Zittern lief über den Stein, dann war die Oberfläche wieder glatt. Und fest.

Chris' Blick glitt über die Felswand, voller Panik suchte er nach einer Öffnung, nach irgendwas. Sein Herz klopfte zum Zerspringen in seiner Brust.

O Gott!

Chris hämmerte mit den Fäusten gegen den Stein, hinter dem silberne Wirbel schimmerten, wie Rauch hinter Glas, doch nichts bewegte sich, nirgendwo bot eine Stelle Durchlass. Der Fels war solide und fest.

Victoria war in ihrer Zeit gefangen.

Die Erkenntnis traf ihn wie ein Schlag, schmetterte ihn nieder, ließ ihn in die Knie sinken. Sein Blick blieb auf den undurchdringlichen Fels gerichtet, doch er konnte, er wollte nicht glauben, dass er sie nicht mehr berühren, ihr nicht länger helfen konnte.

Und dennoch konnte er Geräusche hören, gedämpfte Stimmen.

Die silbernen Wirbel hörten auf, sich zu drehen, und vor seinen Augen nahm der Stein wieder sein altes Aussehen an.

Er würde sie nicht mehr zurückbekommen – nie mehr. Der Schmerz zerriss ihn, erfüllte seinen ganzen Körper. Er warf den Kopf zurück und rief verzweifelt ihren Namen.

»Habt ihr sie entdeckt? Ihre Spuren führen doch ganz deutlich hierher! Wohin ist sie gegangen?«

»Man kann diesen Kopfgeldjägern eben doch nie vertrauen!«

»Verdammt, findet sie endlich! Und macht voran!«, brüllte Federal Marshal Mark Daniels. Und seine Männer kämmten erneut das Gebiet durch, das sie bereits dreimal durchsucht hatten. Victorias Spuren endeten hier am Fluss.

Stirnrunzelnd betrachtete der Marshal das Pferd, die Satteltaschen und die Blutspur. Um ihn herum suchte eine Hundertschaft Polizisten das Gelände ab. Über ihren Köpfen knatterten Hubschrauber.

Sein Blick glitt zu der Blutspur, der er schon ein halbes Dutzend Mal gefolgt war. Ein Mann watete durch den Fluss zum anderen Ufer, schüttelte den Kopf. Nichts. Keine Spuren auf der anderen Seite.

Es ist, als ob sie sich vollkommen in Luft aufgelöst hätte, dachte er. Sein Gesicht wirkte finster, aber wer ihn besser kannte, wusste, dass er dahinter nur seine Furcht verbarg. Victoria war verschwunden. Und dieser Hurensohn mit ihr. Janey wird sich schrecklich aufregen, dachte er flüchtig.

Plötzlich zuckte er zusammen, wäre fast auf dem glitschigen Stein ausgerutscht, als etwas aus dem Wasserfall fiel. Das aufspritzende Wasser durchnässte ihn, ein paar Männer drehten sich um.

Der Marshal wischte sich das Gesicht ab, alle starrten auf die Wasseroberfläche, verwirrt, misstrauisch, die Waffen im Anschlag. Dann trieb ein Körper an die Oberfläche.

»Das ist ein Hammer!«, sagte einer der Polizisten und watete auf den Mann hin, der mit dem Gesicht nach unten auf dem Wasser trieb, und drehte ihn um. »Wer hätte das gedacht!«

Der Blick des Marshals wanderte zwischen dem Wasserfall und Becket hin und her, dann setzte er sich in Bewegung und lief zum Wasser hinunter. Einige der Männer hatten den Körper inzwischen ans Ufer gezogen.

»Er lebt noch!«, sagte einer der Sheriffs.

»Aber nicht mehr lange«, bemerkte Daniels fast glücklich. Er packte die silberne Klinge, die in Beckets Brust steckte, und zog daran. Becket stöhnte auf. »Das dürfte die Mordwaffe sein.«

»Und das hier – ist das eine Pfeilspitze?«, meinte ein anderer Sheriff und stocherte unbarmherzig in der blutenden Wunde.

»Darum kann sich die Gerichtsmedizin kümmern«, meinte der Marshal und beugte sich näher. Ihm fiel etwas auf, und er zwang seine Finger zwischen die fest geschlossenen Zähne Beckets und drückte ihm den Mund auf. »Was haben wir denn da?«

Er zog die Mikrokamera heraus, wischte sie an seinem Hosenbein ab und hielt sie ins Licht. »Die gehört Mason«, fügte er hinzu und zeigte auf die dreifache Linie, mit der sie ihre persönliche Ausrüstung zu kennzeichnen pflegte.

»Und wo zum Teufel ist *sie?*«, fragte Kyle, während er den Hals der Stute tätschelte und wünschte, dass sie reden könnte.

»Woher zum Teufel soll ich das wissen?« Sie hatte geahnt, dass sie nicht zurückkommen, aber geschworen, dass sie Becket abliefern würde. Und Victoria pflegte ihre Versprechen zu halten – doch welchen Preis hatte es sie diesmal gekostet?

Daniels blickte zu dem Wasserfall hin.

Das Wasser hatte aufgehört zu fließen.

Die Passage schloss sich. Die Geräusche wurden immer schwächer. Die Luft schien dichter und schwerer zu werden, behinderte ihre Bewegungen, machte das Atmen fast unmöglich. Es war, als ob sie durch Gel gleiten würde, das noch flüssig war, aber immer fester wurde. Victoria wusste, dass sie sterben würde. Ihre Lungen bekamen kaum noch Luft.

Und dann hörte sie seine Stimme. Es kostete sie eine fast unmenschliche Anstrengung, den Kopf zu drehen. Sie erblickte Chris, und es war, als würde sie durch einen schmutzigen Spiegel sehen.

Halb verrückt vor Angst hämmerte Chris gegen den Fels, rief ihren Namen, flehte darum, dass sie zurückkäme, versicherte ihr, dass er sie mehr liebte als sein Leben.

Schließlich ließ er sich wieder auf die Knie sinken, Tränen liefen ihm über die Wangen. Es zerriss sein Herz, dass er Victoria verloren hatte; grausam war die Vorstellung, dass sie bis in alle Ewigkeit in diesem Felsen gefangen war. Diese Höhle war zu ihrem Grab geworden. Er konnte nur beten und hoffen, dass es ihr geglückt war, auf der anderen Seite in ihre Welt hinauszutreten.

Und wenn nicht?

Es quälte ihn, nicht zu wissen, was mit ihr passiert war. Wenn er sie doch nur hätte zurückhalten können! Er hätte Becket einfach erschießen sollen, dann wäre jetzt alles vorbei gewesen.

Er brachte es nicht fertig, den soliden Fels zu betrachten, den Stein, der seine Träume eingeschlossen hatte.

Und dann spürte er plötzlich eine Bewegung, hörte ein saugendes Geräusch. Ungläubig hob er den Blick.

Eine Hand streckte sich durch den Fels, versuchte, ihn zu packen. Chris griff zu und zog. Als sie ihm zu entgleiten drohte, packte er fester und stemmte sich gegen den Druck. Und dann war Victoria endlich bei ihm, stolperte, fiel in seine Arme. Er schloss die Arme ganz fest um sie.

»Dem Himmel sei Dank!«, wiederholte er unablässig und konnte nicht aufhören, sie zu berühren, als müsse er sich immer von neuem überzeugen, dass sie tatsächlich bei ihm war. »Ich hatte solche Angst, dass ich dich für immer verloren hätte!«

Seine Hände zitterten, als er ihr das Haar aus der Stirn strich. Er bedeckte ihr ganzes Gesicht mit Küssen.

Victoria sog tief die frische Luft ein, immer noch schmerzten ihre Lungen, immer noch war sie atemlos.

»Ich habe sie gehört ... in meiner Zeit ... die Polizeibeamten ...«

Er achtete gar nicht auf ihre Worte. »Du bist wieder hier«, sagte er und konnte es noch gar nicht richtig fassen. »Du bist tatsächlich wieder hier bei mir!«

»Ja«, schluchzte sie. Es war vorbei, und ihr kamen die Tränen. »Ich bin endlich nach Hause gekommen, Tonto. Jetzt wird dir gar nichts anderes übrig bleiben, als mich zu heiraten!«

# EPILOG

Victoria lehnte sich gegen die Mauer des Gartenhofes und betrachtete lächelnd den Mann, der auf dem Boden lag. Die Kinder kletterten auf ihn, balgten wie junge Hunde, und ihr Lachen erfüllte ihr Herz mit einer Liebe, die so groß war, dass für nichts anderes Raum blieb.

Ihr Blick verweilte einen Moment auf Chris, glitt dann weiter zu Lucky, der auf einer Steinbank saß und las, die Beine untergezogen, eine Brille auf der Nase. Lucky Swift. Er schaute seine Brüder an, und Victoria musste ein Lachen unterdrücken, als er die Augen verdrehte, so, als ob ihm die Herumtollerei zu kindisch wäre. Doch dann schien er zu überlegen, nahm schließlich die Brille ab, legte das Buch beiseite und stürzte sich in die Balgerei. Chris flehte um Erbarmen.

Victoria fand, er hätte es verdient, dass seine Bitte erhört würde.

»Hallo, Jungs!«, sagte sie, und vier Köpfe drehten sich in ihre Richtung.

»Mami ist zu Hause!« Und schon stürzten sich die Kinder auf sie.

Chris setzte sich auf und beobachtete, wie seine Frau die Arme ausbreitete und ihre Söhne auffing.

»Langsam, Jungs, nicht so wild!«, mahnte er, aber sie ignorierten ihn, und Victorias Lächeln vertiefte sich.

Sie kitzelte ihre Söhne, bedeckte ihre schmutzigen kleinen Gesichter mit Küssen.

»Iiiih, Mami, nicht«, rief Cole, hielt ihr aber dennoch die Wange hin.

»Du hast ihn öfter geküsst als mich«, beschwerte sich ihr dreijähriger Sohn. Victoria nahm Cains rundliches Gesicht zwischen ihre Hände und gab ihm einen extra dicken Schmatz. Sie zog Lucky an sich, und er drückte sie ganz fest.

Victoria schloss die Augen und genoss es, ihre Kinder zu spüren. Sie hörte zu, als sie ihr in allen Einzelheiten schilderten, was sie gemacht hatten, antwortete und stellte Fragen, dann spürte sie, wie sie wieder unruhig wurden. »Abigale hat Plätzchen gebacken«, sagte sie, als verriete sie ein Geheimnis.

»Welche denn?«

»Hey, sehe ich so aus, als ob ich backen könnte?« Lachend stürmten sie davon. »Aber wascht euch vorher die Hände!« Victoria lehnte sich gegen die Wand zurück und blickte zu ihrem Ehemann auf.

»Hallo, Boss!«

Chris grinste. Victoria arbeitete jetzt für ihn.

»Hast du vielleicht auch noch einen Kuss oder zwei für mich übrig?«, erkundigte er sich. Er kam zu ihr. Der Stern auf seiner Brust funkelte in der Abendsonne.

»So viele du willst. Und vielleicht auch ein paar andere nette Sachen.«

Er reichte ihr die Hand, um ihr aufzuhelfen, und zog sie dann in seine Arme. Er küsste sie mit zärtlicher Leidenschaft, und sie schmiegten sich voller Verlangen aneinander.

»Und? Wie war deine ›Jagd‹?«

Sie öffnete den Revolvergurt und ließ ihn auf den Boden fallen. Sie zuckte mit den Schultern. »Das Übliche«, meinte sie, dann schlang sie die Arme um seinen Hals, und Chris legte seine Hände auf ihre Hüften.

»Die Jungs haben mich völlig fertig gemacht.«

»Du bist auch nichts Gutes mehr gewöhnt!«

Chris grinste. »Weißt du eigentlich, dass es mir inzwischen ausgesprochen gut gefällt, wenn du Jeans trägst?«, fragte er, als er seine Hände über ihre Taille und ihren Rücken gleiten ließ. »Himmel, wie habe ich dich vermisst!«

»Ich dich auch.« Sie legte den Kopf ein wenig zurück und sah Chris an. »Ich will keine Verbrecher mehr jagen.«

»Aber du wolltest doch weiter arbeiten!«

»Ich weiß, aber auch wenn ich nur gelegentlich für dich irgendeinen Schurken verfolge, ist es mir inzwischen zu viel geworden. Cole hat einen Zahn verloren, Cain hat zum ersten Mal seinen Namen geschrieben – und Lucky liest Shakespeare! Meine Babys sind keine Babys mehr, und ich verpasse so vieles!«

Aus der Küche klangen streitende Stimmen zu ihnen. Abigale rief, dass Victoria ihr helfen solle.

Chris lachte. »Bist du ganz sicher?«

»Absolut.« Sie nahm den Stern von ihrer Weste und reichte ihn ihm. Dann nickte sie zum Haus. »Sie sind die einzige Beute, hinter der ich noch her bin!«

Chris blickte ihr nach, als sie ins Haus ging. Er liebte ihre langen Beine – wie er überhaupt alles an ihr liebte. Und er war mehr als dankbar dafür, dass jene schicksalhafte Verfolgungsjagd sie hierher geführt hatte – zu ihm.

England im 12. Jahrhundert. Um seine Ländereien und seine Burg zurückzuerobern, stürmt der Ritter Robert de Langley, der legendäre Löwe der Normandie, die Festung mit seinen Männern. Er hat jedoch nicht damit gerechnet, dass Jocelyn Montagne, die Tochter seines Feindes, alles tun wird, um den Besitz zu verteidigen.
Ihr Mut und ihre dunkle Schönheit betören den Ritter, und er ersinnt einen Plan, um nicht nur seine Burg, sondern auch das Herz dieser Frau zu gewinnen ...

Gewinner des *Romantic Times Award* 1995!

3-404-18289-8

BASTEI LÜBBE

Der Earl von Ashlin hat nicht nur Ärger mit drei schwierigen Nichten, sondern auch Schulden. Unbedingt muss er eine reiche Erbin heiraten, um die ganze Familie vor dem Ruin zu bewahren. Seine Suche nach einer respektablen Ehefrau gerät jedoch in Vergessenheit, als er der verführerischen Riley Fontaine begegnet. Sie ist alles andere als eine gute Partie. Doch ein Kuss überzeugt ihn davon, dass eine Vernunftehe das Letzte ist, was er will …

3–404–18287–1

BASTEI LÜBBE